IDENTIDADE ROUBADA

NORA ROBERTS

Romances

A pousada do fim do rio
O testamento
Traições legítimas
Três destinos
Lua de sangue
Doce vingança
Segredos
O amuleto
Santuário
A villa
Tesouro secreto
Pecados sagrados
Virtude indecente
Bellissima
Mentiras genuínas
Riquezas ocultas
Escândalos privados
Ilusões honestas
A testemunha
A casa da praia
A mentira
O colecionador
A obsessão
Ao pôr do sol
O abrigo
Uma sombra do passado
O lado oculto
Refúgio
Legado
Um sinal dos céus
Aurora boreal
Na calada da noite

Saga da Gratidão

Arrebatado pelo mar
Movido pela maré
Protegido pelo porto
Resgatado pelo amor

Trilogia do Sonho

Um sonho de amor
Um sonho de vida
Um sonho de esperança

Trilogia do Coração

Diamantes do sol
Lágrimas da lua
Coração do mar

Trilogia da Magia

Dançando no ar
Entre o céu e a terra
Enfrentando o fogo

Trilogia da Fraternidade

Laços de fogo
Laços de gelo
Laços de pecado

Trilogia do Círculo

A cruz de Morrigan
O baile dos deuses
O vale do silêncio

Trilogia das Flores

Dália azul
Rosa negra
Lírio vermelho

NORA ROBERTS

IDENTIDADE ROUBADA

Tradução
Nathalia de Farias Chiappani

2ª edição

BERTRAND BRASIL
Rio de Janeiro | 2025

CIP-BRASIL. CATALOGAÇÃO NA PUBLICAÇÃO
SINDICATO NACIONAL DOS EDITORES DE LIVROS, RJ

R549i Roberts, Nora, 1950-
2. ed. Identidade roubada / Nora Roberts ; tradução Nathalia de Farias Chiappani. - 2. ed. - Rio de Janeiro : Bertrand Brasil, 2025.

Tradução de: Identity
ISBN 978-65-5838-227-0

1. Ficção americana. I. Chiappani, Nathalia de Farias. II. Título.

23-86338 CDD: 813
CDU: 82-3(73)

Gabriela Faray Ferreira Lopes - Bibliotecária - CRB-7/6643

Copidesque: Carolina Câmara

Texto revisado segundo o Acordo Ortográfico da Língua Portuguesa de 1990.

Seja um leitor preferencial.
Cadastre-se no site www.record.com.br
e receba informações sobre nossos lançamentos e
nossas promoções.

Atendimento e venda direta ao leitor:
sac@record.com.br

Para a família
Aquela em que você nasce e a que você constrói

PARTE I
PLANOS

Um plano que não pode ser mudado não presta.

— Publílio Siro

Ser feliz em casa é o resultado final de toda ambição.

— Samuel Johnson

Capítulo Um

⌘ ⌘ ⌘

SEUS SONHOS e metas eram poucos e simples. Filha de militar, Morgan Albright passou a infância se mudando de países e continentes. Suas raízes, guiadas pelo trabalho de seu pai, cresceram atrofiadas e superficiais para facilitar os rápidos transplantes. Pulou de base em base, casa em casa, estado em estado, país em país, pelos primeiros catorze anos de vida, até o divórcio de seus pais.

Ela nunca teve escolha.

Pelos três primeiros anos após o divórcio, sua mãe a arrastara de um lugar para o outro. Uma cidade pequena aqui, uma cidade grande ali… Em busca de algo que… Morgan nunca soube ao certo.

Aos dezessete, quase dezoito anos, ela desenterrou as próprias raízes e as plantou na faculdade. E lá pôde explorar seus sonhos, metas e opções.

Estudou com afinco, determinada em obter dois diplomas ao mesmo tempo. Administração e Hotelaria — escolhas que a levariam diretamente à realização de seu sonho.

Plantar suas raízes em algum lugar. A casa dela, o negócio dela.

Só dela.

Ela estudou mapas, vizinhanças e climas locais para decidir onde plantaria suas raízes assim que conseguisse aqueles diplomas. Queria uma vizinhança, talvez antiga e consagrada, que ficasse perto de lojas, restaurantes, bares — de pessoas.

E, um dia, ela teria não só a própria casa como também um bar para chamar de seu.

Metas simples.

Quando finalmente pôs as mãos nos diplomas, ela optou por uma vizinhança em Baltimore, Maryland, afastada do centro da cidade. Era um local de casas antigas com quintais, e, como a região ainda não havia sido gentrificada, os valores eram acessíveis.

Ela trabalhara durante a graduação, primeiramente como garçonete e, ao completar vinte e um anos, como barwoman. E juntara dinheiro.

Seu pai — o Coronel — não compareceu à sua formatura. E, embora ela tivesse se formado com mérito, ele sequer a parabenizou por suas conquistas.

Isso não a surpreendeu nem um pouco, pois sabia que simplesmente havia deixado de existir para ele antes mesmo de a tinta das assinaturas nos documentos do divórcio secar.

Sua mãe e seus avós maternos estavam presentes. Ela não sabia que aquela seria a última vez que veria seu avô. Um homem robusto, ativo e saudável de setenta anos, ele faleceu no inverno seguinte à formatura. Caiu da escada. Um passo em falso. Num instante estava aqui, no outro já não estava mais.

Apesar do luto, Morgan não deixou essa lição passar batido.

Ele lhe deixou uma quantia de vinte mil dólares e lembranças das caminhadas que faziam juntos nas Montanhas Verdes de Vermont durante as visitas de verão, ambas de igual preciosismo.

Com o dinheiro, Morgan se mudou do apartamento minúsculo onde morava para uma casa pequena. Sua casa. Uma casa que demandava alguns reparos, mas que tinha um quintal — que também demandava alguns reparos.

Os três quartos pequenos e os dois banheiros minúsculos lhe permitiriam dividir a casa com alguém que ajudaria a pagar o financiamento, custear os reparos.

E ela tinha dois empregos. Trabalhava como barwoman cinco ou seis noites por semana em um bar da vizinhança, um lugar animado chamado Próxima Rodada. Quando começou a pensar em adquirir um imóvel, arranjou um segundo trabalho como gerente administrativa em uma empresa familiar de construção.

Ela conheceu a amiga com quem moraria na loja de jardinagem das redondezas, enquanto quebrava a cabeça tentando escolher as plantas que decorariam a frente da casa. Nina Ramos trabalhava na estufa e entendia muito bem do assunto. Com sua habilidade para dar jeito num jardim que carecia de cuidados, Nina transformou o quebra-cabeça em alegria e, naquela primeira primavera florida, a amiga se mudou para a casa de Morgan.

Elas gostavam da companhia uma da outra, e uma sabia quando a outra precisava de espaço ou queria ficar só.

Aos vinte e cinco anos, Morgan realizara seu primeiro sonho e, pelos seus cálculos, a segunda meta seria alcançada antes de seu trigésimo aniversário.

Sua única ostentação estava estacionada na entrada estreita da garagem. Ela levaria alguns anos para quitar o financiamento do Prius, mas ele a levava de casa para o trabalho, e vice-versa, de maneira confiável e econômica.

Quando o tempo estava bom, ela ia de bicicleta para seu emprego diurno, mas, quando precisava de um carro, tinha um. Nina apelidou o carro de "meta secundária da Morgan".

A casinha na Rua Newberry ostentava um belo jardim, uma fachada branca recém-pintada e uma porta de entrada nova que ela pintara de um tom de azul-claro e alegre.

Seu chefe na Greenwald's Construções a ajudou a reformar o velho piso de madeira, vendeu-lhe tinta a preço de custo e a guiou pelo caminho dos reparos e das manutenções.

Ela plantara suas raízes, e agora sentia que estava florescendo.

Morgan sorria ao ver os narcisos tocando seus trombones amarelos ao longo da calçada recém-pavimentada. O fim de março trouxe um clima instável, mas também todos deliciosos sinais da chegada da primavera. Nina e ela haviam plantado uma cerejeira americana no jardim no outono anterior, e ela notou que os brotos já estavam prestes a desabrochar.

Em breve, pensou, enquanto empurrava a bicicleta até o paraciclo para prendê-la com um cadeado.

A vizinhança era tranquila, mas o seguro morreu de velho.

Ela destrancou a porta e, como o carro não-tão-confiável de Nina estava na calçada, gritou:

— Sou eu, atrasada!

Ela atravessou a sala e, como sempre, pensou no espaço que ganharia no cômodo quando derrubasse a parede da cozinha.

O dinheiro para a obra já estava separado, então talvez acontecesse no outono. Talvez antes do Natal. Talvez.

— Eu não estou atrasada — respondeu Nina. — E tenho um encontro!

Nina sempre tinha um encontro. Não era uma surpresa, pensou Morgan, já que ela era linda, cheia de energia e só tinha um emprego.

Ela parou diante da porta aberta do quarto.

Várias roupas — visivelmente descartadas — estavam espalhadas em cima da cama, enquanto Nina provava uma peça em frente ao espelho. Seus cabelos pretos como carvão escorriam pelas costas de um vestido vermelho que abraçava todas as curvas de seu corpo pequeno. Seus olhos escuros brilharam ao cruzar com os de Morgan no espelho.

— O que você acha?

— Às vezes, acho que te odeio. Ok, aonde você vai e com quem?

— Sam vai me levar para jantar no Fresco's.

— Que chique! É, o vermelho é um arraso.

Isso fez Morgan sentir uma pontada de inveja. A única verdadeira decepção entre as amigas que moravam juntas vinha do fato de que, com o corpo alto e esguio de Morgan, e a silhueta pequena e cheia de curvas de Nina, elas não podiam emprestar roupas uma à outra.

— Vá com ele. Já faz quase três semanas que você só sai com o bonitão do Sam, né?

— Quase quatro. — Nina deu uma voltinha. — Então...

— Vou ficar bem quietinha quando chegar em casa.

— Eu gosto muito dele, Morgan.

— Eu também.

— Não, muito *mesmo*.

— Ah...

Morgan inclinou a cabeça e fitou a amiga.

— Eu já sei que ele está muito a fim de você. Está escrito na testa dele. Se você pretende seguir por esse caminho, tem a aprovação total da sua amiga aqui.

Depois de jogar aquele cabelo maravilhoso para o lado, Nina deixou escapar um de seus suspiros sonhadores.

— Tenho quase certeza de que já estou nesse caminho.

— Aprovação total. Tenho que me trocar para o trabalho.

— De um trabalho para o outro. Preciso dar um jeito nessa bagunça e limpar o quarto. Não quero que Sam pense que sou desleixada.

— Você não é desleixada.

Caótica, pensou Morgan, mas Nina mantinha o caos contido em seu espaço.

Ao contrário do caos animado de Nina, com paredes cor de lavanda, uma penteadeira repleta de maquiagem, produtos de cabelo e sabe-se lá o que mais, o espaço de Morgan era apenas contido.

Ela usava o terceiro quarto — do tamanho de um closet — como escritório, e lá era seu santuário. Paredes pintadas de um tom de azul suave, alguns quadros que comprara de artistas de rua em Baltimore, um cobertor branco, almofadas, uma poltrona para leitura pequena, mas aconchegante.

Ela tirou as roupas de gerente administrativa — calça cinza, blusa branca, blazer azul-marinho — e colocou o uniforme de barwoman — calça preta, camisa preta. No banheiro, abriu a gaveta onde mantinha suas maquiagens organizadas para facilitar a escolha. E mudou do dia para a noite.

O corte long bob em seus cabelos loiros funcionava bem nos dois empregos, mas a função de barwoman pedia uma maquiagem mais dramática nos olhos, tons mais escuros na boca.

Graças aos anos de prática, concluiu a transição em menos de vinte minutos.

Como não comeria uma refeição chique no Fresco's, ela correu para a cozinha e pegou um iogurte na geladeira. Comeu em pé, imaginando o cômodo sem a parede, com portas e puxadores novos nos armários, algumas prateleiras abertas e...

— *Amiga mia*, você precisa comer comida.

— Iogurte é comida.

Nina, agora de roupão, colocou as mãos na cintura.

— Comida de verdade, que requer garfo e faca, e que precisa ser mastigada. Você tem esse corpo comprido e esguio naturalmente, vadia, mas, se não comer direito, vai ficar magra demais. Uma de nós duas realmente precisa aprender a cozinhar.

Ela levantou um dedo com unha coral e apontou para Morgan.

— Eu escolho você.

— Com certeza, vou fazer isso no meu tempo livre. Além do mais, é você quem tem uma mãe que cozinha maravilhosamente bem.

— Venha comigo para o jantar de domingo. E nem pense em dizer que precisa trabalhar nas suas planilhas ou sei lá o quê. Você sabe que a Mama e o Papa te adoram. E meu irmão, Rick, vai estar lá.

Com o iogurte em uma mão e a colher na outra, Morgan agitou as mãos como se estivesse apagando um quadro de giz.

— Eu não vou sair com o seu irmão, por mais gato que ele seja. Seria loucura. Não quero deixar de morar com você porque seu irmão e eu saímos, transamos e terminamos.

Nina segurou uma argola dourada em uma orelha e um brinco pêndulo com três círculos na outra.

— Qual você prefere?

Morgan apontou para o pêndulo.

— Mais elegante.

— Ótimo. E talvez você saia com o Rick, transe com ele e se apaixone.

— Não tenho tempo para isso. Me dê dois anos, quem sabe três, e talvez eu tenha tempo.

— Eu também gosto de cronogramas, mas não para o amor. Agora você me distraiu.

Você precisa comer.

— Vou beliscar alguma coisa no bar.

— Jantar no domingo — insistiu Nina enquanto Morgan jogava o pote de iogurte no lixo e lavava a colher. — Vou avisar à Mama que você vai e, depois que eu fizer isso, não terá mais volta.

— Eu adoraria ir, de verdade. Mas me deixa sobreviver a essa semana primeiro. Estamos cheios de trabalho na Greenwald's. É só a primavera chegar que todo mundo inventa de fazer reforma, pintar a casa e construir deques.

Ela pegou a bolsa e continuou.

— Divirta-se hoje à noite.

— Nem precisa falar duas vezes. E vou ligar para a Mama antes de me arrumar e ficar linda.

— Você está sempre linda.

Morgan correu até o carro. Satisfeita por já ter ganhado algum tempo, percorreu os 8,6 quilômetros até o centro da cidade.

As lojas ao longo do que os moradores locais chamavam de Quilômetro da Feira (dois quilômetros e meio, mais precisamente) fechariam dentro de uma hora. Mas os restaurantes e cafés manteriam a Rua da Feira iluminada e animada noite adentro.

A maioria dos prédios — com fachadas de tijolos pintados de rosa ou branco — tinha lojas no térreo e apartamentos nos andares superiores. O Próxima Rodada não era uma exceção e costumava alugar os apartamentos para clientes ou funcionários que não se importavam de morar em cima de um bar.

Ela virou a esquina na Rua da Feira e contornou os fundos do bar para chegar ao estacionamento. Com o carro estacionado em segurança, atravessou o caminho de cascalho até a porta dos fundos da cozinha e adentrou o ambiente quente e barulhento.

O Próxima Rodada servia hambúrgueres, mexilhões a vapor — um clássico da culinária local —, nachos acompanhados de batatas fritas, anéis de cebola, picles fritos e três variedades de asinhas de frango.

Quando abrisse o próprio estabelecimento, Morgan pretendia oferecer opções de comida de bar mais inovadoras e surpreendentes.

Mas provavelmente deveria aprender a cozinhar primeiro, pois nunca se sabe quando se pode precisar pôr a mão na massa.

— Oi, Frankie. — Morgan cumprimentou a mulher que estava no comando da grelha enquanto pendurava sua jaqueta em um gancho. — Como estão as coisas?

— Tudo bem.

Com seu tufo de cabelo preto como tinta preso debaixo de uma touca branca, Frankie virou três hambúrgueres enormes na chapa.

— Roddy e os irmãos dele vão jantar antes do torneio de dardos. Agradeça por não ter trabalhado durante o happy hour. O bar estava lotado.

— Eu gosto dele lotado.

Ela cumprimentou os dois cozinheiros de linha, o adolescente lavador de pratos e a garçonete que entrara para buscar um prato de nachos recheados.

Embora ainda faltassem dez minutos para o começo de seu turno, ela abriu a porta e entrou no bar.

Um tipo diferente de barulho, pensou. Não era mais o chiado da carne na grelha, o som dos cortes de faca, o barulho do manuseio dos pratos. Aqui, as vozes enchiam o salão equipado com um longo balcão preto, mesas e cabines. A jukebox estava tocando música, mas não alto o suficiente a ponto de atrapalhar as conversas.

Ela viu Roddy e seus irmãos — clientes assíduos — na mesa de sempre, perto de onde ficavam os dardos, bebendo cerveja e botando para dentro amendoins. Coors para Roddy e seu irmão Mike, pensou, e Heineken para o irmão Ted. Se o pai deles chegasse, pediria um chope e um shot.

Morgan passou pelo acesso atrás do balcão onde os bartenders trabalhavam.

Ela substituiria Wayne, que estava encaixando uma fatia de limão na boca de uma garrafa de Corona.

— As coisas estão calmas agora — disse ele com um grande sorriso no rosto. — O cara sentado ali na ponta do balcão deixou a conta em aberto. Ele está no segundo copo de Vodka Tônica, então fique de olho.

Wayne serviu a Corona para outro cliente sentado em um banco, trocou algumas palavras com ele e voltou para perto de Morgan.

— Está esperando uma mulher que conheceu no Match.com. Primeiro encontro. Ela está atrasada, ele está nervoso.

Morgan o achou charmoso, meio nerd. Poderia apostar que ele tinha um sistema completo de videogame na sala.

— Pode deixar.

— Vou bater o ponto, então. Boa noite.

Como sempre, ela verificou os estoques — gelo, limão, azeitona, cereja. Preparou alguns dos pedidos das mesas e estava indo atender o cara da Corona quando viu uma mulher na casa dos trinta anos entrar, olhar ansiosamente à sua volta e aproximar-se do homem no bar.

— Dave? Eu sou a Tandy. Sinto muito pelo atraso.

O rosto dele se iluminou.

— Ah, não tem problema. Muito prazer. Prefere ir para uma mesa?

— Aqui está bom. Está bom para você?

Ela se sentou no banco ao lado dele.

Morgan caminhou até eles enquanto sorriam um para o outro cheios de ansiedade e esperança.

— Olá. Gostariam de fazer um pedido?

— Ah. Hum. Poderia me trazer uma taça de Chardonnay?

— Com certeza. Amei seus brincos.

— Ah. — Tandy levou a mão à orelha esquerda. — Obrigada.

— São muito bonitos mesmo — acrescentou Dave. — Você está linda.

— Obrigada. Você também está... lindo.

Ela deu uma risada enquanto Morgan servia o vinho.

— É sempre uma surpresa, né? Eu estava tão nervosa que dei uma volta no quarteirão. Por isso me atrasei.

— E eu estava tão nervoso que cheguei vinte minutos mais cedo.

Pronto, quebraram o gelo, pensou Morgan ao encher a taça.

E esse, admitiu, era um dos motivos pelos quais ela adorava trabalhar em um bar. Nunca se sabe o que pode começar, terminar, florescer ou se despedaçar em um bom e velho bar de vizinhança.

Quando Roddy e seus irmãos atacaram os hambúrgueres, o lugar já estava começando a encher. O casal do Match.com acabou se mudando para uma mesa e pediu uma porção de nachos.

Morgan apostou consigo mesma que haveria um segundo encontro. O cara da Vodka Tônica pagou a conta, deixando uma gorjeta irrisória.

Dardos batiam no alvo ao som de aplausos e gritos dos espectadores.

Um homem de trinta e poucos anos entrou no bar. Ela achou que ele parecia uma estrela de cinema disfarçada com cabelos loiro-escuros, rosto com traços bem definidos e corpo malhado vestindo jeans, botas e um suéter azul-pálido que parecia ser de lã de caxemira. Ele se sentou em um banco, e ela foi até ele.

— Seja bem-vindo ao Próxima Rodada. Gostaria de fazer um pedido?

— Muitos.

Ele abriu um sorriso largo, cheio de charme.

— Mas vamos começar com uma cerveja. Tem algum chope artesanal?

— Com certeza.

Embora tivessem listas impressas em suportes no bar, ela os enumerou de cabeça.

— Vou deixar você escolher para mim.

— Do que você gosta?

— Mais uma pergunta capciosa.

Morgan abriu um sorriso. Ele está querendo conversa, concluiu, não só uma bebida. Tudo bem.

— Estou me referindo ao chope.

— Suave, mas não sem graça. Rico, mas não forte demais. De preferência escuro.

— Experimente este aqui.

Ela pegou um copo de degustação e abriu uma torneira.

Ele não tirou os olhos dela enquanto degustava.

— Pode ser este. Boa escolha.

— É o meu trabalho.

Antes que ele pudesse responder, uma das garçonetes chegou.

— Aquela mesa de mulheres ali está presa nos anos noventa. Quatro Cosmopolitans, Morgan.

Ela levou a bandeja de copos vazios para a cozinha e Morgan foi preparar os coquetéis.

— Você sabe o que está fazendo — comentou o recém-chegado enquanto ela misturava os drinques.

— Tenho que saber. Está na cidade a trabalho?

— Tenho cara de forasteiro?

Quase isso, pensou ela. As roupas dele indicavam sofisticação, mas sem ser ostensivas.

— Nunca vi você por aqui.

Um grito de animação irrompeu em todo o salão.

— Torneio de dardos — explicou ela.

— Percebi. É sério?

— Ah, de certo modo. Quer mais alguma coisa? Gostaria de olhar o cardápio?

— A comida aqui é boa?

— É, sim.

Ela pegou um cardápio e o deixou ao lado dele.

— Dê uma olhada, fique à vontade.

Com os Cosmopolitans prontos, ela atravessou o bar. Anotou pedidos, encheu copos, conversou com os clientes assíduos, como sempre fazia. Fez o caminho de volta, repetindo o processo.

— Vou querer um Hambúrguer da Feira, a menos que você me diga que estou cometendo um erro.

— Não foi à toa que virou um clássico. Se você gosta de um toque picante, um pouco de ardência, peça as batatas fritas apimentadas.

Ele levantou as mãos.

— Você nunca me deu um mal conselho.

Ela riu e registrou o pedido dele na máquina.

Roddy, com seu 1,93m e mais de cem quilos, chegou ao balcão.

— Mais uma rodada, querida. Beleza? — perguntou distraidamente para o Bonitão enquanto Morgan servia as bebidas.

— Cerveja gelada, barwoman atraente, canal de esportes ao vivo. Nada mau.

— Não mesmo. Estou à frente nas semifinais. Me dê um pouco de sorte para a final, Morgan.

Ela se inclinou e deu um selinho nele.

— Você vai arrasar.

— Pode apostar.

Ele pegou as cervejas e voltou para a mesa.

— Seu namorado?

Ela se virou para o cliente.

— Ah, não. Roddy e seus irmãos, os jogadores de dardos, são clientes assíduos. Eu trabalho com a namorada dele no meu outro emprego.

— Dois empregos? Ambiciosa. Qual é o outro?

— Gerente administrativa em uma empresa de construção. O que você faz da vida?

— Eu gostaria de responder "o que eu quero", pois é o que tento fazer. Trabalho na área de TI. Vou ficar na região por alguns meses fazendo consultoria.

— De onde você é?

— Eu viajo bastante. Sou de São Francisco, mas passo a maior parte do tempo em Nova York. Esta é a sua cidade?

— Agora é.

Outra garçonete se aproximou, entregando mais um pedido.

— Filha de militar — disse Morgan enquanto enchia o copo.

— Então você sabe o que é viver como um nômade.

— Sei, sim. E fico feliz por ter abandonado essa vida.

Quando o pedido dele chegou, ele olhou intensamente para o prato.

— Vocês não economizam nas porções.

— Não mesmo. Gostaria de ir para uma mesa?

Ele exibiu o mesmo sorriso charmoso.

— Gosto da vista daqui. Meu nome é Luke — acrescentou. — Luke Hudson.

— Morgan. Muito prazer.

Ele comeu, pediu mais uma cerveja e assistiu ao torneio. Fez perguntas, mas não pareceu intrometido. Conversa de bar, como Morgan costumava chamar. Ela também fez algumas perguntas.

Ele estava hospedado em um hotel ali perto. Poderia ter ficado em uma casa alugada pela empresa, mas ele preferia hotéis e gostava de conhecer a cultura local sempre que viajava.

Ele perguntou para onde o pai dela havia sido destacado e em que lugares ela mais gostou de morar. Um momento descontraído enquanto ela preparava drinques, limpava o balcão e conversava com outros clientes.

— Tenho que ir — disse ele. — Não pretendia ficar tanto tempo, mas parece que encontrei o meu bar preferido.

— É um bom bar.

— Até a próxima.

Para a surpresa de Morgan, quando ele se levantou, ofereceu a mão para cumprimentá-la. E segurou a mão dela sorrindo, olhando diretamente em seus olhos.

— Foi um grande prazer passar esse tempo com você, Morgan.

— Foi bom conversar com você.

— Vamos repetir a dose.

Ele pagou em dinheiro e deixou uma gorjeta bem generosa.

Algumas noites depois, Luke apareceu mais tarde durante o turno dela. Era noite de quiz no Próxima Rodada, e o nível de ruído aumentava à medida que várias mesas e grupos gritavam as respostas.

— Escolha outra cerveja artesanal — pediu ele a Morgan. — Algo... ousado.

Ele olhou para os participantes atrás dele.

— Não vai ter torneio de dardos hoje?

— É noite de quiz. Todo mundo pode participar, é só gritar a resposta quando quiser.

— Qual é o prêmio?

— Satisfação.

Ela entregou a ele um copo de degustação.

— Interessante e ousada — decidiu. — Tem um leve sabor de cereja. Pode servir.

Ela sorriu ao abrir a torneira para servir a bebida.

— Quer algo para acompanhar?

— Só a cerveja, por enquanto. O dia foi longo.

— Como vai a vida no mundo da tecnologia?

— Assim como a cerveja, é interessante e ousada. Como vão as coisas no seu mundo?

— Movimentadas, mas eu gosto assim.

Ela serviu bebidas de um lado a outro do balcão, mas, como todos estavam compenetrados no quiz, houve um momento de calmaria.

— O que você faz quando não está ocupada? — perguntou Luke.

— Se um dia isso acontecer eu te conto.

— Você tem que descansar um pouco. Mente, corpo, espírito e tudo o mais. O que você gostaria de fazer se tivesse um dia de folga? Pintar, por exemplo?

— Pintar é uma boa. Minha casa bem que está precisando, mas ainda não está pronta. E, com a chegada da primavera, nós vamos começar a plantar umas mudas no jardim.

— Nós?

— Moro com mais uma pessoa.

— Ele é habilidoso?

— Ela é, sim. E é ótima para dar um jeito na aparência externa da casa, essa coisa toda de plantar. Nina trabalha em uma loja de jardinagem. Dentro de casa, não sabe fazer muita coisa, mas eu me viro bem.

— Porque trabalha em uma empresa de construção — disse ele, apontando para ela. — Muito útil.

— Ajuda bastante.

— Uma casa própria requer muita manutenção, por isso eu nunca quis ter uma. Não sou habilidoso. E meu trabalho me toma bastante tempo.

Ele apontou para ela novamente

— Filha de militar, então decidiu plantar suas raízes.

— Exatamente.

Ela preparou um Whiskey Sour e serviu duas cervejas antes de dar atenção a ele outra vez.

— Por que você escolheu esta região, se não se importa em responder?

— Ela tem tudo o que eu procurava. Estações bem definidas, perto o bastante da cidade sem estar dentro dela, não é nem muito grande, nem muito pequena. O tamanho ideal.

Ela colocou outra tigela de pretzels diante dele.

— É um lugar agradável, ideal para as melhorias que você parece estar fazendo na sua propriedade. Por isso vim para cá. Há muitos proprietários de casas e empresas que desejam atualizar sua tecnologia, alguns empreendimentos onde as pessoas buscam casas inteligentes. Há também casas antigas, e novos compradores querendo reformá-las para vender ou para morar.

Ele deu de ombros.

— Eu trabalho com infraestrutura. Todo mundo tem escritórios em casa agora, e eu posso configurá-los. Você deve ter um.

— Tenho, sim. Não é muito inteligente, mas funciona.

O quiz terminou com aplausos e vaias, além de muitos pedidos de drinques e petiscos. Enquanto trabalhava, ela percebeu que ele conversava com seu vizinho de banco. Beisebol. Ele parecia entender suficientemente do assunto para manter a conversa animada.

— Pronto para mais uma?

— Sim, obrigado. E você, Larry? É por minha conta.

— Nesse caso, aceito. Como está o carro da Nina?

— Capenga.

Larry balançou a cabeça e esfregou sua barba curta.

— Ela tem que levá-lo à oficina.

— Vou falar com ela. Larry é o melhor mecânico daqui até Baltimore — explicou ela a Luke. — É graças a ele que o carro da Nina ainda está rodando, embora já tenha passado do prazo de validade há muito tempo.

— Faço o que posso. Ainda está satisfeita com aquele Prius?

— Ele é perfeito.

Ela colocou as bebidas diante deles e serviu mais uma rodada para a mesa de seis pessoas. Larry passou a falar sobre carros e motores, e, mais uma vez, Luke parecia saber o suficiente para que a conversa fluísse.

— Está na minha hora.

Larry se levantou.

— Minha esposa já deve estar chegando em casa. Hoje teve encontro do clube do livro dela, o que não passa de uma desculpa para tomar vinho e tagarelar. Foi bom conversar com você, Luke. Obrigado pela cerveja.

— Quando quiser.

— Mais uma rodada? — perguntou Morgan.

— Duas é o meu limite. É melhor eu ir, meu dia amanhã também vai ser cheio.

Ele pagou a conta e deixou uma gorjeta bem generosa.

— Eu diria para você não trabalhar demais, mas sei que vai. Foi bom te ver de novo.

— Boa sorte no mundo da tecnologia.

Ele exibiu um sorriso largo e saiu.

Luke apareceu de novo em uma sexta-feira, o bar estava lotado. O bartender que trabalha meio período nos fins de semana estava lá para ajudar Morgan a dar conta da multidão. Luke se apoiou no balcão perto de onde ela estava, pois todos os bancos estavam ocupados.

— Surpreenda-me. Minha semana foi muito boa.

— Fico feliz por você. Vai tirar o fim de semana de folga?

— Tenho que cuidar da papelada e planejar algumas coisas amanhã, mas, fora isso, sim. Alguma sugestão do que eu deveria fazer?

— Você poderia visitar Baltimore. Tem o bairro portuário, Inner Harbor, o aquário… E vai ter a abertura da temporada dos Orioles no estádio Camden Yards.

— O que acha de me fazer companhia, me mostrar a cidade?

O convite não a surpreendeu. Ela sabia quando um homem estava interessado. Respondeu com delicadeza — era tudo parte do trabalho.

— Não posso. Tenho que cuidar de algumas coisas em casa no sábado, e à noite estarei bem aqui. Meu domingo já está cheio. Mas agradeço o convite.

Ele provou a cerveja que ela ofereceu.

— Estou aprendendo muito sobre as cervejas locais. Gostei, pode servir.

Ele esperou que Morgan terminasse de servir a bebida.

— Olha, se eu estiver sendo muito insistente ou se você já for comprometida, basta dizer. Não vou ficar chateado. Mas o que acha de sair para jantar comigo uma noite dessas? Uma noite em que você não esteja trabalhando? Sem pressão — acrescentou quando ela pareceu hesitar. — Apenas jantar e conversar. Você gosta de pizza?

Por algum motivo, o tom casual dele a tranquilizou.

— Eu não confio em quem não gosta.

— A pizza do Luigi's é boa.

— É a melhor que tem por aqui.

— Então, talvez uma pizza, uma taça de vinho. Podemos nos encontrar lá.

Ela não se lembrava de quando fora a última vez em que havia saído em um encontro de verdade. Ora, que motivos tinha para dizer que não?

— Estarei livre na segunda à noite.

— Nos vemos às sete no Luigi's?

— Ok. Por mim, tudo bem.

— Se importa de anotar o meu número e me dar o seu? Espero que não mude de ideia, mas, se mudar...

Ela tirou o celular do bolso e pegou o dele para anotar seu número.

— Se você pretende ficar mais um pouco e quiser se sentar, o casal que está a três ou quatro bancos daqui deve ir embora assim que terminar as bebidas e os nachos.

— Obrigado. Vou ficar de olho.

Ela sorriu e voltou ao trabalho.

Luke conseguiu um banco, tomou duas cervejas e foi embora pouco depois da meia-noite.

— Segunda à noite — disse ele. — Bom fim de semana.

— Para você também.

— Que pedaço de mau-caminho. — Gracie, a garçonete, o acompanhou com os olhos. — E ele está de olho em você, gata.

— Talvez. Ele parece ser gentil, estável, e só vai ficar alguns meses por aqui.

— Aproveite a oportunidade enquanto há tempo.

— Talvez — disse Morgan novamente.

Capítulo Dois

⌘ ⌘ ⌘

Morgan passou o sábado em casa. Lavou roupa, fez faxina, sonhou com paredes demolidas, tinta fresca e uma bancada nova na cozinha. Ela fez as compras da semana, inclusive a lista de Nina, e deixou o recibo no quadro da cozinha para quando fossem fazer o balanço dos gastos do mês.

Nina chegou do trabalho àquela tarde trazendo uma bandeja de mudas de amor-perfeito, sacos de terra vegetal e turfa, e as duas foram buscar os vasos que estavam guardados no depósito. Um dia, pensou Morgan, instalaria jardineiras nas janelas. Mas ela também queria novas persianas e uma varanda bonitinha.

Pelos cálculos dela, teria dinheiro para tudo isso na primavera do ano seguinte.

Por enquanto, vasos de amor-perfeito dariam para o gasto.

— Quero mais informações sobre esse tal de Luke.

Com o zíper do casaco fechado para se proteger da brisa primaveril, Morgan afofava a terra em volta dos amores-perfeitos recém-plantados.

— Não tenho muito o que dizer, na verdade. Ele trabalha com TI e deve ser bom no que faz, senão a empresa não o enviaria durante semanas ou meses para conquistar novos territórios. Ou sei lá como chamam isso. E ele se veste bem. Não de um jeito esnobe, apenas elegante.

— Você disse que ele era gato.

— Sim, porque é verdade. Ele tem bons modos, é simpático. Tem um limite de duas cervejas. Vou só sair para comer uma pizza com um homem que está viajando a trabalho, Nina. Não estamos planejando nosso casamento.

Nina levantou o chapéu que a protegia do sol.

— Quando foi a última vez que você saiu para comer uma pizza com um cara, ou teve qualquer outro tipo de encontro?

— Não começa.

— Quem nunca começa é você, porque sempre sorri e diz que não. Por que disse que sim desta vez? Por ele ser gato?

Morgan deu de ombros, um pouco envergonhada.

— Isso ajudou. Eu posso ser superficial. Mas ele é interessante, e não fica só falando o tempo todo. Ele escuta. Isso é bom. Acho que ele é uma boa pessoa.

— E temporário.

— Sim, temporário, o que é ótimo no momento. Também seria bom se daqui a uns cinco, seis, talvez sete anos, virasse permanente.

Os olhos dela, de um verde profundo como os do Coronel, encheram-se de sonhos.

— Me apaixonar, ir devagar, pensar em começar uma família. Eu preciso terminar de trabalhar em mim primeiro. Nossa, essas flores são tão lindas! Eu fui mesmo muito esperta quando escolhi uma jardineira para morar comigo.

— Espertíssima. Quando chegar a minha hora, e Sam definitivamente está no caminho certo, vou querer um jardim enorme, então vou precisar de um quintal grande. Não me importo de ter uma casa pequena, mas quero um quintal gigante.

Ela se deitou na grama fria.

— Sombra sob as árvores ornamentais, caminhos atravessando os jardins de flores de corte e jardins de borboletas. Casas extravagantes para passarinhos, e chafarizes. Quero o pacote completo.

Morgan se deitou ao lado dela.

— A gente deveria comprar uma casa extravagante para passarinhos. Não sei ao certo o que é um jardim de flores de corte, mas agora quero um.

— Eu posso fazer um.

Ela se aproximou e apertou a mão de Morgan.

— Eu gosto muito daqui. Não é o jardim gigante dos meus sonhos, mas tem muito potencial. Principalmente porque você me dá passe livre para fazer o que quiser.

— Cada uma tem seu ponto forte.

— Você deveria chamar o Bonitão para jantar aqui um dia.

— Nenhuma de nós sabe cozinhar.

— Podemos dar um jeito. Posso pedir para a Mama preparar algo simples, mas impressionante. Ela vai saber o que fazer. Vamos guardar essas coisas e pensar no que você vai vestir para o seu encontro.

— É só uma pizza, Nina.

— Hoje é só uma pizza, mas, amanhã, quem sabe? Cada uma tem seu ponto forte — Nina a lembrou enquanto se sentava. — Namoro é a minha área. Acho que o encontro com o Bonitão Viajante pede um look casual e sexy.

— Acho que não tenho nada que atenda a esses critérios.

— Confie em mim, posso dar um jeito nisso também.

Morgan se perguntou se o Bonitão Viajante apareceria no Próxima Rodada no sábado à noite — depois se perguntou o que significava a decepção que sentiu quando ele não apareceu.

Ela disse a si mesma que era melhor assim, já que o bar estava lotado novamente. E pegou um turno da tarde curto quando o bartender de domingo precisou passar por uma apendicectomia de emergência.

Morgan foi direto do trabalho para o jantar na casa da família de Nina, onde comeu uma deliciosa paella e deu boas risadas.

Na segunda-feira, após o trabalho, voltou para casa de bicicleta. Como passara parte da curta folga do fim de semana examinando e reexaminando suas finanças, projetando quanto poderia gastar, ela conversara com seu chefe do trabalho de gerente administrativa sobre os custos de derrubar a parede e reformar a cozinha — novos eletrodomésticos, novas bancadas, novos armários. O pacote completo.

Com aquele valor em mente, ela pedalou para casa, fazendo ajustes para que seus planos se enquadrassem às finanças. Ela poderia pintar os armários em vez de trocá-los — por ora, pois se recusava a desistir da ilha de cozinha de seus sonhos.

Assim que estacionou a bicicleta, Nina apareceu na porta da frente da casa.

— Você não tem muito tempo.

— Tenho uma hora e meia. Quase.

— Entre, *amiga mia*. Temos muito trabalho pela frente. Vou fazer sua maquiagem.

— Eu sei me maquiar.

— Você sabe fazer maquiagem séria de gerente administrativa e maquiagem de barwoman simpática, mas que impõe limites. Mas sabe fazer maquiagem sexy e casual para um encontro em uma pizzaria?

— Isso é muito específico, mas talvez eu saiba.

— Não me venha com talvez — disse Nina levantando um dedo. — Meu banheiro. Já preparei tudo. Peguei um banco para você, já que é quinze centímetros mais alta que eu.

— Quase dezesseis.

— Não precisa esfregar na minha cara, Pernalonga.

Nina, sendo quem era, levou quase a metade do tempo que Morgan tinha para aperfeiçoar seu trabalho.

— Sinto como se meu rosto tivesse ganhado dois quilos.

— Valeu cada grama. Olha só esse rosto. Seus olhos verdes são lindos, mas agora estão maravilhosos! Fiz um bom trabalho.

Morgan não podia discordar. Não com aqueles olhos que agora pareciam enormes e ainda mais verdes, e com a pele radiante e cheia de vida apesar das (ou graças às?) infinitas camadas de base e contorno.

— O brilho labial vermelho funcionou perfeitamente — decidiu Nina, analisando os frutos de seu trabalho. — O batom matte teria deixado o resultado sexy demais. Assim está ótimo. Seus lábios são perfeitos, grossos e largos na medida certa. Agora vá se vestir.

— O que você vai fazer hoje à noite?

— Vou ficar em casa.

Nina a seguiu até o quarto para se certificar de que Morgan vestiria as roupas que ela escolhera.

— Sério?

— Tenho as sobras da comida de ontem da Mama. Vou tirar uma noite de descanso e beleza. Banho de espuma, máscara capilar, máscara facial. Um *longo* banho de espuma com uma taça de vinho e velas. Uma noite de autocuidado. Depois, vou querer saber tudo sobre o seu encontro.

— É só uma pizza. E agora todos esses preparativos me deixaram nervosa.

— Você tem que começar de algum lugar. Nossa, a sua bunda é magnífica — acrescentou, enquanto Morgan se contorcia para entrar num par de jeans justo. — Um quilômetro de pernas coroadas por uma bundinha bem-definida.

Morgan olhou para trás, sem se virar, e sacudiu a bunda.

— Está dando em cima de mim?

— Se o Viajante não der, é porque tem alguma coisa errada com ele.

— Não quero que ele dê em cima de mim descaradamente.

Morgan colocou o suéter azul-vivo.

— Algo sutil, despretensioso, poderia ser aceitável.

Sob o olhar atento de Nina, ela trocou os brincos por um par de argolas, pegou as melhores botas que tinha e vestiu a jaqueta de couro cinza que sua mãe lhe dera no Natal.

— Estou apresentável?

— A personificação do estilo casual sexy.

Nina tirou um pequeno spray do bolso.

— Atravesse a nuvem de perfume — ordenou ela, borrifando.

Revirando os olhos, Morgan obedeceu.

— Perfeito. Agora vamos beber alguma coisa.

— Já vou tomar uma taça de vinho no jantar.

— Você vai tomar um gole de vinho agora, só para acalmar os nervos. E, se você se empolgar e tomar duas taças no jantar, leve seu *date* para caminhar pela Rua da Feira até o parque e o lago, e depois voltem. Pensando bem, você precisa da minha echarpe floral azul. Vai dar o toque final.

Às sete em ponto, embora Nina insistisse que ela não deveria chegar na hora, Morgan abriu a porta do Luigi's.

O som ambiente era um burburinho moderado, do jeito que ela achava que deveria ser em um bom restaurante, e o salão cheirava a molho de tomate, temperos e queijo derretido.

Ela ficou aliviada ao ver que Luke já estava sentado à mesa, e o sorriso que ele abriu ao vê-la fez muito bem para seu ego.

Ele se levantou quando ela se aproximou, tomou a mão dela e beijou sua bochecha de leve.

— Você está linda.

— Obrigada. Espero não ter deixado você esperando por muito tempo.

— Acabei de chegar. Que jaqueta incrível — comentou ao ajudar a tirá-la.

— Foi presente da minha mãe.

— Ela tem ótimo gosto. Eu pedi uma garrafa de vinho tinto quando cheguei. Espero que não se importe. Podemos trocar se você preferir outra coisa.

— Tinto está bom. Como foi seu fim de semana?

— Produtivo. Segui seu conselho e dei uma volta no Inner Harbor.

Ele exibiu aquele seu sorriso aberto para a garçonete assim que ela trouxe o vinho.

— Já decidiram o que querem pedir?

— Acho que precisamos de mais alguns minutos.

— Tudo bem. Fiquem à vontade.

Luke ergueu sua taça.

— A uma noite agradável em boa companhia. Eu realmente achei que você fosse mudar de ideia.

— E perder a oportunidade de comer pizza de graça?

Ele riu.

— Qual sabor você prefere?

— Qualquer um, todos, nenhum. Não existe pizza ruim.

— Você está falando a minha língua. E o seu fim de semana, como foi?

— Também foi produtivo. Nina e eu plantamos amores-perfeitos. Eles me fazem sorrir toda vez que eu chego ou saio de casa.

— A amiga que mora com você e trabalha em uma loja de jardinagem.

— Exatamente.

— Vocês são boas amigas.

— Somos, sim.

A primeira amiga de verdade, permanente, que Morgan tinha em sua vida nômade.

— É muito bom ter alguém que entende o seu ritmo. Normalmente, quando eu me levanto para ir trabalhar, Nina já saiu de casa, e, quando volto do bar, ela já está dormindo.

— Isso deve ajudar. Digo, vocês têm horários e ritmos diferentes, então cada uma tem seu espaço, o que é bom.

— Pois é. E, quando dividimos esse espaço, gostamos da companhia uma da outra. É estranho não ter uma rotina normal, com vizinhos e amigos por perto?

— Por ora, funciona para mim.

Ele se recostou na cadeira. Um homem confortável na própria pele, confiante consigo mesmo. Morgan achou isso muito atraente.

— Um dia, provavelmente vou querer sossegar em algum lugar. Mas graças ao meu trabalho, posso viajar pelo país e conhecer muita gente interessante.

Aquele sorriso rápido, deslumbrante, apresentou-se novamente.

— Como você.

Ele também tinha um bom ritmo, Morgan decidiu. Flertava na medida certa.

— Você deve gostar do seu trabalho, e imagino que seja muito bom no que faz.

— Eu amo meu trabalho. Crio sistemas que atendem às necessidades dos clientes. Resolvo problemas, facilito a vida das pessoas, expando os horizontes delas. Talvez você possa me mostrar a sua casa um dia, eu poderia te dar umas ideias.

— Talvez.

Ele sorriu novamente.

— Então, pizza.

Ela acabou tomando duas taças de vinho e apreciou cada minuto. Ele contou histórias, como a vez em que projetou um sistema de tecnologia inteligente para uma fazenda em Butte, Montana, e pôde observar bisões pastando no campo.

E ele escutou os planos de Morgan para a cozinha nova, e até deu sugestões. Algumas boas o suficiente para entrar na lista de sonhos dela.

Ele sugeriu uma caminhada.

A brisa da noite estava mais forte, mas era bem-vinda depois do calor do restaurante. E fazia muito tempo que ela não caminhava ao lado de alguém, que não andava de mãos dadas com outra pessoa.

Já era quase dez da noite, muito mais tarde do que ela planejara, quando ele a acompanhou até o carro dela.

— Eu gostaria de te ver de novo, desse jeito. Não que eu não goste de ficar sentado em um banco de bar enquanto você trabalha, mas eu gostaria de te ver de novo. Meus horários são flexíveis. Posso me adaptar aos seus.

Talvez ela tivesse se deixado influenciar por Nina, mas acabou o convidando para jantar.

— Segunda-feira que vem, na minha casa. É o melhor dia para mim.

— Você cozinha?

— Não. Esse é mais um item que vai entrar na lista de coisas que preciso aprender.

— Então a Nina sabe cozinhar.

— Não, mas a mãe dela sabe, e ela pode nos ajudar no passo a passo se você estiver disposto a arriscar.

— Gosto de viver perigosamente. Pode ser às sete?

— Com certeza. Às sete está ótimo.

— Estarei lá. Qual é o seu endereço?

Ela estendeu a mão para pegar o celular dele e anotar as informações.

— Posso te indicar o caminho.

— Sou muito amigo de um tal de Google. Ainda vou passar no bar antes disso. Talvez até arrisque um jogo de dardos.

— O Roddy é imbatível.

— Vou tentar a sorte.

Luke se inclinou para ela, sutilmente. E, com a mesma sutileza, ele a beijou. Não foi muito forte, mas causou um impacto. E o frio na barriga que ela não sentia há tanto tempo fechou a noite com chave de ouro.

– Boa noite, Morgan.

— Boa noite. Eu me diverti muito.

— Eu também. Dirija com cuidado.

Ela dirigiu com cuidado, embora estivesse nas nuvens após o beijo de boa-noite.

E, quando entrou em casa, ainda nas nuvens, Nina, já de pijama e radiante depois da noite de autocuidado, estava esperando por ela.

— Só de olhar para você já sei que esse primeiro encontro foi um sucesso. Quero saber tudo! Ele deu em cima de você?

— Na medida certa. Eu gosto muito dele.

Com um suspiro alegre, ela desabou em uma poltrona.

— Ele é divertido e bom de papo. Já visitou vários lugares e sabe contar boas histórias. E sabe escutar.

Ela levantou os ombros, depois relaxou.

— E, quando ele me beijou, senti um frio na barriga.

— Que tipo de beijo? Quero detalhes.

— Eu diria que foi suave e meio romântico. Sem pressão, sem fogos de artifício. Apenas fácil e eficaz. Acabei convidando-o para jantar aqui na segunda.

— Uau! — Nina pulou da cadeira e fez uma dancinha. — Caramba. Tem certeza de que ele não colocou nada na sua bebida? Nem fez lavagem cerebral?

— Ele é um cara legal, interessante e extremamente bonito. Só isso.

— É mais do que suficiente. A Mama vai nos ajudar a preparar alguma coisa. Ou você prefere que eu desapareça na segunda?

— Não.

A resposta foi imediata e decisiva.

— Por favor, não desapareça. Eu não o teria convidado se você não estivesse aqui.

— Devo convidar o Sam?

— Sim, assim vai ficar mais equilibrado, eu acho. Nada muito elaborado, Nina. Só um jantar simples e fácil. Bem casual.

— Casual e sexy. Deixa comigo, Morgan.

— Ou então podemos pedir comida.

Ela se levantou.

— Vou me preparar para ir para a cama. Você deveria fazer o mesmo. Amanhã você começa às oito — afirmou Morgan.

— Já vou, já vou. Mas, primeiro, vou mandar uma mensagem para a Mama, para que ela comece a pensar no que vamos cozinhar. Não vou te desejar bons sonhos porque seria chover no molhado. Até amanhã. Ai, mal posso esperar para conhecer o cara que Morgan Albright convidou para jantar!

Luke apareceu no bar na terça à noite. Logo puxou papo com ela e com alguns outros clientes assíduos. Ele aperfeiçoou suas habilidades no dardo — e não era nada mau. Tomou as duas cervejas, comeu asinhas de frango.

— Arrumou um namorado, é? — Gracie mexeu as sobrancelhas.

— Não. Ele só vai ficar alguns meses na cidade.

— Não perguntei se tinha encontrado o amor da sua vida.

Conforme as luzes piscavam, um anúncio de que o bar estava para fechar, Gracie encolheu os ombros.

— Ele é muito sedutor, sem dúvida. Eu não confio em caras sedutores. Quase tive um primeiro marido, uns quinze anos atrás. Ele era sedutor. Tão sedutor que acabou seduzindo minha prima Bonnie.

— Ainda bem que ele não é meu quase-primeiro-marido.

— Então você pode se deixar seduzir por ele.

E por que não?, pensou Morgan quando Luke apareceu na noite de quiz.

O fato de ele ter participado da brincadeira garantiu mais alguns pontos para ele com Morgan.

Um homem interessante estava nitidamente a fim dela e, por causa de seus horários, eles não passavam muito tempo a sós. Ainda assim, os dois pareciam aceitar isso numa boa.

Mas isso não significava que ela não estava animada para segunda à noite, apesar de estar apavorada com a ideia de ter que cozinhar, e ansiosa, culpa de uma síndrome de segundo encontro.

Ela reorganizou sua agenda e saiu uma hora mais cedo do trabalho diurno. Voltar para casa de bicicleta e respirar o ar de abril, que finalmente estava começando a esquentar, ajudou a animá-la.

Dentro de algumas semanas, a primavera entraria em cena para valer e as cores começariam a despontar. Ela viu que alguns sinos-dourados da vizinhança já tinham adquirido um tom vivo de amarelo, e um manto verde começava a cobrir o grande salgueiro da esquina. Em seu quintal, as tulipas ostentavam pétalas vermelhas como batom. As azaleias que Nina a aconselhara a plantar na primeira vez que se conheceram, na loja de jardinagem, já estavam cheias de botões, e logo estariam rosa-claras.

Pode parecer besteira, mas, graças a essas plantas, ela sentia que fazia parte da vizinhança.

Morgan estacionou sua bicicleta, sorriu para os amores-perfeitos e entrou em casa, e foi recebida por música no último volume.

Pelo visto, Nina chegara antes dela.

Ela jogou as chaves na tigela que ficava sobre a mesa ao lado da porta, pendurou a jaqueta, guardou a bolsa no armário e entrou na cozinha, onde reinava o caos.

Os cabelos de Nina estavam presos em um rabo de cavalo e ela vestia um avental sujo de sabe Deus o quê. A mãe de Nina lhe dera um avental e enviara outro para Morgan.

Garrafas, jarros e potes tomavam conta da bancada estreita da cozinha. Do ponto de vista de Morgan, parecia que o conteúdo de todos aqueles recipientes dera um jeito de ir parar no avental novinho de Nina.

— Consegui!

Os olhos de Nina estavam arregalados e meio selvagens.

— Eu fiz a marinada para as costeletas. Eu consegui, Morgan.

Ela escancarou a geladeira.

— Viu só?

Com cuidado, Morgan deu um passo para a frente e olhou para a tigela de vidro coberta com plástico filme que Mama emprestara especialmente para a ocasião.

— Eu fiz isso com as próprias mãos!

— Dá para ver — respondeu Morgan, aproximando-se para cheirar a mistura —, e cheira exatamente como deveria. Precisa se sentar um pouco?

— Talvez. Você tem que preparar as batatas. Quando homens vêm jantar, temos que servir carne e batatas, e, como estamos em abril, aspargos. E temos que cozinhar isso tudo, colocar a mesa e deixá-la bonita, e ficarmos bonitas também. Onde estávamos com a cabeça?

— Tarde demais. A mesa não será um problema, você vai conseguir dar conta. Mas, se precisar, posso te ajudar. O canal HGTV vive mostrando várias maneiras de arrumar uma mesa de jantar. Eu posso preparar essas malditas batatas. Se você consegue fazer uma marinada sozinha, posso preparar as malditas batatas. Deixa comigo.

Morgan vestiu o avental. Após lavar as batatas e cortá-las em formato de cunha, de acordo com a receita da mãe de Nina — e entrar em pânico porque os pedaços não estavam do mesmo tamanho, será que seria um problema? —, ela ficou satisfeita ao constatar que seu avental não parecia tanto uma pintura de Jackson Pollock como o de sua amiga.

Ela seguiu as instruções de Mama ao pé da letra, o que não foi fácil, pois, em vez de medidas precisas, Mama dizia coisas como: Use os seus olhos, use o seu nariz.

Então, ela começou. Combinando temperos em uma tigela, ela olhou, cheirou. Depois de misturar tudo e acrescentar o óleo, distribuiu as batatas em uma assadeira e cruzou os dedos.

Ela deixou a decoração da mesa nas mãos de Nina, era a especialidade dela, e atacou a arrumação da cozinha, que era a sua.

Já exausta, tirou as roupas de trabalho e colocou um par de calças cáqui e uma camiseta rosa-choque, e se perguntou, sinceramente, como algumas pessoas conseguiam fazer isso todos os dias.

E elas ainda tinham que preparar os aspargos e esquentar os pães. E lá foi ela colocar o avental novamente.

Nina, bela e tranquila como uma manhã primaveril, foi até ela no corredor.

— Então, apenas azeitonas, queijo e alguns legumes crus. Essa parte já está pronta. Pena que a cozinha é tão pequena, não tem muito espaço para todo mundo se reunir lá.

— Na próxima primavera — prometeu Morgan. — O cheiro está ótimo, Nina. Parece até que sabemos o que estamos fazendo.

Elas estavam grudadas uma à outra na cozinha, em pé, olhando atentamente para o forno.

— E a cara está ótima também. Tem certeza de que os aspargos vão ficar prontos em apenas dez minutos?

— A Mama sabe — respondeu Nina solenemente. — Mas temos que cortá-los antes que eles cheguem, ou seja, agora. Então, lá pelas sete e quinze, podemos começar a cozinhá-los tranquilamente. Que parte do preparo você prefere, refogar ou cozinhar no vapor?

— Ai, meu Deus. Ai, meu Deus. Vapor.

— Essa é a parte que eu queria. Só tem um jeito de decidir.

Nina estendeu uma mão fechada.

— No três.

— Droga — praguejou Morgan quando a pedra de Nina esmagou sua tesoura.

Às sete, a música já estava baixa, a comida estava no forno e os petiscos, prontos para serem servidos.

A batida na porta aconteceu pontualmente.

— Hora de tirar os aventais! — ordenou Nina.

Elas abriram a porta juntas e se depararam com os dois homens na entrada.

— Chegamos ao mesmo tempo.

Adorável como sempre, com seus óculos de armação grossa, Sam ofereceu a Nina um buquê de tulipas cor-de-rosa e a Morgan uma garrafa de vinho.

— Vou fazer o contrário — disse Luke, entregando a Morgan um arranjo de jacintos roxos em um vaso de vidro redondo. — Oi, Nina. Eu sou o Luke. — E deu a ela outra garrafa de vinho.

No fim das contas, depois de tanto trabalho e preocupação, até que foi fácil.

Eles se amontoaram na cozinha e na pequena sala de jantar, as taças de vinho nas mãos. Ela teve a impressão de que Luke e Sam se deram bem de imediato — o cara do TI e o jogador inveterado de videogame tinham muito o que conversar.

Na esperança de que a maré de sorte não baixasse agora, Morgan colocou a manteiga na frigideira para refogar os aspargos.

— Não há nada melhor que comida caseira durante uma viagem de negócios.

Luke deu um beijo despretensioso na bochecha dela.

— Muito obrigado por isso.

— Espero que realmente seja uma comida caseira, e não um desastre completo.

Ele riu.

— O cheiro está maravilhoso. Posso usar seu banheiro para lavar as mãos?

— Lógico. Fica no corredor à esquerda da sala, primeira porta à direita.

— A contagem regressiva de dez minutos está prestes a começar — anunciou Nina, e Sam passou um braço em volta da cintura dela.

— Não acredito que vocês fizeram tudo isso. Trabalharam o dia inteiro e ainda prepararam uma refeição como essa.

— Você ainda não provou — Morgan o lembrou.

— Trabalharam o dia inteiro — repetiu Sam, beijando a testa de Nina — e passaram esse tempo todo preparando o jantar.

Satisfeita, Nina levantou o rosto para receber um beijo.

— Ok, lá vai.

Morgan deslizou os aspargos na manteiga derretida e definiu um cronômetro de cinco minutos no celular. Ela mexeu a frigideira e tentou usar os olhos e o nariz para medir o sal e a pimenta.

Enquanto ela refogava os aspargos, Sam ajudou Nina a tirar as costeletas e as batatas do forno e colocar os pães para esquentar.

— Trabalho em equipe. Já terminei aqui. É com você, Nina.

Elas trocaram de lugar, e Morgan dispôs as costeletas na bandeja — da Mama — e acrescentou alecrim fresco — de acordo com as instruções.

— Desculpem — disse Luke ao voltar. — Recebi uma ligação e tive que atender.

— Tudo bem, já estamos na reta final.

Morgan olhou para ele.

— Está tudo bem?

— Está, sim, só uma pequena mudança de planos para amanhã. Posso ajudar vocês?

— Você pode encher as taças de vinho, caso tenhamos que beber para esquecer.

À mesa, quando tudo já estava pronto e servido, Sam deu a primeira garfada.

— Meu amor — disse ele a Nina, depois sorriu para Morgan. — Meu outro amor.

Nina provou um pedaço da costeleta.

— Caramba. Somos boas nisso, Morg. E agora?

— À comida caseira durante uma viagem de negócios. Senhoritas? — Luke ergueu sua taça de vinho. — Às chefes de cozinha.

— E à Mama. Ela vai ficar orgulhosa da gente, Morgan.

Apesar do dia longo, Morgan aproveitou cada minuto. Um jantar de verdade, na casa dela — o primeiro que não incluiu uma taxa de entrega. Conversas, risadas, a mão de Luke tocando ocasionalmente a dela.

Ela achou fofo quando os homens insistiram em tirar a mesa e lavar a louça, e relaxou durante o tempo que se seguiu, tomando café e comendo bolo Red Velvet — comprado na padaria, é óbvio.

— Sinto muito ter que acabar com a festa. Hoje foi um dos pontos altos da minha viagem, mas, por causa da mudança de planos, tenho que estar em uma obra amanhã às oito.

— Para onde você vai? — perguntou Sam.

— Vão me mandar para Baltimore. Um cara comprou duas casas geminadas e quer transformá-las em uma só para revendê-la, e quer que ela seja inteligente. Devo passar uns dois dias lá. Talvez três. — Ele deu de ombros. — Encaixaram esse projeto na minha agenda no fim da semana passada. O cara é amigo de um dos chefes.

— Oito da manhã em Baltimore? Vai ter que acordar bem cedo — disse Nina.

Ele assentiu.

— É, cedo mesmo, mas vai ser um bom desafio. Converter duas casas geminadas em uma pequena mansão urbana inteligente e ainda assim preservar a história do lugar.

Ele olhou à sua volta.

— Eu adoraria dar um jeito nesta aqui para vocês. Esta casa tem uma ótima estrutura, Morgan.

— É, acho que sim. Quando aquela parede for derrubada, talvez eu a torne inteligente além de espaçosa.

— Quando decidir fazer isso, pode me ligar. Dou um jeito de encaixar você no meu cronograma. Prometo. Obrigado, Nina, e agradeça à sua mãe.

Ele se levantou.

— Tudo estava delicioso. Foi um prazer conhecê-lo, Sam. Devo poder dar uma olhada no seu sistema na semana que vem. Tudo sempre pode ser melhorado.

— Seria ótimo.

Morgan o acompanhou até a porta.

— Dou uma passada no bar quando voltar. Daqui a uns dois dias. Tudo bem se eu te mandar mensagem de vez em quando do meu quarto de hotel solitário em Baltimore?

— Com certeza.

— Posso te levar para jantar quando voltar? Talvez algo mais sofisticado que pizza?

— Seria uma boa.

Quando ele a beijou, um pouco mais intensamente que a primeira vez, com o corpo mais perto, ela pensou que era uma ótima ideia.

— Boa sorte em Baltimore.

— Quem é bom no que faz não precisa de sorte, mas aceito. Boa noite e muito, muito obrigado pelo jantar.

Ela o observou caminhar até o carro estacionado na calçada enquanto a chuva começava a cair naquela noite de abril.

E, quando ela fechou a porta, pensou que talvez, inusitadamente, tivesse um namorado. Temporário.

Nina saiu para espiar.

— Ouvi a porta fechando, então... Eu gostei muito dele!

— Eu também. — disse Sam, também saindo para espiar.

— Eu também, então é unânime.

— Você deveria convidá-lo para jantar na casa da Mama domingo que vem. Ela é sua Mama em Maryland, e aposto que ela iria adorar.

— Talvez. Vou pensar no assunto. Estou indo dormir. Nos vemos amanhã de manhã, Sam?

— Tudo indica que sim — respondeu Nina, e Sam exibiu um sorriso largo.

Ela se preparou para ir para a cama. Ao se deitar, recebeu uma mensagem de Luke.

Quarta-feira, quinta, no máximo. Vou sentir a sua falta até lá.

Mesmo com um sorriso no rosto, e com a sensação boa que tomava conta de seu corpo, ela hesitou. Mas sacudiu a cabeça e respondeu com a verdade.

Também vou sentir a sua falta. Boa noite.

Quando se esticou na cama, ainda estava sorrindo.

Capítulo Três

⌘ ⌘ ⌘

TENDO EM vista a idade avançada e a falta de manutenção por parte de sua dona, não foi uma surpresa quando o carro de Nina não quis ligar na terça de manhã.

Sam, prestativo como sempre, a levou para o trabalho, e Larry, com ares de desaprovação, guinchou o carro até a oficina dele.

Nina voltou para casa reclamando de dor de garganta e das más notícias que recebera de Larry em relação aos reparos.

— A bateria terá que ser trocada, uma tal de correia de ventoinha, fora um sei lá o quê *e* a transmissão. Larry acha que tudo isso deve sair por uns quinhentos dólares.

Ela jogou as mãos para o alto.

— Aff, e lá se vai o meu dinheiro.

— Sinto muito. De verdade.

E, como era mesmo verdade, Morgan deu um abraço apertado nela.

— Você precisa de um chá com mel. Vou preparar para você.

— Obrigada.

Com as pálpebras pesadas e a pele pálida, Nina desabou ao se sentar.

— Odeio esses resfriados de primavera, acho que foi isso que peguei. No meio disso tudo, do resfriado e dos quinhentos dólares, estou me sentindo um lixo.

— Que tal uma sopa?

Morgan abriu um armário e tirou uma lata.

— Frango e macarrão em formato de estrela. Não é a canja de galinha da sua Mama, mas dá pro gasto.

— Está ótimo. Acho que vou tomar um banho quente, me deitar na cama com a sopa, umas torradas e o chá, e assistir a um filme alegre. Depois vou dormir para esquecer esse dia horrível.

— Vá tomar seu banho e se aconchegar na cama. Vou preparar uma comidinha especial para dias horríveis e levá-la para você.

— Eu tenho a melhor locadora do mundo. Abraçaria você novamente, *amiga mia*, mas não quero te contaminar.

Quando Morgan entrou no quarto com a bandeja, Nina estava sentada na cama com seu notebook e uma caixa de lenços de papel.

— Obrigada. Mil vezes obrigada. Já estou me sentindo melhor.

— Você deveria ficar em casa amanhã, passar o dia na cama que nem um bicho-preguiça.

Após colocar a bandeja sobre a cama, Morgan encostou a mão na testa de Nina.

— Você não parece estar com febre.

— É só um resfriado estúpido de abril, e temos muito trabalho na loja.

— Você pode usar o meu carro se for amanhã.

— Já tenho carona para ir e voltar, mas obrigada. Duas mil vezes obrigada.

Ela ergueu a caneca de chá, assoprou e tomou um gole.

— Ai, perfeito. Te devo uma.

— Quando eu tive gastroenterite no ano passado, quem cuidou de mim?

— Eu, porque somos amigas. Pretendo apagar cedo, dormir para que isso passe logo.

— Mande uma mensagem se precisar de alguma coisa. Não vou te mandar mensagem para não te acordar, caso esteja dormindo, mas, quando eu chegar em casa, vou passar no seu quarto para ver se você está apagada.

— Tenho tudo de que preciso e vou tomar um xarope. Isso vai me ajudar a apagar.

Ela tomou uma colherada da sopa.

— Não é igual à da Mama, mas sopa de frango com macarrão sempre me faz bem. Boa noite para você.

Quando Morgan voltou do trabalho, encontrou Nina dormindo profundamente. E, quando acordou de manhã e viu a casa vazia, concluiu que ela devia estar se sentindo melhor.

Por volta das dez, Luke enviou uma mensagem dizendo que provavelmente teria que passar mais um dia em Baltimore. Morgan a leu entre a emissão de uma nota fiscal para uma reforma de banheiro finalizada e uma ligação pedindo um orçamento para a construção de um deque.

Ela estava sentada, em um lugar que era um misto de escritório e recepção, com vista para o estacionamento. Não se importava com a vista, pois, assim, podia ver com antecedência quem entrava e saía do prédio.

Uma espada-de-são-jorge prosperava no canto da sala. Segundo lhe disseram, a planta fora colocada ali pela esposa do chefão uns vinte anos atrás. Agora, ela media mais de um metro e oitenta de altura, e seu vaso vermelho era tão largo que Morgan não poderia abraçá-lo se tentasse.

Bill — o chefe da segunda geração da família Greenwald — contou que a mãe dele insistia que a planta era o amuleto da sorte da empresa. Enquanto ela prosperasse, a empresa também prosperaria.

A esposa de Bill, Ava, ainda usava um capacete e um cinto de ferramentas para trabalhar com a equipe. Nas obras, todo mundo sabia que Ava era a chefe ali e que ninguém deveria se meter com ela.

Bob, o irmão de Bill, era advogado e cuidava dos assuntos legais da empresa. Os dois filhos de Bill e Ava, Jack e Ella, trabalhavam com os pais. Morgan sempre imaginava que, quando abrisse o próprio negócio, sentiria falta de trabalhar para os Greenwald e sua família unida e briguenta.

Enquanto ela lia a mensagem, Bill chegou em seu uniforme tradicional composto de calça cargo jeans e camisa de flanela aberta com uma camiseta por baixo.

Ele tinha cabelos grisalhos debaixo do boné da Greenwald's Construções, olhos gentis por trás dos óculos de armação de metal quadrada e braços musculosos.

— Pela sua cara, eu diria que recebeu uma mensagem do namorado novo. Acertei?

— Pode até ser novo, mas não sei se é meu namorado.

Ele apontou para ela.

— Quando encontrar a pessoa certa, você vai saber. Meu pai contratou a Ava, e nós trabalhamos juntos por mais de um mês. No começo, não pensei nada além de que ela sabia usar o martelo e não levava desaforo para casa. Então, um dia, ela deu uma risada. Você conhece aquela risada.

Franca e escandalosa.

— Conheço, sim.

— Aquela risada acabou comigo. "Essa é a mulher da sua vida, Bill", pensei. "Não tem jeito. É melhor você se acostumar." Vamos completar vinte e sete anos juntos em setembro, e posso dizer que agora estou perfeitamente acostumado. Então, quando a pessoa certa aparecer, você vai saber. Bem, estou indo encontrar o inspetor na obra do Moreni. Depois, vou passar na demolição do Langston para ver se consigo ouvir aquela risada maravilhosa. Se tudo der certo, devo estar de volta às três. Do contrário, eu te aviso.

— Vou segurar as pontas.

— Você sempre segura.

E ela gostava daquilo, pensou Morgan enquanto resolvia mais algumas pendências do trabalho, depois de Bill ter ido embora.

Ela encheu sua garrafa de água no bebedouro e, ao sentar-se de volta em sua cadeira, respondeu à mensagem de Luke.

Espero que isso signifique que tudo está correndo bem. Se estiver de volta, e disponível, no domingo, o que acha de ir jantar com a gente na casa dos pais da Nina?

Ele levou alguns minutos, mas respondeu.

Adoraria! Está tudo indo muito bem, volto em breve.

Que bom. O jantar de domingo é cedo. Normalmente vamos para lá por volta das quatro, comemos umas cinco. Aviso: Muita gente, muito barulho, muita comida.

Estou dentro. Posso buscar você às quatro?

Com certeza.

Espero te ver na sexta à noite, mas nos veremos domingo com certeza. Tenho que ir.

Ele adicionou um emoji de flor.

Quando o emoji sorridente que Morgan enviou apareceu na tela do celular, ele usou um cartão magnético para abrir a fechadura patética da porta dos fundos da casa dela.

As pessoas, principalmente as mulheres, são muito estúpidas.

Luke deu uma olhada na casa, que ele considerava uma bela porcaria. Ainda assim, tinha uma boa estrutura, e a boa localização fazia valer a pena.

Sem demora, lembrou a si mesmo, e seguiu direto para o escritório dela. Ele desinstalaria o software que instalara quando "foi ao banheiro" na última segunda-feira.

Não deixou rastros.

Então, concluiria algumas semanas muito lucrativas em questão de horas.

Finalizaria tudo do jeito dele.

Ela o veria novamente mais cedo do que pensava.

Ele provavelmente a mataria no estacionamento do bar, ao lado do carro dela. Mas, se daquela vez ela não fosse a última a sair, ele a esperaria *dentro* do carro, escondido no banco de trás.

E então... Surpresa! Depois, o *grand finale*. Desovar o corpo e levar o carro até o cúmplice dele em Baltimore. Trocaria o Prius, aquele carro de gente que finge que é engajada e consciente, e seguiria seu caminho, feliz da vida.

Pelo menos ele não teve que transar com ela. Como era um homem experiente, soube logo de cara que não seria fácil levar Morgan Albright para a cama. Economizou tempo, esforço e ladainha.

Mas como ela caiu fácil em todos os outros sentidos!

Usando luvas cirúrgicas, ele abriu o notebook dela.

Ligou o notebook e, honestamente, se perguntou por que a mulher nunca pensara em usar o fruto de seu trabalho árduo para investir em um equipamento melhor e mais recente.

Já havia iniciado a desinstalação quando ouviu passos atrás de si.

Ele se virou, estampando um sorriso inocente quando Nina, que não parecia estar muito bem, apareceu na porta.

— Luke?

Com a voz rouca, ela pronunciou o nome com dificuldade.

— O que está fazendo aqui?

— Oi! Eu convenci a Morgan a me deixar instalar um software no computador dela. Entrei pela porta dos fundos. Não quis acordar você.

Ela estava visivelmente doente, pensou, então precisava improvisar. Ele fez sua melhor cara de compaixão.

— Ela me disse que você não estava se sentindo bem, e que provavelmente estava dormindo. Sinto muito por tê-la acordado.

— Resfriado de primavera. Péssimo. Meu chefe disse que eu deveria ir para casa, ele que me trouxe. Eu estava... Como a Morgan sabia que eu estava em casa, doente? A Angie ligou para ela?

Complicado demais, decidiu. E ela deve ter visto algo nos olhos dele, pois ele percebeu algo nos dela. Algo que dizia: Fuja.

Antes que ela pudesse se mexer, ele pegou o notebook e a golpeou com força. Bateu na lateral da cabeça dela, e o outro lado da cabeça bateu no batente da porta.

Ela mal fez barulho.

Antes que ela caísse, ele levantou o notebook novamente — não valia nada mesmo — e a golpeou mais uma vez.

Ela estragara os planos dele. Não seria mais possível encerrar a história de Morgan com chave de ouro, do jeito que ele queria.

Estava na hora de adaptar o plano.

— Lugar errado — disse ele ao se ajoelhar e virá-la para cima, a fim de pôr as mãos em volta do pescoço dela. — Hora errada para ficar em casa doente, sua vadia. Você não é a mulher certa, mas vai dar pro gasto.

Ele sempre sentia uma descarga de adrenalina ao tirar uma vida.

Embora seus olhos se revirassem e seus pés batessem no chão, ela nunca recobrou a consciência completamente.

Ele a largou no chão ao lado do notebook quebrado.

Ajustando o plano, ele vasculhou a cozinha em busca de um saco de lixo. Dentro, colocou o notebook de Nina, o celular dela, algumas bijuterias que não pareciam valer muita coisa, e os cento e cinquenta e oito dólares que encontrou entre a bolsa dela e a gaveta de calcinhas.

Vasculhou o quarto de Morgan. Surpreendentemente, ela tinha algumas joias decentes. Brincos de diamante — pequenos, mas com um bom corte e boa cor — e um medalhão de ouro — parecia antigo, provavelmente uma herança de família. Ele pegou algumas bijuterias vagabundas também.

Quem guarda sempre tem, pensou ao jogar tudo dentro da sacola.

As vítimas sempre escondiam dinheiro em algum lugar da casa. Ele encontrou a reserva de Morgan — cinco notas de vinte — enroladas dentro de um par de meias de ginástica.

Pegou a chave do carro na tigela ao lado da porta da frente e saiu por onde entrou. Usou o cotovelo para quebrar um dos painéis de vidro da porta dos fundos.

Invasão de domicílio diurna que deu errado, com um fim trágico — é o que pareceria. Uma pena, muito triste.

Ele destrancou o carro e jogou a sacola recheada no banco de trás.

Manobrou e seguiu na direção oposta do centro da cidade. Cantarolando ao som do cover de "Yesterday" gravado por Billie Eilish, ele dirigiu rumo a Baltimore.

Um aguaceiro desabou dos céus enquanto Morgan se preparava para sair do trabalho. Ela checou a previsão do tempo no celular. Era passageiro, estava seguindo para o oeste.

Ela resolveu esperar e enviou uma mensagem para Nina a fim de avisá-la e perguntar se ela queria comida chinesa para o jantar.

A ausência de resposta a deixou desconfiada.

— Talvez ela ainda não esteja se sentindo bem — murmurou enquanto observava a chuva cair. — Deve ter tirado uma soneca após o trabalho.

Ela pediu uma porção extra de macarrão com camarão agridoce, por via das dúvidas.

Quinze minutos depois, com o ar úmido e o céu azul, ela saiu do escritório. Parou no restaurante para buscar a comida, prendendo com cuidado a sacola e sua bolsa no cesto da bicicleta.

Ela esperava ter uma noite tranquila no Próxima Rodada, já que o movimento às quartas-feiras costumava ser menor. Eles ainda não haviam aberto a área externa, mas o fariam em breve.

Quando tivesse o próprio espaço, ela desejava colocar uma área externa completa com um pergolado, e instalaria aquecedores para que os clientes pudessem utilizar a área durante todo o ano, exceto em dias extremamente frios ou chuvosos.

Mais mesas, mais vendas, mais lucro.

Quando não viu seu carro na entrada da garagem, seu coração deu um pulo. Depois, pensou que Nina devia ter saído para buscar alguma coisa. Talvez mais xarope.

Ainda assim, ela sempre perguntava antes de pegar o carro emprestado.

Ela entrou em casa, aliviada quando viu que a chave não estava na tigela. Pendurou a jaqueta, guardou a bolsa e se dirigiu para o quarto de Nina.

Com certeza voltou para casa e saiu outra vez, decidiu. A caixa de lenços de papel estava sobre a cama novamente.

Vou preparar mais chá com mel, pensou, e foi para a cozinha colocar a chaleira no fogo e guardar a comida.

Ela congelou, simplesmente congelou, ao ver o painel de vidro quebrado na porta, os estilhaços no chão.

Morgan recuou, a respiração já ofegante enquanto suas mãos trêmulas tentavam sacar o celular do bolso da calça. Seu cérebro não conseguia pensar em nada além dos números 190.

— Um-nove-zero. Qual é a sua emergência?

— Um arrombamento, um arrombamento. A porta da cozinha.

Ela olhou para os quartos, depois do escritório. E, então, viu a mão, o antebraço, o sangue no corredor.

— Ai, meu Deus! Ai, meu Deus. É a Nina!

Ela foi correndo para o escritório e ajoelhou-se no chão.

— Depressa, por favor! Rua Newberry, número 229. Ela está ferida. Tem sangue. Ela não está se mexendo.

— A ajuda já está a caminho. Pode me dizer seu nome?

— Morgan. Nina está ferida, está sangrando. Eu acho... acho que ela está morta.

Não. Não. Não. O que posso fazer? O que devo fazer?

— Morgan, há um intruso na sua casa?

— Eu não sei. Eu não sei. Ela não está respirando. Não consigo encontrar o pulso. Você tem que me ajudar.

— A ajuda já está a caminho. Consegue ouvir as sirenes? Vá para o lado de fora, Morgan, para esperar a ambulância e a polícia.

— Não vou deixá-la aqui. Devo fazer a manobra de reanimação? Eu... eu fiz um curso. Ela está fria. Meu Deus, ela está tão fria. É melhor eu ir buscar uma manta.

— Nina está fria?

— Vou buscar uma manta.

— Morgan, a ambulância já está estacionando. Está ouvindo as sirenes? Vá abrir a porta, Morgan. Abra a porta para eles.

Correndo, ela desviou do trajeto para pegar a manta no sofá e abriu a porta da frente com força.

— Depressa, por favor. Ela está fria, e está sangrando. Não acorda.

Morgan correu atrás dos paramédicos e então ficou parada, tapando a boca com as mãos.

Um deles, uma mulher de cabelos ruivos e olhos azul-claros, olhou para ela.

— Senhorita, há quanto tempo ela está assim?

— Eu não sei. Acabei de chegar em casa. Eu me atrasei por conta da chuva e da comida chinesa... Cheguei em casa e vi o vidro quebrado, e depois a Nina. Você pode acordá-la?

— Vou declarar o óbito — murmurou o outro paramédico, e a mulher foi até Morgan.

— Vamos nos sentar.

— Vocês vão levá-la para o hospital?

Ela sentia como se algo pesado e duro estivesse pressionando seu peito. Não conseguia respirar. Um som alto e agudo ecoou em seus ouvidos.

— Ela precisa ir para o hospital.

— Eu sinto muito, muito mesmo, mas não há nada que possamos fazer. Sua amiga está morta.

— Não. Não.

— Sinto muito. Você está em choque. Vamos nos sentar.

— Não. Não — repetia Morgan enquanto a paramédica a guiava até o sofá. — Eu... eu deixei cair a comida. Deixei cair no chão.

— Vamos cuidar disso depois.

Ela ajudou Morgan a se sentar no sofá, cobrindo-a com a manta quando ela começou a tremer.

Depois, olhou na direção dos dois policiais que entravam na sala.

— Um-dois-nove no corredor com meu colega. A moça que ligou está em choque. A vítima está fria, já faz algumas horas que está ali. Pode me dizer seu nome?

— Morgan. Morgan Albright. Ela se chama Nina, Nina Ramos.

As lágrimas começaram a rolar.

— Por favor, vocês não podem ajudá-la?

— Vou buscar um copo de água para você. Fique sentadinha aí e converse com o policial.

— Srta. Albright.

O policial sentou-se ao lado dela. Morgan tentou se concentrar no rosto dele, mas tudo parecia fora de foco.

— Sou o agente Randall. Pode me contar o que aconteceu?

— Eu não sei. Eu não sei. Estava chovendo. Eu não queria pedalar na chuva, então esperei. Queria comida chinesa, então parei no restaurante. Nina não respondeu à minha mensagem, mas ela está resfriada, então achei que podia estar tirando uma soneca. Talvez. E o meu carro sumiu, e o dela está na oficina, então talvez ela tivesse saído para buscar alguma coisa. Não tem problema. Ela sabe que não tem problema.

— Seu carro? Qual é o carro?

— Hum. Obrigada.

Tudo parecia muito distante agora. Como se ela estivesse olhando pelo lado errado do telescópio.

Ela pegou o copo de água, usando as duas mãos trêmulas para levá-lo à boca.

— Um Prius.

— De que cor? Que ano? Sabe o número da placa?

— É azul. Azul-escuro. 2019. Eu... eu não me lembro da placa. Não consigo me lembrar.

— Tudo bem. Você chegou em casa e encontrou a Nina?

— Cheguei em casa e fui ao quarto dela. Ela tinha voltado do trabalho, porque a caixa de lenços estava sobre a cama. Ela está resfriada. E eu ia preparar um chá para ela. Coloquei a chaleira no fogo. Esqueci que preciso desligá-la.

— Eu já desliguei — disse a paramédica. — Está tudo bem.

— Eu vi o vidro quebrado. Eu vi e me assustei, aí liguei para a polícia. Então eu a vi. Vi o braço dela, e o sangue.

— Onde você estava antes de vir para casa?

— No trabalho. Na Greenwald's Construções. Tinha começado a chover.

— Por volta das cinco. Não durou muito.

— Não. Eu chequei a previsão do tempo e resolvi esperar. E liguei para o restaurante para pedir uma comida para o jantar.

— Como veio para casa?

— De bicicleta. Costumo ir de bicicleta para o meu trabalho diurno quando o tempo está bom. E, quando a Nina não tem um encontro e eu tenho tempo, nós jantamos juntas antes de eu voltar para o trabalho.

— Na Greenwald's?

— Não, não. No Próxima Rodada.

— Você é a barwoman — afirmou Randall. — Achei que a conhecia de algum lugar. Estive lá algumas vezes. Srta. Albright, há alguém para quem possamos ligar ou algum lugar onde possa ficar esta noite?

— Eu moro aqui.

— Talvez você possa dormir em outro lugar hoje?

— Eu não...

E, então, a realidade caiu sobre ela como uma tonelada de tijolos, e tudo entrou em foco de forma cruel.

— Ela está morta. Nina está morta. Alguém arrombou a casa e fez isso com ela. Nós não temos nada de valor. Não temos nada.

— O que acha de darmos uma olhada para ver se há algo faltando? Que tal o quarto da Nina?

Ela se levantou e atravessou a claridade terrível até o quarto de Nina.

— Não estou vendo o notebook dela. Ela ganhou um MacBook de Natal dos pais. Não foi no último, mas no ano retrasado. Ele era rosa. A capa de proteção. E seu celular, um iPhone. Mas poderia estar no bolso da calça dela.

Ela respirou fundo.

— Alguém mexeu na cômoda dela. Ela é bagunceira, mas nunca deixaria as gavetas abertas desse jeito.

— Você poderia dar uma olhada sem tocar em nada?

— As caixas estão no chão. Os organizadores transparentes onde ela guardava as bijuterias. Ela não tinha nada de valor, mas guardava as bijuterias naquelas caixas, e agora elas estão no chão. Tinha algum dinheiro guardado, não sei quanto, na gaveta de roupas íntimas. Não devia ser muito mais de cem dólares.

— Algo mais?

— Não sei.

— Vamos olhar o seu quarto.

Ela atravessou o corredor, respirando fundo.

— Não sou bagunceira. Alguém mexeu nas minhas coisas. Eu tinha, ai, meu Deus, eu tinha um par de brincos pequenos de diamantes e um medalhão de ouro antigo que pertenceu à minha bisavó. Todo o resto era bijuteria. Eu tinha cinco notas de vinte enroladas dentro daquelas meias que estão no chão.

Ela fechou os olhos, sentiu que estava perdendo o equilíbrio. Firmou os pés no chão para se estabilizar.

— Meu notebook, no meu escritório. O quarto onde... O outro quarto. Ele estava no chão. Ele estava no chão, quebrado e coberto de sangue. Eu não tinha me dado conta antes. Quem fez isso o usou para bater nela. Ele estava quebrado e ensanguentado no chão. Alguém bateu nela e depois a matou. E eu não estava em casa para ajudá-la.

Ela tentou em vão enxugar as lágrimas que não paravam de correr por seu rosto.

— A chave do carro não estava na tigela lá na entrada. A pessoa deve ter visto e simplesmente ido embora com o meu carro depois de fazer isso com a Nina.

Ela respirou fundo novamente.

— A placa é 5GFK82.

— Isso é muito útil.

— Vocês precisam encontrar quem fez isso. Ela teria dado tudo o que pedissem. Não precisavam ter feito isso. Ela trabalha na Loja de Jardinagem Florescer. Alguém deve ter dado carona a ela, porque o carro dela está na oficina. Isso quer dizer que alguém sabe a que horas ela chegou em casa. A mãe dela...

A lembrança partiu o coração de Morgan, o que a fez desabar no chão, e deixar as lágrimas correrem livres.

Eles queriam que ela tomasse um sedativo leve, mas ela recusou. Tudo o que podia fazer era sentir, e não abriria mão daquilo. Insistiram para que ela passasse a noite em outro lugar enquanto faziam o que tinham que fazer.

Ela se recusou.

Ficou sentada do lado de fora, sozinha, e se obrigou a ligar para o bar, o que desencadeou mais lágrimas e mais ofertas para se hospedar em outro lugar.

Bill apareceu — o chefe noturno deve ter ligado para o diurno.

Ele não disse nada, apenas sentou-se ao lado dela e a abraçou.

— Você vai para casa comigo agora — afirmou quando ela deu uma pausa no choro.

— Não posso. Não posso. Se eu for embora agora, acho que nunca conseguiria voltar. Acho que nunca seria capaz de morar aqui de novo se eu for embora hoje. Esta é a minha casa. Eu preciso da minha casa.

— Vou consertar aquele vidro quebrado e colocar uma trava de segurança na porta. Só sairei daqui quando disserem que posso fazer isso. E vou pedir para Ava trazer o meu carro. Você vai ficar com ele emprestado. Eu tenho a caminhonete. Não vou te deixar aqui sem carro. Isso não é negociável.

— Ok. Obrigada. Eles precisam localizar o meu carro para encontrar quem fez isso. O responsável tem que apodrecer na cadeia.

— Pode apostar nisso, querida. Nem pense em vir trabalhar amanhã. Não venha enquanto não se sentir pronta. Está me ouvindo?

— Eu quero... eu preciso visitar a família da Nina amanhã. Não quero incomodá-los agora. Sinto que não deveria ir lá hoje. E o Sam... Os policiais disseram que iriam falar com ele, pediram para eu não contar ainda. Não sou burra, eles querem garantir que ele não estava aqui. Ele nunca encostaria um dedo nela, mas eles querem falar com ele. Tenho que falar com ele amanhã.

— Se precisar de alguma coisa, há muita gente disposta a ajudar. Você é importante para a comunidade, Morgan.

Ele deu um tapinha carinhoso no joelho dela.

— Vou ver se já posso dar um jeito naquela porta.

Quando ela finalmente ficou sozinha, bem depois da meia-noite — parecia que já fazia dias, e não horas —, deu uma olhada no cartão que um dos policiais lhe entregara. Um serviço de limpeza de cenas de crime.

A cena do crime que eles disseram que haviam liberado, como se estivessem falando de uma mesa de restaurante. A cena do crime onde Nina morreu.

Mas ela não ligaria para eles. Tratava-se de Nina, Morgan cuidaria daquilo pessoalmente. Essa era a última coisa que poderia fazer por alguém a quem amou como a uma irmã.

Então, tarde da noite em uma casa que ecoava com o silêncio, ela pegou um balde, um pano de chão e uma escova.

Eles levaram o notebook — prova do crime. Tiraram fotos, fizeram vídeos e coletaram impressões digitais. Os detetives conversaram com ela — perguntas e mais perguntas, uma após a outra. Mas deixaram o sangue no chão, no batente da porta, na parede do escritório dela.

Levou muito tempo, mais do que deveria, porque ela passou mal uma vez e perdeu o controle duas. Mas ela conseguiu. Repetiria o processo sob a luz forte do dia se necessário.

Ela jogou a comida chinesa no lixo e se permitiu tomar uma única taça de vinho, na esperança de que isso a ajudasse a dormir.

E, no silêncio, no vazio, se deitou na cama de Nina e abraçou o travesseiro que ainda tinha o cheiro do xampu da amiga.

Quando pensou que já havia chorado tudo o que podia, as lágrimas escorreram novamente.

No amanhecer de um novo dia de abril, Morgan finalmente se deixou levar pela paz do sono.

Capítulo Quatro

⌘ ⌘ ⌘

Morgan estava boiando em um poço de dor e tristeza. Não podia afundar, não podia se permitir imergir. Ela teve que falar com a polícia novamente. Responder a perguntas, fazer declarações formais. Isso mantinha a dor viva, e a água do poço profunda.

A família de Nina se tornara a sua, e ela não poderia ajudá-los se afundasse. Ela sentou-se ao lado deles, chorou com eles, fez o possível para ajudar com os preparativos para o funeral.

Seus dois chefes insistiram para que ela tirasse uma semana de folga, e seus colegas de trabalho lhe traziam comida. Ensopados, massas, presunto, frango.

Dividiu tudo com Sam. Quando ele não estava com a família de Nina, estava com ela.

Ele tinha o próprio poço.

Ela estava sentada ao lado dele enquanto os dois se esforçavam para comer um pouco do último ensopado recebido.

— Ainda não teve notícias do seu carro?

— Não.

Como ele contribuíra com vinho para a refeição que nenhum dos dois queria comer, ela tomou um gole.

— Acho que ele já era. Os policiais não usam essas palavras, mas tudo que eles dizem tem deixado isso bem na cara. Fiz o pedido de reembolso do seguro hoje.

Ele fez um carinho na mão dela.

— Tem tido pesadelos?

— Sim, com certeza.

— Eu também. Se quiser que eu passe uma noite aqui, ou se preferir ir para a minha casa, saiba que a oferta ainda está de pé.

— Eu sei.

— E se tiver um pesadelo muito ruim, pode me ligar.

Foi a vez dela de acariciar a mão dele.

— Isso também vale para você. Bill foi muito generoso ao me emprestar o carro dele, mas preciso começar a procurar um para mim. Antes de retornar ao trabalho.

— Se precisar de ajuda com isso, é só falar.

— Obrigada.

Ela não mencionou que o pagamento do seguro seria muito inferior ao valor que pagara pelo carro — já usado e com muitos quilômetros rodados —, sem contar a franquia alta.

Mas esse problema ficaria para outro dia.

— Terminamos de empacotar o quarto dela hoje. A mãe e a irmã da Nina e eu.

Ele balançou a cabeça e olhou nos olhos dela.

— Fui ver os pais dela antes de vir para cá. As fotos que você os ajudou a escolher para o velório são perfeitas.

— Eles não me culpam.

— Porque você não tem culpa.

— Meu cérebro sabe disso. Ou quase. Mas... Eu nunca, nunca imaginei que alguém poderia invadir esta casa. Sinceramente, o que aquele filho da puta conseguiu com isso? Nem o carro vale muita coisa. Se eu tivesse instalado fechaduras melhores ou investido em um sistema de alarme...

— Pare.

Desta vez, ele pegou a mão dela e a segurou entre as suas.

— Pare com isso. Ela me mandou uma mensagem avisando que o chefe tinha dito para ela ir para casa. E se o chefe não tivesse falado nada? E se eu tivesse vindo trazer um xarope ou preparar uma sopa para ela? E se? Mas o fato é que ninguém tem culpa a não ser a pessoa que fez isso. Ninguém.

Ela sabia daquilo, então assentiu. Mas ainda assim.

— Foi tão difícil empacotar as últimas coisas dela, Sam, e tirá-las do quarto... Entrar lá sozinha e ver que não havia sobrado nada dela ali.

— Ela amava morar aqui com você. Eu sabia que teria muito trabalho para convencê-la a ir morar comigo, porque ela amava morar aqui com você.

O choro ficou preso na garganta dela, queimando.

— Você ia pedir para ela morar com você?

— Eu ia esperar mais um pouco.

Com um meio-sorriso, ele bateu com um dedo na lateral da cabeça.

— Estratégia. Eu sei que nós só estávamos namorando oficialmente há algumas semanas, mas eu já estava apaixonado por ela há muito mais tempo.

— Ela sabia.

— É verdade?

E, nos olhos dele, ela viu uma tristeza tão profunda quanto a dela.

— Com certeza. Você não era só uma diversão para ela, Sam. Você poderia até levar um tempo para convencê-la, mas ela teria aceitado.

— Como vamos superar a morte dela, Morgan? O que vamos fazer sem ela?

— Não faço ideia. Eu penso no dia em que pintamos o quarto dela, antes de ela se mudar. Eu comprei a casa poucas semanas antes de ela chegar, então a Nina esteve aqui desde o começo. Quando terminamos, ela estava toda suja de tinta lilás, no rosto, no cabelo.

Morgan conseguia ver a cena, ver Nina, como se tivesse acontecido no dia anterior.

— Ela me ensinou a plantar flores, não aceitava "não" como resposta, e me arrastou para o meu primeiro jantar com a família Ramos.

— Eles são pessoas maravilhosas.

— Ela queria que eu saísse com o irmão dela, Rick.

Sam tomou um gole de cerveja.

— É, não. Péssima ideia.

Essa resposta arrancou uma risada fraca da garganta apertada dela.

— Eu me lembro da noite em que ela te levou ao bar, para que eu avaliasse você.

— Nós tomamos shots de tequila.

— Vocês tomaram. Nossa, e a noite que preparamos aquele jantar. Quando voltei do trabalho, ela estava parada bem ali. Parecia que uma bomba havia explodido na cozinha. Ela estava com os olhos arregalados porque tinha conseguido fazer a marinada para as costeletas.

— Aquela noite foi muito boa.

— Foi excelente.

Ele empurrou a comida no prato.

— Você não teve mais notícias do Luke?

— Assim como o meu carro, acho que ele já era. Ele não respondeu à minha mensagem sobre a Nina nem atendeu à minha ligação. Algumas pessoas não sabem lidar com tragédias emocionais, ou não querem.

Ela deu de ombros.

— Foi bom saber antes de as coisas ficarem sérias.

— Ele parecia ser um cara firme.

— Era passageiro. Ele deixou isso explícito desde o início. Mas foi firme naquele momento.

Ela deu de ombros novamente.

— Agora sumiu. Mas isso não importa — disse ela, sinceramente. — Ele não importa.

Antes de ir embora, Sam verificou as trancas na porta dos fundos, como sempre fazia.

— Nos vemos amanhã. Posso vir te buscar, se quiser.

— Estou com o carro do Bill.

— Eu nunca fui a um velório.

— Nem eu.

Só de pensar naquilo, seu estômago ficava embrulhado.

— Ficaremos juntos.

— Isso.

Ele a abraçou, como sempre fazia.

— Tranque a porta quando eu sair.

Ela sabia que ele esperaria do lado de fora até ouvir o barulho da tranca, da mesma forma que sabia que, depois, ela verificaria obsessivamente as trancas da porta dos fundos outra vez. E depois as da porta da frente, antes de ir dormir.

Sozinha, entrou no quarto vazio de Nina, onde as paredes alegres agora tinham retângulos escuros no lugar dos quadros que ela um dia pendurara.

Pôsteres de flores — Nina amava flores. E o quadrado desbotado onde ficava o quadro de cortiça em que ela prendia os desenhos feitos por seus primos mais novos, seus sobrinhos e sobrinhas. Ela também prendia recados para si mesma, lembretes de consultas.

Nada além daquelas formas nas paredes indicavam que Nina Ramos morara ali.

Morgan teria que encontrar alguém para morar com ela. Não tinha como pagar o financiamento e todo o restante sem aquela renda extra. Mas não sabia de que modo poderia suportar outra pessoa naquele quarto.

Ela apagou a luz, fechou a porta e disse a si mesma que encontraria uma solução, porque não tinha outra escolha.

No dia seguinte, às dez da manhã, sentou-se ao lado de Sam em um banco atrás da família de Nina.

Todos estavam presentes, os pais, avós, irmãos, primos, tios e tias, sobrinhos... Alguns vieram de outras cidades, de outros estados e até do México.

Família, amigos, colegas de trabalho, ex-colegas de escola e clientes da loja de jardinagem lotaram a igreja. Um dos primos dela cantou, e foi lindo.

A irmã dela ficou encarregada do discurso, mas outras pessoas também falaram. Como a mãe de Nina pedira para Morgan falar também, ela levantou-se do banco, pôs-se ao lado do caixão coberto de flores e falou sobre a amizade delas, sobre como Nina a ajudara a transformar sua primeira casa em um lar, a ensinara a plantar e fazer seu primeiro jardim, lhe dera uma família quando ela estava tão longe da sua.

Tudo aquilo pareceu um sonho — o ritual, a música, as flores. Até mesmo suas palavras.

Quando a cerimônia terminou, ela se perguntou por que não estava se sentindo diferente de quando começara. Enquanto dirigia para o cemitério, acreditava que, depois do enterro, do ritual, daquelas palavras, a dor se atenuaria, e ela teria uma sensação de encerramento — ou que ao menos estaria no caminho certo.

Mas, quando se sentou ao lado de Sam novamente, desta vez apertando a mão dele como se fosse ficar à deriva sem aquela âncora, nada mudou. O padre disse mais algumas palavras reconfortantes, embora ela não pudesse senti-las.

Ela sentiu o vento frio de abril em seu rosto, viu o verde da grama, o cinza e branco das lápides de mármore. As flores, tantas flores para Nina.

Em algum lugar não muito distante dali um pássaro cantava.

O sol se refletiu na madeira polida do caixão, iluminando o cobertor de rosas brancas sobre ele.

Ela pensou em Nina ali dentro, no vestido rosa-claro que a mãe dela escolhera. O caixão estava fechado, mas Mama quis que ela usasse o vestido rosa e um botão de rosa branca no cabelo.

Mas ela não estava ali dentro, pensou Morgan. Nina não estava dentro daquela caixa forrada de seda, em seu vestido cor-de-rosa e com uma rosa no cabelo.

Ela fora para onde quer que vão aqueles que nos deixam. Ela se fora antes que Morgan chegasse em casa e a encontrasse deitada no chão.

Nina já tinha ido embora.

Túmulos, lápides, palavras e música não eram para os mortos, e sim para os vivos que foram deixados para trás.

De certa forma, ao acreditar naquilo, ela se permitiu afundar por um momento. Por um instante, ela apertou o rosto contra o ombro de Sam e deixou que o luto a submergisse.

Quando pôde respirar novamente, sentir aquele vento frio da primavera, ela deu um passo, embora pequeno, rumo ao encerramento.

Abraçou os familiares, um por um. Ofereceu e trocou condolências apesar da dor de cabeça que a atingira como um raio.

Enquanto caminhava até o carro de Bill, ela pensou: só mais uma parte. Só falta mais uma parte do ritual para os vivos. A reunião na casa da família para comer, conversar, se amparar.

Estar no meio de outras pessoas que compartilhavam a sua dor a ajudou mais do que ela imaginava, com toda a comida e bebida, as lágrimas e algumas risadas conforme as pessoas compartilhavam histórias e lembranças.

Ainda assim, ela foi embora discretamente depois de uma hora, com a cabeça latejando e o cansaço começando a tomar conta de seu corpo. Tudo o que queria era tirar aquele vestido preto, que ela sabia que nunca mais usaria, e se deitar para dormir.

Ficar sozinha antes de ter que enfrentar o que viria depois. Ela teria que voltar a enfrentar a vida.

Quando parou na entrada da garagem, duas pessoas saíram de um carro estacionado na calçada. Ela parou ao ver que caminhavam até ela, de terno preto.

Não parecem ser jornalistas, pensou. Ela aprendera a reconhecer e evitá-los na última semana.

Mais policiais?, pensou. Pessoal do seguro?

Por que agora? O que mais eles poderiam querer dela? O que mais ela poderia dizer?

— Srta. Albright?

O homem de terno, cabelos grisalhos, corpo compacto, mostrou um distintivo. Assim como a mulher, de pele escura, cabelos curtos, cachos pretos, olhos castanho-escuros estranhamente frios.

— Agentes especiais Morrison e Beck, FBI. Podemos conversar com você?

Com a cabeça latejando sem parar, Morgan olhou para os documentos de identificação.

— FBI? Não estou entendendo.

— Nós sabemos que você teve um dia difícil, mas se pudermos entrar e explicar...

— É sobre a Nina?

— Sim, senhorita.

Morgan sentiu como se, depois daquele pequeno passo rumo ao encerramento, ela tivesse voltado duas casas.

— Está bem.

Ela mostrou o caminho.

— Eu já conversei com a polícia, dei meu depoimento. Realmente não sei nada além do que já disse.

Ela destrancou a porta e entrou.

— Posso passar um café — ofereceu, apenas porque achava que deveria.

A mulher — Beck — assentiu levemente.

— Se não for dar muito trabalho.

— Não, tudo bem. Sentem-se. Não vai demorar.

Em vez de sentar-se na sala, Morrison foi atrás dela e ficou em pé na cozinha.

— Você tem uma bela casa.

— Obrigada.

Ela viu o olhar dele se voltar para a porta dos fundos enquanto preparava o café.

— Bill, meu chefe, consertou a porta. A polícia, os detetives que vieram depois dos outros policiais naquele dia, e do pessoal da cena do crime, disse que eu podia consertar o vidro quebrado e colocar a trava de segurança.

— Com certeza.

— Eu tinha uma daquelas fechaduras com botão de pressão por dentro. Ele quebrou o vidro, passou o braço e pressionou o botão.

— Ele?

— Ele, ela, eles... Eu não sei.

— Ela voltou mais cedo que o de costume do trabalho?

De novo, pensou. Ela teria que contar tudo de novo.

— Nina estava doente, então seu chefe disse que ela deveria ir para casa. Ela estava resfriada, e acabou piorando no trabalho. O colega que a trouxe para casa, porque o carro dela estava na oficina, disse que eles pararam na farmácia para comprar um xarope. Ela devia estar deitada, porque o frasco estava sobre a mesa de cabeceira, e havia uma caixa de lenços de papel na cama.

Ela manteve as mãos ocupadas. Pegou as xícaras, o leite, o açúcar e uma bandeja.

Ela contaria tudo de novo, pensou, e depois eles iriam embora para que ela pudesse dormir.

— De acordo com os detetives, parece que ele foi para o meu escritório com a intenção de começar por lá, ou então para se esconder, caso tivesse ouvido algo. A casa deveria estar vazia, mas não estava. Ele estava lá, e, quando ela entrou no escritório, ele a matou. Quantas vezes vou ter que repetir isso?

— Pode deixar que eu levo a bandeja.

Ela deixou, porque queria se sentar. Queria se sentar e acabar logo com aquilo.

Beck continuou assim que eles voltaram para a sala.

— Você deixava a chave do carro dentro de casa. À vista?

— Sim, caramba.

O seu lado racional sabia que eles só estavam fazendo o trabalho deles, mas o restante dela simplesmente não se importava.

— Eu já disse tudo isso também. Eu costumava deixar a chave na tigela perto da porta da frente. Eu entrava em casa e colocava a chave na tigela. Sempre sabia onde ela estava. Ele achou que a casa estaria vazia, essa é a teoria dos detetives.

Esforçando-se para continuar, pressionou os dedos sobre os olhos.

Acabem logo com isso.

— Ele entrou e matou a Nina só porque ela estava em casa. Ele levou as joias dela e as minhas, que não valiam muita coisa. Eu tinha cem dólares enrolados em uma meia, ele pegou tudo e levou o dinheiro que ela guardava na gaveta. Não devia ser muita coisa. Ele levou o MacBook e o iPhone dela. Não tinha motivo para levar o meu notebook, já que ele o quebrou nela. De qualquer maneira, ele não valia muita coisa, já tinha uns cinco anos. Depois, ele pegou a chave na tigela e foi embora no meu carro. Isso é tudo o que eu sei.

Beck abriu uma maleta fina e tirou uma foto de dentro.

— Você reconhece este homem?

O cabelo dele estava mais comprido, com um penteado estiloso e descontraído, como se tivesse sido bagunçado pelo vento. Mas, fora isso...

A dor de cabeça dela se transformou em náusea.

— Luke Hudson.

— De onde você o conhece?

— Do bar onde eu trabalho à noite, há umas três semanas. O Próxima Rodada. Ele apareceu no bar. Eu sou barwoman. Ele queria um chope artesanal, puxou conversa. Disse que ficaria na cidade por alguns meses. Trabalhava com TI, casas e escritórios inteligentes.

Como as mãos de Morgan tremiam, ela as escondeu sob as coxas.

— Mas nada disso é verdade, né? Senão vocês não estariam aqui. Foi ele quem fez isso? Não entendo como seria possível. Foi ele quem fez isso?

— Ele já esteve aqui? — Morrison, ignorando a pergunta, insistiu. — Na sua casa?

— Uma vez. Nós fizemos um jantar. Eu, Nina, ele e Sam. Nina estava saindo com Sam Nichols. Nós os convidamos para jantar na... na... na...

Ela fez uma pausa e comprimiu os lábios.

— Na segunda-feira antes da morte dela. Minha noite de folga.

Beck anotou alguma coisa em um caderno. Morgan começou a esfregar as mãos nos braços, que agora estavam arrepiados.

— Eu... Ele esteve no bar algumas vezes. Tomava cerveja artesanal, comia alguma coisa, conversava. Era amigável, mas não forçava a barra. Ele conversou com alguns outros clientes. Depois de ir ao bar algumas vezes, ele me chamou para jantar. Algo casual, pizza, e eu pensei, por que não? Nós nos encontramos no Luigi's, comemos pizza e tomamos vinho.

— Vocês tiveram relações sexuais?

Ela olhou para Beck.

— Não. Ele esteve no bar algumas vezes. Nós comemos pizza uma noite, e Nina e eu decidimos convidá-lo, junto com Sam, para jantar. Segunda-feira é minha noite de folga. Eu já disse isso — lembrou ela. — Eu não trabalho aos domingos e segundas à noite, a menos que o bar esteja com a equipe reduzida.

— Então, ele veio jantar — apontou Morrison.

— Isso.

Ela pôs as mãos sob as coxas novamente.

— Nós cozinhamos, foi a primeira vez que nós duas preparamos um jantar de verdade. Ele disse que houve uma mudança na agenda dele e que teria que fazer um trabalho em Baltimore por dois ou três dias. Ele me mandou algumas mensagens enquanto esteve fora.

— Ele saiu do cômodo em que você estava, em que vocês três estavam, em algum momento?

— Não, nós...

Ela soltou as mãos das coxas e pressionou os dedos sobre os olhos novamente. Agora a dor de cabeça também se fazia sentir.

— Sim. Ele saiu, sim. Ele perguntou se podia usar o banheiro para lavar as mãos. O lavabo fica logo ali. — Ela apontou a direção. — Quando ele voltou, pediu desculpas pela demora, disse que tinha recebido uma ligação importante.

— Ele se ausentou por quanto tempo?

— Eu não sei. Estávamos tomando vinho, conversando e... Espere. Espere.

Ela passou as mãos no cabelo, vigorosamente.

— Os aspargos. Eu acho... Sim, quase dez minutos. Foi ele quem fez isso? Quem é ele? Por que ele faria uma coisa dessas? Por causa de um MacBook e um Prius usado? Isso é loucura.

— O nome dele é Gavin Rozwell, e isso é o que ele faz. Ele é um psicopata, um golpista, um assassino em série. E você, Srta. Albright, faz o tipo dele.

— Faço o tipo dele? Que tipo é esse?

— Magra, loira, solteira, entre vinte e quatro e trinta anos. O nome unissex é um bônus.

Ela ouviu as palavras pronunciadas por Beck, mas elas pareciam estar em outra língua.

— O quê?

— Fica mais fácil para ele roubar a sua identidade e se tornar Morgan Albright. Ele provavelmente selecionou e pesquisou sobre você antes de entrar naquele bar.

— Isso ainda me parece loucura — insistiu ela. — Por que ele roubaria a minha identidade? Eu não sou ninguém. Não tenho nada.

— Você tem esta casa — indicou Morrison. — Você tinha um carro. Você tem dois empregos, então certamente tem uma conta bancária.

— E o mais importante — acrescentou Beck —, ele gosta disso. Você tem cartões de crédito?

— Tenho um. Eu o uso principalmente para comprar comida e abastecer o carro, pago mensalmente. É útil para aumentar minha pontuação de crédito.

— Ele provavelmente estourou o limite, fez pelo menos mais um cartão no seu nome, e estourou o limite desse também. Você acessa a sua conta pela internet?

— Sim. Com meus horários de trabalho…

— Você acessou a sua conta bancária na última semana?

— Não. Por que teria feito isso? Acabamos de enterrar a Nina. Hoje. Nós enterramos a Nina hoje.

— Você poderia acessá-la agora?

Ela quase se levantou para ir buscar o notebook no escritório antes de se lembrar. E pegou o celular.

O pouco de cor que lhe restava no rosto desapareceu por completo.

— Não pode ser. Não pode ser. Diz aqui que eu tenho menos de duzentos dólares. Eu tinha um pouco mais de doze mil. Vinha juntando dinheiro há anos. Isto é um erro.

— Foi um roubo cibernético, Srta. Albright. Sinto muito — prosseguiu Morrison. — É bem provável que seja ainda pior. Você é proprietária de um imóvel, e é isso que ele procura. Ele provavelmente usou sua identidade e as informações que obteve no seu computador para fazer empréstimos com garantia de imóvel, talvez um empréstimo para empresas. Ele deve ter recorrido a empresas de empréstimo em vez de bancos, e concordado com uma taxa de juros mais alta para que o processo fosse mais rápido. O malware que ele provavelmente instalou no seu computador naquele intervalo de dez minutos lhe permitiu acessar as suas contas.

— Ele é muito habilidoso nessa área — continuou Beck. — É provável que ele tenha entrado na casa primeiro, quebrado a janela depois. Ele teria desinstalado o malware e ido embora. Mas a Srta. Ramos estava aqui, ela o viu. Ele simulou o arrombamento, pegou seus objetos de valor e o dinheiro que estava à mão para encobrir o restante.

— Srta. Albright.

Morrison esperou até que os olhos vidrados de Morgan se virassem para ele.

— Nós sentimos muito pelo que aconteceu com você. Sentimos muito pelo que aconteceu com a sua amiga. Minha colega e eu estamos atrás de Rozwell há anos. O que aconteceu aqui não chamou a nossa atenção a princípio, já que a Srta. Ramos não fazia o tipo dele, dos seus alvos clássicos. Ela era baixa, tinha cabelos escuros, nome feminino, não tinha imóveis em seu nome… E o roubo mal executado. Contudo, enquanto fazíamos uma busca, nos deparamos com um artigo que mencionava o seu nome. Sua casa, seu carro.

— E você faz o tipo dele — continuou Beck. — Quando ele esgotasse todos os seus recursos financeiros, mataria você. Ele conhece os seus horários, seus hábitos, ganhou a sua confiança. Ele teria dado um jeito de vocês ficarem a sós e feito com você o que fez com a Srta. Ramos.

— Mas você está viva. Você é a primeira vítima dele com quem pudemos conversar.

— Eu preciso…

Ela saiu correndo para o lavabo. Depois de vomitar tudo o que era possível, lavou o rosto e a boca e bebeu um pouco de água.

No espelho, o reflexo que viu era um fantasma dela mesma, branca como papel, olhos vidrados.

Depois de colocar tudo para fora, se sentiu anestesiada.

Ela retornou à sala e sentou-se novamente na cadeira.

— O que eu devo fazer?

— Eu sei que tudo isso é um choque — começou Morrison. — Sei que esse é um momento muito, muito difícil. Quer que liguemos para alguém?

— Não. O que eu devo fazer?

— Você é a primeira com quem pudemos conversar — repetiu Beck. — A única sobrevivente, até onde sabemos. Você precisa nos contar tudo de que se lembra. O que ele disse, o que ele fez. Você disse que ele lhe mandou mensagens, então gostaríamos de copiá-las. Quanto ao roubo de identidade, à sua situação, eu a aconselho a contratar um advogado o mais rápido possível para tentar lidar com isso.

— Com que dinheiro? — perguntou ela. — Estou falida. Ele foi ao bar em uma terça à noite — lembrou-se, e contou a eles tudo o que pôde.

A situação piorou, e continuou piorando.

Ao longo das seis semanas seguintes, o impacto total dos estragos causados por Gavin Rozwell veio à tona. Ele conseguira redirecionar o pagamento da última prestação do financiamento da casa e pegar os dois últimos salários depositados — um de cada emprego.

Ele gastara a bela soma de US$ 8.321,85 no cartão de crédito dela, além de ter solicitado outros dois cartões, totalizando mais de quinze mil dólares.

Ele fizera um empréstimo com garantia de imóvel no nome de Morgan, usando todos os dados financeiros dela. As melhorias que ela fizera na casa, com tanto cuidado e esforço, aumentaram o valor do imóvel, e a pontuação de crédito dela era excelente. Ele retirara o máximo permitido e saíra com vinte e cinco mil dólares no bolso. E isso além de um empréstimo para abrir um negócio, com a casa dela como garantia, por mais vinte e cinco mil dólares.

Ele não deveria ter conseguido obter dois empréstimos, com dois credores diferentes, mas conseguira — e ela descobriu que essa não era a primeira vez que ele fazia isso.

O pagamento do seguro pelo roubo de seu carro mal cobria o valor que ela devia por ele.

Não lhe sobrara nada além de dívidas, complicações jurídicas e luto.

E, pior ainda, ele usara o MacBook para esvaziar a poupança modesta de Nina depois de matá-la, antes mesmo que Morgan a encontrasse.

Ela já não tinha mais orgulho para engolir quando ligou para a avó e pediu dinheiro emprestado para pagar um advogado.

Seus dois empregadores lhe ofereceram ajuda financeira, mas isso ela não poderia engolir.

E, apesar da vergonha, ela aceitou ficar com o carro de Nina. Precisava trabalhar e necessitava de um meio de transporte para chegar lá.

Ela não plantou nada no jardim naquele verão.

Em uma manhã de domingo em meados de julho, descobriu mais um empréstimo feito em seu nome quando dois homens foram à casa dela. Bastou dar uma olhada para saber do que se tratava: cobradores de dívidas. Então, ela desligou o cortador de grama e esperou.

— Estamos procurando por Morgan Albright.

— Eu sou Morgan Albright.

Os dois homens se entreolharam.

— Você não se parece com ele.

— É porque eu não sou "ele" — disse ela, cansada. — Se vieram falar sobre o empréstimo com garantia de imóvel, o empréstimo para abrir um negócio ou as despesas no cartão de crédito, meu advogado está cuidando disso.

— Seu pagamento está atrasado, Morgan. O sr. Castle lhe emprestou os vinte mil com boa-fé. O pagamento integral com juros devia ter sido feito até primeiro de julho. Os juros estão dobrando a cada dia desde então.

— Eu não conheço esse tal de sr. Castle, e ele não me emprestou nada. Fui vítima de roubo de identidade e posso lhes dar o contato do meu advogado e dos agentes do FBI que estão investigando o caso.

— O sr. Castle não quer saber dos seus problemas, senhorita. Morgan Albright pegou o dinheiro emprestado, Morgan Albright vai pagar.

— Que tal nos dar dez por cento agora, como prova de boa-fé? — sugeriu o segundo homem. — Você não vai querer ter problemas.

Daria no mesmo se tivessem pedido a lua e alguns planetas.

— Eu não tenho nada além de problemas! Não tenho dez por cento de nada porque ele levou tudo. Vocês estão procurando um homem chamado Gavin Rozwell. Foi ele quem pegou o dinheiro desse tal de sr. Castle.

Ela jogou as mãos para o alto.

— Eu tenho dois empregos e mal consigo pagar as contas. Os honorários do meu advogado estão se acumulando porque esse cara pegou mais dois empréstimos no meu nome, é um pesadelo. Meu Deus, ele espancou e estrangulou a minha amiga. Vão atrás dele. Encontrem esse filho da puta porque, pelo jeito, a polícia não é capaz de fazer isso.

— É uma história e tanto. Vamos te dar mais uma semana. Não seremos tão educados da próxima vez.

Ela ligou para a polícia, ligou para os agentes especiais.

E, na manhã seguinte, se deparou com os quatro pneus do carro de Nina cortados.

Não havia mais lágrimas para chorar. Ela tremeu até chegar ao trabalho, mas não havia mais lágrimas. Não contou nada para Bill nem para mais ninguém, exceto a polícia. Só de pensar em falar sobre isso já se sentia exausta.

Para ajudar a pagar o financiamento da casa, passou a pegar turnos extras nas noites de segunda-feira — ninguém queria alugar o quarto de uma vítima de assassinato.

Generosidade do chefe, ela sabia bem, pois não havia necessidade de sua presença.

Em vez de pedalar para casa depois do trabalho diurno para trocar-se, talvez até preparar um sanduíche, levou o uniforme de barwoman consigo quando viu os pneus. Ela se trocou no banheiro da Greenwald's, fez o que pôde com a maquiagem.

Isso significava que ela teria que voltar para casa de bicicleta depois da meia-noite, mas ela tinha refletores e um farol dianteiro. Não tem problema, disse a si mesma.

Ela serviu moradores locais, preparou drinques para turistas.

Um homem sentou-se em um banco vazio. Robusto, cinquenta e poucos anos, cabelos pretos como tinta, com uma leve ondulação. Ele vestia uma camisa polo azul-bebê — Lacoste — e uma calça de sarja leve.

— A noite está agradável — disse ele.

— Está mesmo. O que posso lhe servir?

— Gin Bombay e água tônica, com uma rodela de limão. Belo lugar — acrescentou enquanto olhava ao redor. — Tem uma ambientação boa.

— Nós também achamos. É a sua primeira vez aqui?

— Sim. Só estou de passagem. Você é da área, não é?

— Agora sou.

Quando ela serviu a bebida, ele colocou um pedaço de papel em cima do balcão com um número anotado.

— Isso é o que ele me deve até hoje.

Ele ergueu uma das mãos.

— Não vim lhe trazer problemas. Quero apenas conversar com você, em um local público.

A garganta arranhou quando ela tentou, em vão, engolir.

— Eu não tenho dinheiro.

— Eu disse que isso — prosseguiu, batendo no papel — é o que *ele* me deve. Não você. Ele prejudicou tanto a mim quanto a você. Meus funcionários me contaram a sua história. Eu ouço muitas histórias tristes, muitas histórias da carochinha, mas a sua é legítima.

Ele ergueu seu drinque e tomou um gole sem tirar os olhos dela.

— Boa dose de gim. Então, o que eu quero dizer é que você não terá problemas comigo.

Ele guardou o papel de volta no bolso.

— A dívida não é sua, então não é você quem deve pagá-la. Não me pareceu certo adicionar isso à sua lista de problemas, então pode riscar.

Ele bebeu mais um pouco.

— Ele me contou uma história triste. Ele leva jeito para contar histórias. Não vou entrar em detalhes. Isso me deixa furioso. Seu nome, seu endereço, onde você trabalha. Os dois empregos. Você sabe alguma coisa sobre ele que eu não tenha lido nos jornais ou visto na TV?

— Eu não sei. Eu não li nada. Não consegui.

Ele apenas assentiu.

— Eu li sobre a sua amiga, vi a foto dela. Garota bonita. Só um psicopata maldito faria uma coisa dessa com uma garota tão bonita.

Ele tirou um prendedor de dinheiro do bolso e sacou duas notas de cinquenta.

— Está tudo certo entre nós. Você tem a minha palavra, pode confiar. Sinto muito pelos seus problemas.

— Sr. Castle.

Ela empurrou delicadamente as notas de volta para ele.

— Isso é demais.

Ele discordou com um meneio de cabeça, em silêncio.

— Eu pago as minhas dívidas — disse, e foi embora.

Quando ela saiu de casa na manhã seguinte, o carro de Nina tinha quatro pneus novos.

Capítulo Cinco

⌘ ⌘ ⌘

O VERÃO DEU lugar ao outono sem que Morgan sentisse o prazer habitual pela mudança de estação.

Ela precisava encarar a realidade.

Como uma malabarista tentando equilibrar várias coisas ao mesmo tempo, ela fizera de tudo para não perder o controle da situação. Mas a soma dos honorários do advogado já ultrapassava a quantia que ela pedira emprestada à avó.

Ela não tinha coragem de pedir mais, não quando podia ver nitidamente que sua vida se tornara um ciclo sem fim de trabalho, contas, dívidas e preocupações.

A mãe e a avó queriam visitá-la, mas ela também não se sentia capaz de lidar com a presença delas, então as desencorajou.

Mesmo trabalhando quase oitenta horas por semana, ela não estava dando conta. O carro de Nina — aquele sempre seria o carro de Nina — precisava de mais reparos, e, embora soubesse que Larry lhe dava um bom desconto, esses gastos ainda comprometiam seu orçamento. A máquina de lavar decidiu se rebelar e inundar a casa um dia depois de ela ter retirado dinheiro suficiente do orçamento para trocar os pneus carecas da bicicleta.

E, então, a luz foi cortada.

Ela havia pagado a conta, mas, pelo que parecia, Gavin Rozwell decidira lhe pregar mais uma peça. Usando o número da conta dela, ele havia cancelado o serviço. Enquanto fazia o possível para dar um jeito na situação — ao passo que o funcionário da empresa insistia que ela deveria pagar uma taxa para que eles religassem a energia —, ela descobriu que ele havia cancelado o seu seguro residencial e apresentado um pedido fraudulento de indenização para o seu plano de saúde.

Tudo seria resolvido, garantiu o advogado dela. Em troca de mais honorários, mais custas processuais, mais dinheiro gasto na esperança de recuperá-lo depois.

Em novembro, ela aceitou que não estava mais conseguindo manter a cabeça fora da água e que não conseguiria retornar à superfície uma terceira vez.

Ao lado de Sam, ela visitou o túmulo de mármore branco e puro de Nina. O vento soprava com força, espalhando folhas mortas por todos os lados, e o céu estava tomado por nuvens cinza carregadas com uma chuva iminente, que se anunciava com um frio intenso e penetrante.

Não levaram flores. Ambos concordaram que Nina detestaria que eles colocassem flores fadadas a murchar e a morrer no frio.

— Eu sei que ela não está aqui.

Morgan encostou a cabeça no ombro de Sam.

— Eu ainda sinto a presença dela em casa, às vezes. Isso me conforta. É estranho?

— Não, eu não acho.

Ele passou um braço em volta dela.

— Vou jantar com a família dela de vez em quando porque isso me ajuda. Faz tempo que não te vejo por lá.

— Eu mal tenho tempo para respirar.

— Sinto muito, Morgan. Continuo esperando que as coisas se estabilizem para você.

— Vou colocar a casa à venda.

— Ah, não.

Ele deu um passo atrás e segurou os braços dela.

— Deve haver outra solução.

— Não posso mantê-la. Se pago a prestação do financiamento, falta dinheiro para outra coisa. Se pago outra coisa, não consigo pagar a prestação do financiamento. Estou me afundando em custas processuais e honorários do advogado, mas os problemas continuam.

Ela respirou fundo.

— Podemos caminhar? Sinto como se estivesse despejando tudo isso em Nina, e *isso sim* é estranho, já que acabei de dizer que ela não está aqui.

— Vamos caminhar.

Ele segurou a mão dela enquanto andavam.

— Deve haver algum jeito de eu poder te ajudar. Muita gente ajudaria você, Morgan.

— Eu sei disso, mas ele não acabou apenas comigo, ele acabou com aquele lugar também. Ele arrancou toda a alegria daquela casa, Sam. Ela virou um fardo. Não é mais meu lar, agora não passa de um peso morto que eu tento carregar todos os dias. Não sei quanto tempo levaria para me reerguer, mas sei que levarei anos para voltar ao ponto em que eu estava antes.

— Aquele filho da puta. Por que não conseguem encontrar aquele filho da puta?

— Não sei. Muito tempo atrás, quando ele começou a frequentar o bar, Gracie, você a conhece, a chefe de salão, disse que ele era sedutor. E que ela não confiava em caras sedutores. Meu Deus, ela estava certa.

— O que você vai fazer?

— Vender a casa. A corretora de imóveis me aconselhou a esperar até março ou abril e disse que talvez levasse esse tempo todo para vender de qualquer forma, mas tenho que começar a cuidar disso. Vou aguentar até vender porque não tenho escolha, mas tenho que começar o processo.

Ela olhou para as lápides, os monumentos, as flores fadadas a murchar e morrer.

— E, depois, vou me mudar para Vermont.

— Ah, não, Morgan.

— Não posso ficar aqui, andando para trás. Voltar a morar em um apartamento, sabendo que tudo o que eu tinha desapareceu. Sendo lembrada disso toda vez que vou ao trabalho, ao mercado, ao posto de gasolina abastecer o carro de Nina. Não posso.

— Eu entendo, Morgan. De verdade.

— Eu conversei com a minha mãe e a minha avó ontem à noite. Elas vão me acolher. Acho que elas também não têm escolha.

— Talvez você possa esperar até o começo do ano para vender a casa, dar a si mesma um pouco mais de tempo.

— Não é mais o meu lar — repetiu. — E meus empregos não passam de empregos agora. Acordar, ir trabalhar, voltar, ir trabalhar, dormir, começar tudo de novo. E preocupada, sempre preocupada. Não quero viver desse jeito.

— Tire uma folga de tudo isso. Venha jantar comigo na casa da família da Nina.

— Não posso, de verdade. Eles insistiriam para eu passar o Dia de Ação de Graças com eles. Já estão insistindo. É mais fácil dar desculpas por telefone. Não posso fingir que sou grata este ano. Não conte a eles. Por favor.

Ela parou, virou-se e tomou as duas mãos dele.

— Vou contar quando a casa for vendida.

— Se é o que você quer...

— É, sim. Preciso voltar. Tenho uma lista enorme de coisas que a corretora quer que eu faça na casa antes de dar início às visitas.

Seus olhos se encheram de lágrimas.

— Serei obrigada a pintar as paredes lilases. O quarto da Nina.

— Ela não se importaria.

— Não.

Morgan olhou para trás, para a lápide branca.

— Ela entenderia.

A tinta foi barata, e o trabalho também. Ela pintou as paredes de um tom neutro que decidiu que odiava. Seguindo as dicas do canal HGTV, escolheu tons neutros para todos os cômodos, o que supostamente facilitaria a venda.

Retirou objetos pessoais e encaixotou fotografias e alguns bibelôs bobinhos e bonitinhos.

Limpou cada centímetro daquela casa que fora seu lar e que, agora, representava uma luta perdida.

A casa passou um mês e meio à venda sem receber nenhuma proposta de compra, até que a corretora aconselhou uma ligeira redução no preço.

Morgan concordou e limpou a casa novamente em vista do que a corretora chamara de "visitas pós-festas". Por volta de meados de janeiro, e após uma segunda ligeira redução no preço, ela vendeu os móveis da sala, o que a ajudou a pagar as contas e a respirar um pouco.

Quando começou a pesquisar sobre falência, recebeu uma proposta de compra.

— São quase vinte mil dólares abaixo do preço de venda, o que significa que eles estão querendo negociar. Sugiro uma contraproposta de...

— Aceite logo a proposta.

Ela estava sentada à mesa em uma noite de domingo com uma caneca de café quente na mão, ciente de que sua casa fora esmiuçada por estranhos mais uma vez. Esmiuçada, julgada, criticada, objeto de planos de melhorias.

— Morgan, eu sei que não tem sido fácil para você, mas, com todos os custos de cartório, de corretagem e demais taxas, essa oferta não vai cobrir as suas dívidas. Deixe-me fazer meu trabalho. Deixe-me fazer uma contraproposta.

— Está bem.

Ela fitou o prato de sopa enlatada que tentara, em vão, tomar.

— Mas estou te dando permissão para aceitar a proposta se eles recusarem a sua contraproposta. Ou aceitar a contraproposta deles, se fizerem uma. Preciso seguir em frente.

— Entendido. Entrarei em contato com você.

— Obrigada.

Morgan empurrou o prato de sopa para o lado e puxou o velho notebook que Sam lhe dera. *Sem protestos, Morgan*, dissera ele. *Fique com ele e pronto.*

Ela aceitou o maldito notebook e agora estava fazendo alguns cálculos. A corretora de imóveis Belinda estava certa, é óbvio. A proposta que ela recebera não cobriria suas dívidas. Mas, em vez de dever por volta de trezentos mil dólares, ela deveria apenas sete mil.

Ela poderia suportar isso. Ultimamente, estava suportando coisa muito pior.

Belinda entrou em contato com ela.

— Os compradores estão dispostos a dividir a diferença. Eu gostaria de fazer uma contraproposta.

— Aceite, por favor. Apenas aceite. Isso já vai me tirar do buraco.

— Eu entendo, mas odeio a ideia de você aceitar menos do que sua casa vale.

— Belinda, uma mulher foi assassinada nesta casa. Nós duas sabemos que, para a maioria dos compradores, isso desvaloriza o imóvel.

— Você merece mais.

— Vou aceitar o que vier. Quando poderemos finalizar a compra?

— Daqui a trinta dias.

— Ok, estarei pronta. Obrigada por isso. De verdade.

Ela se recostou na cadeira, fechou os olhos e percebeu que não sentia nada além de alívio.

Os trinta dias passaram depressa. Ela deu o aviso prévio aos chefes e ajudou a treinar seus sucessores. Como já não precisava de mais nada daquilo, deu ou vendeu o restante dos móveis, o conteúdo dos armários da cozinha e até os produtos de limpeza.

Apesar de ter se preparado psicologicamente para esse momento, dizer adeus à casa foi mais difícil do que imaginava.

Na manhã do fechamento da compra, quando trancou a casa vazia pela última vez, o alívio ao qual se apegara com tanto esforço se transformou em sofrimento. Ela deixaria para chorar mais tarde. Prometera a si mesma que se permitiria uma crise de choro de primeira linha, mas apenas mais tarde.

Com a papelada pronta, e os novos proprietários radiantes, ela se consolou com a ideia de que alguém amaria aquilo que ela não podia mais ter.

Quem sabe eles derrubariam aquela parede, construiriam uma varanda bonitinha.

Ela saiu do cartório com um cheque que valia pouco mais que duas semanas de salário. Como não parecia ser uma boa ideia se lembrar da felicidade que sentira ao sair daquele mesmo cartório como proprietária, bloqueou a cena da memória.

Ela entrou no carro de Nina com as malas prontas e dirigiu rumo ao norte.

Quando fazia a viagem anual para Vermont no Natal — exceto no último ano, em que passara a data sozinha —, ela costumava pegar o trem.

Era uma viagem alegre, pensava agora, com uma única mala na mão, uma sacola de presentes e toda aquela animação das festas de fim de ano.

A viagem entre o bairro onde morava em Baltimore e Westridge, Vermont, levaria oito longas horas, de acordo com o GPS do celular.

Ela esperava fazer o trajeto sem ter que parar para dormir. E, acima de tudo, esperava que o carro de Nina aguentasse até lá.

Ela deixou para trás os primeiros sinais que anunciavam a primavera rumo ao inverno interminável, com suas árvores trêmulas e rápidas rajadas de granizo.

Após contornar a Filadélfia e, em seguida, Nova York, parou para abastecer e esticar as pernas. No estacionamento, comeu metade do sanduíche de geleia e pasta de amendoim que levara enquanto observava um casal que passeava com um cachorro grande de pelos encaracolados.

Ela se lembrou de que havia um cachorro em seus planos de longo prazo, depois que abrisse seu negócio. Não um cachorro grande, mas também não uma daquelas raças minúsculas que cabem no bolso. Um cachorro de tamanho razoável que dormiria aconchegado a seus pés enquanto ela cuidava da papelada e que correria feliz no quintal — sem cavar o jardim. Um cachorro tranquilo e carinhoso que criaria desde filhote.

Ela visualizou o cachorro imaginário deitado no deque recém-construído, aproveitando o sol do verão. Sentado pacientemente em sua bela cozinha aberta enquanto ela enchia suas vasilhas de água e comida. Cumprimentando-a alegremente com o abano da cauda quando ela chegasse em casa do trabalho.

Ela precisaria instalar uma porta para cachorro na cozinha, é óbvio, para que ele pudesse ter acesso ao deque e ao quintal. E...

Ela interrompeu o devaneio e fechou os olhos.

— Pare com isso. Você precisa parar. Tudo isso acabou.

Sem apetite, embrulhou a outra metade do sanduíche e seguiu seu caminho.

Ela atravessou Connecticut e chegou a Massachusetts. A neve branca e espessa cobria tudo dos dois lados da estrada, e o céu — cinza como chumbo — estava certamente carregado de flocos gelados. O vento corria colina abaixo e agitava a neve, fazendo-a flutuar, à deriva.

Os carros avançavam tão lentamente que Morgan tinha a sensação de estar à deriva também, como a neve. Então, parou o carro novamente e enfrentou o ar gelado. A luz do dia já estava se esvaindo, e ela quase desistiu por causa disso.

Um hotel de estrada simples, um lugar tranquilo e quente, uma noite de sono.

Em vez disso, ela comprou um café grande e avisou à mãe que chegaria dentro de algumas horas.

Estaremos aqui. Tem uma panela grande de ensopado de carne no fogo esperando você. Dirija com cuidado.

A mãe acrescentou um emoji de coração, e, sentindo-se obrigada a retribuir, Morgan respondeu com um igual.

Ignorando as placas que anunciavam quartos disponíveis em hotéis pelo caminho, ela cruzou a fronteira para Vermont e as Montanhas Verdes.

Havia beleza ali. Talvez ela estivesse congelada naquela época do ano, mas, ainda assim, havia beleza. Era inegável, e ela sempre apreciara a paisagem durante as visitas de fim de ano e as curtas viagens de verão na infância.

As montanhas, florestas e vales cobertos de neve formavam uma deslumbrante pintura de inverno, tipicamente norte-americana. Ela continuou dirigindo através daquela paisagem onírica e sentiu como se algo estivesse se libertando quando a lua — apenas em uma fatia — rompeu as nuvens para deixar cair sua luz azul sobre o tapete branco.

Ela caminhara pela floresta com seu avô nas raras visitas de verão, sempre curtas demais. Ele conhecia todas as trilhas. Conforme se aproximava de onde ele morava, Morgan se deu conta subitamente de que sentia mais saudade dele aqui do que em qualquer outro lugar.

Ele escutava os sonhos dela.

Para falar a verdade, a avó e a mãe dela também escutavam. No entanto, sua mãe sempre parecia meio distraída. Já o vovô escutava como se não houvesse nada no mundo naquele momento além das palavras e desejos dela.

Ela pensava no avô agora, conforme atravessava o mundo dele, e lembrava-se das pequenas coisas que ele lhe ensinara.

Como martelar um prego sem machucar o dedão, usar uma bússola, reconhecer uma pegada de cervo, de urso, pescar — coisa que ela não fazia por prazer, e sim apenas para passar mais tempo ao lado dele.

Ele não estaria ali daquela vez, e a constatação dura e fria pesava em seu coração.

Ela seguiu em frente, virando à esquerda na estrada que levava para fora da floresta, atravessando cidades pequenas, subúrbios, vilarejos.

E, *finalmente*, após quase dez horas de viagem, ela vislumbrou a velha casa no estilo Tudor no topo de uma encosta nevada, as luzes brilhando nas janelas, fumaça saindo das duas chaminés.

Após estacionar o carro na frente da garagem, suspirando aliviada por ter conseguido chegar, saiu com as pernas trêmulas para arrastar as malas para fora do carro.

O frio cortava seu rosto como facas de gelo, e o gemido do vento ressoava por entre as árvores congeladas.

Mas as mulheres haviam desobstruído a passagem, usando o limpa-neves para soprar a massa de flocos para longe do caminho largo de tijolos. No limite de suas forças, ela empurrou as malas para cima do par de degraus até a entrada coberta e bateu na porta, que se abriu rapidamente, sinal de que estavam esperando por ela. Em um instante, ela percebeu o poder da genética. Tão parecidas, com corpos esguios, olhos azuis penetrantes, belos rostos angulares.

Mais um instante depois, ela estava abraçada por braços femininos, envolta em perfume feminino.

— Fecha essa porta, Audrey, está deixando o frio entrar. Deixe-me olhar para essa menina.

Olivia Nash segurou os ombros de Morgan, deu um passo atrás e a examinou com atenção.

— Está exausta, não é mesmo?

— A viagem foi longa, vó.

— Venha, tire esse casaco. Vamos comer um ensopado quentinho. Eu ia sugerir uísque para acompanhar, mas, se me lembro bem, você nunca gostou muito.

A mãe pegou o casaco, o cachecol e a touca, e também aproveitou para examiná-la.

— Que tal uma taça de vinho para acompanhar o ensopado?

— Seria ótimo.

Mas ela não queria nem um nem outro. Queria somente uma cama e um quarto escuro.

Ainda assim, ela permitiu que as mulheres a guiassem, passando pelo hall de entrada, pela sala, com uma lareira crepitante, depois pelo escritório que costumava ser o refúgio de seu avô, e, por fim, ao que agora era um grande cômodo composto de uma sala aconchegante, uma área de jantar e uma cozinha espaçosa que se abria para o quintal nevado e a floresta além.

Tudo arrumadinho e, refletindo a personalidade das duas mulheres que viviam ali, muito prático e feminino.

— Sente-se ali pela bancada — ordenou Olivia. — Audrey, pegue o vinho. Eu vou servir o ensopado.

Elas deram início aos trabalhos, movendo-se de uma maneira que dizia a Morgan que elas sabiam como trabalhar juntas, estar juntas, viver juntas.

A avó deixara os cabelos ficarem cinza como aço — assim como os nervos dela —, e agora estavam cortados bem curtos. Morgan concluiu que ela não se movia como uma mulher que já chegara aos setenta.

Da panela sobre o fogão reluzente, ela serviu uma porção de ensopado duas vezes maior do que a que Morgan poderia ter comido mesmo se estivesse faminta.

Audrey colocou sobre a bancada uma taça de vinho tinto bem escuro e passou a mão pelos cabelos de Morgan.

— Também temos pão fresco. Eu assei hoje de manhã.

— Você assou?

— Uma amiga me deu um pouco de fermento natural no outono passado, então eu precisava ao menos tentar. Eu gostei, e acabei ficando boa nisso. Eu acho.

Ela cortou uma fatia generosa do pão redondo.

Ela ainda usava os cabelos — dourados como um campo de trigo ensolarado — longos e presos em um rabo de cavalo muito bem arrumado. As mãos de Audrey, que Morgan sempre achou tão elegantes e delicadas, empurraram a manteigueira para ela.

— Depois me diga o que achou.

— Magra como um palito. — Olivia colocou o prato, uma colher e um guardanapo de pano na frente de Morgan. — Vamos dar um jeito nisso. Vamos dar um jeito — disse, apertando levemente a mão de Morgan. — Vamos tomar uma taça de vinho, Audrey.

— Ah, vamos, sim.

Enquanto a mãe pegava mais taças — de cristal Waterford, Morgan notou — ela comeu uma colherada do ensopado.

— Está delicioso.

Depois, mordiscou a fatia de pão. Surpresa por poder dizer a mais pura verdade, sorriu.

— Tudo está delicioso. Obrigada por me deixarem vir.

— Não quero saber dessa história.

Olivia levantou um dedo e pegou a taça de vinho com a outra mão.

— Não quero saber disso. Você é a minha única neta. É a única filha da sua mãe. Este é o seu lar. Mesmo que construa outro no futuro, este sempre será o seu lar. Somos nós três agora.

Ela ergueu a taça.

— Um brinde a nós três.

Assentindo, Morgan ergueu sua taça e tomou um gole do vinho.

— Vocês colocaram portas de vidro em alguns dos armários superiores. Ficou bonito.

— Eles agora têm luz também.

Olivia foi até o armário e apertou um interruptor que iluminou as peças de cristal e as porcelanas finas.

— Decidimos fazer isso em... Quando foi mesmo, Audrey?

— Ano passado, durante a nossa faxina da primavera. Eu mandei algumas fotos para você, não mandei, Morgan?

— Sim, mas ao vivo... Sinto muito por não ter vindo no último Natal. Eu sei que vocês queriam ter ido me ver, mas...

— Esqueça isso por ora. — Olivia sentou-se em um dos bancos. — Esqueça tudo isso por hoje. Nós falaremos sobre tudo isso, sobre tudo o que você precisar falar, e repito: vamos dar um jeito. Mas, hoje, a sua presença aqui é o suficiente.

Morgan concordou novamente e comeu mais um pouco do ensopado.

— Como vai a loja?

— Ah, está muito movimentada, não é mesmo, Audrey?

— Turistas de inverno.

Audrey sentou-se em outro banco.

— Eles adoram visitar a cidade e levar uma lembrancinha local. Vamos abrir um bar de vinho-café-chá.

— Sério?

— Ela me convenceu de tanto que reclamou no meu ouvido. — Olivia revirou os olhos para a filha e depois riu. — Odeio que ela esteja certa sobre isso quando eu demorei tanto para aceitar. Ele deve estar pronto para inaugurar na semana que vem.

— Cafés e chás sofisticados, chocolate quente nesta época do ano. Chás e cafés gelados, limonada feita na hora... Esse tipo de coisa para os turistas de verão. E vinho o ano todo.

— Parece ótimo — falou, mesmo não conseguindo imaginar a mãe tendo uma ideia dessas. — Onde ele vai ficar?

— Esse foi o motivo da demora para aceitar.

— Ela insistiu até eu ceder. Compramos aquela loja poeirenta ao lado da nossa, que vendia antiguidades falsas. Tivemos que derrubar a maldita parede entre os prédios, dar um jeito em toda aquela bagunça e poeira. Ela se aproveitou da minha idade avançada e da minha mente fraca.

— Até parece. Vamos colocar algumas mesas e cabines, servir biscoitos, scones... Coisas simples. Os clientes poderão fazer compras, tomar um café. Ou tomar um café e fazer compras. Ou tomar vinho e comprar mais ainda — riu Audrey.

— Nós abrimos aquela lareira velha que não servia para nada, mandamos consertá-la e colocamos uma lareira elétrica.

— Que ótima ideia.

— Demoramos muito para decidir, não foi, mãe? Uma lareira de verdade teria dado um toque autêntico de Vermont à loja, mas a segunda opção é mais segura e faz menos sujeira.

Elas não haviam contado nada daquilo, pensou Morgan enquanto comia e as ouvia falar sobre os detalhes. Porque elas sabiam que Morgan estava imersa nos próprios problemas.

Depois de um tempo, ela afastou o prato.

— Não posso comer mais. Estava ótimo. O pão também, mãe. Estou muito impressionada. Mas não consigo comer mais nada. A viagem me deixou exausta. Se não se importarem, acho que eu vou subir, dar uma arrumadinha nas coisas e dormir um pouco.

— Você não precisa pedir permissão. — Olivia se levantou. — Vamos ajudar você a subir com as coisas.

Elas carregaram as malas até o quarto que Morgan sempre usava — a duas portas de distância do quarto principal e em frente ao da mãe.

Mas, ao entrar no cômodo, ela se deparou com mais mudanças.

O antigo papel de parede de rosas não estava mais lá. Elas haviam pintado as paredes de um tom de azul suave e reconfortante que contrastava suavemente com o acabamento escuro. O chão brilhava, como sempre, mas agora estava coberto por um tapete azul e creme com um motivo floral sutil.

Elas trocaram a cama por uma queen size com cabeceira e peseira de latão, coberta com um edredom branco, fronhas azuis e brancas, e, nos pés da cama, uma manta dobrada em tons de azul variados.

Os botões de rosa que outrora adornavam as paredes agora se encontravam em um vaso sobre a cômoda. No canto do quarto, havia uma cadeira com uma mesinha redonda e uma luminária de leitura.

— Simplesmente encantador.

— E fica melhor ainda.

Olivia abriu a porta que dava para um banheiro privativo. Um box amplo, uma penteadeira azul-escura com tampo branco cheio de veias azuis. Havia também prateleiras abertas exibindo toalhas felpudas e potes de vidro cheios de sais de banho, óleos e bolinhas de algodão, dando um toque puramente feminino ao ambiente.

— É tão... Vocês não precisavam fazer tudo isso.

— Pare com isso. As mulheres Nash, e você também tem sangue de Nash — acrescentou Olivia —, fazem o que querem fazer. Talvez não de primeira, nem sempre, mas em algum momento e na maioria das vezes.

— Nós só usamos o quarto ao lado para fazer o banheiro e o closet. Ainda temos muitos outros quartos disponíveis se recebermos visitas. É bom que cada uma de nós tenha o próprio banheiro.

— Assim fica mais fácil morar juntas — concluiu Olivia. — Ainda tem o banheiro do outro lado do corredor, e o lavabo lá embaixo. Esta casa grande e velha precisava de algumas mudanças.

Ela estreitou os olhos para a filha.

— Isso não significa que vamos demolir os outros banheiros tão cedo.

Audrey deu um sorriso.

— Um dia. Posso ajudar você a arrumar as suas coisas, meu amor?

— Não precisa, não tenho muita coisa.

— Vamos deixar você descansar um pouco.

Olivia deu um passo à frente e beijou a bochecha da filha.

— Tem garrafas de água naquele armário sob as prateleiras do banheiro, caso você sinta sede. Você sabe onde nos encontrar se precisar de alguma coisa.

— Sei, sim. E vocês vão ter que aceitar meus agradecimentos. Muito obrigada às duas. Tudo está lindo.

Audrey abraçou a filha e colou sua bochecha na dela.

— Boa noite, Morgan.

Elas saíram do quarto e fecharam a porta.

Querendo acabar logo com aquilo, Morgan começou a abrir as malas sem pensar muito em onde deveria colocar cada coisa. Bastava guardar tudo, fora de vista, junto com as malas.

Sentindo como se estivesse usando aquelas roupas há um ano inteiro, se despiu, e em seguida pegou uma calça de pijama e uma camisa da gaveta onde acabara de guardá-las.

Entrou no chuveiro e deixou a água cair sobre sua cabeça e o restante do corpo. Quente, bem quente.

Ela teve sua prometida crise de choro enquanto o vapor subia e a água batia nos azulejos.

Ela perdeu, falhou. Não lhe restava mais nada. Chorou por Nina, sua amiga tão linda.

Chorou pela casa que agora era habitada por outras pessoas. Pelos empregos que amara, a vida que construíra e o futuro com o qual sonhara.

Quando já não tinha mais lágrimas para chorar, fechou a torneira e vestiu o pijama.

Como fora ensinada, pendurou a toalha para secar antes de dar início à sua rotina noturna.

Em seguida, sentou-se na beirada da cama e ouviu o vento, os rangidos da casa.

A casa onde ela agora morava, onde tinha um quarto adorável graças à generosidade de duas mulheres que a amavam.

— E agora? — pensou. — O que eu faço agora? Por onde começo?

Amanhã, disse a si mesma enquanto se aconchegava sob os lençóis limpos e o cobertor macio. Ela pensaria naquilo no dia seguinte. Ou depois.

Ou... E apagou as luzes, e fechou os olhos. E caiu num sono profundo, como uma pedra jogada no rio.

Capítulo Seis

⌘ ⌘ ⌘

Morgan acordou desorientada e, por um instante, pensou que tudo não passara de um sonho. O quarto bonito com todos os azuis suaves e relaxantes, a maneira como a luz deslizava pelas janelas, tudo parecia muito estranho e desconhecido.

Então ela se lembrou, e teve que lutar contra a vontade irresistível de fechar os olhos novamente e refugiar-se no sono.

Esse não é o caminho, disse a si mesma. Esconder-se no sono não resolveria nada. Quando acordasse, Nina ainda estaria morta, e a vida que construíra ainda estaria em ruínas.

Precisava seguir em frente — de alguma forma, rumo a algum lugar. A única opção era seguir em frente. Seguir.

Ela se levantou e se vestiu. Por força do hábito, arrumou a cama e afofou as almofadas antes de descer.

Olivia estava sentada à ilha da cozinha, com uma blusa de moletom preta. As letras brancas diziam apenas:

eu discordo

Ela tomava uma caneca enorme de café enquanto fazia palavras cruzadas no tablet.

Morgan apontou para a frase na camiseta.

— Discorda do quê?

— Por onde quer começar? Vou passar um café para você. Instalamos aquela máquina de café chique quando fizemos a reforma.

— Eu posso preparar. Sou barwoman… Era barwoman — corrigiu Morgan. — Máquinas de café não me assustam. Sinto muito por ter dormido tanto.

— Depois da viagem que você fez ontem, pensei que dormiria mais. Quer comer alguma coisa?

— Não, agora não, obrigada. Por favor, não se preocupe comigo.

— Avós foram feitas para se preocupar com seus netos. Isso nos deixa felizes. Não quer que eu seja feliz?

— Máquinas de café não me assustam — murmurou Morgan enquanto moía os grãos e observava o café escorrer para a caneca que escolhera —, mas avós, sim.

— Porque somos muito sábias, e a sabedoria nos deixa mais furtivas. Vejo que você ainda coloca um pouco de café no seu leite com açúcar.

— Achei que você já estaria na cidade, na loja, a essa hora.

— Sua mãe pegou o turno da manhã. Ela acabou de sair.

Morgan tomou um gole, assentindo, e se encostou na bancada.

— Ou seja, vocês estão se revezando para ficar de olho em mim.

— Parece que sim — respondeu Olivia tranquilamente. — E eu pedi para ficar por aqui agora de manhã porque acho que talvez seja mais fácil para você dizer à sua avó o que está pensando e sentindo no momento do que à sua mãe. Se eu estiver errada, mas quando estou errada?, posso trocar com a Audrey.

— O que estou sentindo e pensando. — Morgan fechou os olhos. — Eu perdi tudo, inclusive o mais importante, a minha melhor amiga.

Ela abriu os olhos novamente.

— A mãe da Nina disse que você enviou uma mensagem para ela, e a minha mãe também. Isso significou muito para ela.

— Só conhecíamos a Nina através de você, mas, para nós, isso era suficiente para torná-la parte da família.

— Depois da Nina... Bem, eu perdi todo o resto. Minhas economias foram embora, minha casa pertence a outra pessoa agora. Meu carro... E sei que isso não é nada, mas eu amava aquele maldito carro. Meus planos, minhas metas, meu orgulho, minha sensação de segurança e autoestima... Puf. — Estalou os dedos no ar. — Um ano atrás, apenas um ano atrás, eu tinha tudo sob controle, tudo estava encaminhado. Agora? Não tenho nada, literalmente nada, e estou morando na casa da minha avó.

— Está bem.

Olivia ergueu a caneca e tomou um gole do café.

— Você tem direito de sentir tudo isso. Na verdade, no seu lugar, eu teria quebrado tudo de raiva.

Raiva, e não tristeza, notou Morgan. Olivia Nash não era do tipo que se lamentava.

— Fiz isso algumas vezes.

— Ótimo, isso é saudável. Você merece. Você tem direito de sentir tudo — repetiu Olivia —, mesmo quando está errada.

— Em que estou errada?

— Você disse que não tem nada. Você tem Morgan Nash Albright, caramba, e nunca se esqueça disso. E esta não é a casa da sua avó, é o lar da família Kennedy-Nash. Até coloquei o sobrenome do seu avô primeiro. Tendo dito isso, você pode levar o tempo que for necessário para se lamentar, acordar tarde, sentir raiva, xingar a divindade da sua preferência. Você foi vítima de um golpe, e, para uma mulher forte e inteligente, e você é as duas coisas, isso é tanto devastador quanto extremamente frustrante. Quando terminar, você vai descobrir o que vai fazer depois.

— É *muito* frustrante. Extremamente frustrante. Por que ninguém nunca me disse isso até agora?

— Porque ninguém mais é a sua avó. Você mesma disse isso, lembra?

— Eu me sentia culpada só de pensar. — Mas não agora, percebeu, porque a avó havia dito primeiro. — Todo mundo sentiu pena de mim, mas...

— Ninguém sentiu raiva por você, nem demonstrou isso. Vai por mim, estou furiosa por você. A sua mãe também, embora de um jeito mais delicado. Eu gostaria de dar um chute muito bem dado entre as pernas daquele canalha e arrancar o pinto dele com as minhas mãos.

Olivia deu de ombros e tomou mais um gole de café.

— Mas isso é porque eu não sou muito delicada.

— Não sei dizer ao certo por quê — disse Morgan após um tempo —, mas isso me ajudou muito.

— Ótimo.

— Tenho que arrumar um emprego.

— Você não "tem que" nada no momento. Sente-se, vou fazer uma omelete.

— Vó...

— Ninguém recusa minha famosa omelete. — Olivia se levantou. — Agora sente-se. Vou te pedir um favor.

— O que é?

— Tire duas semanas de "férias". Durma, coma, leia, assista a filmes, caminhe, faça um boneco de neve, não importa.

Ela tirou ovos, queijo e espinafre fresco da geladeira.

— Dá para ver no seu rosto o estresse do último ano, amor do meu amor. Dá para ver.

Não dava para argumentar contra isso, pensou Morgan enquanto se sentava. Ela constatava esse fato toda vez que se olhava no espelho.

— Tire um tempo para você. Se precisar de algo prático para fazer, tudo bem. Venha à loja e nós vamos te colocar para trabalhar algumas horas por semana. Caso contrário, é hora de passar um tempo consigo mesma.

— Eu preciso ganhar a vida.

— Óbvio que precisa, e você vai. Duas semanas da sua vida não mudarão isso. E a sua mãe e eu queremos passar um tempo com você. E eu acho, e mais uma vez, quando estou errada?, que você precisa de um tempo com a gente.

Morgan não disse nada enquanto Olivia batia os ovos em uma tigela e a frigideira esquentava no fogão.

— Estou me sentindo um fracasso, vó.

— Você vai superar isso, porque não é nem nunca foi um fracasso. O seu mundo desabou sob seus pés. Eu sei o que é isso. O meu também desabou.

— Quando o vovô morreu.

— Também, mas nós tivemos uma vida inteira juntos, criamos muitas memórias. Posso escolher uma, como bombons em uma caixa, e cada uma delas tem um sabor único. Mas muito tempo atrás... eu perdi um bebê.

— O quê?

Morgan ajeitou a postura no assento imediatamente.

— Quando? Eu nunca soube...

— Sua mãe não tinha nem dois anos, então ela não se lembra. Nunca falei sobre isso com ela até o Steven morrer.

— Eu sinto muito.

— Steve e eu construímos esta casa, esta casa grande e maravilhosa, e planejávamos enchê-la de crianças. Queríamos pelo menos quatro, e, quando a Audrey chegou, ficamos muito felizes. Nossa menina linda, nossa primeira filha. Tudo era tão fácil, de verdade. E então, seguindo o plano à risca, estávamos esperando mais um.

Ela colocou os ovos na frigideira, e então acrescentou o queijo e o espinafre.

— Eu estava grávida de oito meses. Estávamos terminando o quarto do bebê, discordando sobre nomes, essas coisas de sempre. E, então, algo deu errado. Tudo deu errado. Perdi o bebê e qualquer chance de ter outro. Um menino. Ele nunca teve a oportunidade de dar o seu primeiro suspiro.

— Ah, vó…

— Com a dor da perda, eu sei o que a mãe da Nina está sentindo, porque senti a mesma coisa, mas, com a dor da perda, eu me senti um fracasso. Perdi meu bebê e nunca teria outro.

Ela virou a omelete na frigideira com a desenvoltura de um chef francês.

— Nós superamos a perda, mas foi difícil. Foi brutal. Nós tínhamos nossa filha linda. Steve tinha o trabalho dele. Eu comecei a fazer cerâmica artesanal.

Ela riu ao dizer isso.

— Eu era péssima, e nunca melhorei. Sou uma mulher de negócios, não uma artista, mas tentar fazer aquilo me fez sentir um grande respeito e admiração pelos artistas e artesãos. Então, acabou me mostrando um novo caminho.

— Aquele porta-lápis verde meio torto que ficava sobre a mesa do escritório dele — lembrou-se Morgan. — Uma vez ele me contou que você o havia feito muito tempo atrás.

— Era para ser um vaso. — Olivia abanou a cabeça. — Aquele homem me amava. "Venda seus produtos, Livvy", ele me disse. "Você sabe o que é bom e sabe vender. Só precisa de um lugar para isso."

— O Arte Criativa foi ideia dele?

— Mais um bombom da caixa. Então, desisti de fazer cerâmicas malfeitas e nós abrimos a loja. No começo, era minúscula. Depois foi crescendo, assim como a Audrey. E eu tinha um mundo novamente. Era um diferente do que eu planejara, mas era um mundo bom.

Ela serviu a omelete em um prato diante de Morgan.

— Você fará novos planos, construirá um novo mundo. Agora coma.

— Obrigada. Obrigada por me contar. Vó? Eu posso ficar com aquele porta-lápis? O verde meio torto? Para eu me lembrar dele, de você, e de encontrar uma nova direção.

Olivia deu a volta na ilha da cozinha e deu um beijo na testa de Morgan. Um beijo demorado.

— Lógico que pode. Agora, coloque uma coisa nessa sua cabecinha ocupada: o homem responsável por tudo isso vai pagar, de um jeito ou de outro. Talvez nós nunca saibamos, mas ele vai pagar. O que vai, volta. E, às vezes, volta em dobro. E ele não vai acabar com você, porque você não vai deixar. Duas semanas — acrescentou ela.

— Duas semanas — concordou Morgan. — Eu amo você, vó.

— Óbvio que ama. E eu também te amo. Agora coma.

Então ela comeu e dormiu. Fez caminhadas e sentou-se diante da lareira com um livro entre as mãos. Três dias depois, se perguntou quanto tempo mais aguentaria sem entrar em parafuso.

A avó dela podia exigir duas semanas, mas Morgan precisava se manter ocupada. No terceiro dia, enquanto Olivia e Audrey estavam no trabalho, ela se sentou diante do notebook velho e abriu a planilha que fizera meses atrás.

A realidade não havia mudado desde a última vez que a examinara. Ainda estava falida. Mas, desta vez, ela fez projeções. Não havia dúvida de que poderia morar no belo quarto azul pelo tempo que quisesse ou precisasse, sem pagar aluguel. Mas Morgan sentia necessidade de contribuir.

Ela poderia assumir algumas tarefas domésticas, mas Olivia e Audrey já contavam com uma equipe de limpeza semanal, e o trio de mulheres que cuidava da antiga e espaçosa casa no estilo Tudor fazia isso há mais de dez anos.

Se ela cuidasse da limpeza, essas mulheres ficariam sem emprego.

Inaceitável.

A equipe de limpeza também lavava e passava as roupas.

Ela poderia fazer as compras, o que já era alguma coisa, mas não poderia submeter as mulheres da vida dela à sua culinária, a menos que melhorasse muito.

Fazer as compras, lavar a louça depois das refeições? Isso deveria mantê-la ocupada por cerca de três horas por semana, o que estava longe de ser suficiente.

Ela precisava trabalhar. Precisava de um emprego. Precisava ganhar um salário.

Por onde começar? Poderia ir até a cidade, dar uma olhada, visitar a loja. E não, ela não trabalharia lá. Isso seria quase o mesmo que morar sem pagar aluguel.

Ela se maquiou e, como há meses não se dava ao luxo de visitar um salão de cabeleireiro, tentou aparar algumas pontas aqui e ali.

Certamente não poderia trabalhar como cabeleireira, mas o resultado não ficou tão ruim. Ela vestiu algo que não fosse um conjunto de moletom. Optou por leggings grossas para aguentar o frio, botas e um suéter vermelho por cima de uma blusa térmica. Antes que pudesse mudar de ideia e se entocar no quarto outra vez, pegou o casaco, a touca de lã, o cachecol, e enfrentou o ar gelado daquele inverno interminável.

E rezou para o carro de Nina pegar.

O carro engasgou um pouco, chiou um pouco mais, mas pegou.

Em menos de dez minutos, ela passou pelas árvores cobertas de neve, cruzou a ponte estreita sobre o rio congelado e virou na High Street.

A cidade de Westridge, ela supôs, poderia ser considerada um vilarejo grande ou uma cidade pequena. Pitoresca, sem dúvida, principalmente com o manto branco do inverno. A cidade atraía turistas em todas as estações. Esportes de inverno, esportes de verão, folhagem do outono, caminhadas primaveris. Caça, pesca, observação de pássaros.

O Resort de Westridge, com elegantes chalés e suítes de hotel ainda mais elegantes, atraía os abastados para a área, oferecendo todas aquelas atividades juntamente com uma comida excepcional, uma adega admirável, dois bares — um bar rústico bastante casual e um bar de paredes de vidro mais sofisticado, que contava com uma lareira de pedra de quatro lados que atendia os hóspedes depois de um dia de esqui ou de qualquer outra atividade que desejassem fazer.

A cidade oferecia uma vasta seleção de restaurantes, da lanchonete ao cinco estrelas, além de lojas, butiques, equipamentos esportivos, lembrancinhas de Vermont, galerias de arte, e muito mais.

Muitos desses estabelecimentos ficavam na High Street, inclusive a loja de sua avó, Arte Criativa. Ou, como a placa dizia agora, Morgan observou, Arte Criativa, Café e Vinhos.

Mesmo naquela época tardia da temporada de inverno e antes do degelo da primavera, a rua... bem, estava quase cheia, admitiu. Como não conhecia muito bem o local, teve que procurar um lugar para estacionar. Ela se lembrou de que havia um pequeno estacionamento atrás do Arte Criativa, mas não sabia como navegar pelas estradas sinuosas e interseções movimentadas para encontrá-lo.

Ainda assim, estacionar na rua — quando finalmente encontrou uma vaga — lhe dava a oportunidade de identificar as principais áreas comerciais e possíveis oportunidades.

Restaurantes, lojas de roupas, cafés, uma padaria e um bar de luxo. Ela poderia trabalhar como garçonete, se precisasse, mas o bar estava no topo da lista. Nas ruas paralelas, avistou uma galeria, pequenos edifícios de apartamentos, mais lojas, um consultório médico, uma loja de vinhos — com um pequeno bar de vinhos. Segundo lugar na lista.

Prometeu a si mesma que exploraria mais em um dia com menos ventania. Mas, por ora, parou em frente ao Arte Criativa, Café e Vinhos.

Alguém, pensou, fez um trabalho artístico e criativo na vitrine. Mesas e suportes de alturas variadas exibiam peças em vidro soprado dispostas ao lado de tigelas de madeira e peças de cerâmica. Um cobertor cinza macio estava pendurado sobre o encosto de uma cadeira de balanço.

Do lado de dentro, ela se deparou com uma atmosfera calorosa, não apenas no ar como também na luz, no brilho dos pisos de madeira. As paredes estavam cobertas de pinturas. Armários antigos exibiam joias feitas à mão e pequenas peças de cerâmica, prata e cobre. Um outro armário continha velas. Prateleiras abertas brilhavam com peças de vidro soprado.

Havia uma longa estante antiga transformada em balcão, onde uma mulher conversava animadamente com um cliente enquanto embrulhava as compras. Atrás dela, um vitral que ostentava um magnífico pavão de cauda aberta.

A atendente do balcão olhou para ela e sorriu.

— Posso ajudá-la a encontrar o que procura?

— Ainda não, mas obrigada. Só estou admirando.

Continuou andando. Elas mudaram muitas coisas, percebeu, desde a última vez que visitara a loja. Mesas de madeira ou ferro abrigavam mais cerâmica, luminárias, tábuas de corte, bandejas.

Ela subiu a escada. Se a memória não falhava, o segundo andar costumava ser usado como depósito e escritório de sua avó. Não mais. Lá, ela encontrou tecidos. Echarpes, luvas, chapéus, toalhas e caminhos de mesa, tudo feito à mão.

Sabonetes e cremes artesanais, mais móveis, mais arte.

Ela se deu conta de que, se tivesse entrado naquela loja quando ainda tinha dinheiro para gastar, nunca teria saído de mãos vazias.

Quando desceu, passou por um casal que estava subindo e chegou até a atendente quando ela estava terminando de atender outro cliente.

— Está tudo bem?

— Sim. Sinto muito, eu deveria ter avisado, mas você estava ocupada. Sou a neta da Olivia.

— Você é a Morgan! Ai, minha nossa.

Estendendo as mãos, ela agarrou as de Morgan.

— Eu estudei com a sua mãe no ensino médio! É um prazer conhecer você. Meu nome é Sue Newton.

— Prazer em conhecê-la também.

— Elas estão no café, a inauguração vai ser no sábado. Estão cuidando dos toques finais. Pode ir direto para lá. Vai ficar ótimo.

Uma lona plástica pendia sobre a ampla abertura entre os ambientes. Morgan empurrou o plástico rumo à claridade. Elas haviam coberto a grande janela que dava para a rua, o que ela achou muito inteligente.

Esse truque manteria as pessoas curiosas até o grande dia. Ela imaginava que o evento seria grande.

O mesmo piso de madeira foi mantido para dar continuidade ao espaço de um ambiente para o outro. As paredes creme exibiam mais arte — nunca perca a chance de fazer uma venda. E a escolha por uma marcenaria de aparência escura e melancólica para criar contraste funcionou bem.

O balcão do bar combinava com o trabalho em madeira escura, com uma bancada de granito que unia o creme com veias escuras. Elas espalharam mesas baixas, mesas altas, mesas para quatro pessoas e algumas cabines em couro azul-escuro.

E, sem deixar escapar nada, incluíram uma pequena seção de varejo de tampas de garrafa de vinho, taças, saca-rolhas, canecas, xícaras, acessórios para café e chá.

Elas deram ao teto um acabamento em caixotão, dando ao ambiente ainda mais elegância e aconchego. Sem poder resistir à tentação, Morgan foi dar uma espiada atrás do balcão. Estantes, geladeira, máquina de gelo, adega climatizada, uma prateleira de acesso rápido, um espaço para utensílios, outro para os panos de limpeza do bar. Ela pegou um cardápio com capa de couro e arqueou as sobrancelhas ao ver a extensão da seleção.

Antes que pudesse colocá-lo de volta no lugar e sair de trás do balcão, as mulheres da vida dela apareceram.

— Vai dar certo — Audrey estava dizendo, e então viu Morgan. — Que surpresa! O que você achou?

Ela abriu os braços.

— Acho que estou pasma. Tudo está incrível! Vocês mudaram o andar de cima lá da loja, ficou maravilhoso. E isto aqui? Está lindo. Sofisticado, sem ser esnobe. Eficiente, sem ser monótono.

— Ainda faltam alguns retoques finais, mas estaremos prontas para sábado.

Olivia gesticulou.

— Venha ver a cozinha. Vamos servir produtos assados no forno, e para isso precisávamos de uma bendita cozinha comercial. Mas vai valer a pena.

Ela atravessou a porta de vaivém.

A cozinha brilhava, como manda o figurino. O aço inoxidável reluzia; prateleiras de aço guardavam utensílios e ferramentas de cozinha. A grande coifa comercial sobre o fogão de seis bocas e a câmara fria eram impressionantes e transmitiam profissionalismo. A lava-louça, as pias e a maior e mais brilhante batedeira que ela já vira reforçavam a ideia anterior.

— Vocês estão muito bem equipadas. Usaram o espaço de maneira bastante inteligente.

— E passamos na inspeção final.

Audrey esfregou as costas da mão na testa. Então, deu pulinhos sem sair do chão, fazendo balançar seu rabo de cavalo loiro e brilhante.

— Ela não podia ser muito grande porque precisávamos de espaço para...

Ela abriu a porta.

— Minha nossa!

Elas haviam construído uma adega; preencheram as três paredes com prateleiras repletas de garrafas.

— Aqui temos os brancos — começou Audrey —, nacionais, franceses, italianos, e assim por diante. Depois, os tintos, os rosés e os espumantes logo ali. O sommelier do resort nos ajudou.

— Porque ele está a fim da sua mãe.

— Mãe!

— Só estou dizendo a verdade.

Ao ver as bochechas levemente coradas da mãe, Morgan ficou sem palavras, chocada.

— Talvez um pouquinho. Enfim, temos o escritório e mais espaço de armazenamento lá em cima. Vamos usar o antigo escritório acima da loja para guardar mais estoque.

— Eu vi. Fui lá em cima. Ficou maravilhoso.

— Ficou mesmo. Temos uma porta que pode ser trancada pelo lado do escritório, então podemos passar por lá e descer, se necessário. É muita coisa, então estou em um estado constante de terror e empolgação.

— Eu posso dizer, sem nenhuma parcialidade ou hesitação, que é brilhante.

— Estou tão feliz que você esteja aqui.

Audrey passou um braço em volta da filha.

— Você pode fazer parte disso. Você virá no sábado, não é?

— Com certeza. Posso ajudar no bar, se precisarem.

— De verdade?

Audrey ficou radiante, Olivia apenas sorriu.

— Não quero um emprego, quero apenas ajudar a minha família. Vocês já devem ter contratado bartenders.

— Temos dois — respondeu Olivia. — Achamos que um deles tem potencial para virar gerente. Mas a sua opinião é muito bem-vinda. E seria de grande ajuda se você pudesse supervisionar mais ou menos o evento no sábado.

— Deixa comigo. Vou começar a procurar emprego na semana que vem, mas posso dar suporte a vocês aqui. Se houver algo que eu possa fazer para ajudar no início, basta pedir.

— Que tal agora, com os toques finais?

Olivia apontou para eles.

— Temos que decorar o banheiro.

— Unissex, em conformidade com o Estatuto da Pessoa com Deficiência — acrescentou Audrey.

— Temos que escolher a arte. Uma mesa ou bancada, algo para pôr em cima. Precisamos arrumar as mesas no café, esse tipo de coisa.

— Felizmente, minha agenda está livre no momento.

— Ótimo. Quando terminarmos, vou levar minhas duas meninas para jantar.

Ela gostou daquela tarde. Por algumas horas, não pensou no que perdera nem no que teria que fazer depois. Gostou de passar um tempo com as duas mulheres, debatendo sobre arte e mobília apropriadas, procurando o lugar certo para colocá-las, trocando-as de lugar.

E talvez tenha deixado sua marca, embora pequena, no negócio da família com ideia de adicionar pisca-piscas ao redor da grande janela para dar um pouco de brilho.

Ela gostou de jantar fora, que, em vez da refeição chique que ela pensou que sua avó escolheria, acabou sendo pizza e uma garrafa carafe de vinho tinto.

Ao ir para a cama, sentiu que tinha de fato realizado algo. Talvez, quem sabe, tivesse saído do poço de tristeza.

Nos dias que se seguiram, ela dividiu seu tempo entre aprimorar seu currículo e ajudar a preparar a grande inauguração. Desembalou, lavou e guardou as xícaras, pires, açucareiros e leiteiras que sua avó havia projetado para um oleiro local criar.

As peças eram brancas com um trevo vermelho, a flor do estado de Vermont.

— Elas são perfeitas, vó.

— São, sim.

— Você tem que colocá-las à venda.

— Eu já pensei nisso.

— Espero que você coloque a ideia em prática. Também pensei em outra coisa...

— Quanto isso vai me custar?

— Eu acho que, a longo prazo, vai ser muito lucrativo. É um bar de vinhos, sim, e vocês estão buscando produtores locais para alguns deles. Que tal utilizarem café e chá produzidos localmente também? Então vocês poderão vendê-los; belas latas de chá, sacos chiques de café. Há alguns produtores locais de café, e vocês poderiam fazer parceria com uma fazenda de chá. Vermont tem algumas.

— É uma boa ideia.

Semicerrando os olhos, Olivia pensou no que acabara de ouvir.

— É uma ótima ideia.

— O foco da Arte Criativa são as artes e artesanatos de Vermont. Tudo gira ao redor disso. Eu andei pesquisando um pouco.

Ela abriu a bolsa e sacou uma pasta.

— Um pouco?

— Bem, depois que comecei acabei me empolgando. Então isso é algo a se pensar no futuro.

— Pode deixar.

Olivia colocou os óculos vermelhos e chamativos que levava pendurados por uma corrente ao redor do pescoço e folheou as primeiras páginas da pasta.

— É uma boa ideia, Morgan. Você tem nos ajudado tanto nos últimos dias. Tem uma boa cabeça, um olho bom e braços fortes. Muito obrigada.

Ela baixou a pasta.

— Não posso convencê-la a gerenciar o novo espaço?

— Vocês não precisam de mim, vó. Se precisassem, eu as ajudaria no começo, pelo menos. Mas você e a mamãe? Vocês vão tirar de letra. Eu preciso encontrar meu caminho.

— É o que eu pensava. Já que é assim, vou te contar que ouvi falar que o Après, o bar principal do resort, está procurando alguém para o cargo de bartender/gerente. Ou melhor, vão começar a procurar na semana que vem. O barman principal acabou de pedir demissão. A esposa dele recebeu uma proposta de emprego na Carolina do Sul, e eles vão se mudar para lá.

Olivia colocou a pasta sobre a mesa.

— Como eu te amo, eu engoli um sapo e falei com a Lydia.

— Lydia?

— Lydia Jameson. Nós nos conhecemos há muito tempo, muito mais do que gostaríamos de admitir, e o marido dela era bom amigo do seu vovô. Ela está sempre por dentro do que acontece lá. Ou melhor, ela está sempre envolvida até o pescoço nos negócios da família. Você pode mandar o seu currículo para ela, e eles vão dar uma olhada antes de iniciar o processo de abertura de vagas.

— No resort? Eu nunca estive no Après, mas dei uma olhada no site, e ele estava na minha lista. Obrigada.

Ela puxou Olivia para um abraço.

— Isso não significa que o emprego é seu.

— Eu sei. Isso vai depender de mim. Mas é uma chance. Uma chance de fazer algo em que sou boa.

— Envie o seu currículo para Lydia. Tenho o e-mail dela. Como já disse, nos conhecemos há muito tempo. Escreva uma boa carta de apresentação.

— Pode deixar. Obrigada, vó. Vou continuar ajudando aqui tanto quanto puder, independentemente de conseguir ou não esse emprego.

— Estamos contando com isso.

Naquela noite, ela pesquisou sobre Lydia no Google para ter uma ideia do que esperar, e viu por que Lydia e Olivia se conheciam há tanto tempo. Ambas nasceram e cresceram em Vermont, ambas descendiam de famílias tradicionais da Nova Inglaterra. Mulheres educadas, cultas, firmes como rocha e fortes como aço.

Ambas eram mulheres de negócios. A empresa de Lydia era muito maior que a de sua avó, mas negócios são negócios.

Ela passou uma hora inteira elaborando, revisando e refinando a carta de apresentação. Formal e respeitosa, decidiu, com um toque pessoal em seu agradecimento pela consideração.

Depois de respirar fundo, com uma das mãos no porta-lápis verde meio torto, clicou em enviar.

Uma nova chance. E ela tinha outras, lembrou-se a si mesma. Talvez não tivesse chegado aonde esperava, mas tinha oportunidades ali.

Uma oportunidade de transplantar aquelas raízes que tanto desejava.

Inquieta, ela desceu as escadas. Com os cabelos soltos sobre os ombros, Audrey estava em pé na cozinha se servindo de uma taça de vinho.

As bochechas ficaram levemente coradas outra vez.

— Fui pega no flagra.

— Posso me juntar a você?

— Estou tão nervosa… Achei que uma taça de vinho me ajudaria a dormir. Nem acredito que a inauguração do café será amanhã. No começo era uma ideia, em seguida veio o planejamento, depois o trabalho e então mais planejamento. E agora?

Ela deu outra taça para Morgan.

— Agora o grande dia chegou, e estou uma pilha de nervos. Sua avó está lá em cima dormindo como um bebê. Aquela mulher nunca fica nervosa, é incrível.

— É porque ela sabe que vai ser um sucesso.

— Você acha isso mesmo?

— Não. Eu sei disso. Olha, eu não entendo muito de comércio nem de arte, como é o caso da loja. Mas de bar de vinhos eu entendo. Eu entrei na loja de vinhos que fica a algumas quadras daqui, e o bar é adorável. Pequeno, bem administrado, escuro e com uma ambientação mais dramática, com umas madeiras pesadas e umas cores intensas. O de vocês? É arejado, artístico... Tem um estilo diferente. E a forma como vocês o abriram, ou melhor, vão abrir amanhã, em conjunto com a loja já consagrada? Foi uma jogada de mestre. Servir diferentes opções de cafés e chás também foi uma grande sacada. Sem falar nos doces de pastelaria e scones assados no local. Está tudo aí, mãe.

— Eu fico repetindo isso para mim mesma, mas soa melhor quando sai da sua boca.

Ela sempre considerou a mãe um pouco inconstante. Uma mulher que não conseguia se estabilizar, não conseguia tomar uma decisão e seguir com ela até o fim. Mas não via isso agora.

— Eu sinto muito por não ter me esforçado mais para manter contato, visitado mais.

— Você estava construindo a sua vida. E você manteve contato. Querida, eu tenho amigas que só recebem notícias dos filhos adultos quando elas se dão ao trabalho de perguntar. Só os veem quando viajam para encontrá-los. Você ligava a cada duas semanas, mandava e-mails, vinha nos visitar todo ano no Natal. Não se desculpe. Estou muito orgulhosa de você.

— Pelo menos uma de nós está.

— Pare com isso. Se eu estivesse no seu lugar, ainda estaria escondida debaixo das cobertas. Você é uma pessoa ativa, Morgan. Sempre foi.

— Você também — notou Morgan.

— Eu? — Audrey riu e tomou um gole do vinho. — Eu só seguia o fluxo.

— Eu não acho...

Ela parou de falar quando ouviu o som de notificação do telefone.

— Recebi um e-mail. Quem poderia ser? Já passa das onze.

— Abra e descubra.

Morgan pegou o celular e desbloqueou a tela, e então ficou perplexa.

— Meu Deus. Tenho uma entrevista de emprego às onze da manhã no domingo, lá no Après.

— Ah! Isso é ótimo! É maravilhoso! Agora podemos ficar uma pilha de nervos juntas. Ah! Vamos encher mais as taças de vinho, levá-las lá para cima e escolher o que você vai vestir. Nisso eu sou boa.

— Eu... lógico. Sim. Não esperava ter um retorno tão rápido.

— Lydia Jameson? Na corrida entre a lebre e a tartaruga, ela é a lebre. E ela sempre vence. Agora vamos dar uma olhada no seu guarda-roupa.

Capítulo Sete

⌘ ⌘ ⌘

EMBORA NUNCA tivesse participado de uma grande inauguração, Morgan classificou a do café como bastante grandiosa. Às dez da manhã em ponto, as portas se abriram, e, às dez em ponto, um fluxo contínuo de pessoas começou a entrar. Ela ajudou a servir Mimosas, cafés, chás e scones gratuitos oferecidos durante a primeira hora.

Ela conheceu a prefeita, uma mulher de cabelos loiros volumosos e dona de uma risada estridente. O chefe de polícia, na casa dos trinta anos, bonito, esguio, com olhos azuis de matar, entrou — ele pediu café preto.

Ele também parecia conhecer todo mundo, o que ela considerou um ponto positivo para um chefe de polícia. Ao perceber que ele saiu com uma sacola de compras na mão, deduziu que ele tinha visto algo que lhe interessou ou então sabia a importância de apoiar o comércio local.

Talvez ambos, e isso lhe rendeu outro ponto positivo.

O novo espaço ecoava com vozes, perguntas e aprovação.

Ela pretendia ajudar apenas durante a primeira hora, mas uma hora acabou virando três.

— Você precisa fazer uma pausa — disse Olivia para Morgan enquanto ela limpava mais uma mesa.

— Não se preocupe. Eu gosto de me manter ocupada, vó, e não me sentia tão bem assim há tempos. Está vendo as quatro mulheres naquela mesa ali? Com Mimosas e scones? Eram colegas de quarto na faculdade, dez anos atrás. Todo ano, no verão, elas faziam uma viagem de uma semana juntas. Agora que todas têm família, reduziram para um longo fim de semana nesta época do ano. Elas estão hospedadas no resort e vieram para a cidade fazer compras. É o último dia delas aqui.

— Como você sabe disso tudo?

— Sou uma ótima barwoman. As pessoas conversam comigo. Elas se divertiram muito, e encontrar a sua loja foi um bônus. Como pode ver pelas sacolas do Arte Criativa embaixo da mesa, elas vão levar muitas lembranças para casa. Você deveria ir cumprimentá-las — acrescentou Morgan enquanto limpava a mesa. — Elas iriam adorar.

— Então eu vou.

Oito horas depois da abertura, as portas se fecharam, e toda a equipe soltou um grito de felicidade. Ao receber o sinal, Morgan abriu uma garrafa de champanhe para comemorar e distribuiu taças para todos.

Olivia pediu pizza — quem diria que aquela era a comida preferida de sua avó? — para saciar a fome de todos e encerrar um dia muito bem-sucedido.

E, depois daquilo tudo, quando restaram apenas elas três, Olivia se sentou e colocou os pés sobre uma cadeira.

— Não estou apenas descansando meus pés doloridos, e sim me deleitando — confessou Olivia.

— Nós batemos o recorde de vendas da loja em um único dia, mãe.

Olivia abriu um sorriso cheio de satisfação.

— Fiquei sabendo.

— E, mesmo com as promoções da semana de inauguração e os brindes de hoje, o café faturou vinte por cento a mais do que projetamos. Bum! Pow!

Audrey se sentou em uma cadeira, ergueu os braços bem alto e agitou as mãos animadamente.

— Você está vendo aqui uma mulher que, quando criança, não conseguia manter um dólar no bolso nem mesmo se eu o costurasse no forro. Agora ela calcula lucro e prejuízo mentalmente.

— Sempre fui boa com números, a não ser quando o símbolo do dólar estava presente.

Ela colocou suas botas com saltos curtos e finos sobre outra cadeira. E, com um suspiro, tirou o grampo de libélula prateado que, por pura magia, na opinião de Morgan, havia mantido todo o cabelo da mãe preso para trás durante todo o dia.

— Estou me deleitando também.

Depois de passar as mãos pelo cabelo e dar uma sacudida na cabeça, todo aquele cabelo caiu majestosamente sobre seus ombros como se ela tivesse acabado de sair do salão.

Mágica, pensou Morgan novamente.

— Não esperávamos que você fosse passar o dia todo aqui com a gente, Morgan. Você nos ajudou tanto… E é tão equilibrada. Toda vez que eu ficava, bem, meio desequilibrada, olhava para você e via como continuava serena.

— Quer saber o que eu acho?

— Com certeza.

— Vou preparar cappuccinos para a gente enquanto te conto.

Ela foi até a máquina de café atrás do bar e começou.

— É só o primeiro dia, e o lugar não vai encher assim sempre.

— Ah.

As mãos animadas de Audrey caíram sobre seu colo, os dedos ainda se movendo lentamente.

— Cortou o meu barato!

— Mas — Morgan olhou de volta para a mesa, se divertindo —, vocês têm um sucesso incontestável nas mãos. E, na minha opinião, o motivo é o seguinte.

A máquina chiou enquanto vaporizava o leite.

— Primeiro, vocês têm um local encantador e prestaram atenção aos pequenos detalhes. Isso importa. Montaram uma boa equipe. Alguns dos novos contratados ainda não pegaram o ritmo, mas vão chegar lá. Vocês duas tratam os funcionários com respeito e, nossa, isso é muito importante.

Ela colocou os três cafés na bandeja, adicionou colheres e um açucareiro, e então levou a bandeja até a mesa.

— Eu não sei qual é o plano de negócios de vocês, nem preciso, mas sei que estão servindo produtos excelentes e fazendo isso com classe, de forma casual, como o local pede. Mas…

— Lá vem bomba… — murmurou Audrey.

— Vocês precisam contratar mais uma pessoa. Principalmente durante as temporadas de maior movimento, vocês precisarão de alguém que possa transitar de um negócio para o outro. Alguém que possa servir vinho, fazer café, limpar mesas ou atender clientes, se necessário, e cuidar das vendas na loja também. Alguém experiente ou que saiba o suficiente sobre a arte, as técnicas e as pessoas que as criam, para poder responder a perguntas. Houve perguntas hoje, e a equipe, incluindo esta voluntária aqui, teve que encaminhá-las para vocês ou para um dos funcionários da loja.

— Você tem razão. Quer o emprego?

Morgan balançou a cabeça em negativa.

— Esse não é o meu forte. O que vocês precisam é de um coordenador uma espécie de funcionário coringa. Vocês têm tempo para encontrar a pessoa certa. E, quando encontrarem, vão realmente precisar fazer um livro de fotos com receitas da cozinha, do bar e do café, com algumas das artes e artesanatos da loja também. Fotos de vinho, por exemplo, em taças vendidas ao lado. O bolo de café servido em um dos seus pratos, biscoitos dispostos em outro, e assim por diante. Chamem um fotógrafo local para tirar as fotos, o que se encaixa com a proposta do estabelecimento, e vendam aqui, exclusivamente.

Olivia recostou-se na cadeira.

— Olha só para você! Fui amaldiçoada com uma prole inteligente.

— Você que começou — lembrou Audrey. — Um livro de fotos, como um livro de mesa de centro. Que ótima ideia! Sabe quem seria perfeita para fazer as fotos?

— Tory Phelps — disseram juntas.

— Estamos em sintonia.

Olivia levantou uma mão.

— Mas, primeiro, o novo funcionário. Morgan tem razão. Os dias em que nós trabalhávamos de oito a dez horas por dia, sete dias por semana, acabaram, Audrey.

— Concordo. Mas posso sondar a Tory, só para ter uma ideia de quanto ela cobraria por algo assim. Dessa forma, saberíamos se é possível fazer ou não. Ela é muito boa — disse a Morgan. — Nós vendemos alguns trabalhos dela na loja, fizemos uma exposição das fotos dela no ano passado. Ela leciona fotografia na escola técnica.

— Sua mãe adora novos projetos.

— É verdade.

Morgan concordou, olhando ao redor do café.

— E este aqui deu muito certo.

— Não posso discordar.

Olivia deu um tapinha carinhoso na mão da filha.

— Agora vamos para casa descansar nosso corpo exausto. Essa menina tem uma entrevista de emprego amanhã e precisa de uma boa noite de sono.

Óbvio que Morgan não teve uma boa noite de sono, pois sua mente estava a mil.

E se ela não conseguisse o emprego? Poderia procurar em outro lugar, é lógico. Mas...

Será que deveria dizer às mulheres da vida dela que aceitaria o trabalho de coordenadora? Ela daria conta. Poderia aprender sobre as artes, os ofícios, os artesãos e artistas. E também já sabia gerenciar funcionários e um negócio.

Talvez estivesse na hora de colocar de lado seus objetivos e sonhos e aceitar o que estava diante dela.

Mas ela não estava pronta para isso, não estava pronta para simplesmente enterrar todos os seus planos.

Ainda assim, se trabalhasse por cinco anos enquanto morasse ali, trabalhasse e economizasse, talvez pudesse realmente recomeçar.

Talvez.

Adormeceu no talvez, depois acordou cedo e continuou deitada na cama e repensando tudo novamente.

Quando desceu para tomar café, sua mãe estava sentada à bancada com o notebook. Seu cabelo dourado estava preso para trás em uma trança e ela usava um roupão rosa-chiclete.

— Bom dia. Estou pesquisando como produzir livros de mesa de centro. Dá muito trabalho!

— É, acho que sim.

— É uma ideia muito boa. Agora está aqui dentro — disse Audrey batendo o dedo na têmpora. — Não consigo deixá-la de lado. Quero calcular e organizar o máximo possível antes de compartilhá-la com a sua avó. É o que funciona melhor com ela.

Morgan foi pegar uma caneca e viu uma caixa do Arte Criativa ao lado da máquina de café, e um cartão com o nome dela escrito.

— O que é isso?

— Só um presentinho meu e da sua avó para te desejar boa sorte hoje. Se você odiar, minta. Eu o coloquei aí pois não sabia se você estaria acordada quando fôssemos para o trabalho.

Pronta para mentir se necessário, Morgan abriu a caixa. As argolas de prata incrustadas com diamantes reluziam.

Não precisou mentir.

— São lindos.

— Nós pensamos que eles combinariam bem com o que você escolheu para vestir hoje.

— Se não me engano, foi você quem escolheu.

— Bem, eu ajudei. Mas a roupa estava no seu armário, afinal. Gostou mesmo deles?

— Amei.

Ela os colocou nas orelhas para experimentar.

— O que achou?

— Combinam com você. São modernos, elegantes na medida certa e muito bem trabalhados. Quer comer alguma coisa?

— Não vai dar.

Morgan colocou a mão sobre a barriga.

— Estou nervosa.

— Óbvio que está. Quem não estaria? Mas você só precisa ser a Morgan de sempre. O resort terá sorte em ter você, e estou dizendo isso como gerente de negócios, algo que nunca pensei que seria na vida. Eu te observei ontem, meu amor, e você sabe exatamente o que está fazendo.

— Eu costumava pensar assim. E não estou entrando nessa com uma atitude negativa. Preciso de um incentivo, não posso fingir que não preciso. Preciso que alguém além da minha mãe ou da minha avó me diga que sou boa o suficiente.

— Aquele canalha mexeu mesmo com a sua cabeça.

Morgan ergueu as sobrancelhas.

— Minha mãe tem boca suja, quem diria.

— Ah, eu sempre tive. Você só não ouvia. Talvez tenha sido um erro meu sempre colocar a máscara de "está tudo bem" na sua frente. Mas não posso voltar no tempo e mudar isso agora. Vá lá hoje e seja a Morgan. Se eles não te derem esse incentivo, são uns idiotas.

Audrey fechou seu notebook e se levantou.

— Preciso me arrumar. Provavelmente sairemos antes de você.

Olhando nos olhos da filha, tocou a bochecha de Morgan.

— Vai nos contar como foi a entrevista? Mandar mensagem, quem sabe passar na loja?

— Vou, sim. Obrigada pelos brincos. Posso sentir a sorte emanando deles.

Ela vestiu a roupa aprovada pela mãe. A camisa verde-sálvia, a calça preta justa, as botas pretas altas. Adicionou o blazer de couro macio como manteiga. E teve que admitir, como costumava ser quando o assunto era moda, que Audrey acertara em cheio.

Ela parecia profissional, confiante, sem perder sua essência. Agora, só precisava se lembrar de agir assim.

No andar de baixo, fez um breve discurso motivacional para si mesma enquanto se agasalhava.

— Você sabe o que está fazendo. Seu currículo é bom. Pode decidir que não quer o emprego, mas vai aceitá-lo porque precisa.

Enfrentando a contragosto o vento gelado, caminhou até o carro de Nina. Deixou escapar um suspiro aliviado quando o carro pegou. E, sabendo que o aquecedor só começaria a esquentar de fato quando chegasse ao seu destino, dirigiu tremendo até o centro da cidade.

Com uma olhada rápida, viu um casal saindo do café, ambos carregando sacolas de compras. Um bom sinal para o segundo dia, pensou, e atravessou a cidade novamente.

Ela virou à esquerda e passou por uma ponte onde a água abaixo tremia sobre as pedras do mesmo jeito que ela tremia ao volante.

Outra curva com bosques cobertos de neve em ambos os lados. Ela testou o aquecedor enquanto subia uma colina, e quando ele soltou ar fresco em vez de ar gelado, decidiu que era melhor que nada.

Ela avistou os primeiros chalés escondidos por trás dos bosques nevados e admitiu que nunca entenderia como as pessoas podiam gostar de passar as férias de inverno em um lugar tão frio.

Uma praia tropical, uma vila italiana banhada pelo sol... Esses destinos, sim, faziam sentido absoluto. Mas um chalé na floresta de Vermont, pagando para congelar em um teleférico ou patinar em um lago congelado?

De jeito nenhum.

— E você pode guardar essas opiniões para si mesma se quiser ter chances de conseguir esse emprego.

Ela seguiu as placas até o hotel, percorrendo o caminho sinuoso.

O edifício de quatro andares, branco sobre um fundo branco, era mais imponente que glamouroso, com linhas retas e robustas.

O primeiro andar avançava em ambos os lados, o que ela já sabia por ter estudado o lugar através do site.

Lá dentro, encontraria lojas, dois restaurantes, dois bares e salões, uma piscina coberta, um espaço fitness, um pequeno spa, salas de reunião, um salão de festas para casamentos e eventos, e cinquenta e dois quartos de hóspedes, incluindo uma dúzia de suítes.

Atrás do prédio, as montanhas se erguiam e as pistas de esqui desciam. Ela decidiu na hora que só subiria lá sob a mira de uma arma, e, mesmo assim, uma bala talvez pudesse ser a melhor escolha.

Entrou no estacionamento e notou que, mesmo naquela época de transição entre as estações, não era fácil encontrar uma vaga. Eles ofereciam serviço de manobrista, mas ela considerava que isso era apenas para os hóspedes, então caminhou o que parecia ser a distância de um campo de futebol do carro de Nina até a entrada principal — um amplo e aquecido pórtico de pedra.

Lá dentro, o branco se repetia no brilho dos pisos de mármore, e uma lareira de quatro lados aquecia as pessoas sentadas em poltronas ou sofás que desfrutavam de um café da manhã tardio. Havia também uma mesa redonda totalmente coberta por um belo arranjo de flores com cheiro de primavera.

Respirando fundo, ela cruzou o saguão, atravessou um amplo arco e entrou no Après.

Ela havia estudado o site; sabia o que esperar. Mas tudo o que pôde pensar quando entrou foi: Ai, meu Deus, eu quero esse emprego.

Uma parede de vidro abria o bar para o mundo exterior. As montanhas, as pistas de esqui, uma porção do lago, as florestas e trilhas, o que ela supunha que seriam jardins ao redor de um generoso pátio quando o inverno baixasse a guarda.

As mesas de madeira escura brilhavam, imponentes, cada uma delas decorada com uma pequena vela em um domo de vidro e um vasinho de flores. As cadeiras e bancos de couro cinza pareciam confortáveis e convidativos.

O balcão do bar se estendia ao longo de toda a parede lateral, oferecendo aos que estavam atrás dele uma visão completa do salão. De madeira escura como as mesas, ele parecia antigo com seus entalhes profundos e sua bancada de quatro colunas com arcos espelhados.

Ela instantaneamente o desejou para o seu bar.

A máquina de café — de cobre e muito elaborada — ficava em uma bancada própria, ao lado das prateleiras, e a caixa registradora se encontrava em um recanto discreto do outro lado. Portas de vaivém davam para a cozinha, que ficava logo atrás.

Ela fez notas mentais para o futuro — a decoração, cheia de classe; o fluxo, excelente.

Queria muito ver como era atrás do balcão, conferir a organização, verificar as torneiras — havia meia dúzia delas de cada lado do balcão. Ela foi até lá para tentar dar uma olhada rápida, mas um homem atravessou as portas de vaivém carregando uma bacia.

Alto, um pouco desengonçado, cabelos curtos com twists caprichados. Ele usava uma camisa branca, colete e calças pretas. A etiqueta de latão no colete dizia NICK.

— Bom dia.

Ele abriu um sorriso.

— O Après só abre às onze e meia, mas servimos café, chá e chocolate quente no saguão. Posso anotar o seu pedido, se quiser.

— Não, obrigada. Eu tenho uma entrevista com a sra. Jameson. Nell Jameson. Cheguei um pouco cedo.

— Morgan Albright?

Ele abriu um sorriso ainda maior e, depois de colocar a bacia sobre o balcão, caminhou até ela com a mão estendida.

— Nick Tennant. Eu trabalho aqui durante o dia. Você veio ser entrevistada para o cargo de gerente. Muito prazer.

— Igualmente. Este bar é ótimo.

— É mesmo.

Ele olhou à sua volta, orgulhoso.

— Lógico, não sou imparcial. Trabalho aqui há dez anos, no Après. Sem contar os outros quatro anos no resort, durante o verão e as férias.

— Dez anos.

— Pois é.

Seus olhos castanhos profundos fitaram o rosto dela, analisando-o.

— Vou responder à pergunta que você é educada demais para fazer. Eu não quis o cargo de gerente. Gosto de trabalhar minhas oito horas e ir para casa jantar. Acabamos de ter um bebê.

— Ah, parabéns. Tem uma foto?

Agora com um sorriso de orelha a orelha, ele tirou o celular do bolso para mostrar o papel de parede, um bebê com os olhos expressivos do pai e uma cabeleira cacheada. O laço no cabelo e o vestido cor-de-rosa com babados indicavam que se tratava de uma menina.

— Ela se parece com o papai. Como se chama?

— Shila. A boca é da mãe, mas o resto é todo meu. Você tem filhos?

— Não.

— Eles mudam a sua vida completamente.

Ele deu um último sorriso para o bebê na tela antes de guardar o celular.

— Eu até pensei em me tornar gerente, aceitar o trabalho noturno que faz parte do pacote. E ter que vir toda vez que houver um problema. Os horários, a papelada. O aumento, mas... Não, o horário de dez e meia às seis e meia me convém. Chego às dez e meia, verifico os estoques e os níveis dos barris, preparo as guarnições. Você conhece o esquema.

— Sim.

— Abro o caixa, sirvo as bebidas, fecho o caixa e bato o ponto, então consigo estar em casa com as minhas meninas às 18h45, na maioria das vezes. O melhor dos dois mundos.

— É o que parece.

— Sente-se em um banco. Posso te servir uma bebida sem álcool.

— Obrigada. Será que... Eu queria muito dar uma olhada.

— Pode vir.

Ele a acompanhou até o outro lado e pegou um copo.

Tudo limpo, brilhante e organizado, pensou, como deveria ser. Máquina de gelo, prateleira de acesso rápido, pia limpa brilhando, refrigerador, coqueteleiras, saca-rolhas, facas, mexedores, panos de limpeza, guardanapos. Tudo tão impecável quanto as garrafas e os copos expostos nas prateleiras atrás do balcão.

— E aí, o que achou?

— Acho que as pessoas que gerenciam e trabalham aqui sabem o que estão fazendo.

Ele apontou para ela, concordando, e colocou o copo no balcão.

— Se quiser, posso mandar uma mensagem para o escritório de Nell para avisar que você já chegou.

— Não precisa. Assim eu tenho tempo para ver o layout e me preparar.

Ela deu a volta no balcão e sentou-se em um banco.

— Não estou acostumada a me sentar deste lado.

— Há quanto tempo trabalha em bares?

— Há quase sete anos. Comecei no último ano da faculdade, e logo soube que aquele era o meu lugar. Não preciso perguntar se gosta de trabalhar aqui. Você não parece ser o tipo de pessoa que aguentaria uma década, mais os quatro anos de verões e férias, se não gostasse.

— É um ótimo lugar para trabalhar. Conheci minha esposa aqui. Corinne trabalha no setor de reservas. Bem, ela está de licença-maternidade, mas quer voltar a trabalhar pelo menos meio período quando Shila completar seis meses. Fiz bons amigos aqui, recebo um tratamento justo. Hal, por exemplo. Ele é o mordomo-chefe do Club Level. Está aqui há vinte e sete anos. E esse nem é o recorde.

— Não é?

— A sra. Finski, todos a chamavam de sra. Finski, até os Jameson, estava aqui há trinta e seis anos quando se aposentou, era chefe de limpeza.

— Os funcionários são leais.

— E essa lealdade é bem-merecida. Os Jameson são boas pessoas.

— Obrigada, Nick.

O primeiro pensamento de Morgan foi que Nell Jameson — havia uma foto dela no site — encheu o ambiente de energia.

Ela media cerca de 1,63m com suas botas estilosas, e exibia uma silhueta atlética em um vestido curto vermelho-ferrugem. Os belos cabelos castanhos com luzes douradas estavam presos em um coque despretensioso.

E, embora fosse muito fotogênica, Morgan concluiu que ela era mais bonita pessoalmente. Talvez fosse toda aquela energia, ou seus olhos castanhos e expressivos.

Ela caminhava exalando confiança.

— Nell Jameson.

— Morgan Albright.

Elas se cumprimentaram, avaliando uma à outra silenciosamente.

— Estou atrasada?

— Eu cheguei cedo.

Seja você mesma, pensou Morgan.

— Queria sentir a atmosfera do bar antes da entrevista.

— E o que você sentiu?

— Senti que quero esse balcão para mim — disse Morgan passando a mão na madeira.

— Eu entendo. Meu avô o mandou trazer de Dublin.

— Parece autêntico mesmo. O restante do bar também é maravilhoso. Tem classe, mas é confortável. É bem-organizado, tem um bom fluxo. Esse é o tipo de coisa que os clientes não identificam de cara, mas conseguem sentir. E a vista é deslumbrante.

— Janelas com isolamento térmico, vidro com película para reduzir a luminosidade. Dá para ver as pistas daqui. Você esquia?

— De jeito nenhum.

— Certo. Da primavera ao outono dá para ver o nono buraco, perto do lago. Você joga golfe?

— Não. Mas já me sentei em jardins, até plantei alguns, e eu suponho que a vista deles quando não estão cobertos de neve seja espetacular.

— São, mesmo. Bem, vamos escolher uma mesa e começar.

Nell levantou um dedo.

— Antes de irmos para a mesa, que tal fazermos um teste prático? Pode preparar um Kir Royale para mim?

— Com muito prazer. Mas preciso ver seu documento de identidade antes.

Ela ouviu Nick respirar fundo, mas manteve seus olhos em Nell.

— Está falando sério?

— Não posso servi-la se não me mostrar.

— Eu tenho vinte e sete anos.

— Isso é o que todos dizem. Sinto muito. Você poderia ter vinte anos. Pode ser que tenha uma genética abençoada e uma estrutura óssea de dar inveja, mas não vale o risco para este estabelecimento ou para mim.

— Essa é a sua política pessoal?

— Sim, é, e espero que seja a política do seu negócio também, senão sou a pessoa errada para este cargo.

— Está bem.

Nell colocou a pasta em cima do balcão. Tirou uma carteira fina de couro de um dos bolsos e puxou a carteira de motorista de dentro.

Morgan a examinou, sorriu e agradeceu.

O coração dela martelava no peito enquanto voltava para trás do balcão. Depois se acalmou.

Ela sabia o que estava fazendo ali.

Encheu uma taça com gelo e água gelada, colocou-a de lado enquanto localizava uma garrafa de licor de cassis, um limão e uma faca pequena.

— Você está listada no site como chefe de Hospitalidade.

— Isso mesmo.

Morgan tirou uma garrafa de champanhe do refrigerador.

— Então isso inclui o Après, o Lodge Bar, os restaurantes e o serviço de quarto?

— E o bar de sucos no espaço fitness, a lanchonete anexa ao elevador, as compras de supermercado para abastecer os chalés conforme as solicitações dos hóspedes.

— É bastante coisa — disse Morgan enquanto abria a garrafa com um "pop" elegantemente abafado.

— Eu tenho uma equipe excelente.

— Só conheci o Nick, mas, se os outros forem como ele, tenho que concordar.

Ela descartou o gelo, adicionou uma colher de sopa de licor de cassis e inclinou o copo para servir o champanhe.

— Você diria que trabalhar em um negócio familiar é ao mesmo tempo confortável e desafiador?

— Sim. — Intrigada, Nell apoiou o queixo na mão. — Você está me entrevistando?

— Só estou puxando conversa.

Ela pegou a faca, fatiou o limão, cortou a polpa e fez uma espiral perfeita com a casca. Completou com o champanhe, adicionou a espiral de limão e, em seguida, colocou a taça sobre um guardanapo pequeno.

— Espero que goste.

Nell tomou um gole e colocou a taça de lado.

— Ok, está perfeito. Eu não planejava beber, mas acho que vou abrir uma exceção. Vamos para aquela mesa.

Quando Nell caminhou para uma mesa perto das janelas, Nick deu a Morgan um sorriso e fez um sinal de positivo com o polegar.

— Vou falar logo de uma vez — começou Nell quando Morgan sentou-se diante dela. — Eu sinto muito pelo que aconteceu com você, pelo que aconteceu com a sua amiga. Sinto muito mesmo.

— Obrigada.

— Outra coisa que prefiro falar logo. Fiquei irritada quando minha avó marcou esta entrevista. Sempre se intrometendo.

— Ah. — Merda! — Eu entendo perfeitamente.

— Avós. — Nell abriu um grande sorriso. — Ainda bem que eu amo a minha.

— Devo dizer o mesmo sobre a minha.

— Muito bem, vamos deixar esses assuntos de lado por enquanto.

Novamente, Nell abriu sua pasta. Desta vez, sacou um portfólio e o abriu.

— Seu currículo é impressionante. Mas não estou vendo aqui sua experiência como gerente no bar Próxima Rodada, em Maryland.

— Eu era barwoman lá. Fui gerente administrativa na Greenwald's Construções.

— Seu empregador no Próxima Rodada me disse que você frequentemente fazia as escalas, cuidava do inventário, dos pedidos e até mesmo de pequenos reparos e manutenções.

— Quando necessário.

— Sábias palavras. Ele também me disse que você foi a segunda melhor funcionária que ele já teve nos trinta e um anos como dono do bar.

— Big Mac. Número um.

Nell sorriu novamente.

— Exatamente. Big Mac te superou porque ele cantava como um anjo e intimidava qualquer encrenqueiro em potencial apenas pelo seu tamanho. Mas você era mais confiável e flexível, então é uma disputa acirrada. Ele esperava vender o bar para você quando se aposentasse.

— Ele...

Aquela informação a pegou desprevenida.

— Eu não sabia disso.

— Pelo visto nem ele, até você se mudar. Você planeja ficar em Westridge?

A ideia de que esteve tão perto de ter o próprio negócio a abalou. Mas tinha que deixar aquilo de lado por enquanto, porque era algo que havia ficado no passado. O que estava vivendo no momento era o aqui e agora.

— Quero plantar raízes. Eu as transplantei para aqui. Não tem mais nada para mim lá, e minha família está aqui.

— Você morou em muitos lugares sendo filha de militar. Tem algum preferido?

— Não. Não tenho. Tudo é temporário, a gente fica sabendo disso desde o início.

— Então não se apega.

Nell assentiu e, embora estivesse com o currículo de Morgan sobre a mesa, nem olhou para ele.

— Você trabalhou durante a faculdade, então tem experiência em servir mesas, atender o público. Sendo assim, deve ter uma ideia do trabalho feito pela equipe de garçons. Com relação ao cargo de gerente, seu chefe na Greenwald's Construções teceu muitos elogios a seu respeito.

Ela ficou surpresa ao saber que eles já haviam verificado suas referências, mas respondeu com tranquilidade.

— Trabalhar para os Greenwald foi uma experiência maravilhosa.

— Um negócio familiar.

— Exatamente.

— Sua avó e sua mãe têm um negócio familiar.

— Têm, sim.

— Devo dizer que adoro o Arte Criativa, e preciso conhecer o novo café.

— Ficou ótimo.

— Mas você não quer trabalhar lá?

— Um bar de vinhos é um ótimo estabelecimento, mas não é um bar completo. Eu poderia ajudá-las, mas elas não precisam de mim.

— Você acha que negócios familiares oferecem certo nível de conforto e desafio?

Pela primeira vez, Morgan riu.

— Acho, sim.

Nell recostou-se na cadeira e tomou um gole do drinque.

— Por que quer trabalhar em um bar?

— Eu gosto de pessoas. Pessoas se reúnem em bares. Quando você trabalha atrás de um balcão de bar, elas te procuram para pedir uma bebida. Mas você tem que saber avaliar o humor delas. Feliz, em plena comemoração, querendo esquecer um dia difícil, triste, com raiva, apenas procurando companhia. E isso é o que você deve servir junto com a bebida. Sou boa em preparar drinques e avaliar humores. Eu gosto de bares. Eles são uma espécie de universo à parte.

— Como assim?

— O mundo está girando lá fora.

Ela traçou um círculo no ar com o dedo.

— Mas, aqui dentro, você pode ter uma trégua. Sua reunião foi um fracasso, você não conseguiu aquele aumento que queria? Trégua. Seu filho tirou dez no teste de ortografia? Você foi promovido? Este é um bom lugar para comemorar e compartilhar as boas-novas. O bar de um resort tem uma clientela mais transitória, mas também é frequentado por alguns moradores locais. Uma reunião de negócios ali. — Ela indicou uma mesa vazia. — Um casal apaixonado em lua de mel ali. Dois casais, velhos amigos, passando alguns dias de férias juntos. Uma comemoração de despedida de solteira. Consigo ver todos eles de trás do balcão do bar, graças ao layout inteligente, e ainda dar atenção aos clientes sentados nos bancos.

— O que você espera da equipe de garçons e garçonetes?

— O mesmo que espero de mim mesma. Servir as mesas, identificar o humor dos clientes e agir de acordo com ele. Não ficar puxando conversa, a menos que eles falem primeiro. Quer gorjetas? Sorria, faça contato visual, preste atenção e não negligencie uma mesa em favor de outra. Um serviço amigável ainda precisa ser eficiente. Sirva agora, reclame depois. Se precisarem de ajuda, devem falar comigo. É meu trabalho intervir. Quando necessário.

— Ok. Tenho mais ou menos quinze minutos. Vamos discutir as condições de trabalho e, em seguida, minha assistente te mostrará o local.

Ela tomou mais um gole do drinque.

— Se chegarmos a um acordo, você pode começar o treinamento na segunda-feira. Quero que passe uma semana inteira com Don, nosso gerente atual, antes de ficar por conta própria.

Morgan colocou as duas mãos no colo, apertando-as com força.

— Simples assim?

Desta vez, Nell estudou seu drinque antes de tomar um gole, antes de encarar os olhos de Morgan diretamente.

— Eu também sei avaliar pessoas.

⌘ ⌘ ⌘

Uma hora e meia depois, ainda atordoada, Morgan entrou no Arte Criativa. Meia dúzia de clientes explorava a loja enquanto Sue registrava uma venda.

— Oi, Morgan. Sua mãe e sua avó acabaram de subir para o escritório.

— Obrigada.

Ela subiu e encontrou as duas na frente do computador, a avó olhando por cima do ombro de Audrey.

— Eu penso mais no interesse, mãe, e não na experiência. Podemos treinar... Morgan!

Audrey juntou as mãos sob o queixo.

— Os brincos te deram sorte?

— Bota sorte nisso. Fui contratada.

— Óbvio que foi — disse Olivia dando de ombros, mas os olhos dela brilharam quando Audrey pulou para abraçar Morgan. — Os Jameson não são idiotas.

— Vou começar o treinamento amanhã, depois terei um período de experiência de três meses. E depois disso? Um aumento de salário automático. Meu Deus, eles ofereceram mais do que eu estava ganhando no Próxima Rodada, e com benefícios. Ah! E eu vou gerenciar uma equipe de vinte e três pessoas, incluindo a cozinha.

— Precisamos comemorar — declarou Audrey. — Vamos sair para jantar.

Morgan seguiu seu impulso.

— Vou preparar costeletas de porco.

Audrey piscou, incrédula.

— Você vai cozinhar?

— É a receita da mãe da Nina. Já fiz uma vez, posso fazer de novo. Vou preparar as costeletas de porco e as batatas apimentadas dela — repetiu, porque isso encerraria uma lembrança ruim. — E usaremos a louça e os copos finos. É assim que eu quero comemorar.

Ela recuou.

— Obrigada, vó, por abrir esta porta para mim. Obrigada a vocês duas pelos brincos da sorte que eu provavelmente nunca mais vou tirar. Vou ao mercado agora e depois vou preparar o jantar.

Ela deu um abraço apertado nas duas.

— E se ficar horrível, mintam.

Capítulo Oito

⌘ ⌘ ⌘

A DIMENSÃO DA estupidez da raça humana, misturada com credulidade, nunca deixaria de surpreendê-lo.

E encantá-lo.

Afinal, sem essas adoráveis fraquezas, como ele viveria sua vida do jeito que merecia?

Gavin Rozwell aprendera desde cedo que o sexo frágil podia ser manipulado e explorado de infinitas maneiras. O método, é óbvio, dependia da vítima. Para algumas, uma boa aparência era suficiente.

Isso ele tinha, e recebera elogios a vida toda por esse motivo.

Para outras, bastava acrescentar charme — só uma pitada ou uma grande quantidade, a dose dependia da vítima e da situação.

Um talento que ele também tinha.

Bem, algumas gostavam de homens mais brutos, e tudo bem. Mas ele mantinha seu lado bruto controlado. Até o fim.

Havia aquelas que se apaixonavam pelo lobo solitário, pelo pensativo, pelo poeta, pelo descontraído ou pelo nervosinho.

Ele tinha um milhão de personas disponíveis para uso como um terno feito sob medida.

Histórias tristes davam abertura para certos tipos. A viúva recente, por exemplo, ou o marido traído.

O truque? Ser quem o alvo quer que ele seja.

E isso ele tirava de letra.

Aprendera cedo, vendo a própria mãe acreditar em tudo o que ele dizia. Ela realmente acreditava que as pessoas tinham bondade no coração, por mais que estivesse lá nas profundezas.

Ninguém, segundo sua boa e velha mãe, era completamente mau. E, em seu mundo, o mal não existia.

Afinal, Deus fez o mundo, e Deus era bom.

Ela acreditava — não importava quantas vezes tivesse sido derrubada — que a bondade sempre triunfava.

A mãe dele, a santa.

A mãe dele, a idiota.

Ela considerava o filho um presente divino — seu garotinho bonito e inteligente. Lógico, o pai dele a agredia nas raras ocasiões em que destinava alguma atenção a ela. Depois vinham as desculpas — sempre dela, nunca dele. *Ele teve um dia difícil, ele fica chateado, eu devia ter ficado calada.*

E, quando ele os abandonou, levando até o dinheiro que ela guardava debaixo de suas calcinhas e seus sutiãs brancos e baratos, ela inventou mais desculpas.

Ele nos ama tanto que não pode ficar.

Então ele — o presente dela — viu a fraqueza, a fraqueza de uma mulher, pronta para ser explorada.

Para ela, ele se tornou o filho amoroso e dedicado enquanto ela trabalhava em subempregos em troca de um salário miserável que mal cobria o aluguel. Um simples buquê de dentes-de-leão ou um coração recortado em papel colorido eram suficientes para que ela fizesse todas as vontades dele.

E ela nunca notava, ou nunca mencionava, os cinco ou dez dólares que ele tirava da lata de café que ela escondia no armário da cozinha.

Ele ia bem na escola. Tinha uma cabeça boa, era extremamente educado. E usava a confiança que construíra cuidadosamente para aplicar pequenos golpes tanto em alunos quanto em professores.

Era habilidoso com computadores e, aprimorando suas aptidões, destruiu a vida de seu professor de história do oitavo ano.

O canalha lhe dera seis e meio em uma prova!

Hackear acabou sendo mais fácil do que ele esperava. Encher o computador pessoal do sr. Stockman com pornografia infantil foi um desafio que aceitou com prazer.

Stockman perdeu o emprego, a esposa e os filhos, e passou seis anos em uma prisão federal.

Toma aqui seus seis e meio, babaca.

Seu discurso como orador da turma na formatura do ensino médio fez sua mãe e outras pessoas chorarem. Ele ganhou uma bolsa de estudos para a Universidade Estadual de Michigan. Embora tivesse a possibilidade de escolher entre diversas universidades, afirmou que precisava ficar perto de casa, perto de sua mãe em Detroit, para poder visitá-la regularmente e ajudá-la quando necessário.

Ele fez isso, fielmente, esperando até a primavera do segundo semestre para fazer dela sua primeira vítima.

Que choque! Que tragédia! O assassinato sem sentido de uma mulher de quarenta e um anos durante o arrombamento da espelunca onde ela morava de aluguel, enquanto seu único filho, tão amoroso e dedicado, dormia no alojamento estudantil a cento e cinquenta quilômetros dali.

Seu filho de dezenove anos, que desmoronara durante o funeral. E, aos dezenove anos, já maior de idade, sem correr o risco de ser colocado sob a tutela de uma família adotiva ou guardiões legais, ele provou a liberdade pela primeira vez.

Depois de receber o dinheiro do seguro de vida que a convencera a contratar — apenas quinze dólares por mês para ficar com a consciência tranquila —, Gavin Rozwell, um psicopata nato, pegou a estrada.

Ele prosperou.

Por um tempo, apenas viajou, vivendo sua melhor vida. Mas o dinheiro do seguro não duraria para sempre.

Aplicou golpes simples durante algum período, o que se mostrou ser tão divertido quanto lucrativo. Depois, migrou para o roubo de identidade, e isso lhe trouxe ainda mais lucro e satisfação.

Mas faltava uma emoção genuína. Não tinha empolgação. Não tinha adrenalina.

Então, enquanto viajava, ele planejou, tramou e encontrou sua verdadeira vocação.

Ele sabia muito bem que, toda vez que dava cabo de uma vítima, estava matando sua mãe novamente. Afinal, ele se saíra muito bem nas aulas de psicologia. Mas e daí? Aquilo lhe dava prazer, toda vez. Tirar a vida delas, olhar em seus olhos apavorados enquanto as estrangulava o fazia lembrar do momento em que olhou nos olhos da própria mãe.

Quem disse que não dá para voltar no tempo?

E aquela era a cereja do bolo, depois do prazer de tirar tudo o que elas tinham de mais precioso, exatamente como seu pai levara tudo o que sua mãe tinha de mais precioso.

Bem, exceto ele, é óbvio.

Então, em uma bela manhã de primavera, sob o nome de Oliver Salk, ele estava sentado no terraço de sua suíte de hotel em Maui, respirando o ar fresco e admirando a vista enquanto tomava sua segunda xícara de café.

Nos doze anos desde que matara sua mãe, ele viveu bem, viveu intensamente. Os duzentos e cinquenta mil dólares pagos pelo seguro de vida lhe deram os meios e a oportunidade de buscar o estilo de vida para o qual nascera.

Ele ergueu a caneca e brindou.

— Obrigado, mãe.

Ele havia merecido aquilo, assim como havia merecido cada centavo desde então, porque o que fazia *era* trabalho, um trabalho que exigia tempo, habilidade e inteligência. As semanas, às vezes até meses, de pesquisa e planejamento tinham seu preço. Somavam-se a isso os gastos para manter a boa aparência ao mesmo tempo em que fazia algumas mudanças aqui e ali ao longo do caminho, o custo de adquirir novas identidades e o guarda-roupa adequado a elas.

Alguns alvos esperavam sexo, algo que, para falar a verdade, ele nunca gostou. Mas considerava isso parte do trabalho.

Teve aquela mulher em Portland uns três ou quatro anos atrás, lembrou-se. Meu Deus, ela era insaciável. Mas, pelo menos, conseguira tirar dela quase oitocentos mil dólares antes de pôr fim ao relacionamento. E à vida dela.

Ele se saíra muito bem e aproveitava a vida, o trabalho, as viagens. E seu índice de êxito era perfeito, porque se esforçava para alcançar a perfeição. Ele merecia a perfeição.

Até conhecer Morgan Albright.

A única que escapou.

Aquilo ainda o incomodava, e ele admitia que o fracasso o deixara abalado. Mais do que um pouco abalado. O suficiente para tirar férias, fazer uma longa viagem.

A vadia certamente falou com a polícia, com aqueles malditos agentes do FBI, e, talvez, quem sabe, ele tenha deixado escapar alguma informação que não devia.

Não era provável, mas a existência daquela possibilidade o levou a fazer uma pausa, colocar alguns milhares de quilômetros entre os dois.

Ele podia se dar ao luxo, afinal, de passar algum tempo em San Diego, depois alguns meses em Malibu, antes de visitar algumas ilhas no Havaí.

Para ele, não havia nada melhor que um bom hotel na praia.

Afinal, trabalho sem diversão é só cansaço e não dá emoção. No entanto, mesmo nos hotéis luxuosos em praias paradisíacas, pensava nela constantemente. Ele tirou tudo o que ela tinha, mas ela sobreviveu. Ela quebrou sua sequência de sucesso e aquilo o corroía por dentro.

Precisava dar um jeito naquilo, dar um jeito nela, reaver sua sorte. Além do mais, estava entediado. O trabalho era sua diversão, e sentia falta. E, justamente por sentir essa falta, começou a pesquisar.

Precisava recuperar essa sorte, dar início a uma nova sequência antes de acertar as contas com Morgan.

Havia duas candidatas possíveis no continente, e escolheria em breve a felizarda. Mas Morgan? Ela era a prova de que as pessoas são estúpidas, ingênuas e estão sempre prontas para ser enganadas.

Ela mudou suas senhas — como se isso importasse — e desativou suas poucas contas nas redes sociais ao longo do último ano.

Mas sua mãe estava em todas elas. Ela postava regularmente na página da loja da família em Vermont. Fotos bonitas, marketing alegre, com um toque pessoal.

Então ele sabia que Morgan, completamente falida, se mudara para Vermont, para morar com a mamãe e a vovó. E todas aquelas postagens felizes lhe permitiam ficar de olho nela. Ele havia pesquisado a família dela, a casa e o negócio familiar antes de entrar naquele bar barato, então conhecia bem a situação, as finanças.

Quando estivesse pronto, usaria as contas da mãe dela para encontrar um jeito de hackear Morgan novamente.

Quando estivesse pronto.

Talvez o fato de ela ter escapado da primeira vez fizesse parte de um plano maior. A ideia o tranquilizou. Ela feriu o orgulho dele ao viver, mas ele poderia feri-la muito mais se a deixasse viver um pouco para depois tomar tudo dela novamente.

Uma segunda chance exigiria uma mudança de tática, um método completamente diferente, mas com a possibilidade de conseguir muito mais em troca. Mais dinheiro, mais dor, mais prazer para ele.

E se… ele matasse todas as três?

Era algo a se pensar.

Mas, em primeiro lugar, precisava voltar à ativa. Chegou a hora de escolher a feliz ganhadora, decidiu, e começou a tecer um plano.

⌘ ⌘ ⌘

Morgan adorou voltar ao trabalho. A rotina, a estrutura, os horários. Quando colocava seu uniforme, ela se sentia produtiva, capaz. Quando se reunia com a equipe, sentia que fazia parte de um time novamente.

O treinamento foi bastante simples e direto. O Après era, sem dúvida, maior e mais sofisticado que qualquer outro bar em que trabalhara, mas ela daria conta.

A visita à adega a deixou um pouco sem fôlego — tantas prateleiras, e todos aqueles *vintages*, muito mais exclusivos do que qualquer um que já tivesse decantado no passado — mas ela também daria conta daquilo.

O menu estava vários níveis acima do Próxima Rodada em termos de sofisticação, e os clientes recebiam amêndoas torradas com xarope de bordo e azeitonas Picholine em suas bebidas, em vez de pretzels e amendoim, mas isso era apenas uma questão de estilo.

A semana de treinamento ocorreu sem percalços, servindo clientes não muito diferentes daqueles que ela descrevera para Nell durante a entrevista. Embora considerasse Nick o melhor entre todos os bartenders, não tinha do que reclamar.

Quanto aos garçons, o treinamento deles era notável.

Ao fim da semana, foi convocada por Lydia Jameson.

Ela esperava entrar em um escritório elegante, majestoso, que combinasse com a foto da mulher que estudara no site e a biografia que consultara na internet.

Em vez disso, se deparou com uma sala modesta e funcional, que contava com uma mesa de trabalho e uma cadeira tão reta quanto a postura de Lydia.

Seus cabelos cor de mel escuro caíam em ondas suaves, emoldurando um rosto forte de traços marcantes. As maçãs do rosto e o queixo, esculpidos como diamantes. As linhas de expressão não diminuíam sua beleza, mas lhe davam um ar sábio. E formidável.

Seus olhos eram de um castanho-dourado profundo por trás das lentes dos óculos de armação preta. Seus lábios vermelhos não sorriram enquanto ela estudava Morgan.

— Sente-se — disse, apontando para uma cadeira.

A voz forte combinava perfeitamente com o rosto.

A mão dela ostentava uma aliança de casamento — um anel solitário com um diamante quadrado, tão brilhante que ofuscava.

— E seja bem-vinda à família Jameson.

— Obrigada. Sou muito grata por poder fazer parte dela.

— Vejo a Olivia em você, e um pouco da Audrey também. Imagino que os olhos sejam do seu pai.

— A cor, sim.

— Tenho muito respeito pela Olivia, e, nos últimos anos, pela sua mãe também. Por isso você está aqui hoje. Ou melhor, por isso você teve a oportunidade de estar aqui.

— Eu sei. Sou muito grata por isso.

— E deveria. Pedi para Nell entrevistar você, pois achei que estava na hora de dar espaço a ela. Também tenho muito respeito pela minha neta.

— E deveria.

Lydia arqueou as sobrancelhas.

— Nell me disse, assim como Don, que você será valiosa para o resort.

— É o meu objetivo.

— Você é uma pessoa determinada, srta. Albright?

— Sim, senhora.

Lydia deixou essas palavras pairarem por um momento enquanto continuava estudando Morgan em silêncio.

— É difícil para uma pessoa determinada ter que recomeçar, mas sem determinação, não há a menor chance de sucesso. Seus últimos empregadores também elogiaram a sua lealdade. Nós valorizamos lealdade por aqui e a retribuímos.

— Fico feliz, e já pude ver isso em prática. Nick Tennant, dez anos; Opal Reece, doze; Adam Fine, dezesseis. E outros com o mesmo tempo ou mais. As pessoas não ficam tanto tempo em um emprego quando não são bem tratadas, ou quando não há respeito e lealdade de ambos os lados. Vou lhe dar o meu melhor, sra. Jameson, pode contar com isso.

— Eu não esperaria nada menos da neta da Olivia. Mais uma vez, seja bem-vinda à família Jameson.

Desta vez, Lydia se levantou e estendeu a mão.

— Obrigada.

Enquanto se dirigia para o Après, Morgan pôde respirar novamente. Ela teve a certeza de que acabara de passar no último teste.

Em seu primeiro dia oficial como gerente do Après, ela usou os brincos da sorte. E chegou uma hora antes do começo do turno para uma reunião com Nell e a mãe dela, Drea Jameson, coordenadora de eventos.

Elas se encontraram no escritório de Drea, um espaço maior que o de Lydia, que incluía um sofá rosado de dois lugares e duas cadeiras estampadas com flores.

Morgan achou que os toques femininos combinavam com a mulher, com seus cabelos ondulados acaju, sua pele que mais parecia porcelana e seus olhos azuis como o céu.

Ela usava um vestido roxo justo com um casaco na altura da cintura. Morgan imaginou que os sapatos cinza de salto fino acrescentavam alguns centímetros à sua baixa estatura.

— Sinto muito por não ter tido a chance de ir ao Après e me apresentar antes.

— Com dois casamentos, uma festa de aniversário de casamento, um banquete corporativo e a reunião da família Grototti nas últimas semanas, imagino que você não teve muito tempo livre.

Drea sorriu, e Morgan se perguntou se o fato de a cor do batom dela combinar perfeitamente com o sofá era intencional ou uma mera coincidência.

Apostou em intencional.

— Nell me disse que você presta atenção às coisas.

— Os eventos afetam a ocupação das mesas do bar.

— É verdade. Então...

Ela entregou uma pasta para Morgan.

— Aqui estão os eventos marcados para as próximas quatro semanas. Don gostava de receber cópias virtuais e impressas todo mês. Haverá mudanças. Adições, cancelamentos, e você verá os números finais em vermelho.

Morgan abriu a pasta e deu uma olhada nas folhas impressas.

— Movimentado. Isso é bom. As cópias virtuais são suficientes para mim, mas eu gostaria de colocar uma versão impressa na cozinha. Posso imprimi-la e atualizá-la conforme necessário. — Ela olhou para cima. — Seria possível receber a lista de eventos marcados para os próximos quatro a seis meses?

— Com certeza. Don preferia receber as informações aos poucos.

— Me daria mais visibilidade para fazer um planejamento de longo prazo das férias, solicitações de mudanças de turno e dos eventos que exigem a preparação do bar e dos bartenders. Também me permitiria saber com antecedência se eles requerem um bar completo ou apenas vinho, cerveja e bebidas sem álcool.

Ela se virou para Nell.

— Eu sei que isso está sob sua supervisão, mas os bares privados diminuem o número de mesas no Après, pelo menos durante o evento, porém ainda exigem que parte da equipe seja deslocada do Après ou do Lodge Bar.

— Verdade. — Nell inclinou a cabeça. — Mais alguma coisa?

— Bem, embora as reuniões corporativas sejam uma parte relativamente pequena dos negócios do resort, os participantes usam o bar para fazer networking e reuniões informais, então saber desses eventos com seis meses de antecedência garantiria que tivéssemos estoque suficiente. Nós tivemos que pegar emprestada uma garrafa de tequila 1800 Silver do Lodge Bar na última noite de sexta.

— Knox Sementes e Substratos — disse Nell. — Sexta-feira é a noite dos shots de tequila. Nós devíamos estar preparados.

— Don já estava com a cabeça na despedida.

Drea ergueu a xícara de café.

— É compreensível. Posso enviar para o seu e-mail profissional a lista dos eventos reservados para os próximos seis meses, com uma visibilidade de dois meses.

— Seria perfeito, obrigada.

Nell inclinou a cabeça.

— Ainda tem mais?

O Après podia não ser o bar *dela*, mas...

— Já que estou fazendo pedidos, vou tentar a sorte com mais um. Eu gostaria de servir drinques especiais de acordo com a estação do ano, como o spa faz com as esfoliações e cremes usados nos tratamentos. A maçã é a fruta do estado, então poderíamos tentar apresentar um coquetel com sidra, alcoólica e não alcoólica, para o outono ou inverno, ou talvez um vinho quente para o inverno. Um coquetel de sidra espumante para a primavera, sangria para o verão, esse tipo de coisa. Ou, se você aprovar, eu poderia combinar com o spa e usar os mesmos ingredientes que eles.

— E se eles estiverem apresentando uma esfoliação de lavanda? — perguntou Nell. — É o que está previsto para o lançamento da primavera na próxima semana.

Nell colocou a xícara vazia sobre a mesa.

— Mas aposto que você já sabia.

Morgan sabia e estava pronta.

— Margarita de lavanda, Gin Fizz com lavanda, coquetel de champanhe com lavanda. Eu preciso saber com antecedência para encomendar o xarope de açúcar e conseguir os raminhos de lavanda para a guarnição. Mas há muitas opções para drinques de primavera e verão.

— Eu gostaria de experimentar uma Margarita de lavanda — decidiu Drea. — Deve ser uma delícia. O que você acha, Nell?

— No resort inteiro ou só no Après?

— Isso dependerá de você.

— Exatamente. Vamos tentar combinar com o spa. Se der certo, podemos servir no resort inteiro. Você pode fazer a experiência no Après semana que vem.

— Ótimo. Vou encomendar os ingredientes necessários.

— Estou de saída, acompanho você. — Nell se levantou.

— Seja bem-vinda a bordo, Morgan. — Drea se levantou também. — E diga à sua mãe e à sua vó que estou sentindo falta de fazer aula de ioga com elas.

— Aula de ioga?

— No Studio Om, fica no Beco Sul, perto da Rua Principal. Nós tentamos fazer a aula das nove da manhã às quartas-feiras, mas, com o novo projeto do café e a minha agenda lotada, faz um mês que não conseguimos ir. Acho que está mais para um mês e meio, no meu caso. Diga a elas que estou decidida a ir esta semana.

— Pode deixar.

— Ela medita também — disse Nell quando elas passaram pela recepção em meio aos característicos telefones tocando e assistentes ocupados. — Você medita?

— Só quando estou inconsciente.

Com uma risada, Nell sacudiu os cabelos, que hoje estavam soltos sobre os ombros. Um look mais casual para combinar com a calça cinza e o suéter azul-marinho.

— Eu também. Não sei se devo ficar fascinada ou chocada com a ideia da Margarita de lavanda.

— Passe no bar na semana que vem. Vou preparar uma para você.

— Pode ser que eu passe mesmo.

Ela tirou o celular, que vibrava, do bolso.

— Bem, nada de meditação nem Margaritas para mim. Boa sorte hoje à noite — acrescentou, antes de começar a caminhar rapidamente na direção oposta.

— Quanto mais ocupada, melhor — murmurou Morgan.

Ela trocou acenos e cumprimentos com alguns dos funcionários que já conhecia enquanto caminhava para o saguão, passava pelo piso de mármore e atravessava o arco.

Estava começando a sentir que havia encontrado seu lugar.

O bar zumbia, como todo bar deveria, na opinião dela, com o barulho de pessoas relaxando com uma bebida antes do jantar ou se preparando para pedir algo para comer. Com uma olhada rápida, avistou dois homens de negócios, as cabeças próximas uma da outra, em meio a uma conversa intensa. Também um trio de mulheres rindo juntas, com taças de vinho nas mãos.

Então, parou abruptamente quando reconheceu os dois homens que tomavam uma cerveja. Mais membros da família Jameson. O patriarca, Michael "Mick" Jameson, o homem que, juntamente com sua esposa, Lydia Miles Jameson, expandiu o que antes não passava de um punhado de chalés e um hotel com vinte quartos e os transformou no Resort de Westridge.

Estava sentado com o irmão mais novo de Nell, Liam.

Eles formavam um belo retrato de gerações, pensou Morgan. O avô com os cabelos grisalhos muito bem penteados sobre um rosto enrugado, o mais jovem com cabelos castanhos bagunçados e um rosto liso e sem marcas.

Ainda assim, ao vê-los sentados juntos, a primeira geração vestindo um suéter, a mais nova, um moletom com capuz, conversando animadamente enquanto bebiam uma cerveja, ficava evidente que pertenciam à mesma família.

Negócios, lazer ou ambos?, indagou enquanto seguia rumo ao balcão.

— Você chegou cedo.

Nick serviu mais uma rodada de Chardonnay, Zinfandel e Cabernet Sauvignon, que ela identificou serem para o trio de mulheres da mesa cinco.

— Todas as mesas estão com a conta em aberto — disse ele a Morgan.

— Dois clientes tinham acabado de se sentar perto do saguão quando entrei.

— A Lacy vai atendê-los. Ela está na cozinha buscando uma bandeja de queijos para a mesa do lado de lá. Os chefes estão na mesa oito.

— Eu vi.

— Heady Toppers — disse Nick, identificando a cerveja. — Se quiserem mais uma rodada, sirva batata frita com queijo, mesmo que eles não peçam. Mick adora a batata frita com queijo daqui.

— Pode deixar. Vá para casa. Vou registrar as suas gorjetas.

— É você quem manda agora.

— É o que parece.

Um homem que parecia ter acabado de acordar de uma longa soneca sentou-se em um dos bancos.

— Boa noite. O que posso lhe servir?

Ele abriu um sorriso extasiado.

— Acabei de fazer minha primeira massagem com pedras quentes. Já experimentou?

— Ainda não.

— Experimente, você não vai se arrepender. Nunca me senti tão relaxado. Minha esposa está fazendo agora, ela virá me encontrar aqui no bar depois. É a nossa primeira vez aqui.

— Estão gostando?

— Estou pensando seriamente em me mudar para este resort. Minha esposa vai querer uma taça de champanhe. Do bom. Ela ainda não sabe disso, mas vai querer. Eu vou experimentar aquela cerveja local. Marie. Esse é o nome da minha esposa.

Morgan pensou que Marie era uma mulher de sorte. E decidiu que estava certa quando a mulher de sorte chegou logo depois.

Marie quase se derreteu sobre o banco.

— Meu Deus, Charlie. Por que eu nunca fiz isso antes?

Ela piscou, confusa, quando Morgan colocou a taça na frente dela.

— Champanhe?

— Você merece. Dezoito anos — disse ele a Morgan. — Três filhos, e esta é nossa primeira viagem a dois em dezesseis anos.

— E agora estou me sentindo como uma princesa. Eu sei que era para a gente se arrumar e ir jantar em um restaurante chique, mas, Charlie, estou exausta.

— Idem. A comida aqui é boa? —perguntou o marido a Morgan.

— Pode apostar que sim. Por que não se sentam perto da janela? Eu levo as suas bebidas. Deem uma olhada no cardápio e, se decidirem jantar aqui, cancelo a reserva para vocês.

— É muito gentil da sua parte. — Marie suspirou. — Todos são tão simpáticos e gentis aqui. Eu adoro este lugar. Charlie, temos que mandar um grande buquê de flores para a minha irmã pela indicação.

Enquanto Morgan os atendia, os Jameson levaram os copos vazios para o bar e se sentaram nos bancos.

— Mais uma rodada. Heady Toppers.

Morgan colocou os copos vazios na pia.

— Batata frita com queijo para acompanhar?

Mick exibiu um sorriso largo e, por um instante, pareceu tão jovem quanto o neto.

— Vejo que minha reputação me precede. O que acha, Liam? Podemos dividir, mas não conte para a sua avó.

— Você vai pagar? Minha boca é um túmulo.

Ela registrou o pedido e começou a servir a cerveja.

— Não sei o que você disse para aquele casal ali — Mick apontou com a cabeça para Charlie e Marie —, mas eles ficaram felizes. Esse é o nosso objetivo aqui, deixar as pessoas felizes.

— A massagem com pedras quentes já havia feito isso. Agora fiquei com vontade de fazer uma também.

Ela serviu a cerveja e notou o sinal que Charlie fez para ela.

— Com licença, volto já.

Enquanto caminhava até Charlie, acenou para que o garçom a acompanhasse.

Quando voltou, pegou um balde para champanhe.

— O Glade vai perder uma reserva. Charlie e Marie decidiram jantar aqui: club sandwich para ela, sanduíche de carne para ele, mas sem cebola, pois Charlie tem planos para mais tarde.

Ela brincou com as sobrancelhas sugestivamente enquanto enchia o balde de gelo.

— Eles vão encerrar o primeiro dia no resort com uma garrafa de champanhe. Do bom.

— O champanhe é por conta da casa — disse Mick.

— Ah… isso é ótimo.

— Vou cumprimentá-los enquanto você prepara a garrafa. Não coma toda a batata frita, Liam.

— Típico do Mick — disse Liam, balançando a cabeça.

Ela fechou a conta dos homens de negócios, preparou dois Dry Martinis e observou Charlie e Marie brindando com as taças.

— Você leva jeito para esse trabalho — observou Mick enquanto terminava a cerveja. — Não é qualquer um que consegue fazer um trabalho difícil parecer fácil. Vamos dar no pé, companheiro.

Ele deu um tapinha no ombro de Liam.

Mick deslizou três notas de vinte sobre o balcão.

— Continue assim.

— Obrigada, sr. Jameson.

— Mick. Somos todos uma família aqui.

— Você esquia, Morgan? — perguntou Liam.

Morgan fez que não com a cabeça.

— Vamos dar um jeito nisso.

— Eu acho que não.

— Se uma atividade não envolver esquis, botas de montanha ou tirolesa, ele não vê a menor graça.

Mick piscou para ela antes de dar no pé com o neto.

Morgan ficou surpresa ao ver as mulheres de sua vida esperando por ela ao chegar em casa.

— O que estão fazendo acordadas? São quase duas da manhã.

— Foi o seu primeiro dia como gerente. Fizemos nosso novo chá de Vermont.

Audrey serviu uma terceira caneca.

— Sente-se, tome o chá e conte-nos como foi.

— Eu tive que convencê-la a não ir até lá, então se dê por satisfeita com um chá na madrugada.

Morgan pegou a caneca e desabou em uma cadeira perto do fogo que ainda crepitava na lareira.

— Foi ótimo. Tive reunião com a sra. Jameson, Lydia Jameson, e depois me encontrei com Drea e Nell. Drea pediu para avisar que está sentindo falta de vocês na aula de ioga e que espera poder ir na quarta-feira.

— Nós também. Elas gostaram da ideia das bebidas sazonais?

— Recebi autorização para testá-las. Depois conheci o sr. Jameson, Mick, e Liam no bar. Então, agora só falta a segunda geração, Rory Jameson, e o irmão mais velho da terceira geração, Miles.

— Aquela família faz muita coisa pela região.

Olivia tomou um gole do chá.

— Nós, e todas as outras lojas do centro de Westridge, fazemos muitos negócios com os turistas hospedados no resort.

— Eles sempre têm boas ideias. Assim como você.

Audrey brindou com a caneca de chá.

— Eu realmente acho que o chá vai ser um sucesso.

— Eles parecem mesmo ser bem unidos, uma família muito unida. Gosto muito de trabalhar lá. E, como estou trabalhando e recebendo um salário, além de gorjetas muito generosas, quero começar a pagar aluguel.

— De jeito nenhum. Eu disse que não — continuou Olivia quando Morgan começou a protestar. — Não vou aceitar o seu dinheiro. Eu aceito o seu, Audrey?

— Não.

— Então pronto. Eu teria ficado sozinha nesta casa se não fosse pela Audrey, e provavelmente não conseguiria mantê-la. Seria grande demais para uma mulher da minha idade viver sozinha, e muito vazia. Agora também tenho você, pelo tempo que desejar ficar. Você terá a própria casa novamente um dia, mas, por ora, este aqui é o seu lar. Se quiser outras responsabilidades, aí é outra história. Pode preparar o jantar uma vez por mês, no seu dia de folga.

— Você quer que eu cozinhe?

— Suas costeletas de porco estavam deliciosas — lembrou Audrey. — Nem precisamos mentir. Você pode preparar a mesma coisa ou experimentar algo novo, como preferir. Mamãe e eu gostamos de cozinhar, mas seria bom comer uma refeição que não cozinhamos nós mesmas ou trouxemos para casa.

— Preparar uma refeição é uma lição de independência — acrescentou Olivia. — Sempre me surpreendeu que você nunca tenha aprendido, já que independência é o seu nome do meio.

— Meu nome do meio é Nash.

— Exatamente.

Olivia abriu um sorriso.

— E você pode começar a economizar para comprar um carro, um que não encha sua mãe e sua avó de preocupação toda vez que você sai de casa. Somos gratas à família de Nina, mas sabemos que aquele carro vai te deixar na mão a qualquer minuto. Na minha opinião, paz de espírito vale mais que dinheiro.

— Está bem.

— Vamos começar a jardinar em breve, e você poderá nos ajudar.

— E, pelo amor de Deus, pare de cortar seu cabelo você mesma.

Olivia revirou os olhos.

— Vá ao salão. O Styling, que fica perto da loja, faz um ótimo trabalho.

Morgan passou a mão no cabelo.

— Achei que estivesse fazendo um bom trabalho.

— Não — disse Audrey com convicção. — Eu sei que você fez um orçamento. Esse é o sobrenome dela — disse à mãe. — Mas não dá para economizar no cabelo. Você trabalha com o público todos os dias agora. Precisa estar bem apresentada.

— Uma limpeza de pele também cairia bem.

Morgan levou as duas mãos ao rosto.

— Meu rosto!

— É lindo. — Audrey sorriu, tranquilizando-a. — Mas você merece ser paparicada. O resort tem tratamentos faciais ótimos, e você teria desconto por ser funcionária. Você precisa se dar ao luxo de cuidar de si mesma. Agora todas nós deveríamos aproveitar um bom sono de beleza.

— Eu cuido da louça. Posso dormir até meio-dia, se quiser.

Não faria isso, pensou Morgan, mas poderia.

— Boa noite, então.

Audrey deu um abraço nela.

— Parabéns pelo seu primeiro dia como gerente.

Enquanto Morgan lavava a louça, percebeu que sempre vivera em uma casa só com mulheres. O pai dela estava sempre ausente, até que foi embora de vez. Depois, morou com Nina.

Mas ela nunca havia sido superada em número, duas para uma.

Capítulo Nove

⌘ ⌘ ⌘

SEXTA-FEIRA À noite. O que para muitos representava o fim de uma semana de trabalho, para o Après era sinônimo de uma noite movimentada. E isso fazia com que Morgan se sentisse em casa. Enquanto misturava, sacudia, mexia e batia, decidiu que, apesar do último ano horrível, ela vencera.

Precisava de um emprego, pois precisava ganhar a vida, e, na primeira tentativa, conseguira encontrar um trabalho do qual realmente gostava. Um que a ajudava a reencontrar a Morgan de antigamente.

A Morgan competente, que fazia planos e trabalhava incansavelmente para realizá-los. A Morgan que tinha o dom de alegrar o dia de desconhecidos.

Gavin Rozwell lhe roubara muita coisa, mas ela ainda tinha suas habilidades, e, após um período turbulento, havia recuperado sua determinação. Ela pretendia fazer bom uso de ambas.

No bar, ela serviu Keith e Martin, um casal que comemorava o quinto aniversário de casamento — Dry Martini com vodka, três azeitonas —, e ouviu os planos deles para o fim de semana.

— Ele vai para a academia.

Keith, muito charmoso com seus óculos de armação azul-marinho, revirou os olhos.

— E vai me arrastar com ele.

— Porque eu te amo.

— Sei, sei.

— Depois vamos para a piscina.

Martin tomou o primeiro gole do drinque.

— Uau! *Isso sim* é o que eu chamo de Martini. O que acha de ir para Burlington com a gente e preparar nossos Martinis às sextas-feiras? Nós te trataríamos como uma princesa.

— Eu ganharia uma tiara?

— É óbvio.

— Então estou dentro.

Ela foi para a outra ponta do balcão preparar os pedidos trazidos por uma das garçonetes.

E sabia que Opal — com doze anos de casa — tinha muitas reservas em relação a ela, a nova gerente.

Enquanto Morgan preparava os drinques, Opal — quarenta e três anos, corpo robusto, cabelos castanhos cortados no estilo tigela, sem frescuras — registrou a conta de outra mesa.

— Quando você demora para preparar as bebidas, nós ganhamos menos gorjetas.

Morgan adicionou uma rodela de laranja e uma cereja a um Whiskey Sour e serviu uma cerveja Pilsen.

— Você recebeu alguma reclamação a respeito do serviço?

— Ainda não.

Mantendo a compostura, ela serviu uma taça de Merlot e preparou um Sidecar tradicional.

— Quando receber, me avise.

— O Don era mais eficaz.

Sem dizer mais nada, Opal pegou a bandeja com os drinques e saiu.

Não dava para conquistar a todos, ao menos não de uma só vez, lembrou-se Morgan. Mas se isso continuasse por muito tempo, ela tentaria uma conversa individual.

Ela preparou os pedidos de outra mesa — sem reclamações sobre sua eficácia desta vez — e serviu petiscos e drinques para os clientes sentados nos bancos. Flertou inofensivamente com Keith e Martin um pouco mais, porque eles pareciam gostar, antes de fechar a conta deles por volta da meia-noite.

Pelo canto do olho, ela viu um homem se sentar em um banco na outra ponta do balcão. Parecia estar sozinho, pensou enquanto ele olhava alguma coisa na tela do celular. Morgan caminhou até ele.

— Boa noite. O que posso lhe servir?

— Uma taça de Cabernet Sauvignon — respondeu ele sem tirar os olhos do telefone.

Ela pegou uma taça para vinho tinto. Deve ser um lobo solitário, pensou. Provavelmente não quer conversa. Apesar de estar usando camisa de flanela e jeans, e dos cabelos castanhos bagunçados que roçavam no colarinho da camisa, alguma coisa nele gritava "terno".

Ela colocou a taça de vinho diante dele.

— Se desejar comer alguma coisa, é melhor pedir agora, a cozinha vai fechar daqui a dez minutos.

Olhando para baixo, com os dedos ocupados digitando uma mensagem, ele balançou a cabeça em negativa. Ela o deixou em paz com seu vinho e seu celular.

Trinta minutos depois, quando as mesas começaram a esvaziar e os clientes em busca de uma saideira começaram a chegar, ele continuava ali, na ponta do balcão, mexendo no celular, a taça de vinho ainda pela metade.

Alguns minutos antes de o bar fechar, um grupo de três homens entrou. Quarenta e poucos anos, identificou, e sem dúvida já tinham tomado uns bons drinques antes de chegarem ao bar.

Rindo escancaradamente, eles se sentaram ao balcão. O homem do meio apontou um dedo para ela.

— Você é nova. Já estive aqui três vezes, e antes você era um homem. Seis meses atrás, foi há seis meses?, seis meses atrás, você era um homem.

— Você está parcialmente certo. Sou nova aqui.

Ele exibiu um sorriso totalmente embriagado.

— Você está muito mais bonita agora.

— Obrigada. O que posso lhe servir?

Ele se inclinou para a frente e abriu um sorriso largo.

— O que você acha?

— Acho que, se você não estiver hospedado no resort, vou lhe servir um Uber.

Ele piscou, confuso, enquanto processava o que ela acabara de dizer, e depois bateu com a mão no balcão e soltou uma gargalhada.

— Um Uber — repetiu, e os amigos dele começaram a rir também. — O que tem dentro de um Uber?

Sempre sorrindo, ela se aproximou para olhar nos olhos vidrados dele.

— Você e seus amigos, a menos que estejam hospedados no resort.

— Nós estamos na Suíte Presidencial do Club Level, porra!

Como o tom era de orgulho e não de raiva, e ele tirou o cartão magnético do bolso para mostrá-lo para todo mundo, ela continuou sorrindo.

— Ouvi dizer que ela é incrível. O que estão comemorando?

— Meu divórcio. Sou um homem livre!

Ele abriu os braços e acertou os dois amigos, que acharam ainda mais graça.

— O que acha de subir comigo para comemorar, gatinha?

— Ah, é uma proposta tentadora, mas que tal eu lhe servir seu último drinque da noite?

— Poxa. Estamos bebendo Boilermakers como homens, em solidariedade.

— Deixe comigo.

— Ela tentou me *emasculinar* — afirmou ele enquanto Morgan preparava os drinques.

— Mas, já que vocês estão bebendo Boilermakers como homens, ela não conseguiu.

— Dei a ela doze anos da minha vida.

Os companheiros dele lhe deram tapinhas no ombro e atacaram as amêndoas que Morgan acabara de servir.

— Um brinde aos próximos doze.

Ela colocou os drinques sobre o balcão.

— As bebidas são por minha conta.

— Poxa. Sabe, gatinha, se eu tivesse me casado com você, ainda estaria casado.

— Essa foi a coisa mais gentil que me disseram esta noite. Divirtam-se.

Ela atendeu ao restante dos retardatários e notívagos antes de se aproximar do lobo solitário na ponta do balcão.

— O bar já vai fechar. Gostaria de mais uma taça de vinho?

— Água gelada, sem gás. — Então, ele olhou para ela. — Você lidou bem com a situação.

Ela ficou sem ação. Ele tinha olhos de tigre: cor de âmbar, focados, um pouco ferozes. Por um instante, não conseguiu ver mais nada além deles. Então ela notou o restante.

Os traços angulares e bem definidos, a mandíbula forte que parecia capaz de aguentar um soco. E com quarenta e cinco, talvez cinquenta anos a mais, se os olhos fossem azuis, ele seria idêntico ao avô.

— Obrigada, sr. Jameson.

— Miles. Aqui não temos essas formalidades.

Ela deu uma olhada para os três homens enquanto buscava a água dele.

— Eu avisei os seguranças. Eles os acompanharão de volta para a suíte.

— São inofensivos. Ele só está triste.

— Ah, é?

— Um divórcio, mesmo quando é algo que você quer, que você precisa, sempre traz uma dose de tristeza.

— Ele vai acordar amanhã com uma ressaca daquelas e vai ficar ainda mais triste.

Ele recebeu uma notificação no celular — o toque eram as primeiras notas de "Bad to the Bone", de George Thorogood.

— Droga.

Quando ele pegou o aparelho para ver do que se tratava, ela o deixou sozinho.

Quando o trio saiu do bar, trocando as pernas, Miles se levantou, deixou uma nota de vinte dólares no balcão e foi atrás deles.

Ela terminou sua primeira semana como gerente, sem supervisão, com o bar lotado na noite de sábado, e não poderia ter sido melhor. No domingo — seu dia completo de folga —, ela observou a mãe fazer pão e a avó assar um frango.

A tarefa que lhe cabia? Lavar e cortar batatas, descascar cenouras.

Foi um momento agradável, relaxante e feliz, a mãe contando entusiasmada que viu as flores de açafrão florescendo na neve.

— A temperatura vai passar dos dez graus amanhã e na terça.

— Vai nevar um pouco na quarta.

Audrey olhou para a mãe e suspirou.

— Eu sei, mas estou dizendo que o pior já passou. Vai nevar *um pouco*. A primavera em Vermont é ainda mais bonita porque ela leva esse tempo todo para dar as caras. Você vai preparar os drinques de lavanda esta semana, não vai, Morgan?

— Vou, sim, então vamos nos concentrar na pouca neve e nas flores de açafrão.

Lá fora, o tapete de neve ainda cobria o solo, mas ela notou que algumas partes já estavam começando a derreter, e dava até para ver uns pedaços de terra aqui e ali. Moitas e arbustos retiraram seu manto branco. Pingentes de gelo gotejavam e brilhavam ao sol.

Ela pensou nos amores-perfeitos que plantara com Nina um ano atrás. Decidiu que plantaria alguns em memória da amiga e para colocar um sorriso no rosto das mulheres de sua vida.

Ela deu um passo atrás e contemplou a tábua de cortar.

— Fiz tudo direito?

— Vai dar pro gasto. Agora, coloque os pedaços naquela tigela e misture com azeite.

— Quanto azeite?

— Vai no olhômetro.

— Francamente.

— Depois, acrescente um pouquinho de mel e raspas de limão. Sal, pimenta-do-reino, orégano. Você sabe preparar coquetéis. Use a cabeça.

Ela usou a cabeça e, torcendo para estar fazendo a coisa certa, espalhou os legumes em uma assadeira e os levou ao forno.

— Mamãe usou medidas quando preparou a massa do pão.

— Não é a mesma coisa.

Em vez de insistir, Morgan mudou de assunto.

— Esqueci de contar que conheci o último irmão da família Jameson. Miles.

— Vocês tiveram uma reunião? — perguntou Audrey.

— Não, ele esteve no bar na sexta-feira à noite. Bem tarde. Levou quase uma hora para tomar uma taça de Cabernet Sauvignon enquanto trocava mensagens no celular.

— Um verdadeiro cavalo de trabalho — declarou Olivia. — Sempre foi assim.

— Olha quem fala.

Olivia deu de ombros para o comentário da filha e escolheu uma garrafa de vinho na adega.

— Os cavalos de exposição são bonitos, mas os cavalos de trabalho são eficazes.

— Ele não é bonito como os irmãos. É fechado demais para ser bonito. Mas é um cavalo de trabalho bastante atraente. — Morgan tirou as taças do armário. — Todos eles são muito atraentes.

— São, sim. Minha tia, do lado Nash da família, se casou com um primo dos Jameson. Eu fui daminha. Acho que tinha uns seis anos na época, e lembro que tudo estava muito lindo — disse Olivia.

— Eu não sabia disso.

Usando uma blusa de moletom com um símbolo da paz nas cores do arco-íris, Olivia olhou para trás.

— Eles seriam sua tia-bisavó e tio-bisavô. Então você tem alguns primos Jameson espalhados por aí. Eu usei um vestido de organdi rosa e pequenas rosas cor-de-rosa no cabelo.

Olivia pegou o vinho que Morgan serviu.

— Também me lembro disso. E dancei com o meu pai, depois com o meu irmão, Will.

William Nash, lembrou-se Morgan, que lutou na guerra do Vietnã e morreu por lá.

— Enfim, as famílias têm uma história, e ambas tiveram sua parcela de cavalos de exposição e cavalos de trabalho.

Audrey retirou o pão do forno, sacudiu ligeiramente os ombros, satisfeita, e o colocou sobre a grade de resfriamento.

— O Miles não estava noivo?

— Não. Dizem que ele chegou perto, mas não a ponto de noivar. E Lydia não comenta sobre assuntos pessoais da família, mas eu sei que ela ficou aliviada com isso.

— Acabo de me dar conta de que Drea nunca falou sobre ela na aula de ioga. Quem era, afinal? Não consigo lembrar. Só sei que não era daqui.

— Futura herdeira de uma refinaria de açúcar em Brattleboro.

Olivia sentou-se em um banco para descansar os pés.

— Um verdadeiro cavalo de exposição. Neta de Edgar Wineman. Estava sempre nos jornais, na página dedicada aos eventos da alta sociedade. Os jornais ainda têm uma página dessas? Tem tempo que prefiro ler a *Rolling Stone*.

— Provavelmente.

Fascinada, Morgan se sentou ao lado dela.

— E o que aconteceu?

— Não faço ideia. Mas imagino que um neto de Lydia e Mick Jameson tenha bom senso suficiente para não se amarrar a um cavalo de exposição que prefere desfilar por aí, ostentando sua beleza e riqueza, em vez de fazer algo de útil.

— Ok. Me dê uma visão geral da família, um por um. Já sei sobre Lydia Jameson, mas quero saber dos outros.

— Está bem. Mick é esperto, visionário e não tem medo de sujar as mãos. Vivia ao ar livre quando era mais novo, seu habitat natural, quase sempre na companhia de Steve. Um atleta nato. Eu era terrivelmente apaixonada por ele quando tinha uns treze anos.

— Mentira!

— Para a sua sorte, superei isso, senão você não estaria aqui hoje tomando esse vinho. Rory, o primogênito, fez faculdade de Direito. Ele cuida dos assuntos legais da família. Abriu o próprio escritório de advocacia, e uma das filhas da irmã dele também trabalha lá. A irmã dele, Jacie, que tem mais ou menos a idade da sua mãe, estudou Arquitetura e conheceu o marido na faculdade. Eles têm o próprio negócio em Nova York, mas visitam o resort umas duas vezes por ano. A segunda filha estudou Design de interiores e trabalha com eles.

— As famílias permanecem unidas.

— É verdade. Você deve ter uma ideia de como é a Drea pelo que viu na reunião. Ela é muito perspicaz.

— E gentil — acrescentou Morgan.

— É mesmo, tem uma paciência de Jó. Imagino que isso seja útil para gerenciar eventos. Se você tem um pepino para resolver, Drea é a pessoa certa para pedir conselhos. Os diplomatas poderiam aprender com ela. Mexa os legumes, Morgan.

Ela se levantou e obedeceu.

— E a terceira geração?

— Vamos começar pelo mais novo. Liam não é só um rostinho bonito, embora seja, de fato, muito bonito. Puxou ao avô, atlético, amante da natureza. E eles foram inteligentes o suficiente para deixá-lo usar suas habilidades. Eu diria que ele herdou a paciência da mãe. Um rapaz alegre, pelo que pude ver.

— Foi essa a impressão mesmo que eu tive quando o conheci — concordou Morgan enquanto se sentava novamente.

— Nell herdou o temperamento forte da avó. Firme como uma rocha, não tem tempo para besteiras. Não é ostentadora e procura sempre apoiar o comércio local. Quanto ao Miles…

Pensativa, Olivia tomou um gole do vinho.

— Esse aí não é tão fácil de decifrar. Ele herdou a casa da família, está morando lá sozinho. Lydia e Mick decidiram que aquela casa era grande demais para eles, e põe grande nisso, então a passaram para o nome dele. Imagino que Rory e Drea estejam satisfeitos com a própria casa, então eles pularam uma geração. Enquanto Liam tem um jeito alegre e, ao que parece, é capaz de conversar com qualquer um sobre qualquer coisa, o irmão dele é mais reservado. É educado, tem boas maneiras, mas costuma ficar mais na dele. Bem, Mick e Lydia estão quase se aposentando, e Rory tem seu escritório de advocacia, então agora é ele quem está tocando o barco, ou estará em breve.

— É um barco complexo e muito detalhado.

Olivia concordou.

— Cheio de deques e um legado importante para manter à tona. Está feliz trabalhando lá, Morgan?

— Estou, muito. Não é o que eu planejava, mas acho que dei sorte. É um bom lugar para trabalhar, e não posso pedir mais que isso.

— É óbvio que pode. — Olivia deu um tapinha carinhoso na mão dela antes de se levantar para pincelar o molho no frango. — Mas já é um bom começo.

Uma vez por mês — às três da tarde em ponto no domingo — os Jameson faziam uma reunião de família. Por tradição, a reunião acontecia sempre na ampla casa vitoriana onde os avós de Miles viveram por mais de meio século desde que se casaram.

Embora fosse dono da casa agora, ele ainda considerava os avós os anfitriões. Quando criança, costumava passar o tempo da reunião de domingo na biblioteca com um livro ou brincando no quintal, torturando ou ignorando sua irmã Nell quando ela estava por perto, dominando ou unindo forças com Liam quando ele chegava.

Bons tempos.

Aos dezesseis anos, ele participou com orgulho de sua primeira reunião e aprendeu as responsabilidades e os desafios de administrar um negócio familiar que não apenas sustentava a família como também gerava renda, empregos e interesse para a comunidade.

Essas reuniões aconteciam há décadas, por isso fluíam tranquilamente e eram bem estruturadas, embora fossem atravessadas pelas dinâmicas familiares, tal qual um rio.

Não poderia imaginá-las de outra maneira.

Ele se preparou para a reunião, revisando planilhas, registros, relatórios e projeções em seu escritório no segundo andar da torre leste. Dali, conseguia ver o jardim da frente, as colinas e o pequeno pomar de macieiras, onde costumava subir nos galhos e fazer voar por horas seus pensamentos de criança.

O cão que Miles nunca tivera a intenção de ter dormia em frente à lareira — uma das doze que a casa ostentava.

Ele recebeu o nome de Lobo, porque uivava como um, e se apossou de Miles e da casa no inverno anterior. Era um vira-lata de origem duvidosa e tinha um jeito peculiar.

Após terminar a revisão, Miles pegou seu notebook, a pasta com os arquivos impressos e desligou a lareira, que seus avós haviam convertido para gás algum tempo atrás. Lobo abriu um olho e resmungou.

Ignorando-o, Miles saiu do cômodo e desceu as escadas até a cozinha. O cão foi atrás dele, como sempre. Com sua massa de pelos cinzentos e felpudos, uma cauda exuberante e orelhas longas e caídas, ele observou Miles colocar o notebook e a pasta sobre a mesa de jantar, acender as luzes da sala e o fogo da lareira.

Miles voltou para a cozinha, abriu a porta francesa e disse: "Fora."

Lobo caminhou pesadamente para o deque, desceu os degraus e adentrou o quintal, onde passaria algum tempo protegendo a propriedade dos esquilos, rolando na neve que já começava a derreter e uivando para o vento.

Depois de muita tentativa e erro, altos e baixos, Miles conseguira ensiná-lo a ir até a porta da área de serviço quando quisesse entrar. E Lobo ensinara Miles a manter sempre um estoque de toalhas velhas na entrada, caso contrário teria que limpar os rastros de neve, grama ou lama pela casa, dependendo da estação.

Como sua mãe traria um pernil assado, ele só precisaria fornecer o café, as bebidas sem álcool para a reunião e o vinho para acompanhar o jantar. Eles se revezavam para levar a refeição, o que exigia mais uma planilha e um calendário, mas funcionava.

Ele passou o café, estimando aquilo que mais prezava: o silêncio e a solidão. Amava aquela casa, sua imponência e suas peculiaridades. Amava o labirinto de cômodos, mas ao mesmo tempo apreciava a decisão de seus avós de derrubar a parede entre a cozinha e a sala de jantar para abrir o espaço. Assim como entendia o lado prático de converter de lenha para gás todas as lareiras dos andares superiores.

Desde que se mudou, ele fizera poucas alterações. Por que mudar algo que atendia tão bem às suas necessidades? E ele sabia muito bem que uma mudança nunca vem sozinha. São como dominós caindo, um após o outro.

Ele levou a louça de café para a sala de jantar e colocou tudo sobre o aparador de nogueira. Serviu uma xícara para si mesmo e, através de uma das janelas, observou o cão rolar em um monte de neve como se fosse um prado no verão.

Mas também viu botões se formando nas árvores, pontos verdes — ainda pálidos, mas verdes — espalhando-se pelo chão. Em breve, a manutenção do terreno passaria de sopradores de neve e pás para cortadores de grama e camadas de cobertura vegetal fresca.

Onde o cão certamente rolaria.

Os lírios explodiriam em cores na floresta e ao longo das trilhas. A árvore-de-judas exibiria suas flores neon antes que as folhas se desdobrassem nos galhos onde, muito antes de ele nascer, seu pai e seu avô fizeram uma casa na árvore.

Os Jameson construíam as coisas para durar, pensou, e então ouviu as vozes e passos de seu pai e sua mãe — os primeiros a chegar —, que entraram enquanto ele estava distraído.

— Dá para sentir o cheiro da primavera chegando — comentou a mãe enquanto o pai dele colocava a grande bandeja sobre a ilha da cozinha.

— Sinto cheiro de pernil.

À vontade como se estivesse em casa, sua mãe colocou algumas assadeiras no forno e ajustou a temperatura para mantê-las aquecidas.

— O cheiro está bom mesmo, mas o da primavera vai durar mais tempo.

— Onde está aquele cachorro?

Rory mostrou um osso de couro do tamanho de uma sequoia.

— Lá fora, se molhando e se sujando.

— Como todo cachorro deveria.

Rory soltou o osso e pegou o casaco da esposa, e em seguida pendurou o de ambos ao lado da porta.

— Quer café, amor?

— Não, obrigada. Oi, sumido.

Ela deu um abraço apertado em Miles.

— Quase não vi você a semana toda.

— Ando muito ocupado.

— Nem me fale.

Enquanto Drea preparava seu notebook e suas pastas, Rory caminhou até a porta para olhar para o quintal. Alto e esguio, ele ficou em pé com as mãos nos bolsos olhando através do vidro. Estava com uma camisa vermelha de veludo cotelê, que Miles presumiu ter sido escolhida por sua mãe, e jeans que já estavam ficando esbranquiçados nos joelhos, o mesmo que sempre usava quando não precisava se vestir como advogado.

Seu cabelo estava grisalho nas têmporas, e alguns fios brancos soltos cresciam entre seus espessos cabelos castanhos.

— Há quanto tempo aquele cachorro está lá fora? — perguntou a Miles.

— Ah, uns dois ou três dias. Quero que ele aprenda a se virar sozinho.

Rory olhou para trás para o filho com desaprovação, sem se virar.

— Uns dez minutos, talvez, e ele gosta de ficar lá fora. Obviamente.

— Ele gosta de ficar aqui dentro também. Vou deixá-lo entrar. Não se preocupe, eu vou limpá-lo, sr. Perfeccionista.

— Ele sente falta do Congo — murmurou Drea quando Rory saiu para chamar o cachorro.

— Eu sei.

Se Rory pudesse, teria levado o velho Boston terrier para o tribunal. Como não podia, levava seu amado Congo para o escritório todos os dias. Era seu sócio canino.

— Eu também sinto. Dezessete anos é muito tempo, e é difícil dizer adeus. Sei que fizemos a coisa certa, o pobrezinho estava sofrendo. Mas, enquanto seu pai não estiver pronto para ter outro cachorro, ele vai depositar todo aquele amor no seu.

Ele ouviu o pai falar com o cão e os uivos de alegria do Lobo.

— Dá para ouvir.

E, como também ouviu seu avô e sua avó chegarem e conhecia os hábitos deles, foi servir mais café.

Às três da tarde, a família toda estava sentada ao redor da mesa de jantar: a mãe dele com uma garrafa de água mineral, Liam com uma Coca-Cola e o restante com café.

Eles leram relatórios, fizeram projeções, encerraram assuntos passados, traçaram novos projetos. Liam era quem apresentava os novos projetos, e um deles se tratava de um percurso de arvorismo.

— Eu analisei os custos da construção e o valor do seguro, e o papai deu uma olhada nos aspectos legais. As informações devem estar aparecendo na tela de vocês agora.

— Sei que esse tipo de atração é popular — começou Drea —, mas, sinceramente, não entendo por que as pessoas querem escalar cordas e plataformas oscilantes.

— Pelos mesmos motivos que querem descer colinas em esquis ou pranchas de snowboard. É divertido. E isso contribuiria para a receita do departamento de Aventura nos meses mais quentes.

— Antigamente, as trilhas, canoas e caiaques eram suficientes.

Olhando através de seus óculos de leitura, Lydia estudou as projeções.

— As coisas mudam, minha cara.

Ela lançou um olhar rápido para o marido do outro lado da mesa.

— É verdade.

— A parede de escalada que construímos cinco anos atrás deu certo. Durante a temporada de verão, ela fica completamente reservada nos fins de semana e entre quarenta e setenta por cento das horas de funcionamento nos dias de semana. A tirolesa é um sucesso total. Vamos incorporá-los em um pacote de Aventura nesta temporada. Acrescente a parede de escalada ou tirolesa à sua trilha, ciclismo ou caiaque. Faça três aventuras, ganhe quinze por cento de desconto em sua compra na loja Outfitters. Poderíamos acrescentar o percurso de arvorismo nesta temporada se o construirmos a tempo. Ou então na próxima temporada

Lydia bateu o dedo na mesa.

— Miles, você não deu a sua opinião sobre o assunto.

— Liam deveria apresentar o próprio argumento, e acho que foi o que fez. Ele me importunou para que eu visitasse o Resort White River e experimentasse o deles. É desafiador, mas também é divertido e funciona.

— O Resort White River é três vezes maior que o nosso.

Liam abriu um sorriso largo.

— Pequeno, mas imponente, vó.

— Bem, Liam certamente vota a favor.

Mick colocou as mãos abertas sobre a mesa.

— Miles, imagino que você também?

— Sim.

— Nell?

— Eu voto que sim.

— Minha cara Drea?

Ela jogou os cabelos para trás e sorriu para o sogro.

— Devo dizer, meu caro Mick, que nunca entenderei por que alguém pagaria para se pendurar em uma corda, mas votarei a favor.

— O departamento jurídico também — acrescentou Rory.

— Eu também voto a favor. Quer tornar unânime, Lydia?

— Quem não se adapta às mudanças acaba entrando em extinção. — Ela apontou para o marido. — Mas nem pense em testar esse percurso, irlandês.

— Estraga-prazeres.

— Boa! Vou marcar uma reunião com o designer e os construtores na semana que vem. Obrigado. Você não me contou que tinha visitado o White River.

Miles deu de ombros.

— No outono passado. Também não teria te contado se não tivesse gostado. Você apresentou seu argumento.

— Mais alguma ideia nova, Liam?

— Não, vô. Vou me contentar com esta vitória e sair de cena.

— Drea?

— Algumas mudanças sazonais nos pacotes do departamento de Eventos. E Nell e eu estamos pensando em organizar um piquenique no verão. Um menu fixo, toda quarta-feira à noite, mesas longas próximas ao lago, dois bares, self-service e churrasco, apresentações musicais.

— Piquenique no Lago.

Nell tomou a palavra

— Estou elaborando o menu com o chef do Lodge. Queremos que seja simples, descontraído, e tenha opções vegetarianas, veganas e infantis. É basicamente o que fazemos para a Noite de Buffet no Lodge aos domingos, mas durante a semana e ao ar livre.

— Eu costumava acampar perto do lago quando tínhamos apenas o Lodge.

Mick estudou as projeções dos custos e arqueou as sobrancelhas.

— Essas churrasqueiras são muito mais caras que um fogão à lenha ou uma frigideira em uma fogueira de acampamento.

— As coisas mudam — disse Lydia, e ele riu.

— *Touché*. Devo admitir que gosto da ideia. As mesas compridas, as pessoas sentadas juntas. Como uma comunidade.

— Teremos valores mais concretos antes da próxima reunião.

— E o menu também, que estará sujeito a alterações caso haja necessidade — acrescentou Drea. — A equipe de Hospitalidade está coordenando com o spa uma bebida sazonal especial, começando com Margaritas de lavanda.

— Mas que raio de bebida é essa? — perguntou Mick.

— Ideia da nova gerente do Après. Acho uma ótima ideia. Nell não está totalmente convencida, mas eu gostei — continuou Drea. — Principalmente depois que Morgan preparou uma para mim.

— Ela não preparou uma para mim.

Drea deu de ombros.

— Você não disse que queria provar. Ela também afirmou que pode preparar drinques com qualquer ingrediente especial usado pelo spa nas esfoliações e loções, e eu acredito nela. Além disso, alterei nossa política para fornecer a ela uma lista dos eventos reservados para os próximos seis meses.

— Com isso eu concordo. A equipe ficará mais estruturada. Ela pediu minha identidade durante a entrevista. Ainda não consegui esquecer isso.

— Como assim, pediu a sua identidade? — perguntou Miles.

— Eu queria ver como ela preparava um drinque, e ela disse que precisava ver meu documento de identidade antes de me servir.

Rory soltou uma gargalhada espalhafatosa.

— Meu amor, isso foi um elogio.

— Elogio nada, sabe o que foi? Ousadia.

Nell deu de ombros

— Sou obrigada a concordar com isso também. Odiei perder Don, mas devo admitir que ela leva mais jeito para gerenciar uma equipe. Opal reclama que ela é mais lenta para preparar e servir os drinques, mas…

— Opal reclama até que a água não está molhada o suficiente quando está de mau humor.

— Verdade — disse ela a Liam. — E o fato é que as gorjetas estão aumentando, assim como a receita do Après, embora ainda não seja um aumento significativo.

— Ela não é lenta — comentou Miles.

O comentário fez Lydia inclinar a cabeça.

— Ah, não?

— Eu estive no Après na sexta-feira à noite. Por volta da meia-noite, acho, e ela estava atendendo sozinha no bar. Tinha bastante gente, e o serviço foi rápido o suficiente. Não teve nenhum problema, nem quando ela precisou lidar com um cara que exagerou um pouco na comemoração do divórcio acompanhado de dois amigos bêbados. Todos eles já tinham bebido demais quando chegaram ao bar.

Como havia atingido seu limite, Miles trocou o café pela água.

— Ela verificou que eles eram hóspedes do resort antes de atendê-los, mas de uma maneira que não os deixou aborrecidos. E quando o cara divorciado deu em cima dela, ela desviou a atenção dele de forma que ele pudesse manter seu orgulho.

— Ela é neta de Olivia Nash, afinal — declarou Mick.

— Você estava no Après quando me mandou mensagem?

— Você me mandou mensagem primeiro.

Nell abriu a boca, pensou duas vezes.

— Talvez.

— Vocês dois deveriam arrumar algo para fazer além de trabalhar à meia-noite de sexta-feira.

— Eles dois me mandaram mensagem, mas eu estava fazendo outra coisa além de trabalhar.

Nell virou-se para o irmão mais novo.

— Como ela se chama?

Ele apenas sorriu.

— E, com isso, está encerrada a reunião. — Mick piscou para o neto. — Vamos comer.

Capítulo Dez

⌘ ⌘ ⌘

EM SEU dia de folga, Morgan cedeu à pressão e se acomodou em uma cadeira do salão Styling.

A cabeleireira, Renee, usava seus cabelos dourado-escuros com pontas cor-de-rosa em uma bela trança rabo de peixe. Assim que bateu os olhos nos cabelos de Morgan, suspirou.

— Mulher, o que você andou aprontando?

— Eu só… — Com um gesto defensivo, Morgan passou a mão pelos cabelos. — Aparei as pontas.

— Nós vamos fazer um acordo.

— Vamos?

— Se você gostar do meu trabalho, nunca mais vai cortar o cabelo em casa.

Ela passou os dedos pelos cabelos de Morgan.

— Bonitos e saudáveis. Loira natural também, como a sua mãe. Você é sortuda. O que vai querer?

— Algo simples, fácil de cuidar. Eu costumava usar o cabelo mais curto, um pouco mais comprido na frente. Mas fiquei com medo de cortar tanto.

— Misericórdia.

Renee semicerrou os olhos, estudando o reflexo de Morgan no espelho.

— Você tem um belo rosto. Forte, bonito, em formato de diamante. Vamos fazer um corte ousado e descolado.

— Ah, mas…

— Confie em mim. Você vai adorar.

Após a lavagem, maravilhosa, por sinal, Morgan se recostou na cadeira. Sons e aromas tomavam conta do salão enquanto Renee cortava mecha após mecha.

Ela nunca passara muito tempo em salões, apenas um corte rápido para aparar as pontas a cada seis semanas. Vapt-vupt. Mas aqui as pessoas pareciam se demorar, conversando nas cadeiras de pedicure ou nas mesas de manicure, enquanto mais vozes, o som das tesouras e o zumbido dos barbeadores se misturavam ao falatório nas cadeiras.

Assim como um bar, observou, aquele também era um mundo composto de frequentadores assíduos, visitantes ocasionais e atendentes.

— É um bom corte — decidiu Renee enquanto esfregava algo nas mãos. — E você tem volume, então não vai precisar usar muito produto, a menos que queira fazer um penteado. Vou te dar o nome do creme que estou usando.

Ela começou a passar os dedos pelos cabelos de Morgan novamente.

— Desse jeito, antes de fazer a escova. Você também pode usá-lo entre duas lavagens, no cabelo seco.

— Ok.

Renee sorriu quando começou a usar o secador e a escova.

— Veja o que estou fazendo. Vai ser fácil de manter. Aqui você tem o elemento descolado, as camadas, um toque de desgrenhado, está vendo? E essa longa franja da direita para a esquerda. É o lado ousado. Não vai ficar arrumado demais e terá um movimento legal.

Impressionada, Morgan observou a transformação até o fim. O corte reto e angular que usava antes desaparecera, da mesma forma que suas tentativas desajeitadas de aparar as pontas.

Seu cabelo agora estava moderno e divertido, mas não parecia arrumado demais, o que ela não tinha tempo nem habilidade para manter.

O que tinha agora? Um cabelo fácil, casual e, pelo visto, ousado e descolado.

Ela encontrou os olhos de Renee no espelho.

— Eu nunca mais vou cortar meu cabelo em casa.

— Isso é música para os meus ouvidos.

— Posso deixar um horário agendado para quando você achar que preciso retocar?

— Agora é uma sinfonia para os meus ouvidos. Vamos marcar.

Ela dirigiu até o berçário de plantas que ficava a alguns quilômetros da cidade, comprou mudas de amor-perfeito, vasos e tudo o que precisava para plantá-los.

Quando ouviu as mulheres da vida dela entrarem em casa, serviu o vinho.

— Morgan, os amores-perfeitos! São tão lindos! Que cheiro delicioso. Você cozinhou? Não é o seu dia de... Ai, meu Deus!

Sua mãe parou subitamente.

— Seu cabelo. Seu cabelo está uma graça!

— Está mesmo?

— Sim. Dê uma voltinha. Amei. Mãe, veja a nossa menina!

— Estou vendo. Combinou com você. Jovem, confiante. O que está preparando?

— Encontrei uma receita para usar as sobras do frango, e me pareceu fácil. Essas receitas sempre parecem mais fáceis do que realmente são, então não vou cair nessa de novo. Mas acho que está gostoso. Eu provei e achei bom. Chili de frango.

— Que surpresa. Três surpresas de uma vez. E todas maravilhosas.

Audrey pegou o vinho

— Que dia cheio você teve.

— Eu me senti bem. Me senti muito bem.

— Vamos nos sentar um pouco. — Olivia pegou a taça de vinho. — E nos sentir bem.

Quando Nell entrou apressadamente no bar pouco antes do meio-dia, Morgan estava atrás do balcão organizando as coisas.

— Em primeiro lugar, amei o cabelo.

— Obrigada. Posso te servir alguma coisa?

— Por enquanto, não. Onde está o Nick?

— Na cadeira do dentista fazendo um tratamento de canal.

— Ai.

Instintivamente, Nell colocou a mão na bochecha.

— Isso me lembra de que preciso encontrar um dentista na região.

— Você está trabalhando dobrado? Não conseguiu ninguém para cobrir o turno dele?

— O filho da Charlene está doente. O Rob tem duas aulas hoje e as provas finais do período estão chegando, então não quis chamá-lo. Eu teria tentado a Becs, mas ela trabalhou dobrado ontem por causa do filho doente da Charlene. Está tendo um evento privativo no Lodge, então não fazia sentido chamar alguém de lá se eu podia vir. Não tem problema. Eu dou conta.

— Muito doente? Qual filho? Jack ou Lilah?

— Jack, e a febre dele baixou hoje de manhã. Já está melhor.

Não passou despercebido, pensou Morgan, Nell perguntar e saber o nome dos filhos de Charlene.

— Então está bem. Meus irmãos estão chegando. Vamos fazer uma reunião, comer alguma coisa.

Ela olhou para o relógio.

— Cheguei cedo. Miles vai chegar na hora marcada. Liam vai se atrasar.

Sentando-se em um banco, ela deu uma batidinha na placa que estava encostada em um pequeno vaso com raminhos de lavanda.

— E então?

— Está tendo uma boa saída. Um grupo de cinco clientes anuais dos pacotes de spa pediu duas rodadas. Quer provar uma?

— Ainda não. Minha mãe disse que o drinque que você mandou entregar para ela estava delicioso. Foi muito astuto da sua parte rastrear a localização dela e enviar a bebida. A astúcia é uma qualidade que eu respeito.

— Que bom que ela gostou.

— Gostou, sim. Na verdade, um latte cairia bem agora.

— Que tal um latte de lavanda?

A expressão que passou pelo rosto de Nell era um misto de fascinação e horror.

— Está brincando?

— Não. Topa?

— Se eu dissesse que não, seria uma covarde. Você é mesmo muito astuta.

— Você não é covarde.

Morgan foi até a máquina de café.

— Se você não gostar, faço um normal. Fiquei sabendo do novo evento de verão, o Piquenique no Lago.

— É mesmo?

Mudando de posição, Nell observou Morgan trabalhar.

— As notícias correm.

— Sim, se você parar para ouvi-las. É uma ótima ideia. Foi sua?

— Foi algo que a minha mãe e eu pensamos em uma sessão de brainstorming.

— Mentes brilhantes pensam igual. Os funcionários vão sair no tapa para decidir quem vai trabalhar no evento. Mas é uma boa maneira de trazer novidade e animação. Como um latte de lavanda — disse enquanto colocava a xícara grande na frente de Nell.

— Veremos. Você ficou sabendo do percurso de arvorismo?

— Não. Pelo visto não estou ouvindo com muita atenção. Vocês vão construir um percurso de arvorismo?

— Esse projeto é o xodó do Liam, e, em grande parte, a razão da nossa reunião de hoje.

Ela parou para tomar um gole cauteloso do café. Depois outro.

— Ok, devo admitir que ficou muito bom. Quem é que pensa nesse tipo de coisa?

— Acho que começou na Ásia.

— Não importa. — Ela tomou outro gole. — Vou pedir para a minha assistente fazer outra placa. Pela expressão presunçosa em seu rosto, imagino que estava esperando por isso.

— Fiz uma expressão presunçosa? — Morgan passou as mãos no rosto. — Achei que tivesse usado a minha expressão discreta de satisfação. Esse tipo de coisa nunca teria dado certo no Próxima Rodada, mas com a sua clientela vai funcionar. Mantenha o preço do latte padrão, já que o custo adicional dos ingredientes e da mão de obra é mínimo, e vamos ter uma boa saída.

— Pode deixar. Miles.

Nell mudou de posição novamente quando o irmão dela chegou.

— Prove isto.

Ele negou com a cabeça e olhou para Morgan.

— Café preto. Você está trabalhando de dia agora?

— Tratamento de canal — disse Nell —, criança doente, provas. Ela está trabalhando dobrado. Só uma provinha.

— Caramba, Nell.

Ele tomou um gole rápido e pareceu realmente perplexo.

— Café com flor? Por quê?

— Miles é um purista do café. Se não for puro, não é café de verdade.

— Então isso não é para você.

— Exato. Liam vai tomar uma Coca-Cola quando chegar.

— Batata frita com queijo para acompanhar?

Miles olhou fixamente nos olhos de Morgan. Não, não é um cavalo de exposição bonitinho, pensou ela novamente. Mas é um cavalo de trabalho extremamente atraente.

— Provavelmente. Vamos pegar uma mesa nos fundos.

Mais uma vez sem terno, observou Morgan enquanto eles se afastavam. Calça preta, camisa azul muito bem passada, sapatos de qualidade — roupas que combinavam tão bem com ele quanto seu jeito direto.

Ela considerava Nell um osso duro de roer, mas sentia que ela já estava começando a amolecer. Miles parecia ser ainda mais, mas ela encontraria um jeito.

As pessoas começaram a entrar no bar. Com o evento privativo no Lodge, os hóspedes que buscavam uma refeição casual vinham para o Après. Que bom, pensou enquanto servia os primeiros drinques. Ela se manteria ocupada.

Quando Liam entrou correndo — botas de montanha, suéter preto e jeans —, ela apontou para a mesa nos fundos.

— Estou um pouco atrasado. Eles já fizeram o pedido?

— Não.

— Ótimo. Pode me dar uma...

Ela serviu um copo grande de Coca-Cola com uma rodela de limão.

— Perfeito. Você leu a minha mente.

Ele se apressou para se juntar aos outros.

Aquele ali não é um osso duro de roer, pensou Morgan. Está mais para um amor de pessoa. Então, voltou sua atenção para as duas mulheres, nitidamente irmãs, talvez gêmeas, que se sentaram em dois bancos.

A da esquerda franziu a testa para a placa no balcão.

— O que é uma Margarita de lavanda?

— Uma bebida deliciosa — garantiu Morgan.

Ela trabalhou dobrado e, antes das cinco, colocou a placa do latte de lavanda no bar. Nell cumpria suas promessas.

À meia-noite, quando começava a sonhar com um banho bem quente e sua cama macia, seis mesas, cinco cabines e cinco dos oito bancos do bar ainda estavam ocupados.

Miles entrou, puxou um banco na ponta do balcão e tirou o celular do bolso.

As gêmeas — trinta e oito anos, turistas de Middlebury em uma viagem de três dias entre irmãs — apareceram para tomar uns drinques depois de jantar em um restaurante chique. Margaritas de lavanda. Após servi-las, ela se dirigiu a Miles.

— Uma taça de Cabernet Sauvignon?

Ele apenas assentiu, então ela serviu a bebida e o deixou em paz.

Quarenta minutos depois, ela deu boa noite às gêmeas e tentou imaginar como seria sua vida se tivesse uma irmã gêmea. Ou irmão gêmeo. Ou qualquer outro irmão ou irmã.

Quando a mesa animada de seis pessoas pediu a conta e foi embora, o nível de ruído diminuiu consideravelmente. Sobraram dois homens sentados ao balcão com alguns goles de cerveja restantes em seus copos, um grupo de quatro pessoas terminando uma garrafa de vinho, um casal bebendo uma segunda rodada de Martinis e Miles.

— O bar já está fechando, senhores. Querem uma última rodada?

Eles recusaram e pagaram a conta. O grupo de quatro pessoas foi embora alguns minutos mais tarde.

— Vou fechar a conta da mesa três para você, Holly. Pode encerrar o seu expediente.

— E que expediente. Achei que o casal da mesa três ia começar a se despir ali mesmo.

— Os Martinis são as preliminares.

Rindo, Holly saiu para buscar o casaco dela, e Morgan serviu dois copos de água com gelo. Colocou um deles na frente de Miles.

— Obrigado — agradeceu ele sem olhar para ela. — Já está na hora de fechar, e o sr. e a sra. Martini ainda estão bebendo, então eles passaram do prazo. Você não podia deixar Holly fechar o bar.

— O capitão é o último a deixar o navio. E o sr. Martini é casado, mas aquela não é a mulher dele.

Ele olhou para ela agora, os olhos intensos e curiosos como os de um tigre.

— Por que acha isso?

— Ele está usando uma aliança, ela não.

— Talvez a dela esteja na joalheria para ser ajustada.

— Pouco provável. Ela é uns doze, talvez quinze anos mais nova que ele.

— Isso não quer dizer nada.

Vendo que havia despertado o interesse dele, ela sentiu que aquele osso duro de roer estava começando a amolecer.

— Esse fato sozinho, não.

Tomando um gole de água, olhou para eles.

— Quando eles não estão ocupados com suas demonstrações públicas de afeto, ele fala e ela só escuta, de olhos arregalados, como se ele fosse o homem mais fascinante que ela já conheceu, e, quando ela foi ao banheiro, ele olhou para a bunda dela. Ele não babou, mas foi por pouco.

— Talvez eles ainda estejam muito apaixonados.

— Ele recebeu uma ligação enquanto ela estava no banheiro, e aposto que quem ligou foi a *verdadeira* sra. Martini. Ele ficou irritado. Foi sucinto. Seco, eu diria. Depois, tomou um grande gole de Martini, fez cara feia e mexeu na aliança. Foi então que pediu a segunda rodada.

— Isso é uma prova circunstancial.

Morgan apoiou-se no balcão.

— Você costuma fazer apostas, Miles?

— Talvez.

— Eu aposto uma nota de um dólar novinha em folha que estou certa.

— Não sei se tenho uma novinha em folha.

— Pode me pagar depois. Bem, ele disse à esposa que estava em outra cidade a trabalho. Ela não acreditou na história, então ligou e mandou mensagens várias vezes. Ele disse para a nova amante que está passando por um divórcio difícil e demorado. Talvez ela acredite nisso, talvez não, mas, de qualquer maneira, está desfrutando de tratamentos de beleza no spa e de um quarto de hotel chique, e daquela pulseira de platina com a qual ela fica brincando e que saiu da joalheria do resort. Estava na vitrine. É maravilhosa.

— Com licença.

Sr. Martini gesticulou. Morgan colocou a conta no porta-contas.

Miles a observou entregá-la, conversar brevemente com o cliente enquanto ele adicionava uma gorjeta e assinava a conta.

— Tenham uma ótima noite, sr. e sra. Cabot.

A mulher deu uma risadinha e se aconchegou nos braços do sr. Martini.

— Ah, não somos casados. Ainda.

Morgan recolheu as garrafas vazias, limpou a mesa com um pano e o enfiou na cintura.

— Estou te devendo um dólar.

— Está mesmo. Uma nota novinha em folha.

Ela colocou os copos de Martini e de água, as taças de vinho, as coqueteleiras e os pratos de guarnição em uma badeja e levou tudo para a cozinha.

Quando voltou, ele não estava mais lá. Dando de ombros, ela esvaziou o balde de gelo e enxugou a pia. Fechou o caixa, trancou a gaveta de dinheiro e fez uma última limpeza minuciosa no bar e nas garrafas.

Ele voltou vestindo um casaco preto e um cachecol.

— Sinto muito, senhor, o bar já está fechado.

— Eu te acompanho.

— Ah. Obrigada, mas não precisa…

— Tenho que pegar meu carro de qualquer jeito. Pegue lá o seu casaco.

Morgan pegou o casaco, o gorro, o cachecol e as luvas.

Ele olhou para ela, toda empacotada.

— Vai viajar para o Ártico?

— Essas noites frias de Vermont ainda não são sinônimo de primavera para mim.

Ele apagou as luzes e ela olhou para trás pela última vez — tudo estava em ordem — antes de atravessar o arco ao lado dele.

Atravessaram o saguão silencioso onde o funcionário da noite lia um livro de bolso na recepção.

— Boa noite, Walter.

— Boa noite, Morgan. Boa noite, Miles. Dirijam com cuidado.

Eles receberam um golpe de ar frio ao atravessar a porta. Não era o choque violento do mês passado, decidiu Morgan, mas ainda era uma bela pancada.

Viraram à esquerda, caminhando pela ampla passarela, afastando-se dos jardins da frente e do estacionamento de hóspedes rumo ao estacionamento dos funcionários. Os proprietários tinham vagas reservadas com seus respectivos nomes na calçada. O carro dele, um SUV preto e robusto, era o único ali, mas ele continuou caminhando com ela.

— O meu está logo ali. Obrigada pela companhia.

— É sério?

Ele deu vários passos para se aproximar do carro de Nina.

— Você vai precisar de mais de um dólar se dirige essa lata velha.

Ela teria ficado uma fera com esse comentário se não fosse a mais pura verdade

— Estou procurando um carro novo.

Em breve, pensou.

— Procure mais rápido. Vou esperar aqui para me certificar de que ele vai pegar.

— Ele vai pegar. Obrigada mais uma vez. Boa noite.

Ela andou até o carro, saiu do ar frio da noite e entrou no ar ainda mais frio de dentro do carro. O carro resmungou, engasgou. Ela fechou os olhos e rezou.

Quando ele pegou, Morgan prometeu a si mesma que procuraria seriamente um carro novo na próxima folga.

Mas, por ora, ele só precisava fazê-la chegar até em casa. Ela olhou pelo retrovisor e viu Miles em pé, com as mãos nos bolsos do casaco, observando--a partir.

E pensou que, sim, aquele osso duro de roer estava começando a amolecer.

A semana passou voando. Ela depositou seu salário, a maior parte de suas gorjetas, e depois passou a manhã de segunda-feira pesquisando on-line carros usados. Concluiu que poderia comprar um carro de segunda mão decente e confiável, mas poderia comprar um melhor se o carro de Nina aguentasse mais um mês.

— Só mais um mês — murmurou.

O inverno fora vencido, e, embora a primavera ainda não tivesse aproveitado ao máximo a brecha, embora a neve e o frio continuassem ameaçando, o pior tinha ficado para trás.

Se esperasse mais um mês, poderia dar uma entrada maior, o financiamento seria menor. E o carro de Nina só precisava levá-la e trazê-la do trabalho, realizar algumas tarefas ocasionais e levá-la à cidade se ela fosse ajudar a mãe e a avó no café.

Ela deixou o assunto de lado e começou a procurar receitas fáceis de fazer. Quando os resultados a deixaram assustada, decidiu dar uma volta.

Espairecer, pensou enquanto calçava as botas. Decidir qual seria o próximo passo. Não podia continuar correndo indefinidamente sem sair do lugar.

Sim, tinha um emprego, lembrou-se a si mesma enquanto saía. Um bom emprego, de que gostava bastante. Tinha um teto, e descobrira que morar com as mulheres da vida dela era um grande aprendizado.

Não sentia saudade da casa dela. Aquela casa deixara de ser seu lar quando Nina morreu. Ela sentia saudade de Nina, sempre sentiria, e da amizade que tinha com Sam. Dos chefes e colegas de trabalho que se tornaram sua família quando plantara suas raízes.

Ela parou e olhou para o céu azul brilhante na direção das montanhas. Não tinha aquilo antes, pensou. Não tinha aquela pintura no quintal dela. Ela teria quatro estações bem definidas ali também. Não estava vendo os primeiros sinais da primavera? E, lógico, a mudança no ar, na luz.

O próximo passo?

— O carro, Morgan. Você sabe muito bem disso. Engula o choro e vá encontrar um carro.

Porque não se tratava apenas de dinheiro. Trocar de carro significava renunciar ao último pedaço de Nina, a última coisa que a ligava à sua vida passada.

Ela voltou para dentro de casa e se vestiu como uma mulher que sabia o que queria. Pegou todos os documentos — o certificado de transferência de veículo que os pais de Nina assinaram, os papéis do seguro, suas informações bancárias, tudo o que achou que poderia precisar.

Após reunir todos os papéis em uma pasta, colocou os brincos da sorte. Precisaria de sorte para negociar o preço e obter o financiamento.

Ela esperava o menor valor possível na negociação para a troca do carro atual, mas daria um jeito.

— As concessionárias querem vender carros, não querem? Eles vão dar um jeito também.

Ela mexeu no cabelo, nervosa — ousado e descolado, lembrou-se. Depois, desceu e vestiu o casaco.

Quando abriu a porta para sair, deu de cara com os agentes especiais Morrison e Beck na entrada. Sentiu seu sangue gelar.

— Srta. Albright. Estava de saída? Podemos voltar mais tarde.

Ela encarou Morrison.

— Eu estava… Não, não importa. Podem entrar.

Ela deu um passo atrás como se estivesse presa em um sonho, ou pesadelo.

— Vou guardar o casaco de vocês.

Ela os pendurou meticulosamente no armário da antessala.

— Vou passar um café.

— Não se incomode — disse Beck. — Por que não nos sentamos?

— Sim, com certeza. Vamos nos sentar.

Na sala, eles se sentaram nas cadeiras, então ela foi para o sofá. Apertou as mãos no colo.

— Ele... Ele fez a mesma coisa com outra pessoa. Vocês vieram me dizer que ele fez isso com outra pessoa. Ela está morta?

— Uma mulher do Tennessee, perto de Nashville. Solteira — continuou Beck. — Uma mulher loira e magra, de vinte e nove anos. Ela foi encontrada dois dias atrás pela irmã depois de não atender ao telefone nem comparecer ao trabalho.

— As contas bancárias foram esvaziadas. Vários empréstimos foram feitos no nome dela, usando a casa como garantia. O carro foi roubado. A irmã identificou Gavin Rozwell como o homem com quem a vítima estava saindo há algumas semanas.

— Entendi.

Mas ela não entendia. Simplesmente não podia entender.

— Ele usou o nome John Bower — disse Beck. — Se passou por um fotógrafo freelancer, disse a ela que estava trabalhando em um livro. O nome dela era Robin Peters.

— Sinto muito. Sinto muito que isso tenha acontecido com ela. Sinto muito pela família dela. Não entendo por que vieram até aqui para me contar isso.

— Até então, ele não deixava nada para trás. Se a vítima estivesse usando alguma joia, ele a levava, assim como qualquer outra coisa de valor. Neste caso, a vítima foi encontrada usando isto.

Beck pegou uma foto e passou-a para Morgan.

— Esse... esse é o meu medalhão. O medalhão que minha avó me deu. Era da mãe dela. Tem duas fotos dentro dele. Fotos dos pais da minha avó. Não estou entendendo. Ele deu isso a ela antes de matá-la?

Morrison esperou até que Morgan olhasse para ele.

— Não é o que parece. A irmã dela não o reconheceu. Nenhum dos colegas de trabalho dela a viram com ele. Em vez das fotos que você listou no seu depoimento no momento do incidente, o medalhão continha estas fotos.

Ela pegou a segunda imagem impressa e se deparou com uma foto do próprio rosto e uma do homem que ela conhecera como Luke Hudson.

PARTE II
NOVO COMEÇO

Para amanhã, bosques frescos e pastos novos.

— John Milton

Todos os começos são difíceis.

— Provérbio alemão

Capítulo Onze

⌘ ⌘ ⌘

PÂNICO. O sentimento a dominou, um zumbido ecoou em seus ouvidos, sua garganta se fechou.

— O que é isso? O que isso significa? Ele não pode acreditar que somos um casal. Nós nunca… nunca tivemos nada sério, nem mesmo quando eu achava que ele era…

— Rozwell não tem relacionamentos normais, Morgan.

Beck escolheu as palavras com cuidado.

— Nós acreditamos que você é o único alvo dele que sobreviveu e, até onde sabemos, esta é a primeira vez que ele deixa um troféu conquistado de uma vítima anterior.

— Troféu — repetiu ela.

— Objetos que ele guarda com ele — explicou Morrison. — Nós sabemos, pois já recuperamos alguns itens. Ele costuma vender ou penhorar a maioria dos objetos de valor, mas não temos nenhuma prova de que se desfaça de tudo. Ele provavelmente guarda um ou mais objetos das vítimas.

— Como troféus.

Morgan já ouvira falar sobre aquilo, é óbvio. Ela lia livros, assistia a filmes. Mas aquela informação trazia uma nova onda de terror.

— Como… como a cabeça de um cervo na parede. Mas ele não guardou meu medalhão.

— Ele o colocou na vítima, sabendo que nós o identificaríamos como sendo seu. Mesmo sem as fotos dentro, nós o teríamos identificado como um dos itens roubados no dia em que a srta. Ramos foi assassinada.

— Por que ele faria isso?

Mas ela sabia. Ela já sabia.

— Para me assustar — disse antes que os agentes pudessem responder. — Para que eu saiba que ele não se esqueceu de mim. Para… para dizer que estamos conectados. Por que ele se importa? — perguntou. — Ele venceu. Ele matou a Nina, matou minha melhor amiga. Ele tomou tudo o que eu tinha. Perdi tudo que batalhei tanto para conseguir. Perdi minha casa.

— Você continua viva — disse Beck simplesmente.

— Mas a Nina não.

— Ele não queria a Nina. Ele a matou por necessidade, não por vontade. Pela primeira vez, ele fracassou. Ele errou. Você continua viva — repetiu Beck. — E está refazendo sua vida.

Aos poucos, pensou. Tijolo por tijolo, fruto de muito trabalho. E agora?

— Vocês estão me dizendo, ou ele mesmo está, no caso, que ele ainda não acabou comigo. Estão me dizendo que ele pode tentar novamente. O que eu devo fazer?

Ela se levantou e se abraçou enquanto caminhava de um lado para o outro.

— Devo me mudar de novo, me esconder, trocar de nome? E de que adiantaria? Se ele quiser me encontrar, ele vai.

— Ele quer que você sinta medo — afirmou Morrison. — Quer que você pense nele constantemente. Ele pensa em você constantemente. E isso o deixa louco, Morgan. Isso fere o orgulho dele, por isso ele acabou cometendo um grande erro. Nós fomos avisados, e você também.

— E qual é a vantagem disso? — Ela desabou na cadeira novamente. — Agora tenho que viver olhando para os lados o tempo todo, esperando o dia em que ele virá atrás de mim? E a minha mãe, a minha avó?

— Eu a aconselho a instalar um sistema de segurança.

— Já temos um — acrescentou Morgan, cansada. — Nunca o usamos.

— É melhor começar agora — disse Morrison categoricamente. — Morgan — ele se inclinou para a frente —, não vou dizer que você não tem nada com o que se preocupar, mas você tem muitas coisas a seu favor.

— Pode fazer uma lista? Porque não estou vendo nenhuma.

— Você sabe quem ele é. Ele muda de aparência com frequência, cor do cabelo, barba, lentes, óculos, mas você o conhece. Ele não pode usar seus métodos habituais com você. Terá que encontrar outro caminho, e você pode colocar alguns obstáculos. O sistema de segurança é o principal.

— Você trabalha à noite — continuou Beck. — Compre um botão do pânico, saia sempre do trabalho com suas chaves e o botão do pânico na mão. Peça para um segurança ou colega de trabalho acompanhá-la até o seu carro. Verifique a pressão dos pneus e o medidor de combustível do carro antes de ir para qualquer lugar. Nunca deixe o veículo destrancado e dê uma olhada no banco de trás antes de entrar.

— Nós já demos uma foto de Rozwell para a polícia local. Você deveria fazer o mesmo com a equipe de segurança do seu trabalho e com os funcionários da loja da sua família. Para machucá-la, ele antes precisa chegar perto de você. Dificulte o trabalho dele.

— Ele poderia simplesmente dar um tiro na minha cabeça de longe.

— Ele não sentiria nenhum prazer nisso — respondeu Beck com tanta naturalidade que Morgan precisou abafar uma risada.

— Ah, se é assim.

— Ele precisa fazer isso de perto. Tem que ser pessoal, porque para ele é pessoal. É possível que ele tenha feito isso apenas para nos desafiar e assustar você. No entanto, eu a aconselho fortemente a tomar essas precauções.

— Mantenha o seu celular sempre carregado e ao alcance — acrescentou Morrison. — Fale com a gente e com a polícia local se ele tentar entrar em contato com você. Fale com a gente mesmo se tiver apenas a sensação de que há algo errado. Fazer um curso básico de defesa pessoal também não seria má ideia. Eu daria esse conselho a qualquer pessoa, na verdade.

— A sua melhor arma contra ele é viver a sua vida.

— Seguindo esses critérios.

O tom de voz de Beck mudou, adotando um pouco mais de suavidade.

— A maior parte disso é bom senso. Você é uma mulher sensata, Morgan. Continue assim. Sinto muito por termos trazido isso até você. Sinto muito por não termos conseguido capturá-lo. Acreditamos que ele passou a maior parte do tempo escondido nesse último ano porque você o assustou. Mas ele saiu da toca agora e cometeu alguns erros.

— O medalhão.

— E alguns outros.

Beck lançou um olhar para seu parceiro e recebeu um aceno sutil de aprovação.

— Tudo indica que ele manteve a vítima prisioneira na casa dela por mais de quarenta e oito horas antes de matá-la. Ele nunca tinha corrido esse risco. A irmã dela tinha a chave, e ele sabia disso. Ela poderia ter aparecido de repente. Ele falou com uma das vizinhas da vítima nesse período. Saiu deliberadamente da casa para puxar conversa com ela. Em seu depoimento, a testemunha descreveu a conversa e o jeito dele como estranhos, e achou esquisito que a vítima não tivesse saído da casa também, já que ela gostava tanto de jardinagem. Ela não procurou a polícia para relatar o ocorrido, mas podia ter feito isso. Ele correu esse risco, possivelmente para alimentar o próprio ego depois do fracasso e de tanto tempo sem trabalhar.

— E ainda assim a mulher está morta.

— Sim. Ela não o conhecia e não teve a oportunidade de se precaver contra ele. Você, sim.

Beck colocou um envelope de papel kraft em cima da mesa.

— Dentro deste envelope há várias fotos do Rozwell, bem como a descrição dele e a lista de suas rotinas e hábitos conhecidos. Meu cartão e o do meu parceiro também estão aí. Já falamos com a polícia local. Por favor, entregue-os para seus empregadores, para sua família. Se isso for muito difícil ou constrangedor para você, nós podemos fazê-lo.

— Pode deixar, eu faço.

— Nós dois estamos disponíveis a qualquer hora do dia ou da noite.

Morrison se levantou.

— Tome as precauções necessárias, Morgan.

Ela tomaria, óbvio que tomaria, pensou quando se levantou naquela casa vazia. Não tinha outra escolha, tinha?

Começaria pelo sistema de alarme, que sua avó instalara logo após a morte do marido, seu avô. E, como Morgan bem sabia, ninguém nunca se dera ao trabalho de usá-lo.

Ela teve que consultar o manual de instruções e o código nos arquivos da avó, mas o acionou antes de pegar o envelope e sair de casa.

Ela detestou a maneira como seu coração martelava ao sair. E o tremor que tomou conta de seu corpo quando se aproximou do carro — que estava destrancado, óbvio — e deu uma olhada no banco traseiro.

O marcador de combustível indicava que três quartos do tanque estavam cheios, até aí tudo bem, mas ela não fazia ideia de como verificar a pressão dos pneus. Aprenderia.

Mesmo na curta distância até Westridge, se pegava checando obsessivamente o retrovisor, ficava tensa quando um carro se aproximava do outro lado da estrada.

Ela trancou o carro no estacionamento que ficava atrás do Arte Criativa e entrou na loja quente e acolhedora.

Sue e uma cliente riam juntas como velhas amigas. Talvez fossem mesmo. Sua mãe estava diante de uma vitrine enquanto outra mulher experimentava um colar com pingente.

Audrey sorriu para Morgan enquanto falava com a cliente.

— Ficou lindo em você, é perfeito para o seu tom de pele. Acho que estes brincos combinam bem com ele. São parecidos, mas não exatamente iguais.

— Você é terrível, Audrey.

Mas a mulher segurou um dos brincos sobre a orelha esquerda.

— Experimente. Você sabe que quer. Veja como eles ficam em você. O que achou, Morgan? Irene, esta é minha filha, Morgan.

— Então esta é a famosa Morgan.

Irene se virou para ela enquanto retirava um de seus brincos para que Audrey o segurasse.

— Sua mãe vive falando de você. Agora eu sei por que você disse que ela era linda, Audrey. Ela é a sua cara. Caramba, eu amei esses brincos.

— Ficaram lindos em você — conseguiu dizer Morgan. — E o pingente é um espetáculo.

— Sou obrigada a concordar. Está bem, Audrey, vou levar tudo. Depois vou sair correndo daqui antes que o meu cartão de crédito pegue fogo.

— A vovó está por aqui? — perguntou Morgan.

— Ela acabou de subir.

— Você acha que pode subir quando terminar? Só um minutinho.

— Com certeza.

Ela atravessou o café — três mesas ocupadas por clientes tomando chá — e conseguiu sorrir para a garçonete antes de passar para os fundos da loja e subir a escada.

Cedendo, sentou-se em um dos degraus por um instante, entre a cozinha e os escritórios, e tentou se acalmar. Acabe logo com isso, disse a si mesma, e se levantou.

Ela ouviu a voz da avó antes de entrar no escritório. Olivia estava sentada à mesa, estudando a tela do computador enquanto falava ao telefone.

— Se você puder entregar na próxima semana, levaremos dois de cada, totalizando seis. Não me decepcione com a qualidade tonal, Al. O som é tão importante quanto a habilidade artesanal. Vou confiar em você. Pode ser na terça, sim. Até lá, então. Tchau.

Ela desligou.

— Sinos dos ventos. Meia dúzia. E vamos receber comedouros de beija--flor, estacas de jardim, casas de passarinhos e tudo o mais na próxima semana. Sinal de que a primavera está chegando.

A avó estendeu a mão para pegar a caneca de chá e olhou com atenção para o rosto de Morgan.

— O que houve? Aconteceu alguma coisa.

— Eu só...

Ela parou de falar quando Audrey entrou às pressas.

— O que você tem? O que aconteceu? Pude ver nos seus olhos que há algo errado.

— Vamos nos sentar — ordenou Olivia. — Respire fundo, Morgan, e diga qual é o problema.

— Ele matou outra pessoa, uma mulher no Tennessee. Ai, meu Deus. Meu Deus. Os agentes do FBI foram lá em casa me contar.

— Audrey, pegue um copo de água para essa menina.

— Eu estou bem, estou bem.

Após segurar a mão da mãe para impedi-la de ir, Morgan continuou.

— Meu medalhão... o seu medalhão, vó. Ele o colocou nela. Substituiu as fotos, colocou uma dele e uma minha. Os agentes disseram que isso foi um erro, mas...

Ela contou às mulheres tudo o que eles lhe disseram sobre o assassinato, a irmã, a vizinha.

— O que transforma alguém em um monstro? — murmurou Olivia. — Eles nascem assim ou é uma escolha? Acho que pode ser uma das duas coisas, ou as duas ao mesmo tempo.

Audrey se levantou, pegou a garrafa de água que estava sempre à mão e serviu um copo para Morgan.

— Tome devagar. Você não vai embora, não vai se mudar para outro lugar. Dá para ver que está pensando nisso.

— Se estiver, é melhor parar agora mesmo. As mulheres Nash ficarão juntas desta vez. E ponto final.

Cortando o ar com a mão, Olivia pôs fim ao debate.

— Ele matou a Nina porque ela estava lá. E se...

— E se, e se... — Olivia jogou as mãos para o alto. — E se ele for atropelado por um caminhão amanhã? Ouça bem o que vou te dizer. Você não vai deixar a sua mãe e eu preocupadas com você, não vai nos deixar sozinhas naquela casa sem saber se você está bem. Vamos ficar juntas, e aquele canalha não vai nos separar. Pode esquecer isso, Morgan. Vamos começar a usar aquele maldito sistema de alarme.

— Eu o ativei antes de sair de casa. Eles me disseram para fazer isso, então eu fiz. E tenho que comprar um botão do pânico. Quero que vocês duas tenham um também.

— Então é o que iremos fazer.

Audrey acariciou o braço de Morgan.

— Vamos conversar com o chefe de polícia. Vamos conversar com o Jake.

— Eles já conversaram. E disseram que vocês devem ficar com uma foto dele, e com os cartões deles.

Após estudar a foto que Morgan lhe deu, Olivia assentiu.

— Colocaremos uma dessas fotos na loja e outra no café, onde todo mundo poderá ver a cara desse assassino.

— Ah, vó...

— Nós faremos cópias, Audrey, e os outros comerciantes as colocarão na parede também. Ele que se atreva a mostrar a cara em Westridge. Deixe-o tentar para ver o que acontece. Ninguém vai foder com a vida da minha neta.

— Mãe!

— Eu guardo essa palavra para os momentos em que ela é mais eficaz e apropriada. Imagino que eles tenham dito para você entregar essas fotos no resort também.

— Sim.

— Não sei o que mais eles te disseram, mas, até o momento, faz sentido. Agora ouça o que vou te dizer. Você vai aposentar aquela lata velha e comprar um carro novo. Um carro novo, seguro e confiável. Eu vou financiá-lo.

— Vó.

— Não interrompa sua avó — disse Audrey.

— Vou cobrar juros, e você me pagará todo mês exatamente como faria com uma concessionária. Faremos uma tabela de amortização. Sua mãe e eu ficaremos mais tranquilas, e você manterá seu orgulho. Ambos são importantes.

— Eu tenho pesquisado carros usados…

— Novo.

Olivia cortou o ar com a mão novamente.

— Novo, seguro, confiável e capaz de suportar os invernos de Vermont. Vou te dar o número da vendedora com quem comprei meus dois últimos carros. Nós chegamos a um acordo, e, se ela quiser continuar fazendo negócios comigo, ela fará o mesmo por você.

— Seja esperta, Morgan, e agradeça.

— Obrigada, vó. Muito obrigada às duas.

A gratidão dela queimava em sua garganta, seu coração, seu estômago.

— O problema é que eu não sei se ainda terei um emprego após entregar isso aos Jameson.

— Não sofra por antecipação — aconselhou Olivia. — Faça o que tem que fazer. Depois, vá à concessionária. Tenho o cartão da vendedora.

Ela pegou uma pasta de cartões de visita, pesada como um tijolo, e começou a folheá-la.

— Aqui está. Vou ligar e dizer o que você está procurando e o que eu espero.

Depois, sacou um talão de cheques.

— Não volte para casa sem um veículo decente.

Ela preencheu um cheque para a concessionária, datou, assinou e deixou o valor em branco.

— Vamos acertar os pagamentos quando você chegar em casa.

— Estaremos lá quando você chegar.

Audrey pegou a mão de Morgan e a colocou sobre sua bochecha.

— Estaremos em casa, mas não poderemos entrar sem o maldito código. Não faço ideia do que seja!

Surpresa por ainda ser capaz de rir depois de tudo o que aconteceu, Morgan soltou uma risada e recitou os números.

Embora o carro de Nina tivesse engasgado no caminho para o resort, Morgan decidiu que não pensaria em carros novos ainda. Ela poderia muito bem sair de lá desempregada, e, se isso acontecesse, não precisaria de um carro novo.

No estacionamento dos funcionários, trancou o carro e caminhou até a entrada. Do lado de dentro, o saguão estava decorado com um novo arranjo floral, todo primaveril, e ela pensou novamente em como gostava de trabalhar ali.

As pessoas, o ambiente, a energia e as responsabilidades também eram pontos positivos.

Agora, Gavin Rozwell poderia levar tudo embora, tirar muita coisa dela novamente.

Embora não trabalhasse às segundas-feiras, ela conhecia os horários de todo mundo. Nell, sua supervisora direta, tinha uma reunião para finalizar o menu de um casamento que estava por vir.

Além de não fazer sentido interromper a reunião ou esperar o fim dela, Morgan achou que deveria levar esse problema diretamente ao topo da hierarquia.

E Lydia Jameson trabalhava em seu escritório às segundas-feiras.

Ela se dirigiu à área onde ficavam os escritórios e encontrou a porta de Lydia aberta, a mulher atrás da mesa em seu computador.

— Trabalhando dobrado mais uma vez?

— Não, senhora. Tem um minuto?

Lydia fez sinal para que ela entrasse. Morgan obedeceu e fechou a porta.

Ao mesmo tempo que Morgan entrava no escritório de Lydia, o chefe de polícia Jake Dooley se encontrava sentado no escritório de Miles. Eles eram amigos desde o ensino fundamental, e ele conhecia Miles tão bem quanto a si mesmo, então Jake explicou tudo de forma rápida e objetiva.

Enquanto ouvia, Miles examinava a foto de Rozwell que Jake lhe dera.

— Ok. Agora me diga o que você acha disso tudo. Não a polícia nem o FBI, você.

— Ele correu riscos desnecessários ao conversar com a vizinha e manter a vítima viva por mais de um dia quando a irmã dela tinha a chave. Esse é o tipo de coisa que, de acordo com os relatórios que li, ele nunca fez antes.

Mudando de posição, Jake se inclinou para a frente e bateu com um dedo na foto.

— Ele não é do tipo que quer ser pego, Miles. Ele gosta demais do que faz para isso. Além de ser psicopata e sadista, ele é mimado. É ganancioso. E, até o momento, sempre foi muito cuidadoso. O medalhão? — continuou Jake. — O fato de ele não somente tê-lo colocado na vítima, mas também ter trocado as fotos, colocando uma foto dele junto com uma de Morgan? A mensagem é bastante explícita.

— Em seu depoimento, ela disse que eles não eram um casal.

— Um casal, não. Mas ele pensa nela, eles estão conectados. Foi por causa dela que ele se deu mal. E ele quer que ela saiba que ainda não acabou. Ele quer que ela saiba disso e sinta medo.

— Ela seria idiota se não sentisse medo, e ela não me parece ser idiota. Vou falar com os seguranças, com a família, com ela.

— Ótimo. Quando conversar com ela, deixe evidente que ela pode entrar em contato comigo a qualquer hora. Se ela tiver perguntas, tentarei respondê-las. Eu sei que elas têm um sistema de alarme. Se ainda não o estiverem usando, vão começar agora.

— Pode deixar.

— Vou atrás da Nell.

Jake se levantou.

— Ela é a supervisora direta da Morgan, não é? Quero explicar a situação para ela.

— Está bem. Eu te conto o que a Morgan me disser quando eu falar com ela.

Sozinho em seu escritório, ele passou mais um minuto estudando a foto de Rozwell. Então se levantou. Decidiu que começaria pela avó, depois falaria com os outros, um a um.

— Posso ver no seu rosto que há algo errado — disse Lydia a Morgan. — Algum problema no Après?

— Não, senhora, um problema pessoal.

— Sente-se, então. Pode falar.

— Você sabe o que aconteceu quando... antes de...

— Leve o tempo que precisar — disse Lydia quando Morgan parou de falar. — Isso tem a ver com o homem que matou a sua amiga e roubou a sua identidade.

— Sim. Os agentes encarregados da investigação vieram me dizer que ele matou outra mulher alguns dias atrás.

Ela contou a história rapidamente, botando tudo para fora enquanto seu estômago se revirava.

— Você tem uma foto dele nesse envelope?

— Sim.

— Deixe-me ver.

Ela se atrapalhou, precisou usar as duas mãos, mas conseguiu pegar uma e levantou-se para colocá-la sobre a mesa.

— Sra. Jameson, eu entendo se a senhora não quiser trazer esse tipo de problema para o resort, para a equipe, os hóspedes, a sua família. Eu entendo.

— Ele é bonito. Mas engomadinho demais. Engomadinho nunca fez o meu tipo.

Ela colocou a foto novamente na mesa, cruzou as mãos sobre ela e depois olhou para cima, para Morgan.

— Você começou a trabalhar aqui há cerca de um mês.

— Sim, senhora.

— Você me pareceu ser uma mulher que tem facilidade para assimilar as coisas, uma das razões pelas quais conseguiu o emprego. Aprende rápido. Mas se acha que os Jameson são tão covardes e descuidados a ponto de demiti-la por uma coisa dessa, acho que eu estava errada a seu respeito.

Um tsunami de emoção, estresse e alívio tomou conta dela. Desabando em lágrimas, Morgan se sentou novamente e cobriu o rosto com as mãos.

Após uma batida rápida, Miles abriu a porta.

— Vó, eu... Ah, droga.

— Dê um lenço para a moça.

— Eu não tenho um lenço.

— Entre e feche a porta.

— Talvez seja melhor eu...

— Agora!

Lydia abriu uma gaveta e tirou um caixa de lenços de papel.

— Entregue os lenços a ela, pegue um copo de água. Não seja um idiota.

— Desculpe. Eu só...

— Pode chorar à vontade. Você tem esse direito. Aquele assassino maldito matou outra mulher no Tennessee.

Lydia contou a ele os detalhes de forma mais coerente do que Morgan conseguira contar a ela. E, embora já soubesse, Miles não disse nada.

— Ela achou que íamos despedi-la por causa disso.

— Então ela é estúpida.

— Ela não é estúpida, ela está abalada, qualquer pessoa com bom senso pode ver isso.

— Sinto muito.

Fazendo esforço para se recompor, Morgan enxugou as lágrimas.

— Desculpe.

— Por que está se desculpando?

Morgan olhou para Lydia com os olhos marejados de lágrimas.

— Eu não sei. Não faço ideia. Gostaria de saber. — Ela pegou mais lenços. — Meu Deus, olha o meu estado. Posso pedir desculpa por isso.

— Desculpas aceitas. Miles.

— Com certeza. Jake, o chefe de polícia — acrescentou, caso Morgan não soubesse de quem se tratava — já falou comigo. Vamos fazer cópias da foto, entregá-las para os seguranças. E para a equipe de reservas, check-in, gerentes dos bares e restaurantes etc. Vó, temos que emprestar a ela um dos carros da empresa. Se você visse a lata velha que ela dirige... Um defeito qualquer entre o resort e a casa da família Nash é inevitável.

— Vou comprar um carro novo. Hoje mesmo. Minha avó não aceitou um não como resposta.

— Olivia Nash é uma mulher sensata. Espero o mesmo da neta dela. Você agora também faz parte da família Jameson, e nós cuidamos dos nossos. Entendeu?

— Sim, senhora. Sou muito grata por isso.

— Continue fazendo um bom trabalho, como tem feito. Isso já é gratidão suficiente. Miles, acompanhe a Morgan até o carro dela.

Morgan se levantou.

— Vou fazer um bom trabalho, mas ainda serei grata. Obrigada.

— Por aqui.

Ele virou à esquerda, passando por mais escritórios, e parou diante de um banheiro.

— Entre e dê um jeito no seu rosto.

— Está tão ruim assim?

— O suficiente.

Ela entrou e viu que ele não estava mentindo, e fez o melhor que pôde.

— Está melhor? — perguntou ela ao sair do banheiro.

— Dá pro gasto. Um dos seguranças vai acompanhar você até o seu carro toda noite após o bar fechar. Jake disse que vocês têm um sistema de alarme em casa. Comecem a usá-lo. Não compre outra lata velha. Você precisa de tração nas quatro rodas.

O tom franco e sem rodeios dele a deixou estranhamente aliviada.

— Eu sei.

— Você já comprou um carro antes?

— Sim. Eu tinha um bom Prius. Ele o roubou.

— Não pague o preço do mostruário só porque você está cansada e com dor de cabeça.

Tudo nela parecia estranho, opaco e estúpido.

— Estou cansada. E estou mesmo com dor de cabeça.

— Não pague o preço do mostruário nem caia em todas as opções adicionais que eles oferecerem.

Ele esperou que ela destrancasse o carro.

Ela apenas assentiu e entrou.

Ele segurou a porta e olhou para ela.

— Morgan, quando algo é culpa sua, você seria uma idiota se não assumisse a responsabilidade. Quando não é, fazer isso seria estupidez. Nada disso é sua culpa. Vá comprar um carro — disse, e fechou a porta.

Mais uma vez, lá estava ele, em pé, com as mãos nos bolsos, observando-a partir. Depois, Miles retornou ao escritório para marcar uma reunião de emergência com a família.

Seria mais rápido assim.

Ela comprou um carro. Não entrou nem saiu da concessionária com a mesma alegria que sentira da primeira vez, mas comprou um carro. E não pagou o preço do mostruário. Ainda assim, Morgan atribuiu isso mais à indicação de sua avó à vendedora do que às suas habilidades de negociação.

De qualquer maneira, agora era proprietária de um novo SUV compacto que suportaria bem o inverno quando a estação estivesse de volta. Um híbrido que satisfazia seus valores econômicos e ambientais e não fazia barulhos estranhos.

Para ela, ter recebido algo além de um olhar de pena em troca do carro de Nina foi um bônus.

Conforme prometido, as mulheres de sua vida chegaram em casa antes dela e devem tê-la esperado na janela, pois ambas saíram quando ela estacionou na entrada.

— Ai, que gracinha! — Audrey aplaudiu. — Que azul bonito.

— Parece robusto.

Olivia deu a volta no carro, balançando a cabeça em sinal de aprovação.

— E seguro.

— Robusto, seguro e uma gracinha. Bom trabalho, Morgan.

— É um híbrido. Eu não dirijo muito, e eles têm algumas estações de recarga no resort, então é prático.

— É ideal para você, então.

Pronta para reconfortar a filha, Audrey passou um braço em volta da cintura de Morgan.

— Você está exausta, meu amor. Vamos entrar e comer alguma coisa. Sua avó fez sopa de tomate defumado. Que tal eu preparar um queijo quente para acompanhar?

— Ótima ideia, obrigada.

Dentro de casa, Audrey pendurou o casaco de Morgan antes que ela mesma pudesse fazê-lo.

— Eles não me demitiram nem disseram para eu pedir demissão.

— Óbvio que não. Quer um chá? Você pode colocar a chaleira no fogo, mãe?

— Uma bebida forte poderia trazer cor de volta ao rosto dela, mas vamos ficar com o chá. Sente-se, Morgan. Você fez o que tinha que fazer, e isso é o que importa.

Ela sentou-se à bancada e pressionou os dedos sobre os olhos.

— Eu chorei. Meu Deus, perdi o controle no escritório da sra. Jameson.

Depois de acender o fogo e colocar a chaleira para esquentar, Olivia se virou para ela.

— Duvido que tenha sido a primeira vez que alguém chorou no escritório de Lydia.

— E Miles apareceu no meio da minha crise de choro. Disse que eu era estúpida.

Ocupada espalhando manteiga nas fatias de pão, Audrey parou ao ouvir as palavras da filha e seus olhos se incendiaram.

— Por chorar?

— Não, não, por achar que eles iam me demitir. E eu me senti estúpida, e aliviada, e eles foram muito gentis. Genuinamente gentis, então me senti ainda mais estúpida e aliviada.

Ela abaixou as mãos.

— Ele disse até que precisavam me emprestar um carro porque o meu era uma porcaria.

— Bem, ele realmente era uma porcaria. — Audrey colocou uma fatia generosa de cheddar no pão. — Sem querer ofender a Nina nem a família dela.

— Nina sabia que ele era uma porcaria. Eu contei a eles que a vovó ordenou que eu comprasse um carro novo hoje, e a sra. Jameson pediu para Miles me acompanhar até o carro, e aí ele me disse para dar um jeito no rosto porque eu estava com uma cara péssima. E estava mesmo, depois de tanto choro. Então ele começou a dizer "Não pague o preço do mostruário".

— Homens.

Ela colocou uma caneca de chá diante de Morgan.

— Sempre acham que as mulheres são incapazes de fazer um bom negócio.

— Acho que foi mais porque eu estava com uma cara péssima, e sinto como se meu cérebro estivesse mergulhado em uma espécie de névoa desde que abri a porta e dei de cara com os agentes do FBI. Tenho certeza de que isso transpareceu.

Cansada, tão cansada, ela esfregou os olhos.

— Achei que ele ia acabar indo comigo e fechando o negócio no meu lugar para que eu não estragasse tudo. Em vez disso, ele disse que assumir a responsabilidade por algo que é sua culpa significa que você não é um idiota, mas assumi-la por algo que não cabe a você te torna estúpido. Ou algo do gênero.

— Você estragou tudo? — perguntou Olivia enquanto o queijo quente crepitava na frigideira.

— Acho que não.

— Você tem culpa pelo que aquele monstro fez?

— Não.

— E não acrescente um "mas". A resposta é não.

Cansada demais para discutir, Morgan assentiu.

— Estou com toda a papelada do carro, o valor total após a troca.

— Veremos isso amanhã.

Olivia serviu a sopa em uma tigela enquanto Audrey virava o sanduíche na frigideira.

— Vamos fazer um cronograma de pagamento, e você poderá pagar a primeira parcela no dia quinze de maio. Depois, no dia quinze de cada mês subsequente.

— Ok. Ele tem muitos recursos de segurança.

— E é uma gracinha.

Audrey colocou o sanduíche, partido na diagonal, ao lado da tigela de sopa e deu a Morgan um guardanapo de pano.

— É mesmo. Sei que vou amá-lo quando essa névoa desaparecer.

Ela tomou uma colherada da sopa, sentiu o líquido quente e reconfortante descer pela sua garganta e atravessar seu corpo cansado.

— Que delícia.

Com um suspiro, deu uma mordida no queijo quente.

— Uma delícia.

Quando Audrey acariciou o cabelo dela, Morgan apoiou o rosto no ombro da mãe.

— Está tudo bem, meu amor.

Os olhos dela encontraram os da mãe quando ela ergueu a cabeça.

— Vai ficar tudo bem.

Capítulo Doze

⌘ ⌘ ⌘

Os Jameson se reuniram ao redor de uma mesa em uma sala de reunião pequena. Miles pediu sanduíches e saladas pelo serviço de quarto, pois, com os conflitos de horário, eles só puderam se encontrar por volta das sete da noite. Desta vez, já que convocara a reunião, ele sentou-se à cabeceira da mesa.

— Posso atualizar as mensagens que enviei, agora que falei com os agentes responsáveis. Não tenho muito o que acrescentar ao que já sabíamos antes de contratarmos a Morgan e ao que ela contou à vovó esta tarde. Eles têm provas que incriminam Gavin Rozwell pelos assassinatos de dez mulheres, incluindo a vítima no Tennessee alguns dias atrás.

— Dez — murmurou Mike — Meu Deus.

— Ao longo de um período de treze anos. Seu perfil psicológico o classifica como um psicopata, um narcisista maligno, um sociopata incapaz de sentir culpa ou remorso. Jake acrescentou sádico e ganancioso à lista, e ele não está errado.

— Ele deixa as vítimas financeiramente arruinadas.

Nell estudou a foto de Rozwell que Miles distribuíra.

— Depois tira a vida delas. É, Jake não está errado.

— As mulheres que ele seleciona como alvo — continuou Miles —, ou pelo menos as que selecionou como alvo nos últimos quatro anos, têm corpos esbeltos, são loiras, solteiras, têm nomes andróginos e possuem uma casa, um carro ou outro veículo em seu nome. Elas representam a mãe dele, de acordo com o perfil traçado pelo FBI. Ela foi a primeira das dez vítimas.

— Ele matou a própria mãe?

Dividido entre o choque e o nojo, Liam jogou seu sanduíche de volta no prato.

— Jesus.

— O pai dele a agredia regularmente, e depois deu o fora, mas não sem antes fazer um empréstimo usando a casa como garantia, esvaziar a conta bancária e levar o carro dela — disse Nell. — Jake me deu algumas informações. Basicamente, ele está interpretando o papel do pai, usando essas mulheres para punir sua mãe repetidamente.

— Ele é esperto e um hacker muito talentoso — acrescentou Miles. — Aparenta ser encantador e assume diferentes aparências e personas para atrair a vítima do momento. Acredita-se que ele faça extensas pesquisas sobre as mulheres antes de selecionar uma, mas geralmente passa apenas de duas a quatro semanas se inserindo na vida delas antes de assumir a identidade para tirar tudo o que elas têm e depois matá-las.

— Então destruí-las financeiramente não é suficiente.

Rory, ainda de terno depois de uma audiência no tribunal, analisou o relatório.

— Ele as arruína primeiro, beneficiando-se financeiramente, e é assim que ele mantém seu estilo de vida. Trai a confiança delas, mas isso ainda não é suficiente. Ele as estrangula, o que é algo muito pessoal, já que deve usar as próprias mãos.

— Mas ele não pôs as mãos em Morgan — concluiu Drea.

— Ele matou a amiga dela — lembrou Liam.

— Mas não a Morgan, e foi com ela que ele gastou tanto tempo e esforço.

— Exatamente — concordou Miles com a mãe. — Até onde os investigadores sabem, ela é a única que sobreviveu.

— E os narcisistas não fracassam. — Nell cutucou sua salada, sem apetite. — Ou melhor, são incapazes de admitir que fracassaram. Por isso o medalhão. Ele o colocou na última vítima para mexer com Morgan, para que ela saiba que ele pretende terminar o que começou. No tempo dele.

— O FBI concorda com você, e Jake também. E eu concordo com eles — acrescentou Miles — sobre a nossa parte. A equipe de segurança já tem a foto dele e todas as informações importantes, bem como todos os gerentes dos outros departamentos. Eu acrescentei à lista as equipes de atendimento aos hóspedes, porteiros, manobristas e mordomos. Um dos seguranças vai acompanhar Morgan até o carro dela quando o bar fechar. Ela vai parar o carro no estacionamento de hóspedes, na frente do resort.

— É melhor mesmo — concordou Mick. — O estacionamento dos funcionários tem luzes de segurança, mas o estacionamento de hóspedes fica à vista da entrada principal.

— Vamos colocar um número exclusivo, com ligação direta para a equipe de segurança, no celular dela.

— Ela costuma fechar o Après sozinha — considerou Nell. — Acho melhor colocarmos alguém com ela.

— Boa ideia.

Drea continuou fazendo anotações em seu tablet.

— A probabilidade de que esse desequilibrado tente machucá-la quando houver alguém por perto é menor. Ainda é covarde, além de tudo.

— Posso colocá-la no turno diurno. Seria um desperdício das habilidades dela, mas poderíamos fazer essa troca.

— Ela vai recusar. — Miles balançou a cabeça em negativa para a irmã. — Pensei nisso, mas, além da resistência dela, as pessoas tendem a ser mais cautelosas à noite. Ela não é descuidada, então não acho que vá correr riscos desnecessários.

— Ela é uma jovem sensata.

Lydia se pronunciou pela primeira vez.

— Já temos políticas e protocolos estabelecidos para garantir a segurança dos nossos hóspedes e funcionários. Vamos acrescentar essas medidas extras devido às circunstâncias. Estamos todos de acordo com isso?

— Com certeza. — Mick deu um tapinha carinhoso na mão da esposa. — Ela faz parte da família do resort agora, e nós cuidamos dos nossos. Vou acrescentar que gosto do estilo dela atrás do balcão. Ela é boa no que faz. Talvez eu não entenda como alguém consegue combinar lavanda com tequila, mas ela é boa no que faz.

— A Margarita de lavanda. Uma dessas cairia muito bem agora.

— Que tal eu te pagar uma bebida quando a reunião terminar, amor?

Drea sorriu para o marido.

— Negócio fechado.

— Isso é tudo por hoje. Vou manter contato com os agentes responsáveis pela investigação e com Jake, e poderemos ajustar as precauções tomadas, se necessário. Nell, você pode mandar uma mensagem para Morgan sobre o estacionamento?

— Pode deixar. Vou pedir para ela chegar meia hora mais cedo amanhã para que possamos revisar tudo. Também gostaria de saber por que ela foi falar com a vovó e não comigo.

— Ela achou que nós iríamos demiti-la.

Liam arregalou os olhos para a avó.

— Mentira! Ela devia saber que nunca faríamos isso.

— Agora ela sabe — disse Miles.

— Ainda assim. Enfim, vou falar com os gerentes da equipe de Aventura amanhã de manhã para que eles fiquem a par da situação também. Se já tivermos terminado aqui, vou dar o fora. Tenho um encontro.

— Liam Jameson tem um encontro. — Nell fingiu estar chocada. — Alertem a imprensa!

— Isso é inveja.

— Só um pouquinho.

Ele a cutucou quando ela se levantou.

— Você também poderia ter um encontro se não fosse tão exigente.

— E você teria menos encontros se fosse mais seletivo.

— Talvez, mas nesse caso eu estaria indo ao cinema sozinho. Boa noite, pessoal.

— Ah, meus vinte e cinco anos — suspirou Mick.

— Quando você tinha vinte e cinco, nós estávamos noivos.

Ele pegou a mão de Lydia e a beijou.

— Exatamente. Que tal *eu* te pagar uma bebida, minha querida?

— Por que não?

— Miles, Nell, gostariam de se juntar às gerações mais velhas para tomar uns bons drinques?

— Eu adoraria, mas tenho alguns assuntos do trabalho para colocar em dia.

Enquanto falava, Miles juntava os papéis.

— Eu aceito o convite — disse Nell. — Encontro vocês daqui a alguns minutos.

Quando ficaram sozinhos, Miles olhou para a irmã.

— O quê?

— Você acha que ele vai vir até aqui?

— Acho muito menos provável ele vir atrás dela aqui do que na casa dela, ou no caminho entre a casa e o trabalho.

— É o que eu acho, e não há nada que possamos fazer sobre isso. Ainda assim, vamos tomar as precauções necessárias aqui.

Nell se levantou e pendurou a alça da pasta de trabalho no ombro.

— Eu gosto dela.

— Ela é simpática.

Ele embrulhou o sanduíche intocado em um guardanapo de pano.

— Traga o guardanapo de volta depois.

— Pode deixar. Vou terminar o trabalho em casa.

— Vou ligar para o serviço de quarto e pedir para eles tirarem a mesa.

— Você vai levar a outra metade do seu sanduíche?

— Não, vou comer comida de bar com o vovô.

Ele pegou outro guardanapo e guardou a metade do sanduíche da irmã.

— Vou trazer os dois de volta. Nell, saia junto com a família quando eles forem embora, ok?

— Eu não faço o tipo dele — disse ela puxando uma mecha do cabelo castanho.

— Só peço que não vá até o seu carro sozinha. Faça isso por mim.

— Tá bem, por você.

Satisfeito com a resposta, ele caminhou com ela até o bar e depois foi para casa.

Na primeira vez que dirigiu o carro novo até o trabalho, Morgan sentiu as primeiras faisquinhas de alegria. Ele era tão confortável, tão silencioso, cheirava tão bem. Ela adorou a tela e prometeu a si mesma que programaria o trajeto até a casa, o trabalho e a loja no GPS assim que tivesse oportunidade. Só por diversão.

Ela não gostou muito da ordem de usar o estacionamento de hóspedes, mas obedeceria sem discutir. Os Jameson ofereceram total apoio, e eles não precisavam fazer aquilo. O mínimo que podia fazer era seguir as ordens sem reclamar.

Ela percebeu o olhar do porteiro quando acenou ao chegar. Todos já estavam sabendo. Ela também não reclamaria daquilo e se esforçaria para não se sentir tão estranha ou exposta.

Mais olhares aqui e ali enquanto seguia para os escritórios, e ela disse a si mesma que aquilo era normal. As pessoas estavam preocupadas ou curiosas, ou ambas as coisas.

A porta do escritório de Nell estava aberta. Do lado de dentro, ela andava de um lado para o outro, com uma energia vibrante, enquanto falava ao telefone com um fone de ouvido. Estava de cabelo preso, e usava uma calça marrom e uma camiseta sem manga com gola V. Uma jaqueta de couro creme estava pendurada no encosto da cadeira dela.

— Estamos absoluta e completamente prontos, com todos os detalhes em ordem. Sim, a equipe de Hospitalidade entregará tudo o que foi solicitado no quarto da noiva às duas e fará a entrega no quarto do noivo às duas e meia.

Ela lançou um olhar para Morgan, revirou os olhos e apontou para uma cadeira.

— Falei com a minha mãe hoje de manhã. Ela está com as decorações de mesa prontas. Sim, os brindes também. Não é necessário confirmar com ela. O casamento vai ser lindo, sra. Fisk. Temos tudo sob controle. Sim, também estamos ansiosos. Nos vemos no sábado.

Nell desligou o telefone e se sentou pesadamente em uma cadeira.

— A mãe da noiva.

— Imaginei.

— Aposto um milhão de dólares com você que ela vai ligar outra vez para mim ou para a minha mãe antes do fim do dia.

— Mesmo se eu tivesse um milhão de dólares, não faria essa aposta. Nem o seu trabalho.

— Que bom, porque eu gosto do meu trabalho. Talvez haja algo muito errado comigo, mas eu gosto. Então, queria te dizer que já conversamos com a equipe de segurança e está tudo em ordem.

— Sou muito grata a vocês. Sei que isso toma tempo e dá mais trabalho.

— Muito pouco dos dois. Temos uma boa equipe de segurança. Agora que estamos cientes da situação, podemos agir. Gostaria de te perguntar, Morgan, por que você não veio falar comigo sobre isso. Você achou que eu seria menos compreensiva e solidária que a minha avó?

— Não. Nossa, não é nada disso. Você estava em uma reunião sobre o casamento de sábado.

— Ai, meu Deus, a sra. Fisk novamente.

Ela passou a mão pelos cabelos.

— Não sabia que você tinha vindo naquele horário. Você teria falado comigo se não fosse por isso?

— Sim.

Percebendo a falta de hesitação na resposta de Morgan, Nell assentiu.

— Então está bem. Queria me certificar de que você sabe que pode falar comigo. Porque pode — acrescentou ela. — Nem que seja só para desabafar. Eu sinceramente não sei o que faria no seu lugar. Não sei como lidaria com essa situação.

— Você provavelmente não derramaria um mar de lágrimas na frente dos seus chefes.

— Chefes, no plural?

— Miles entrou no escritório assim que eu comecei a chorar.

Nell esboçou um sorriso e esticou as pernas.

— Não estou rindo de você, e sim por causa da reação que eu imagino que ele teve. Algo como: "Ah, merda."

— É, foi algo assim. Eu diria que já chorei tudo o que tinha para chorar. Estou bem agora.

— Está mesmo?

— O que mais eu poderia fazer? Preciso viver, preciso trabalhar. Estamos usando um sistema de alarme em casa. Tenho que verificar o medidor de combustível e a pressão dos pneus antes de ir a qualquer lugar. Trancar o carro e ainda assim dar uma olhada no banco de trás antes de entrar. Encomendei botões de pânico, como recomendaram. E vou procurar um curso de defesa pessoal.

— Quanto ao último item, pode parar de procurar.

— O quê, você?

— Não, mas… Não acha que sou capaz de me defender?

Nell levantou o braço direito, flexionando os músculos.

— Teria dito que sim antes. Agora digo: uau.

— Obra de Jen. Personal trainer e gerente do espaço fitness. Como funcionária, você tem direito de usar o espaço fitness. Tem desconto para treinar com um personal trainer, e Jen dá aulas de defesa pessoal todo trimestre na academia da Escola Secundária de Westridge. O curso da primavera já acabou, mas você pode ir vê-la no espaço fitness.

Nell olhou para o relógio.

— Você ainda tem quase vinte e cinco minutos. Vá falar com ela agora.

— Agora?

— Por que esperar? Vou mandar uma mensagem para avisá-la que você está a caminho.

Não discuta com sua chefe, lembrou-se Morgan, e dirigiu-se rapidamente ao espaço fitness.

Em menos de quinze minutos, ela já havia marcado a primeira sessão para o dia seguinte.

Ela tinha calças de ioga. Não fazia ioga, mas tinha as calças. Tinha um top esportivo, embora não praticasse esportes. Parecia a quantidade adequada, já que calculou que poderia encaixar uma sessão de treinamento em sua agenda uma vez por semana até adquirir certa habilidade em defesa pessoal.

Com o desconto, o custo era viável até mesmo em seu orçamento restrito. Além disso, ela descobriu que Jen — que parecia absurdamente em forma — era irmã de Nick. Morgan pensou que isso criaria um vínculo entre elas, o que facilitaria o treinamento.

Conforme instruído, chegou quinze minutos mais cedo para fazer o aquecimento na esteira, no elíptico ou na bicicleta inclinada, à sua escolha.

Ela gostava de pedalar, mas a inclinação parecia estranha, e o elíptico muito complicado. Caminhar aparentava ser a opção mais segura.

Havia algumas pessoas espalhadas pela academia usando equipamentos assustadores, levantando pesos, fazendo o que pareciam ser alongamentos dolorosos.

Ela subiu em uma esteira e, depois de estudá-la brevemente, programou-a para quinze minutos com inclinação e velocidade moderadas. Com a música do celular tocando nos fones de ouvido, ela sentiu que estava fazendo a coisa certa.

Os altos e baixos do terreno do outro lado da janela lhe permitiam ver os arbustos prestes a acordar para a primavera e alguns botões ainda bem apertados de corajosos narcisos e tulipas.

Agradável, decidiu. Ela poderia fazer aquilo, e até acabar gostando. Afinal, agora que tinha estabelecido uma rotina, sentia falta de andar de bicicleta durante a semana. Não era a mesma coisa, é óbvio, já que estava apenas fazendo uma caminhada vigorosa sem sair do lugar. Talvez no verão pudesse procurar uma bicicleta de segunda mão em boas condições e experimentar pedalar nas estradas de montanha. Poderia até ir ao centro da cidade de bicicleta de vez em quando.

Ela teria mais tempo agora do que tinha antes de se mudar. Pensara brevemente em procurar um segundo emprego de meio período durante o dia, mas não daria certo. Com dois empregos, não poderia cobrir nenhum turno diurno no Après quando houvesse necessidade, nem ajudar no café se as mulheres da vida dela precisassem de ajuda.

Ainda assim, mesmo com as prestações do carro, seu orçamento era suficiente e permitia que ela recomeçasse a alimentar sua poupança aos poucos.

Seis meses, decidiu. Esperaria seis meses antes de começar a fazer planos de longo prazo de novo.

Ela ficou surpresa com a facilidade e a rapidez com que os quinze minutos se passaram. Felicitou-se mentalmente por ter completado o exercício e desceu da esteira.

Avistou Jen, em ótima forma e fabulosa com uma regata vermelha e legging estampada com redemoinhos vermelhos e pretos, o que fez Morgan imediatamente se sentir fora de forma e nada fabulosa com sua velha calça de ioga preta.

Ela estava conversando com um homem perto dos halteres enquanto ele levantava peso. Levou um minuto para percorrer com os olhos as pernas longas e fortes em um short preto de academia, a camiseta sem mangas cinza que já mostrava uma linha de suor, e os músculos salientes, para finalmente se concentrar no rosto dele.

Sua admiração inicial de como o suor parecia tão sexy em algumas pessoas se transformou em choque.

Quem diria que Miles tinha um físico daquele?

E por que, meu Deus, por que ele tinha que suar na academia justamente no dia em que ela usava calça de ioga velha, um top esportivo esgarçado e uma camiseta desbotada?

Obviamente, ela não poderia se aproximar deles, então procurou algo para fazer que desse a impressão de que sabia o que estava fazendo.

Decidiu que quase todas as máquinas pareciam dispositivos de tortura quando Jen a cumprimentou.

— Morgan!

Jen levantou a mão e fez um gesto para ela se aproximar.

Tarde demais, pensou Morgan enquanto caminhava até eles. Miles passou o peso para a outra mão e continuou o exercício.

— Desculpe, precisava perguntar algo a Miles.

— Tudo bem. Sem problema.

— Você fez seus quinze minutos?

— Sim.

— Que distância você percorreu?

— Distância? Ah, cerca de um quilômetro e meio, acho.

— Vamos aumentar isso da próxima vez. Vamos começar. Obrigada, Miles.

Ele respondeu "Uhum" e continuou levantando peso.

— Eu uso esta sala para sessões de fisioterapia quando a academia está cheia — começou ela. — Ou para aulas individuais de ioga.

A sala, pequena, tinha uma parede preenchida com espelhos e prateleiras cheias de bolas de pilates, bolas de peso, faixas e tapetes. Havia também um suporte de pesos livres encaixado em um canto.

— Então, o que você faria se fosse atacada?

— Daria um soco na cara dele?

— É melhor visar a garganta.

— Sério?

— Mas, se um cara enorme for para cima de você, qual é o seu primeiro instinto de verdade?

Morgan levantou os ombros.

— Gritar e correr.

— Exatamente. Se puder gritar e correr, grite e corra. Se não puder, se esconda. Qualquer uma das duas reações pode vir primeiro, dependendo da situação. Se nenhuma das duas for possível, lute.

Morgan fechou o punho.

— Um soco na garganta.

Jen girou e agarrou Morgan por trás.

— Como? Você não tem espaço suficiente para usar o punho.

— Grito de novo?

— Faça o máximo de barulho que puder, mas se defenda. Vamos começar com o básico. Você já viu Miss Simpatia, a cena em que a personagem da Sandra Bullock ensina defesa pessoal?

— Já vi, sim.

— Plexo solar. — Jen cutucou o de Morgan. — Dedo do pé. — Ela continuou demonstrando. — Nariz. Virilha. Chegue por trás de mim, me agarre e observe no espelho. Não vou te machucar.

Quando Morgan passou os braços em volta de Jen, ela jogou o peso de seu corpo para a frente.

— Jogue o seu peso para a frente para ganhar mais espaço. Depois?

Ela sentiu o cotovelo de Jen encostar em seu plexo solar.

— O cotovelo é a sua melhor arma. É mais forte que o punho, então use e abuse dele. O objetivo não é apenas machucar o seu agressor, e sim afrouxar a pegada dele para ganhar mais espaço. Os dedos dos pés são um ponto fraco, então pise com força.

Jen baixou o calcanhar, suavemente, sobre o pé de Morgan.

— É bem provável que, com esses dois golpes, ele solte você o suficiente para que possa se virar. Assim.

Ela levantou a mão, com a palma virada para Morgan, e mostrou a parte que deveria ser usada no ataque.

— Um golpe forte e rápido no nariz, de baixo para cima, e depois recue. Depois, com o joelho, acerte a virilha dele com toda a sua força. Essas partes do corpo que eu mencionei? Cotovelo, calcanhar, palma da mão, joelho. Todas elas são fortes e duras. Fazem um bom estrago.

— Para que eu possa correr e gritar.

— Se você tiver essa opção, com certeza. Vamos começar com esses quatro passos.

A sensação era boa, parecia uma dança. Morgan se sentiu ativa.

— Isso, muito bem. Não precisa pensar, internalize os movimentos. Na semana que vem, trarei um voluntário usando um traje acolchoado. Assim, você poderá ir com tudo.

— Vai ser bom. Quem diria que eu iria gostar da ideia de bater em alguém?

— Mas vamos supor que o agressor esteja empurrando suas costas contra a parede.

Depois de empurrar Morgan de leve até a parede, Jen se aproximou.

— E ele está com as mãos em volta do seu pescoço.

Jen levantou os braços, depois deixou-os cair novamente e deu um passo atrás.

— Meu Deus, eu sinto muito. Não sei onde estava com a cabeça.

— Não tem problema. Eu sei que você foi alertada. É por isso que estou aqui. Pode me mostrar.

— Ele está pressionando você contra a parede, você não consegue levantar o joelho e não tem espaço suficiente para usar o cotovelo. O primeiro instinto da maioria das pessoas é tentar tirar as mãos que estão tentando sufocá-las. Não adianta. Qual é o ponto fraco dele nessa situação? Os olhos. Ataque os olhos. Use seus dedos, de preferência os polegares. Enfie seus polegares nos olhos dele como se estivesse tentando empurrá-los para dentro da cabeça dele.

— Que nojo.

— Depois disso, você estará livre. Use os polegares e ele soltará você o suficiente, pois vai arder como o fogo de mil sóis. Se você estiver em pé assim, dê uma joelhada com força nas bolas dele, uma cotovelada na barriga. E, se conseguir dar um soco…

Ela pegou a mão de Morgan, fechou-a e a guiou até o próprio pescoço.

— Mire aqui ou aqui.

Depois a guiou até o nariz.

— Com o punho ou com a palma da mão, bem rápido, e recue. Vamos tentar.

Elas praticaram uma meia dúzia de vezes.

— Bom, muito bom.

Jen deu um soco leve, amigável, no ombro de Morgan.

— Você aprende rápido.

— Ainda assim, tenho que pensar antes no que fazer. E, como sei que você não vai me machucar, não estou em pânico.

— Um dia vai virar instinto, e o instinto prevalecerá sobre o pânico. Confie em mim. Já passei por isso.

— Ah, sinto muito.

— Talvez um dia troquemos nossas experiências de guerra enquanto tomamos uma daquelas Margaritas de lavanda. Mas você ainda tem vinte minutos. Vamos mudar o foco. Quando eu te perguntei sobre as atividades físicas que pratica, você admitiu que não faz nenhuma. Você costumava pedalar quinze quilômetros por dia quando o tempo estava bom. Por isso tem pernas fortes.

— Eu vendi a bicicleta quando me mudei, mas estou pensando em comprar outra mais para perto do verão.

— Ótimo. Você gosta de pedalar, não terá dificuldade. Enquanto isso… — Sorrindo, ela apertou os bíceps de Morgan. — Vamos trabalhar a força e a tonificação da parte superior do corpo.

Defensivamente, Morgan cruzou os braços enquanto Jen caminhava até o suporte de pesos livres.

— Vamos mesmo?

— A maioria dos homens que atacam mulheres as consideram fracas, vítimas. Nós vimos algumas técnicas de defesa e ataque que você pode usar contra o agressor, um homem que, provavelmente, é mais forte e maior que você. Mas isso não quer dizer que você não possa ficar forte, e, quando ficar forte, essas técnicas de defesa e ataque serão mais eficazes.

Quando ela pegou dois pesos e entregou-os para Morgan, Jen sorriu novamente.

— Vamos deixar você forte.

Durante os vinte minutos seguintes, ela não apenas aprendeu a levantar peso corretamente como também a respirar e manter uma boa postura — duas coisas que acreditava que já sabia fazer —, e a alongar os músculos que havia trabalhado até que os sentisse queimando.

— Bom, muito bom. Você até suou.

— Nem me fale.

— Mesmo horário na semana que vem. Enquanto isso, quero que venha três vezes por semana para começar.

Esfregando os braços que manifestavam sua objeção, Morgan lutou para não desanimar.

— Aqui?

— Lá fora nos outros dois dias. Quinze minutos de exercício cardiovascular, e aumente o ritmo para percorrer um quilômetro e meio ou mais. Quinze minutos trabalhando os membros superiores, quinze minutos para os membros inferiores, cinco minutos, para começar, de exercícios para os músculos abdominais e a região lombar, e dez minutos de alongamento. Se eu não estiver aqui para te mostrar os exercícios dos membros superiores e os músculos abdominais e lombares, Ken ou Addy poderão te ajudar.

— Eu nem sempre tenho uma hora para…

— Três horas por semana, por enquanto. Busque motivação, encontre tempo. Descanse nos outros dias.

Ela entregou uma garrafa de água para Morgan.

— Beba bastante água. Nos vemos depois de amanhã.

— Obrigada. Eu acho.

Sorrindo, Jen saiu da sala.

Depois de quase esvaziar a garrafa de água, Morgan virou-se para o espelho e flexionou o braço. Disse "Ai" e esfregou os bíceps.

— Três vezes por semana? Três vezes por semana para deixar de ser fraca.

Está bem, pensou ela, vale a pena tentar. Durante um mês. Só um mês. Ela deu um passo para ir embora, mas parou e olhou para o espelho novamente.

— Não posso usar essas roupas três vezes por semana durante um mês. Vou parecer uma idiota.

Decidiu dar uma olhada na Outfitters. Com o desconto, será que ainda sairia muito caro? Certamente, pensou antes de atravessar a sala onde as pessoas levantavam peso, suavam e corriam — por escolha própria.

Um mês, prometeu a si mesma, e consideraria as roupas que precisava comprar para não parecer uma idiota fazendo um investimento em sua força, aptidão física e autoestima.

Saiu caro. Mesmo com o desconto, foi mais do que ela esperava.

Quando se apresentou para o trabalho naquela noite, estava com os braços doloridos, a bunda dolorida — malditos agachamentos — e os músculos das pernas a lembravam de que há muito tempo não caminhava tanto ou tão rápido.

O rosto de Nick se iluminou ao vê-la.

— Jen disse que você se saiu muito bem.

— Sua irmã é um monstro.

— É o que todos dizem. Dolorida?

— O que você acha?

Depois de dar uma olhada rápida nas mesas e cabines, foi inspecionar a cozinha.

— Você vai acabar se acostumando — disse ele quando ela voltou.

— Não tenho tanta certeza.

— Então... A casa estava cheia durante o happy hour. Nossos drinques especiais estão vendendo bem.

— Bom saber. Sirva aquele cara na ponta do balcão e, em seguida, pode encerrar seu expediente. Vou anotar o pedido dele.

— Está bem. Minha mãe está com o bebê, e nós vamos ao cinema. Eu amo aquela garotinha mais que tudo, mas vai ser bom sair um pouco com a mulher da minha vida.

Ele serviu uma cerveja para o cliente no balcão. Colocou uma taça de vinho branco ao lado dela.

— Ele está esperando a esposa. A conta está em aberto, quarto 305. Vou nessa.

— Divirtam-se.

Ela preparou e serviu, limpou e atendeu, e quase se esqueceu da dor persistente.

Quase.

Perto da meia-noite, Miles se sentou em um banco.

Ela colocou uma taça de Cabernet Sauvignon diante dele.

— Não é a sua noite habitual — comentou.

— Eu tenho uma noite habitual?

— Sextas-feiras.

Ele deu de ombros.

— Tenho umas pendências no trabalho. Nunca tinha visto você na academia — disse ele antes que ela pudesse se afastar para deixá-lo sozinho.

— Foi minha primeira vez. Naquela academia ou em qualquer outra.

Os olhos cor de âmbar estudaram seu rosto como se ela fosse um enigma esperando para ser resolvido.

— É sério que você nunca foi à academia? Na vida?

— Eu tinha outras prioridades além de ir à academia.

— Então você fazia exercícios em casa?

— Não.

Por que ela estava se sentindo envergonhada?

— Nem todo mundo... alguns de nós... Eu andava de bicicleta. Ia para o trabalho de bicicleta quase todos os dias.

— Ok.

Mas ele pegou a taça em vez do celular.

— E o que mais?

— Eu andava de bicicleta — repetiu. — Aproximadamente quinze quilômetros no total, ida e volta. E outras coisas.

— Que coisas?

— Tipo... coisas normais.

Ele sorriu com os olhos. Nunca tinha visto ele fazer aquilo antes.

Por um instante, em meio à irritação do interrogatório, desejou que fosse sempre daquele jeito.

— Você treinou com a Jen?

— Era para ser uma aula de defesa pessoal, e começou assim. Depois, ela veio com "Pegue estes pesos. Faça mais cinco repetições".

— Está dolorida?

— Com certeza. Agora ela quer que eu entre naquela câmara de tortura três vezes por semana, e o meu medo é que, se eu não obedecer, ela venha atrás de mim e me faça pagar.

— Você vai, mas não por medo dela.

— Por quê, então?

— Porque você não é de desistir.

Sem saber o que pensar daquilo, ela foi atender um cliente na outra ponta do balcão.

Quando olhou novamente para ele, seus dedos estavam ocupados digitando uma mensagem, então o deixou em paz.

Quando o bar estava prestes a fechar, colocou um copo de água sem gás sobre o balcão.

— Você veio para ficar de olho em mim?

— Eu tive que trabalhar e queria uma taça de vinho.

— Lou, da segurança, apareceu no bar ontem na hora de fechar e ficou por aqui até eu terminar. É isso que você está fazendo?

— Estou terminando esta taça de vinho e o meu trabalho. Mas, já que estou aqui, vou acompanhar você até o seu carro depois que fechar o bar.

— Fico me perguntando quando a sua família vai decidir que não vale a pena ter todo esse trabalho por minha causa.

Ele largou o telefone.

— Primeiro, não é assim que fazemos as coisas. E, se você acha que não merece o trabalho que estamos tendo, é melhor dar um jeito na sua autoestima.

— Pensei que era isso que eu estava fazendo hoje na academia. Dói um pouco.

— Depois melhora. A última mesa está indo embora.

— Sim, eu vi.

Quando ele a acompanhou até o estacionamento, deu uma volta ao redor do carro novo.

— Muito melhor.

— Eu sei. Tenho que dar uma olhada no banco de trás antes de entrar, depois verificar o medidor de combustível e a pressão dos pneus. Este carro avisa quando os pneus estão murchos. Não sei como ele sabe, mas sabe.

— Boas precauções.

— Você também faz tudo isso?

— Não.

A resposta a fez suspirar enquanto ela dava uma olhada no banco de trás.

— Vou frequentar aquela maldita academia não porque tenho medo da Jen, embora realmente tenha um pouco de medo, nem porque não sou de desistir de nada. Eu vou porque me recuso a ser fraca.

— É basicamente a mesma coisa.

— Talvez. Obrigada.

Ela apertou o botão para destrancar a porta.

— Boa noite.

Ela verificou os medidores antes de sair do estacionamento. Lá estava ele novamente, pensou, observando-a partir.

Já estava se acostumando com aquilo.

Capítulo Treze

⌘ ⌘ ⌘

A PRIMAVERA SE instalou. As flores se abriram, as folhas se desenrolaram e, com gratidão, Morgan guardou as roupas de inverno.

Embora sua avó não aceitasse o dinheiro do aluguel, Morgan sabia que ela nunca recusaria flores. A visita à loja de jardinagem inundou-a com lembranças agridoces de Nina. Mas ter a voz da amiga sussurrando em seu ouvido enquanto caminhava pelos corredores escolhendo plantas lhe trouxe conforto.

Ela passou um dia feliz selecionando, comprando e carregando as mudas, fazendo arranjos em vasos retirados do galpão de jardinagem, colocando plantas anuais coloridas nos canteiros junto às perenes que já estavam brotando.

Quando o alarme do telefone tocou, ela guardou as ferramentas e entrou para se limpar e se arrumar para o trabalho. Um dia bom e produtivo, pensou. Sem precisar procurar algo para fazer, e sim *ter* algo para fazer.

Seu dia ficou ainda mais feliz quando ela desceu e ouviu vozes animadas.

— Veja só essas cores! E a maneira como ela colocou aqueles vasos juntos, com alturas diferentes. Ficou tão harmonioso!

— Sabe de uma coisa, Audrey, eu pretendia jogar fora aquele suporte velho e acabado. Olhe para ele agora.

— Tinta em spray e parafusos novos — disse Morgan enquanto saía para o pátio dos fundos. — Vocês gostaram?

— Ficou maravilhoso.

Audrey se inclinou para sentir de perto o cheiro dos heliotrópios.

— Como é bom chegar em casa e ter uma surpresa como essa. E as flores que você plantou lá na frente são todas lindas. Você deve ter trabalhado o dia inteiro.

— Foi divertido, mas ainda não terminei.

Ela apontou para as bandejas de mudas restantes.

— Achei que vocês também gostariam de se divertir um pouco e decidir onde elas devem ficar.

— Sobrou alguma planta na loja de jardinagem ou você comprou tudo? — perguntou Olivia.

— Sobrou, sim. Tem muita coisa lá. Não deu tempo de pegar os móveis do pátio e limpá-los, mas posso fazer isso amanhã.

— Seria ótimo, Morgan. Ótima ideia, muito obrigada.

Ainda radiante, Audrey olhou ao redor.

— Não fazia ideia de que você sabia fazer tudo isso.

— Nina me ensinou sobre plantas. E, com um orçamento apertado, ferramentas como escovas de arame, lixa e tinta são suas melhores amigas. Bem, tenho que ir trabalhar. Até amanhã.

— Ela parecia estar muito feliz — murmurou Audrey.

— Parecia, sim. Ela está encontrando o caminho dela. Precisa se manter ocupada, e é o que está fazendo.

Audrey passou a mão sobre as nuvens de flor-de-mel que transbordavam de um dos vasos.

— Eu realmente não sabia que ela era capaz de fazer isso, não desse jeito.

— Agora você sabe.

Por um momento, Audrey apertou a mão da mãe.

— Acho que tinha muita coisa sobre mim que você não sabia.

— As filhas crescem e seguem o próprio caminho. É assim que deve ser.

— Não sei o que seria de mim hoje se não tivesse tido a oportunidade de voltar para casa e seguir o meu caminho aqui.

— Mas você teve e seguiu.

— Eu sei que talvez ela decida ir embora, mas... Espero que esse tempo aqui, juntas, ajude a encurtar a distância. É culpa minha essa distância.

— Pare com isso.

— É, sim — insistiu Audrey. — Eu devia ter feito escolhas melhores. Eu tinha opções, mas ela não. E sei que ela não teria voltado para cá, para mim, não para mim, se tivesse escolha.

— Como diziam os rapazes de Liverpool, tudo o que você precisa é de amor. Acho que eu acrescentaria à lista um par de sapatos confortáveis e uma bebida para adultos depois de um dia longo, mas o amor é o mais importante. Ela te ama, Audrey.

— É verdade. Eu tenho muita sorte. Morgan e eu nos tornamos pessoas diferentes quando estávamos longe uma da outra. Agora, temos esse tempo para crescer juntas, como as flores que ela plantou. Quero aproveitar cada minuto desse tempo.

— Eu também. Agora vamos lá no galpão dar uma olhada nas coisas que pretendíamos jogar fora. Quem sabe encontramos um novo projeto para nossa menina se divertir, já que é algo que a deixa feliz?

Em vez de ir para casa após sair do resort, Miles fez um desvio até a casa de Jake. O amigo morava em um bairro afastado do centro da cidade, em uma casa compacta de dois andares com uma pequena varanda coberta.

Miles ajudara Jake a construir o deque nos fundos e o telhado inclinado sobre ele para que o amigo pudesse fazer churrasco o ano todo.

No mundo de Jake, se a comida não viesse de um restaurante, ia para a churrasqueira.

Quando chegou, Miles notou o par de vasos cheios de flores coloridas pendurados na grade da varanda. Isso significava que a mãe de Jake tinha passado por ali recentemente.

Jake regaria as plantas para honrar o trabalho que a mãe teve, mas também por certo medo da fúria dela caso não o fizesse.

Tão à vontade ali como em qualquer outro lugar, Miles caminhou até a porta da frente e entrou.

Dali, ele podia ver direto até a cozinha, onde Jake estava ao balcão moldando carne moída para fazer hambúrgueres.

— Oi. Quer uma cerveja?

— Agora que você falou, quero, sim.

Miles abriu a geladeira, que continha a cerveja, uma caixa de leite, latas de Coca-Cola, uma garrafa de suco de manga, que por algum motivo Jake adorava, e uma única barra de manteiga.

— Acabei de chegar em casa depois de apartar uma briga por causa de cocô de cachorro no canteiro de flores recém-plantadas de Anne Vincent. Você a conhece?

— Não.

— Então evite, se possível. Ela estava convencida de que a culpada era a Gigi, a Lulu da Pomerânia da vizinha, e aí a sra. Vincent recolheu o cocô e deixou na entrada da casa da vizinha. A testemunha é o filho de oito anos dessa mesma vizinha. O nome dele é Charlie Potter.

— Também não o conheço.

— Charlie informou à mãe, Kate Potter.

Miles sentou-se em um dos bancos da cozinha e tomou um gole de cerveja.

— Continuo sem saber quem são.

— A briga que se seguiu, e que envolveu gritos, palavrões e alguns empurrões, assustou o jovem Charlie, que acabou chamando a polícia.

— E foi aí que você entrou em cena.

— Eu estava vindo para casa. Fica no caminho.

Já que Miles estava lá, Jake começou a preparar outro hambúrguer.

— As duas mulheres estavam, como se costuma dizer de forma educada, pês da vida. Não diria que temi pela minha vida, mas tive medo de ser obrigado a levar as duas à força.

— Sem falar na criança e no cachorro.

— Pois é. Uma dizia que a Gigi não saía do quintal sem coleira desde aquela *única* vez no outono passado em que ela escapou e cavou os crisântemos da vizinha. E a outra não parava de reclamar que a cachorra vivia latindo e fazendo cocô por todo canto, até que Charlie chegou com a suspeita nos braços. Pegue os pães e aquele saco de batatas chips.

Ele apontou para os pães de hambúrguer e para o deque, e depois levou a bandeja com as carnes para a churrasqueira fumegante.

— Agora, embora eu esteja acostumado a ouvir muita merda, afinal, faz parte do trabalho de um chefe de polícia, não posso dizer que sou um especialista em merda de cachorro. Mas bastou uma olhada no tamanho daquela cachorra e no tamanho daquela merda para concluir que a Gigi era inocente.

Os hambúrgueres foram para a churrasqueira e começaram a chiar.

— Você disse isso?

— Sim, mas usando termos mais civilizados e profissionais. Uma investigação adicional revelou que há vários cães grandes no bairro, incluindo, segundo Charlie, um enorme golden retriever chamado Stu que costuma fugir do quintal dele para fazer cocô em outros lugares.

Jake virou os hambúrgueres.

— Conclusão: eu disse a Anne Vincent que removeria o cocô se ela concordasse em pagar pelo custo da análise do material para identificar a raça do cachorro responsável. O que era só conversa fiada, é óbvio. Caso contrário, ela mesma teria que removê-lo e limpar o degrau, e Kate Potter concordaria em não prestar queixa. Eu a aconselhei a não tomar medidas semelhantes no futuro. Ela esperneou, muito, e disse que iria atirar no próximo cachorro que entrasse em sua propriedade.

— Deus do céu.

— É, evite, se possível. Eu disse que, se ela fizesse isso, iria parar em uma das celas da delegacia rapidinho. Fiz cara de mau enquanto falava, porque nessa hora eu realmente estava falando sério, e ela recuou imediatamente.

Ele colocou os hambúrgueres no prato.

Como conhecia bem o amigo, Miles já tinha pegado os condimentos e pratos descartáveis do armário embaixo da churrasqueira.

Eles sentaram-se à mesa que Jake construíra na aula de marcenaria do ensino médio, temperaram seus hambúrgueres e abriram os pacotes de batatas chips.

— Como foi o seu dia?

— Não tão emocionante quanto o seu.

— Como está a Morgan?

— Está dando conta. No dia em que você veio me contar sobre Rozwell, eu entrei no escritório da minha avó, e ela estava lá. Chorando.

— Bem, é um assunto difícil.

— É difícil, sim. Então, decidi passar no espaço fitness para treinar um pouco, e ela estava lá, em uma das esteiras. Caminhando. Para que subir em uma esteira se for só para caminhar? — Ele deu de ombros e mordeu o hambúrguer. — Depois, descobri que ela está treinando com a Jen, fazendo aulas de defesa pessoal.

— Jen, a Destruidora?

Miles riu do comentário e deu de ombros novamente.

— Eu passei no bar naquela noite. Ela estava dolorida. E finalmente comprou um carro decente.

— Marca, modelo, ano, cor? Queremos ficar de olho.

Jake fez uma nota mental das informações fornecidas. Observando Miles atentamente, mordeu uma batata chips.

— Parece que você está de olho nela.

— A segurança está cuidando disso — começou Miles.

— Tenho certeza que sim. Estou me referindo a você. Pessoalmente.

— Ela trabalha para a gente.

— Assim como a maior parte da população de Westridge. Eu sei quando você está começando a sentir alguma coisa.

— Eu não estou sentindo nada. E ela já está lidando com coisas demais no momento.

— Sou obrigado a concordar com essa última parte. Quer outra cerveja?

— Não, obrigado. Estou levando trabalho para casa e tenho que dar comida para o cão.

Mas ele ficou sentado mais um pouco, com a cerveja na mão.

— Tudo é muito complicado.

— Nem me fale.

Morgan não ficava feliz de ir à academia, mas ia mesmo assim. Talvez, admitiu enquanto fazia exercícios de tríceps, porque Jen a intimidava. E talvez, quem sabe, porque se sentia um pouquinho mais forte.

Mas, principalmente, porque as três horas por semana lhe proporcionavam algo para fazer, algo ativo e produtivo.

E que a fazia suar, ainda por cima.

Já a parte de defesa pessoal a deixava muito feliz. Ela se sentia mais forte, mais esperta, mais consciente de si mesma. Teve que admitir que gostou bastante de esmurrar Richie, o concierge usando o traje acolchoado.

Mas ela *não* gostava de levantar peso, fazer os afundos, usar as máquinas terríveis e ser submetida a nenhuma das torturas infligidas por Jen. Ainda assim, sabendo que o olhar atento de Jen poderia se concentrar nela a qualquer momento, Morgan agachou-se na posição que sua formidável instrutora chamava de postura da deusa — horrível! — e começou a série de exercícios de bíceps que fazia seus músculos arderem.

— Eu te mandei umas mensagens.

Morgan não conseguiu conter um grunhido quando olhou para cima e viu Nell. Nell, com seu cabelo brilhoso e maquiagem perfeita. Nell, com seu vestido primaveril sem manchas de suor e seus sapatos cor-de-rosa de salto.

— Estou treinando. Minhas mãos estão ocupadas.

— Estou vendo. A Tracie me disse que viu você aqui.

Nell se agachou com facilidade e elegância dignas de uma atleta profissional.

— Preciso de um favor.

— Você precisa de um favor?

Determinada a terminar os exercícios, Morgan transferiu o peso para a outra mão e começou a segunda série.

— Se eu disser que sim, vai fazer os exercícios abdominais no meu lugar?

— Isso não te ajudaria em nada. Eu tinha escalado o Loren, do Lodge, e a Tricia, do Après, para trabalhar no casamento dos Janson hoje à noite.

— Eu sei disso. É possível rasgar os músculos da coxa? — Morgan estava ofegante. — Acho que os músculos das minhas coxas vão se rasgar. Por que Jen está tentando me matar?

— O Loren deslocou o dedo.

— Na academia?

— Jogando basquete. O dedo anelar da mão direita. Não quebrou, mas está imobilizado e vai ficar assim por um bom tempo.

— Sinto muito. Deve ter doído. Talvez tanto quanto rasgar as coxas. Talvez até mais. Óbvio que ele não poderá trabalhar como bartender no casamento dos Janson hoje à noite. Precisa de outra pessoa da minha equipe?

— Preciso de você.

— Perdi a conta, mas com certeza fiz quinze.

Morgan se levantou com cuidado.

— Terminei a série. Terminei e ainda estou viva. Tudo está queimando, tudo.

— É assim mesmo. Ouça…

— Para você é fácil falar. Seus braços são como os da Linda Hamilton em *Exterminador do Futuro Dois*.

— Obrigada. Morgan…

— Eu sei, eu sei. — Ela se sentou em um banco. — Mesmo com o casamento, com aproximadamente duzentas pessoas, sexta-feira é um dos nossos dias mais movimentados.

— Não terá tanto movimento entre sete horas e meia-noite, já que trinta e cinco por cento dos quartos neste fim de semana foram reservados para o casamento dos Janson. Nick concordou em trabalhar dobrado. Não consegui entrar em contato com você — explicou Nell enquanto Morgan enxugava o suor da testa e olhava para ela. — Eu perguntei se ele cobriria o seu turno caso você concordasse em trabalhar no evento, e ele aceitou.

— Ele poderia trabalhar no evento.

— Ele poderia, mas... a Tricia trabalha no Après aos fins de semana porque é uma das nossas melhores funcionárias. O Loren é o bartender mais experiente do Lodge. O Nick é excelente, mas não quero colocá-lo no evento depois de trabalhar o dia inteiro no bar. A menos que eu não tenha outra opção.

— Ariel Janson — continuou. — A noiva. Ela é como a sra. Fisk... você se lembra da sra. Fisk? Ela é como a sra. Fisk, mas mil vezes pior. É a definição de noiva obsessiva. Preciso que tudo seja perfeito. Minha mãe também está te pedindo este favor.

— Vocês pagam o meu salário. Poderiam simplesmente me mandar fazer isso.

— Mas não é o que estamos fazendo. Estamos pedindo.

Morgan pegou a toalha que estava sobre o banco e enxugou o rosto.

— Sabe quando foi a última vez que suei tanto?

— Não.

— Nunca. Vinho e cerveja ou bar completo?

— Bar completo. Dois bares completos, um no canto nordeste do salão e o outro no canto sudoeste. Ela tem dois coquetéis especiais. As cores são lavanda e pêssego, então temos o Pele de Pêssego, que é um Bellini, e o Voando Alto, um Aviation, porque tem cor de lavanda. Peguei a receita do Aviation.

— Eu sei fazer um Aviation.

— É mesmo? Nunca tinha ouvido falar desse coquetel. Nem o Loren e a Tricia, mas eles prepararam alguns para a degustação e passaram no teste. É por isso que precisamos de você. Você já sabe.

— Está bem. Óbvio. O quê...

— Ótimo. Muito obrigada. Vou te mandar uma mensagem com todos os detalhes, mas preciso que chegue às seis para a reunião final. A cerimônia será às sete, o jantar será servido às sete e meia, seguido de dança com uma banda ao vivo das oito e meia à meia-noite. Se passarem da meia-noite, terão que pagar a mais, mas minha mãe acha que vão passar mesmo assim. É provável que se estenda até uma da manhã.

— Está bem. Tem certeza de que não quer fazer os exercícios no meu lugar?

— Já te dei um bom descanso. Além do mais, Jen disse que você é uma máquina.

Morgan se animou.

— É mesmo?

— Uma máquina que precisa de um pouco de óleo aqui e ali, mas, ainda assim, uma máquina. — Nell esticou o braço e apertou o bíceps de Morgan. — Está acontecendo. Tenho que ir. Vou te mandando mensagem.

Morgan continuou sentada no banco por um instante, e então flexionou o braço e apertou o bíceps. Talvez algo estivesse mesmo acontecendo.

Agora ela teria que encarar o horror dos abdominais, exercícios de bicicleta e elevação de pernas antes de verificar se Nick estava pronto e, depois, ir para casa tomar banho e reorganizar o restante de seu dia.

Embora já tivesse trabalhado em casamentos, nunca o havia feito em um tão elaborado ou formal, nem tão minuciosamente regimentado.

O salão foi transformado em um jardim de primavera, um ambiente que brilhava com cristais e cintilava com velas. Até mesmo o bar tinha um pequeno arranjo de rosas cor de pêssego em um delicado vaso prateado.

Outros arranjos, desta vez enormes, ladeavam a plataforma elevada onde a banda se apresentaria. Uma cortina branca separava provisoriamente o palco do restante do salão.

Exigência da noiva.

Ainda mais flores adornavam as portas do salão de baile por onde ela entraria.

As mesas, cobertas com toalhas cor de lavanda e caminhos de mesa cor de pêssego, estavam enfeitadas com arranjos de flores iluminados por pisca-piscas. As cadeiras, também cobertas, estavam adornadas com pequenos buquês de flores presos nas amarrações traseiras.

Havia um caramanchão recoberto de flores ao fim de um tapete branco. Na extremidade esquerda, um quarteto de cordas tocaria antes da cerimônia e continuaria enquanto as madrinhas da noiva — oito delas, além da daminha e do pajem — fizessem sua procissão.

Os músicos interpretariam canções selecionadas pela noiva em partes da cerimônia e durante o jantar.

Os padrinhos acompanhariam os convidados até suas respectivas mesas e a equipe anotaria os pedidos de bebidas — limitados antes da cerimônia ao champanhe da mesa, um dos coquetéis especiais ou uma opção não alcoólica. Os bartenders atenderiam aos pedidos até às sete em ponto, quando o noivo e seu padrinho entrariam pelas portas laterais do salão de festas. Os convidados que chegassem depois das sete em ponto teriam que esperar do lado de fora do salão até que a noiva e o pai dela chegassem ao caramanchão.

Sem exceções, por ordem da noiva.

— A cerimônia vai durar quinze minutos — continuou Drea. — Quando os noivos saírem ao som da música, os convidados poderão pedir drinques sentados à mesa ou diretamente nos bares, enquanto a equipe remove o caramanchão e o tapete da nave. Eles vão tirar a maioria das fotos, e depois o fotógrafo e o cinegrafista documentarão a cerimônia. Mas, após a cerimônia, eles farão outra sessão de fotos com duração de quinze a trinta minutos. A noiva quer que o jantar comece a ser servido às sete e meia, começando pela salada. Em seguida, eles anunciarão a entrada do cortejo de casamento, os pais do noivo, os pais da noiva e, por fim, o casal feliz. Assim que estiverem sentados, o serviço de jantar continuará e os bares serão abertos novamente. Às oito e meia, a cortina será retirada e a banda começará a tocar.

Ela explicou os rituais e a ordem em que aconteceriam: primeira dança, mãe e filho, pai e filha, corte do bolo, lançamento do buquê.

Às seis e meia, Morgan assumiu seu posto e os convidados começaram a entrar.

Todos combinavam perfeitamente com a elegância do salão em seus smokings e vestidos de gala. Ela achou que os "oohs" e "aahs" que eles expressaram ao contemplar o salão de festas eram totalmente merecidos.

Em seguida, ela se pôs ao trabalho, preparando bebidas de pêssego e lavanda e servindo água com gás.

Ela não sabia se o crédito era da noiva exigente ou de Drea, mas tudo fluiu perfeitamente de acordo com o programa quando, exatamente às sete em ponto, a música mudou. As madrinhas, em seus vestidos cor de lavanda e com coroas de botões de rosa cor de pêssego, seguiram pelo corredor.

O pajem e a daminha de honra arrancaram sorrisos de todos — ele com um terno minúsculo e colete cor de lavanda, ela com um vestido fofo cor de pêssego.

E então veio a pausa dramática antes de a noiva, de braços dados com o pai, passar pelas portas do salão.

Morgan mal conseguiu conter um "oh" de admiração.

Ela usava um vestido de princesa branco como a neve, com uma saia longa e um corpete justo e sem alças que brilhava ao refletir a luz. O cabelo dela, preto como carvão, estava preso em um coque, e algumas mechas soltas minuciosamente selecionadas formavam cachos que emolduravam seu rosto.

Ela também usava uma coroa de flores, mais elaborada que a das madrinhas, com um véu que escorria por suas costas como uma cascata de tule.

Morgan pensou que, embora ela tivesse sido difícil e muito exigente durante os preparativos, a maneira como olhava para o homem que a esperava sob o caramanchão, e a maneira como recebia o mesmo olhar dele, representava o verdadeiro significado da palavra amor.

Drea entrou sorrateiramente e se aproximou de Morgan, dizendo em voz baixa:

— Uau.

— Deslumbrante, tudo está simplesmente deslumbrante.

— Tudo está exatamente do jeito que ela queria. E aquela cena ali? — Ela apontou para onde os noivos trocavam votos. — Esta é a primeira vez em semanas que a vejo tão relaxada e feliz.

E saiu sorrateiramente novamente.

Morgan assistiu ao beijo e ao noivo erguer a mão da noiva e beijá-la quando eles se viraram de frente para os convidados.

Ela se perguntou como seria sentir-se como uma princesa.

Mas, acima de tudo, se perguntou como seria ter alguém que olhasse para ela do jeito que aquele noivo olhava para a noiva. Como se tudo o que ele sempre quis, tudo o que sempre precisou, estivesse bem ali, nos olhos dela.

Então eles passaram rapidamente pelo corredor e saíram, e ela se pôs imediatamente ao trabalho.

A banda arrasou. Tocando para uma plateia de três gerações, eles mesclaram alguns clássicos antigos, fizeram versões de sucessos atuais e incluíram uma boa dose de rock clássico. A pista de dança permaneceu lotada, esvaziando-se apenas para os rituais, como o corte do imenso bolo de casamento de quatro camadas.

Por volta da meia-noite, Morgan estimou que cerca de metade dos convidados já havia se despedido. Mas a outra metade continuava muito animada.

Ela não ficou surpresa quando soube que o pai da noiva concordara em pagar por mais uma hora.

Serviu, misturou, agitou e aproveitou a música e o espetáculo.

Mas ficou surpresa quando Miles apareceu — e não parecia destoar dos trajes de gala mesmo vestindo apenas uma camisa casual e jeans.

Ela atribuiu o mérito ao terno invisível.

— Sinto muito, senhor, mas este é um evento privado.

Ele olhou para as poucas garrafas restantes de champanhe no gelo, em baldes de prata, atrás dela.

— Quantas dessas foram consumidas?

— Incluindo as que foram servidas nas mesas, eu diria que umas cem. O Bellini especial e o champanhe puro fizeram muito sucesso. Os Aviations ficaram em terceiro lugar, segundo as minhas estimativas, atrás do champanhe e da cerveja.

— Eles distribuíram óculos escuros ou tinham pilotos aqui?

— É um coquetel, Miles. O modelo dos óculos, assim como os pilotos, se chama "Aviator", não "Aviation".

Nessa hora, o padrinho — sem paletó, gravata e colete — se aproximou do bar.

— Como estão as coisas, Morgan?

— Está tudo ótimo, Trevor. Mais uma rodada para você e Darcie?

— Acertou. Melhor festa do mundo. Volto daqui a pouco para buscar os drinques. Preciso dançar!

— Você conhece esse cara? — perguntou Miles.

— Agora conheço. Ele e o noivo, Hank, aquele ali com a coroa de flores na cabeça, são amigos desde o ensino fundamental.

Ela colocou gelo em uma taça de champanhe e uma de Martini para resfriá-las e depois pegou uma coqueteleira.

— Trevor e Darcie estão juntos há mais ou menos dez meses. É um relacionamento sério — contou enquanto adicionava gelo à coqueteleira.

— Um Aviation — continuou — ou Voando Alto, que é a versão especial para a festa. Gim, suco de limão, licor marasquino e licor de violeta.

Enquanto misturava os ingredientes, pegou uma garrafa de champanhe do balde de gelo. Removeu a tampa prateada e descartou o gelo da taça.

Enquanto Miles observava, ela serviu o champanhe e coou o primeiro coquetel na taça de Martini. Adicionou néctar de pêssego ao champanhe e colocou as taças sobre guardanapos quando Trevor voltou dançando.

— Perfeito!

Ele mexeu no bolso e sacou a carteira.

— Só tenho notas de vinte agora.

— Não se preocupe — começou Morgan.

— Não, você merece.

Ele enfiou uma nota de vinte na caixinha de gorjetas.

— Ei, ela é a sua mina? — perguntou ele a Miles.

— Não.

— Então está dando bobeira. Ela é a melhor barwoman do universo. E ainda por cima é gostosa. Ah, não conte a Darcie esta última parte.

— Minha boca é um túmulo — garantiu Morgan. — Voe alto, Trevor.

— Pode apostar!

Ele tomou um gole do Aviation e levou as bebidas para a pista de dança.

— O drinque é roxo. Por que ele é roxo?

— Violeta — corrigiu Morgan. — Por causa do licor de violeta.

— Essa parte eu entendi, mas ainda não o porquê. Ainda faltam uns quinze minutos para acabar?

— Por aí.

— Já volto.

À uma e quinze, só restava a equipe no salão enquanto a banda terminava de desmontar os equipamentos. Ela ajudou o serviço de catering a guardar as bebidas e começou a amarrar o último saco de garrafas vazias.

— O serviço de catering vai levar isso para o lixo — disse Miles olhando ao redor. — Você está liberada.

— É o meu primeiro evento no resort, mas posso dizer que vocês sabem mesmo o que estão fazendo.

— Teremos outro evento aqui amanhã, então vamos desmontar as mesas e cadeiras, mas algumas vão ficar.

— Com o Loren de licença, vocês vão precisar de ajuda?

— Não. Vai ser um evento menor, menos elaborado. Segundo casamento. Você está liberada — respondeu ele novamente e pegou o braço dela. — Eu te acompanho.

— Na verdade, vou passar no Après antes.

— Já está fechado.

— Eu sei disso, e Nick é ótimo. Ele é minucioso e responsável, mas também não está acostumado a fechar o bar, principalmente no fim de semana. O Après está sob a minha responsabilidade, então prefiro dar uma olhada para ver se está tudo em ordem.

Dando de ombros, ele a conduziu pelos corredores até o saguão e o arco. Quando ele acendeu as luzes, ela examinou a sala.

As mesas, cabines e cadeiras pareciam limpas. A equipe de limpeza se encarregava do serviço de limpar o chão toda manhã e as janelas uma vez por semana.

— Satisfeita?

Ignorando-o, ela entrou e foi para trás do balcão.

Ele estava limpo; as prateleiras, organizadas, as bacias e bandejas, no escorredor, também limpas, e as pias, brilhando.

— Por que você não parece estar cansada? — indagou ele enquanto ela continuava a inspeção.

— Sou uma criatura noturna — disse distraída.

— Coruja ou vampira?

— Depende da noite, e, apesar do evento, parece que a noite no Après foi boa.

— Estou vendo o estoque.

Ele foi para trás do balcão também e pegou uma garrafa de Cabernet Sauvignon na prateleira.

— Vou tomar uma taça de vinho. — Ele olhou para ela enquanto retirava a rolha. — Você vai tomar também? Não está mais de serviço.

— Eu... Com certeza.

Ela colocou duas taças de vinho tinto sobre o balcão e fechou a garrafa com uma tampa depois que Miles terminou de servir.

— Mesa.

Ele fez um gesto, caminhou até lá e se sentou.

Ela se juntou a ele, sentou-se e soltou um suspiro.

— Ah, ainda sei me sentar. Não sei quando foi a última vez que isso aconteceu — disse ela.

— Você tem direito de fazer pausas durante os eventos.

— Sim, a Tricia e eu nos revezamos.

Mas como era bom apenas se sentar. Ela tomou um gole do vinho e suspirou novamente.

— Você faz isso com frequência? Sentar-se em um bar vazio?

— Não. E você?

— Na verdade, sim. Não bebendo vinho, ainda mais um tão refinado, mas um bar vazio tem personalidade própria. Este aqui é tranquilo e confortável, com um toque de elegância sutil. É agradável.

Ele não deveria perguntar, já que não gostava de jogar conversa fora. Mas perguntou mesmo assim, porque queria saber.

— Por que decidiu trabalhar como barwoman?

— Porque assim posso passar meu tempo em bares e permanecer sóbria. Eu gosto de bares. Gosto de pessoas. Esse é um pré-requisito para trabalhar com hospitalidade.

— Eu trabalho com hospitalidade. E não sou muito chegado a pessoas.

Ela o observou enquanto bebia. Aqueles olhos eram perfeitamente capazes de focar algo quando ele queria, pensou.

— Isso é loucura. Você tem que trabalhar com pessoas todos os dias.

— Exatamente.

— Bem, eu gosto de pessoas. Trabalhar em um bar não é moleza, já que costuma ser muito movimentado, mas é um lugar alegre. As pessoas vêm aqui porque querem relaxar ou comemorar. Há os solitários que só querem alguém com quem conversar. E é para isso que você está ali. Por que você costuma vir às sextas-feiras à noite, que é quando o bar costuma ficar lotado, se não gosta de pessoas?

— Se for a um bar lotado, é pouco provável que alguém tente conversar com você. Assim, posso trabalhar um pouco, relaxar e tomar uma taça de vinho. Agora, se o bar estiver vazio, alguém certamente vai tentar puxar assunto. "O tempo hoje está feio, hein", "Você viu o jogo ontem?", essas coisas.

Bingo, pensou. Ela, enfim, entendeu.

— Você usa o seu celular como um campo de força.

Ele esboçou um sorriso.

— Uso para trabalhar, mas, sim, ele também funciona como um campo de força. O que eu gostaria de saber é como você começou a trabalhar como barwoman e, de acordo com... Trevor?, se tornou a melhor barwoman do universo.

— Trevor estava voando alto — lembrou ela.

— Já te vi trabalhar e sei por que a minha mãe e a minha irmã queriam você naquele evento particularmente exigente hoje.

— Eu trabalhei como garçonete durante a faculdade. Meu Deus, que trabalho difícil.

Talvez fosse por conta do bar vazio, do vinho ou da companhia, mas ela se sentia perfeitamente relaxada.

— Pode ser gratificante, mas a verdade é que existem pessoas que, por vários motivos, descontam no garçom ou na garçonete qualquer coisa que estiver errada com o pedido delas. Eu decidi que não queria mais trabalhar como garçonete nem gerenciar um restaurante.

Morgan se recostou e tomou mais um gole.

— As margens de lucro em restaurantes são mínimas. O dinheiro vem do bar. Por motivos puramente cínicos, fiz um curso de bartender e gostei. Gostei muito. Então, quando completei vinte e um anos, pedi demissão do restaurante e comecei a trabalhar como barwoman, e gostei mais ainda.

Sentindo-se à vontade, fechou os olhos por um momento.

— O plano era juntar dinheiro suficiente e adquirir experiência o bastante para abrir o meu bar. Um barzinho legal em uma vizinhança tranquila. De acordo com os meus cálculos meticulosos, faltavam três anos. Mas aí…

Ela deu de ombros e tomou mais um gole do vinho.

— O seu é fácil de entender — continuou. — Hoteleiro de terceira geração, irmão mais velho da terceira geração. Já pensou em fazer outra coisa?

— Com certeza.

— Como o quê?

— Indiana Jones. Minha versão de Indiana Jones, o aventureiro/antropólogo solitário.

— Toda criança que assistiu a esses filmes queria ser Indy.

— Isso foi ano passado.

Ela riu e fez que não com a cabeça.

— Você precisaria de um chapéu. Ninguém poderia fazer o que ele faz sem chapéu. Mas você queria isso — disse fazendo um gesto para abranger o resort — e todo o trabalho envolvido? Porque sua família trabalha muito.

— Todo o resto que pensei em querer não durou muito tempo. É, foi a vida que escolhi. Trabalhamos muito porque todos queremos isso aqui.

— Dá para ver. As pessoas que trabalham aqui gostam do ambiente e das condições de trabalho, então são boas no que fazem. É algo que vem de cima para baixo. Eu trabalhei em uma empresa familiar. Era menor, óbvio, mas no fim das contas é a mesma coisa. E o bar onde trabalhei antes tinha uma boa administração. Não posso dizer o mesmo sobre o bar onde trabalhei no último ano da faculdade. Mas eu aprendi, e isso é o que importa.

Ela colocou a taça vazia sobre a mesa.

— Posso te servir mais uma taça se quiser, mas preciso ir para casa.

— Não, uma é suficiente.

Morgan levou as taças para a cozinha. No bar, deu uma última olhada ao redor antes de apagar as luzes.

— Nick é um funcionário valioso.

— Nós sabemos disso.

— A irmã dele também é uma funcionária valiosa. É uma carrasca sádica, mas é valiosa.

— Não é à toa que o apelido dela é Destruidora. Não trouxe casaco?

— Tenho um no carro se precisar.

Ela saiu e sentiu o frescor e a fragrância do ar.

— Não preciso. Falando em funcionários valiosos, sua equipe de manutenção.

Eles atravessaram o estacionamento, contornando a ilha onde as flores desabrochavam em rios sinuosos de botões vermelhos, brancos e rosa delicados.

Pela janela do carro, ela checou o banco de trás antes de abrir a porta.

— Obrigada pelo vinho e pela companhia.

— Imagina.

Ela entrou no carro e verificou os medidores. E, como sempre, ele ficou em pé observando-a ir embora.

Enquanto dirigia, ela pensou que, de um jeito meio estranho, eles tinham acabado de ter uma espécie de encontro.

Não sabia o que pensar sobre o assunto, e decidiu que isso provavelmente não passou pela cabeça dele. Mas descobriu que não se importaria se ele também considerasse essa noite como um encontro meio estranho.

Capítulo Quatorze

⌘ ⌘ ⌘

ELA ACORDOU tarde no sábado e, quando finalmente desceu para tomar café, encontrou a avó sentada no pátio com um copo de chá gelado na mão.

Morgan pegou um muffin — alguém fizera muffins — e café e foi ao encontro da avó.

— Ah, que ar delicioso! Perfeito. Nem muito quente, nem muito frio.

Adorando o clima, Morgan sentou-se e deu uma mordida no muffin.

— Cadê a mamãe?

— Foi à loja por algumas horas. Um dos nossos artistas está levando uma nova linha de joias, e ela queria colocar os preços e expô-las na vitrine. Eu disse que ela poderia ir, mas que eu ficaria aqui sentada desfrutando do trabalho da minha neta.

— Você e a mamãe também contribuíram. Adoro esse sino dos ventos.

— Como foi ontem à noite?

— Nunca estive em um casamento tão chique. Poderíamos usar todas as flores que plantamos, e todas as perenes que vocês plantaram antes, dobrar a quantidade, e ainda assim não teríamos tantas flores quanto havia naquele salão de festas. Sinceramente, era de tirar o fôlego. Tudo. Todos aqueles homens de smoking, e as mulheres de vestidos de gala. Mas o vestido da noiva é que foi mesmo de parar o trânsito.

— Como deve ser.

— Ela estava radiante, parecia uma princesa. E, depois de ter enlouquecido Drea e Nell durante meses, finalmente parecia feliz e relaxada. Nossa, foi tão romântico. Flores, música, luz de velas. Ela merece crédito por saber exatamente o que queria, e os Jameson por garantir que todas as vontades dela fossem atendidas.

— E o pai dela por pagar a conta, imagino.

— Deve ter custado uma fortuna. Eu ganhei mais de três mil dólares em gorjetas.

— Como é que é?

Rindo, Morgan ergueu as mãos para o céu.

— Três mil, duzentos e sessenta e seis dólares em gorjetas. Já trabalhei em casamentos antes e sei que é possível ganhar um bom dinheiro, mas nunca vi nada igual.

— Acho que escolhi a profissão errada.

— É quase como receber para ir a uma festa. Bem, não exatamente, porque não parei um segundo. Mas valeu a pena. Sem dúvida.

— Obviamente, você fez um trabalho excepcional.

— Quero acreditar que sim. Um open bar pode ter dois desfechos. Algumas pessoas tendem a deixar gorjetas generosas, pois as bebidas são gratuitas, mas outras não veem motivo para deixar gorjeta, já que as bebidas são gratuitas. Neste caso, a generosidade venceu.

Ela deu outra mordida no muffin.

— O Miles apareceu perto do fim da festa. Pelo visto ele é quem me acompanha até o carro às sextas.

Ela mudou de posição.

— Você o conhece há bastante tempo. Já notou que ele nunca usa terno, mas ao mesmo tempo usa?

— Não estou entendendo.

— Bem... O Super-Homem usa o traje de super-herói por baixo da roupa, o que é ridículo, mas ele faz isso para que ninguém conheça a verdadeira identidade dele. Com Miles é o contrário. É como se ele vestisse um terno invisível por cima das roupas normais. É uma questão de poder, vó. O Super-Homem o usa por baixo, então não dá para ver. Miles o usa por cima, mas ele é invisível. Ainda assim, é um poder.

— Acho que nunca reparei nisso.

— Não consigo entendê-lo completamente. — E ela admitiu que queria entendê-lo, desde a primeira vez que o vira no bar. — Acho que já entendi como os outros são, mas não consigo entendê-lo completamente. Ontem à noite, depois do evento, eu só queria dar uma olhada no Après. Nick não está acostumado a fechar, principalmente em uma sexta-feira à noite.

— Minha menina responsável.

— Eu sou responsável. Então nós entramos, e eu comecei a fazer a minha lista mental. Ele pegou uma garrafa de vinho e perguntou se eu queria uma taça. Pensei "por que não?", então nos sentamos, bebemos vinho e tivemos uma conversa de verdade. Depois, no caminho de casa, pensei que, de certa forma, aquilo parecia ter sido uma espécie de encontro. Você acha que foi?

— É difícil dizer, já que eu não estava lá.

Nitidamente intrigada, Olivia chegou sua cadeira para mais perto da neta.

— Houve avanços?

— Não. Não, nada do tipo. Foi só um drinque e uma conversa. Mas, como eu disse, uma conversa de verdade, o que não é do feitio dele. Ele perguntou por que eu escolhi ser barwoman, eu perguntei se ele já pensou em fazer outra coisa além de trabalhar no negócio familiar. O tipo de conversa que se tem em um primeiro encontro, para se conhecer, sabe?

— Já faz algumas décadas desde o meu último primeiro encontro, mas eu me lembro.

— Tinha um clima, mesmo que fosse apenas uma conversa casual após o trabalho.

— Ele é um rapaz muito atraente.

— Com certeza. Todos eles são atraentes.

— E você se sente atraída?

— Fisicamente? Sou uma mulher heterossexual e ele é lindo, então é óbvio que sim. Ele pode ser direto e taciturno, e em geral eu não acharia isso atraente, mas esses traços são compensados por uma certa gentileza. Ele não se limita apenas a me acompanhar até o carro, algo que ele poderia deixar outra pessoa fazer, mesmo quando está por perto. Ele também fica esperando até eu ir embora. Leva só um minuto a mais, mas é um gesto atencioso.

— Ele foi criado para ser um cavalheiro, para respeitar e valorizar as pessoas que trabalham para ele. Ele saía com o Mick às vezes, ficava com o Steve na oficina.

Olivia olhou para a oficina de marcenaria, escondida entre as árvores nos fundos da propriedade.

Ela havia doado as roupas dele, mudado seu escritório, mas nunca conseguira limpar a oficina de marcenaria.

— Eu não sabia disso.

— Miles sempre me pareceu ter um espírito velho. Alguma coisa nos olhos dele.

— Os olhos dele são lindos.

— Uhum. Você estaria interessada se ele estivesse?

Morgan pensou que sim, mas com ressalvas.

— Provavelmente não seria inteligente seguir por esse caminho, não é? Eu trabalho para ele. Não diretamente, mas ele é um dos chefões. Mas foi agradável me sentar e tomar um drinque com um homem bonito e interessante. Já faz um tempo. Muito tempo mesmo.

— Você precisa sair, conhecer mais gente da sua idade.

— Ah, vó, eu conheço pessoas novas o tempo todo. Faz parte do meu trabalho. Só que ainda não conheci alguém com quem sinta vontade de me sentar e tomar um drinque. Por enquanto, isso não me incomoda. Estou me sentindo eu mesma novamente. Mesmo com tudo o que aconteceu, mesmo tendo que verificar a pressão dos malditos pneus toda noite, estou me sentindo eu mesma novamente.

Gavin Rozwell, agora usando o nome Charles P. Brighton, caminhou tranquilamente pelo French Quarter. Ele apreciava a vida noturna, os turistas idiotas, os bêbados ridículos e a comodidade de caminhar do hotel de luxo onde estava hospedado às lojas, restaurantes e casas de shows.

Um homem como ele tinha muita facilidade para se misturar à multidão e passar despercebido.

Tinha voltado a fazer a barba e deixado o cabelo crescer consideravelmente. Ele o tingiu de um vermelho intenso, pois, em sua experiência, as pessoas notariam principalmente a grande massa ruiva, e não muito mais.

Se alguém perguntasse, diria que fora a Nova Orleans para fazer pesquisas para seu romance, mergulhar na cultura, na atmosfera da cidade.

Charles P. Brighton era um idiota pomposo, outro personagem que Rozwell gostava de interpretar.

Mas, apesar de apreciar o French Quarter e se divertir interpretando um idiota pomposo (com um belo fundo fiduciário), ele se sentia — como Charles diria — deveras enfadado.

Sua última vítima — descanse em paz, Robin — o deixara estranhamente insatisfeito.

Ela era o alvo perfeito. Bonita, prestativa, ingênua. Após fazer empréstimos usando a casa dela como garantia, esvaziar sua conta bancária e vender seu Hyundai novinho, ele conseguira pouco mais de setenta mil dólares.

Foi tudo muito fácil.

Fácil demais, pensou enquanto caminhava com um copo de ponche de rum na mão. Não houve nenhum desafio em conquistar uma mulher tão ansiosa para iniciar um relacionamento. E, no caso de Robin, ela não tinha amigas. Tinha uma irmã, sim, mas elas não eram tão chegadas.

Robin preenchia todos os pré-requisitos, mas ainda assim acabou sendo uma decepção.

Ela quase o matou de tédio ao se mostrar tão grata por receber a atenção dele. Embora tenha sentido prazer em matá-la — finalmente —, não houve nenhum ápice, nenhuma descarga de adrenalina.

O dinheiro não era tudo, afinal. Ele lhe proporcionava o estilo de vida que queria e merecia. Mas tirar a vida? Tirar a vida da vítima era o que o fazia se sentir vivo. Era o que o deixava em êxtase durante semanas ou até meses depois do fato.

Mas não foi o que aconteceu com Robin.

Nem com a amiga ridícula de Morgan Albright. Ele precisava daquela emoção, daquela adrenalina, daquele puto êxtase. Ele merecia o pacote completo.

Duas mulheres passaram por ele. Jovens, mas a da esquerda tinha uma bunda grande demais para o gosto dele. Shorts curtos, croppeds minúsculos — estavam pedindo, sem dúvida. E a risada, embriagada, para completar.

Poderia matar as duas com muita facilidade, estavam prontas para o abate. Precisaria apenas segui-las até o próximo bar, puxar conversa, pagar pelas bebidas.

Com essa ideia na cabeça, se manteve de olho nelas. Não seria preciso muito esforço, refletiu. Poderia atraí-las para sua suíte de hotel. As mulheres acham que estão mais seguras quando andam em bando. Seria muito fácil drogar as duas se necessário. Ou então dar cabo de Bunda Grande e brincar um pouco com a de cabelos castanhos.

Imaginar a cena o deixou muito animado, então jogou o ponche de rum no lixo e entrou em um bar atrás delas.

Um bar lotado onde a cerveja era gelada e a música era quente. Mulheres rebolavam e sacudiam os peitos em uma pista de dança minúscula.

Como elas estavam em pé na fila do bar, ele teve tempo para observá-las.

O rosto de Bunda Grande era mais bonito, e ela era loira, se ele ignorasse os três centímetros de raiz preta. Mas a de cabelos castanhos tinha o tipo de corpo comprido e esguio que ele preferia.

Se juntasse as duas, pensou enquanto as mulheres pediam coquetéis de gim, o resultado seria perfeito. Imagine só o choque da equipe de limpeza na manhã seguinte.

Ele ficou atrás delas. "Vou querer um também!", diria.

O tédio não justificava a estupidez, lembrou a si mesmo. Poderia matá-las, e sabia exatamente como daria o golpe, mas, se o fizesse, seria obrigado a arrumar as malas, deixar o hotel, ir embora de Nova Orleans... E tudo isso somente com o dinheiro que aquelas vadias levavam nos bolsos.

Não era daquele jeito que ele jogava.

Saiu de lá, mas, como não conseguia tirar a ideia da cabeça, parou e comprou um boné, uma camiseta do New Orleans Saints e um par de óculos de sol engraçados.

Talvez, se mudasse um pouco as regras do jogo, conseguiria sair daquela fase ruim.

Com o cabelo escondido sob o boné, a camiseta sobreposta à que já estava vestindo e os óculos de sol no rosto, voltou ao bar.

Bunda Grande estava rebolando na pista de dança. A de cabelos castanhos estava conversando e rindo com dois rapazes, provavelmente universitários.

Ele pediria apenas uma cerveja, para ver se a oportunidade bateria à sua porta.

Antes que pudesse fazê-lo, ela bateu em alto e bom som quando Bunda Grande foi para os fundos do bar.

Talvez para mijar, talvez para vomitar, mas, de qualquer maneira, aquela pareceu ser uma oportunidade de ouro.

Contou até dez antes de segui-la.

Havia muitas pessoas na pista de dança, muitas mais espremidas no balcão ou nas mesas. A música fazia as paredes vibrar.

Em pensamento, praticou um "Opa, banheiro errado" com a voz arrastada, caso encontrasse mais alguém lá dentro.

A música camuflou a entrada dele. Não havia ninguém usando a única pia pendurada na parede. Apenas um par de pés podia ser visto por baixo das duas cabines.

A oportunidade bateu à porta novamente, desta vez ainda mais alto. Ele não viu razão para ignorá-la.

Trancou a porta.

Arriscado, muito arriscado, mas ele precisava da emoção, da adrenalina. Assim que ouviu o trinco da porta se abrir, avançou.

Ela arregalou os olhos quando ele empurrou a porta. Os grandes olhos castanhos, quase bonitos, ficaram vidrados quando ele deu um soco no rosto dela.

Ela mal fez barulho quando escorregou até o chão, e ele se abaixou junto com ela, as mãos em volta de seu pescoço.

— Olhe para mim, Bunda Grande. Eu quero ver as luzes se apagarem.

Bêbada demais, atordoada demais depois do golpe para lutar pela própria vida, ela simplesmente agitou as mãos tentando acertá-lo, gorgolejando, enquanto um acordeão cajun entrava em uma longa e intensa sequência musical que pulsava nas paredes do banheiro.

Ele a observou morrer, esperou a descarga de adrenalina. Quando não sentiu nada além de um leve formigamento de satisfação, deu outro soco nela.

— Vadia.

Bateu a cabeça dela com força contra a parede da cabine enquanto retirava a bolsinha transversal que ela carregava.

Ele escondeu a bolsinha na cintura e deixou a vítima no chão da cabine. Quando saiu do banheiro, a música ainda estava alta, as pessoas continuavam dançando, e a de cabelos castanhos ria de algo que os universitários disseram.

Ele queria matá-la também, só porque ela estava ali, porque tinha o corpo certo, mas a cor de cabelo errada.

Depois de jogar fora os óculos escuros, caminhou por mais um quarteirão, tirou o boné e o deixou na calçada, onde provavelmente alguém o pegaria.

Enquanto andava, imaginou os gritos, o caos que se instalaria quando a próxima mulher fosse usar o banheiro daquele bar. Pelo menos isso lhe deu certa satisfação. E a culpa que a de cabelos castanhos sentiria? Flertando com bêbados enquanto a amiga era assassinada.

Mais satisfação.

Ele decidiu que seus esforços não foram em vão. Experimentar coisas novas era bom. Matara alguém em um local público, ponto para ele.

Mas é óbvio que agora precisava encontrar outro alvo. Ele tinha outras opções, e selecionar a chata da Robin dentre elas não fora uma boa escolha.

Morgan seria, sem sombra de dúvida.

Mas ainda não, pensou enquanto caminhava de volta para o hotel.

Porque, quando chegasse a vez dela novamente, ele teria que fazer algo muito, muito especial.

No desabrochar do mês de maio, a planilha de orçamento de Morgan parecia mais promissora. Talvez a vida em geral parecesse mais promissora, pensou. Agora que tinha um bom emprego e recebia boas gorjetas, tinha mais tempo livre do que tivera na última década.

E ela aproveitava bem esse tempo.

Quando ouviu as mulheres da vida dela falarem sobre reformar o lavabo, decidiu cuidar daquilo pessoalmente. Algumas medidas, uma visita à loja de material de construção e algumas horas de trabalho dariam conta do recado.

Ela já havia dado praticamente todos os toques finais quando elas chegaram em casa.

— Morgan, chegamos! Que dia — continuou Audrey. — O tipo de dia que merece uma taça de vinho no jantar.

Morgan terminou de endireitar os quadros que pendurara e pegou a bacia que usara como caixa de ferramentas improvisada.

— Você tem tempo para comer antes de…

Ao passar pela porta aberta do lavabo, Audrey parou, olhou e deixou escapar um gritinho.

— O quê… Como você… Ai, meu Deus, mãe, venha ver isso.

— Ver o quê? Preciso tirar esses malditos sapatos.

Então, ela também parou em frente à porta. Depois de piscar por um longo tempo, cruzou os braços.

— Ora, ora — disse.

— Ok, eu sei que vocês planejavam chamar profissionais, escolher uma pia nova, renovar os acessórios, pintar e assim por diante, mas era um trabalho realmente pequeno, e a pia está ótima.

Ela passou a mão sobre a porcelana branca antiga.

— As pernas cromadas estavam ultrapassadas, assim como os acessórios. Pensei em pintar as pernas de preto fosco e comprar uma torneira com o mesmo acabamento para dar mais destaque. E as paredes nesse tom de rosa fresco trazem um certo contraste meio mulherzinha, ainda mais com o toque de brilho da nova luminária e este antigo espelho que encontrei no sótão. Vocês têm muitas coisas ótimas lá em cima.

— Eu comprei esse espelho antes de a Audrey nascer — murmurou Olivia.

— E ele é ótimo, só precisava de uma limpezinha. E a moldura pintada de preto combina com o restante. Coloquei algumas toalhas novas para os hóspedes na barra preta para dar um toque de frescor. Também coloquei uma das suas violetas-africanas na beirada da janela e troquei a cúpula da luminária de teto. O acabamento com franjas dá mais um toque de brilho. Comprei sabonetes bonitinhos e dois pôsteres na loja. O tapetinho veio do mercado de pulgas, mas achei que o fato de estar um pouco desbotado dava mais personalidade.

Com medo de ter ido longe demais, Morgan moveu a bacia.

— Se vocês não tiverem gostado, ainda podem chamar os profissionais.

— Eu amei. Mãe, olha como essas estampas de flores combinam com o rosa e preto. É tudo tão fofo. Elegante, feminino na medida certa e fofo. Onde você aprendeu a instalar torneiras?

— Aprendi muita coisa no meu emprego diurno em Maryland.

— Tudo isso já estava aí dentro de você.

Ainda de braços cruzados, Olivia examinou as paredes.

— Você herdou esse dom do seu avô. Não é o que eu imaginava, e pensava que essa pia já estava no fim da vida.

— É uma peça maravilhosa.

— Agora é. Não é o que eu imaginava. É melhor. Agora preciso saber quanto você gastou com tudo isso.

— Eu também moro aqui. Eu uso este lavabo. E curti cada minuto que passei nesta reforma.

— É um presente, mãe. — Audrey colocou a mão sobre o ombro da mãe. — Alguém sempre me disse para agradecer quando me oferecem um presente.

— Você me pegou. Obrigada, Morgan. A caixa de ferramentas do seu avô está na oficina de marcenaria. Agora é sua, faça bom uso dela.

— Pode deixar.

— Da próxima vez que tivermos ideias para melhorar algo por aqui, vamos te procurar primeiro. Agora precisamos preparar algo para comer. E concordo com você, Audrey, sobre o vinho.

— Vou recusar o vinho, mas aceito a comida. Estou faminta. Mas antes vou guardar essas ferramentas e me arrumar para o trabalho.

Depois que Morgan saiu correndo, Audrey deu mais uma olhada.

— Assim como o jardim, eu não fazia ideia de que ela sabia fazer esse tipo de coisa.

— Mas está surpresa?

— Não, não estou. Ela ficou tão feliz — continuou enquanto caminhavam para a cozinha. — Não só por causa da nossa reação, mas por descobrir sozinha, fazer acontecer. Ela precisa te recompensar, mãe. Você precisa deixá-la fazer isso.

— Eu sei. É um pouco incômodo, mas eu entendo. Que tal arroz com frango e uma bela salada?

— Ótima ideia.

Audrey foi buscar o arroz na despensa.

— Eu não conheço a minha filha tão bem quanto deveria.

— Houve um tempo em que eu não conhecia a minha tão bem quanto deveria. Mas nós demos um jeito nisso. Vocês também vão dar.

— Espero que sim. Por enquanto, é o suficiente que ela esteja aqui e feliz. Após a aula de ioga no outro dia, Drea me agradeceu por criar uma filha tão inteligente e capaz. Tudo o que eu consegui pensar foi que tive muito pouco a ver com isso.

— Você está errada sobre isso, Audrey, e, quando vocês derem um jeito nisso, você vai saber.

Maio deu lugar a junho, e Morgan trocou a lavanda por damascos, com Coladas e chá de damasco — quente ou gelado. Com o fim do período probatório, e agora que o Après estava aberto para o serviço ao ar livre, ela mergulhou ainda mais no trabalho.

Depois de formular suas ideias, foi falar com Nell. Ela encontrou sua supervisora saindo do escritório.

— Acho que você não tem um minuto.

— Tenho alguns se você puder caminhar e conversar. Preciso verificar a configuração de um evento na Suíte Presidencial.

— Coquetel para cinquenta pessoas. O Loren vai trabalhar no bar. A Marisol e o Kevin vão servir.

— Você se mantém atualizada. Vinho, cerveja, refrigerantes, canapés quentes e frios, e uma seleção de minissobremesas.

Após pressionar o botão do elevador, Nell sinalizou para que Morgan a acompanhasse. Ela entrou e passou seu cartão no leitor para acessar o Club Level.

— O que tem em mente?

— Os funcionários temporários estão se adaptando bem. A Opal treinou a nova equipe de garçons rapidamente, e muito bem.

— Como sempre.

— Começando por aí, eu gostaria de recomendá-la para um bônus. Ela dedicou muito tempo e esforço para treinar os novos contratados, e isso gerou resultado. Preparei um relatório detalhado para enviar a você.

— Faça isso.

Nell saiu do elevador e virou à esquerda.

— Adoro o ambiente aqui em cima. Tem uma elegância rústica. O teto alto e as vigas, as cores quentes, o uso de antiguidades e arte americana. E o Lounge é realmente acolhedor. A lareira, as flores, os móveis confortáveis e aconchegantes.

— Nós também achamos.

No fim do corredor, ela encostou o cartão no leitor de um par de portas duplas.

— Ok, uau. Nunca estive aqui antes. É bem presidencial mesmo.

O generoso hall de entrada, revestido com um papel de parede azul delicado, tinha um banco rústico, uma mesa extensível com flores, velas e duas cadeiras altas, uma de cada lado do banco. Morgan viu um quarto à direita, com uma cama flutuando sob um edredom branco e fofo, e travesseiros amontoados contra a cabeceira estofada em um dourado discreto e elegante.

O hall de entrada se abria para uma área de estar espaçosa o suficiente para um par de sofás e uma longa mesa de jantar coberta por uma toalha branca e com vários réchauds. O bar portátil já estava acomodado no canto.

Mas a estrela do show brilhava além das janelas e portas que se abriam para o terraço e a deslumbrante vista do horizonte.

O lago, salpicado de caiaques e canoas, brilhava em azul contra o verde das colinas em ascensão e os picos arredondados das montanhas.

— Já vi as fotos online, mas foto nenhuma faz jus a esse cenário.

— Dois quartos, dois banheiros e um lavabo. Também tem uma despensa, que podemos abastecer com lanches e bebidas a pedido dos hóspedes. Quando a suíte é reservada para uma festa, como é o caso, a despensa é usada pela equipe de catering para guardar pratos e bandejas.

— É tudo lindo, sem parecer rígido e formal.

— Nós brigamos com o designer de interiores para conseguir o que queríamos. E vencemos. O que mais posso fazer por você?

— Perdão, estou distraída e deslumbrada. Gostaria de treinar uma das novas contratadas como barwoman. Bailey Myerson. Ela é da região e está trabalhando para pagar o mestrado. É uma excelente garçonete e manifestou interesse em aprender. Com as mesas adicionais da temporada, seria bom contar com alguém disposto a mudar de função e horário conforme necessário.

— Você perguntou para a Opal?

— Queria falar com você primeiro

— E já escreveu um relatório detalhado.

— Sim.

— Envie para mim. Peça a opinião da Opal enquanto consideramos o seu pedido.

— Certo. Por último, gostaria de promover o Nick a assistente de gerência com o devido aumento salarial. Ele merece, Nell. Não significaria horas extras. Ele já atua como assistente de gerência quando eu não estou presente, sempre me atualiza sobre problemas e necessidades de pedidos em cada troca de turno e está sempre disposto a ajudar quando precisamos.

— Nas avaliações trimestrais, Don indicou que Nick tinha uma excelente ética de trabalho, trabalhava bem em equipe, desempenhava sua função com habilidade, mas carecia de habilidades e capacidades gerenciais.

— Eu discordo.

— Eu também, por isso oferecemos seu emprego a Nick. O que te faz pensar que ele aceitaria esse novo cargo?

— Ele já está fazendo tudo o que espero de um assistente de gerência e, se eu precisasse de mais alguma coisa, sei que ele faria. As únicas coisas que estão faltando para ele são o título e o salário.

— Seria uma posição com salário fixo, e não por hora.

— E ele ganhará mais do que está ganhando se for compensado adequadamente, e acredito que você cuidará disso. Ele ganharia o que merece.

— Envie o seu relatório para mim. Na despensa — instruiu Nell enquanto a equipe de catering chegava com uma mesa com vinho e cerveja já gelados. — Pergunte a ele. Como oferecemos a ele o seu cargo antes, certamente aprovaremos se ele afirmar que quer a posição. Pergunte a ele e, se houver o interesse, diga a ele para entrar em contato comigo para que possamos conversar.

— Obrigada. Ainda faltam quinze minutos para o início do meu turno, posso te ajudar aqui se precisar.

— Não precisa — respondeu Nell enquanto outros funcionários entravam empurrando uma mesa cheia de copos. — Eu dou conta. Metade no bar, metade na despensa.

Satisfeita, Morgan enviou os relatórios pelo celular a caminho do Après.

Nick a recebeu com seu sorriso habitual.

— Lá está ela! Estamos arrasando com as mesas no pátio. Quem não iria querer se sentar lá fora em um dia como este? E a Colada de damasco conquistou o primeiro lugar da lista de coquetéis.

— É mesmo?

— Você vai ter que encomendar mais néctar.

Ele serviu mais alguns pedidos quando ela foi para trás do balcão e verificou a programação da noite e o estoque.

Morgan esperou por uma pausa no serviço.

— Os Jameson vão oferecer a você a posição de assistente de gerência, com um salário adequado para o cargo.

— O quê? Espere. Eles já têm você.

— E eles têm e valorizam você. Você já está desempenhando as funções desse cargo, Nick. Está na hora de ser compensado por isso. Seus horários não vão mudar, mas você passará a receber um salário fixo, e não por hora. Eu recomendei esse salário com base na sua experiência, habilidade e no que outros funcionários na mesma posição recebem.

Ela disse o valor e deu a ele tempo suficiente para atender os dois clientes seguintes.

Por que eles me dariam tanto dinheiro a mais para fazer o que já estou fazendo?

Pelo mesmo motivo que faz trabalhar aqui há tantos anos. Vá para casa, pense no assunto, converse com Corrine. Se você aceitar, entre em contato com Nell para discutir os termos e detalhes.

— Você disse tudo isso a Nell?

— Faz parte do meu trabalho, assim como será parte do seu me dizer se eu estiver deixando passar algo.

Ele se aproximou e beijou a bochecha dela.

— Obrigado. De verdade. Seja qual for a nossa decisão, muito obrigado.

Ela sabia que ele aceitaria, pensou quando ele bateu o ponto para sair. Conhecera a esposa dele — e seu bebê adorável — e sabia que Corrine era uma mulher sensata. Considerou essa tarefa concluída e então observou Opal no salão. Esperava poder resolver as coisas com ela sem encontrar muita resistência.

Capítulo Quinze

⌘ ⌘ ⌘

Quando o movimento de uma acalmada — provavelmente por conta da festa na Suíte Presidencial e da hora do jantar —, ela chamou uma das garçonetes mais experientes.

— Vou fazer uma pausa.

— Você nunca faz pausas.

— Hoje vou fazer. Cubra o bar e fique de olho na sua seção. Dez minutos. Não tem muito movimento agora.

Ela foi até o salão e deu um tapinha no ombro de Opal.

— Preciso de você por alguns minutos.

— Está parecendo que eu tenho alguns minutos, por acaso?

— Sim. Suzanne, cubra a seção da Opal. Dez minutos.

Ela seguiu Morgan, mas não sem resmungar.

— Tenho que ficar de olho nos novos funcionários. O pátio está cheio.

— Sim, mas o salão e o bar não estão.

Ela saiu para a área exterior e continuou andando até se afastarem da vista e dos ouvidos dos outros funcionários.

— Quero falar com você sobre a Bailey.

Opal assumiu imediatamente uma postura defensiva, colocando as mãos nos quadris e encarando com olhos ardentes por trás da franja reta.

— Ela está se saindo bem. Se você tem um problema com…

— Ela está se saindo mais do que bem. Quero treiná-la para trabalhar no bar.

— Eu mal terminei de treiná-la direito como garçonete. Não posso abrir mão dela. Você deve saber disso se é uma boa gerente.

— Eu sou uma boa gerente, e nós poderemos falar sobre seus problemas comigo uma outra hora. — E, já que havia problemas, pensou Morgan, precisaria lidar com eles. — Posso chegar mais cedo um dia, quando você quiser, para conversarmos. Nesse meio-tempo, preciso de mais um bartender de plantão, e vejo que Bailey tem a capacidade e energia para cobrir o bar e as mesas, se necessário. Ela ganharia um pequeno aumento e uma nova habilidade. Nell quer a sua opinião.

Ainda com as mãos nos quadris, Opal cerrou os punhos.

— Você passou por cima de mim?

— Não, eu fiz essa recomendação para a minha supervisora direta. Esse é o meu trabalho. Você é a encarregada do salão, então nossa chefe quer a sua opinião. Bailey quer aprender. Eu quero dar a ela essa oportunidade. Se você não puder abrir mão dela, e se ela estiver disposta, posso treiná-la nos dias de folga dela. Podemos coordenar o cronograma.

— Talvez a garota tenha uma vida fora daqui.

— Se ela não quiser, pode recusar. Pergunte a ela você mesma.

Opal cruzou os braços.

— Se ela disser que não, você vai escrever na avaliação que ela não coopera e não tem ambições.

— Por que diabos eu faria isso? Meu Deus, Opal.

— Não use o nome de Deus em vão.

Dane-se, pensou Morgan. Simplesmente dane-se.

— Não me acuse de sabotar um membro da equipe. Se ela não quiser o treinamento, se disser "não, obrigada", será o fim da história. A escolha é dela. Coloque obstáculos se quiser, mas não venha apontar o dedo para mim. Escolha o dia, meia hora antes do turno. Temos que dar um basta nesse drama.

— Eu faço o meu trabalho.

— Faz, sim. Se não pudermos resolver esse problema, nós duas continuaremos fazendo nosso trabalho e irritando uma à outra. Posso suportar isso. Mas não deixe de dar a sua opinião a Nell sobre a Bailey.

Morgan voltou para o bar e procurou se acalmar. Dez minutos depois, Bailey foi até o balcão.

— Opal disse que, como não tem muito movimento agora, talvez você tenha tempo para começar o treinamento.

— Com certeza.

Satisfeita por Opal não ter colocado obstáculos, Morgan fez um gesto para que Bailey se juntasse a ela atrás do balcão.

— Enquanto não precisarem de você no salão, você será minha assistente — começou Morgan. — Terá que manter o balde de gelo cheio, preparar guarnições, substituir garrafas vazias, limpar e substituir copos e taças. No momento, os bancos estão vazios, então o serviço é nas mesas. Você está atrás do balcão, então precisa ter boas habilidades de comunicação com os garçons.

— Entendi.

— Este espaço aqui atrás é limpo, higiênico, organizado e calmo. Mesmo quando as coisas ficam agitadas e você sente que não está dando conta, precisa manter a calma. Se você se mantiver organizada, será mais fácil continuar tranquila. Depois de usar uma garrafa, coloque-a de volta no lugar dela. Sempre faça isso, tanto com as bebidas premium quanto com as do suporte de acesso rápido.

Ela mostrou as garrafas sob o balcão.

— A menos que um cliente peça uma marca, rótulo ou mistura específica, você deve usar estas. Viu as duas mulheres que acabaram de chegar? São velhas amigas, estão passando alguns dias aqui. Elas vão se sentar nos bancos.

Quando se sentaram, Morgan foi cumprimentá-las.

— Como foram as massagens?

— Divinas.

A da esquerda, com cerca de cinquenta anos, de óculos vermelhos e cabelo loiro preso em um rabo de cavalo bagunçado, suspirou.

— É um milagre ainda conseguirmos ficar sentadas.

A amiga dela, de cabelos cacheados e escuros, e olhos castanhos sonolentos, riu.

— Mas vamos conseguir, porque queremos fechar o dia com aquelas deliciosas Coladas de damasco.

— Deixem comigo. Coloco na conta do quarto?

— Por favor.

Morgan assentiu quando Bailey entregou um prato de petiscos.

— Usamos cálices de conhaque para este drinque — disse a ela enquanto colocava gelo no liquidificador. — Adicione os ingredientes e bata tudo no liquidificador. Metades de damasco em calda espessa. Suco de abacaxi concentrado, leite de coço, rum e licor de cacau leve.

— Você não mediu nada.

— Medi, mas a olho e contando.

Ela apertou o botão.

— Adoro esse som — disse a de cabelos castanhos. — Está bem tranquilo aqui esta noite.

— O meio da semana costuma ser tranquilo mesmo, e hoje ainda tem um evento privativo no Club Level.

— E nem nos convidaram — disse a loira.

— Azar o deles, sorte a nossa.

Morgan despejou as bebidas nos cálices e decorou cada uma com uma fatia de abacaxi.

— Aproveitem.

Rápida no gatilho, Bailey logo compreendeu o que deveria fazer e lavou o liquidificador.

— Entendi o "a olho", mas não entendi o "contando" quando você está servindo.

— Eu conto até quatro. Nas minhas medidas, quatro segundos equivalem a trinta mililitros. Você deveria levar para casa uma garrafa vazia, pode pegar um dosador emprestado. Use água. Meça primeiro trinta mililitros, quarenta e cinco mililitros, sessenta mililitros em um copo. Use outro copo para praticar sem o dosador. A olho e contando.

— É como "um mil, dois mil, três mil" para contar os segundos.

— Exatamente. Você já está acostumada a lidar com clientes por trabalhar como garçonete. Não é muito diferente atrás do balcão, mas você precisa estudar, se familiarizar com os diferentes tipos de bebidas alcoólicas, os diferentes tipos de drinques e a terminologia básica.

— Já conheço um pouco só de servir.

— Você vai aprender o resto. Se tiver alguma dúvida, é só falar.

— Eu tenho uma. Como você sabia que elas iam se sentar nos bancos?

— Elas estiveram aqui ontem à noite e me disseram que gostavam de se sentar aqui pelo balcão para conhecer pessoas interessantes.

Elas serviram bebidas para as mesas, e Morgan guiou Bailey durante o processo.

Ela aprende rápido, pensou Morgan novamente enquanto tentava se controlar para não fazer o trabalho da assistente.

Ela vislumbrou Liam no arco de entrada acompanhado de uma mulher com cabelos ruivos extremamente longos e um vestido preto extremamente curto.

E ouviu Bailey resmungar "Merda".

Ela se voltou para a aprendiz.

— Algum problema?

— Não. Eu... eu a conheço, a mulher que está entrando com Liam Jameson. Estudamos juntas no ensino médio.

— Deixe-me adivinhar. Ela era uma das meninas malvadas.

— Nossa, põe malvada nisso. Ainda bem que não precisarei atender a mesa deles.

— Mantenha a calma — lembrou-lhe Morgan. — Eles virão ao balcão primeiro, farão o pedido e depois se sentarão à mesa. Liam sempre faz isso.

E foi exatamente o que fizeram.

— Oi, Morgan, como vão as coisas?

— Está tudo tranquilo. O bar provavelmente vai começar a encher daqui a pouco. A festa lá em cima já deve estar acabando. O que vão querer?

— O que você quer, Jessica?

— Um Dry Martini bem seco com Hanger One e Carpano Bianco, três azeitonas. Prefiro azeitonas Picholine.

Automaticamente, Morgan esfriou uma taça de Martini.

— Parece sofisticado demais para mim — decidiu Liam. — Vou querer o de sempre.

— Nós serviremos vocês na mesa. Aqui dentro ou lá fora hoje?

Antes que ele pudesse responder, Jessica deu uma risadinha.

— Bailey? Bailey Myerson? Quase não reconheci você com esse cabelo. Virou barwoman agora?

— Oi, Jessica. Quanto tempo.

— É mesmo. Bailey e eu estudamos juntas no ensino médio.

Ao olhar para Liam, Jessica cruzou o braço no dele.

— Você voltou para Westridge?

— Só durante o verão.

— Vou passar apenas uma semana aqui. Moro em Nova York agora. A gente precisa colocar o papo em dia, não é? Quando você não estiver trabalhando. Vamos para aquela mesa, Liam, para que elas possam voltar ao trabalho.

— Sim, sim. Até mais.

— Nós vamos preparar um Martini perfeito — começou Morgan —, mesmo sem gostar dela.

Depois que Bailey serviu a cerveja de Liam, Morgan mostrou a ela como preparar o drinque.

— Vou levar as bebidas. — Bailey levantou a bandeja. — Não estamos mais na escola, sou uma mulher adulta agora.

Dentro de uma hora, as coisas começaram a se animar, como previsto. Opal mandou avisar que precisaria de Bailey no salão dentro de quinze minutos.

— Já aprendi tanta coisa! Obrigada, Morgan.

— Quando quiser. De verdade.

Liam sentou-se em um banco, sozinho.

— Mais uma rodada?

— Não, só uma Coca-Cola. Já estou indo para casa.

— E o seu encontro?

— Não foi um encontro, apenas um drinque. Aliás, Bailey, gostei do seu cabelo.

— Ah...

Desconcertada, ela passou a mão na cabeça.

— Obrigada. Preciso voltar para o meu posto.

— Faça uma pausa primeiro. Você ainda tem dez minutos.

— Ela não é barwoman? — perguntou Liam quando Bailey saiu apressadamente.

— Está em treinamento. A Bailey foi contratada para o verão, está fazendo mestrado. Você não estudou na mesma escola que ela?

— Estudei em Lincoln, são distritos diferentes. Um dos meus amigos saía com a Jessica naquela época, então eu a conhecia um pouco. Nos esbarramos no centro da cidade hoje cedo.

Ele levantou o copo de Coca-Cola e revirou os olhos.

— Certas pessoas são incapazes de mudar. Mulheres como ela são mais bonitas quando não abrem a boca.

Ele fez uma careta.

— Acho que fui muito machista.

— Neste caso, você está perdoado. Ela gostou do drinque?

— Ela disse que estava "ok", do jeito que algumas pessoas usam "ok" quando estão apenas tolerando algo de qualidade inferior. Antes, quando a Bailey levou as bebidas para a mesa, a Jessica deu umas alfinetadas nela. Sabe?

Ele juntou o polegar e o indicador como se estivesse espetando alguém com um alfinete.

— E a Bailey apenas sorriu e disse que era muito interessante voltar para casa no verão e encontrar alguém da escola que não mudou nada. Ela disse tudo isso com um sorriso no rosto, mas não foi um elogio.

— Que bom para ela. Mas que constrangedor para você.

— Foi meio fascinante, na verdade.

— Parece que você escapou de uma cilada.

— Nem me fale.

Ela manteve uma conversa descontraída com ele e outra com o grupo no meio do balcão, atendeu pedidos e observou o ambiente.

— Você sabia — começou Liam quando ela chegou perto dele novamente — que eu já trabalhei como assistente de barman durante as férias?

— É mesmo?

— Lei da família Jameson. Você tem que aprender um pouco sobre todos os serviços para saber como as coisas funcionam. Ou pelo menos deveria. Tenho quase certeza de que me saí muito mal.

— Duvido.

— Não poderia fazer o que você faz. Estou sentado aqui te observando e não sei como você consegue.

Ela se inclinou para ele.

— Eu não sei esquiar.

— Posso dar um jeito nisso na próxima temporada.

— Você nunca terá essa oportunidade. Botas estranhas presas em duas pranchas finas no topo de uma montanha coberta de neve? De jeito nenhum.

— Agora virou um desafio.

Ele se levantou e colocou algumas notas sobre o balcão.

— Adoro desafios. Até mais.

— Boa noite.

Pouco antes de fechar, Opal caminhou com passos firmes até o balcão.

— Amanhã, meia hora antes do turno.

— Certo. Vamos nos encontrar na adega. Mais privacidade.

— Ok.

Ela está muito brava, observou Morgan. Mas esperava descobrir em breve o porquê.

⌘ ⌘ ⌘

Ela organizou seu dia para comparecer à reunião da manhã com tempo suficiente para dar uma passada no Arte Criativa e admirar de forma antecipada nas fotos da exposição que as mulheres da vida dela estavam organizando para o fim de semana. Antes de sair de casa, buscou as correspondências na caixa de correio e as separou em pilhas.

Pensando que a correspondência endereçada a ela se tratava de alguma oferta de empresa de cartão de crédito, ela abriu-a e preparou-se para jogá-la na lixeira de reciclagem.

Então parou, olhando fixamente para o papel enquanto sentia a pele ficando gelada, depois quente.

Três mil duzentos e oitenta e oito dólares e vinte e oito centavos. A fatura de um cartão de crédito que não possuía, cobrando o pagamento por compras que não fizera em duas lojas de Nova Orleans, uma cidade que ela nunca visitara.

Ela começou a tremer da cabeça aos pés. Sua garganta se fechou, não conseguia respirar. Por um instante terrível, tudo ficou cinza. Ela não sentiu quando começou a deslizar, mas foi parar no chão da cozinha, com a fatura na mão, enquanto seus ouvidos zumbiam.

Ela se esforçou para se levantar, cambaleou até a pia e inclinou-se sobre ela até que a náusea diminuísse o suficiente para que pudesse jogar água fria no rosto.

Ainda tremendo, conseguiu se arrastar até um banco e se sentar. Depois, deitou a cabeça na bancada até poder respirar novamente, pensar novamente.

Pegou o celular, abriu a lista de contatos e ligou para a agente especial Beck.

— Ele... ele está em Nova Orleans. Ou pelo menos estava.

— Morgan.

— Eu .. ele... ele fez outro cartão de crédito no meu nome. Morgan Nash Albright. Ele usou meu nome do meio desta vez. Acabei de receber a fatura pelo correio. Mais de... três mil dólares.

— Morgan, preciso que você mantenha a calma.

— Não consigo.

— Fique calma. Preciso que você me mande uma cópia da fatura. Tire uma foto com o seu celular e mande-a para mim. Vamos enviar alguém para buscar a fatura original, então não a destrua. Mas não deixe de me mandar uma cópia. Pode fazer isso?

— Sim.

— Você tem tomado as precauções que recomendamos?

— Sim.

— Ótimo. Morgan, sei que isso é perturbador.

— Perturbador.

Ela teve que tapar a boca para abafar uma risada histérica.

— Mas ouça o que vou te dizer. Esse é mais um erro. Ele acabou de anunciar onde está ou, mais provavelmente, onde estava. Nos deu uma maneira de rastreá-lo.

— Você acha que ele está vindo para cá?

— Ele sabia que você receberia essa fatura, e sabia mais ou menos quando você a receberia. Não faria sentido ele ir para aí agora. Ele quer que você fique amedrontada, abalada, confusa. Precisa acreditar que você pensa nele o tempo todo.

Ela fechou os olhos.

— Da mesma maneira que ele pensa em mim o tempo todo. É o que você está querendo dizer.

— É por isso que ele está cometendo erros, correndo riscos desnecessários. Podemos ir até você se precisar de nós.

— Não, não. Vocês têm que ir atrás *dele*.

— É o que estamos tentando fazer. Prometo. Não se esqueça de me mandar a foto.

— Está bem. Vou enviá-la agora. Eu… eu estou indo para o trabalho. Se alguém vier buscar a fatura, terá que me encontrar no trabalho.

— Vamos tomar as providências necessárias. Entraremos em contato com você se tivermos novas informações. Essa é mais uma promessa.

Ela enviou a foto e se forçou a caminhar até o escritório da avó para buscar um envelope. Colocou a fatura dentro dele e o enfiou na bolsa.

Em vez de passar na loja, dirigiu sem rumo até se sentir o mais calma possível.

Por conta disso, ela se atrasou alguns minutos para a reunião com Opal.

— Meu tempo é tão valioso quanto o seu.

— Sinto muito pelo atraso.

Ela não deu desculpas quando ficaram frente a frente no ar fresco da adega.

Opal semicerrou os olhos enquanto examinava o rosto de Morgan.

— Está doente, por acaso?

— Estou bem. Você tem reclamações específicas. Este é o momento para comunicá-las.

— Pode ter certeza de que vou comunicá-las. Se sua avó e Lydia Jameson não se conhecessem há tanto tempo, você não teria conseguido esse emprego.

— Talvez você tenha razão.

— Não tem nada de "talvez". Os Jameson geralmente promovem internamente, mas desta vez não. Você não é a única no resort que sabe preparar drinques. E você é lenta porque está sempre muito ocupada flertando com todos os homens que entram no bar, dando em cima deles, especialmente nos homens da família Jameson. É uma vergonha, e isso reflete em todos nós.

— Flertando? Dando em cima? Você só pode estar de sacanagem.

— Não use esse linguajar chulo comigo.

— Que se dane. Pode me denunciar. Você está aí praticamente me chamando de puta.

— Se a carapuça servir. Eu vi você com Liam ontem à noite, e você está nitidamente fazendo o possível para se aproximar de Miles. Pedindo para ele te acompanhar até o carro quando vai embora. Não me surpreenderia se você tentasse ir para a cama com a Nell se achasse que isso te daria uma vantagem.

Morgan soltou uma risada ao ouvir a última frase, não conseguiu evitar.

— Vou me lembrar disso caso não consiga fazer um *ménage* com Miles e Liam.

O rosto de Opal ficou vermelho como brasa.

— Você deveria se envergonhar.

— Não, você é quem deveria se envergonhar por ter uma mente tão suja. Eu interajo com os clientes, e com os Jameson, para tentar entendê-los. Sejam homens, sejam mulheres. Faz parte do meu trabalho. Eu não estava dando em cima de Liam ontem à noite. Nós estávamos conversando, uma conversa que girou principalmente em torno da Bailey.

— Depois que você a forçou a servir aquela vaca.

— Eu não a forcei a nada. Ela quis ir, e se saiu muito bem. Assim como se saiu muito bem me ajudando no bar. Liam viu e reconheceu isso, então, se ele ainda não havia notado as habilidades dela, agora notou.

— Ele vai começar a te acompanhar até o seu carro agora? Talvez esteja pensando em colocar um irmão contra o outro, bancar a mulher indefesa. "Ai, uma coisa horrível aconteceu comigo, protejam-me."

Genuinamente chocada, Morgan deu um passo para trás.

— Sim, algo horrível aconteceu comigo. E algo pior ainda aconteceu com a minha melhor amiga. Ela está morta. Ele a espancou e depois a estrangulou. Ela tinha vinte e seis anos.

As bochechas de Opal coraram novamente.

— Eu sinto muito pelo que aconteceu com ela, mas...

— Não tem "mas". Não tem "mas", merda. Se ela não tivesse pegado um resfriado e destruído os planos dele, eu provavelmente estaria morta. Ele quer que eu morra. Ele quer me matar.

— É o que você diz, mas...

— É o que eu digo. É o que os agentes do FBI dizem. É o que a mulher que ele matou há algumas semanas diria, se pudesse, já que ele deixou o medalhão que roubou de mim no cadáver dela. O medalhão que era da minha avó.

Tudo o que estava preso na garganta dela irrompeu de repente, como a lava escaldante de um vulcão em erupção.

— Você acha que isso é uma brincadeira para mim? Uma espécie de brincadeira que eu faço para que os Jameson sintam pena de mim? Eu vou te avisar uma única vez: você pode ter seus problemas comigo, mas deixe essa história fora disso. Nunca mais toque nesse maldito assunto.

— Todo mundo tem problemas. Mas isso não é motivo para ser contratada do nada e ainda receber tratamento especial. E não te dá o direito de passar seu tempo com um homem casado.

— Não tenho passado meu tempo com ninguém. E se está se referindo ao meu suposto "flerte" com Miles ou Liam, eles não são casados.

— Mas o Nick é.

— Ah, pelo amor... Até você deve saber que essa acusação é ridícula. Agora vou te perguntar, você está questionando o julgamento dos Jameson ou o direito deles de contratar funcionários como bem entenderem?

— Não, mas eu tenho direito à minha opinião.

— Tem, sim, e deixou ela bem explícita. Já que você tem uma opinião tão baixa a meu respeito, mais uma vez ofereço trocar seu turno para o período diurno, caso prefira.

— Não.

— Está bem, então vamos ter que continuar irritando uma à outra.

Ela já teve que lidar com coisa pior, pensou Morgan. Ela *estava* lidando com coisa pior.

— Não vou mudar quem eu sou nem a minha maneira de trabalhar para te agradar. Como sua gerente, lamento não poder resolver esse problema de forma mais produtiva, mas, desde que nós duas continuemos desempenhando bem nossas funções, teremos apenas que conviver. Como mulher, vou te dizer para cuidar da sua vida. Mais alguma coisa?

— Não tenho mais nada a dizer.

— Então está bem. Vamos trabalhar.

O bar estava com um movimento bom naquele início de noite. Parte dela se sentiu relaxada naquele ambiente familiar quando assumiu seu posto atrás do balcão. Antes de substituir Nick, serviu algumas cervejas enquanto ele terminava.

— Falei com a chefe ontem à noite. Tive uma reunião com Nell. Você está diante do seu novo assistente de gerência.

— Oba! Bate aqui! — disse levantando a mão para cumprimentá-lo. — Essa é a boa notícia de que eu precisava hoje. Você precisa ir para casa comemorar.

— Liguei para a minha mãe depois de assinar o contrato. Ela chorou um pouco. Como toda mãe.

— Ah.

— Depois disse que daqui a seis meses viro gerente.

— Ei!

Rindo, ele fechou uma conta.

— Perguntei como poderia dar mais netos a ela se eu trabalhasse o tempo todo, e ela mudou de assunto rapidinho. Depois pediu para eu te agradecer por ter me dado esse empurrãozinho.

— De nada. Até amanhã.

De trás do balcão, ela olhou para o salão e através do vidro para as mesas do pátio. Daria conta, disse Morgan a si mesma.

Ela daria conta porque não tinha outra opção.

⌘ ⌘ ⌘

E ela teria que contar às mulheres da vida dela, não havia escolha. Quando desceu a escada na manhã seguinte, se sentiu um pouco melhor ao vê-las já prontas para o trabalho, sentadas no pátio, cercadas de flores enquanto tomavam café.

Estragaria o ritual matinal, mas elas também dariam conta.

Após preparar sua versão de café, foi se juntar às mulheres.

— Você acordou cedo — comentou a mãe. — Sua avó e eu estávamos aqui nos deleitando, já que só precisamos ir para a loja às onze. Quem sabe meio-dia.

— E estou pensando em trazer pizza quando voltarmos à noite. Acho que chegaremos cedo o suficiente para que você coma um pouco também, se quiser.

— Quem recusa pizza?

Morgan se sentou e esperou mais um instante, só mais um instante.

Um beija-flor, brilhoso como uma esmeralda ao sol, se empanturrava no comedouro enquanto um pica-pau-de-dorso-branco martelava freneticamente uma bola de suet de um alimentador. As flores que elas plantaram na primavera cresciam, floresciam e se espalhavam alegremente.

Ali, naquele instante, tudo ainda era bom e doce e agradável. Gavin Rozwell queria estragar e acabar com tudo aquilo.

Ela não poderia deixá-lo vencer.

— Falei com os agentes do FBI ontem.

— O que aconteceu?

Rapidamente, Audrey endireitou-se na cadeira.

— Antes de mais nada, saibam que eles já estão cuidando disso, mas recebi uma fatura de cartão de crédito pelo correio. O cartão não é meu, não fui eu que fiz as compras.

— Aquela criatura — começou Olivia. — Porque ele não merece ser chamado de homem, é implacavelmente ruim.

— Concordo. Mas a agente Beck disse que esse foi mais um erro que ele cometeu. Eu acredito nela. Ele usou o cartão em Nova Orleans, então eles sabem que ele esteve lá durante esse período.

— Ele quer te assustar.

— E conseguiu, vó, mas estou bem agora. Sinceramente, o desentendimento que eu tive... não, foi uma briga, na verdade. A briga que tive com a Opal Reece no Après foi quase pior. Mas o FBI está cuidando disso. Eles entrarão em contato com a empresa do cartão de crédito e rastrearão os movimentos dele em Nova Orleans. Talvez, se tiverem sorte, consigam encontrar uma maneira de descobrir para onde ele foi depois. Seria esperar demais que ele ficasse no mesmo lugar, mas pelo menos eles terão um rastro. Eu acho.

— Nós deveríamos planejar uma viagem. Alguns dias longe daqui. Ir à praia — continuou Audrey. — Nos sentar debaixo de um guarda-sol e tomar Mai Tais.

— Mãe.

Morgan esticou o braço para acariciar a mão de sua mãe.

— Praias e Mai Tais não são a solução. E ainda está muito cedo para eu tirar férias. Estou sendo cautelosa. Todos estão sendo cautelosos, e isso é um saco. Sabe o que eu queria? Poder me sentar aqui desse jeito, admirar o jardim, observar os pássaros, e saber que Gavin Rozwell está apodrecendo na cadeia. O dia em que eu puder fazer isso, será um dia feliz.

— Quando esse dia chegar, beberemos Mimosas no lugar do café — declarou Olivia. — Mas qual é a história dessa briga com a Opal? Ela é a chefe de salão do Après, não é? Eu não a conheço.

— Eu propus uma reunião para ela desabafar, foi ontem. Eu não estava com um humor muito bom por causa dessa história de cartão de crédito, mas achei melhor não cancelar. Enfim, não importa. Ela guarda rancor contra mim. Rancor pelo fato de eu ter conseguido a posição de gerente através de conexões. Ela não está totalmente errada quanto a isso, mas eu sou qualificada e sei que estou fazendo um ótimo trabalho.

— Óbvio que está.

— Você é obrigada a dizer isso, mãe, mas estou mesmo. Ela reclamou que eu sou lenta demais para servir as bebidas, o que é uma grande mentira, e os rendimentos até aumentaram. Depois me acusou de flertar com os homens que frequentam o bar, especialmente os da família Jameson.

— Isso é ridículo! — A voz de Audrey tremia com indignação. — Mas e daí se fosse verdade? Flertar não é ilegal neste país.

— Se fosse, muitas barwomans estariam atrás das grades. O trabalho não é só misturar bebidas, mas se conectar com os clientes. Fazer com que eles se sintam especiais. Ou invisíveis, se isso é o que querem. Ela trabalha no Après há muito tempo, deveria saber disso.

— O que você vai fazer a respeito dessa situação? — perguntou Olivia.

— Absolutamente nada. Se ela quiser trabalhar odiando a gerente, azar o dela. Além disso, sei que ela está esperando uma reclamação na avaliação dela. Vou terminar essas avaliações hoje, aliás. Mas por que eu faria isso? Ela é boa no que faz. Mais do que boa. Ela não precisa gostar de mim.

— Garota esperta. Seja como for, ela parece ser uma mulher desagradável.

— Só comigo, pelo visto. Pelo que posso ver, a equipe de garçons a adora, e os clientes também. Os hóspedes que retornam se lembram dela, e os Jameson a valorizam. — Morgan deu de ombros. — Posso lidar com isso.

— Garota esperta — repetiu Olivia. — E uma mulher Nash forte.

— Nash é sinônimo de força. Vou lá agora terminar essas avaliações. Poderia muito bem entregá-las a Nell um dia antes, já que estão praticamente prontas.

— Que tal trazer o notebook para cá e aproveitar o dia enquanto trabalha?

— Essa sim é uma boa ideia — respondeu Morgan. — Já volto.

Audrey observou-a entrar e depois olhou para a mãe.

— Ela vai ficar bem, meu amor. Nós estamos aqui.

— Eu sei que vai. Bem, eu acho que sei. Mas...

— Se preocupação servir de proteção, ela está usando uma armadura impenetrável.

— Isso é a mais pura verdade. Mas pelo menos não estamos nos preocupando a distância.

— Não mais.

Capítulo Dezesseis

⌘ ⌘ ⌘

Os AGENTES especiais Morrison e Beck estavam no banheiro de duas cabines de um bar chamado Bourbon Beat. Duas semanas antes, Jennie Glade abriu a porta procurando por sua amiga, Kayleen Dressler, e a encontrou morta no chão da primeira cabine.

A investigação permaneceu em aberto e estagnou com a conclusão de que fora um ataque aleatório.

A vítima, que morava em Mobile, Alabama, estava visitando a amiga e não conhecia mais ninguém no bar ou na cidade.

— As autoridades locais consideraram o caso como roubo seguido de morte. Não teve abuso sexual — continuou Morrison. — O agressor, provavelmente homem, seguiu a moça até o banheiro, deu um golpe no rosto dela para incapacitá-la e a estrangulou. Em seguida, bateu a cabeça dela na parede da cabine, *post mortem*. Ela carregava uma bolsinha com carteira de identidade, dinheiro, quantia indeterminada, mas inferior a duzentos dólares, um batom e um cartão Visa.

— É Rozwell, Quentin.

— Não é o método usual dele, nem o tipo de vítima que costuma perseguir.

— Nina Ramos também não. Este caso lembra o método que ele usou com ela. Golpe, asfixia, golpe após a morte. Isso é sinal de frustração, espancá-las após matá-las. Ele não conseguiu o que queria. A culpa é delas.

Como concordava com a teoria, Morrison assentiu.

— A vítima era loira e estava na faixa etária preferida por ele. Mas isso é novidade, Tee. Bar lotado, alguém poderia ter entrado. Ou tê-lo visto entrar e sair do banheiro, e feito um retrato falado.

— Ele deve tê-las seguido. As duas pararam em vários bares. Ele está inquieto, à espreita, pensando em Morgan Albright. A vítima vai para a pista de dança. Ele observa. Ela vai ao banheiro. A amiga dela está conversando, não percebe quando Kayleen vai para os fundos do bar.

— Todo mundo está bebendo, dançando, procurando alguém para transar — continuou Morrison. — Ninguém nota que o Rozwell a seguiu. Durante quinze minutos, ninguém nota que ela ainda não voltou, nem que o Rozwell saiu do banheiro e foi embora.

Beck foi até a porta.

— Ele espera um minuto, depois vai atrás dela. Entra. Se houver mais alguém além dela lá dentro, acabou. "Opa, banheiro errado", ele ri e dá meia--volta. Mas não há mais ninguém, então ele entra. Tranca a porta.

— Ele só precisa esperar que ela abra a porta da cabine — prosseguiu Morrison. — Um golpe no rosto.

Ele imita um soco.

— Ela cai para trás, depois cai no chão, atordoada. A música lá fora está alta.

— Mesmo se ela gritasse, quem ouviria? Ele pensa na Morgan enquanto estrangula a Kayleen, Quentin, mas não é ela, então ele não sente o prazer que esperava. Por isso, bate a cabeça dela na parede da cabine, pega a bolsa e larga o corpo no chão. Volta para o hotel e vai embora na mesma noite, ou no dia seguinte.

— É uma teoria plausível.

— Sim, é plausível. Um bom hotel, uma suíte com vista em um bom hotel. No French Quarter.

— Exatamente — concordou Morrison. — É bem o estilo dele.

— Vamos encontrar esse hotel. Quando encontrarmos, quando tivermos certeza, entrarei em contato com a Morgan.

As notícias ruins não paravam de chegar, pensou Morgan ao desligar o telefone. Ela tivera apenas trinta e seis horas para se recuperar do choque que sofreu ao abrir a fatura do cartão de crédito, e agora mais uma mulher estava morta.

Pelas mãos de Rozwell.

Uma pobre mulher que só queria sair para se divertir de forma despretensiosa com a amiga. Ele não a conhecia e, segundo Beck, não pesquisara nada sobre ela. Ele simplesmente a escolhera no meio da multidão.

Os agentes encontraram o hotel onde ele se hospedara. Embora tivesse tingido o cabelo ou usado uma peruca ruiva, eles localizaram o hotel. Ele fez o checkout na tarde seguinte ao assassinato — após fazer umas comprinhas com o cartão falso no nome dela — e pegou um táxi até o aeroporto.

Mas, de acordo com as imagens da câmera de segurança, ele não entrou no terminal.

Não havia nada que ela pudesse fazer, Morgan lembrou a si mesma, além do que já estava fazendo. Ou seja, ir para o trabalho.

Haveria um jantar de ensaio de casamento na sexta à noite, e isso significava que os convidados chegariam em massa após o evento, juntamente com os hóspedes do fim de semana e os moradores locais que gostavam de tomar um drinque no resort.

O momento não poderia ser mais oportuno, porque toda essa agitação a manteria ocupada demais para ficar pensando no que estava acontecendo.

Bailey estava trabalhando como sua assistente outra vez, certamente porque Opal gostava dela. De qualquer forma, Morgan apreciava a ajuda.

— Você pode servir o pedido desta mesa. Um Shiraz, um Chardonnay, um champanhe da casa e um Pinot Grigio. Uma porção dupla de batata frita com queijo, quatro pratos.

Confiando nas habilidades da aprendiz, Morgan pegou o liquidificador para preparar três Coladas de damasco.

Estava trabalhando no piloto automático, preparando drinques, conversando, oferecendo copos de degustação aos clientes que não conseguiam decidir entre cerveja, vinho ou uísque.

Um homem de quase quarenta anos foi até o balcão e chamou-a com o dedo.

— O que posso fazer por você?

— Estou brincando de "desafie a barwoman" com os meus amigos. Você é nova, não deve ter muita experiência, então as minhas chances são boas.

— Qual é o prêmio?

— Eles vão pagar a minha taxa no campo de golfe amanhã.

— Boa. Qual é a bebida?

Sorrindo, ele fez que não com o dedo.

— Não vale pesquisar na internet.

Ela levantou as mãos.

— The Bone.

— Devo parecer mais nova do que realmente sou. Prefere uísque Dry Turkey ou conhaque?

— Mas que m… — Ele deu uma risada. — Uísque. Pode preparar quatro.

— Quatro drinques viris. Vamos servi-los na mesa. Sinto muito pelo golfe.

Ela resfriou quatro copos e pegou duas coqueteleiras para preparar dois de uma só vez.

A conversa a animou, assim como o casal que pediu uma garrafa de champanhe para celebrar seu noivado.

— Caramba, isso é muito divertido!

Ofegante, Bailey reabasteceu a bandeja de guarnições.

— Sei que o movimento é grande, mas é bem divertido. Provavelmente porque tudo é muito novo para mim.

— Não é novo para mim e ainda continua sendo divertido.

Risadas irromperam de uma mesa nos fundos.

— E não só para nós, pelo visto.

O bar se encheu. Trilheiros, ciclistas, jogadores de golfe, casais em lua de mel, convidados do casamento e outros.

Por volta de meia-noite, Miles apareceu e sentou-se no lugar de sempre. E então pegou o telefone.

Ela serviu uma taça de Cabernet Sauvignon.

— Teve sorte de encontrar um lugar para se sentar.

— O resort está com lotação máxima neste fim de semana. Parece que metade dos hóspedes estão aqui.

— Isso porque você não ouviu o barulho uma hora atrás. Agora está começando a ficar mais calmo.

Ela se aproximou de um casal que estava terminando uma taça de Merlot e uma Vodka Tônica.

— Mais uma rodada?

— Você chegou na hora certa. E vamos querer uma porção de batata frita apimentada para acompanhar.

— Sinto muito, mas a cozinha fecha à meia-noite.

— Ah, qual é. — O homem bateu com o dedo na tela do relógio. — Poxa, só por cinco minutos. Talvez você devesse ter vindo nos ver antes.

— Sinto muito pela demora. Vou ver o que posso fazer.

Como ela sabia que o pessoal da cozinha já tinha desligado a fritadeira, ligou para o serviço de quarto.

— A batata frita vai demorar um pouco, então será por minha conta.

— Aí sim.

— Obrigada pela paciência.

Ela caminhou sem titubear ao longo do balcão.

— Por dentro — murmurou Bailey —, estou revirando os olhos.

— Desde que não transpareça.

Com o rosto sem expressão, Opal aproximou-se do balcão.

— Dois Bellinis, uma Colada de damasco e uma Corona.

— Eu cuido da Corona e das garrafas vazias. Obrigada por me deixar praticar hoje, Opal. Estou aprendendo muita coisa.

— Amanhã você vai ter que voltar para a sua seção.

— Estarei lá.

Enquanto o liquidificador batia as Coladas, Morgan pegou as taças e entregou a Bailey a garrafa de champanhe.

— É com você.

— Sério? Meus primeiros coquetéis oficiais.

Com um olho nas medidas de Bailey, Morgan desligou o liquidificador e terminou as Coladas.

— Parecem perfeitos. Bom trabalho.

Após colocar as bebidas na bandeja, Morgan começou a procurar Opal com os olhos. Um movimento chamou a atenção dela.

Ela o viu caminhando até as portas de vidro que davam para o pátio. Ele virou a cabeça para o lado, mas ela conseguiu vislumbrar seu perfil. Os cabelos dourados, o físico, até mesmo a maneira como se movia. Uma fraqueza tomou conta dela.

— Morgan, você está...

E, de repente, uma força intensa tomou conta dela.

Ela contornou o balcão, o alcançou pouco antes de ele chegar às portas e agarrou seu braço.

— Seu filho da...

Surpreso, ele se virou, e ela se deparou com um desconhecido.

— Sinto muito. Sinto muito mesmo. Pensei que você fosse...

— Ainda bem que não sou.

Ele exibiu um sorriso confuso.

— Término ruim?

— Eu sinto muito mesmo — disse novamente.

Virando-se, com a respiração presa em seus pulmões, a escuridão limitando sua visão, ela saiu correndo.

— Pátio, mesa três. — Opal empurrou a bandeja para Bailey. — Sirva, cubra o balcão.

Ela saiu às pressas, logo atrás de Miles. Ele parou abruptamente do lado de fora do banheiro feminino e apenas apontou para dentro.

Opal empurrou a porta e encontrou Morgan sentada no chão, as costas contra a parede, ofegante.

— Devagar. — Ela se abaixou e colocou as mãos no rosto de Morgan. — Respire devagar.

— Não dá. Não consigo respirar.

— Consegue, sim. Devagar. Com calma.

— Dói. O peito dói.

— Eu sei. Expire devagar, com calma. Inspire novamente. É um ataque de pânico, então vamos nos acalmar. Isso mesmo. Inspire, expire. Minha irmã costumava ter esses ataques depois que foi agredida por um idiota na faculdade. Continue assim.

— Eu pensei... eu pensei que ele era...

— É, eu entendi. Aguente firme.

Levantando-se, ela foi até a porta e a empurrou para abri-la.

— Ela precisa de água.

Quando Opal retornou, Morgan estava com as pernas dobradas, pressionando o rosto contra elas.

— Estou bem. Já estou melhor. Que vergonha.

— Não seja estúpida.

Ao ouvir a batida na porta, Opal foi abri-la. Pegou o copo.

— Precisamos de mais alguns minutos — avisou a Miles e depois se voltou para Morgan. — Beba.

Ela se ajoelhou na frente de Morgan novamente.

— Goles pequenos.

— Obrigada. Ele se parecia tanto com ele, até que eu...

— Tem certeza de que não era?

— Sim.

— Que bom que você parou, então.

Enquanto Morgan tomava alguns goles de água, Opal se sentou sobre os calcanhares.

— Você ia dar um soco nele.

— Meu Deus. — Ela baixou a cabeça novamente. — Isso teria sido o fim.

— Isso mostra que você tem coragem. Mais do que eu pensava. Achava que você estava exagerando, se fazendo de vítima. Sinto muito.

— Vamos considerar que estamos quites.

Com os olhos fechados, Morgan inclinou a cabeça para trás por um momento e, logo em seguida, estremeceu.

— Meu Deus, eu abandonei o bar. Bailey...

— Ela pode segurar as pontas por alguns minutos. Eu fiquei de olho nela. Você a está treinando direitinho. Mas, óbvio, está trabalhando com um material de primeira.

— É verdade, mas preciso retornar.

— Bem, sua cor está voltando e você parou de tremer. Tente se levantar, vamos ver.

Quando ela obedeceu, Opal assentiu em aprovação.

— Está bem, então.

Ela a acompanhou até Miles, que andava de um lado para o outro no corredor perto do saguão.

— É com você — disse Opal, e seguiu na direção do arco.

— Vamos. Vou levar você para casa.

— De jeito nenhum. Preciso voltar ao trabalho.

Antes que ele pudesse se opor, e Morgan viu nos olhos dele que era exatamente o que estava prestes a fazer, ela levantou a mão.

— Eu preciso. Por mim, Miles, preciso fazer isso. Se eu não voltar, ele vai ganhar mais uma vez.

Após sustentar o olhar por um longo tempo, ele apontou na direção do arco.

— Sinto muito por...

— Nem comece — respondeu ele.

Ele voltou para o banco onde estava sentado, e ela voltou para trás do balcão.

Depois de pegar um pano para limpar o balcão, ela apertou gentilmente o braço de Bailey.

— Desculpa por ter largado você aqui sozinha.

— Sem problema. Você está bem?

— Sim, tudo certo.

— A batata frita chegou, e eu servi uma rodada de bebidas do suporte de acesso rápido para uma mesa.

— Ótimo. Pode me fazer um favor?

— Com certeza.

— Descubra o que o cara que eu quase ataquei e os demais na mesa dele estão bebendo. Quero oferecer uma última rodada a eles, por minha conta.

— Pode deixar.

Usando o pano de limpeza para manter-se estável, Morgan deu uma olhada nos clientes sentados nos bancos. Notou que o casal com a batata frita apimentada mal se falava. Bebida alcoólica e carboidratos nem sempre são suficientes para melhorar o humor.

As duas mulheres rindo enquanto bebiam Chardonnay a fizeram pensar na mulher morta e na amiga dela em Nova Orleans, e ela sentiu uma pontada no coração.

Na ponta do balcão, Miles estava ocupado mexendo no celular.

— Mesa de cinco — informou Bailey. — Duas Heady Toppers, um Mojito, uma Margarita com gelo e um Merlot.

— Obrigada. O que acha de servir as cervejas e o vinho?

Ela mesma levou as bebidas lá para fora, deixando-se banhar pelo ar fresco da noite enquanto atravessava o pátio.

— Por minha conta — disse ela enquanto servia. — Com um pedido de desculpas muito constrangido.

— Ah, obrigado, mas não foi nada demais. Poderia ter sido se você tivesse acertado aquele soco que parecia estar se preparando para dar.

— Meu gancho de direita é brutal.

Sorrindo, sempre sorrindo, ela flexionou o braço e removeu alguns copos e garrafas vazios enquanto os amigos dele riam.

— Aposto que esse ex é um canalha bonitão.

— Você ganha dele no quesito beleza. Agradeço a compreensão. Divirtam-se.

Um pouco mais tranquila, voltou para dentro.

O casal da batata frita foi embora e deixou um mísero dólar de gorjeta. As risonhas pediram uma última rodada antes de o bar fechar.

Morgan pediu para Bailey servi-las e depois deu a ela a nota de um dólar.

— Guarde esta nota como um lembrete. Você pode fazer tudo certo, mas ainda assim algumas pessoas vão te passar a perna.

— Que babaca.

— Tenho quase certeza de que a esposa dele concorda com você. Mesmo assim, se ele voltar amanhã, faremos tudo certo outra vez.

— Porque nos orgulhamos do nosso trabalho mesmo quando o cliente é um babaca pão-duro.

— Exatamente. E porque nós representamos o resort.

Quando deu uma da manhã, alguns clientes ainda estavam sentados, dentro e fora, enquanto a equipe limpava as mesas. As mulheres risonhas deram boa noite e saíram aos risos quando o sósia de Gavin Rozwell parou no balcão.

— Obrigado pelo drinque.

— Não há de quê.

— Se um dia você quiser conversar sobre términos ruins, as bebidas serão por minha conta. — Ele colocou um cartão de visitas no balcão e abriu um sorriso. — Ainda bem que você não me deu aquele soco.

— Concordo.

Quando ele foi embora, Bailey se virou para Morgan.

— Ele estava totalmente dando em cima de você.

— Vai acontecer com você também.

Ela guardou o cartão no bolso.

— Miles vai querer um copo de água com gelo, sem gás. Depois disso, você pode ir embora. Você se saiu muito bem hoje, Bailey.

— Posso ficar para te ajudar a fechar.

— Você já me ajudou muito. Tirou o lixo, trocou os sacos, limpou e fechou as torneiras de chope, esvaziou as caixas de gelo. Limpou e reabasteceu os copos. Vou ficar mal-acostumada.

— A Opal disse que eu poderia trabalhar algumas horas com você na terça-feira, se o Nick concordar. Eu trabalho durante o dia às terças.

— Boa ideia, e ele certamente concordará. Assim, você poderá ver os diferentes estilos e ritmos do bar.

Enquanto os últimos clientes iam embora, e a equipe lhe desejava boa noite, Morgan continuou o processo de encerramento, parando apenas quando Miles apareceu atrás do balcão.

— Sente-se.

— Eu ainda tenho que...

— Eu sei fechar um bar. Sente-se.

— Mas você provavelmente não sabe como eu fecho um bar, e esse é o meu trabalho.

Ignorando-a, ele começou a limpar as garrafas.

— Eu trabalhei como assistente de bar por alguns meses quando era mais novo. E Bailey já fez quase tudo.

— Ela presta atenção.

E você também, pensou Morgan.

Eles trabalharam em silêncio. Depois de reabastecer a geladeira de cerveja e a adega de vinho, ela começou a trancá-las.

— Não tranque a adega. Vá se sentar. Você quer um Cabernet ou prefere outra coisa?

— Eu não disse que queria beber alguma coisa.

— Se quisesse, o que seria?

Ela não se considerava muito teimosa, mas, mesmo se fosse, não achava que chegaria ao nível dele.

— Talvez algo mais leve. Pinot Grigio.

Ele serviu uma taça de vinho tinto e uma de vinho branco, e depois trancou a adega.

— Vamos lá para fora. Você pode até estar cansada — continuou ele —, mas ainda está tensa. Então relaxe.

Ele pegou as duas taças e esperou que ela abrisse a porta.

Quando ela fechou a porta novamente, ele foi até a mesa mais próxima e se sentou.

— Ele se parecia tanto assim com o Rozwell?

Balançando a cabeça, ela desistiu e se sentou.

— Não. Foi a constituição física, o cabelo, e ele estava vestido de uma maneira que dizia "sou casual, mas estiloso".

— Uhum. Jen ensinou você a perseguir assassinos e dar um soco na cara deles?

— Óbvio que não. Eu só… reagi.

— Eu estava sentado bem ali. E você só precisava apertar algumas teclas do seu celular para chamar a segurança.

— Eu não estava pensando, pode ter certeza.

Ela provou o vinho; frio e leve, como o ar.

— Não é uma desculpa, mas não acho que teria reagido daquela maneira se ele não tivesse matado outra mulher.

— Quando?

— Não sei ao certo. Algumas semanas atrás. Acabei de descobrir. Ele fez outro cartão de crédito no meu nome — continuou, e contou toda a história. — Eles encontraram o hotel onde ele se hospedou. Ele tingiu o cabelo ou estava usando uma peruca ruiva. Fez o checkout um dia depois de tê-la matado e pegou um táxi para o aeroporto. Mas não entrou no terminal. Ele roubou um carro do estacionamento de longa duração. Teve cinco dias até que o proprietário do veículo retornasse de viagem e denunciasse o roubo, então pode estar em qualquer lugar.

— Ele não teria passado pelos seguranças e entrado no Après.

— Não pensei nos seguranças. Não pensei em nada. Eu entrei em pânico.

— Não. — Miles olhou fundo nos olhos dela. — Você só entrou em pânico quando percebeu que tinha ido atrás do cara errado. Até então, parecia estar pronta para dar uma surra nele. Você costuma ter ataques de pânico?

— Não. Nunca. Desde… Já tive alguns, eu acho, mas nada parecido com isso.

— É melhor sentir raiva, se conseguir se apegar a esse sentimento. Vai ligar para ele? O cara com quem você fez confusão? Ele te deu o cartão dele — acrescentou Miles quando ela pareceu confusa.

— Ah. Não. De jeito nenhum. Primeiro, porque seria antiético, independentemente das circunstâncias. E, segundo, por causa das circunstâncias. Para piorar, o último cara com quem eu saí, e foram só umas duas vezes, acabou se revelando um assassino em série. Não dá vontade de tentar de novo.

— Você está se sentindo melhor.

Ela inclinou a cabeça para trás e olhou para as estrelas.

— Acho que sim.

— E também teve o babaca da batata frita.

— Ah, é. Ele foi a cereja do bolo.

Ela ergueu a taça para brindar.

— O tipo de pessoa que sabe que deixar um único dólar no bar é mais ofensivo que não deixar nada.

— Qual é a história dele? — perguntou Miles. — Você deve saber.

— Ele gosta de ser babaca. Faz com que ele se sinta importante, principalmente quando está lidando com prestadores de serviço ou subordinados. Ele estava usando um Rolex, que parecia original, e está hospedado em uma das suítes do Club Level, então pode se dar ao luxo de ser generoso. Mas não é do feitio dele. É um péssimo chefe, impaciente, exigente e grosseiro, simplesmente porque pode.

Miles a observava enquanto bebia o vinho.

— E a esposa dele?

— Ela não disse uma palavra, mas lançou um olhar rápido para mim. Um olhar que dizia: Você acha que isso é ruim? Deveria ver o que eu tenho que aguentar. Eu diria que ela já está cansada de aguentar. — Ela deu de ombros. — Essa é a minha perspectiva de trás do balcão.

— Ela bate com a minha, da outra ponta do balcão. E, ainda assim, você gosta de pessoas.

— O cara que eu quase agredi foi muito gentil. As duas mulheres que estavam no balcão estão dividindo um quarto, que não fica no Club Level, e ainda assim deixaram uma gorjeta de vinte e cinco por cento. A Opal deixou a seção dela, coisa que ela nunca faz, para me ajudar com o meu ataque de pânico besta. E você está sentado aqui me ajudando a esquecer uma noite difícil quando poderia estar em casa de samba-canção assistindo ao canal ESPN. Então, sim, eu gosto de pessoas.

Ele observou o último gole de vinho antes de bebê-lo.

— Eu costumo ouvir a ESPN em vez de assistir. E, para o seu governo, eu uso cueca boxer.

— Não, você tem cara de quem usa samba-canção. E isso — ela se deu conta — foi totalmente inapropriado. É melhor eu limpar aqui e ir para casa

Ele se levantou junto com ela.

— Vou te levar para casa.

— O quê? Não, eu estou bem.

— Você está se sentindo melhor, mas isso não quer dizer que esteja bem Vamos no seu carro. Um dos funcionários noturnos pode nos seguir no meu

— Eu *estou* bem.

Ele estendeu a mão.

— Chave. Você conhece o esquema.

— Está na minha bolsa. Isso é ridículo.

— É antiético chamar o Diretor de Operações de ridículo.

— Eu não disse que *você* era ridículo — resmungou enquanto pegava as taças vazias. — Se bem que…

Ele trancou a porta quando entraram novamente no bar e esperou enquanto ela guardava as taças e pegava a bolsa.

— Ouça, Miles…

— Chave.

— Inacreditável.

Ela puxou a chave da bolsa e a colocou na mão dele.

— Estou começando a gostar menos de pessoas.

— Isso é bom, continue assim.

Ele apagou as luzes.

Os dois carros estavam esperando na entrada. Sentindo-se ridícula, ela se sentou no banco do passageiro. Miles, ao volante.

— Suas pernas são compridas — comentou ele. — Quase não precisei ajustar o banco.

Ela colocou o cinto de segurança.

— Quando sair do resort, pegue a direção do centro da cidade e…

— Eu sei chegar à sua casa.

— Ah.

— Avós — disse enquanto se afastava do meio-fio. — Os seus, os meus. Eram amigos. Eu acompanhava meu avô às vezes.

É lógico. Ela já sabia, sua avó lhe contara.

— O seu me ajudou a construir uma casa de passarinho para um projeto da escola. — Ele olhou para ela. — Tirei nota máxima.

— Mas você não gosta de pessoas.

— Eu gostava do seu avô.

— Eu também.

A tensão nos ombros dela se dissipou.

— Era um momento especial sempre que eu podia visitá-los. Dependia de onde meu pai estava destacado, mas, após a separação, geralmente passávamos uma semana no verão, talvez alguns dias no Natal, dependendo de onde estávamos.

— Muitas mudanças.

— Muitas mudanças — concordou. — Primeiro por causa do exército, e depois porque minha mãe parecia incapaz de ficar muito tempo no mesmo lugar. Nunca imaginei que ela plantaria as raízes dela aqui. Ou que eu plantaria minhas raízes aqui.

Ela mudou de posição. E, como realmente estava se sentindo melhor, e estava curiosa, perguntou:

— Você já pensou em morar em outro lugar?

— Eu gosto daqui.

— Mas se não fosse pelo negócio familiar e tudo o mais.

— Eu ainda gostaria daqui.

Havia deduzido certo, pensou Morgan. Gostava de ter deduzido certo.

— São as raízes. São profundas. Sempre invejei raízes profundas.

— Você tem tempo de sobra para plantá-las e vê-las crescer.

Ele dirigiu suavemente pelas estradas vazias e depois pelas ruas tranquilas de Westridge.

Embora ela tenha perdido tempo — e muito mais —, não queria dizer que não tinha tempo. Ela plantara suas raízes ali, pensou, por necessidade e não por escolha, pelo menos no início. Mas se enraizara e podia sentir essas raízes começarem a se firmar.

Gostava das ruas tranquilas tanto quanto apreciava o modo como elas ganhavam vida durante o dia. Apreciava a solidão de uma caminhada na floresta tanto quanto um bar animado e lotado.

Não possuía uma casa que pudesse transformar em seu lar, mas tinha um lar.

Quando ele entrou na garagem, ela não precisou se lembrar de ser grata por isso.

Ele tirou a chave da ignição.

— Chave.

Estendendo a mão, grata pela hora de distração que ele lhe proporcionara, ela segurou a mão dele.

— Obrigada.

Por um instante, um breve instante, ela se perdeu nos olhos dele. Depois, retirou a mão e a chave.

Os dois desceram do carro e ela pressionou o botão para trancar a porta.

— Boa noite, Miles.

— Não se esqueça de trancar a porta da casa.

Ele ficou parado, é óbvio, observando até que ela chegasse à porta, até que a destrancasse. Ela olhou para trás uma vez e sentiu algo que não queria. Então entrou, fechou e trancou a porta.

Ele fora gentil quando ela mais precisara de gentileza, embora não gostasse de admitir. Dadas as circunstâncias, lembrou a si mesma enquanto subia as escadas, não seria apenas imprudente, mas um grande erro permitir-se sentir algo além de gratidão.

Um homem atraente, ponderou, e interessante. Um homem encantador, admitiu. Então, não era natural que ela sentisse alguma atração, interesse e encanto? Sem dúvida, desde que não passasse disso. Nem mais um passo.

Ela sentou-se na beirada da cama, tentando ignorar o frio que se agitava em sua barriga. E desejou muito poder conversar com Nina sobre aquilo.

Capítulo Dezessete

⌘ ⌘ ⌘

MILES ESTAVA de folga no domingo e pretendia ficar à toa. Nenhum trabalho urgente, nenhuma reunião — nem mesmo de família —, nenhuma crise, grande ou pequena, em vista.

Havia algumas tarefas domésticas pendentes, é óbvio, mas ele não se incomodava em fazê-las quando não estava com pressa.

Ele se levantou da cama antes das nove — a versão dele de acordar tarde — e deixou o cão sair. Em seguida, porque teve a boa ideia de instalar um espaço para café em seu closet, degustou sua primeira caneca da manhã de domingo no terraço do quarto.

Como sempre, Lobo estava patrulhando o quintal, defendendo seu território contra potenciais invasores. Às vezes, Miles se perguntava o que passava pela cabeça daquele cão, e a conclusão era sempre a mesma: provavelmente nada.

Descendo até o porão, ele treinou por uma hora em sua academia particular e saiu com a sensação de dever cumprido.

Tomou um banho demorado. Era seu pequeno prazer das manhãs de domingo. Após botar roupa para lavar e alimentar o cão, preparou ovos mexidos e esquentou um bagel na torradeira. Com uma segunda caneca de café na mão, se sentou no pátio dos fundos e leu o jornal no tablet enquanto degustava o desjejum sob o sol de verão.

E, já que fazia sol, pôs as roupas para secar ao ar livre.

Ele trocou a roupa de cama, pendurou toalhas limpas no banheiro, lavou a louça e considerou as tarefas do lado de dentro concluídas.

Já que ficar dentro de casa em um dia tão bonito seria um desperdício, foi cuidar dos jardins. Eles careciam de poucos cuidados, porque a equipe de manutenção do resort se encarregava da tarefa quando Miles não tinha tempo.

Ainda assim, ele sabia o que fazer, pois parte de seu treinamento fora passar um verão trabalhando com a equipe de manutenção.

Lobo se deitou na grama, ao sol, e observou.

Miles trabalhou em silêncio porque o apreciava sempre que possível. Sobrara apenas o canto dos pássaros — o que o lembrou de encher os comedouros —, o murmúrio ocasional do cão e o zumbido das abelhas desempenhando suas tarefas.

Como costumava fazer todo domingo de folga, ele deixara o celular dentro de casa de propósito, carregando. Se surgisse algum assunto urgente, alguém viria buscá-lo. Caso contrário, ficaria incomunicável por um dia.

Como um experimento, pegou uma bola de tênis e a exibiu para Lobo. Em seguida, a arremessou. Reagindo da mesma forma que todas as outras vezes, Lobo continuou sentado, observando a bola voar e cair no chão. Em seguida, olhou para Miles como quem diz: O que é? Vá buscar você mesmo.

— Que tipo de cão é *você*?

As reclamações e murmúrios de Lobo eram o equivalente canino de dar de ombros. Miles foi buscar a bola e a guardou de volta no galpão de jardinagem.

Às duas da tarde, as roupas já estavam secas, dobradas e guardadas, o chá estava esfriando e todas as tarefas haviam sido concluídas. Com o restante do dia pela frente, estava tentado a checar seu telefone. Não o faria, por uma questão de disciplina, mas a tentação se fazia presente.

Ele poderia se sentar na varanda e ler um livro. Poderia calçar as botas e fazer uma caminhada. Teria que levar o cão, pois não parecia certo sair sem ele.

Fazer a caminhada e depois ler o livro fazia mais sentido, mas, se invertesse a ordem, poderia passar no centro da cidade e comprar alguma coisa para o jantar, assim não precisaria cozinhar.

Qualquer coisa que fizesse, teria que ser ao ar livre, pois considerava um crime desperdiçar uma tarde de domingo de verão perfeita dentro de casa, com preguiça. Além do mais, apesar do comentário de Morgan sobre ESPN, ele não via muito TV, nem mesmo para acompanhar os esportes.

Pensar no comentário o fez pensar nela, algo que evitara a manhã toda com muito afinco.

Ele não deveria pensar nela, pelo menos não além dos assuntos do bar. Mas a achava incrivelmente interessante. Não havia dúvida de que ela se destacava em seu trabalho — e, como Nell concluíra durante a última reunião de família, eles tiveram sorte de ter encontrado uma pessoa tão criativa e organizada.

Ele não gostava de se preocupar com ela, mas não conseguia evitar. A maneira como ela havia passado de um estado de fúria dominante para um de pânico e desespero quando atacou aquele cliente ficou marcada na mente dele.

Admirara a fúria e sentira empatia em relação ao pânico.

Ela tinha perdido tudo, mas tirara forças de seu âmago para recomeçar. Ele também admirava aquilo. E, acima de tudo, respeitava.

Ela tinha sonhos, objetivos, esperanças, pensou ao pegar o livro que mal começara. Quantos deles haviam sido roubados por Rozwell?

Alguém queria matá-la e não queria que ela se esquecesse daquilo. Ainda assim, ela saía da cama todas as manhãs. Ia para o trabalho, fazia o que tinha que fazer, vivia a vida dela.

A vida nova que ela estava começando.

O misto de vulnerabilidade e tenacidade o fascinava.

Ele poderia tentar se convencer de que aquela fascinação nada tinha a ver com a aparência física, mas não gostava de mentir para si mesmo. A beleza dela, pensou, a maneira como o rosto dela se iluminava quando ria, o jeito com que se movia atrás do balcão — como se fosse uma maldita pista de dança. E aqueles olhos, verdes brilhantes e sempre alertas.

E agora pararia de pensar nela, caramba. Ele a deixou metaforicamente junto com o telefone para carregar e foi ler o livro.

Quando se dirigiu à porta da frente, Lobo uivou. Ele poderia sair também, é óbvio, e Miles deixaria a porta aberta para que ele pudesse entrar e sair quando quisesse. Mas, como não pegara a coleira e a guia, o cão sabia muito bem que não poderia ir além da varanda.

A rua estava longe, mas ainda assim.

— Você conhece as regras — disse Miles ao abrir a porta.

E lá estava ela, como se a tivesse invocado ao pensar nela por alguns minutos.

Estava com uma camiseta vermelha e um short jeans desbotado, e a visão daquelas pernas esguias quase o matou. Ela estava segurando uma espécie de pote contêiner e, apesar dos óculos escuros que usava, ele pôde ver o espanto em seus olhos quando ela olhou para cima.

— Você tem torres — apontou, ainda mais espantada.

— A casa tem torres.

— Duas torres — apontou novamente, e Lobo apareceu na varanda. — E um cachorro!

Lobo murmurou, resmungou e choramingou enquanto se sacudia da cabeça à cauda.

— Torres e um cachorro falante!

Miles sentiu o cão dançando sem sair de seu lado. Estava prestes a mandá-lo se sentar, mas Lobo quebrou uma regra fundamental.

Ele desceu da varanda e correu ao encontro de Morgan.

Em vez de espanto, ela demonstrou apenas fascinação e colocou o pote debaixo do braço para que pudesse se agachar e cumprimentá-lo.

Ele lambeu, se esfregou e rolou no chão para receber carinho na barriga, emitindo uma série de ruídos de satisfação.

Nem com o pai dele, pensou Miles, o cão fazia aquele papelão. Então, Morgan riu, acariciou, abraçou e falou com voz de bebê.

— Mas que garoto bonzinho! Quem é esse garoto bonzinho? E como você é bonito! Qual é o seu nome? Como ele se chama?

— Lobo. Ele...

Para ilustrar o motivo, o cão uivou como um lobo e arrancou uma risada de Morgan.

— Ele não tem autorização para sair da varanda sem a coleira.

— Ah, mas... Ah, a rua. É uma boa regra. Vamos, Lobo, não quero te causar problemas. Sinto muito, a culpa foi minha.

Ela endireitou-se em suas maravilhosas pernas de flamingo, e o cão saltitou — ele *nunca* saltitava — ao lado dela a caminho da varanda.

— E sinto muito — continuou. — Eu estava distraída por causa das torres. Só ia deixar isto aqui na sua porta e te mandar uma mensagem. Não queria interromper o seu dia de folga.

— Deixar o quê?

— Fiz biscoitos para você.

Ela estendeu o pote para ele.

— Você...

Se a presença dela o surpreendera, agora ele estava completamente perplexo.

— … Fez biscoitos para mim.

— Para te agradecer por sexta-feira à noite. Devo admitir que foi ideia da minha mãe, e os biscoitos só ficaram gostosos porque ela supervisionou cada etapa. Mas o agradecimento é sincero.

Ele pegou o pote, abriu a tampa e provou um biscoito enquanto ela fazia o cão se derreter com os beijos que dava no focinho dele.

— Está gostoso mesmo.

Quando Lobo finalmente olhou para ele, Miles balançou a cabeça em negativa.

— Não são para você.

— Você não pode comer chocolate. — Morgan afagou as orelhas de Lobo. — Não faz bem para você. Ele é o quê?

— Um cão.

— Estou perguntando qual é a raça.

— Ninguém sabe. Ao que parece, um pastor resolveu se engraçar com uma beagle.

— Bela mistura. Eu me sinto culpada por interromper o seu dia de folga, mas, caso contrário, não teria conhecido o Lobo. E…

Ela olhou para cima, e ele já sabia que teria mais dificuldade em dizer "não" para aqueles olhos do que para os de Lobo.

— Você tem cinco minutos?

— Talvez.

— Será que eu poderia… dar uma olhada em uma das torres? Só uma espiadinha.

— Talvez — repetiu. — Por quê?

— Eu nunca entrei em uma torre. Sou apaixonada por casas, e a sua é uma bela construção vitoriana. As torres simplesmente a elevam a outro nível.

— Tudo bem.

— Ai, obrigada. Cinco minutos, prometo, depois te deixo em paz para degustar os seus biscoitos.

Ele fez um gesto para ela entrar.

— Nossa, é linda mesmo. Simplesmente… Você manteve as paredes interiores curvas na base da torre para criar uma sala de estar ou uma sala de leitura ou uma sala para passar o tempo pela manhã. Sala do que você quiser que seja. A marcenaria! O teto tem medalhões. E o piso… É original?

— Sim.

Ele pensou que ela olhava para a sala ao lado da antessala como se tivesse acabado de entrar na caverna do Aladdin.

— Maravilhoso, simplesmente maravilhoso. E as janelas! Desculpe, estou usando o meu primeiro minuto. Eu adoro casas. Ainda mais casas antigas. As construções novas são tão... bem, novas. Dá para sentir a história deste lugar. Olha só essa escada!

Ela se aproximou, seguida pelo cão, para tocar o pilar da escada.

— Você pode usá-la se quiser dar uma olhada dentro do resto da torre.

— Eu quero muito. É tão elegante, mas sem ser formal ou pretensiosa. Parece um lar — ressaltou enquanto subia as escadas com os dedos roçando no corrimão. — E é. O seu lar.

— Agora é.

Enquanto indicava o caminho pelo segundo andar, ele pensava como era estranho estar fazendo uma espécie de tour pela casa enquanto carregava um pote de biscoitos caseiros.

Ela emitiu um som entre um gemido e um suspiro quando entrou no escritório dele. Miles proibiu a si mesmo de interpretar aquele som de forma sexual.

Falhou.

— Ai, sim! É perfeito. Simplesmente perfeito. As paredes curvas, a vista das janelas altas... Toda a luz natural que entra por elas. A sua mesa está virada para a porta porque quem poderia se concentrar no trabalho com uma vista dessa? Estantes curvas em paredes curvas, e a lareira, o entalhe ao redor, a ferragem. É absolutamente mágico. E aqui temos o computador de alta tecnologia em cima da elegante escrivaninha antiga, cadeiras de couro marrom. Respeita a história da casa ao mesmo tempo em que se permite viver no presente.

Ela deu um soco amigável no bíceps dele.

— Meus parabéns. É um espetáculo.

Em seguida, ela se curvou para acariciar Lobo novamente, levando o cão ao delírio e soltando alguns pelos cinzentos no ar.

— Você se aconchega e dorme na poltrona enquanto o papai trabalha?

— Na poltrona não, e "papai" de jeito nenhum. Ele é um cão. Eu não.

— Poxa. — E então ela sorriu. — Muito obrigada por me deixar visitar.

— Não quer ver o resto?

— Ai, adoraria. Não vejo como o resto pode ser mais perfeito que o seu escritório, mas gostaria muito de ver.

Ela o seguiu.

— É um casarão.

— Eu gosto de ter espaço.

— Eu também. Minha casa em Maryland era bem pequena, mas eu estava planejando derrubar umas paredes. Depois, meu grande plano, para quando eu tivesse o meu bar bem-sucedido, era construir um segundo andar. Os quartos ficariam em cima e o meu escritório embaixo. Enfim...

Ela ficou sem palavras quando entrou no último andar da torre.

— Mais perfeição. É como um esconderijo. Um lugar para relaxar no sofá ou se aquecer diante da lareira no inverno, tomar um copo de uísque e se perder nos pensamentos. Ou apenas olhar pela janela e ver... tudo.

Ela suspirou novamente, acariciando o cão que não saía do lado dela.

— Agora posso riscar "visitar o interior de uma torre" da lista de coisas que devo fazer antes de morrer.

— Você tem uma lista?

— Faço listas para tudo. Listas e planilhas. Eu nem sabia que isto estava na lista até visitar a sua casa. Agora essa meta pode entrar e ser riscada no mesmo dia. Um ótimo negócio em troca de alguns biscoitos.

Ela se afastou da janela onde a luz do sol banhava seu rosto.

Ele ficou se perguntando com ela parecia pertencer àquele lugar de maneira tão natural.

— E agora, como prometido, vou te deixar em paz. Mas vai ser difícil me despedir do meu novo melhor amigo.

— Quer ficar com ele?

— Pare com isso.

Ela passou o dedo no braço dele.

— Aposto que você tem um daqueles sótãos enormes com vigas expostas e repleto de tesouros.

— Quer dar uma olhada nele também?

— Uma promessa é uma promessa, mas talvez eu acabe fazendo biscoitos de novo, o que é mais difícil do que você pensa. A casa da minha avó tem um sótão. Às vezes, fico vasculhando nos meus dias de folga.

— Em busca de quê?

— Tesouros. Viver com um orçamento apertado é ótimo para estimular a criatividade. Encontrei um abajur antigo maravilhoso algumas semanas atrás. Comprei uma cúpula, troquei a fiação e pronto. Novo em folha.

Ele pensou nos dedos longos e finos dela.

— Você trocou a fiação de um abajur.

— O Google sabe tudo e, para mim, foi mais fácil que assar biscoitos. E a vantagem é que agora estou dispensada de fazer o jantar nos meus dias de folga, o que tinha seus altos e baixos, e incentivada a trocar a fiação de abajures ou restaurar as mesas antigas que eu encontrar.

— Deve ter uns abajures velhos lá em cima.

— Um clássico dos sótãos. Muito obrigada, Miles.

No andar principal, ela se virou para ele e sorriu novamente.

— Eu ganhei biscoitos em troca.

— Eles são para te agradecer por saber do que eu precisava na sexta à noite e garantir que eu o tivesse, mesmo quando eu não queria. Então...

Ela voltou-se à porta, mas se virou novamente.

— Quero te fazer uma pergunta e quero dizer que qualquer resposta é perfeitamente aceitável.

— Você quer ver o porão?

Ela riu.

— Não... Bem, sim, mas não era essa a pergunta. Gostaria que não levássemos o resort em conta nesta conversa, apenas uma pessoa fazendo uma pergunta a outra, se estiver tudo bem para você.

— Como posso saber se está tudo bem até você fazer a pergunta?

— Certo. É um pouco constrangedor. A questão é que eu sou muito boa em ler as pessoas. Bem, com uma grande exceção, mas costumo ser muito boa nisso. A garota nova na escola, no bairro, no parquinho tem que aprender a ser. É, pelo menos eu aprendi. Então gostaria de saber se estou completamente errada ou se estou mesmo sentindo que está rolando um clima entre nós.

Ela apontou dele para si mesma.

— Sem levar em conta o resort — repetiu. — Sei quando alguém mais alto na hierarquia está fazendo esse tipo de pressão, dando em cima de um subalterno. Eu pedi demissão de um emprego na faculdade por causa disso.

Mas não é o que está acontecendo aqui. E também não quero fazer pressão ou dar em cima de você. Só gostaria de saber se interpretei certo o seu lado da história. Se você está interessado em mim, sem levar em conta o resort.

— Não tem como não levar em conta o resort, Morgan.

— Certo. Sim. Então está bem. Obrigada por me deixar visitar a sua torre e brincar com o seu cachorro. Aproveite os biscoitos.

Ele esperou até que Morgan abrisse a porta e disse a si mesmo para aguardar até que ela estivesse do lado de fora. Mas não conseguiu.

— Você não está errada.

Ela fechou a porta e se encostou nela.

— Que alívio. Certo, agora tenho uma pergunta em duas partes. Podemos concordar que, se isso vier a se concretizar, o meu trabalho vai ficar de fora dessa história? Eu amo o meu trabalho, Miles, e, pelo que posso ver, você com certeza ama o seu. Não é essa a questão, e sei que é mais complicado para você, na sua posição, do que para mim, na minha.

— Talvez eu me canse de você e te mande embora.

— Primeiro, Nell é a minha supervisora direta, e segundo, e mais importante, você não faria isso porque não é assim. Eu poderia ficar com raiva e te denunciar por assédio sexual.

— Primeiro, eu tenho um excelente advogado, que inclusive é o meu pai, e ninguém acreditaria em você de qualquer maneira. Segundo, e mais importante, você não faria isso porque você não é assim. Eu também sei ler pessoas.

— Não, eu não faria isso. Nós poderíamos colocar tudo por escrito para não deixar dúvidas. Que entramos nessa situação devido à atração e aos interesses mútuos, sem pressão ou coerção de nenhum dos lados. O seu pai poderia redigir o documento. O Lobo poderia ser testemunha.

— Que bom que você acrescentou essa última frase, assim eu sei que você não está falando sério. E essa "situação" se chama sexo, Morgan. Se é algo que estamos pensando em fazer, temos que poder dizer a palavra em voz alta.

— Se o sexo não der certo, prometo não pedir demissão nem usar isso contra você.

— E eu prometo não te demitir nem usar isso contra você. Mas, se não der certo, a culpa com certeza será sua. Sou muito bom nisso.

— Sei que agora é você quem está brincando, mas o triste fato é que estou completamente enferrujada, o que explica boa parte do constrangimento desta conversa. Você deveria fazer uma avaliação inicial levando em consideração essas circunstâncias específicas.

Ele não sabia o que pensar dela nem daquela situação, mas sabia que o momento era importante.

— Você está acostumada com homens te avaliando na cama?

— Não me lembro mais. Já faz alguns anos.

— Você disse "anos"?

Ela encolheu os ombros e colocou as mãos nos bolsos do short minúsculo.

— Não esfregue na minha cara.

Ele levantou um dedo e caminhou até uma mesa para colocar o pote de biscoitos.

— Vou prolongar esta conversa ridícula, que me parece estranhamente excitante, e perguntar por quê. Eu entendo o último ano, mas você disse "alguns".

— Eu estava ocupada, focada em outras coisas.

— Estou sempre ocupado e focado, mas ainda assim.

— Eu tinha dois empregos.

Quando ele não disse nada, ela suspirou e deu de ombros.

— Está bem, tem um outro motivo que sei que vai inflar o seu ego. Não encontrei ninguém que me interessasse a ponto de querer encontrar tempo para esse tipo de intimidade. Até agora. Tudo bem se acabar sendo apenas uma vez, algo de curta duração ou…

— Gostaria que você calasse a boca agora.

— Eu adoraria calar a boca agora. É melhor eu ir.

Ela abriu a porta. E a fechou novamente. Em seguida foi direto até ele e se fundiu, colando a boca na dele.

Para alguém que dizia estar enferrujada, ela era habilidosa.

Ele ouviu o rabo do cão batendo de leve no chão enquanto Morgan o envolvia em seus braços. Não foi fácil, mas ele permitiu que ela tomasse a iniciativa. Daquela vez.

Atraindo-o, fazendo o sangue dele ferver. E então se afastando novamente.

— Tenho mais uma coisa a dizer.

— Você sempre fala tanto? — perguntou ele. — Eu nunca reparei.

— Acho que, neste caso, poderíamos dispensar todo o ritual de encontros. Bebidas, jantar, cinema, teatro, dança de salão. Seja qual for o seu padrão usual.

— Não tenho um padrão.

— Se tivesse, poderíamos abandoná-lo, e eu poderia abandonar o meu, que seria ir devagar, esperar algumas semanas. Podemos pular direto para o sexo.

Aquele domingo de folga subiu com muita velocidade para o topo de sua lista de melhores momentos.

— Não vai me levar para jantar antes?

— Vou ficar te devendo — disse ela, antes de beijá-lo novamente.

Saindo do hall de entrada, ele a guiou até a sala, porque, droga, ela acendera aquele fogo nele, e o quarto estava muito longe.

Enquanto caminhavam, ele tirou a blusa dela e a jogou de lado.

— Não julgue a minha roupa íntima. — Ofegante, ela puxou a camisa dele. — Eu não estava planejando transar quando me vesti hoje de manhã.

— Então vamos tirá-la de uma vez.

Usando apenas uma das mãos, ele abriu o sutiã dela, fazendo-a tremer.

— Você é bom nisso.

— Silêncio.

Ele a deitou no sofá.

— Eu gosto de silêncio.

Ela não conseguia ficar em silêncio, não com o que ele estava fazendo no corpo dela com as mãos, a boca. Ser tocada novamente, sentir o peso de um homem, a boca dele contra a dela. Sentiu os choques de prazer em todas as células de seu corpo.

E a sensação ao tocá-lo, a pele quente, os músculos definidos, a fez tremer com a expectativa do que estava por vir. A boca de Miles era exatamente do jeito que ela imaginava quando se permitia imaginar. Quente e habilidosa. O coração dela batia forte sob aquela boca que explorava e possuía seu corpo.

Com um leve toque dos dedos, ele a levou ao delírio.

A onda de prazer tomou conta dela, entrecortando sua respiração, eletrizando seu corpo. Sem lhe dar tempo para se recuperar, ele a puxou novamente para si e abafou os gritos dela com a boca enquanto seu corpo se contorcia sob o dele.

E, então, ele estava dentro dela, com profundidade, esperando, esperando até que o quadril dela começasse a se mexer de frente para trás, até que o mundo ficasse ensandecido.

Ele a fitou com seus olhos de tigre enquanto ela passava as pernas em volta dele pedindo mais, mais rápido, mais forte.

Enquanto a observava, ele viu o prazer no rosto dela, o choque em seus olhos. Ela teve mais, por mais difícil que fosse para ele dar mais que receber. Mas continuou, de novo e de novo, enquanto o corpo dela subia e descia junto com o dele. Continuou até que ela gritasse outra vez, até que a mão dela agarrasse o braço do sofá como se buscasse se ancorar ali para não sair voando. Continuou até senti-la relaxada, mansa e líquida debaixo dele. Então ele se saciou.

Ela poderia ter navegado naquelas ondas de prazer por horas, talvez dias. Quem sabe até semanas. Ela se deixou levar pela onda, lembrando-se de como foi sentir o coração dele acelerado junto ao seu. E, agora que ambos os corpos estavam tão mansos e relaxados, a satisfação se somou ao prazer.

Enferrujada, talvez, mas havia cumprido a tarefa.

Ela passou as mãos sobre os músculos das costas dele.

— Não dá para vê-los sob o seu terno invisível.

Ele não se moveu.

— Eu tenho um terno invisível?

— Você está com ele todos os dias. Bem, não agora, mas no resto do tempo.

— Como ele é?

— Cinza carvão, abotoamento simples, lã fina italiana. Camisa branca de algodão impecável, gravata de seda azul aço, nó Windsor simples, sapatos Oxford pretos de biqueira. Italianos, é óbvio.

— Isso é muito específico.

— Se eu tivesse um milhão de dólares, apostaria que você tem algo muito parecido no seu armário. Fica bem em você.

— Por que ele é invisível?

— Você não precisa que as outras pessoas o vejam para que saibam que você está no comando. Ele simplesmente existe. Mas agora estamos pelados, e isso é muito bom.

Ele se levantou para observá-la.

— Talvez o sexo tenha turvado a sua visão e eu ainda esteja com ele.

Ela apenas sorriu.

— Não. Pelado. Consegui deixar você pelado. A ideia foi minha, o crédito é todo meu.

— Estava mais para um conceito do que uma ideia, e eu deixei você pelada primeiro. O que não foi muito difícil, já que você estava usando aquele short minúsculo.

— Eu ia lixar e pintar um banco depois de deixar os biscoitos na sua porta… Ai, merda! Preciso avisar as mulheres da minha vida. Eu disse que não iria demorar.

— As mulheres da sua vida.

— A minha mãe e a minha avó. O meu telefone está no carro. Eu realmente planejava apenas deixar os biscoitos na porta. Mas aí veio a torre, o cachorro, o sexo. Preciso do meu telefone.

— Você está pelada. — Ele a lembrou. — Temos bastante privacidade aqui, mas não acho que seria uma boa ideia ir até o carro pelada.

— Vou me vestir antes.

— Ok.

Ele abaixou a cabeça e pressionou os lábios contra o pescoço dela.

— Você poderia fazer isso.

— Vou fazer. — Ela fechou os olhos e deixou-se levar de novo. — Daqui um minuto.

— Ok — disse ele novamente, agora beijando o queixo dela.

— Não. Espere. Droga. Não quero que elas fiquem preocupadas.

Quando ele mudou de posição, ela aproveitou para sair de baixo e começou a recolher as roupas espalhadas.

— Talvez seja melhor eu inventar alguma coisa. Não mentir, não é isso. Eu posso dizer que você me mostrou a sua casa, se achar melhor.

— Melhor por quê?

— Se você não quiser que elas ou outras pessoas saibam que nós transamos no seu sofá. Tudo bem se não quiser.

— Você pensa demais.

— Eu sei.

Ela se vestiu enquanto ele a observava.

— Não consigo parar. Eu tive que fingir que estava meditando quando fiz aula de ioga com as mulheres da minha vida. Mas aposto que todo mundo estava fingindo também.

— Realmente, você pensa demais. Pegue o seu telefone e avise às mulheres da sua vida que você ainda vai demorar um pouco.

— Vou demorar?

— Você me deve um jantar. Vamos resolver isso mais tarde, depois que eu tirar esse seu short minúsculo de novo. Quanto ao resto… Por que diabos eu me importaria se as pessoas soubessem que estamos juntos? Além disso, quando você voltar para casa, vai estar com cara de quem transou, e é bem provável que as mulheres da sua vida percebam.

Ela notou que ele disse "estamos juntos". Não "transamos no sofá", nem "foi apenas sexo".

— Pare de pensar — aconselhou ele enquanto pegava a samba-canção. — Vá buscar o seu telefone. Eu proponho que continuemos isso no quarto.

— Eu gostaria de conhecer o seu quarto.

— Ótimo. Faremos isso.

— Vou buscar o meu telefone. Eu disse que você usava samba-canção. — Ela o lembrou. — Lobo está só fingindo que está dormindo — acrescentou enquanto corria para a porta.

Miles olhou para o cão, que estava aconchegado na frente da lareira com um olho aberto.

— Vá cuidar da sua vida.

Capítulo Dezoito

⌘ ⌘ ⌘

O QUARTO DE Miles estava à altura dos outros cômodos que ela vira, ou pelo menos foi a impressão que teve quando pôde observá-lo com atenção.

E o fato de observá-lo deitada em uma magnífica cama de dossel o tornava ainda mais impressionante. Uma requintada lareira de mármore, portas francesas que levavam a um terraço, uma área de estar aconchegante, arte local exibida em paredes de um azul profundo e rico, tudo criava uma atmosfera tranquila e privilegiada.

E, deitada sob ele, ela se sentia daquela forma.

Imaginava que o belo baú de cedro aos pés da cama guardava cobertores e mantas, e as portas duplas de mogno com seis painéis davam para o closet.

Ainda apostaria aquele milhão imaginário que ali dentro havia um terno muito parecido com o de sua visão.

Ela havia vislumbrado pela porta aberta o banheiro privativo e a grande banheira com pés de garra. Mas pôde apenas vislumbrá-los, já que Miles estava arrancando as roupas dela enquanto a puxava para o quarto.

— Você está pensando de novo.

— Não exatamente. Estou admirando. Seu quarto é lindo. Se o terceiro andar da torre é um esconderijo, isto aqui é um santuário. Você não trabalha aqui.

— Não se puder evitar.

— O trabalho que você e sua família fazem é impecável.

Ela brincou distraidamente com o cabelo dele.

— Vocês facilitam o meu trabalho.

— Como assim?

— A maioria dos hóspedes que vão ao Après está feliz. Eles chegam de um tratamento no spa, uma trilha, ou então viveram uma aventura ou degustaram uma boa refeição. E querem prolongar esse momento de felicidade com um drinque. O serviço é impecável, e isso acontece de cima para baixo. Os detalhes também são impecáveis, e é a mesma coisa. Isso se espalha pela comunidade quando os hóspedes saem para visitar a cidade, explorar as lojas. Toda vez que ajudo na loja da minha avó, vejo alguns hóspedes. E é muito difícil que saiam de mãos vazias. Então, o trabalho que vocês fazem é impecável.

Sentindo-se tão relaxada, tão tranquila, ela percebeu que, se fechasse os olhos, cairia direto no sono, então fez um último carinho nas costas dele.

— Já estou aqui há muito tempo. É melhor eu ir.

— Você me deve um jantar. Eu tirei uns bifes do congelador enquanto você estava no telefone. Posso grelhá-los. Você cuida do resto e estaremos quites.

— Do resto? O que seria o resto?

— É um bife grelhado, Morgan. Faça algo com batatas.

Ele queria que ela ficasse para jantar, e aquilo era maravilhoso. Mas...

— Eu só sei fazer duas coisas com batata que não está congelada em um saco plástico. E só fiz uma delas mais de uma vez. Além disso, costumo cozinhar sob a supervisão de alguém.

— Você vai dar um jeito.

— Vou dar um jeito.

Mais tarde, ela pôde ver o banheiro de perto e desfrutou de um interlúdio sexy e cheio de vapor no maior chuveiro que já vira fora da TV.

Poderia até se arrepender de não ter levado um batom sequer, mas ele já tinha visto o corpo nu dela de qualquer maneira.

Depois, foi dar uma olhada na cozinha.

— Ah, é tão inteligente. Conceito aberto, porque é assim que as pessoas vivem agora, mas respeitando as origens. É o que a vovó e a minha mãe fizeram com a casa estilo Tudor. Você costuma cozinhar com frequência? Porque esse fogão chega a ser assustador.

— Não muito. O suficiente para me virar.

— O meu "me virar" costumava ser uma salada, uma comida pronta ou um delivery.

— Com batatas congeladas.

— Minha batata frita é excelente. Sei fazer costeletas de porco. É a única coisa. E batatas mexicanas, que são apimentadas.

— Eu gosto de comida apimentada.

Ela foi até a porta de vidro.

— Seus jardins são maravilhosos. E você tem ervas aromáticas, então posso usar as frescas em vez das secas. É a receita da mãe da Nina, mas o problema é que ela, assim como todo mundo na minha casa, não entende o conceito de usar medidas precisas.

— Você não mede nada quando prepara coquetéis no bar.

— Não venha me atacar com lógica quando estou em pânico por causa de batatas. Onde elas estão?

Ele apontou para um armário baixo, onde ela encontrou cestas de arame e batatas vermelhas.

— Você tem uma escovinha?

— Debaixo da pia. Elas levam quanto tempo para ficar prontas?

— Por volta de uma hora, depois que eu... Droga, devia ter preaquecido o forno. Viu só? Supervisão. Meu Deus, tem tanto botão nesta coisa.

Como aquilo o divertia, deixou que ela descobrisse sozinha enquanto ele escolhia uma garrafa de vinho.

— Tenho vinho branco, se preferir.

— Não, Cabernet está ótimo. Pronto! Consegui. Eu acho. Já estou começando a suar frio.

Enquanto ela lavava as batatas, Lobo ficou sentado ao seu lado, com a cabeça encostada na perna dela. Miles foi até a porta e a abriu.

— Saia — ordenou ao cão.

— Ele não está me incomodando.

— Ele tem que patrulhar o quintal.

— Ah, é?

— Ideia dele, não minha.

Depois de fechar a porta, virou-se para ela.

— Você vai me dizer que essa refeição requer uma salada ou algum tipo de legume verde para acompanhar?

— Com certeza não.

— Estou começando a achar que talvez você seja uma mulher quase perfeita.

Ele colocou uma taça de vinho na bancada, ao lado dela.

— Eu gosto de saladas e legumes verdes, mas, no momento, estou em pânico por causa dessas batatas. Não posso pensar em outra coisa. Preciso usar aquela tábua de corte e uma daquelas facas que estão presas em um suporte magnético como se fosse uma cozinha de restaurante.

— Fique à vontade.

— Depois, vou precisar de ervas aromáticas, temperos, azeite e uma assadeira. E uma tesoura para cortar as ervas aromáticas lá fora. Parece mesmo que ele está patrulhando o quintal.

— É porque está.

Ele pegou uma assadeira e a tesoura da cozinha, depois apontou para a garrafa de azeite e para um armário.

— Temperos.

Ele a observou cortar as batatas em formato de cunha. Divertindo-se mais uma vez com a intensidade da concentração dela, se recostou no balcão e tomou um gole do vinho.

Ele gostava da solidão de domingo, de verdade. Mas a presença dela na cozinha era supreendentemente agradável.

Ela resmungou algo sobre alho, então ele apontou novamente.

Quando ela saiu para buscar as ervas, Lobo interrompeu sua rotina para mais uma rodada de admiração mútua.

Ela voltou para a cozinha e começou a picar os ingredientes. Tirou mais frascos do armário de temperos. Temperou as batatas e usou uma colher de madeira para misturar bem. Pegou o moedor de pimenta-do-reino, adicionou às batatas — pelo visto havia esquecido — e misturou tudo de novo.

— Bem, acho que consegui. Vamos ver no que vai dar.

Ela colocou a assadeira no forno e definiu o timer.

— Você disse uma hora. Só colocou trinta minutos.

— Porque é quando eu tenho que misturar de novo. Não sei por que e não me importa. Só sei que é o que tenho que fazer.

Ela pegou o vinho, exclamou um "Ufa!" e bebeu.

— Você também trabalhou na cozinha durante o seu treinamento no resort?

— Com certeza.

— Por isso a sua é tão organizada. Eu não tive treinamento na cozinha. A minha mãe cozinhava. Quando o meu pai estava destacado, nós pedíamos comida ou comíamos fora na maioria das vezes. Quando ele estava em casa, o jantar era servido às sete em ponto, e sempre tinha legumes verdes.

— Rigoroso.

— Demais. Olhando para trás, percebo que ela ficava nervosa quando começava a fazer o jantar. Eu arrumava a mesa, mas ela verificava detalhe por detalhe. Tudo deveria estar perfeitamente alinhado. Precisão militar. Após o divórcio, ela continuou fazendo isso por um tempo, mas depois passou a preparar refeições rápidas ou pedir comida por telefone.

Ela levantou o ombro e tomou mais um gole do vinho.

— Enfim, talvez o meu pavor de cozinhar venha daí. Agora ela e a minha avó cozinham juntas, conversam, riem. A minha mãe faz pão.

— Ela faz o próprio pão?

— Não é bizarro?

Com uma risada, ela jogou os cabelos para trás.

— Ela diz que é relaxante, e parece ser mesmo. Até agora, consegui escapar em todas as vezes que ela tentou me ensinar. O Lobo patrulha contra o quê?

— Ninguém sabe ao certo. De vez em quando, um esquilo consegue passar por ele, mas ainda não vi um urso ou um cervo atravessar o perímetro. Vamos nos sentar lá fora.

Ele pegou a garrafa.

Lobo abandonou seu posto e foi correndo para a mesa do pátio, onde deitou a cabeça no colo de Morgan.

— É tão calmo aqui — murmurou ela. — Você deve adorar.

— É verdade. Você vê o seu pai com frequência?

— Hum? Ah, não. Nunca. Não nasci com os cromossomos que ele esperava. E ainda bem — acrescentou ela —, senão provavelmente estaria batendo continência agora.

— Muitas mulheres seguem carreira militar.

Ela revirou os olhos e deu outra risada.

— O Coronel acredita firmemente que as mulheres têm o lugar delas. E esse lugar não envolve o uso de uniformes, a menos que seja para trabalhar em um escritório ou como enfermeira.

— Rigoroso — repetiu Miles.

— Completamente misógino, isso sim. Não sabia que havia um nome para isso quando era criança, mas agora sei o que era. Enfim, ele se casou novamente logo após o divórcio, deixando bem explícito que foi esse o motivo que o levou a sair de casa. Eu diria que foi melhor assim, para todos os envolvidos.

Talvez ela realmente achasse aquilo, pensou Miles, mas ele não podia compreender como alguém poderia abandonar uma criança.

— Ele patrulha o quintal quando você está no trabalho?

— O que ele faz quando não estou aqui é problema dele.

— Mas e quando chove? E no inverno?

— Foi ele quem decidiu vir morar aqui. — Ele deu de ombros. — Ele tem uma casinha no quintal lateral.

Como se soubesse que estavam falando dele, Lobo resmungou.

— É mesmo? A noite toda tremendo na casinha, tadinho.

— Ela é aquecida.

Ele não gostava de admitir, mas tanto o cão quanto a mulher o encararam.

— E tem uma portinha na área de serviço.

— Então está bem. Nada mau — disse ela a Lobo. — Você cuida bem do seu bichinho de estimação.

— Lobo não é um bichinho de estimação. Está mais para um inquilino.

— Um inquilino. — Ela sorriu com os olhos sobre a borda da taça de vinho. Aqueles olhos verdes brilhantes. — Quanto é o aluguel?

— Ele não deixa os ursos comerem a comida dos passarinhos e impede que os cervos pisoteiem os jardins.

— É justo. Vou tentar me lembrar disso se um dia tiver um cachorro. Eu queria um quando comprei a minha casa, mas não me pareceu certo. Com dois empregos, eu nunca estava em casa. Agora, a minha avó não está pronta, não depois de perder o meu avô e o labrador deles com apenas algumas semanas de intervalo.

— Meu pai também. Ele não está pronto para ter outro, então mima este aqui sempre que pode.

— E quem poderia resistir? Olha essa carinha — cantarolou enquanto segurava aquele rosto peludo em suas mãos.

— Timer!

Ela foi correndo para a cozinha.

— Eu posso resistir — disse ele a Lobo antes de se levantar para acender a churrasqueira.

Quando ela anunciou que gostava da carne ao ponto para malpassada, chegou ainda mais perto de ser a mulher perfeita.

E as batatas que a deixaram em pânico foram o acompanhamento ideal. Enquanto comiam, Lobo, que já estava alimentado e conhecia as regras, foi se deitar a alguns metros da mesa.

— Agora estamos quites — anunciou Miles enquanto o sol começava a se pôr.

— Se preparar metade de uma refeição é suficiente, por mim tudo bem. E prepare-se, pois vou inflar o seu ego novamente.

— Nunca é demais.

— Estou me sentindo tão relaxada. Acho que nunca me senti assim antes. Obrigada.

— Eu diria "de nada", mas o prazer foi todo meu.

— E tudo o que eu precisei fazer foi assar biscoitos. Além disso, vou lavar a louça antes de ir embora. É uma das minhas principais habilidades.

Quando eles terminaram de arrumar a cozinha, ele a agarrou pelo quadril e a ergueu.

— Vamos terminar o que começamos — disse, guiando-a de volta ao sofá.

Quando terminaram o que tinham começado, ela se vestiu novamente.

— Estou mesmo com cara de quem passou a tarde e boa parte da noite transando?

— Sim. Eu fiz o meu trabalho.

Ela passou a mão pelos cabelos.

— Então a reação que eu receber quando chegar em casa será culpa sua. E, você, continue sendo um bom garoto — recomendou a Lobo, que estava em êxtase enquanto era acariciado por ela.

— Você não trabalha amanhã.

— Segunda-feira é o meu dia de diversão.

— Não é o meu caso, mas devo conseguir chegar em casa por volta das sete. Venha de novo.

Ela olhou para cima e se deparou com aqueles olhos fascinantes.

— Posso parar no centro da cidade e comprar uma pizza.

— Ótimo. Compre uma grande. Pepperoni, e qualquer outra coisa, menos de cogumelo.

— Está bem.

De samba-canção novamente, ele a acompanhou até a porta.

— Até amanhã.

Depois, ele a empurrou com delicadeza contra a porta e a beijou até que ela sentisse como se seu corpo inteiro estivesse derretendo.

— Boa noite. Tchau, Lobo.

Ele esperou enquanto ela entrava no carro e esperou até que ela tivesse partido para fechar a porta.

Então, Lobo soltou um uivo de tristeza.

⌘ ⌘ ⌘

— Você é uma mulher adulta — repreendeu-se Morgan enquanto caminhava do carro até a porta da frente. — Uma mulher adulta e solteira. Você tem direito de transar.

Além do mais, elas não poderiam deixá-la de castigo.

Ela entrou e digitou o código do alarme. E cogitou de verdade dar uma de covarde e ir direto para o quarto. Lá dentro, poderia fechar a porta e fazer uma dancinha exótica de alegria.

Porque ela não tinha simplesmente transado. Tinha transado muito, e havia sido maravilhoso. Sentia ao mesmo tempo que seria capaz de dormir pelos próximos três dias e escalar uma montanha.

Seria covarde e indelicado, pensou quando ouviu as vozes das mulheres de sua vida na cozinha. Ela voltou caminhando tranquilamente, pensando que estava agindo de forma casual, e as encontrou sentadas no balcão tomando chá e comendo bolo.

Audrey sorriu para ela, piscando, e seu sorriso se alargou.

— Chegou na hora certa para provar o famoso bolo inglês da sua avó. Você já jantou?

— Sim. Sinto muito por ter demorado tanto.

— Você deve se divertir no seu dia de folga. Sente-se, tome um chá. Estamos pensando em adicionar o bolo inglês ao menu do café. Coma uma fatia e nos diga o que acha. Estamos planejando servi-lo com framboesas e creme.

Como elas tinham preparado um bule de chá, Morgan pegou uma caneca.

— Então você e Miles saíram para jantar?

Ela sentiu um formigamento nas costas quando Olivia fez a pergunta.

— Não, ele fez uns bifes na grelha. Eu preparei aquelas batatas que sei fazer.

— Que legal.

O formigamento se transformou em ardência enquanto ela pegava um prato de sobremesa.

— Sim, nós transamos. Muito. E eu vou voltar lá amanhã para transar de novo.

Um silêncio pairou por um instante, depois por mais um tempo enquanto ela levantava a cúpula do prato de bolo.

— Ora, ora. — Olivia tomou um gole do chá. — Pelo visto os biscoitos fizeram sucesso.

Diante da explosão de risadas de Audrey, Morgan só conseguiu ficar olhando, perplexa.

— Ah, sente-se. — Audrey deu um tapinha em um dos bancos. — Sua vó e eu ainda nos lembramos de como essas coisas são. Não vamos nos intrometer. Mas queremos muito nos intrometer.

— Estou morrendo por dentro — admitiu Olivia.

— Mas vamos ficar caladas. Sei que perdi a sua primeira vez. Eu perdi a sua primeira vez, né?

— Sim. — Morgan pegou um garfo e se sentou. — Na faculdade. Não foi muito bom.

— E eu perdi a sua — disse Olivia a Audrey. — Mas soube quando você voltou para casa nas férias.

— Aquele uniforme. Irresistível.

— Você está falando do meu pai? Ele foi o seu primeiro?

— Primeiro e único.

— Único por culpa sua. Aposto que aquele sommelier colocaria o mesmo olhar nos seus olhos que Morgan tem nos dela.

— Mãe. O papai não foi o seu primeiro?

— Ora, por favor.

Contendo o riso, Olivia comeu um pedaço de bolo.

— Não se esqueça do lema daquela época. Amor livre, meu bem. — Ela fez o V da paz com a mão. — Não, ele não foi o meu primeiro. Mas foi o melhor.

Ela olhou para Morgan.

— Eu sei que o Miles é um homem bom. Um tanto viciado em trabalho, mas isso não deve te incomodar, já que você é do mesmo jeito. Ele não pressionaria você a fazer sexo com ele, e, pela sua cara, não parece ter sido o caso. Isso é o que importa.

— Acho que fui eu quem começou. Ele tem torres.

— Isso é um eufemismo de cunho sexual? Tenho que procurar o significado na internet?

— Não, vó.

Foi a vez de Morgan de rir.

— Torres de verdade. Na casa. Ele me pegou olhando fixamente para elas. E ele tem um cachorro adorável. Eu perguntei se podia ver o interior de uma das torres, que é maravilhoso. E uma coisa levou à outra.

— Você o ama? Estou me intrometendo? — perguntou Audrey.

— Criei uma filha conservadora. Não sei como isso aconteceu. Audrey, eles são jovens, saudáveis e solteiros.

— Eu gosto dele — Morgan especificou. — E me sinto atraída, óbvio. Ele é tão interessante, com todas aquelas camadas. E, sim, respeito a ética de trabalho dele e a maneira como se dedica ao negócio familiar. Vamos ver onde isso vai dar, mas estou perfeitamente satisfeita com a situação atual. Este bolo está incrível. Agora me lembrei dele. E, sim, acho que vai ficar ainda mais perfeito acompanhado de creme e framboesas. Bonito e delicioso.

— Você pode levar um pedaço para o Miles quando for lá amanhã — sugeriu Audrey.

— Não precisa, ele já tem biscoitos. E vou comprar uma pizza no caminho.

— Ah.

Recostando-se, Olivia suspirou.

— Pizza e sexo, que época maravilhosa. É difícil não invejar os jovens. Mas, já que estou velha, vou para a cama pegar no sono enquanto leio o meu livro.

— Você não é velha, vó. — Morgan empurrou o banco para abraçá-la. — Você é atemporal. Pode deixar que eu lavo a louça.

— Atemporal. — Olivia apertou-a um pouco mais, dando um abraço demorado. — Se você não fosse a minha única neta, seria a preferida só por causa disso. Boa noite, meninas.

— Ela é atemporal — concordou Audrey. — E eu espero ter a energia dela daqui a uns vinte anos.

Talvez fosse o clima, talvez o momento, mas Morgan virou-se para a mãe.

— Vou me intrometer.

— Não tenho nada interessante o bastante acontecendo na minha vida para que você se intrometa.

— Por que não teve mais ninguém depois do divórcio?

— Ah, eu não sei, Morgan... — Audrey suspirou e suas bochechas ficaram coradas. — A princípio eu não sabia o que fazer nem onde fazer. Você ainda era muito pequena e precisava de mim, mas eu tinha que trabalhar. Eu não era boa em nada.

— Por que diz isso? Não é verdade. Você era capaz de empacotar uma casa inteira de uma hora para outra, e depois desempacotar tudo em um novo lugar em pouco tempo. Você comandava a casa e, quando ele não estava por perto, fazia tudo. Você quase nunca pedia a minha ajuda.

— Eu queria que você fizesse amigos, tivesse a infância feliz e tranquila que eu tive. O que era uma ideia idiota, porque nunca poderia ser igual para você.

— Não estamos falando de mim. Estou perguntando de você, e hoje sei que deveria ter feito essas perguntas há muito tempo. Você não era feliz. Fingia ser, mas não era de verdade. Por que não foi embora?

— Eu amava o seu pai. Eu o amei tanto, desde a primeira vez que o vi, e demorei muito tempo para superar esse amor.

Ela girava a xícara sobre o pires, distraída.

— Talvez esse fosse o problema. Eu me apaixonei de uma forma muito intensa, profunda e rápida. Só queria ser uma boa esposa e uma boa mãe, mas falhei em ambas.

— Pare com isso. Estou falando sério.

— Nunca te faltou nada, a não ser uma vida estável e um grupo de amigos de verdade. E isso era muito importante para você. Você odiava se mudar, e eu continuei fazendo você passar por isso mesmo após o divórcio. Eu tinha muito medo de errar, de admitir que havia errado, que tinha cometido um erro atrás do outro. Você conquistou a sua casa, construiu a sua vida, então...

— Não estamos falando de mim — repetiu Morgan. — Agora não.

— Está bem. — Depois de soltar outro longo suspiro, Audrey assentiu. — Está bem. Fiquei porque o amava, mas também porque queria que você tivesse um pai. Levei muito tempo para entender que, na verdade, eu queria ter com ele o que os meus pais tinham, e que você tivesse o que eu tive por causa deles.

— Eles se amavam. Eles amavam você.

— Sempre. Sempre mesmo. Eu não consegui isso para mim nem para você, e me senti um fracasso.

— Ele fracassou — corrigiu Morgan. — Ele nos abandonou.

— Sim. É verdade. Eu sempre tive muito cuidado com o que dizia sobre ele em casa, pois tinha a esperança de que um dia ele buscasse reatar os laços com a única filha. Mas ele não fez isso nem nunca vai fazer.

— Ele nunca me amou.

Os olhos de Audrey se encheram de lágrimas, mas ela sacudiu a cabeça e tomou mais um gole do chá.

— Não, e eu sinto muito por isso. Ele nunca nos amou. Ou simplesmente parou de nos amar um dia, não sei. Acho que não éramos o que ele queria ou o que achava que merecia. Eu ficava tão nervosa perto da hora de ele chegar em casa...

— Dava para ver.

— Os pais podem ser tão equivocados quanto ao que os filhos sabem... Eu tinha medo dele. Não fisicamente — disse ela no mesmo instante. — Não era nada disso. Ele nunca encostou um dedo em mim. Eu tinha medo de decepcioná-lo, o que acontecia com certa frequência. Ele não queria ter filhos, mas, se tivesse, queria um menino. Então, eu o decepcionei ao lhe dar uma filha. Ele queria que eu ligasse as trompas quando você nasceu. Eu tinha apenas vinte e quatro anos e queria mais filhos. Acho que essa foi a única vez que disse "não" para ele. Então ele acabou fazendo uma vasectomia, e esse foi o fim da história.

— Ele é muito cruel.

— Não, não. Ele não é cruel, Morgan. Mas ele sempre acha que está certo e nunca dá o braço a torcer. Eu queria um bebê, e tive um bebê. Desde que você estivesse limpa, bem alimentada, tivesse boas maneiras e tirasse notas boas, ele considerava que havia cumprido o dever dele como pai. Ele não queria que eu trabalhasse fora, então fiquei em casa. Você e a casa, onde quer que ela fosse, eram as minhas responsabilidades. O meu desempenho, de acordo com a escala dele, nunca passou de satisfatório. Não éramos compatíveis — concluiu. — Eu devia ter desistido, trazido você para cá. Mas isso seria sinônimo de fracasso, então continuei onde estava. E aí ele desistiu. Conheceu alguém que queria e que combinava com ele. Então ele me disse que havia entrado com um pedido de divórcio e estabeleceu os termos. Eu não devia ter ficado surpresa, mas fiquei. Não devia ter ficado com o coração partido, mas fiquei.

— Você chorou toda noite durante semanas depois que fomos embora.

— Coisas que a gente acha que os nossos filhos não sabem... — murmurou Audrey. — Ainda assim, eu não voltei para cá. Seus avós nunca gostaram dele. Eles o tratavam com respeito porque ele era o meu marido, o seu pai, mas nunca houve qualquer afeto genuíno de ambos os lados. Então não voltei para cá, pois seria mais um fracasso.

E aquilo, Morgan percebeu, ela entendia perfeitamente. Afinal, não tinha feito a mesma coisa depois de Rozwell?

— Em vez disso, arrastei você de um lugar para outro, dizendo a mim mesma que um dia encontraríamos o lugar perfeito para criar raízes. Mas, na verdade, estava fugindo daquele fracasso.

— Você não fracassou.

— Eu me senti um fracasso. Ele se casou novamente no dia seguinte à finalização do divórcio.

— Não sabia disso. Não sabia que tinha sido tão rápido assim.

— No dia seguinte. Meu Deus, foi como um tapa na cara. Tão facilmente substituída depois de tantos anos buscando ser o que ele queria. Então continuei fugindo, e você foi para a faculdade, e eu fiquei perdida.

— Mãe.

— Eu me dei conta de que precisava mais de você do que você de mim. Você se parece tanto com a sua vó, meu amor. Forte, determinada, inteligente e, meu Deus, muito esperta. Um dia, percebi que tinha feito um ótimo trabalho na sua criação, e fiz tudo sozinha. Depois de um tempo, voltei para cá, e isso não representou um fracasso. Eu estava voltando para casa. E, em algum momento desse processo, parei de amá-lo e comecei a enxergar as coisas, a vê-lo de forma mais exata, como ele era. Ele fracassou, como você mesma disse. Fracassou como marido e ainda mais como pai. Mas, ainda assim, nós duas estamos bem.

— Estamos mais que bem. Eu nunca te dei o crédito que você merece por ter feito tanta coisa sozinha. Estou te dando agora.

— Isso significa muito para mim. — Ela apertou a mão de Morgan. — Tenho tanto orgulho de você. Posso lamentar não ter voltado para casa mais cedo, não ter trazido você para a casa dos seus avós e te dado uma base sólida, mas, se eu tivesse feito isso, talvez não estaríamos aqui agora, do jeito que estamos.

— Eu ressentia as mudanças.

— Ah, meu amor, eu sei disso.

— Mas elas me ajudaram a me tornar quem eu sou hoje. Então não se arrependa. Eu pensava que você era fraca, mãe, mas você era e é incrivelmente forte. Uma verdadeira Nash.

Audrey se inclinou e deu um abraço apertado na filha.

— Por razões egoístas, estou muito feliz que você tenha transado com o Miles.

Com uma gargalhada, Morgan se inclinou para trás.

— Certo. E por quê?

— Porque, por algum motivo, isso nos permitiu abrir esta porta, que eu mantive fechada por tanto tempo e não sabia mais como abri-la. Agora nós a atravessamos juntas. E estamos bem.

— Estamos mais que bem. Estou feliz por ter voltado para casa. Os motivos são horríveis, mas estou feliz por ter voltado. Você manteve o nome dele por minha causa?

— Eu... Eu não queria que você tivesse um nome diferente da sua mãe.

— Você deveria deixar isso para trás também. Aliás, eu também deveria.

A ideia lhe pareceu tão óbvia que ela se perguntou como nunca pensara naquilo antes.

— Mãe, nós duas temos o mesmo nome do meio, que é o sobrenome da vovó.

— Seu avô nunca se incomodou por ela ter mantido o sobrenome de solteira. "Livvy Nash", ele costumava dizer, "venha ver isso."

— Eu me lembro. Nós todas teríamos o mesmo sobrenome se você e eu escolhêssemos Nash. Legalmente. As mulheres Nash, mãe. Não deve ser muito complicado.

— É o que você quer?

— Te pergunto a mesma coisa.

— Mulheres Nash. Sim. Ai, gostei da ideia. Gostei muito.

— Vamos fazer isso.

— Se tiver certeza, posso ligar para Rory Jameson amanhã e perguntar o que devemos fazer.

— Sim. Sejamos quem somos de verdade, mãe. Audrey e Morgan Nash.

Mais tarde, em seu quarto, Morgan observou o próprio reflexo no espelho. Não sabia dizer se estava com cara de quem tinha transado muito, mas se sentia como uma mulher que havia encontrado uma espécie de contentamento inesperado.

Sim, as razões para encontrar aquele contentamento tiveram um início horroroso, e não agradeceria a Gavin Rozwell por nada. Também não agradeceria ao Coronel, sendo bem sincera.

Mas agora ela morava em uma casa de mulheres fortes, tinha um emprego que amava e, pelo menos por ora, tinha um homem de quem gostava muito e que também gostava dela.

— Morgan Nash — murmurou, sorrindo para si mesma. — Essa é quem eu sou, e ninguém pode tirar isso de mim.

Capítulo Dezenove

⌘ ⌘ ⌘

ELES TRANSARAM antes de comer, o que não a surpreendeu nem um pouco. E quando finalmente se sentaram com a pizza e o vinho, e Lobo com o osso de couro do tamanho de um carro que ela comprara antes de ir, contou a Miles a conversa que teve com as mulheres de sua vida.

— Você tinha razão, elas perceberam mesmo. E agora sei que a minha avó era uma espécie de hippie que pregava o amor livre antes de se casar com o meu avô.

— Eu já sabia disso.

— Como?

Ele ergueu a taça.

— Também tenho uma avó. Embora ela não tenha sido exatamente uma hippie do amor livre, ela expressou certa admiração, talvez com uma pontinha de inveja, pelo estilo de vida jovial da sua avó.

— Sério? Acho que, com o tempo, vou conseguir arrancar mais algumas revelações sobre o estilo de vida jovial da minha avó. Também tive uma conversa longa e necessária com a minha mãe sobre o Coronel. Eu era criança, então era egocêntrica e não entendia a real dificuldade daquela relação para ela. Ou quão difícil foi o divórcio. Depois disso, ela nos fez pular de um lugar para outro, e eu ressentia isso. Eu queria criar raízes.

Ela olhou ao redor para o quintal dele, depois de volta para a casa.

— Como você tem aqui. O que eu não entendia é que ela não era instável ou fraca. Ela estava tentando lidar com a situação do jeito que podia. Ela o amava. Não consigo entender o motivo, mas ela o amava.

— O amor é um sentimento estranho e inexplicável.

— É o que parece. — Ela deu mais uma mordida. — Já passou por isso?

— Não.

— Nem eu. Já senti atração, já gostei muito de alguém, mas nunca cheguei a esse ponto. E ele não sentia isso por nós, e foi bom reconhecer isso de verdade entre nós duas. Minha mãe falou com o seu pai hoje.

— Certo.

— Sobre as questões legais de abandonar o sobrenome Albright e nos tornar legalmente as mulheres Nash. Sobrenome da minha avó, nosso nome do meio. Minha mãe manteve Albright por minha causa, e eu o mantive porque ele sempre esteve lá. Mas não precisa ser assim. O processo não é tão complicado, mas envolve várias etapas, começando pela questão do inventário no condado. Seu pai vai cuidar disso, pois há muitos documentos para serem alterados.

— Carteira de motorista, CPF, passaporte.

— É, tipo isso. Teremos documentos novinhos em folha. Na verdade, não são identidades novas, apenas uma questão de termos um nome que corresponda a quem somos. Todas as três.

— O sobrenome de solteira da sua mãe era Kennedy, não?

— Sim, mas usar Nash me parece certo. Tenho a sensação de que é assim que deve ser. Então, esse foi um benefício adicional de termos transado tantas vezes.

— Pretendo repetir a dose para ver o que mais acontece.

Ela sorriu para ele por trás da taça de vinho.

— Posso te perguntar como foi o seu dia de trabalho ou prefere deixar esse assunto no resort?

— O trabalho nunca fica só no resort. É o que acontece quando se administra um negócio familiar.

— Entendo perfeitamente. As mulheres da minha vida estão sempre conversando sobre uma nova peça, uma nova ideia. Ontem, quando cheguei em casa, elas estavam comendo bolo inglês porque tinham decidido adicioná-lo ao menu do café. Então, como foi o seu dia?

— Reunião pela manhã com os chefes de departamento, um pedido do mordomo-chefe para atualizar as áreas da cozinha e de armazenamento. Depois, relatórios de contabilidade. Pude escapar por um breve período quando o Jake apareceu.

— Jake?

— Jake Dooley.

— O chefe de polícia Dooley?

Ela sentiu como se sua garganta estivesse querendo fechar.

— Aconteceu alguma…

— Não. Somos amigos, bons amigos. Estudamos juntos no ensino fundamental e médio. Ele… Bem, ele é como se fosse um irmão.

— Eu o conheci na inauguração do café. Não sabia que eram amigos.

— Não nos conhecemos desde o berço, mas somos amigos desde a pré-adolescência. Ele quer fazer uma atividade de integração com a equipe dele no percurso de arvorismo. Está resolvendo os preparativos com o Liam.

Apenas coisas normais, percebeu Morgan. Como era maravilhoso poder conversar sobre coisas normais.

— Você já experimentou?

— Regra da família Jameson. Se vai oferecer algo aos hóspedes, tem que experimentar primeiro. Meus avós foram poupados.

— Como você se saiu?

— Bem. Liam parece um maldito Homem-Aranha, mas eu me saí bem. Você deveria experimentar.

— Talvez… em uma outra encarnação. Mas eu provavelmente conseguiria. Estou ficando muito forte.

— Uhum.

— Estou, sim! Comparado a como eu era antes.

— Quer fazer uma queda de braço?

— Não, mas podemos lutar pelados depois da pizza.

Ele pegou outra fatia.

— Realmente, você é uma mulher quase perfeita.

Quando chegou em casa e se deitou na cama, ela se sentiu quase perfeita mesmo.

No meio da semana, à noite, ele foi ao bar com o irmão e a irmã. Mais uma reunião da terceira geração, pensou ela quando eles escolheram uma mesa nos fundos.

Preparou o pedido da mesa deles quando o garçom chegou ao balcão.

Três hambúrgueres especiais do Après e uma porção dupla de batata frita com queijo para dividirem. A cerveja preferida de Liam, vinho branco para Nell e Cabernet para Miles. Uma garrafa de água sem gás para a mesa.

Enquanto trabalhava, ela observava.

Eles estavam conversando. Algumas risadas, alguns acenos de cabeça ou olhos revirados. Discutindo moderadamente — não, debatendo, decidiu. Algumas pausas para falar com o garçom.

Ficaram quase uma hora e meia e pararam no balcão antes de irem embora.

— Bom movimento para o meio da semana — observou Nell.

— Teríamos mais pessoas do lado de fora se não fosse pela chuva de verão.

— Por falar no lado de fora, precisamos conversar amanhã sobre uma reserva de última hora do pátio. Festa de aniversário surpresa, vinte e seis convidados. Acabaram de decidir que querem reservar o pátio para a próxima quinta-feira, entre sete e onze da noite.

— Vamos dar um jeito.

— Vamos discutir os detalhes amanhã.

— Estarei aqui.

— Não vi você no novo percurso de arvorismo — comentou Liam.

— Eu estarei lá daqui a uns a quinze, vinte anos.

— Você tem que experimentar. Vamos cortar esse medo pela raiz, haha! Boa noite para você.

— Para você também.

Quando Miles saiu com eles sem fazer nenhum comentário, ela simplesmente arqueou as sobrancelhas e continuou trabalhando.

Ele voltou dois minutos depois.

— Mais uma taça de vinho?

— Não. Tenho a reunião mensal da família no domingo.

— Tudo bem.

— Então por que você não volta para casa comigo na sexta à noite?

Ela estava limpando o balcão.

— Por acaso, minha agenda está livre.

— Que bom. Eu tenho algo para resolver agora, então nos vemos na sexta.

— Tenha uma boa noite — disse, muito agradável e profissional.

Ela sorriu para si mesma enquanto preparava mais um pedido.

Ela o ajudou nos trabalhos do jardim no sábado — e mostrou que sabia cuidar de um jardim. Ele gostou da companhia mais do que esperava.

Quando ele teve que entrar para lidar com algumas chamadas e e-mails relacionados ao trabalho, ela ficou do lado de fora com o cão.

Quando ele voltou, encontrou uma jardineira antiga sobre a mesa, agora cheia de flores, e observou Morgan arremessar a bola de tênis pelo quintal.

Para seu espanto, Lobo não apenas correu alegremente atrás da bola como também correu com a mesma alegria de volta para ela com a bola presa entre os dentes.

— Você só pode estar de brincadeira!

Ela virou-se para ele com a bola na mão.

— Desculpe. Eu vi a bola quando fui pegar a jardineira, achei que fosse um brinquedo do Lobo.

— Ele correu atrás dela.

— Ué, sim. Ele é um cachorro.

— Ele nunca faz isso. Deixe eu tentar.

Ela entregou a bola encharcada de saliva a ele. Miles a arremessou; Lobo sentou-se e olhou fixamente para ele.

— Ah — disse Morgan antes de limpar a garganta para tentar disfarçar o riso, sem sucesso. — Entendi.

— Entendeu mesmo? Tem certeza?

Então, Miles atravessou o quintal e pegou ele mesmo a bola. Ele a levou de volta enquanto ela, em pé, usando um short preto curto e uma camiseta branca justa, acariciava Lobo entre as orelhas. Entregou a bola a Morgan.

— Jogue de novo.

Quando ela arremessou a bola, Lobo saiu correndo atrás dela abanando a cauda.

O cachorro voltou saltitando com a bola na boca e a devolveu a ela.

— Bom garoto!

— Bom garoto coisa nenhuma. Isso é uma afronta. Quem te dá comida?

Lobo se encostou carinhosamente nas pernas de Morgan, e Miles teve certeza de que viu um sorrisinho irônico do cão.

— Talvez ele ache que você não está tão empolgado. Quer tentar de novo?

— Não.

Ela jogou a bola mais uma vez.

— Eu pensei que, já que você tem aquele compromisso familiar amanhã, seria legal colher umas flores. Posso colocá-las em um vaso antes de ir para o trabalho.

— Sim, pode ser.

Depois de elogiar Lobo — e o cachorro certamente adorou a atenção —, ela guardou a bola de volta no galpão. Quando entraram em casa, Miles começou a fechar a porta para impedir o cão de segui-los, mas Lobo parecia tão, digamos, encantado com Morgan que ele não teve coragem de terminar de fechar.

— Você tem um vaso? — perguntou ela enquanto lavava as mãos.

— No bufê da sala de jantar. Pode escolher. Quer uma cerveja?

— Não, obrigada. Nunca gostei muito.

— Coca-Cola?

— Pode ser.

Ela se abaixou e abriu uma das portas do bufê.

— Nossa. Bela coleção.

— Minha vó levou o que queria quando eles se mudaram. A coleção é dela.

— Este aqui é lindo.

Ela segurava um vaso de madeira.

— É do Arte Criativa?

— Sim. Foi feito por um conhecido meu. Ele fez uma exposição lá no outono passado.

— É perfeito.

Ela pegou o vaso e começou a preparar as flores.

— Você deve conhecer muita gente. É a vantagem de morar sempre no mesmo lugar, frequentar as mesmas escolas.

— Nem todo mundo fica aqui.

— Não, lógico que não. Mas muitos ficam, né? A maior parte da minha equipe cresceu aqui, ou mora há muitos anos. Não necessariamente em Westridge, mas nessa área.

— Muitas oportunidades de emprego.

Ele entregou um copo a ela.

— Boas escolas, baixo índice de criminalidade, uma boa comunidade de arte. Tem belas paisagens, oferece uma abundância de atividades ao ar livre e pontos de interesse, e fica próximo à floresta nacional.

— Acho que a câmara de comércio não pode fazer nada sobre a duração do inverno.

— Você aprende a aceitar.

Porque gostava de observá-la, ele recostou-se no balcão com sua cerveja.

— Esqui, caminhadas com raquetes de neve, patinação no gelo no lago, jogos de hockey improvisados, pesca no gelo.

— Não entendo como alguém pode querer tanto pegar um peixe a ponto de perfurar um buraco no gelo e ficar sentado esperando dentro de um abrigo.

— Não é para todo mundo.

Ela olhou para ele.

— É para você?

— De jeito nenhum. O frio é insuportável.

Quando ela riu, ele deu de ombros.

— Mas muita gente gosta. Não é só pelo peixe, tem também a cerveja, o companheirismo. Liam gosta e costuma ir com o nosso avô, mas acho que, mais que a atividade em si, o que eles gostam mesmo é de passar esse tempo juntos. Então ele dá uma volta pelas barracas, bate papo com os outros pescadores, volta e conta as novidades para o meu avô.

— Liam tem as habilidades sociais de um diretor de cruzeiros. Mas, de certa forma, ele é mesmo.

Ela deu um passo para trás, estudando o resultado de seu trabalho, e ajustou algumas flores.

— Eu poderia dizer o mesmo de você.

— De mim? Não acho. No caso dele é natural, uma característica inata. A minha é resultado de muito esforço. Não dá para ser tímida trabalhando como garçonete ou barwoman, não se você quiser receber gorjetas. Então isso me motivou.

— Tímida não é a palavra que eu usaria para te descrever.

— Agora não.

Ela colocou o vaso sobre a ilha da cozinha.

— Você não me conhecia naquela época. A primeira vez que eu saí com um cara foi na faculdade.

— Os garotos da sua escola não tinham visão nem audição, por um acaso?

Aquele comentário não apenas lhe rendeu um sorriso; ela também deu um passo até ele e o beijou.

— Eu era a novata magrela que não tinha muito o que dizer. Me sentava na sala de aula, sempre muito bem preparada, é óbvio, porque essa era a regra lá em casa, mas rezava para a professora não me fazer perguntas. Na faculdade foi diferente, porque eu sabia que passaria quatro anos lá, então podia me reinventar um pouco. E pratiquei.

— Você praticou?

— Com certeza. Hoje, vou conversar com três pessoas e prestar atenção ao que elas têm a dizer. Hoje, vou entrar naquela cafeteria e não vou me sentar sozinha inclinada sobre a mesa, porque vou conseguir um emprego. Depois de um tempo, não precisava mais pensar essas coisas toda vez, nem me convencer a fazê-las.

Ela deu um tapinha no peito dele.

— Você sempre foi confiante. Alguns de nós fingem ser até aprender.

— Pelo visto você aprendeu.

— Aprendi, sim.

Ela voltou e ajustou mais uma flor no vaso.

— Imagino que o Liam sempre esteve rodeado de amigos ou de conhecidos que desejavam ser amigas dele. A Nell era popular, mas não fazia parte do grupo das meninas malvadas. Ela era bonita, estilosa, inteligente e justa. Já você... Você era o lobo solitário que tinha um grupo pequeno de amigos verdadeiros. Como o chefe de polícia. Nenhum de vocês precisou lutar contra a timidez porque sempre, sempre souberam quem eram. Eu tive que descobrir quem eu queria ser e, bem, me tornar essa pessoa.

— E conseguiu?

— Consegui.

Ela se apoiou nele, confortável, tranquila, com o buquê que montara atrás dela.

— Ele pensou que tinha roubado isso de mim. Rozwell. Esse é o objetivo dele, roubar a sua identidade, apagá-la. Por um tempo, achei que ele tinha conseguido. Mas não. Ele pode ter roubado muitas coisas, mas eu ainda sou eu mesma.

Ele acariciou suavemente as costas dela.

— Não acho que você teve que inventar quem é, apenas teve que encontrar esse alguém dentro de você. Ela sempre esteve aí.

— É uma maneira agradável de pensar sobre isso. E isso aqui. — Ela ergueu o rosto e beijou-o novamente. — Isso tem sido muito bom. Agora tenho que me arrumar para o trabalho. Não quero me atrasar. O chefe poderia me demitir.

O cão a seguiu pela escada. Miles quase foi atrás dela também, mas disse a si mesmo para parar de ser ridículo. Quando ela voltou, meia hora depois, com o cabelo arrumado, maquiagem perfeita e o uniforme impecável, ele estava sentado à bancada trabalhando.

— Tenho que ir. Boa reunião amanhã. E você. — Ela se abaixou para falar com o cachorro. — Seja um bom garoto e vá buscar a bola quando o Miles jogar.

— O Miles não vai mais participar dessa atividade.

— Sem coração.

Mas ela o beijou mais uma vez.

Miles a acompanhou até a porta lutando contra a vontade de pedir para ela voltar, simplesmente voltar depois do trabalho. E disse a si mesmo que estava indo rápido demais.

Ele a observou caminhar até o carro enquanto o cão choramingava ao lado dele. Talvez ele se arrependesse de não ter pedido para ela voltar, mas ambos precisavam ter o próprio espaço, ter tempo para si.

Quando fechou a porta, percebeu que estava incomodado com o silêncio, e se sentiu incomodado por estar incomodado.

Ele gostava do silêncio.

Ele foi até a bancada, pegou o resto da cerveja, o notebook, e foi para o lado de fora. E voltou a trabalhar.

A segunda parte da reunião de família, que era a refeição, consistiria em costeletas de porco grelhadas, regadas ao molho especial do avô, a salada de batatas da avó, legumes grelhados e a torta de morango da mãe.

Mas os negócios vinham antes da comida, e, para isso, eles se reuniriam ao redor da mesa de jantar com copos de chá gelado ou limonada.

A pauta eram os eventos — casamentos durante o verão, festas de noivado, reuniões de família, alguns novos pacotes de outono a serem considerados.

Nell falou sobre a promoção de Nick, algumas alterações nos menus e o sucesso — e percalços — do Piquenique no Lago.

— O feedback dos hóspedes tem sido bastante positivo — continuou ela. — Tanto que eu gostaria de continuar outono adentro, enquanto o clima permitir. As folhagens de Vermont são sempre um atrativo, ainda mais se adicionarmos uma fogueira e oferecermos marshmallows aos hóspedes. Analisando a contabilidade, podemos ver o que perdemos nos restaurantes e no serviço de quarto, mas tudo isso é compensado pelas reservas de piquenique.

— Podemos oferecer cobertores, como fazemos com os hóspedes do pátio — sugeriu Mick. — As noites do fim do verão e do início do outono podem ser frias, principalmente para os mais velhos.

— Teríamos que encomendar mais. Acho que vale a pena.

Ele olhou para a esposa, depois para Miles.

— Miles?

— O feedback é positivo, assim como os rendimentos. Por mim, tudo bem.

— Então agora é com você — disse Nell a Liam.

Liam leu seu relatório detalhadamente.

— E teremos o evento de desenvolvimento de equipe da polícia de Westridge na quinta. Eu mesmo cuidarei disso e vou tirar algumas fotos para o site. Acho que deveríamos tentar oferecer o mesmo pacote para o corpo de bombeiros voluntários, com o mesmo desconto.

— Gostei disso.

A mãe dele tomou um gole do chá gelado.

— Com um pouco de marketing, podemos atrair outros departamentos de polícia e bombeiros. Mas vamos chamar a fotógrafa, Liam. Você ficará ocupado com o grupo.

— O site precisa ser atualizado. Tenho trabalhado na atualização — disse Miles. — Podemos incluir isso. Entrarei em contato com a Tory.

Ele fez uma anotação.

— Vou perguntar se ela estará livre na quinta-feira para tirar as fotos.

— Perfeito. Agora é a sua vez — disse Liam a ele.

Levou um tempo, mas ele conseguiu resumir os negócios do mês, as mudanças nas equipes, as atualizações em curso e projetos futuros, e apresentou um modelo do progresso da reformulação do site e alguns novos folhetos.

— Além disso, eu pensei em algo que tem a ver, mais ou menos, com essas atividades de desenvolvimento de equipe e o marketing. Pesca no gelo.

— Já temos que pensar no inverno? — Nell suspirou. — Eu mal me acostumei a usar sandálias de novo.

— Ele vai chegar quer pensemos nele, quer não. Competição de pesca no gelo, com três dias de duração, prêmios em dinheiro. O foco seria, principalmente, os moradores locais — continuou Miles. — Alguns hóspedes também, óbvio, mas gostaria de abrir o evento a todos. Cobrar uma tarifa razoável. Poderíamos marcar uma dúzia de peixes, por exemplo. Pai, você poderia cuidar das questões legais, mas todos os participantes precisariam de uma licença. Digamos, cem dólares por seis peixes. Mil pelos demais, exceto um. Dez mil para o grande prêmio.

— Deve ser um peixe e tanto. — Mick esfregou as mãos. — Deixa comigo.

— Você sabe muito bem que nós não poderíamos participar. Mesmo com as taxas de inscrição, poderíamos perder dinheiro, mas serviria para manter um bom relacionamento com a comunidade, além de ser um bom marketing. Se der certo, podemos fazer disso um evento anual.

— Acho que é uma ideia brilhante.

Lydia inclinou a cabeça na direção dele.

— Você não pesca no gelo. Nunca. O que te fez pensar nisso?

Ele deu de ombros.

— Os invernos são longos. Teríamos muita divulgação gratuita com a competição. Equipes de TV locais, internet, boca a boca. Podemos dar destaque ao evento no site e nas redes sociais.

— Estou pensando em duas dúzias de peixes. Você cuida disso, Rory — disse Mick para o filho. — Os detalhes, os prêmios em dinheiro e como tudo vai funcionar.

— Deixa comigo.

— O peixe de cem dólares, os de quinhentos, o de mil e o grande prêmio.

— Poderíamos premiar as barracas também, a mais bem decorada. Imaginem a cena, como ficaria bonita — considerou Drea. — Mas o prêmio não precisaria ser em dinheiro. Uma noite ou fim de semana de cortesia, cartões de desconto no spa, lojas, restaurantes e bares. Podemos servir chocolate quente, café, talvez alguns bolos e biscoitos. Nell e eu podemos cuidar disso. Como fazemos em janeiro, Nell, no evento de esculturas de gelo.

— Vai ser um sucesso.

Liam assentiu enquanto fazia as próprias anotações.

— Eu devia ter pensado nisso antes.

— Contente-se com a sua vitória no percurso de arvorismo — sugeriu a mãe.

— Estou muito contente. Mais alguma coisa? Estou morrendo de fome.

— Só mais uma coisa. É um misto de negócios do resort e questões pessoais.

— Um negócio familiar. — Drea levantou as mãos. — Às vezes é difícil separar as duas coisas.

— É verdade — concordou Miles. — Sendo assim, gostaria de informar a todos que estou saindo com a Morgan Albright.

Ele esperava uma pausa, talvez um momento de confusão. E teve os dois.

— Ah, saindo com a Morgan — disse Drea devagar. — Então estão namorando?

Nell lançou um olhar fulminante para Miles.

— Estão dormindo juntos, mãe. Caramba, Miles!

— Desculpe. Você queria dormir com ela?

— Muito engraçadinho. Não há mulheres suficientes em Vermont para escolher sem precisar se envolver romanticamente com alguém que trabalha no resort e no *meu* departamento?

— Peço desculpa novamente. Já saí com todas as outras. Só sobrou ela. Quando eu terminar com ela, vou atacar New Hampshire.

— Está bem, crianças.

O pai deles levantou as mãos.

— Já chega. Primeiro, esta é a vida pessoal de Miles e ele tem direito a ela, assim como o restante de nós. Segundo, ninguém nesta mesa, ninguém que o conhece bem, teria absolutamente nenhuma razão para pensar que ele de alguma forma coagiria ou pressionaria qualquer mulher, qualquer funcionária a entrar em um relacionamento sexual.

— Talvez a Morgan não concorde com isso.

Liam soltou um assobio impaciente ao se virar para a irmã.

— Qual é, Nell, a Morgan trabalha há tempo suficiente com a gente para termos uma ideia de como ela é. Se ela se sentisse pressionada, e eu realmente não acho que seja o caso, não com o Miles, ela falaria com você, com a vovó ou com a mamãe. Ou, o que é mais provável, ela diria para o Miles deixá-la em paz. Já a vi lidar com clientes que estavam passando dos limites. Você também.

— Também sei que ela está tentando superar um trauma. Um trauma enorme, que ainda não acabou.

— Estou ciente disso — respondeu ele friamente, um sinal evidente de advertência. — E você está passando dos limites se acha que eu me aproveitaria disso.

— Não acho. Estou dizendo que talvez ela ache isso. Preciso falar com ela. Preciso, sim — insistiu ela antes que Miles pudesse abrir a boca. — Sou a supervisora direta dela. Sou responsável.

— Eu gostaria de dizer uma coisa.

Quando Lydia Jameson falou, ninguém interrompeu.

— Rory está certo, estamos falando da vida pessoal do Miles, e a família dele precisa respeitar isso. E a família deveria confiar nele, já que ele nunca nos deu motivos para o contrário. A Nell está certa — continuou. — Embora eu não tenha dúvida de que o Miles acredite que esse relacionamento é consensual e equilibrado, a Nell, como supervisora da Morgan, deveria ter uma discussão aberta e franca com ela. Ela é a neta da Olivia Nash, então não tenho dúvida de que o Liam também está certo. Se ela não quisesse ter esse tipo de relacionamento com o Miles, teria deixado isso bem na cara.

— Mas — continuou após uma pausa — não podemos esquecer o que ela passou e ainda está passando. Nell, acho que todos nós gostaríamos que você marcasse uma reunião individual com a Morgan amanhã. Imagino que consiga obter as respostas e perguntas que nos permitirão deixar dois adultos livres viverem a própria vida.

— Vou marcar.

— Então está resolvido.

Mick bateu com o punho na mesa de leve.

— Sem dúvida, o Miles respeitará o que a Morgan tiver a dizer sobre o assunto.

— É óbvio que sim.

— Ela é uma jovem muito atraente. — Mick abriu um sorriso. — Em vários aspectos. E é uma funcionária valiosa para o resort. Nós cuidamos dos nossos. Devo acrescentar que, se o Miles não fosse quem ele é, este assunto não estaria em pauta na reunião. Agora vamos acender a churrasqueira.

Lá fora, Nell fez questão de levar Miles para longe dos outros. E ao observá-los, Drea fez uma careta.

— Deixe-os resolver isso entre eles. — Rory apertou o ombro dela. — Não criamos filhos tímidos e retraídos.

— Essa é a minha preocupação. Espero que isso não termine em briga.

— Não seria a primeira vez.

— Longe disso. Mas você tem razão, vamos deixá-los resolver isso entre eles. Podemos enxugar o sangue metafórico depois, se necessário.

Nell puxou Miles para a lateral da casa.

— Olha, eu preciso fazer isso.

— Você já disse, e todo mundo concordou.

— Não é porque não te conheço ou não confio em você.

— Ah, não?

— Não, e você sabe muito bem disso, então desça do pedestal.

— Não consegui subir nele porque você ocupou todo o espaço lá em cima.

Ela deu alguns passos para longe dele, depois voltou.

— Você não vai me irritar.

— Quer apostar?

— Miles!

Ela jogou as mãos para o alto e bateu com os punhos nas têmporas.

— Você pode ter empatia, pode ficar indignado com a ideia de alguém em uma posição de poder pressionar, de forma sutil ou explícita, uma mulher a ter relações sexuais. Mas você não tem ideia de como é estar na posição dessa mulher.

— E você tem?

— Tenho, sim. Eu sei como é se sentir pressionada por um cara que acha que eu deveria estar interessada, agradecida ou complacente. E...

— Pode parar por aí. — Segurando-a pelos braços, ele olhou nos olhos dela. — Quem? Quem fez isso?

Ela olhou para ele com uma expressão ao mesmo tempo afetuosa e desdenhosa.

— Quer que eu faça uma lista dos nomes desde o ensino médio? Não vou. Já lidei com isso, e continuarei lidando. Mas eu sei como é, e você nunca vai saber. E, sim, o Liam está certo. Eu já a vi se virar sozinha. Mas você não é um hóspede nem outro membro da equipe. Você é o chefe. Então vou conversar com ela e me certificar de que não há dúvidas ou hesitação em relação a ter um relacionamento sexual com você. É apenas sexual?

— Quem está perguntando? A chefe de Hospitalidade ou a minha irmã?

— Acho que, neste caso, é a sua irmã.

— Então ainda não sei.

Ela assentiu.

— É justo. Eu também nunca sei.

— Minha irmã não tem relações sexuais. Ela é virgem e pura.

— Sim, pode apostar. — Ela deu um tapinha na bochecha dele. — Assim como a nossa mãe, que concebeu e deu à luz três filhos graças a um milagre casto.

— Essa é a minha teoria.

— Eu te amo, Miles, e você não me irritou, então perdeu a aposta.

— O dia ainda não acabou.

Nell ficou indecisa sobre o melhor local para encontrar Morgan e acabou enviando uma mensagem de texto pedindo para ir à casa das Nash na segunda-feira às dez horas. Um lugar, pensou, onde Morgan se sentiria confortável, e depois que a família dela fosse para o trabalho, para que pudessem ter privacidade.

Quando chegou, Morgan abriu a porta rapidamente.

— Oi, obrigada por me receber. Tinha esquecido como esta casa é encantadora. Eu não venho muito para esta região.

— Pode entrar. No início, fiquei surpresa quando você disse que queria passar aqui esta manhã, mas depois percebi que não deveria ter ficado.

— O Miles te contou?

— Não, ele não disse nada. Mas eu sei que vocês fizeram uma reunião de família ontem, então suponho que tenha surgido a questão de que nós dois estamos saindo.

— Foi exatamente esse o termo que ele usou. Não é interessante?

— É melhor nos sentarmos. Por que não vamos para a sala? Posso passar um café.

— Seria ótimo. Dá para perceber que três mulheres moram aqui, e digo isso como um elogio. Tem um jeito feminino. Um perfume feminino. Ah, e o quintal! É tão bonito. Adorei os comedouros de pássaros.

— Eu também. Café, latte, capuccino? Pode escolher.

— Adoraria um latte.

— Vou preparar dois, então. Sente-se.

— Há algo tão artístico e reconfortante no seu quintal. Eu me convenci a desistir de um apartamento e comprei uma casa pequena. Pequena o suficiente, disse a mim mesma, para poder cuidar dela sozinha, com um quintal pequeno o suficiente para conseguir fazer o mesmo. Eu falhei.

— Acho difícil de acreditar.

— Algo sempre era negligenciado ou adiado. "Vou fazer isso amanhã ou na próxima semana", e eu sei que, quando você faz isso, as coisas simplesmente se acumulam. Então aceitei que seria mais eficiente contratar alguém para cuidar de tudo para mim.

— Você está dando emprego e salário para outras pessoas dessa forma — apontou Morgan.

— É verdade. Mas, ainda assim, seu quintal é muito mais charmoso e criativo que o meu. Aquele sino dos ventos é do Arte Criativa?

— É, sim.

— Vou dar uma passada lá no caminho para o trabalho e comprar um. Se importa de nos sentarmos lá?

— É um dos meus lugares favoritos.

Capítulo Vinte

⌘ ⌘ ⌘

QUANDO ELAS se sentaram à mesa, Nell olhou ao redor mais uma vez.

— Quero morar aqui fora. Você toma o seu leite com gosto de café e açúcar aqui toda manhã?

— Normalmente, sim.

— O Miles tem um espaço zen como este e realmente arranja tempo para trabalhar no jardim toda semana, a menos que esteja muito sobrecarregado. Acho que você sabe disso.

— Sim, é lindo.

— Está bem. Então… — Nell ajeitou os cabelos, hoje soltos, atrás da orelha. — Não quero que esta reunião seja constrangedora.

— Tarde demais.

Nell assentiu.

— Acho que não dá para evitar o constrangimento. Queria conversar com você aqui, no seu território, na sua casa, e não no meu escritório, para que você se sinta o mais confortável possível.

— Sou grata por isso. De verdade. Posso ir direto ao ponto e perguntar se você está me demitindo?

— O quê? Meu Deus, não! Não. Tire isso da cabeça agora mesmo.

Enquanto falava, Nell ergueu a mão como se estivesse lançando algo para longe.

— Então está bem. — Morgan soltou a respiração. — Posso deixar de lado a preocupação e ficar só com o constrangimento.

— Gostaria que não fosse desconfortável para você, porque isso se trata do seu conforto, Morgan. Eu conheço o Miles, obviamente. Eu amo o Miles, mas estou aqui hoje como a sua supervisora direta, que está do seu lado. Estou ciente de que você e ele agora têm um relacionamento íntimo, e eu quero que você me diga, que se sinta completamente segura e protegida para me dizer se, em algum momento, você se sentiu pressionada de alguma forma a entrar nesse relacionamento. Mesmo se o Miles não...

— Você pode parar por aí porque a resposta é não, definitivamente não. Ele não me pressionou, eu não me senti pressionada. Ele não tomou a iniciativa. Fui eu, por isso achei que você poderia me demitir.

— Ah. Um minuto.

Ela ergueu a xícara e tomou um gole do café.

— Ele não me contou essa parte, é óbvio que não contaria. Estamos falando do Miles. Essa informação teria ajudado. Nós ainda teríamos esta conversa, mas teria sido útil.

— Eu posso ser útil. Ele foi mais que gentil comigo depois do incidente na sexta-feira à noite, uma semana atrás. Você deve ter ficado sabendo.

— Sim, e sinto muito que você tenha passado por isso.

— Eu também. E também senti, mesmo antes disso, que talvez ele estivesse interessado em mim. Ele nunca disse ou fez nada, mas... Ah, Nell, dá para saber, não dá? Quando um homem está interessado em você. Você pode até interpretar mal, mas tem uma ideia.

— Sim, é verdade.

— Apesar de também estar interessada no seu irmão, não pretendia fazer nada em relação a isso porque eu amo o meu trabalho e preciso dele, mas eu fiz biscoitos para o Miles.

— Sério?

— Ideia da minha mãe.

— Ah, disso eu entendo também.

Ela riu, balançou a cabeça e tomou outro gole de café.

— Então você fez biscoitos para ele.

— Com muita ajuda, mas sim, então eu ia deixá-los na casa dele, mas vi as torres.

— É uma bela casa.

— É mesmo. Então, o Lobo veio correndo até mim, e fiquei tão encantada com ele, e o Miles parecia tão perplexo. Eu pedi para visitar o interior da torre. Eu ainda não pretendia fazer nada, só queria muito ver. Mas quando estava indo embora...

— Por favor, não pare agora.

— Apenas senti que o sentimento era mútuo, então perguntei se ele sentia alguma atração ou tinha algum interesse por mim, e ele foi tão cuidadoso que eu achei que tinha interpretado errado. Mas ele disse que não, e nós meio que conversamos sobre essa situação e sobre como deixar tudo isso de lado, ao mesmo tempo. Então eu tomei a iniciativa, e uma coisa levou à outra.

Morgan deu de ombros.

— Essas informações foram úteis?

— Ele nunca teria me contado tudo isso. Que bom que você me contou.

— Se isso for causar problemas… Não sei o que fazer. Meu emprego, morar aqui com as mulheres da minha vida, e agora o Miles… Tudo isso me faz sentir mais eu mesma do que me senti em muito tempo. Não quero ter que renunciar a nada disso.

— E por que teria? Você é uma excelente gerente, esta casa é adorável e parece ser um lar feliz. E, embora o Miles possa ser muito irritante como irmão, ele é um homem interessante, com um forte código moral. Eu precisava saber o seu lado da história e como se sentia, e por quê. Agora que sei, isso passou a ser um assunto pessoal entre vocês.

— Ótimo. Obrigada. E ufa. Eu sei que provavelmente não faço o tipo dele.

— Não acho que ele tenha um.

— Bem, não tenho nada a ver com aquela mulher com quem ele estava saindo não faz muito tempo.

— Carlie Wineman? Por favor. — Nell revirou os olhos. — Reconheço uma interesseira ambiciosa quando vejo uma, mas admito que não percebi logo de cara. E eu não deveria te contar isso, mas que se dane. Agora sou a irmã do Miles, não a chefe de Hospitalidade, então vou te contar. Ela é linda e sabe usar a beleza dela. Ela entende de arte e vinhos, é uma ótima esquiadora, é fluente em francês.

— Nada disso me faz sentir melhor.

— Ainda não terminei. Depois de um tempo, e levou um tempo, pois ela pode ser muito cativante, percebi que ela estava usando o Miles como um degrau. Socialmente, financeiramente. E mais, ela só gostava da imagem deles juntos, como um casal. Tudo nela é tão superficial quanto uma poça de chuva, exceto a sua vaidade.

— Está bem, talvez um pouquinho da minha autoconfiança esteja voltando.

— Eu gosto de você. Eu gosto de você para o Miles. Não sei se a relação de vocês se resume apenas a sexo, mas…

— Eu também não sei.

— É compreensível. Quando eu conheci melhor a Carlie, não gostei dela. E não gostava mesmo dela para o Miles, então fiquei feliz quando ele terminou o relacionamento. Eu amo o meu irmão, mesmo quando ele me tira do sério, o que acontece com frequência. E eu também o tiro do sério com certa frequência.

— Porque vocês são muito parecidos.

Por cima da borda da xícara, Nell lançou um olhar longo e frio para Morgan.

— Agora você vai me tirar do sério.

— Você com certeza já sabia disso. Você se conhece muito bem. Veio aqui porque queria que eu me sentisse confortável e com mais controle da situação. Foi muito gentil e respeitoso da sua parte. O Miles também é gentil e respeitoso, só que de um jeito mais brusco. O Liam é mais tranquilo e despreocupado, mas todos vocês fazem o que têm que fazer, e muito bem. Parte disso é a ética de trabalho e a outra parte é um amor profundo pela família e pelo negócio que ela criou.

— Você devia ter feito faculdade de psicologia.

— Um bom bartender é um psicólogo que prepara coquetéis. Você gostou dessa parte do seu treinamento? O Liam disse que todos vocês passaram por todas as áreas do resort.

— Ele te disse isso? Bem, ele tem razão. Não vou dizer que gostei do trabalho, mas o treinamento foi muito valioso. Graças a ele, pude entender que esse trabalho não se resume a preparar coquetéis e servir bebidas. Agora, eu bem que gostaria de ficar sentada aqui por mais uma hora, pois já nem lembrava mais o que era relaxar, mas infelizmente hoje não é o meu dia de folga. Tenho que ir comprar um sino dos ventos e depois ir trabalhar, para que você possa voltar à sua folga.

— Fico feliz por você ter vindo.

— Eu também.

Nell se levantou.

— Não faço amizades facilmente, mas costumo manter as que faço ao longo do caminho. E, droga, o Miles também é exatamente assim. De qualquer forma, deveríamos almoçar juntas um dia desses.

— Almoçar?

— Ou tomar um drinque. E agora parece que estou te chamando para sair. Talvez eu esteja, de certa forma. Do tipo "vamos ver se há potencial para uma amizade aqui".

— Também não faço amizades facilmente. Gostaria de experimentar esse tipo de almoço ou drinque.

— Ótimo. Vou te mandar uma mensagem com possíveis horários na minha agenda, e é exatamente por isso que eu não faço amigos facilmente.

— Eu sou uma grande admiradora de agendas.

— Isso é um bom ponto de partida para uma possível amizade.

Elas se despediram de forma amigável, então Morgan sentou-se e deixou o alívio tomar conta. Não seria demitida, não teria que escolher entre o cara e o emprego, e ainda bem, porque queria ambos.

E, o mais importante, Miles contara à família dele.

— Estão melhorando — disse ela em voz baixa. — Realmente parece que as coisas estão melhorando.

Gavin Rozwell apreciava a brisa suave do oceano e a areia dourada da praia da Carolina do Sul. Os frutos do mar locais agradavam ao seu paladar. Embora a varanda da frente oferecesse vista para a praia e o nascer do sol, ele tinha que admitir que sentia falta do terraço de seu quarto de hotel. Mas quando um homem fazia uma reserva por dois meses, as pessoas acabavam notando e comentando. O mesmo não acontecia quando ele alugava uma casa de praia. Teria que se certificar de que a recompensa valeria o sacrifício.

Ali, ele era Trevor Caine, um *ghost-writer* que estava trabalhando em um projeto e buscando arranjar tempo para, quem sabe, finalmente terminar o próprio livro, que passara tanto tempo engavetado.

Ele optara por uma aparência casual e desleixada, que parecia refletir o ambiente praiano e sua persona atual. Seu cabelo estava mais escuro, castanho com algumas luzes, e agora tinha um cavanhaque. O bronzeamento artificial completava o look praiano, bem como uma coleção de shorts, camisetas e jeans rasgados. Ele arrematou o visual com um boné dos Mets, que desgastara um pouco para parecer mais antigo, e um par de óculos escuros Ray-Ban.

Decidiu que sua nova aparência combinava perfeitamente com o personagem, e também se achou muito bonito.

Ainda que caminhasse na praia de vez em quando, ele passava a maior parte do tempo na frente do notebook. Em vez de escrever, continuava pesquisando, dando os toques finais em seu plano.

O alvo dele, Quinn Loper, tinha a própria casa de praia — com um valor líquido bastante interessante — e possuía e administrava uma equipe de limpeza que atendia às casas alugadas, contratada por meio da agência de reservas.

Ela não fazia mais o trabalho sujo e, de acordo com uma tabela variável de tarifas, oferecia limpezas superficiais, limpezas profundas, lavagem de janelas e assim por diante para outros moradores locais.

Quinn tinha um MBA e um negócio consagrado. Ela também tinha avós paternos abastados, que se mudaram de Nova York para Myrtle Beach quando se aposentaram, em busca de sol e golfe.

A mãe dela morrera em um acidente quando Quinn tinha seis anos — que triste! — e seu pai, agora viúvo, se mudara com ela e a irmã de oito anos para a Carolina do Sul, a fim de ficar mais perto da família.

Ele se casou de novo sete anos depois e agora morava em Atlanta. A irmã dela se casou recentemente com outra mulher — Gavin não entendia, mas cada um com seu cada qual. Elas compraram uma antiga casa de fazenda em Charleston, reformaram-na e a transformaram em uma pousada.

Uma família empreendedora!

Ele considerava Quinn uma excelente escolha. Ela estava na lista dele há alguns anos, e, depois da Bunda Grande em Nova Orleans — uma grande decepção! —, ele começou a aprofundar a pesquisa sobre ela.

Solteira — mas não era lésbica, como a irmã mais velha —, vinte e oito anos e suficientemente em forma para correr na praia quase toda manhã. Ela também frequentava uma academia local. Trabalhava de casa para economizar o aluguel de um escritório e liderava uma equipe de dezesseis funcionários, alguns em tempo integral e outros em meio período.

Ela fornecia os equipamentos e o material de limpeza sob o nome da empresa, Onda de Limpeza.

Engraçadinho demais para o gosto dele, mas funcionava. Ela tinha pouco mais de setenta e cinco mil dólares em patrimônio líquido graças à sua casa de quatro quartos, dois banheiros e meio, dois andares, deques na frente e atrás e uma banheira de hidromassagem. Dirigia um Mercedes conversível e possuía uma picape Dodge.

Sua conta comercial permanecia no azul; e suas contas pessoais, bem, aquele MBA e os avós ricos foram muito úteis.

Calculou que conseguiria entre duzentos e duzentos e cinquenta mil dólares antes de matá-la e ir embora com o Mercedes.

A caminhonete estava carregada, era mais nova, mas o conversível era uma *maravilha*.

Com a pesquisa concluída e seu disfarce muito bem preparado, ele só precisava arquitetar um encontro casual com ela.

Ele se dirigiu à praia logo depois do nascer do sol. Era a hora que ela costumava correr. Mas ele correu dois quilômetros naquele dia e no dia seguinte e não a viu. Precisou lembrar a si mesmo de ter paciência, de que estava estabelecendo um padrão para os outros madrugadores que caminhavam na praia ou tomavam café em seus deques de frente para o mar.

O cara de boné dos Mets que corre de manhã cedo.

No terceiro dia, ela chegou antes, então ele se posicionou atrás dela.

Pernas longas, corpo em forma — do jeito que ele gostava. O longo rabo de cavalo passava pela abertura traseira do boné de beisebol. Tirando o comprimento do cabelo, achava que ela se parecia com Morgan.

Talvez tivesse mais curvas, mas elas o faziam pensar nas de sua mãe, então estava tudo certo.

Uma presa de primeira.

Depois de um quilômetro e meio, ela deu meia-volta. Ele ajustou o ritmo para que eles corressem um em direção ao outro por tempo suficiente. Abriu um sorriso, deu um tapinha no próprio boné e apontou para o dela.

— Melhor time!

— Ele está tendo um bom ano — respondeu ela, apenas um pouco sem fôlego, e continuou.

— Está arrasando.

Ele continuou correndo, depois se virou e acompanhou o ritmo dela novamente, mantendo cerca de dois metros de distância.

Quando a corrida dela se transformou em caminhada, ele acenou ao passar. Ela caminharia por aproximadamente mais quatrocentos metros. Observara a rotina dela através de binóculos. Ela aproveitaria a caminhada para se refrescar, faria alguns alongamentos e depois seguiria pelo caminho entre as propriedades à beira-mar de volta para sua casa.

Ele parou naquele ponto, inclinou-se apoiando as mãos nos joelhos e ofegou um pouco até ela se aproximar.

Com um meio sorriso, ele se endireitou.

— A vista é bonita, mas não estou acostumado a correr na areia molhada.

— Você se saiu bem.

— Você se saiu melhor. É de Nova York?

— Nasci lá.

Mantendo uma distância segura, ela equilibrou-se em uma perna para fazer um rápido alongamento dos quadríceps.

— Mas morei aqui praticamente a vida toda. — O que era evidenciado pelo sotaque sulista dela. — Herdei o amor pelos Mets do meu avô. Nova York? — perguntou ela por sua vez.

— Eu me mudei para o Brooklyn logo depois da faculdade. Lá, encontrei o meu lugar e o meu time de beisebol favorito. Que bom encontrar outro fã dos Mets na Carolina do Sul. Eles vão jogar contra os Mariners hoje à noite. Bassitt contra Castillo.

— Mal posso esperar. Você está aqui de férias com a sua família?

— Sem família, apenas eu. Um misto de férias e trabalho. Não dá para superar essa vista.

Ele fez um gesto para que ela respondesse à mesma pergunta.

— Moro duas quadras atrás dessas mansões de frente para o mar. Não tenho a mesma vista, infelizmente.

Ela usaria aquelas informações para pesquisar sobre ele. Exatamente como ele queria que ela o fizesse.

— Ah, Trevor Caine.

Ele estendeu a mão.

— Quinn Loper. Aproveite a sua estadia.

— Já estou aproveitando. Talvez nos vejamos durante a corrida amanhã.

Ela lançou um sorriso por cima do ombro enquanto se afastava.

— Talvez.

Calculou bem no dia seguinte, e ela começou a correr logo atrás. Ele reduziu um pouco o ritmo.

— Que jogão ontem! — gritou ele.

Ele não assistiu à partida, mas pesquisou todas as estatísticas e momentos marcantes.

— Viu aquela jogada dupla no fim do nono inning? Foi demais!

Correram juntos por um tempo, trocando informações sobre o jogo. Desta vez, ele reduziu o ritmo e começou a caminhar ao mesmo tempo que ela.

— Seguindo seu exemplo — disse a ela. — Desacelerando no fim. Acho que passo tempo demais sentado e tempo de menos na academia.

— O mesmo acontece comigo quando saio da rotina. O que você faz da vida?

Dava para ver que ela já conhecia o básico da identidade que ele construíra.

— Sou escritor, estou trabalhando em um romance. É o que venho dizendo há mais de três anos. — Ele deu um sorriso acanhado para acompanhar a última frase. — Trabalho como *ghost-writer* enquanto isso, para pagar as contas.

— *Ghost-writer*? Tipo, você escreve um livro e outra pessoa assina com o nome dela?

— Não é tão simples assim. Às vezes, o cliente precisa que outra pessoa corrija ou melhore algo que ele já escreveu, ou então precisa de ajuda para desenvolver uma ideia.

— Livros e beisebol são as minhas paixões.

E ele sabia daquilo, por isso tinha escolhido aquele boné e aquele disfarce.

— Para quem você já escreveu?

Ele sorriu e levantou os ombros.

— Nós, fantasmas, somos invisíveis. Não posso revelar. É um acordo contratual. Eu decidi vir para cá, terminar um projeto para um cliente e dedicar o máximo de tempo possível ao meu projeto.

Ele olhou para o mar.

— Está dando certo. Acredito que vou conseguir terminar o livro do meu cliente até o fim da semana. Depois não terei mais desculpas: meu tempo, meu livro.

Olhou novamente para ela. Tranquilo e casual, mas deixando transparecer seu interesse.

— O que você gosta de ler?

— Uma boa história. Suspense, mistério, romance, terror, fantasia. Desde que seja boa o suficiente para me transportar para outro lugar por um tempo.

— Esse é o objetivo. O que você faz quando não está lendo ou assistindo aos jogos dos Mets?

— Eu administro uma empresa de limpeza. A Onda de Limpeza cuida da sua casa de praia.

— Sério?

Ele empurrou o boné para trás.

— Você limpa a minha casa?

— Não eu em pessoa. Coordeno a equipe de limpeza.

Ele observou que ela não disse que era a dona. Está sendo cautelosa.

— Vou começar a arrumar muito mais antes da limpeza semanal para que não digam para você que sou desleixado.

Ela abriu um sorriso largo e sincero.

— A minha equipe é como os *ghost-writers*. Muito discreta. Bem, tenho que ir. Boa sorte com o seu livro.

— Obrigado.

No quarto dia, ele planejava correr ao lado dela, mas ela não apareceu. Ele se contentou com o quinto dia. No sétimo, ela o convidou para tomar um drinque, antecipando em dois dias a data em que ele planejava fazer o convite.

Ele respondeu com um convite para jantar, tudo muito casual, e deu um beijo de boa noite na bochecha dela antes de faltar de propósito à corrida no dia seguinte.

— Trabalhei a noite toda — disse ele animado. — Começou a fluir e eu não consegui parar.

— Seu livro, né?

— Sim, todo meu.

— Sobre o que é?

— Não posso dizer, por pura superstição. É como se, ao falar sobre ele, tudo parasse de fluir.

Ele olhou para cima quando um bando de gaivotas barulhentas passou voando.

— Era o momento certo, o lugar certo. Se eu conseguir terminar e publicá-lo, e sei que vou, te enviarei uma cópia. Sendo bem sincero, acho que essas corridas matinais com você me ajudaram a entrar no ritmo.

— Isso é ótimo, Trevor.

— Que tal eu te levar para um jantar de comemoração? Talvez amanhã?

Ela sorriu.

— Ótima ideia.

Levou quase três semanas para que a dança do acasalamento terminasse em um jantar na casa dela. Isso lhe deu a oportunidade de estudar o local e passar alguns minutos com o computador no escritório dela.

Ela queria transar, e tudo bem, ele já esperava por aquilo. Poderia suportar o ato, poderia ter uma ereção se pensasse no momento em que a mataria.

Além disso, ela tinha um notebook em seu quarto, então ele ganhou dois pontos de acesso.

Conheceu os avós dela, e comeu churrasco na casa deles. E, já que eles lhe deram a oportunidade, aproveitou para instalar seu programa no computador do escritório do velho.

Não havia motivo para não aumentar seus ganhos com uma parte da conta de investimentos deles.

Apenas acrescentaria alguns dias ao seu cronograma.

Levou apenas um mês, e ele se dera dois. Após garantir os empréstimos como Quinn Loper, depositando o dinheiro obtido, esvaziou as contas dela e acrescentou mais cem mil dólares do avô.

Pensou em matar os avós, mas não conseguiu ver graça naquilo. Em vez disso, encontrou prazer imaginando o choque deles, as lágrimas que derramariam depois que matasse a amada neta.

Entrou na casa deles enquanto dormiam, o que não exigiu nenhum esforço, já que eles deixavam as janelas abertas para ouvir o barulho do oceano.

Idiotas.

Desinstalou o programa e saiu discretamente.

Quinn não deixava as janelas abertas, mas a fechadura da porta da frente era uma piada.

Ele se moveu pela casa escura até chegar ao quarto onde ela dormia. Pensou em acordá-la antes para que ela tivesse mais tempo para saber o que estava acontecendo, mais tempo para sentir medo.

Mas ela malhava, então ele sabia que ela resistiria.

Sendo assim, subiu com cuidado na cama e usou os joelhos para imobilizar os braços dela. Os olhos de Quinn se abriram quando ele apertou as mãos em volta de seu pescoço.

Ela não conseguia emitir um som, nem um pio, mas se contorceu, tentou rolar.

— Você é só mais uma puta.

Apertando cada vez mais, a respiração entrecortada, observou os olhos dela se revirarem.

— Você acha que é especial, mas não é. Vou te reduzir a nada.

Com a boca aberta, ela tentava desesperadamente respirar, suas mãos agarrando freneticamente os lençóis enquanto ele segurava os braços dela. Seus calcanhares batiam sem parar na cama.

— Tomei tudo o que eu queria, está estendendo? Sua casa, sua empresa. Tudo é meu agora, e nada do que você já fez na sua vida vai importar, porque agora você não é nada.

Ela parou de resistir e convulsionou. Mesmo na penumbra, ele pôde ver a vida se esvair dos olhos dela.

Agora ela não era nada, e ele era um deus.

Ah, que sensação maravilhosa. Uma sensação intensa, quente e poderosa que percorria o corpo dele. Mas não era perfeita, percebeu.

Ela foi boa, muito, muito melhor que a Bunda Grande de Nova Orleans, mas não foi perfeita.

Nada seria perfeito novamente enquanto ele não acabasse com Morgan.

Tirou do bolso a pulseira que encontrara na gaveta de Morgan e a colocou no pulso de Quinn.

— Aqui, pode ficar com isto. Quero lembrá-la de que não desisti dela.

Pegou a chave do Mercedes e percorreu a curta distância até a casa alugada para buscar as malas que já estavam prontas. Também já tinha raspado o cavanhaque, pintado o cabelo e criado uma nova identidade.

Quando alguém a encontrasse, ele já teria trocado o conversível com um contato que tinha na Carolina do Norte e, com um novo veículo, partiria para o oeste por um tempo.

Enquanto dirigia na noite escura, sorriu, satisfeito.

— É assim que se faz.

Morgan não queria que o verão terminasse. Todos os dias, tanto os chuvosos quanto os ensolarados, davam a ela mais um tijolo para construir sua vida nova. Uma vida que ela descobriu que realmente amava.

Nada poderia apagar a tragédia que a colocara naquele novo caminho, mas ela estava decidida a percorrê-lo e apreciar a paisagem ao longo do trajeto.

Poderia e seria grata.

Em um domingo de sol, resolveu demonstrar sua gratidão com uma surpresa.

— Muito obrigada pela ajuda.

Enquanto dirigiam, Morgan esticou o braço para acariciar Lobo, que se aconchegara ao lado dela no robusto SUV de Miles.

— Sei que você tem a sua rotina de fim de semana.

— É uma rotina, não um mandamento gravado na pedra.

— Seja como for, nunca conseguiria mover essa base de concreto sozinha, e é por isso que ela está parada na oficina do meu avô há mais de dez anos. Mas nós três podemos movê-la.

— Ah, é, o cão vai ajudar muito.

— Ele veio dar apoio moral, não é, Lobo? E ainda ganhou um passeio. É como um dia de férias.

— Todo dia é dia de férias quando se é um cão.

Ele estacionou na entrada da casa estilo Tudor.

— As mulheres da minha vida só chegarão lá pelas três, provavelmente até mais tarde. Vai dar certo.

— A cada vez que você diz isso, soa menos confiante.

— Só preciso começar. Estou nervosa, mas vai passar assim que eu começar.

Ela os guiou pela casa, Lobo vasculhando todo canto, farejando tudo em suas férias de cachorro.

— Instalei ontem o painel solar que vai alimentar a bomba para que ele carregasse, mas todo o resto está na oficina. Tem um carrinho de carga, mas eu estava com medo de tentar movê-la sozinha.

Ela sorriu para Miles.

— Você fará o trabalho pesado.

— É um quintal bonito — observou Miles.

— E vai ficar ainda melhor quando terminarmos este projeto. É a única coisa que falta. Até eu pensar em outra coisa.

A oficina, um quadrado de cedro desbotado com uma porta azul brilhante, ficava nos fundos da propriedade, escondida entre as árvores e ladeada por um riacho estreito.

— Exatamente como me lembrava. O cachorro que seu avô tinha quando eu era criança gostava de se espreguiçar no riacho. Nossos avôs às vezes se sentavam em umas cadeiras dobráveis velhas, tomavam cerveja e jogavam conversa fora. Ele sempre tinha uma Coca-Cola me esperando quando eu me juntava a eles.

— Ele adorava crianças.

Ela abriu a porta da oficina.

— Eles queriam uma família grande, mas a minha avó teve algumas complicações.

— É uma pena. Caramba, continua exatamente como eu me lembrava. "Um lugar para cada coisa, Miles", ele costumava dizer. "E cada coisa em seu lugar. Assim, quando você precisa de uma ferramenta, não perde tempo procurando por ela."

Passando a mão sobre uma bancada de trabalho, ela olhou para as ferramentas elétricas, o painel de parede com as ferramentas manuais, o grande armário de ferramentas vermelho e os potes de vidro etiquetados com parafusos, pregos e arruelas.

— Não sei como é possível, mas ainda tem o cheiro dele. Acho que é por isso que a minha avó não deu nem vendeu essas ferramentas. Elas têm sido muito úteis em meus pequenos projetos.

Miles aproximou-se de um pedestal de concreto que media cerca de um metro e tinha uma superfície ampla no topo.

— Essa coisa aqui?

— Essa coisa aí. Não sei por que ele tinha isso, nem a minha avó sabe. Espero que ele goste do que vou fazer. Já fiz os furos no sapo com a furadeira.

Ele caminhou até o sapo de concreto que estava sobre outra bancada de trabalho.

O animal estava sentado de pernas cruzadas em um poleiro dentro de uma bacia larga de cobre. As mãos, com as palmas viradas para cima, descansavam sobre seus joelhos. Ele tinha um sorriso radiante estampado no rosto.

Os furos nas palmas davam uma pista.

— Você vai passar a água através das mãos dele?

— Assim que o vi, soube o que ele deveria ser. A bomba submersa vai ficar sob o assento dele, e o fio do painel descerá pelo suporte. Está vendo os buracos que fiz? Ela será alimentada pela energia solar.

— Foi o seu avô que te ensinou a usar a furadeira?

— Não. Eu não passei muito tempo aqui com ele, e hoje me arrependo disso. Só aprendi o básico, usar martelo e prego, sempre medir duas vezes antes de cortar. Essas coisas. Mas vi muitos tutoriais no YouTube. Vai dar certo.

Enquanto o cão explorava a oficina, Miles foi buscar o carrinho de carga.

— Já sabe onde vai colocá-lo?

— Encontrei o lugar perfeito.

— É o que toda mulher diz.

— Que comentário machista. Talvez seja verdade, mas ainda assim é machista.

Ele começou a inclinar a base para deslizar o carrinho por baixo, mas parou e olhou para ela.

— Meu Deus, Morgan.

— Eu sei, pesa uma tonelada. Deve ser por isso que nunca saiu daqui. Vamos conseguir.

Juntos, eles colocaram a base em cima do carrinho. Enquanto Miles empurrava, ela a mantinha equilibrada.

— Se ela começar a cair — advertiu ele — não tente segurá-la. Se cair, caiu.

— Não vai cair.

Foi preciso muito cuidado, esforço e suor, mas ela realmente encontrara o lugar perfeito. Sob o sol pleno, além da sombra de um pessegueiro e em frente a um canteiro de hortênsias Nikko Blue.

— Ok, espere aí!

Ela foi correndo buscar a placa de ardósia — já furada —, a bomba e o fio.

Depois que Morgan posicionou a bomba, eles colocaram a base sobre a placa de ardósia com cuidado. Miles deu um empurrão.

— Só um tornado poderia derrubar esta coisa.

— Exatamente.

Ela foi correndo, acompanhada de Lobo, pegar o sapo e a bacia.

— A bomba vai ficar embaixo do assento e o assento dentro da bacia de cobre, que veio da loja. Foi um artesão local que fez. E o sapo vai ficar sobre o assento, com o cano subindo e entrando pelo traseiro dele. Pode pegar a mangueira, por favor? — apontou a direção. — Ela vai chegar até aqui, eu medi.

— Óbvio que mediu.

Ela não deixava passar nenhum detalhe, pensou ele enquanto caminhava para abrir a torneira, retornando com a mangueira na mão.

— Vai dar certo — murmurou ela.

— Quer que eu encha?

— Por favor. Adoro o modo como o sol reflete no cobre. Pensei em usar uma bacia de pedra comum, mas o cobre dá um toque especial. O sapo é tão fofo. Totalmente Zen, e é assim que vou chamá-lo. Acho que elas vão amar. Ok, hora da verdade.

Ela ligou a bomba. Esperou. Esperou.

Água começou a jorrar das mãos do sapo, caindo de volta na bacia de cobre.

— Deu certo!

Ela deu uma volta, agarrou Miles, o beijou e deu mais uma volta.

— Não é fofo? Fofo, excêntrico e original.

— Você é habilidosa. Conseguiu construir um bendito chafariz sozinha.

— Aprendi a ser habilidosa, mas, nesse caso, só precisei juntar as peças, como um quebra-cabeça. Amei. Se elas não gostarem, não vão admitir, mas eu vou saber. Vamos nos sentar no pátio para ver como fica de lá. Vou buscar algo para bebermos.

PARTE III
RAÍZES

Beleza, força e juventude são flores, porém passageiras; dever, fé e amor são raízes, que permanecem inteiras.

— GEORGE PEELE

pois o amor é tão forte quanto a morte, e o ciúme é tão inflexível quanto a sepultura.

— CÂNTICOS 8:6

Capítulo Vinte e Um

⌘ ⌘ ⌘

ENQUANTO ENCHIA dois copos altos com gelo, Morgan fez uma dancinha. Do outro lado da janela da cozinha, além do pátio, o sapo Zen jorrava água para o ar. Já podia imaginar as mulheres de sua vida olhando para ele e sorrindo enquanto tomavam um café pela manhã ou uma taça de vinho à noite. Durante o restante do verão e outono adentro, até que o ar começasse a esfriar.

Imaginando a cena perfeitamente, abriu a geladeira em busca do jarro de limonada, mas parou quando a campainha tocou. "Deve ser uma entrega", pensou ao se encaminhar para abrir a porta. Mas as regras que agora faziam parte de sua vida tornaram-se hábitos.

Primeiro, olhou pela janela da frente.

E todos os simples prazeres do dia se esvaíram. Ela abriu a porta para os dois agentes federais.

— Vocês teriam me ligado se o tivessem capturado, porque gostariam que eu soubesse imediatamente. Então não foi por isso que vieram.

— Não, Morgan, sinto muito. Não foi por isso. Podemos entrar? — perguntou Beck.

— Sim, é lógico.

Ela fechou a porta atrás deles.

— Quem foi desta vez?

— Vamos nos sentar primeiro.

— Sim, desculpe. Eu...

Ela olhou para trás, para a cozinha.

— Não estou sozinha. Meu...

Seu o quê? Ele não era exatamente um namorado. Também não o considerava um parceiro ainda. Era seu amante, sim, mas não apenas isso.

— Está lá fora. Miles. Miles Jameson. Estamos juntos. — A resposta soou razoável e verdadeira. — Ele estava me ajudando com um projeto. E sabe de tudo isso.

— Sim, nós falamos com ele.

Morrison olhou para trás quando ela fez o mesmo.

— Gostaria de ir lá para fora para que ele também possa ouvir o que temos a dizer?

Não, pensou. Ela gostaria de se sentar ao sol com Miles e um copo de limonada enquanto admirava o chafariz de sapo.

Mas…

— Ele vai ter que saber de qualquer maneira. Eu trabalho no resort. A família dele é dona de lá. E, como eu já disse, estamos juntos. Eu só estava… preparando uma limonada. Isso soa tão banal. — Riu, passando a mão no cabelo. — Tão típico de uma tarde de domingo de verão. Vou pegar mais dois copos.

Ela os acompanhou até a cozinha. Viu que Miles já tinha enrolado a mangueira de volta no suporte. Agora ele estava em pé, com as mãos nos bolsos, examinando o chafariz de sapo.

— Quer ajuda?

— Não — disse a Morrison. — Vou buscar uma bandeja. Vocês podem ir lá para fora. Preciso de um minuto. Só preciso de um minuto.

Ela se esforçou para se acalmar enquanto pegava uma bandeja. Viu Miles se virar e observou seu rosto tranquilo e confuso se contrair.

Encheu mais dois copos com gelo e levou tudo para o lado de fora.

Os três ainda estavam em pé enquanto o sol iluminava a bacia de cobre, enquanto o sapo sorria tranquilamente.

Ela não foi capaz de explicar por que se sentiu tão segura quando Miles se aproximou dela e pegou a bandeja.

— Sente-se — disse ele.

Embora tivesse soado como uma ordem, aquilo a deixou mais calma.

Quando Morgan se sentou, ele serviu a limonada, fazendo o gelo dos copos estalar. Para ela, parecia o som de tiros de metralhadora.

Lobo deitou a cabeça no joelho dela.

— Quem foi desta vez? — perguntou Morgan novamente.

Beck tomou a palavra.

— O nome dela era Quinn Loper, vinte e oito anos, solteira. Tinha o próprio negócio em Myrtle Beach, na Carolina do Sul. Ela se encaixava perfeitamente no perfil dele, embora sua condição financeira fosse um tanto melhor que a da maioria das outras vítimas. E, desta vez, ele também conseguiu acessar as contas dos avós dela. Ele não os feriu fisicamente, mas desviou cem mil dólares. Poderia ter levado muito mais.

— Ele levou a neta deles — retorquiu Miles.

Beck assentiu.

— Sim, e talvez isso tenha sido suficiente desta vez.

— Ele alugou uma casa de praia por dois meses sob o nome Trevor Caine — continuou Morrison. — Provavelmente não usará essa identidade de novo, mas é bom anotá-la, por via das dúvidas. Ele se passou por um escritor.

Eles apresentaram os fatos e as evidências que haviam coletado. Beck tomou a palavra novamente.

— Concluímos que ele alugou uma casa de praia em vez de reservar um hotel porque esse é o comum naquela área, então chamaria menos atenção assim.

Beck se inclinou e repousou a mão sobre a de Morgan.

— Morgan, sei que pode parecer que não fizemos nenhum progresso até agora para encontrá-lo, para detê-lo, mas pudemos rastreá-lo desde Nova Orleans e enfim encontramos a agência onde ele alugou o carro que dirigia na Carolina do Sul. Ele já estava com outra aparência, mas dois funcionários conseguiram identificá-lo, então descobrimos o nome e o disfarce que ele usou. A partir daí, pudemos rastreá-lo até Myrtle Beach. Encontramos o hotel onde ele havia se hospedado por alguns dias.

Morgan não disse nada, apenas assentiu.

— Nós alertamos a polícia local. Tínhamos começado a investigar as locadoras quando recebemos o alerta sobre Quinn Loper. Foi uma questão de horas.

— Mas ela ainda está morta. Sinto muito, sei que vocês estão dedicando muito tempo e esforço a esse caso. Mas ela está morta mesmo assim.

— Sim, está.

O arrependimento na voz dela era tão evidente que Morgan se arrependeu de ter proferido aquela terrível verdade.

— Não chegamos a tempo, mas ele cometeu erros. Roubou o carro dela, um Mercedes conversível de luxo. E não desabilitou o sistema de rastreamento.

— Não sei ao certo o que isso significa. Não faço parte do clube de carros de luxo.

— É um sistema embarcado. Quer dizer que eles puderam rastreá-lo, rastrear o carro. — Miles semicerrou os olhos. — Mas não conseguiram encontrá-lo.

— Não, mas encontramos o indivíduo que comprou o carro, e que já havia receptado outros veículos de Rozwell. Essa pessoa está detida.

— Ele sabe o paradeiro de Rozwell?

Morrison tomou a palavra.

— Ele disse que não, e acreditamos nele. Disse que achava que Rozwell era apenas um ladrão de carros, que não sabia nada sobre os assassinatos. Optamos por acreditar, ainda mais porque, diante das possíveis acusações de cumplicidade no crime e múltiplas acusações de assassinato, ele está cooperando.

— Nós sabemos qual veículo ele pegou em troca — explicou Beck —, e o nome que usou nos documentos. Nós temos a descrição dele naquele momento e para onde seguiu depois disso. Esses são erros colossais, Morgan, é uma quebra na disciplina dele. Nós emitimos um alerta geral para o veículo e para o nome que ele está usando.

— Ele está vindo para cá?

— Fomos informados de que ele abriu um mapa no notebook enquanto o carro novo estava sendo preparado. Traçou uma rota para o oeste, provavelmente até o Kansas, então não está vindo para cá. Concluímos que ele ainda não está pronto para você.

Beck abriu sua pasta e pegou um saco de evidências.

— Ele colocou isso na vítima.

— Minha pulseira. — Apesar do sol quente de verão, a pele dela ficou gelada. — A pulseira que ele levou quando matou a Nina.

— Ele quer que você saiba que está pensando em você. Para deixá-la nervosa. Mas, na verdade, Morgan, ele é quem está nervoso. Caso contrário, não teria cometido tantos erros. Ele entende de carros, de tecnologia, mas se esqueceu do sistema de rastreamento do Mercedes.

— Podemos colocar você no programa de proteção a vítimas, você poderá ir para uma casa segura — começou Morrison.

— A minha mãe e a minha avó moram aqui. E se ele vier atrás de mim e machucá-las quando não me encontrar?

Só de pensar naquilo, no risco que elas poderiam correr, o nó no estômago dela se transformou em uma pedra de gelo.

— E quanto tempo eu passaria me escondendo? Uma semana, um mês, um ano? Não posso viver assim. Ninguém pode viver assim. Miles...

— Não — disse ele. — Você não pode viver assim. Estamos seguindo todas as recomendações de vocês. Se tiverem outras, nós as seguiremos também. Quantas vezes a Morgan vai ter que deixá-lo levar o que ela tem, o que ela é? Quantas vezes vai precisar reconstruir a vida dela?

Sem dizer nada, Morgan o observou. A voz dele permanecia perfeitamente calma, mas se tornara fria o suficiente para gelar o ar.

O terno invisível, pensou. Ele vestiu o terno invisível. Por mim. O que ele disse, a maneira como disse, significou tudo para ela naquele momento.

— Ela abalou a confiança dele, não foi? — perguntou Miles. — Foi o que os seus analistas comportamentais disseram. Não é por isso que ele está metendo os pés pelas mãos? Ela fissurou o escudo dele, então ela tem que pagar. Mas ele precisa garantir que também vai fissurar o dela. Para abalar a confiança dela. Senão, ele teria ido atrás dela na mesma hora. Deve estar se corroendo por dentro, mas esperou mais de um ano. Ela o assusta. E ele deveria mesmo ter medo dela.

— Eu não discordo — disse Beck. — Mas, se não o detivermos, ele virá atrás dela mais cedo ou mais tarde. Porque, sim, isso o corrói por dentro. As três mulheres que ele matou desde que a Morgan sobreviveu foram apenas substitutas, e um substituto nunca é tão satisfatório quanto o original.

— Então é melhor vocês o encontrarem primeiro.

Beck se recostou na cadeira, ergueu o copo e colocou-o sobre a mesa novamente.

— Se ele tivesse passado um dia a mais na Carolina do Sul. Se nós tivéssemos entrado na agência onde ele alugou a casa. Se ele tivesse aparecido lá algumas horas antes. Mas não foi o que aconteceu.

— É difícil para mim. — Morgan afagou a cabeça de Lobo. — É difícil para vocês dois.

— É o nosso trabalho — começou Beck, e então seu telefone e o de Morrison tocaram. — Com licença.

Ela se levantou e se afastou deles.

— Esse cachorro é seu? — perguntou Morrison a Morgan.

— Não, é do Miles.

— Mais ou menos — resmungou Miles.

— Não seria uma má ideia ter um cachorro. Um cachorro é um bom dissuasor. Você poderia...

— Demos sorte — interrompeu Beck. — Ele fez check-in em um hotel em Kansas City, Missouri. A polícia local está lá agora. Temos que ir. Entraremos em contato.

Morgan levantou-se para acompanhá-los, mas eles já estavam saindo pela porta.

— Boa sorte — gritou ela. — Talvez desta vez — disse a Miles.

— Talvez. Você está bem.

— Você acha?

— Não teve um ataque de pânico.

— Já é alguma coisa. Quero que saiba que o que você disse significou muito para mim.

— Eu disse muitas coisas.

— Que eu não vou deixá-lo roubar a minha vida de novo, que ele deveria ter medo de mim. Você me defendeu. É importante para mim saber que posso me defender, que você acredita que eu posso e vou fazer isso, e que você ainda vai me apoiar. Isso é importante.

Ele não disse nada por um momento, apenas a observou enquanto ela se sentava, o cão esparramado no chão, perto da cadeira.

— O Morrison tinha razão. Você deveria ficar com o cão. Não sei se ele seria um bom cão de guarda, mas pelo menos sabe fazer barulho.

— E renunciar àquela casinha de cachorro luxuosa?

— Tenho quase certeza de que ele dormiria na chuva se você fizesse carinho na cabeça dele.

Sorrindo, ela fez carinho em Lobo com o pé.

— Você é o lar dele, as raízes dele. Eu sei como é ter as raízes arrancadas, então, não. Mas obrigada. Aqueles agentes... Isso não é apenas um trabalho para eles. Eles querem detê-lo, e não é pelo salário que recebem do governo.

Ela fez uma pausa e tomou um gole da limonada.

— Acho que eu fissurei mesmo o escudo dele, como disseram. Se o que aconteceu comigo, e o que não aconteceu, é capaz de abalá-lo o suficiente para ajudá-los a encontrá-lo, a detê-lo... Então por mim tudo bem. Mais do que bem. E espero que ele saiba que, apesar de tudo que arrancou de mim, eu tenho uma vida boa aqui, com tudo o que queria e muito mais. Espero que isso o abale também.

— Vou acabar logo com isso.

Ele a surpreendeu quando estendeu a mão para segurar a dela. Quase nunca fazia gestos casuais de afeto ou intimidade.

— Eu vou gostar?

— Não importa. Eu sinto atração por você. Isso é óbvio, caso contrário não estaríamos aqui. Eu gosto de estar com você, e não apenas pelo sexo. Por algum motivo, gosto da maneira como você transformou um sapo em um chafariz.

— Você me ajudou.

— Só fiz o trabalho pesado, e não interrompa. Eu adoraria te assistir atrás do balcão, mesmo que você não trabalhasse para nós. Parece um maldito balé. Gosto do seu corpo e gosto ainda mais que ele tenha um bom cérebro para acompanhá-lo. Mas deixando tudo isso de lado, já que são apenas aspectos diferentes da atração, eu te admiro demais.

A surpresa que ela sentira há poucos minutos se transformou instantaneamente em choque.

— Nossa! Uau!

— Não me interrompa — repetiu ele. — Não sei como eu teria lidado com essa situação no seu lugar. Se tivesse perdido o que você perdeu, e do jeito que você perdeu. Se tivesse que encarar a perda de alguém próximo, da família, do jeito que você encarou. Porque a Nina era isso para você. Ela era a sua família. Eu realmente espero nunca precisar descobrir se tenho esse tipo de coragem. Você pode falar agora.

— Acho que estou sem palavras.

— Milagres acontecem.

Lobo se mexeu, resmungou e saiu de debaixo da cadeira.

— Acho que as mulheres da sua vida chegaram.

Antes que ele pudesse retirar a mão, ela apertou-a ainda mais e, em seguida, estendeu o braço para segurar a outra mão dele.

— Você acabou de transformar um golpe realmente difícil em um momento bom. Vou pensar em mais coisas para dizer depois, mas por ora você transformou esse momento por mim.

— Miles, como é bom ver você!

Belíssima de rosa, Audrey saiu de dentro da casa.

— Não, não se levante. Não. Ah, e esse é o cachorro adorável que a Morgan mencionou. Você é uma gracinha!

Audrey se curvou para acariciar Lobo, que abanava freneticamente a cauda.

— E como você fala! Eu concordo. — Ela ria enquanto ele falava. — O dia está muito bonito. E muito movimentado — disse ao se levantar. — Nós quase… Ah, *Morgan*! Onde você comprou isso? É maravilhoso. Uma banheira para passarinhos, um chafariz. Um sapo fazendo ioga! É adorável. Mãe! Você precisa vir aqui ver isso!

Divertindo-se com a cena, Miles se sentou para observar as mulheres.

A mãe de Morgan, bela como um cupcake em seu vestido de verão cor-de-rosa, pulava na ponta dos pés com as mãos sob o queixo.

Ele percebeu que Morgan tinha aquele mesmo queixo e as mesmas mãos longas e estreitas, com dedos longos e finos. Então Olivia Nash chegou, com uma aparência de adolescente, usando uma calça de linho branca e uma blusa sem mangas vermelha. E ele viu Morgan nela também, com aquele mesmo queixo e mesmas maçãs do rosto.

— O que que é isso, Audrey. Olá, Miles, olá, Lobo. Que carinha mais linda!

— Obrigado — disse Miles, arrancando risadas das três mulheres.

— Vocês dois são lindos.

— Mãe, olha isso!

Para se certificar de que ela olharia, Audrey segurou o braço da mãe com uma das mãos e apontou com a outra.

— Mas o quê… Ora, ora.

— Morgan instalou um chafariz com um sapo fazendo ioga.

— Ela o construiu — corrigiu Miles.

— Eu não o construí. Só encontrei as peças necessárias e juntei tudo.

— Morgan, essa é a definição de "construir".

— É aquela antiga base de concreto para a qual o seu pai nunca conseguiu encontrar uma utilidade, Audrey. E a bacia de cobre de Doug Gund. Eu vi que tinha sido vendida, mas ninguém me contou que foi você quem a comprou, Morgan.

— Eu pedi para não falarem nada. Ficou bom ali? Vocês gostaram?

Examinando o chafariz, Olivia deu um tapinha carinhoso no ombro de Morgan.

— Ele teria achado isso tão divertido.

Ela se abaixou e beijou a cabeça de Morgan.

— Ele ficaria muito orgulhoso de você. Eu amei. Amei tanto quanto amo que você tenha herdado parte das habilidades dele.

Com uma das mãos no ombro de Morgan e a outra segurando a mão de Audrey, Olivia virou-se para Miles.

— Aposto que ela fez você arrastar aquela tonelada de concreto até ali.

Ele apenas flexionou os bíceps.

— Espero que você e Lobo fiquem para jantar. Compramos umas belas tilápias no caminho de casa, e pretendo assá-las. Você gosta de comida apimentada, Miles?

— Que tipo de homem responderia que não?

— Então está resolvido. Parece que vocês receberam visitas.

Morgan se levantou e pegou os copos dos agentes.

— Sentem-se, vou buscar copos limpos e contar tudo vocês.

Audrey tocou o braço dela antes que ela pudesse ir.

— É sobre ele. Gavin Rozwell.

— Sim, mas não são só notícias ruins. Vou pegar os copos primeiro.

Audrey observou-a enquanto ela se afastava.

— Que bom que você estava aqui, Miles. Que bom que ela não estava sozinha.

— Sim, mas ela está bem. Não são só notícias ruins.

Olivia se sentou.

— Seja o que for, vamos dar um jeito.

Elas ouviram o que Morgan tinha a dizer, o sol de verão brilhando, a brisa suave sussurrando no ar. E ele observou quando Audrey segurou a mão da filha e notou que em nenhum momento Olivia tirara os olhos do rosto de Morgan.

— Ele fez com que ela se apaixonasse por ele — murmurou Audrey. — Levou aquele tempo todo para ganhar a confiança dela e, além disso, fez com que ela se apaixonasse por ele.

— Porque ele gosta de ser cruel. Ele não matou os avós dela — continuou Olivia — porque esse não é o método dele. Mas sabe o que eu acho? Que ele não os matou principalmente porque sabia quanto eles sofreriam. Ele gosta de ser cruel. Que vida doentia e distorcida ele leva.

— Está na hora de ele apodrecer atrás das grades. Já passou da hora.

Morgan apertou a mão da mãe.

— Talvez isso aconteça em breve, mãe. Ele cometeu aquele erro, não desabilitou o sistema de rastreamento, e eles conseguiram um monte de informações com o cara do carro.

— Ele pode trocar de carro a qualquer momento — apontou Olivia.

— Pode, sim, mas eles sabem onde ele está. Ainda não terminei. Enquanto estavam aqui, eles receberam um alerta. Ele fez check-in em um hotel em Kansas City. A polícia local estava indo atrás dele. Talvez já o tenham encontrado. Talvez esse pesadelo já tenha terminado.

Ele queria fazer umas compras, dar uma volta para esticar as pernas e conhecer a área ao redor do hotel. Sempre fazia questão de verificar os padrões de tráfego, os pontos de interesse locais. Além do mais, já estava cansado do visual praiano. A identidade atual pedia um guarda-roupa mais artístico.

Sandálias italianas, um par de Vans com estampa animal, calça jeans preta, algumas camisetas novas e um chapéu de palha.

Ele se divertiu tanto que resolveu sentar-se a uma mesa ao ar livre em um bistrô e, degustar uma taça de Malbec e um sanduíche francês. Com as sacolas de compras sob a mesa, abriu o notebook e deu uma olhada nas notícias de Myrtle Beach.

Lá estava ela! Uma bela foto, toda sorridente com seus cabelos dourados. O retrato falado de Trevor Caine — o suspeito — não estava nada mau, concluiu. Porém, Trevor Caine estava tão morto quanto Quinn Loper.

Ele leu a notícia enquanto comia e ficou um tanto desapontado quando viu que ainda não tinham conectado ele, Gavin Rozwell, a Caine ou ao assassinato.

Mas em breve o fariam. Estava contando com aquilo. Afinal, um homem precisava ser reconhecido por seus feitos.

Ele se perguntou se os incompetentes agentes especiais Beck e Morrison já estavam cuidando do caso. Esperava que sim. Como era satisfatório frustrá-los vez após vez.

Será que já tinham contado a Morgan? Ah, esperava que sim. Ele brindou mentalmente enquanto a imaginava tremendo de medo em um quarto escuro, com a porta trancada, enquanto a mãe e a avó choravam de preocupação.

A mãe dele passara muito tempo trancada em quartos escuros com um olho roxo, com costelas fraturadas.

Ele se felicitou por não ter se desfeito das bijuterias vagabundas que encontrara na gaveta de Morgan. Deixar aquelas peças nas mulheres que ele matou fora uma jogada de mestre, modéstia à parte.

O que ela pensaria quando descobrisse que um cadáver estava usando a pulseira cafona e barata dela? Ele a imaginou deitada em posição fetal, chorando em histeria, implorando para que alguém a protegesse.

Prometeu a si mesmo que veria aquela puta cena ao vivo e em cores, em breve.

E aquilo equilibraria a maldita balança antes que ele acabasse com ela.

Terminou o vinho, pagou a conta e, como aqueles pensamentos o deixaram de muito bom humor, deu uma gorjeta generosa.

Carter John Winslow III podia se permitir aquele tipo de generosidade graças a um robusto fundo fiduciário. Graças a ele, podia se dedicar à sua arte sem precisar trabalhar para ganhar a vida.

Não que precisasse de história de fundo por enquanto. Ele passaria apenas alguns dias em Kansas City. O plano era seguir rumo ao sul, atravessar a fronteira e reservar uma suíte em um resort na Costa do Pacífico. Um bom período de descanso e relaxamento. Afinal, merecera.

Se não tivesse saído para caminhar, feito compras, parado para comer e tomar uma taça de vinho, não teria visto os carros de polícia nem o SUV preto pararem na frente do hotel.

Não estaria a meia quadra de distância quando os policiais entraram correndo no saguão do hotel.

Não teria podido continuar caminhando, sem rumo, com o coração pulsando em sua garganta e o choque ecoando em seus ouvidos.

Como conseguiram encontrá-lo? *Como?* Ele se livrara da identidade de Caine antes de matar aquela vadia. Não deixara rastros.

Continuou andando.

De alguma forma, ele deixara um rastro, e agora a identidade de Winslow era inútil. E suas coisas — dinheiro, identidades falsas, aparelhos eletrônicos, roupas — seriam levadas pela polícia.

O suor que cobria sua pele gelou quando ele entrou em uma farmácia. Precisava de tinta para cabelo, acessórios de cabeleireiro, alguns suprimentos básicos.

Não poderia ir para o México agora. Não, ele não poderia arriscar atravessar a fronteira. Norte, seguiria rumo ao norte. Montana, quem sabe Wyoming, onde havia mais vacas que pessoas, e onde as pessoas não se metiam na vida umas das outras.

Não poderia chegar até o carro, então teria que roubar outro. Uma lata velha em que ele pudesse fazer uma ligação direta. Teria que encontrar um lugar onde pudesse dar um jeito no cabelo. Um hotel barato. Tinha dinheiro na carteira e podia acessar suas contas. Precisava ir para um hotel barato, mudar o visual, roubar um carro e dar o fora de Kansas City, aquela cidade maldita.

Não, não, roubar o carro primeiro e dar o fora. Estradas bloqueadas, perseguição. A mente dele foi dominada pelo medo, pelas hipóteses.

Ele saiu sem comprar nada e continuou andando até chegar a um ponto de ônibus. Entrou no primeiro que apareceu, manteve a cabeça baixa, virada para a janela. Aqueles malditos ônibus tinham câmeras, como todos os lugares hoje em dia.

Lembrou-se de que estava com o notebook, pelo menos estava com ele. Mas suas mãos tremiam, e o suor continuava escorrendo por suas costas.

Depois de quase uma hora de caminhada, ônibus e mais caminhada, enfim conseguiu encontrar um carro promissor no amplo estacionamento de um Walmart.

O dono não se dera ao trabalho de trancá-lo, e o interior fedia a torresmo e fraldas sujas, mas ele pensou que a cadeirinha de bebê no banco de trás o ajudaria a passar despercebido.

Conseguiu dar a partida no carro, dirigiu até chegar à Interestadual 29 e seguiu rumo ao norte. Ele xingou quando teve que parar para abastecer, mas era necessário, precisava continuar dirigindo até chegar a um lugar seguro.

Pagou diretamente na bomba de combustível usando o cartão Visa de Luke Hudson, que ele guardara para se lembrar de Morgan. O risco era menor, pensou, do que entrar na loja de conveniência — que tinha câmeras — ou usar o cartão de Winslow.

Decidiu que iria para algum lugar em Nebraska e procuraria um hotel barato. Daria um jeito no cabelo. Pela manhã, compraria o material necessário para gerar uma nova identidade.

Enquanto dirigia, deu um soco no volante. Todas as coisas dele! Tinha perdido tudo.

Teve que controlar a respiração, concentrar-se na estrada. Se ele fosse parado...

Não seria parado. Não podia ser parado, então não seria.

Precisava chegar a Nebraska. Ele se balançava para a frente e para trás em uma tentativa de se acalmar. Encontraria um hotel caindo aos pedaços de que ninguém suspeitaria. Teria que se desfazer do carro roubado — aeroporto, estacionamento de longa duração — para ganhar tempo. Algum aeroporto perdido no meio do nada em Nebraska.

Quem sabe um ferro-velho. Provavelmente tinha um monte deles espalhados por aqueles malditos campos de milho.

Trocaria as placas e abandonaria o carro. Talvez comprasse um novo de algum caipira, à vista. Ou alugasse um. Ele poderia esperar e alugar quando tivesse a nova identidade.

Não conseguia se decidir. Não conseguia *pensar*.

Antes de qualquer coisa, precisava encontrar um lugar para se esconder. Se esconderia primeiro, e depois decidiria o que fazer.

Capítulo Vinte e Dois

⌘ ⌘ ⌘

Morgan estava sentada na tranquilidade da casa vazia. Ainda tinha o celular na mão, caso precisasse usá-lo para pedir ajuda quando o ataque de pânico chegasse.

Mas não houve sinal dele, então ela se levantou e enfiou o aparelho no bolso traseiro da calça.

Decidiu que iria trabalhar. O trabalho lhe permitiria pensar em outra coisa. O verão estava para acabar, e com o outono novos coquetéis especiais chegariam.

Ela poderia fazer algumas pesquisas e talvez começar a desenvolver os planos iniciais que tinha para o Après no Halloween.

Poderia se sentar do lado de fora e trabalhar, e Totalmente Zen a ajudaria a manter a calma.

Quando a campainha tocou, ela deu um pulo, com um aperto no peito. Expirou, dizendo a si mesma para não desmaiar, e se apoiou no encosto de uma cadeira, mantendo o fluxo de ar em seus pulmões até que pudesse caminhar até a porta.

Pela janela, viu Miles e um homem que ela não conhecia. Abriu a porta.

— Morgan, este é Clark Reacher. Ele vai instalar as suas câmeras de segurança.

— Minhas o quê?

— Miles já me disse do que você precisa, então posso pular o discurso de vendas. — Reacher, um homem de cerca de quarenta anos, com um rosto agradável e um corpo esguio, sorriu para ela. — É o melhor sistema que temos.

— Vou explicar para ela. Pode começar a instalação.

— Mas…

Miles pegou Morgan pelo braço e a conduziu para a parte de trás da casa.

— Ele vai instalar câmeras de segurança na frente, atrás e na porta lateral. Se alguém tentar entrar, você vai receber um alerta. E você não vai precisar mais olhar pela janela quando alguém tocar a campainha. Basta olhar no celular, no tablet, onde for. O Clark vai cuidar disso.

— Eu não pedi nada disso. Foi a minha vó quem pediu?

— Não, fui eu.

— Mas você não pode simplesmente...

— Vamos lá para fora.

— Miles, você não pode fazer esse tipo de coisa sem falar comigo antes.

— Mas eu fiz, então posso.

Ele a empurrou delicadamente para fora.

— Estou certo de que as mulheres da sua vida não vão se opor.

— Mas eu vou. — Ela se manteve firme. — Você não pode instalar tudo isso na propriedade de outra pessoa. É para lá de invasivo.

— Posso estar sendo invasivo, mas vou instalar mesmo assim. Você, a sua avó e a sua mãe ficarão mais tranquilas. E eu também. — Ele esperou por um único instante antes de acrescentar: — Você não quis ficar com o cão.

— Ah, pelo amor de Deus!

— E nos dias em que você trabalha até tarde e elas ficam aqui sozinhas?

— Isso não é justo.

Aqueles olhos, aqueles olhos de tigre, ficaram selvagemente ferozes.

— Não me interessa se não é justo. Não estou nem aí se é justo ou não. Eu pensei em como me sentiria se perdesse alguém que gosto, alguém importante para mim. Não gostei da ideia, então não vou deixar isso acontecer. Você é importante.

— Isso realmente não é justo.

Ela virou as costas para ele e esfregou as mãos no rosto.

— Eu concordo. Não queria que você fosse importante, mas é. Então vai ser assim. É invasivo, não é justo. Aceite.

Ela nunca recebera ordens daquele jeito. O Coronel não se importava o suficiente; a mãe dela a bajulava.

Agora ela precisava descobrir como lidar com aquilo.

— Você poderia ter dado essa sugestão. Nós teríamos pensado nisso juntos.

— Enquanto você pensa, ele instala. Se a sua avó quiser conversar comigo sobre, estarei disponível. Não gosto desses malditos sistemas — acrescentou ele. — Não gosto da ideia no geral. Mas aqui, agora, é algo necessário.

— Não gosto quando passam por cima de mim desse jeito.

— Não te culpo. É uma droga, e eu vou me desculpar quando aquele filho da puta estiver atrás das grades. Se te servir de consolo, quando terminar aqui, ele vai instalar um desses sistemas na minha casa. Também não gosto, mas você frequenta a minha casa.

Ela se virou e se deixou cair em uma cadeira.

— Isso me faz sentir uma criança indefesa.

— Isso é bobagem, e você não é uma criança indefesa. Você fissurou o escudo dele, lembra? Agora você também terá um, e ele não vai conseguir fissurar o seu. — Ele se sentou diante dela. — Uma parte de você ainda acha que ter vindo para cá, morar aqui, faz de você um fracasso, uma pessoa fraca. Isso é estúpido. Vir para cá, recomeçar depois do que aconteceu é a prova de que você é forte. Forte o suficiente, Morgan, para saber que, quando alguém te oferece um escudo, você deve aceitá-lo e usá-lo.

— É muito injusto quando você usa a lógica.

Ela pressionou os dedos sobre os olhos.

— O dia foi longo e ainda está longe de acabar. — Ela deixou as mãos caírem sobre a mesa novamente. — Eu recebi uma atualização do FBI.

— Ok.

— Preciso caminhar. Podemos dar uma volta? Preciso de um pouco do Zen.

— Com certeza. Só um segundo.

Quando ele tirou o celular do bolso, ela pressionou os dedos sobre os olhos outra vez.

— Você precisa voltar ao trabalho. Podemos fazer isso mais tarde.

— Não seja ridícula. Só um segundo.

Ele se levantou e se afastou dela. Enquanto falava com sua assistente para remarcar alguns compromissos, ele se perguntou por que uma mulher sensata e consciente como Morgan tinha tanta dificuldade para aceitar ajuda.

Quando voltou, ele estendeu a mão para ela.

— Vamos caminhar.

— Eles não o encontraram. Acho melhor começar por aí.

— Mas?

— Ele não estava no quarto do hotel quando a polícia entrou, mas muitos pertences dele, sim. Roupas, identidades falsas, aparelhos eletrônicos. E o carro que ele pegou quando vendeu ou trocou o da última vítima estava na garagem do hotel. Descobriram o nome usado para reservar a suíte. Ele tinha saído para fazer compras e almoçar. Eles conseguiram os recibos do cartão de crédito.

Ela fez uma pausa em frente ao chafariz, então ficaram parados ali por um momento. Ele esperou enquanto a água jorrava e a luz do sol batia no cobre.

— Pelos horários estampados nos recibos, eles supõem que ele tenha visto a polícia entrar no hotel enquanto voltava do almoço, que foi pago usando o cartão que está no novo nome dele. Foi uma questão de minutos.

Miles completou o raciocínio.

— Então eles apreenderam o carro dele e os pertences que ficaram no quarto do hotel.

— Sim, e tem mais. Ele andou um pouco, pegou um ônibus. Os agentes conseguiram a nova descrição dele no hotel, tanto de depoimentos de testemunhas quanto das câmeras do saguão. Também há imagens dele na câmera de segurança do ônibus. E, com base no local e na hora que ele desceu, acreditam que ele roubou um carro do estacionamento de um Walmart. Eles conseguiram descobrir a marca e o modelo do carro, e o número da placa. Ele usou a mesma identidade de quando eu o conheci para abastecer o carro. Encontraram o carro no estacionamento de longo prazo no aeroporto de Omaha, Nebraska. Eles estão lá agora.

— Ele está fugindo.

— Sim, foi o que disseram. Estão vasculhando hotéis, motéis, empresas de aluguel de carros, e verificando denúncias de carros roubados em Omaha. Ele não entrou no aeroporto. Isso parece ser uma certeza. Ele pode ter roubado outro carro daquele mesmo estacionamento. Ainda não é certo.

Ela não tinha apenas fissurado o escudo de Rozwell, pensou Miles. Ela o destruíra completamente. E isso o preocupava.

— Ele perdeu as ferramentas e os equipamentos dele.

— Ele estava carregando uma bolsa de notebook quando saiu do hotel — contou Morgan. — Ele ainda tem algumas coisas, mas, como usou o cartão Visa no nome de Luke Hudson para abastecer o carro, a suspeita é de que ele não tem mais nenhuma identidade que não tenha sido comprometida. Por enquanto.

— Ele precisaria de material para fabricar outras, e um lugar para se esconder enquanto isso. Está em Omaha ou em algum lugar perto dali, Morgan, e você não.

— Eu sei. E sei que eles estão se sentindo frustrados. Pude sentir a frustração na voz da agente Beck, embora ela seja muito boa em manter o foco. Frustração por estarem tão perto, foi mesmo uma questão de minutos. E empolgação por estarem tão perto. Então... isso é o que temos até agora.

— Ele errou feio e certamente sabe disso.

Miles podia até estar se sentindo frustrado, mas tudo o que Morgan conseguiu detectar na voz dele foi satisfação.

— Para alguém que entende tanto de tecnologia, ele não se lembrou de desativar o sistema de rastreamento. Usou a identidade antiga para abastecer o carro em vez de arriscar entrar e pagar em dinheiro. O FBI demoraria mais tempo para rastreá-lo se ele tivesse feito isso.

Ela não havia pensado naquilo. Tudo acontecera rápido demais.

— Talvez.

— É bem provável. Podia ter escolhido um posto de gasolina pequeno na beira da estrada. O estacionamento de longo prazo, por exemplo. Ele já tinha usado esse truque antes, não? Teria sido melhor se tivesse trocado as placas e abandonado o carro roubado em algum lugar longe da estrada principal.

— Sim. Eu... Sim. — A lógica pura e ponderada acalmou os nervos dela. — Não foi inteligente da parte dele. Ele não foi inteligente.

— Ele está se dirigindo para áreas pouco habitadas, por que não usar isso a seu favor? Em vez disso, poderia ir para uma cidade grande. Ou pintar o carro em uma oficina barata e usá-lo por mais alguns quilômetros antes de abandoná-lo. Verificar os anúncios, comprar um carro velho diretamente do proprietário em dinheiro vivo e percorrer mais alguns quilômetros.

Franzindo a testa, ela se virou para ele.

— Se um dia eu tiver que fugir da polícia, quero você ao meu lado. O que você faria depois?

Ele respondeu sem hesitar.

— Mudaria os meus padrões. Reservaria um quarto em um hotel barato onde ninguém se importa com nada. Compraria o material necessário para mudar a minha aparência novamente e geraria mais algumas identidades falsas. Ele precisa acessar o dinheiro dele.

Pensando alto e tentando distraí-la, ele deu uma volta pelo quintal com ela.

— Aí sim eu iria para uma cidade grande, onde abriria contas em pelo menos dois bancos diferentes para poder transferir o meu dinheiro para elas. Abandonaria a lata velha e compraria um carro novo com o dinheiro das minhas novas contas bancárias. Depois, continuaria desviando do padrão e escolheria uma área pitoresca e remota, e alugaria uma casa ou um chalé. Eu me isolaria lá por um tempo para pensar em todos os erros que cometi.

Ele olhou para trás e viu Clark instalando a câmera na porta dos fundos.

— Depois de um tempo — continuou Miles —, eu fretaria um jato particular e voaria para as Ilhas Canárias, por exemplo, onde passaria umas boas e longas férias.

— Ilhas Canárias?

— É só um exemplo. Fica longe o suficiente daqui. Mas ele não vai fazer nada disso.

— Não, não vai. Mas por que está dizendo isso?

— Acho que ficou bem evidente que ele é incapaz de reconhecer os próprios erros. Se perceber que rastrearam o carro desde a Carolina do Sul, não será culpa dele. A culpa será do cara que ficou com o carro na troca. A pessoa de quem ele roubou o outro carro será a culpada por não ter enchido o tanque, o que o obrigou a usar a identidade antiga.

— E a culpa é principalmente minha, porque estou viva.

— Exato.

Ele segurou os ombros dela e a virou para que ela pudesse ver a instalação.

— Então isso está acontecendo. Ele também não vai fazer nada disso porque o padrão é quem ele é. Ele precisa desse padrão. Pode mudá-lo por algum tempo, mas só porque a culpa é de outra pessoa. Mas sempre vai voltar para o mesmo padrão. Ele não tem coragem de mudar de vida e plantar as raízes dele em outro lugar, de outra maneira.

— O que você está omitindo é que, por causa disso, por ser quem é, ele terá que vir para cá.

— Não preciso dizer o que você já sabe. Mas as chances de que eles o encontrem primeiro aumentaram muito, Morgan, muito mesmo.

— Você acredita mesmo nisso? Prefiro ouvir uma verdade dura a uma mentira gentil.

— Acredito. Depois de tudo o que você acabou de me contar, eu realmente acredito nisso. Ele está fugindo, está em pânico e está cometendo muitos erros. Você não está fazendo nada disso. E ele está sozinho.

As mãos em seus ombros deslizaram por seus braços e subiram novamente.

— Você não está sozinha.

— Mas tenho que aprender a viver com câmeras nas portas.

— Muitas pessoas vivem assim e, ao que parece, gostam disso.

— Elas vão ajudar a manter as mulheres da minha vida seguras quando eu não estiver em casa à noite. — Ela olhou para ele. — Mas foi invasivo.

— Está bem. E?

Ela suspirou e encostou a cabeça no ombro dele.

— Ele vai ter que me mostrar como tudo funciona para que eu possa ensinar a elas. Mas não estou te agradecendo, pelo menos não por enquanto.

— Não me importo. Assim como não me importo que você vá relutar quando eu pedir para você começar a me mandar mensagens quando chegar em casa depois de fechar o bar.

— Ah, pelo amor...

— Só uma mensagem rápida quando você estiver em segurança dentro de casa. "Já cheguei", "Está tudo bem", "Vai se foder".

— Você sabe que eu chego tarde em casa.

— Sim, eu sei.

Sem poder resistir à tentação, ela acariciou a bochecha dele.

— Vou acordar você.

— O problema é meu. Só estou pedindo para você escrever umas míseras palavras quando chegar em casa. Não me faça usar o poder da culpa altamente eficaz, mas raramente utilizado, da minha mãe.

Ele soube que a ganhara quando viu curiosidade, e não irritação, nos olhos dela.

— Que poder é esse?

— Você pediu. — Ele adotou um tom de sofrimento afetuoso. — Não consigo entender por que você quer que eu me preocupe desse jeito. Você não costuma ser tão egoísta assim. Não estou pedindo nada de mais, e isso me deixaria tão aliviado.

— Uau, isso foi... impressionante.

— Ela não o usa com frequência. Não precisa — acrescentou ele com uma ponta de exasperação —, já que os efeitos colaterais podem durar anos. Talvez até décadas. Só uma mensagem rápida, Morgan, quando você estiver em segurança dentro de casa.

Não, ela nunca recebera ordens. E ninguém além das mulheres de sua vida se preocupara tanto com ela antes.

— Seria como uma versão remota de você observando até eu sair com o carro ou entrar em casa. Está bem, como quiser, mas depois não venha me culpar por ter bagunçado o seu ciclo de sono.

— Vamos lá pedir o tutorial. Segundo ele, é muito fácil.

— Eu não vou te agradecer pelas câmeras nem pelo negócio da campainha, mas... — Segurando o rosto dele com as duas mãos, ela o beijou. — Fico feliz por você ter vindo logo depois que eu recebi a ligação sobre o Rozwell. Sou grata por você estar aqui para conversar comigo sobre isso e por ter remarcado compromissos de trabalho para ser capaz de fazer isso. Então vou te agradecer por essas coisas.

— Eu já te disse, você é importante. Agora vamos lá descobrir como esse negócio funciona, já que também serei obrigado a usá-lo.

Ela segurou as mãos dele novamente.

— Gostei dessa parte.

— Não te culpo.

Quando foi embora, Miles ligou para o escritório e remarcou mais um compromisso. Trabalharia até mais tarde, compensaria o tempo em que se ausentou. Diferentemente de um psicopata, ele era capaz de mudar seus hábitos e padrões quando necessário.

Então, ele voltou para a cidade e foi até a delegacia.

Ele deu a sorte de encontrar Jake em seu escritório, com uma caneca de café ao seu lado enquanto franzia a testa para a tela do computador.

— Aleluia! Uma distração. Burocracia é a raiz de todo o mal. Feche a porta. — Ele acenou. — Vou fazer uma pausa de cinco minutos. Quem deixou você sair da jaula a essa hora do dia?

— Minha porta está sempre aberta.

Mesmo sabendo que teria gosto de piche requentado, Miles se serviu uma caneca do café que estava na cafeteira.

— Teve notícias dos agentes do FBI hoje?

Jake apoiou os pés, com seus habituais tênis All Star pretos de cano baixo, na mesa.

— Por que a pergunta?

— Porque Morgan acabou de me atualizar sobre o caso.

— Não recebi nenhuma informação nova desde que Morrison me contou que o perderam por pouco em Kansas City, mas encontraram um belo tesouro no quarto dele. A sorte desse canalha vai mudar, mas, pela sua cara, parece que ainda não mudou o suficiente para eles o pegarem.

— Ainda não.

Depois que Miles contou tudo o que sabia, Jake se recostou na cadeira e tomou um gole do café. Alguém que não o conhecesse bem poderia pensar que ele estava pegando no sono. Mas Miles o conhecia muito bem.

— Ele não está apenas fugindo, está deixando um rastro. Está desmoronando. Ele não está acostumado com as coisas dando errado para ele, mas, de certa forma, é o que tem acontecido desde que ele deixou a Morgan escapar.

Eles não estavam apenas na mesma página, pensou Miles, mas no mesmo parágrafo.

Uma vantagem de conhecer alguém a vida toda.

— Você acha que ele vai continuar fugindo?

— Por um tempo. Ele precisa encontrar um lugar aceitável para morar e substituir parte do que perdeu. Precisa de tudo isso não somente para continuar o que considera o trabalho dele como também para recuperar a confiança. Como ele poderia se sentir superior após perder parte das ferramentas que o ajudam a se sentir assim? Ele deve estar assustado, mas também deve estar furioso.

— E?

— Quando você irrita um cão raivoso, Miles, ele pula no seu pescoço. Ainda assim, esse cão raivoso tem um cérebro humano, então ele vai fazer o possível para se proteger antes de pular no pescoço dela.

Jake tomou mais café.

— Você não precisa me pedir. Vamos continuar patrulhando perto da casa, e vou reforçar isso.

— Pedi para o Clark instalar um daqueles sistemas de segurança na casa dela, que dá para verificar pelo celular. Ele está instalando um na minha casa também agora mesmo, já que às vezes ela fica lá.

Jake bufou.

— Miles Jameson está instalando um daqueles sistemas de segurança inteligentes e modernos na velha casa da família? Meu caro, você está caidinho.

— Ainda estou em pé. Além do mais, é temporário.

— Morgan ou o sistema?

Miles ia começar a responder, mas se contentou em dar de ombros.

— Bem, tenho que dizer que nunca imaginei que você se interessaria por alguém como aquela morena sofisticada. A loira faz mais o seu tipo.

— Eu não tenho um tipo.

— Todos nós temos um tipo, meu amigo. Ela é bonita, sem dúvida, mas isso fica em segundo ou terceiro lugar na sua lista de preferências. Ela é incrivelmente resiliente, e isso se encaixa com perfeição na sua preferência por alguém inteligente, responsável e com raízes sólidas.

E essa, percebeu Miles, era a desvantagem de alguém te conhecer a vida toda.

— Ela não teve a chance de plantar as raízes dela ainda.

— Mas quer, não quer? Está na cara. Eu gosto dela, mas, mesmo se não gostasse, faria tudo o que estivesse ao meu alcance para mantê-la em segurança.

— Eu sei. Estava contando com isso. Preciso voltar ao trabalho.

— Eu também. Mas, antes, devo te dizer uma coisa, já que eu ocupo a lacuna de amizade na sua lista de preferências.

— Minha lista de preferências também inclui amizades?

— A nossa, sim. Então, preciso te contar que convenci a sua irmã a jantar comigo.

Miles tinha começado a se levantar, mas se sentou novamente.

— O quê?

— Levou um tempo, mas finalmente jantamos juntos ontem. E, depois de abrir uma brecha na armadura dela, consegui convencê-la a andar de caiaque no próximo domingo. Mas isso não deve ser uma surpresa, já que eu te disse quando tínhamos uns dez ou onze anos que me casaria com a sua irmã.

— Você também me disse que escalaria o Everest e seria arremessador dos Red Sox.

— Bem, alguns sonhos ficam para trás, outros não. Neste caso, alguns ficam para trás por um tempo, mas depois voltam com tudo.

— Não quero pensar nisso — decidiu Miles. — Não quero pensar que a Nell faz o seu tipo, nem em vocês dois voltando com tudo. É... perturbador.

Jake abriu um sorriso.

— Sou o seu melhor amigo há uns vinte anos. Se você não pode confiar em mim com a Nell, então em quem confiaria?

— Você não tem irmã.

— É verdade.

— Então não vou pensar nisso.

Agora ele se levantou.

— Vou te dizer apenas que... ela tem pontos fracos. Pode não parecer, mas eles existem.

— Miles, eu conheço a Nell há vinte anos. Sei quem ela é. Vou te dizer a verdade nua e crua: a probabilidade de ela me magoar é muito maior que o contrário, já que ela tem sido o meu ponto fraco de tempos em tempos desde que eu tinha dez anos.

— De qualquer forma, vou acabar me irritando com um de vocês.

Em estado de negação, Miles andou até a porta e depois parou.

— Você e Nell ainda não...

Quando ele deixou a frase pela metade, Jake sorriu novamente e levantou uma sobrancelha.

— Não, não, deixa para lá. Não quero saber.

Ele voltou para o resort com a intenção de ir direto para seu escritório, mas acabou entrando no de Nell.

— Miles, que bom. Eu estava finalizando algumas mudanças para o piquenique da semana que vem e...

— Por que você não me disse que está saindo com o Jake?

Nell inclinou a cabeça. Enrolou um dos três colares que usava em volta de um dedo e sorriu para ele.

— Porque isso se enquadra na categoria de... Como se chama, mesmo? Ah, sim. Não É da Sua Conta.

— Você é a minha irmã, ele é o meu melhor amigo. Isso parece ser bem da minha conta, sim.

Ela pegou a garrafa de água azul brilhante do resort que estava em cima de sua mesa.

— Miles, é sério que você está tentando ditar com quem eu posso ou não sair?

— Não, mas desta vez é diferente.

— Como?

— Irmã. — Ele levantou uma mão. — Melhor amigo. — Depois a outra. — E você sabe que o Jake tem certo interesse por você há anos.

— Um interesse que ele tem contido admiravelmente, ou irritantemente, dependendo do ponto de vista. Seja como for, nós saímos para jantar e nos divertimos. Alerte a imprensa.

— Pare com isso. Vocês vão andar de caiaque no domingo.

Com os olhos semicerrados, ela bateu a garrafa de água na mesa com força.

— Ele te conta tudo?

— Não. E eu não quero saber de tudo. Mas existe um maldito código, Nell. Quando um amigo sai com a sua irmã, ele te avisa. Teria sido bom se a minha irmã tivesse me avisado que estava saindo com o meu amigo.

— Ele também é meu amigo, e foi um *jantar*. Só um jantar. E, se eu decidir que será mais que isso, a escolha é minha e a vida é minha. Então não se meta.

Agora ele se sentou.

— Eu saí uma vez, uma única vez, com aquela... Esqueci o nome dela. A garota que fazia parte do seu grupinho na escola.

— Candy.

— É, e o nome deveria ter sido suficiente para me fazer perder o interesse. Enfim, eu saí com ela uma vez e você me perturbou durante semanas.

— Eu amadureci. E você?

— Eu te amo.

— Eu também, idiota.

— Eu amo o Jake.

— Meu Deus, Miles, eu não vou arrastar o seu amigo para cama, usá-lo e descartá-lo. Ou vice-versa. Você nos conhece, deveria saber disso.

— Não fale sobre ir para cama.

O mau humor se transformou em diversão.

— Eu vou transar com ele. Pode ou não ser sobre uma cama.

— Por favor, cale a boca.

— Se — acrescentou ela — nós decidirmos sair juntos mais algumas vezes, e se nós dois estivermos a fim. Enquanto isso, eu me tornei amiga da Morgan, fora do trabalho. É difícil para mim encontrar tempo para cultivar amizades fora do trabalho e da família. Mas nós almoçamos juntas, e tomamos uns drinques. Estamos praticamente em um relacionamento.

Miles esfregou o rosto com as mãos com força.

— Você está dormindo com ela. Devo me preocupar?

— Nell...

— Miles — disse ela no mesmo tom paciente. — Você e eu levamos relacionamentos a sério. E, embora isso se enquadre na mesma categoria, Não É da Sua Conta, vou te dizer que tenho um certo interesse pelo Jake há um tempo.

— Caramba. Você nunca me contou.

— Lembre-se do nome da categoria — retrucou. — Também devo dizer que, depois de saber o que aconteceu com a Morgan, e como ela tem lidado com isso, me dei conta de que a vida e os planos podem mudar de uma hora para outra muito facilmente. Se Jake não tivesse me chamado para sair, eu o teria chamado. Quero ver onde isso vai dar. Você vai ter que aprender a aceitar.

— Vou voltar a não pensar nisso.

— Sábia decisão.

— Morgan. — Ele se levantou e pegou uma Coca-Cola na geladeira. — Acabei de voltar da casa dela.

— Perceba que não estou te perguntando o que você estava fazendo lá no meio de um dia de trabalho.

— Estou instalando um daqueles sistemas de segurança na casa dela.

— Ah.

Ela pensou no assunto e assentiu em aprovação.

— É uma ótima ideia.

— Ela não gostou, mas vai ter que aceitar. Ela tinha acabado de receber uma atualização sobre o Rozwell quando eu cheguei lá. Vou te contar as partes mais importantes, mas depois preciso ir. Estou com muito trabalho acumulado hoje. Você pode informar a família.

— Está bem.

Ela fez anotações enquanto ele contava o que sabia.

— Tenho uma reunião com a mamãe daqui a... merda, cinco minutos. Vou contar para ela. Vamos jantar mais tarde e conversar sobre isso. Você contou para o Jake.

— É, foi assim que eu soube... de todo o resto. Estou atrasado.

— Eu também.

Eles se levantaram juntos.

— Ei. — Passada a raiva, ela o abraçou. — Não se preocupe tanto. Quanto mais eu a conheço, mais percebo quanto ela é independente. Além disso, ela tem a nós, o FBI e a polícia local do lado dela.

— Um cão raivoso com um cérebro humano. Foi a frase que o Jake usou para descrevê-lo.

— Me parece adequada.

E digna de preocupação, pensou Miles.

Capítulo Vinte e Três

⌘ ⌘ ⌘

Toda vez que Morgan achava ter encontrado o equilíbrio ideal em sua rotina de exercícios, Jen inventava algum novo método de tortura.

A pirâmide de hoje com levantamento terra, extensões de tríceps, desenvolvimento e rosca direta na postura da deusa havia sido a pior até então.

Ela suou para chegar ao topo da pirâmide de exercícios, parou trinta segundos para beber água — Jen não permitiu mais que isso — e depois fez o possível para não chorar enquanto repetia o circuito.

Você está ficando forte, pensou. O suficiente para dar um soco na garganta do Rozwell. Após a última repetição brutal, colocou os halteres no chão.

Mas acabara ali? Não, não tinha acabado.

Ela suportou doze minutos agonizantes de abdominais, bicicletas, o odiado "minhoca" e muito mais, até que seus músculos abdominais queimassem junto do restante do corpo.

Ofegante, relaxada, exausta, deitou-se no tapete com os olhos fechados.

— Quando vou parar de odiar isso?

Muito prestativa, Jen jogou uma toalha de academia para ela.

— Por que você está fazendo isso?

Por trás das pálpebras, Morgan revirou os olhos.

— Para ficar forte, ser forte, continuar forte.

— E está dando certo. Você duplicou os pesos e as repetições desde que começou. Seus braços estão ficando musculosos.

Morgan virou a cabeça e abriu um dos olhos. Com ele, examinou seus braços.

— Mais ou menos.

— Ótimos músculos para sua estrutura corporal e biotipo. Agora hidrate-se e faça os alongamentos. — Sorrindo, Jen estendeu a mão. — Corpo moldado pela Jen. Estou gostando do que vejo.

Morgan segurou a mão dela e gemeu enquanto se levantava.

— Este corpo moldado pela Jen sente como se tivesse sido golpeado por milhares de martelinhos.

— Se você se hidratar e se alongar — repetiu Jen — isso não vai acontecer. Você melhorou muito. Continue assim. Oi, Nell.

— Jen. Tenho uma hora livre.

— Milagres acontecem.

— Não é?

De short e regata pretos, Nell pegou um par de halteres de sete quilos.

— Vou aproveitar para me divertir um pouco.

Ela assumiu sua posição, começou os levantamentos e lançou um olhar para Morgan.

— Pelo visto, você já se divertiu muito.

— Já acabei. Estou acabada. Ela é um monstro.

— Com muito orgulho. Faça os alongamentos — disse Jen novamente, com suas tranças com miçangas balançando enquanto se afastava para encontrar outra vítima.

Morgan começou seus alongamentos e franziu a testa para Nell no espelho.

— Exibida.

— Com *muito* orgulho. Esperava encontrar você antes do seu turno. A minha mãe acabou de me informar que os Friedman pediram mais um bar para o evento no domingo.

— Eles já têm dois.

— E agora querem três. Um para coquetéis e, em vez de um segundo com vinho, cerveja e bebidas sem álcool, eles querem dividir. Um para bebidas sem álcool, outro para vinho e cerveja.

— Vou pedir para a Bailey cuidar disso.

Nell continuou o treino como se não sentisse o peso dos halteres.

— Ela está pronta?

— Para vinho e cerveja, mais que pronta. Vai ser bom para ela trabalhar sozinha em um evento, ganhar experiência. Vou te avisar. Se ela não puder, perguntarei ao Nick se ele está interessado. Se não, ele pode trocar de turno comigo e eu me encarregarei disso. Becs tem aula de artes na terça à noite, e não quero pedir para ela faltar a menos que não haja outra alternativa. Tricia estará de férias até sábado.

— Vou te deixar cuidar disso. Como você está?

Com as mãos cruzadas atrás das costas, Morgan as puxou para baixo e emitiu um som de alívio.

— Sinto como se os meus ossos estivessem pegando fogo.

— Continue se alongando, e você sabe que não estou me referindo a isso.

— Já faz uns dois dias que não tenho notícias. Da última vez, eles encontraram o carro que ele roubou quando abandonou o primeiro no aeroporto de Omaha. Ele deixou esse em uma parada de caminhões na Dakota do Sul, depois de trocar as placas. Eles acham que ele pode ter conseguido uma carona dali, rumo ao oeste, já que tiveram um possível avistamento em Wyoming que iriam investigar.

— Então ele ainda está fugindo, e na direção contrária daqui. Isso é bom.

— Estou tentando ver as coisas por esse lado.

— Eu também tentaria. Não sei se conseguiria.

Mudando para halteres de cinco quilos e meio, Nell começou a fazer extensões de tríceps.

— O que está achando do novo sistema de segurança?

— As mulheres adoram, sabe-se lá por quê.

Enquanto alongava seus tríceps, Morgan teve que admitir — como de costume — que a sensação de queimação havia se transformado em calor, e seu cansaço, em satisfação.

— Elas fizeram uma torta de cereja para o Miles, acredita?

— Adoro torta de cereja. Ele não dividiu. Ele foi intrometido, Morgan. O Miles só se intromete quando os sentimentos dele são mais fortes que o seu instinto de não se meter na vida dos outros.

— Eu entendo. Falando nisso, como estão as coisas com o seu triângulo?

— Eu tenho um triângulo?

— Você, o Jake e o Miles.

Rindo, Nell colocou os halteres mais leves no chão.

— Estou fazendo o possível para aproveitar um e ignorar o outro. E, falando *nisso*, por que não saímos todos para jantar e fazemos do triângulo um quadrado? Talvez domingo que vem, quando você estiver de folga.

— Ah.

Depois de rodar os ombros, Morgan abaixou-se para alongar os flexores do quadril. Quando Nell pegou o peso mais pesado novamente para mais uma sequência de elevação lateral, Morgan se perguntou como ela conseguia fazer tanto esforço sem transpirar.

— Não seria meio estranho?

— Acho que não. Seria bom para o Miles ver o Jake e eu como um casal.

— Vocês são um casal?

— Acho que estamos chegando lá, com muita cautela. Posso marcar algo casual.

— Peça para o Miles fazer um churrasco — sugeriu Morgan. — Ele gosta, e, além de casual, combina com a ocasião. Amigos e família.

— Ótima ideia. Devia ter pensado nisso.

— Também poderíamos convidar o Liam e a acompanhante da vez. Isso transformaria o triângulo em um hexágono. Eu acho.

— Perfeito. Vou organizar tudo.

— Tá, você me avisa. Agora estou livre deste lugar infernal por mais um dia. Ah, quando você tiver um tempo livre, passe lá no Après. Quero falar com você sobre as bebidas especiais de outono.

— Pode deixar. Continue apresentando as suas ideias, Morgan.

— Tenho um estoque ilimitado delas.

Ela saiu da academia, cogitando seriamente pegar o elevador em vez das escadas. E, pesando culpa contra conveniência, virou rumo às escadas.

Miles estava descendo.

— A Nell está no espaço fitness?

— Está lá se exibindo com halteres de sete quilos.

— Ótimo. Preciso discutir algo com ela, e teria sido ignorado se tivesse mandado uma mensagem enquanto ela está levantando pesos.

Ele inclinou a cabeça e estudou-a com aqueles olhos cor de âmbar.

— Você está bonita.

— Está falando sério?

— Quase sempre. Você está meio rosada e com um brilho diferente.

— Isso se chama suor.

— Fica bem em você.

Ele se aproximou, segurou o queixo dela e a beijou, surpreendendo-a ainda mais. Um beijo longo e sério.

— Muito bem. Agora preciso falar com a Nell.

Ele foi embora, deixando-a parada ao pé da escada, segurando sua bolsa de ginástica. E dentro do campo de visão da equipe de atendimento do spa, que fingiu não perceber.

Morgan passou boa parte da tarde de sexta-feira fazendo jardinagem com as mulheres de sua vida. A breve tempestade da noite anterior acordara as ervas daninhas, fazendo-as dobrar de tamanho, e lembrou-lhe como os trovões também a acordaram na cama de Miles.

E também como os dois rolaram juntos nela ao som das trovoadas, e continuaram mesmo depois de a tempestade passar. Olhou para a mãe, que estava podando uma roseira. Ela cantarolava enquanto trabalhava e parecia estar satisfeita.

Como se todos aqueles anos de raízes arrancadas, mudanças e buscas tivessem culminado naquilo ali. Aquele momento, aquele lugar.

Enxugando o suor da testa, Morgan sentou-se sobre os calcanhares.

— Como se sente sendo Audrey Nash novamente?

— Plena. Acho que Albright nunca combinou comigo, ou eu nunca combinei com Albright. Quem diria que seria tão fácil tomar de volta o que sempre foi meu? — Ela olhou para a filha. — Você sabia. Como se sente sendo Morgan Nash?

— Como se eu tivesse fechado uma porta antiga e aberto uma nova. Não esperava isso. Assim como não esperava ser feliz aqui.

— Ah, Morgan.

— Eu vim para cá porque precisava, e naquela primeira noite, mãe, estava me sentindo tão sem esperança, com o coração pesado, como se estivesse presa eternamente em uma longa noite de inverno. Agora, com o fim do verão se aproximando, é o contrário. Estou chegando aos trinta e morando na casa da minha avó, mas o meu coração está leve, a minha vida está cheia de esperança e movimento. Estes últimos meses me mostraram quem você é, quem a minha vó é, e quem eu sou. Eu gosto de quem somos, as mulheres Nash.

— Eu também.

— Hora de fazer uma pausa — chamou Olivia, que vinha trazendo um jarro de chá gelado para o pátio. — O sol está intenso, e não vamos reclamar, porque o inverno é longo e frio. Mas está intenso. Hora de fazer uma pausa.

— Não precisa chamar duas vezes.

Morgan se levantou, e Olivia colocou as mãos na cintura.

— Acho que este quintal nunca esteve tão bonito. As coisas que você acrescentou, Morgan, o deixaram ainda mais encantador. Vou tirar um tempo para me sentar aqui e aproveitar enquanto puder.

Audrey se sentou, tirou o chapéu e se abanou com ele.

— Não estou reclamando, mas caramba! De acordo com a previsão do tempo, teremos outra tempestade hoje à noite, e essa deve amenizar um pouco o calor.

Morgan pensou em tempestades, e em Miles, e sorriu enquanto servia o chá.

— Eu gosto de tempestades. Não me importaria que esfriasse um pouco. O Miles pediu para eu levar as minhas botas de montanha hoje.

— Você ainda não tinha conseguido encontrar tempo para fazer uma trilha. E você sempre gostou de acompanhar o seu avô.

Audrey pegou o copo de chá e esfregou o vidro gelado na bochecha antes de tomar um gole.

— Que bom que você vai fazer algo divertido, sem ter nada a ver com trabalho. Até a jardinagem é trabalho.

— Tenho certeza de que a Morgan e o Miles fazem outras coisas que não têm nada a ver com trabalho. E — acrescentou Olivia — não estou me referindo a jogos de cartas.

— Além disso — riu Audrey. — É importante encontrar interesses em comum quando se está em um relacionamento. Além disso — disse novamente antes que Olivia pudesse abrir a boca. — Eu cometi esse erro. Você e o papai não. Vocês tinham tanto em comum. O Coronel e eu, bem, nós não tínhamos nada. A Morgan e o Miles têm interesses em comum. Jardinagem, o resort, ambos gostam de cachorro, e agora as trilhas. E vocês vão organizar o seu primeiro jantar festivo como um casal no domingo.

— Não sei se chamaria de jantar festivo.

— É um jantar, e vocês vão se divertir.

— Eu sinto como se estivesse abandonando vocês duas agora que passo boa parte dos meus fins de semana na casa dele.

— Não seja boba.

Olivia fez um gesto com a mão para rejeitar o comentário.

— A sua mãe e eu ficamos felizes que você esteja com um rapaz bom. E você precisa passar um tempo com pessoas da sua idade. Fazer amizades. Amigos também fazem parte das raízes, meu amor, e as mantêm felizes e saudáveis.

— A sua avó e eu temos o nosso clube do livro mensal, as aulas de ioga, a loja e agora o café. É divertido almoçar com uma amiga. Nós duas reservamos tempo para isso.

— E amanhã à tarde vamos a um churrasco na casa do Tom e da Ida. Onde comeremos demais e passaremos o dia fofocando.

Olivia deu um suspiro satisfeito.

— Ainda somos duas velhinhas que precisam de cuidados.

— E temos a campainha mágica. Adoro aquilo.

Assentindo, Morgan olhou para a câmera da porta dos fundos.

— Eu sei. Não entendo, mas sei que você gosta.

Abrindo os braços, Audrey sorriu para Morgan.

— Recebi uma notificação na semana passada e vi o entregador da FedEx deixar um pacote na nossa porta. É como uma janela secreta.

— O sol está intenso, os jardins estão lindos, aquele bendito sapo me faz sorrir toda vez que olho para ele, e vamos todas nos divertir. Nada mau, meninas. Vamos aproveitar.

Morgan prometeu a si mesma que faria exatamente aquilo. Aproveitar.

Em uma noite de sexta-feira movimentada no Après, ela desfrutava do trabalho, da multidão, e aguardava ansiosamente a trilha no sábado e a festa no domingo.

— Vamos trocar, Bailey.

— Como assim?

— Vou ser a sua assistente.

— Ah, mas…

— Estarei aqui se precisar de ajuda, mas vamos ver como você se sai durante uma hora.

— Tem certeza?

— Não teria dado essa ideia se não tivesse.

Morgan a empurrou para a frente e deu um passo para trás.

— Você serve os chopes.

E ela se saiu bem, muito bem, então Morgan deixou se estender para mais meia hora.

— Você arrasou.

— Esqueci de ficar nervosa.

— Você tem apenas algumas semanas antes de voltar para a faculdade, então vamos aumentar para duas horas no seu próximo turno comigo. Agora vá fazer uma pausa. Você mereceu.

Era muito satisfatório, pensou enquanto servia as bebidas. Era satisfatório ensinar alguém a fazer um trabalho, e fazê-lo bem. Não para seguir uma carreira, não no caso de Bailey, mas para ganhar um bom salário até estabelecer a própria carreira.

— Você a colocou no comando.

Opal parou no balcão.

— Ficou nos bastidores e a colocou no comando. Quando eu me engano sobre algo ou alguém, não tenho nenhum problema em admitir isso. Estava errada sobre você.

— Acho que eu também estava errada sobre você.

— É, talvez. Dois especiais de verão, água com gás gelada e uma dose dupla de Bombay tônica.

— É pra já.

— Tenho um sobrinho que acabou de completar vinte e um anos. Ele está trabalhando na cozinha do Lodge há uns seis, sete meses. Não gosta muito, mas faz o trabalho. Se ele quisesse virar bartender, você o treinaria?

— Se a Nell aprovar a mudança, posso sim.

— Ótimo.

Ela não esperava ver Miles ali naquela noite, mas ele chegou quando ela estava fechando o bar.

— Trabalhei até tarde.

— Estou vendo.

— Vamos pegar a mala no seu carro. Você pode ir comigo.

— Mas aí o meu carro ficaria aqui, e eu não.

— Podemos vir buscá-lo amanhã. Trouxe suas botas de montanha?

— Sim, senhor.

Ela apagou as luzes e encerrou o que considerava um turno excelente.

— Um amigo me ligou hoje — disse ela quando eles saíram do bar.

— Ah, é?

— Sam. A Nina e ele... estavam em um relacionamento sério. Ele a amava e estava prestes a convidá-la para morar com ele quando tudo aconteceu.

Ela parou no carro e pegou a mala.

— Vocês mantiveram contato?

— Sim, e ele janta com a família da Nina pelo menos uma vez por mês. Ele queria me contar que conheceu alguém.

Já no carro de Miles, ele esperou que ela colocasse o cinto de segurança.

— Isso é um problema para você?

— Não. Não, de jeito nenhum. Ele já está saindo com ela há alguns meses e, bem, está ficando sério. Então ele quis me contar. Ele é uma ótima pessoa, Miles. Estou feliz por ele. Já faz quase um ano e meio, e fiquei surpresa quando me dei conta disso. Às vezes parece que faz mais tempo, mas outras vezes parece que foi ontem. O nome dela é Henna. Ela é assistente jurídica. Tem uma gata chamada Suzie, que ela adora, e gosta de filmes antigos, desses em preto e branco, e de ler livros de suspense.

— Quanta informação — comentou Miles.

— Quando ele viu que a minha reação foi positiva, não parou mais de falar sobre ela. Então estou feliz por ele. Ah, e ela também gosta de esquiar, então ele vai trazê-la aqui no próximo inverno. Eles vão se hospedar no resort e ele vai me apresentar a ela. Tomara que eu goste dela. Se eu não gostar, vou fingir, mas espero não precisar.

— Você está predisposta a gostar dela, então, a menos que ela seja completamente diferente do que ele falou, você vai gostar dela. Teve algum problema hoje à noite?

— Não, muito pelo contrário.

Ela adorava esse tipo de viagem noturna tranquila, enquanto o mundo dormia. O ar soprava pelas janelas abertas, uma coruja chirriava em algum lugar entre as árvores.

— Foi uma sexta-feira de verão bastante movimentada — continuou. — Fui a assistente da Bailey por cerca de uma hora e meia, e ela se saiu bem. Ah, e foi a primeira vez que eu atendi clientes que já se hospedaram aqui antes. Um casal que esteve no resort em março, e agora está de volta. Vieram passar uma semana com o filho, a nora e os dois netos.

— Você se lembrou deles?

— Do rosto. Não consegui me lembrar dos nomes, mas reconheci o rosto deles, então foi suficiente para dizer "bem-vindos de volta". E como eles colocaram as bebidas na conta do quarto, pude pesquisar os nomes. James — Jim — e Tracey Lowe.

— Eles têm vindo duas vezes por ano desde que o filho, Manning, estava na faculdade. O Manning conheceu a esposa, Gwen, em uma das férias de verão no resort. Eles se casaram aqui. Muito sentimentais. Os filhos deles se chamam Flynn, que deve ter uns seis anos, e Haley, por volta dos quatro.

Enquanto ele estacionava na entrada da garagem, ela assentiu.

— E eu achava que era boa em guardar informações. Eles me contaram a história deles por alto quando apareceram para uma saideira.

— O resort tem como base lealdade e serviço personalizado. Os Lowe têm se hospedado lá duas vezes por ano desde que eu estava no ensino médio.

Quando ambos chegaram perto da porta, Lobo latiu três vezes e uivou como sempre fazia.

— Melhor que um sistema de alarme ou câmeras.

— Eu já disse que você pode ficar com ele, se quiser.

Quando Miles abriu a porta, o cão se levantou, fez uma dancinha sem sair do lugar e depois correu até Morgan.

— Sentiu a minha falta, não foi? Sentiu, sim!

Enquanto ela fazia festa com Lobo, Miles trancou a casa.

— Quer alguma coisa?

— Só esse cachorrinho lindo.

E, inclinando a cabeça, lançou um olhar de canto de olho para Miles.

— E talvez você.

— O cão tem a cama dele.

Ao dizer isso, ele a pegou no colo e a jogou sobre seu ombro.

Ela achou graça enquanto Lobo resmungou e correu para as escadas na frente de Miles.

— Que novidade é essa?

— Só estou te ajudando a descansar as pernas depois de uma longa noite de trabalho.

— É mesmo? A maioria dos homens teria optado pelo gesto romântico de carregar a mulher nos braços em vez de jogá-la sobre o ombro.

— Não sou como a maioria.

— Já percebi. A sua casa é linda mesmo de cabeça para baixo, sabia?

Ele a levou para o quarto, iluminado pelas estrelas envoltas em nuvens e uma lua minguante. E a jogou na cama, cobrindo-a com seu corpo.

— O que acha da vista agora?

— Gosto muito desta vista em particular.

Enquanto eles olhavam um para o outro, ela deslizou as mãos pelas costas dele e depois subiu novamente.

— Eu gosto mais da minha.

Com os olhos ainda nos dela, ele roçou os lábios com um beijo suave.

— Você tem um rosto.

— Eu definitivamente tenho um rosto.

— É um ótimo rosto. — Agora sua boca roçava na dela, se demorando um pouco mais. — Foi o que pensei na primeira vez que o vi.

— No bar.

— Não, a primeira vez. No velório do seu avô.

— Ah. Acho que não vi você. Para falar a verdade, acho que não vi ninguém. Tudo parecia desfocado.

— Tudo estava estampado naquele rosto. O luto, a culpa, a vontade de sair dali para qualquer outro lugar sozinha e lidar com aquilo. E lembro que me perguntei se percebi isso só porque estava sentindo a exata mesma coisa.

Ele a beijou novamente, desta vez um beijo mais profundo, um pouco mais longo.

— Na segunda vez que vi este rosto, lá no bar, eu vi outra coisa. Algo além da barwoman amigável e eficiente. — Ele passou para o pescoço e ficou satisfeito ao sentir o pulso dela acelerar. — Eu vi determinação misturada a vulnerabilidade. Achei fascinante, aquele rosto. Gosto de vê-lo quando as minhas mãos estão em você.

— Eu quero as suas mãos em mim.

Ele segurou as mãos dela e usou a boca, apenas a boca, para excitá-la.

— Elas já vão chegar lá.

Ele soltou uma das mãos para desabotoar a blusa dela, de cima para baixo, depois seguiu lentamente aquele caminho com a boca, subindo de novo.

Dessa vez, o beijo foi longo, intenso, até que ele sentiu Morgan se entregar por completo.

Percebeu que não estava dedicando tempo suficiente a ela, visto que ela chegava tarde do trabalho e ele tinha que acordar cedo. Mas compensaria agora.

Ele abriu o fecho frontal do sutiã, aquela lingerie decotada de renda branca que ele sabia que era usada só para ele. E passou os dedos pelo corpo dela, bem de leve, enquanto sua língua acariciava a dela, enquanto os gemidos de prazer dela o contagiavam.

E a olhava enquanto tomava seu tempo para retirar o uniforme impecável que ela usava, o preto e branco agora amarrotados. A pele dela estremecia sob sua boca e suas mãos, cheia de excitação.

Enquanto abria o zíper, a boca de Miles foi de encontro ao seio, mas de leve, bem de leve. Sem pressa nenhuma enquanto usava os dedos para provocá-la, apenas provocá-la, fazendo o corpo dela se arquear sob o toque, transformando seus gemidos em suspiros interrompidos.

Enquanto percorria aquelas formas sedutoras, deslizando a calcinha rendada pelo quadril, pressionando os lábios contra sua barriga, ele achou incrivelmente erótico estar todo vestido enquanto removia as camadas de tecido de um corpo que estremecia de desejo embaixo dele.

Ele tomou conta dela, observando-a — aquele rosto — enquanto dava exatamente o que ela queria. Ela tremeu sob ele no exato instante em que o primeiro relâmpago pintou o quarto de branco, e, em um de seus suspiros entrecortados, ela chamou o nome dele.

Logo depois, veio o trovão.

Ele a dominou, e ela permitiu. Ela descobriu que entregar-se era uma forma de poder. Poderia aceitar tudo o que ele lhe dava até que o prazer invadisse seu corpo com a potência do vento que soprava do lado de fora.

Ela sentia seu corpo líquido como a chuva, como se pudesse escorrer por entre os dedos dele se ele assim desejasse. Sob aquelas mãos, ela sentiu como se estivesse flutuando no ar tórrido e denso, e depois descendo devagar para um lugar incrivelmente macio e quente.

Quando ele se levantou para tirar a camisa, ela pressionou as mãos no peito dele, naquela parede de músculos duros e fortes. Naquele momento, embora ele não tivesse pressa, seu coração acelerou.

— Esse rosto — murmurou ele, e ela ficou emocionada ao ouvir a voz sem fôlego. — Eu gosto de vê-lo quando estou dentro de você.

— Eu quero você dentro de mim.

Mais um raio caiu, iluminando-a enquanto ela o buscava. Ele cobriu o corpo dela com o seu e a observou enquanto deslizava devagar para dentro dela.

E ali ele ficou, parado, enquanto ela subia novamente, enquanto ela se apertava ao redor dele.

— Miles.

— Calma — murmurou ele enquanto se deleitava tomando todo o tempo do mundo.

À medida que a tempestade rugia do lado de fora, ele deu a ela aquele tempo para se recompor, para que se desfizesse outra vez.

Então, segurou as mãos dela, a beijou, e juntos, tornando-se um só, desfizeram-se em êxtase.

Ele se deitou sobre ela sem conseguir se lembrar da última vez que se sentira tão satisfeito. A tempestade, já no fim, lançou as últimas gotas de chuva contra a janela. O céu que antes fora iluminado pelo clarão dos raios, voltou a brilhar com o luar.

Na biblioteca, o relógio que pertencera a seu bisavô soou três horas.

Ele levantou a cabeça para olhar para ela e, sim, viu satisfação naquele rosto.

— Este rosto — disse ele novamente, e viu os lábios dela se curvarem em um sorriso.

Capítulo Vinte e Quatro

⌘ ⌘ ⌘

ELA DORMIU como uma pedra e acordou com o cheiro do café.

— Hora de acordar, preguiçosa.

Ao abrir os olhos, ela fitou Miles. Ele estava em pé ao lado dela, completamente vestido.

— Que horas são?

— Hora de sair da cama.

Segurando a mão dela, ele a ajudou a se levantar.

— Por que as mulheres sempre fazem isso? — perguntou ele quando ela se cobriu com o lençol. — Eu já te vi nua. Já vi os seus peitos, que, pelo que pude observar, são perfeitamente proporcionais ao resto do corpo.

— Porque sim — disse ela sem dar mais explicações. Então viu a caneca na mesa de cabeceira. — Você me trouxe café!

— Eu te trouxe essa aberração que você insiste em chamar de café. Agora beba e se levante. Você tem meia hora.

— Há quanto tempo você está acordado?

— Há tempo suficiente para tomar banho, beber um café de verdade, me vestir e preparar essa coisa que você bebe de manhã.

— Ok, posso fazer isso tudo em meia hora. Obrigada por preparar o meu café, embora não o respeite. Onde está o Lobo?

— Lá fora, patrulhando. Meia hora — disse enquanto caminhava até a porta. — Tenho que fazer algumas ligações.

Meia hora depois, porque considerara um desafio, ela desceu a escada. Usava um short, botas de montanha, camiseta azul e boné vermelho. Tinha nas costas uma mochila leve equipada com repelente, uma garrafa de água, um kit de primeiros socorros de viagem, granola e alguns outros itens que considerava essenciais.

Ela o encontrou na cozinha, terminando mais uma caneca de café.

— Pronta? — Ele se virou e olhou para ela. — Uma mulher de short e botas é uma visão especial. Filtro solar, repelente?

— Já passei e estou levando na mochila.

Ela foi à área de serviço buscar a coleira.

— Vamos levar o Lobo.

— Sim, ele está contando com isso.

Miles colocou a mochila dele nas costas e então saíram pela porta dos fundos. Quando o cão viu a coleira, permaneceu sentado onde estava e virou a cara para o outro lado.

— Ele considera a coleira um insulto.

— Óbvio que sim. Como se você não fosse se comportar — cantarolou ela enquanto se aproximava dele. — O cachorro mais bonzinho que existe. Mas você não vai poder participar da aventura sem ela.

Ele se sujeitou à humilhação.

— Vamos de carro.

— Ah, pensei que iríamos fazer a trilha que fica a um quilômetro daqui.

Como ela levava o cachorro pela coleira, Miles segurou a mão livre dela.

— A Trilha dos Vidoeiros é um bom circuito, e, quando terminarmos, podemos pegar o seu carro.

— Por mim, tudo bem. Eu devo estar enferrujada — disse ela enquanto entravam no carro. — Há muitos anos não faço uma trilha de verdade. Está na hora de voltar à ativa para poder fazer trilhas no outono quando as folhas mudarem de cor, e isso não vai demorar muito. Nunca estive aqui no outono.

— A região fica cheia de turistas.

— O que é bom para o resort, e a cidade.

— Sim, mas as trilhas ficam lotadas. Não estaremos sozinhos hoje, pois eles também vêm no verão. Mas não é como em setembro e outubro.

— Mal posso esperar. Não pelo fim do verão, mas para ver o outono.

Quando ele estacionou ao lado do carro de Morgan, ela desceu, colocou a mochila no ombro e tirou Lobo do banco de trás.

— São oito quilômetros no total — disse Miles —, mas há uma opção para encurtá-la para cinco.

— Posso aguentar oito quilômetros.

Mais um desafio.

— Vamos aproveitar para visitar o percurso de arvorismo e a tirolesa na volta. A entrada da trilha fica bem ali.

— Eu aluguei uma bicicleta algumas vezes na primavera para fazer um tour pelo resort, conhecer melhor a área. Pensei seriamente em comprar uma, mas moro muito longe para ir de bicicleta para o trabalho, e saio tarde demais para correr esse risco.

— Uma bicicleta não é apenas um meio de transporte.

— Não, acho que não.

Mas ela não poderia justificar o gasto.

Ainda não.

— Mas, como estava dizendo, a disposição das atividades foi muito bem pensada. O passeio ao redor do lago, as trilhas, pelo menos as que vi sinalizadas. Depois as tirolesas, a parede de escalada, o parquinho, que é uma gracinha. Tudo faz sentido. Parei na Aventura Outlet, lógico, para alugar a bicicleta. Também foi inteligente facilitar a compra ou aluguel de equipamentos, e logo à vista dos teleféricos e pistas de esqui. E depois tem o lago.

Ela parou para admirar a água azul pontilhada de caiaques e canoas. As montanhas, verdes como seu nome, refletiam-se nela.

— Nunca andei de caiaque. Imagino que você sim.

— Com certeza. Podemos fazer isso em um fim de semana.

— É realmente incrível ter tudo isso ao alcance.

— Meus bisavós compraram o terreno e construíram a primeira pousada, os primeiros chalés, por causa do lago e dessa vista.

— Você tem sorte por eles terem tido essa visão. E pelo que a sua família fez com ela. Continuaram construindo, sim, mas respeitando o lugar. Enquanto eu andava de bicicleta por aqui, avistei um chalé, mas parecia que ele sempre esteve ali, se fundindo perfeitamente à paisagem.

Lobo, esquecendo a ofensa da coleira, passeava e farejava pelo caminho.

— Pelo que ouvi, vocês vão fazer a transição para ônibus elétricos.

— Sim, antes do auge do outono. Estamos instalando mais estações de recarga.

— Mais uma decisão inteligente.

Eles avistaram o percurso de arvorismo, escondido entre as árvores. Morgan fez um sinal de desaprovação com a cabeça para os hóspedes escalando, equilibrando-se, balançando-se bem acima de sua cabeça.

— Eu consigo entender fazer isso — disse ela enquanto Miles a guiava para a entrada da trilha — quando o apocalipse zumbi chegar, ou a inevitável invasão de alienígenas determinados a exterminar a raça humana. Nesses casos poderia ser necessário construir estradas e muros de cordas, aprender a se equilibrar em pneus e tábuas de madeira instáveis. Mas enquanto esse dia não chega...

Ajustou a mochila nas costas.

— Minhas aventuras se resumirão a trilhas. E é exatamente por isso — acrescentou enquanto começavam a subir pelo caminho cercado de vidoeiros, que deram nome à trilha. — É lindo, mal começamos e já é lindo.

— E fica melhor ainda. Avise quando estiver cansada de segurar a coleira.

— Estamos bem. Vou tirar um milhão de fotos, então prepare-se. Começando agora. Ah, eu me lembro disso. Lupino selvagem. Quando ela se agachou para enquadrar as flores roxas, Lobo lambeu sua bochecha.

Miles esperou pacientemente toda vez que ela parava para fotografar alguma flor selvagem ou qualquer outra coisa que achasse interessante na casca dos vidoeiros e velhos bordos.

Eles passaram por um grupo que estava descendo e foram ultrapassados por outro casal que estava subindo.

Ele gostava da companhia dela, gostava do fato de ela não falar sem parar e ser capaz de apreciar o silêncio e o canto dos pássaros. Ele não tinha dedicado tempo suficiente àquilo ultimamente, admitiu, a caminhar pelas colinas e florestas que tanto amava.

Ela parou e levantou uma das mãos.

— Espere, estou ouvindo... É uma cachoeira?

— Logo depois da curva na trilha. É pequena, mas pitoresca. Ela se chama Pequena Cascata Branca. O terreno do resort termina ali, então temos a opção de retornar pelo atalho ou seguir pelo caminho mais longo que passa pela floresta nacional. Fica mais íngreme.

— O mais longo, com certeza, mas quero ver a cachoeira antes.

Eles desceram a passos rápidos até chegarem ao rio, sua espuma branca contrastando com a água cor de chá.

— Que linda! Parece música.

E ela brilhava sobre a rocha, batendo água contra água para revelar o fundo do rio. Onde a sombra se espalhava, galhos cobertos de musgo suavizavam a luz. Mas, ainda assim, o sol atingia a água turbulenta, brilhante como um laser.

O casal que passou por eles tirou algumas selfies e depois fez o caminho de volta. Um grupo de três pessoas levantou-se de uma formação rochosa baixa e continuou subindo a trilha.

Miles segurou a coleira para que ela pegasse o celular mais uma vez. Enquanto ela tirava fotos, ele tirou o copo dobrável da mochila e o encheu de água.

Lobo, muito agradecido, a bebeu em grandes goladas.

Ele olhou para cima a tempo de vê-la tirar uma foto dos dois enquanto ele se agachava para oferecer ao cão um segundo copo.

— Desculpe, não pude resistir. Coloquei um pote velho de plástico na minha mochila, mas o copo é melhor.

Ela levantou o rosto para olhar o céu.

— Este lugar é absolutamente perfeito. Eu odeio selfies — comentou olhando para ele novamente.

— Então somos dois.

— Mas é uma cachoeira, e eu gostaria de fazer uma exceção à minha regra contra selfies.

— Fique à vontade.

— Isso inclui você. É uma cachoeira, Miles, e a luz está perfeita. Então, por favor, só desta vez.

Ele deveria ter desconfiado que isso aconteceria, porém aceitou para si que recusar o pedido o faria parecer um idiota. Ele não se importava em ser um idiota, mas também não queria estragar o momento.

Foi até ela.

— Obrigada.

Ela segurou o telefone e mudou de posição até encontrar o ângulo perfeito.

— No três. Não faça careta.

— Não estou fazendo careta.

Para resolver o problema, ela virou o rosto o suficiente para encostar os lábios na bochecha dele. Quando os lábios dele se curvaram um pouquinho, ela tirou a foto.

— Você não ia contar até três?

— Foi melhor assim. Olha. — Ela mostrou a foto. — Ficou ótima. E eu vou passar a fazer isto aqui com mais frequência.

Ela guardou o telefone no bolso.

— Essa é a minha promessa solene diante da cascata mágica.

Eles continuaram subindo. A trilha realmente ficou mais íngreme, e Morgan supôs que deveria agradecer aos treinos implacáveis de Jen pelo fato de conseguir subir sem sentir dores musculares.

Um grupo de adolescentes passou correndo como antílopes, gargalhando como hienas.

— É tudo muito divertido — comentou Miles — até um deles quebrar o tornozelo.

— Eles tinham o quê, uns dezesseis anos? É a idade da invencibilidade.

— Onde você estava aos dezesseis?

— Sendo bem sincera, não sei. Eu tinha um caderno onde anotava os lugares e as datas. Depois do divórcio, continuamos nos mudando muito, então continuei anotando. Mas joguei o caderno no lixo quando fui para a faculdade, o que foi uma estupidez. Decidi que não queria mais. — Ela sacudiu a mão como se estivesse jogando algo fora. — Mas foi durante um pequeno acesso de raiva, e me arrependo disso.

— Você pode perguntar à sua mãe se quiser saber sobre os lugares e as datas, ela deve se lembrar.

— Talvez, mas... — Ela ficou sem palavras quando o mundo se abriu diante dela. — Ah, meu Deus! Você não me contou.

— É uma boa surpresa. A vista até que não é tão ruim.

— É *fenomenal.*

Um mundo de montanhas, vales, colinas e rios se espalhava em verdes vivos, azuis suaves e o cinza robusto das rochas e suas saliências proeminentes. Os cumes imponentes ao longe eram testemunhas da idade e da resistência.

Estou aqui, estive muito antes e estarei muito depois.

Ela podia ver as dobras e cortes da terra e da água, a copa das árvores, a subida das trilhas, tudo tão à vista sob a vasta abóbada celeste. E, como um presente, a cascata branca e tumultuosa a distância.

Parecia uma pintura, pensou, sem moldura e disponível a todos que parassem ali.

Ela se perguntou como devia ser quando a névoa se infiltrava e escondia as colinas. Quando as árvores ficavam coloridas no outono ou quando o inverno espalhava seu cobertor branco e brilhante.

Hoje a paisagem dizia verão, com a vida em seu auge. O silêncio era música.

— Preciso fazer de novo. — Ela se virou para ele. — Sinto muito, mas é perfeito demais para deixar passar.

Ela pegou o celular novamente e abriu a câmera.

— A culpa é sua. Nem vou ligar se você fizer careta.

Ela passou um braço em volta da cintura dele e posicionou o celular. Depois de tirar a foto, apontou para Lobo.

— Sua vez. Sente-se. Cachorros bonzinhos ficam sentados.

Ela se agachou para enquadrá-lo, com seus olhos alegres e a cabeça inclinada, cheio de curiosidade canina.

Aquele pode ter sido o momento, Miles pensaria depois, o exato momento em que ele começou a deslizar rumo a sentimentos até então desconhecidos. Aconteceu enquanto a observava convencer o cão a posar — e não é que ele obedeceu? —, totalmente encantada pelo momento, o lugar, a tranquilidade que pairava como os falcões no céu.

O momento em que ela olhou para cima, radiante, simplesmente radiante, rodeada pelo mundo que sempre foi dele.

Então ela se levantou, guardou o celular e segurou as mãos dele.

— Obrigada. Você não podia ter escolhido um dia ou uma trilha melhor.

— No outono fica melhor ainda.

Ele apontou para a vista.

— Aposto que sim, mas, por ora, esbanja verão. — Olhando outra vez, ela encostou a cabeça no ombro dele. — O outono é a recompensa, o inverno é a espera, a primavera é o começo. Mas o verão… O verão é a fruição.

O silêncio foi quebrado quando vozes ecoaram pela trilha, então ele seguiu em frente. Deixando o momento de lado, caminhou junto dela e do cão.

— Agora já era, e a culpa é sua — disse a ele enquanto desciam. — Vou ter que arranjar mais tempo para isso. Mesmo que seja apenas uma hora de vez em quando na minha folga. O que você acha de acampar?

— Acho que a humanidade progrediu por meio do trabalho, da inovação, da necessidade e da sorte desde os tempos em que viviam em cavernas ou eram pioneiros, e eu respeito e valorizo os esforços deles que culminaram em água encanada, janelas térmicas, colchões resistentes e banda larga. Não vejo motivo para ignorar essas inovações e dormir em uma barraca.

— Pelo visto não gosta, então. Que bom que eu também tenho um respeito saudável pelo progresso e pela inovação. Mas aposto que você sabe acampar, o que seria útil no caso de um apocalipse zumbi ou uma invasão alienígena. E isso é um urso — disse ela, parando abruptamente quando o gigante peludo atravessou o caminho a cerca de dois metros de distância deles. — Um urso de verdade.

— Ele não está interessado em você.

Mas Miles pegou a coleira quando Lobo começou a resmungar e abanar o rabo.

— É um urso-pardo, eles não costumam ser agressivos. Não vamos tirar uma selfie com ele.

— Isso nunca passou pela minha cabeça. É um urso. Um urso enorme.

Ele se dirigiu a passos pesados rumo às árvores.

— Vamos dar um minuto a ele. Você fez algumas trilhas com o seu avô, não fez? Nunca se depararam com um urso?

— Não. Ele me disse o que fazer e o que não fazer caso isso acontecesse. Lembro que fiquei decepcionada por nunca termos visto um de verdade. Agora me pergunto por quê.

— De vez em quando, alguns vagueiam pelo resort, principalmente perto dos chalés.

Enquanto caminhavam, ela olhou para onde o urso tinha ido, mas não viu qualquer sinal dele.

— Provavelmente ficaria animada em ver um, desde que estivesse em segurança dentro de um chalé.

Ele deu de ombros.

— Eles já estavam aqui antes de nós.

Isso a fez sorrir.

— Querido Diário, hoje eu vi uma cachoeira, pude admirar quilômetros e quilômetros de montanhas no horizonte e vi um urso passar.

— Você faz isso? Escreve em um diário?

— Não. Quem tem tempo para isso? Mas, se fizesse, certamente incluiria o urso. Vou passar na padaria depois de pegarmos o meu carro, quero comprar uma sobremesa para amanhã.

— A Nell vai preparar um bolo que ela sempre faz.

— A Nell cozinha?

— Às vezes. Como eu vou fazer o churrasco, e você vai preparar aquelas batatas, ela não iria querer ficar para trás.

— Eu gosto disso nela. Esse lado competitivo. Deve ser desafiador ser a filha do meio, entre dois irmãos.

— Talvez seja desafiador ser o mais velho.

— E é?

— Não muito. Mas poderia ser.

— Não é porque, no fim das contas, vocês formam uma equipe. Esse é um dos seus chalés. Olhe como está bem aninhado ali, com cadeiras de balanço na varanda da frente. Eu não me dei conta de que tínhamos voltado para tão perto do resort.

— Quase onde começamos.

— Acabei de perceber.

Eles atravessaram a pequena ponte sobre o riacho estreito, e a trilha se abriu para o percurso de arvorismo.

Ela avistou Liam carregando alguns arneses de escalada até um banco.

— A trilha foi boa? — gritou ele enquanto se aproximavam.

— Maravilhosa. Cachoeiras, vistas panorâmicas e ursos. Ninguém interessado esta tarde? — perguntou ela quando viu o percurso acima vazio.

— Estamos reservados para uma sessão privada.

Ele entregou a ela um arnês.

— O quê? — Morgan juntou as mãos atrás das costas. — Não.

— É a melhor maneira de encerrar uma trilha.

— Não é, não. É a melhor maneira de fazer você gritar como uma criança de cinco anos ou se encolher em posição fetal e chorar chamando a sua mamãe.

— Você não tem medo de altura. — Miles pegou um arnês e começou a prendê-lo. — Não foi assim que se comportou no mirante.

— Não, não tenho medo de altura, mas…

— Se você tivesse, não faríamos isso.

— Não tenho medo de altura, mas tenho um respeito saudável pela gravidade.

— Você não vai cair. Está vendo isso aqui?

Liam segurou o arnês e mostrou a ela o mosquetão do sistema de segurança.

— Você prende isso aqui e ele trava. Ele não vai se destravar enquanto você mesma não o destravar. Você terá sempre pelo menos uma linha de segurança presa o tempo todo, mesmo quando estiver sobre uma plataforma.

— A questão é: por que eu subiria em uma plataforma lá em cima?

— Porque é divertido!

— Se ela estiver com medo...

Miles deixou a frase em suspenso e começou a tirar o arnês.

— Medo é uma palavra muito forte. — E ela *sabia* que ele a escolhera de propósito. — Hesitante. Prefiro "hesitante".

— O que você vai fazer quando os zumbis aparecerem? — perguntou Miles.

— Ter uma morte horrível e depois passar o resto dos meus dias como zumbi comendo cérebros. Caramba, isso é uma emboscada.

Ela pegou o arnês.

— Me mostre como essa coisa funciona.

Enquanto a prendia, Liam olhou nos olhos dela e sorriu.

— Isso aqui aguenta fácil três vezes o seu peso. Nós dois estaremos lá em cima com você, mas, primeiro, vou te explicar o básico aqui no chão.

— Eu gosto do chão.

Liam foi minucioso, e o básico não parecia muito complicado.

— E o Lobo?

Miles prendeu a coleira no pé de um banco e colocou água e um petisco para o cão.

— Ele vai ficar bem — respondeu ao lhe entregar um capacete de segurança.

Ela não era tão competitiva, pensou, mas se viu subindo na primeira plataforma atrás de Liam, com Miles atrás. Já na plataforma, com Lobo longe abaixo, Liam explicou novamente o sistema de segurança.

— A ponte vai balançar um pouco quando você pisar naquelas tábuas de madeira, mas você está presa.

— Você primeiro.

— Com certeza. Vou te esperar na próxima plataforma.

Era como se ele estivesse caminhando sobre uma ponte sólida de pedra um metro acima de um riacho preguiçoso, pensou Morgan enquanto o observava.

— Você consegue — disse Miles atrás dela.

Ela lançou um olhar duvidoso para ele, prendeu a respiração e deu o passo para fora da plataforma.

A ponte balançou, e muito, mas ela manteve os olhos na segunda plataforma, mesmo quando Lobo uivou abaixo.

Ela não caiu e não sofreu a humilhação de ficar pendurada pela corda.

— Você se saiu muito bem! Quer ir primeiro desta vez?

— Não, prefiro ser a segunda.

— Se lembra do que deve fazer?

— Sim, já sei como não cair.

Ela observou Liam caminhar por troncos verticais que pareciam desnecessariamente estreitos e desnecessariamente espaçados demais, depois olhou para trás e viu Miles cruzar a ponte com a mesma facilidade que o irmão.

Exibidos, decidiu. Ela destravou com cuidado seu primeiro mosquetão, prendeu-o no próximo cabo e deu um puxão como teste antes de fazer o mesmo com o segundo.

Os troncos balançavam também, mas a ideia de congelar no meio do caminho a fez continuar, esticando uma das pernas para dar o próximo passo. O fato de ter conseguido abafar alguns gritinhos de pavor antes que eles escapassem de sua boca aumentou sua confiança.

Havia ainda balanços de madeira estreitos e uma rede de cordas para atravessar.

Liam deu um grito de aprovação quando ela conseguiu passar por eles.

— Você conseguiu! Já pode fazer parte da equipe!

Não, pensou ela enquanto atravessava com cuidado um longo tronco vertical e, em seguida, uma espécie de corda bamba. Definitivamente não.

Ela escalou uma escada de corda e sentiu seus músculos abdominais queimarem enquanto balançava e se equilibrava sobre os pneus do percurso.

Mas o trapézio a desafiou. Ela observou Liam segurá-lo e balançar-se como um artista de circo de um poleiro para o outro.

O coração dela martelava no peito, seus músculos tremiam. Era um trabalho árduo! Mas ela segurou o trapézio, prendeu a respiração e se jogou.

E sentiu como se estivesse voando. Por um segundo, talvez dois, ela sentiu como se estivesse voando, o ar batendo em seu rosto e corpo, desafiando a gravidade.

Quando ela alcançou a última plataforma, sua risada ecoou.

— Isso!

Ela abraçou Liam antes de se virar para Miles, que esperava na plataforma do trapézio logo atrás.

— Quem diria?

E, naquele momento, ele soube. Ela estava em pé, com o rosto corado pelo esforço, pela súbita alegria, os braços ainda em volta de seu irmão.

O sorriso dela seria suficiente para iluminar o mundo todo.

O afeto não virou amor num piscar de olhos, a atração não virou "para sempre" de uma hora para outra, mas ele se apaixonou como quem cai de um precipício, um caminho breve e intenso. Nenhum sistema de segurança poderia ter impedido a queda.

O pensamento o deixou sem fôlego, atordoado e um pouco irritado.

Sendo assim, decidiu que pensaria naquilo mais tarde. Mais tarde, quando tivesse a mente no lugar e ela não estivesse lá distraindo-o.

Quando Liam e Morgan começaram a descer, ele se balançou e depois se juntou a eles no chão.

— Foi divertido, não foi?

— Mais do que eu pensava — disse ela a Liam. — Muito mais, mesmo.

— Quer ir de novo? Temos tempo antes do próximo grupo. Eu não sabia quanto tempo você ia levar para travessar, mas você nasceu para isso.

— Uma vez é mais que suficiente. Sem dúvida.

— Ainda tem a tirolesa, a parede de escalada.

— Nem em sonho. — Rindo, ela o empurrou. — Definitivamente não.

— Da próxima vez, a tirolesa. É uma adrenalina incrível, e a vista é maravilhosa, dá para ver tudo.

— Você é doido. Seu irmão também é doido — disse ela a Miles. — Eu vou soltar o Lobo.

— Ela é ótima — disse Liam quando Morgan se afastou, e depois virou-se para o irmão. — Olha, eu não estava dando em cima dela nem nada do tipo.

— Eu sei disso. E, devo acrescentar: até parece que ela te daria confiança.

— Você pareceu um pouco irritado, então…

— Não, não foi por isso, e, sim, ela se saiu bem.

Eu gosto muito dela. De maneira geral também, óbvio, mas para você. Eu gosto dela para você.

— Eu também.

Miles tirou o capacete enquanto o cão fazia festa como se ela tivesse acabado de voltar da guerra.

— Acho que isso me irrita um pouco.

Liam deu um tapa no ombro dele.

— Depois passa. A irritação.

— Talvez. Obrigado por ter feito isso. Eu imaginei que ela se sentiria mais à vontade com você do que com um dos membros da equipe de Aventura.

— Foi divertido.

Ele pegou o arnês de Miles.

— Ela é corajosa. Você tem que admitir que ela é corajosa. Antes de irmos adiante, teve mais alguma notícia sobre aquele babaca?

— Nada definitivo. Ainda estão seguindo pistas a oeste. Talvez Oregon.

— Talvez ele não tenha mais para onde fugir e se jogue no Oceano Pacífico.

— Não seria ruim, mas é melhor que encontrem o canalha. Ela nunca ficará completamente tranquila enquanto não souber que ele está atrás das grades.

— Ele não vai conseguir fugir para sempre, Miles. Ninguém consegue.

Não, pensou Miles, mas aquele era o problema. Cedo ou tarde, Rozwell pararia de fugir e tentaria outra vez.

Em casa, ele a atraiu para o chuveiro. Não apenas porque a desejava, e muito. Mas porque ele esperava que o sexo desanuviasse sua mente, devolvesse seu equilíbrio.

Não funcionou.

Quando ela foi para o trabalho, ele vagou pela casa se perguntando como era possível que ela preenchesse tantos espaços mesmo quando não estava lá.

Entrou no escritório e admirou a vista da torre que tanto a encantara. Ele se sentou e trabalhou um pouco. Aquilo também preenchia espaços.

Mas ele não parava de voltar àqueles momentos. O momento no mirante em que sentiu que estava começando a deslizar. O momento no percurso de arvorismo quando se sentiu em queda livre.

E outros momentos, admitiu. A primeira vez que a viu trabalhando atrás do balcão do bar. Aquela pequena faísca dentro dele que ignorara. Observando-a ir embora naquela carroça e imaginando. Apenas imaginando como seria.

Vendo como ela se esforçava na academia porque estava determinada a ficar forte o suficiente para se proteger.

Muitos momentos até aquele em que ele abriu a porta e a viu parada na frente da casa, segurando o pote de biscoitos.

— E agora?

Ao lado da cadeira, Lobo resmungou sua opinião.

— Não preciso dos seus conselhos. Ela te tem na palma da mão, ou você a tem na palma da pata. Pelo visto, acho que é mútuo.

Ele se recostou na cadeira e fechou os olhos.

— Então é assim que as coisas são.

Distraidamente, colocou a mão na cabeça de Lobo e percebeu que seu irmão estava certo. A irritação já tinha quase ido embora.

— Ela vai chegar em casa daqui a umas duas horas.

As coisas eram assim também, pensou. Ela chegaria em casa, e ele estaria esperando-a.

— É melhor você fazer sua última ronda.

Eles desceram e, enquanto Lobo patrulhava, Miles se serviu de uma taça de Cabernet Sauvignon. Pensou nela.

E esperou que ela chegasse em casa.

Capítulo Vinte e Cinco

⌘ ⌘ ⌘

AQUELA VADIA destruiu a vida dele.

Gavin Rozwell encarava a chuva interminável do outro lado da janela do hotel decadente, perdido nas estradas secundárias do Oregon, e pensava nas ensolaradas praias mexicanas. Ele pensou nas suítes dos hotéis de luxo com travesseiros macios e terraços com vista para o pôr do sol sobre a água azul.

Pensou nas garrafas de champanhe aninhadas em baldes de gelo prateados.

Pensou em como era bom simplesmente estalar os dedos para ser servido, e passear pelas ruas ensolaradas sabendo que podia ter tudo o que quisesse.

Tudo a que tinha direito.

Morgan Albright — ou Nash, como ela se chamava agora — arrancara tudo aquilo dele. Temporariamente, é óbvio, mas ela o prejudicara.

Podia sentir os malditos agentes federais respirando em sua nuca. Podia sentir a respiração deles quando acordava em uma cama desconfortável em algum quarto sujo. Quando acordava suado no quarto escuro, com medo e desorientado.

Ele começara a deixar uma luz acesa porque o escuro estava repleto de sombras em movimento.

Não conseguia se livrar deles, simplesmente não conseguia. Tentava convencer a si mesmo de que nunca o procurariam, nunca o encontrariam em um quarto miserável naquele fim de mundo encharcado de chuva, mas, ainda assim, podia senti-los se aproximando, sorrateiros.

Ele havia hackeado o sistema da polícia estadual duas vezes — uma em Idaho e outra em Oregon — e, tomado de raiva e medo, descobriu que sua descrição fora atualizada.

Os retratos falados não eram idênticos, mas se pareciam suficientemente com ele para forçá-lo a mudar a aparência outra vez.

Mudou o cabelo e deixou a barba crescer, ambos desgrenhados e de um tom de castanho que não chamava atenção. Começou a usar óculos baratos de armação preta e odiou o reflexo que viu no espelho.

Com um pouco de maquiagem, as linhas ao redor de seus olhos ficaram mais profundas, e a pele tinha a palidez de uma pessoa reclusa. Ele já havia ganhado peso de tanto comer fast food e não poder se exercitar, já que os hotéis baratos não tinham academias.

Mudava de localização e veículo a cada dois dias. Caminhonetes enferrujadas e quartos que cheiravam a mofo.

E aquela vadia continuava vivendo a vida dela do outro lado do país, naquela casa enorme, rindo dele.

Podia ouvir a risada dela toda vez que deixava a luz acesa à noite.

Ele se imaginou matando-a infinitas vezes, de infinitas maneiras. Mas aqueles maravilhosos devaneios se despedaçavam quando ouvia a risada dela, quando sentia aquela respiração quente na nuca.

Aquilo não podia continuar assim. Não continuaria assim.

Ele precisava encontrar algum lugar. O luxo teria que esperar, mas precisava de um lugar decente onde pudesse se esconder por umas duas ou três semanas. Um mês.

Um lugar com um chuveiro razoável, onde a chuva não martelasse seu crânio incessantemente. Um lugar onde pudesse pensar, planejar, se preparar.

Ele se dirigiria para o sul, até Nevada. O calor do deserto tiraria o mofo de seu cérebro e aqueceria seu sangue outra vez.

Partiria agora, naquela noite, sob a cobertura da escuridão e da chuva. A empolgação começou a tomar conta dele quando pensou naquilo. Rumo ao sul, rumo ao sol, enquanto procuravam por ele nas ruas úmidas do Noroeste. Mas iria para o oeste antes, em direção à costa. Abandonaria o carro que roubara no dia anterior e encontraria uma caminhonete. Poderia deixar algumas migalhas para aqueles malditos agentes do FBI, para que eles pensassem que ele seguira para o norte, rumo ao estado de Washington.

Mas daria meia-volta e seguiria para o sul. Para o sul, rumo ao sol. Onde poderia pensar, onde poderia planejar.

Agora ele sorria para a chuva enquanto pensava em Morgan.

Sentada naquela casa enorme pensando que o derrotara. Pensando que vencera.

— Aproveite o resto do seu verão, sua vadia, porque eu estou chegando. Quem ri por último, ri melhor.

Miles estendeu a mão em busca dela quando acordou no domingo de manhã. Ao encontrar o espaço ao seu lado vazio, abriu os olhos e observou o que se tornara o lado dela na cama, pelo menos nos fins de semana.

E percebeu que não gostava daquele espaço vazio. Ele se acostumara com a presença dela para preenchê-lo, com o jeito que ela dormia. Virada para o lado esquerdo, uma das mãos debaixo do travesseiro como se estivesse se segurando para não sair do lugar.

Incomodado, e ainda mais incomodado por se sentir incomodado, se sentou e notou que o cão também o abandonara.

Ele se levantou e vestiu um short de academia, pensando vagamente em malhar depois do café — ou, melhor ainda, depois de transar. Descendo as escadas rumo à cozinha, captou o murmúrio da TV da sala.

Um daqueles programas de reforma de casas. Aquela mulher amava o canal HGTV.

E lá estava ela, com um short largo e uma camiseta mais larga ainda, em pé junto à bancada, que enchera de garrafas, limões inteiros e espremidos e laranjas. O jarro de cristal de sua avó brilhava com um líquido vermelho profundo, quase roxo, que ele não conseguiu identificar.

Agora, de olho em um grupo de pessoas que arrancavam armários de cozinha feios e com cor de cocô, ela fatiava uma laranja.

— O que você está fazendo?

Ainda fatiando, ela olhou para ele sem se virar.

— Bom dia. Ora, estou passando parafina na minha prancha de surfe, é óbvio.

— Ha ha.

Ele foi direto para a máquina de café.

— Estou preparando uma sangria. Os sabores levam tempo para se misturar. Pretendia fazer isso ontem à noite, quando chegasse em casa, mas você tinha outros planos, então estou preparando agora para que ela tenha tempo de macerar.

Ele olhou sem se virar enquanto pegava uma caneca.

— Eu tinha outros planos para hoje de manhã.

Ela sorriu enquanto despejava as fatias de laranja no jarro. Em seguida, pegou um limão siciliano.

— Isso vai ter que esperar. Temos que fazer os preparativos para o jantar festivo.

Café. Café. Café, pensou ele enquanto o aroma que vinha da máquina o fazia salivar.

— Não é um jantar festivo.

Ela se lembrou de que havia dito a mesma coisa. Mas, agora, adotou a definição das mulheres de sua vida.

— Vamos receber pessoas para jantar, um jantar que nós mesmos vamos preparar. Logo, é um jantar festivo. E eu sei que estou mais animada com isso que você, mas é porque não costumo fazer esse tipo de coisa com frequência. Nunca, para falar a verdade. A última vez...

Ela acrescentou as fatias de limão siciliano e pegou uma lima.

— A última vez foi quando a Nina e eu preparamos um jantar para o Sam e o homem que eu acreditava ser Luke Hudson. O de hoje vai me ajudar a apagar essa memória.

Aquilo importava, pensou ele. O que ele considerava apenas um jantar informal com a família em uma noite de verão era importante para ela. Por muitos motivos.

Ele se afastou da cafeteira, se aproximou dela e a abraçou.

— Esse foi o maior jarro que você encontrou?

Ele a sentiu rir, relaxar.

— Você está pensando que a Nell vai tomar um copo por educação, mas que os homens vão beber cerveja por medo de que suas bolas encolham caso vocês provem algo que consideram feminino e complicado.

— Não foi exatamente o que pensei.

— Sangria não é nem feminina nem complicada, e sim uma bebida de verão perfeita para adultos. E, daqui a algumas horas, você vai descobrir que a minha sangria é um espetáculo.

Ele acariciou as costas dela antes de voltar para pegar o café.

— "Não é complicada", diz a mulher que devastou um pomar de tamanho razoável e tem várias garrafas sobre a bancada.

— Um dos muitos segredos da minha sangria é o suco fresco.

Quando a campainha tocou, Morgan largou a faca sobre a bancada.

— Vou abrir — avisou Miles a ela.

— Eu já estou completamente vestida, você não pode dizer o mesmo.

Ele levantou a mão para impedi-la de ir, pegou o controle remoto da TV e trocou de canal para ver as imagens da câmera de segurança.

— É a minha mãe. Por que diabos ela tocou a campainha?

Ele voltou para o canal de antes e começou a sair da cozinha quando Morgan olhou para baixo, para as próprias roupas. E disse: "Merda."

Quando ele abriu a porta, Drea arqueou as sobrancelhas.

— Dormiu até tarde?

— Por que você não entrou direto?

— Porque não sabia se você ainda estava dormindo ou ocupado fazendo outras coisas.

— Ela entregou a ele uma cesta de pêssegos. — Os Miller chegaram da Geórgia.

— Quantos quilos desta vez?

— Quarenta e cinco, então vou dividir entre vocês. Sei que você vai ver o Liam e a Nell mais tarde. Pode compartilhar com eles.

— Talvez. Caramba, entre. Estamos na cozinha.

— Não quero atrapalhar.

— Na cozinha — repetiu ele enquanto entrava. — Morgan está fazendo sangria suficiente para toda a população de Barcelona. Temos pêssegos — disse ao colocar a cesta sobre a bancada. — Não me diga que vai colocá-los aí dentro também.

— Já estou usando vinho tinto e frutas cítricas, mas se eu soubesse... — Morgan pegou um e aproximou do nariz para sentir o aroma. — São maravilhosos. Obrigada, Drea.

— Agradeça aos Miller. Meus primos de segundo grau. Eles cultivam pêssegos na Geórgia. A sua sangria também parece maravilhosa.

— Eu te ofereceria um pouco, mas ainda não deu tempo de macerar, então não está completamente pronta. Que tal um cappuccino gelado?

— Eu... Isso me parece muito trabalhoso.

— Não é, não.

Enquanto Morgan levava o jarro para a geladeira, Lobo foi correndo da área de serviço até eles, abanando o rabo para cumprimentar Drea.

— Ah, aqui está ele.

Drea se abaixou para fazer carinho no cachorro. Se ela se perguntou o que significava o fato de Morgan se sentir tão à vontade na cozinha de seu filho enquanto ele tomava café usando apenas um short surrado de academia, guardou essa reflexão para si.

— Como foi a trilha?

— Ótima.

Morgan preparou o expresso e pegou uma tigela.

— Não lembrava a falta que eu sentia de fazer trilha até experimentar de novo.

— E o percurso de arvorismo?

— Está se referindo à emboscada? — Jogando os cabelos para trás, ela misturou creme de leite, leite condensado e um pouco de baunilha com o café. — Mais divertido do que eu esperava. Você já experimentou?

— É a regra da família, mas uma vez foi suficiente. Isso são cubos de gelo de café?

Morgan chacoalhou o saco que tirou do congelador.

— Por que diluir uma coisa tão boa com água?

— Diz a mulher que adiciona uma gota de café ao leite com açúcar — apontou Miles. — E você não me perguntou se eu também quero um cappuccino gelado.

— Estou fazendo o suficiente para todo mundo.

Ela pegou dois copos altos, colocou os cubos de gelo e despejou a mistura de café.

Drea tomou um gole, depois outro.

— Acho que você deveria vir morar comigo.

— E eu gostaria de saber por que esta é a primeira vez que bebo isto.

— Você só toma café puro — lembrou Morgan. — Café puro e muito quente. Eu pensei em fazer esses cappuccinos para hoje à noite, após o jantar. Deveríamos fazer algo com todos esses pêssegos, não acha? Podemos preparar alguma coisa para mais tarde.

Miles apontou para a mãe.

— Ela disse que temos que dividir.

— Bem, isso seria dividir, e são muitos. Não tenho a menor ideia do que fazer.

— Torta de pêssego — sugeriu Drea.

— Aí é que eu não faço ideia mesmo.

— Torta de pêssego é fácil de fazer, é só misturar tudo. Rápido e fácil. Não deve ser muito difícil para alguém capaz de preparar dois cappuccinos gelados em menos de dois minutos.

— Misturar bebidas é fácil. Comida é mais complicado.

— Posso te ensinar.

— Sério?

— Tenho algum tempo livre antes de entregar os pêssegos aos meus pais e ir para casa fazer cubos de gelo de café. E você vai me mandar uma mensagem explicando o que misturou naquela tigela.

— Fechado!

— Vou malhar.

Miles saiu da cozinha. Ele refletiu sobre como ela se encaixava perfeitamente em sua vida, como se o restante estivesse esperando por ela para ter o encaixe perfeito.

Quando terminou uma boa sessão de uma hora e meia em sua academia particular, tomou um banho para se refrescar, vestiu-se e descobriu que sua mãe tinha ido embora. Havia uma tigela azul brilhante cheia de pêssegos sobre a bancada da cozinha, que agora estava limpa, impecável.

— Fiz uma torta de pêssego.

— Ok.

— Não, isso é importante. Fui eu que fiz. — Ela apontou para a assadeira que esfriava ao lado do fogão. — Sua mãe só disse "agora acrescente isso", "faça aquilo". Fiz uma sobremesa inteira sozinha. Ela disse que teremos que reaquecê-la antes de servir. Podemos servir com uma bola de sorvete de baunilha.

— Ok. Eu poderia ter ajudado você na cozinha.

— Sua mãe me ajudou. Não aceitou "não" como resposta. Ela falou que o seu pai vai ficar nas nuvens quando ela preparar um cappuccino gelado para ele depois do jantar, então estamos quites. Eu gosto muito da sua família, Miles, de verdade.

— Eu também, na maior parte do tempo.

— Dá para ver. Eu bisbilhotei um pouco — continuou ela. — Espero que não se importe, e agora é tarde demais para isso, porque já bisbilhotei. E encontrei esses pratos maravilhosos. São todos de cores diferentes.

— São os pratos festivos da minha vó.

— Festivos, exatamente. Pensei em usá-los hoje à noite. Eles são divertidos e informais.

E são os pratos que a avó sempre usava nas festas no quintal, pensou ele.

— E você tem copos perfeitos para a sangria. Baixos, grossos e com pés coloridos, e guardanapos listrados que eu pensei...

Ela parou de falar quando ele a puxou para si e a beijou.

— Vou considerar isso como um "sim".

— Use o que quiser.

— Então acho que vamos dispensar as taças de cristal Waterford e as porcelanas finas. Eu sei que estou um pouquinho obcecada.

— Só um pouquinho. Morgan. — Ela cheirava a pêssegos. — Vamos nos sentar por um minuto.

— Está bem. Espere! Já são quase duas. Eles vão chegar às seis para os coquetéis.

— Ainda faltam quatro horas.

— Sim, mas tenho que fazer umas coisas. Muitas coisas. Vi uma ideia de decoração de mesa posta de verão no HGTV e quero tentar copiar.

— Que surpresa.

— Vou precisar de flores, vasos, velas, tudo. Estou encarregada das batatas, e ainda preciso encontrar as bandejas e pratos de servir. E preciso dar um jeito em mim, para ficar bonita.

— Você está bonita.

— Estou falando sério. Ainda estou lidando com a vergonha que senti por causa da minha roupa quando a sua mãe chegou aqui parecendo uma modelo de capa de revista com a legenda "look de verão casual e chique".

— Você vai ficar desse jeito toda vez que alguém vier aqui em casa?

— Espero que não, mas acho que tenho que superar esse obstáculo com sucesso antes. É a sua casa, os seus irmãos, o chefe de polícia. É um grande obstáculo para mim.

— Então está bem. Qual é o próximo passo?

Ela deu um longo suspiro.

— Obrigada.

Ele deu de ombros quando ela foi buscar os guardanapos para praticar uma dobradura interessante para enfeitar a mesa do jeito que queria.

Poderia esperar, decidiu ele. O que queria dizer a ela poderia esperar. E ele aproveitaria aquele tempo para pensar mais no assunto.

De fato, ela levou quase quatro horas até ficar satisfeita com todos os detalhes. Flores, velas, guardanapos. Permaneceu intensamente focada, embora não parasse de falar enquanto preparava as batatas, enquanto ele marinava o frango e os legumes que seriam assados, e fazia o molho barbecue.

E, mais uma vez, enquanto trabalhavam juntos, ele percebeu como ela se encaixava com perfeição em sua vida. E também como o entusiasmo dela durante os preparativos o deixou empolgado também.

Ela pôs um vestido — aquelas pernas mereciam ser mostradas. Um modelo leve e fresco em um verde-claro que o fez agradecer o verão.

Finalmente, ao dar uma última olhada crítica em sua decoração de mesa, ela assentiu.

— Ficou bom, não ficou? Acho que ficou bom.

— Não tinha como não ficar. Você passou todo esse tempo dobrando os guardanapos de forma elegante, colocando certinho uma capuchinha em cada um, e as pessoas vão simplesmente abri-los.

— As capuchinhas são bonitas e comestíveis, então está tudo certo.

— Está tudo certo. Vou buscar uma cerveja.

— Ou — disse ela enquanto ele se dirigia para a bacia de cobre onde, por insistência dela, ele colocara as garrafas de cerveja e vinho no gelo — você poderia provar a sangria.

— Achei que ainda não estava pronta.

— Já faz seis horas, teve tempo de macerar. Só para provar — disse ela enquanto entrava na cozinha. — Se você não gostar, não gostou.

Ele olhou para o cão, que o olhou de volta.

— Só quero uma maldita cerveja. Eu dobrei guardanapos, caramba. Fui buscar a tábua de passar, que nem lembrava mais que tinha, para que ela pudesse passar o caminho de mesa que vai acabar todo manchado de molho barbecue. Eu mereço uma cerveja.

Lobo resmungou em resposta, um resmungo que Miles interpretou como empatia. Talvez solidariedade. Ela carregou o jarro até a mesa que servia de apoio para a bacia de cobre, os copos, os guardanapos, as flores e mais velas.

— Acabei de acrescentar um pouco de água com gás para dar um toque efervescente.

Ela serviu dois dedos em um copo, aproximou-se e o ofereceu a ele.

— Veja o que você acha.

Ele tomou um gole e fez uma careta.

— É ruim?

— Não, estou irritado porque é bom, e eu queria uma cerveja.

— Você ainda pode tomar cerveja — avisou ela, e deu um beijo na bochecha dele.

Ele ouviu a voz de Nell dentro da casa.

— Chegamos! Vou colocar a sobremesa sobre a bancada.

— Droga. — Morgan bateu com a palma da mão na testa. — Fiz aquela torta. Esqueci que ela ia preparar uma sobremesa. Vamos deixar a minha guardada.

— De jeito nenhum, vamos comer as duas. Não tem problema.

Nell foi para o quintal com Jake. Ela também estava usando um vestido de verão, e Miles fez o possível para não imaginar Jake pensando "coisas" quando a viu.

Ela parou e olhou para a mesa.

— Uau. Simplesmente uau. — Olhou para Morgan. — Que decoração alegre! Ah, isso é sangria? Vamos tomar. Jake, se foi a Morgan que fez, certamente está deliciosa.

Miles pensou ter notado o olhar de anseio de Jake para a cerveja, mas ele disse: "Estou dentro."

Quando Liam chegou, eles estavam sentados ao redor de uma terceira mesa bebendo sangria. Ele estava acompanhado de uma beldade de olhos melancólicos e cabelos pretos chamada Dawn. Miles levou cerca de dez minutos para concluir que ela não se encaixava ali. Era simpática, mas não era alguém que surpreenderia Liam quando ele estivesse pronto. Ou quando não estivesse.

Por outro lado, ele não podia dizer o mesmo sobre Nell e Jake. Conhecia os dois bem o suficiente para ignorar o que viu com os próprios olhos.

Eles formavam um belo par.

Liam entreteve as mulheres enquanto Miles acendia a churrasqueira. E Jake se juntou a ele.

— Você vai machucá-la — disse Miles. — Ela vai machucar você. É o que as pessoas fazem uma hora ou outra. Não podem evitar, porque são pessoas. E isso só diz respeito aos dois envolvidos.

— É a vida.

— Sim, mas se você *machucar* a minha irmã, serei obrigado a te matar.

— Você não teria escolha.

— Exatamente.

— Por enquanto, ela está no controle. E tudo bem. Eu tenho todo o tempo do mundo.

— Jake olhou para a mesa. — E quando o tempo dela acabar, eu estarei pronto. Então, você ajudou a preparar tudo isso? A mesa parece coisa de revista.

— Foi trabalho escravo.

— Você está caidinho, meu amigo.

— É verdade. Mas ainda não sei se ela também está. Rozwell.

Mais uma vez, Jake olhou para a mesa e baixou a voz.

— Eles acham que ele está indo para o estado de Washington. A força-tarefa federal e as autoridades locais estão cuidando disso.

— Não importa. Enquanto ele estiver solto, é como se fosse uma sombra, pairando por cima dela.

Ele ouviu a risada dela e assentiu.

— Mas hoje não.

Quando eles se sentaram à mesa alegre cheia de flores e velas, com tanta comida e bebida, ele pensou novamente: "Hoje não."

Nada irá assombrá-la hoje, porque ela está vivendo profundamente aquele momento, superando seu obstáculo particular.

Ela riu com Liam e conversou com Dawn sobre Impressionismo — assunto preferido de Dawn. Conversou sobre basquete com Jake, sobre absolutamente tudo com Nell.

Ele sabia que parte disso era uma habilidade inata, uma ferramenta de seu ofício. Mas o principal motivo era porque sentia prazer ao estar com pessoas e ouvir o que elas tinham a dizer.

— Muito bem Miles, você definitivamente dominou o molho secreto dos Jameson. Nell empurrou o prato.

— Você é o responsável pelo almoço da próxima reunião familiar, se me lembro bem. E me lembro. Eu voto no lombo de porco desfiado. Você vai tirar de letra.

— Eu apoio. E voto nestas batatas para acompanhar — acrescentou Liam.

— Essa é a especialidade da Morgan.

— Uma de duas — disse ela. — Se depender das mulheres da minha vida, logo vou acrescentar pelo menos mais uma opção.

— As mulheres da sua vida? — perguntou Dawn com um sorriso confuso.

— A minha mãe e a minha avó. Nós moramos juntas.

— Ah. — Ela mordeu delicadamente um pedaço de frango. — Você mora com a sua mãe. Pensei que trabalhasse no resort.

— Trabalho. Tem sido fascinante e divertido morar em uma casa com três gerações.

Embora ela estivesse realmente se esforçando para salvar a conversa, Dawn continuou piorando a situação.

— Imagino que a sua avó se sinta mais segura sabendo que você está em casa. Quer dizer, já que ela é idosa.

Miles viu quando Nell revirou os olhos, mas Morgan apenas riu.

— É melhor que a minha vó não te ouça chamá-la de idosa. A minha mãe e ela fazem aula de ioga toda semana, e, nas poucas vezes que me juntei a elas, mal pude acompanhá-las. Elas são proprietárias e gerentes do Arte Criativa, Café e Vinhos.

— Ah. Já estive lá. É um lugar maravilhoso. Acho que conheci a sua avó lá. Ela é muito perspicaz.

Morgan ergueu o copo, mas não escondeu o sorriso.

— Ela é, sim.

Não, pensou Miles, a beldade de cabelos pretos não se encaixava ali.

Quando chegou a hora da sobremesa, o sol já estava se pondo.

— Tenho uma confissão a fazer — começou Morgan. — Esqueci que você traria uma sobremesa, Nell, e aí a sua mãe chegou com uma cesta de pêssegos.

— Você preparou alguma coisa?

— Ela me ensinou a fazer uma torta de pêssego.

— Batalha de sobremesas! — declarou Liam, e Nell olhou feio para ele.

— Não. Não é uma competição.

— Tudo na vida é uma competição.

Morgan concordou com Nell.

— Não. Vamos supor que esta é a sua noite de sorte, e vocês terão duas sobremesas. Alguém quer cappuccino? Quente ou gelado.

— Nunca provei cappuccino gelado.

— Não vai se arrepender — disse Miles a Jake.

— Tem leite desnatado?

Mais uma vez, Morgan sorriu para Dawn.

— Não tem, sinto muito.

— Então talvez só meia xícara, quente.

— Pode deixar.

— Vou te ajudar.

Quando Nell se levantou, deu um tapinha no ombro de Jake para sinalizar que ele deveria continuar sentado.

— Ela é jovem — disse Nell quando estava na cozinha com Morgan. — Apenas um pouco mais jovem do que a idade dela.

— É, sim, e não quis ofender. Ela vem de uma família rica, dá para ver. E não há nada errado nisso.

— Espero que não, porque eu também sou.

— Ela teve uma excelente educação em belas-artes e está aproveitando o último verão antes de conseguir o primeiro emprego de verdade, em uma galeria de arte em Chicago, embora ela preferisse ir para Nova York.

— Você descobriu mais sobre ela do que eu.

— Ela é fácil de desvendar, e é uma boa menina. Ainda é uma menina, mas não é malvada. Liam e ela se esquecerão completamente um do outro quando ela se mudar para Chicago no próximo mês.

— Com certeza.

— Você e Jake, por outro lado, pensam muito um no outro.

— Mais do que eu gostaria, até começar a pensar nele. Para um policial, ele é incrivelmente tranquilo, e acaba me ajudando a ficar mais tranquila também.

— Além disso, e peço desculpas por ter reparado, ele tem uma bela bunda.

— É verdade. É difícil não reparar. Uau — disse ela quando Morgan retirou a torta do forno. — Ela está com uma cara ótima. Igual à da minha mãe.

— Ela me deu o passo a passo. A sua também está com uma cara ótima. O que é?

— Eu chamo de Bolo Mistureba de Cereja. Não se assuste com o nome. Você joga a mistura de bolo sobre as cerejas, adiciona uma coisinha aqui e outra ali. Depois é só assar, e pronto.

— Eu poderia fazer isso. Realmente poderia.

— Vou te mandar a receita. Isso são... são cubos de gelo de café? Que ideia brilhante. Quero um.

Morgan entregou um cubo de gelo a ela, e Nell o chupou como se fosse um picolé.

— Meu Deus, eu poderia viver disso. Por que nunca pensei nisso antes? Vou levar as sobremesas, você se encarrega do café.

Após as sobremesas, que fizeram muito sucesso, todos ficaram mais um pouco para aproveitar a noite antes de se despedirem. Estrelas tomavam conta do céu quando Morgan sentou-se ao lado de Miles.

— Como está o obstáculo? — perguntou a ela.

— Muito bem superado, obrigada. Foi divertido, não foi?

— Foi, sim. Até a garota que em breve será esquecida se divertiu. Você poderia tê-la colocado no lugar dela, mas não fez isso.

— Ela não fez por mal. Só ficou surpresa. Nunca passou pela cabeça dela que uma mulher adulta, bem mais velha que ela, pudesse escolher morar com a mãe, e muito menos com a avó. Pelo visto, o Liam não contou a minha história.

— Isso é assunto seu, não dela, então é óbvio que ele não contaria.

— Sou grata por isso. E sou grata por você ter me aturado hoje. Sei que fui uma chata.

— Foi mesmo.

Ele gostava da risada dela, rápida e fácil.

— Você deveria me compensar por isso.

— Posso tentar. O que tem em mente?

— A mesma coisa que eu tinha em mente hoje de manhã quando você estava muito ocupada sendo uma chata.

— Entendi. — Ela se levantou e foi se sentar no colo dele. — Acho que é o mínimo que eu poderia fazer.

— Não será o mínimo quando tivermos terminado.

Miles se levantou com ela, que passou as pernas compridas em volta da cintura dele.

— Deveríamos chamar o cachorro antes.

— Ele tem que terminar a última ronda. Vai entrar quando estiver pronto.

— Podemos fazer isso de novo outro dia?

— Se eu tiver que dobrar guardanapos — disse enquanto a carregava para dentro de casa —, de jeito nenhum.

— Considere-se liberado dessa tarefa.

— Nesse caso, vou te dar uma chance de me persuadir.

— Miles. — Ela aconchegou o rosto no pescoço dele, e ele sentiu as faíscas dentro de si. — Você é tão bom para mim…

Era o que ele planejava ser.

Capítulo Vinte e Seis

⌘ ⌘ ⌘

DEZ DIAS depois de Gavin Rozwell deixar um quarto de hotel asqueroso e dirigir pela estrada encharcada, Beck e Morrison trabalhavam em um quarto de hotel menos asqueroso enquanto a chuva castigava a noite.

Eles haviam fixado mapas nas paredes, marcado os rastros que seguiram assim como os rastros que as polícias locais e estaduais tinham seguido. Destacaram os avistamentos confirmados em vermelho, os possíveis em amarelo.

Junto dos mapas, havia fotos e descrições de veículos roubados que rastrearam até Rozwell, separados nas categorias "recuperados" e "não recuperados".

Eles tinham as fotos do último quarto de hotel em Oregon, as declarações do recepcionista desinteressado, assim como as da garçonete curiosa que servira a Rozwell um prato especial de frango frito no restaurante de segunda categoria ao lado do hotel.

Também tinham a declaração do funcionário da loja de conveniência Quick Mart — que cheirava a maconha e desespero —, onde Rozwell comprara uma caixa com seis latas de Coca-Cola Zero, um pacote grande de batatas chips de vinagre e sal e meia dúzia de barras de chocolate com pasta de amendoim da marca Reese's.

Tinham a picape Ford caindo aos pedaços, com um pneu furado, sem estepe — e as impressões digitais dele por toda a parte —, abandonada em uma estrada secundária perto de Fall City, Washington. E tinham a descrição de uma picape Dodge Ram roubada de uma garagem a menos de oitocentos metros da Ford.

Todas as evidências apontavam para o norte.

— Nós o rastreamos até o hotel de beira de estrada perto de Alpine, em Oregon, por causa da parada na loja de conveniência. Conseguimos imagens dele lá.

Beck andava de um lado para o outro diante do quadro de evidências improvisado enquanto Morrison trabalhava em seu relatório noturno.

Usava uma regata sem mangas e calça de algodão com cordão, que serviam tanto para as sessões de trabalho noturnas quanto para dormir.

Nas últimas três semanas, haviam passado apenas quarenta e oito horas em Baltimore, no escritório, incluindo duas noites em suas respectivas camas.

Em vez de uma mesa de escritório, Morrison usava uma mesinha de apoio do tamanho de uma tampa de bueiro para trabalhar em seu notebook. Seus óculos de leitura — comprados em um Walmart depois que ele se sentou no último par — ficavam escorregando pelo nariz.

— Por que ele foi à loja de conveniência?

Morrison olhou para ela por cima dos óculos.

— Porque ele queria açúcar e carboidratos para a viagem.

— Ela fica a menos de quinze quilômetros do hotel. O hotel tem máquinas de venda automática. Mas ele não encontra o que quer lá e vai à loja de conveniência, sabendo muito bem que há câmeras na saída.

— Foi pura sorte termos descoberto que ele passou por lá.

— Tenho que concordar, mas isso nos levou ao hotel e à caminhonete que ele abandonou naquele estacionamento em Molalla. Ainda em Oregon, mas visivelmente se dirigindo para o norte. Há um aeroporto grande em Salem, mas ele não a abandonou lá, então a encontramos sem dificuldade.

Morrison esfregou os olhos, levantando os óculos.

— Nada nessa história é fácil.

— Mas veja. Norte. — Ela começou a bater no mapa. — Uma trilha explícita. Sim, sim, ela serpenteia um pouco, mas sempre para o norte. Rumo a Washington, e é bem provável que ele esteja planejando cruzar a fronteira para o Canadá ou encontrar uma maneira de chegar até o maldito Alasca.

Morrison tirou os óculos e bateu-os no joelho de sua calça jeans desbotada enquanto estudava o mapa.

— Não estamos desenterrando migalhas. Estamos apenas encontrando-as ao longo do caminho.

— Isso mesmo. Será que ele ficou tão descuidado assim, Quentin? Ou será que ele está espalhando pistas pelo caminho como pétalas de rosas para que as encontremos?

— Pode ser. Ele está abalado. Nós sabemos disso. Se hospedando em espeluncas, dirigindo latas velhas. Também está ganhando peso, de acordo com os relatos das testemunhas. Ele está abalado e fugindo. Mas...

Beck assentiu.

— Mas — disse ela, sentando na beirada da cama e dobrando as pernas —, estou com uma sensação cada vez mais forte de que ele está tentando nos enrolar. Aquela caminhonete que encontramos ontem é praticamente um letreiro neon apontando para o norte.

Morrison se levantou e se espreguiçou até as costas estalarem. Que saudade sentia de seu colchão extrafirme em Baltimore.

— Depois do fracasso com a Morgan — começou Morrison —, ele passou praticamente um ano sem matar ninguém.

— Até onde sabemos — precisou Beck.

— Até onde sabemos. Com base no que temos conhecimento, ele não matou ninguém desde Myrtle Beach. Aí acelerou o ritmo aqui. Arizona, Nova Orleans, Myrtle Beach. Três mortes em seis meses.

— Ele precisava recuperar o tempo perdido, o ano perdido. — Ela foi até o mapa e bateu o dedo em Arizona. — Ele planejou este, levou o tempo necessário, tentando recuperar o ritmo.

— Mas Dressler em Nova Orleans. Ele agiu no calor do momento, por impulso, foi uma perda de controle. Ele quis extravasar e foi descuidado.

— Ele tinha que dar continuidade, retomar o ritmo. Agiu com calma, sim, com a vítima de Myrtle Beach. Conseguiu uma boa soma em dinheiro. Mas ainda assim, Quentin, ele não foi tão preciso quanto costuma ser. Se esqueceu do sistema de rastreamento do Mercedes, voltou a ser descuidado. Perdeu aquela precisão, que ele considera elegância, com a Nina Ramos.

— E agora diminuiu o ritmo de novo. Perdeu boa parte de suas ferramentas sofisticadas, todas as identidades que gerou, e está fugindo desde Missouri. Está apreensivo, como um peixe fora d'água, cometendo erros. Mas... — Novamente, Beck assentiu. — Ele também está com raiva. E de quem é a culpa?

— Morgan Albright. Nash — corrigiu Morrison. — E nossa.

— E nossa. Seria uma pequena vingança se ele nos fizesse perder tempo com uma busca inútil.

— Você acha que ele vai atrás dela?

— Não. — Ela balançou a cabeça em negativa. — Não sabendo que estamos na cola dele. Provavelmente ele está sentindo que estamos chegando perto. E você, acha que ele vai?

— Não. Ele está apreensivo, Tee, então precisa de tempo para se acalmar, elaborar um plano. Em algum lugar daquela mente doentia, ele sabe que cometeu erros. Ela é o grande prêmio.

Ele pegou a garrafa de refrigerante que tinha posto no chão ao lado da mesa, já que o notebook e a papelada ocupavam todo o pequeno espaço disponível. Tomou um gole e fez uma careta, pois agora estava quente.

Sentou-se outra vez, virando a cadeira para ficar de frente para ela. O quarto cheirava à vela de viagem que ela sempre acendia. Costumavam trabalhar no quarto dela, pois ela afirmava que o dele cheirava a vestiário de academia.

Não estava errada.

Então ele se sentou, esticou as pernas e deixou o perfume — peônias, identificou, como no jardim de sua mãe no mês de maio — acalmar sua mente.

Sabendo como ele trabalhava, Beck ficou quieta.

— Acho melhor entrarmos em contato com o chefe de polícia Dooley e a equipe de segurança do resort para que eles fiquem de olho.

— Concordo.

— Mas ele não é um cara sutil. Com ele, tudo é preto no branco. Se está nos guiando para o norte, e, quanto mais penso nisso, mais acho que você tem razão…

— Ele está indo para o sul — terminou Beck.

— É, que inferno. Ele planejava ir para o México. Encontramos essa informação no quarto dele em Nova Orleans. Talvez tenha conseguido falsificar um passaporte, mas é uma viagem muito longa.

— Você acha que ele vai para um lugar mais perto. Eu também. Ouça essa chuva, Quentin. Juro que mataria por um raio de sol, um pouco de calor. Aposto o seu olho esquerdo que ele também.

— Meu olho esquerdo é o mais fraco. Para o sul, então. Temos cobertura suficiente aqui para seguir o seu faro até o sul. Assim que o dia clarear?

Ela olhou para as cortinas fechadas da janela e ouviu a chuva.

— Se é que isso vai acontecer.

— Vamos encontrar uma luz.

— E vamos encontrá-lo. Ele não vai escapar, Quentin. E ele não vai chegar até a Morgan. Meu medo é que ele faça outra vítima enquanto não o encontrarmos. — Ela balançou a cabeça, os ombros. — Que se dane. Quer saber o que eu vou fazer quando capturamos esse canalha?

— O quê?

— Depois de dar um beijo na sua boca, nem adianta reclamar, eu vou para casa, reencontrar aquele santo do meu marido que tem sido extremamente paciente, e vou fazer um bebê.

— É mesmo?

— Pode apostar seu olho esquerdo. Sabe o que esse caso me ensinou? A vida é feita para ser vivida. Vamos capturar esse filho da puta e começar a viver.

— Gostei da ideia. — Ele fechou o notebook e juntou suas coisas. — Vou terminar no meu quarto. Vamos dormir um pouco.

Gavin Rozwell, agora Leo Nasser, absorvia o sol do deserto. Ele se sentia renovado, revigorado, rejuvenescido. Nem mesmo aquele quarto de hotel horrível foi capaz de cortar o seu barato.

Aparou as pontas do cabelo — ainda desgrenhado, mas de um jeito mais casual do que malcuidado. Clareou algumas mechas e fez um rabo de cavalo curto. Aparou a barba até deixá-la com a aparência de uma barba por fazer, com um cavanhaque discreto. O autobronzeador dera um brilho suave à sua pele pálida. Ele gostou da nova aparência com lentes de contato verdes e óculos redondos como os de John Lennon.

Ficou parecendo um artista vagabundo com suas sandálias Birkenstock e jeans desgastados.

Seus jeans agora estavam um número acima, mas em breve ele daria um jeito naquilo.

Sua intuição dizia que uma barriga saliente — até mesmo uma falsa — melhoraria ainda mais o disfarce. Mas ele queria seu corpo de volta.

Fazia longas caminhadas sob o sol escaldante carregando um caderno de desenho e uma câmera.

Las Vegas o chamava como uma sereia com seus hotéis chiques e sua vida noturna frenética. Até Reno sussurrava em seu ouvido. Mas ele se manteve afastado, explorando cânions sob o sol escaldante — quem sabe assim perderia aqueles quilos a mais — e se divertia imaginando os agentes federais enfrentando a chuva e a escuridão no Norte.

Deixara um rastro que qualquer pessoa, mesmo uma que não enxergasse, poderia seguir antes de empurrar o Fiat roubado para dentro de um lago e assisti-lo afundar.

Eles acabariam encontrando-o um dia. Mas esse dia já seria tarde demais.

À noite, ele pesquisava. Precisava encontrar um lugar para ficar, e os cânions e o deserto seriam seu refúgio.

Há muitas casas autossuficientes neste vasto mundo, e muitos sobrevivencialistas idiotas falando besteiras em grupos de bate-papo on-line. Ele só precisava de um.

Não tinha pressa. Se pretendia ficar algumas semanas, talvez até meses, na cabana de um esquisitão, precisava encontrar o cara certo.

Alguém sem amigos ou parentes que pudessem procurar por ele. Alguém que levasse o sobrevivencialismo suficientemente a sério para ter um bom suprimento de comida e água armazenados. Um teto decente.

Participou de conversas com o pseudônimo "homem_de_lugar_nenhum", pediu conselhos, não entrou em brigas. Os conselhos o levaram a outros grupos, e os outros grupos o levaram a oportunidades locais.

Pesquisou as oportunidades e fez caminhadas e viagens para ver mais de perto sempre que possível. Comia burritos, batatas fritas gordurosas e hackeava. Comia batatas chips — todo aquele tempo na estrada lhe rendeu um vício por chips que não conseguia abandonar — e dirigia para outro hotel decadente.

Investiu em um drone, o pilotou pelos cânions e gravou alguns bons vídeos aéreos de algumas casas autossuficientes.

Depois de reduzir a lista para as duas propriedades mais prováveis, descobriu o nome dos ocupantes e começou a pesquisar.

E decidiu que não havia dúvida entre o sargento aposentado da marinha de quarenta e sete anos, que parecia capaz de comer pedras no café da manhã, e a viúva de cinquenta e três com braços fortes que usava o pseudônimo "PrepPraJesus".

Jane Boot e James, seu marido, se estabeleceram no meio do nada entre as cidades de Gabbs e Two Springs, Nevada, doze anos antes. Ao que parecia, ele morrera há quatro anos, vítima de um câncer que as preces não foram capazes de curar. Jane continuou vivendo. Ela tinha uma cabra para obter leite, algumas galinhas e abatia os próprios porcos, além de possuir um defumadouro para a carne.

Acreditava, fanaticamente, no Arrebatamento, nos comunistas que controlavam todos os ramos do governo e na guerra inevitável que a humanidade travaria contra seres estranhos, fossem eles terrestres, fossem extraterrestres.

Ela devorava as postagens de sites do QAnon mais avidamente do que ele comia batatas chips.

Jane e o não-tão-recentemente-falecido James eram contra a vacinação, contra o governo, contra a comunidade LGBTQIAPN+, contra tudo que não incluísse Deus e armas.

Uma doida de pedra, na opinião de Rozwell, sem filhos. Tinha uma irmã que há muito tempo a renegara, e acesso à internet.

Ela tinha um cachorro, mas o enterrou ao lado do marido no ano anterior.

Rozwell desconfiava de que ela estava bem armada e plenamente disposta a matar um intruso sem pensar duas vezes. Mas ele daria um jeito.

Ele perdeu pouco mais de um quilo — ainda faltavam sete —, e sua confiança crescia conforme ele hackeava as contas dela com discrição, sem levantar suspeitas.

Ela tinha uma caminhonete, é óbvio, e, de acordo com a planilha que mantinha em seu computador, fazia duas viagens por mês para Gabbs ou Two Springs a fim de vender ovos, leite de cabra e bugigangas que fabricava com miçangas baratas e pele de porco curtida.

Que nojo.

Ela não utilizava os serviços da Amazon, UPS ou FedEx e tinha um portão de ferro e fileiras de arame farpado, com várias placas com os dizeres "DÊ O FORA" protegendo sua estrada de terra e seus poucos mais de vinte mil metros quadrados empoeirados.

Mas ela tinha uma cabana, um galpão, um poço e encanação interna, além de energia solar — que seu marido habilidoso providenciara antes de bater as botas. Do contrário, Rozwell teria tentado a sorte com o militar.

Ele pilotou o drone. Ele observou. Ele esperou.

Certo dia, a viu entrar no galpão, e daquela vez ela saiu com a caminhonete.

Finalmente!

Ele a sobrevoou como um abutre, observando-a carregar garrafas de leite e caixas de ovos para fora da cabana e colocá-las em caixas térmicas na caçamba da caminhonete. Em seguida, ela pegou um caixote — provavelmente as bugigangas — e o colocou junto com as outras mercadorias.

Tinha uma espingarda e o que ele pensava ser um fuzil no suporte de armas na traseira da caminhonete, bem como algum tipo de pistola presa na cintura.

Ela fechou a porta do galpão, trancou-a com um cadeado e voltou para a cabana — também trancada com um cadeado.

Com suas botas empoeiradas e jeans, ela era magra como uma cobra, mas ele apostaria que ela tinha certa força.

Ele a seguiu pela estrada de terra com o drone, levantando ainda mais poeira, mas o trouxe de volta antes que ela chegasse ao portão.

Como a última entrada na planilha mencionava Gabbs, ele supôs que ela iria para o leste, rumo a Two Springs. Ele voltou para a própria caminhonete e fingiu consultar um mapa, caso ela passasse por ele.

Ela demorou para chegar até o portão, destrancá-lo, abri-lo e passar com a caminhonete. Em seguida, saiu do veículo, fechou o portão e o trancou novamente.

Então ela seguiu para leste, e Rozwell sabia que sua sorte havia mudado.

Ele aguardou dez longos minutos para se certificar de que ela não daria meia-volta. Não podia simplesmente cortar os cadeados com um alicate, senão ela saberia. Mas ele passara um bom tempo em seu quarto de hotel com cadeados, chaves de fenda e tutoriais do WikiHow.

Não foi fácil e, quando ele enfim conseguiu abrir o primeiro, suor escorria pelo seu rosto. Levou quase meia hora para abrir os três, mas conseguiu abrir o portão. Voltou para a caminhonete, atravessou o portão e o trancou novamente.

Ele planejara aquela parte durante as horas de vigília ou sentado no quarto de hotel. Precisava esconder bem a caminhonete, para que ela não a visse. Contornou a casa, tendo praticamente que se espremer entre a lateral e o abrigo onde a cabra ficava à sombra. A tinta ficou um pouco arranhada, mas e daí?

Dirigiu de volta para o lugar onde ela esticara várias linhas de arame farpado em meio aos arbustos de sálvia.

Calculara os ângulos usando o drone. Ela não veria a caminhonete se dirigisse até o galpão, pois a visão era bloqueada pela vegetação e a casa. Se ela fosse até as galinhas, o veria.

Mas ele a pegaria de surpresa se ela o fizesse.

Havia um abrigo nos fundos da casa — atrás de outra porta trancada com cadeado — e um banco de três pernas que ela usava quando ordenhava a cabra.

Todas as janelas estavam com as cortinas bem fechadas, então ele não pôde dar uma espiada do lado de dentro.

Ele tirou uma das garrafas de água da caminhonete e foi se sentar no banco, à sombra.

Certamente a ouviria chegar naquela caminhonete barulhenta. Então, podia aproveitar para relaxar um pouco.

Ele brincou com o telefone, bebeu água. Sonhou acordado com uma suíte com ar-condicionado no Plaza. Não, com vista para a água. De tanto ver cactos, areia e as imponentes paredes do cânion, sonhava em ver água.

O hotel Casa Cipriani, se fosse para Nova York.

Ou então poderia se aproximar do oceano Pacífico. Post Ranch Inn, em Big Sur. Ou…

E lá vinha ela naquela lata-velha barulhenta. Finalmente.

Ele se levantou e usou os ouvidos de início, já que não podia arriscar uma olhada.

Ouviu quando a caminhonete parou e, sim, lá estava ele, o barulho da porta do galpão. Esperou o motor do carro parar, a porta bater.

Precisava atacá-la pelas costas e pensou em surpreendê-la quando ela destrancasse a porta da cabana. Ela estaria com as mãos ocupadas. Sempre comprava frutas e legumes frescos naquelas viagens.

Ele ouviu a porta se fechar e o barulho do cadeado. Ouviu os passos dela se aproximando da casa, e se aproximou furtivamente da lateral do galpão e se encostou na parede, andando de lado.

Então, os passos cessaram. Ele arriscou uma olhada.

Ela estava de costas, segurando um caixote com sacos de pano dentro. Dava para ver a ponta de uma cenoura saindo de um deles.

Ela olhou para o chão.

E ele também viu. As marcas dos pneus, as pegadas dele.

Ela deixou cair o caixote e estendeu a mão para pegar a arma na cintura. E ele começou a correr.

Ela sacou a arma e começou a se virar quando ele se chocou contra ela com força. Foi como acertar um saco de ossos, pensou ele enquanto a arma voava pelos ares.

Ambos caíram no chão com força, tanta força que ele pôde ouvir a cabeça dela bater na lateral da varanda estreita. Mas isso não a impediu de dar uma cotovelada no estômago dele.

Ele só viu a faca quando ela cortou seu braço. Mas a dor e o cheiro de seu sangue despertaram sua raiva. Ele agarrou a mão que segurava a faca e a torceu. Sentiu o pulso dela se quebrar como um galho seco. Enquanto ela gritava de dor, ele socava o rosto dela.

— Você me cortou!

A voz dele estava aguda e estridente como os gritos dela enquanto ele a socava sem parar.

— Sua vadia! Sua puta!

Os gritos se transformaram em gemidos gorgolejantes quando ele bateu a cabeça dela contra o degrau da varanda.

Ela parou de gemer. Ficou em silêncio, imóvel. Agora ela simplesmente o encarava enquanto ele se erguia e colocava a mão sobre o braço com firmeza.

O sangue dele escorria, pingava através dos dedos, manchava a terra, assim como o dela. Ela abrira uma ferida de quinze centímetros entre o ombro e o cotovelo dele.

— Eu vou ficar com uma maldita cicatriz por culpa sua!

Furioso com a ideia, ele deu um chute nela, e mais outro, e depois começou a pisoteá-la.

— Veja se gosta disso, sua velha *puta*!

Sabia que ela não podia sentir a dor que ele queria lhe infligir, sabia que antes mesmo do primeiro chute ela já estava morta, mas não conseguia parar. Só parou quando o esforço e o calor o deixaram tonto.

Pegou as chaves que ela deixara cair junto do caixote e, largando-a ali, foi destrancar a porta da frente.

Certamente ela teria um bom kit de primeiros socorros, como todo bom sobrevivencialista.

Ele atravessou a sala, com um sofá gasto e uma única cadeira, e entrou na cozinha. Com o dobro do tamanho da sala, o cômodo tinha longas bancadas de madeira, provavelmente feitas pelo marido habilidoso. Prateleiras abertas cobriam as paredes, repletas de alimentos enlatados ou em conserva e produtos secos em potes de vidro.

Um armário antigo, talvez feito à mão, continha um kit de primeiros socorros, caixas de gaze, frascos de água oxigenada, antissépticos, álcool, analgésicos, curativos, tudo de que se poderia precisar.

Ele limpou o corte na pia da cozinha. Ardeu como fogo, e o sangue vermelho continuava escorrendo pelo braço. Então, rangendo os dentes, despejou água oxigenada, e aquilo queimou como as chamas do inferno.

Lágrimas escorriam por suas bochechas, mas ele continuou. Usou adesivos esterilizados para fechar o corte, aplicou antisséptico e envolveu-o com gaze.

Bebeu água gelada direto da torneira.

Ela tinha comprimidos de Excedrin extraforte, e ele tomou três.

Depois, saiu novamente e olhou para ela no chão. Jamais se daria ao trabalho de enterrá-la, mas não podia deixá-la ali. Ela começaria a feder, e, além disso, não queria ter que olhar para ela. Ou correr o risco de alguém com um drone resolver dar uma olhada.

Ele a arrastou ao redor da casa. Ela deixou uma ampla mancha de sangue na terra, mas ele não se importou nem um pouco.

Quando chegou ao arame farpado, ele vasculhou os bolsos da calça dela. Nojento, mas necessário. Encontrou um pequeno bolo de notas, mais chaves, um relógio de bolso antigo e um canivete.

Tirou o alicate corta-vergalhão da caminhonete, cortou o arame e arrastou o corpo para mais longe, no meio da vegetação.

Abutres e corvos, pensou, dariam conta do resto dela. Voltou com a caminhonete e descarregou seus pertences na varanda. Nunca mais deixaria nada para trás em um quarto, então tinha tudo o que precisava. Levou o corta vergalhão para o galpão e cortou o cadeado.

Uma pequena mina de ouro, pensou ele. Mais mantimentos organizados com perfeição em prateleiras, ferramentas, ração para os animais. Não havia espaço para a segunda caminhonete, mas aquilo não era um problema.

Carregando o alicate, voltou para a casa, sorrindo com desprezo para o rastro de sangue. Pegou o caixote com as compras no chão.

Quem guarda, tem.

Ele deu uma olhada no braço latejante e viu que a gaze estava encharcada de sangue, então trocou o curativo antes de cortar o cadeado da porta que havia na cozinha.

Esperava encontrar uma espécie de lavanderia, mas sorriu, surpreso, ao ver o interior do quarto trancado.

Ela podia até viver como uma eremita em uma caverna, mas tinha muitos aparelhos tecnológicos. Material de primeira, e ele faria bom uso dele. Além dos eletrônicos, ela tinha uma grande variedade de ferramentas solares. Acendedores de fogo, lanternas, carregadores, purificadores de água, uma espécie de forno solar miniatura e dobrável. Um gerador solar extra.

Invasões, comunistas, guerra civil ou Arrebatamento, pensou ele, PrepPraJesus tinha de tudo.

Além do que ele acreditava ser um AR-15, ou seja lá o que diabos aqueles atiradores em massa desequilibrados adoram, pendurado na parede ao lado de uma imagem de Jesus.

Ele explorou o cômodo, maravilhado como um menino em uma loja de brinquedos.

Até que avistou o cofre.

— Mas que surpresa agradável.

Ele queria tomar um banho, trocar de roupa, desfazer a mala e se acomodar. Mas deixou tudo de lado e começou a buscar a combinação.

Encontrou a verdadeira lavanderia, com uma máquina de lavar antiga, mas nenhuma secadora. Um banheiro que daria para o gasto, o quarto de solteiro.

Mais imagens de Jesus e uma bandeira de Gadsden, com os dizeres "NÃO PISE EM MIM", surrada pendurada na parede.

No armário, em uma caixa de metal fechada com mais um cadeado, encontrou documentos. Cartas antigas, cópias de certidões de nascimento, certidão de casamento, a escritura do terreno onde ele estava e a combinação do cofre.

Voltou para a caverna do tesouro e, como o cofre estava preso ao chão com parafusos, ele se sentou no chão áspero de madeira e seguiu a combinação.

No interior, encontrou dinheiro. Sorrindo, começou a contar.

— Trinta e seis mil, trezentos e sessenta e dois dólares. — Jogou a cabeça para trás e deu uma gargalhada. — Jane, sua puta velha, obrigado pela gorjeta!

Ele tomou banho e cuidou da ferida novamente. Vestiu roupas limpas.

As toalhas dela eram ásperas como lixas, e, só de olhar, ele pôde constatar que os lençóis não eram muito diferentes.

Faria uma viagem até Two Springs — ficava mais perto e era duas vezes maior que Gabbs — e compraria toalhas e lençóis novos de algodão egípcio. E sabonete decente. Com o dinheiro dela.

Jogou as roupas dela dentro do caixote e, que surpresa!, encontrou mais dinheiro. Apenas algumas centenas de dólares escondidos aqui e ali, mas todo dinheiro é dinheiro.

Todo aquele trabalho abriu seu apetite, então ele pegou uma das ameixas graúdas e suculentas que ela acabara de comprar.

A cabra estava balindo, as galinhas cacarejando, os dois porcos grunhindo. Os ovos frescos viriam a calhar, mas de jeito nenhum ele ordenharia a cabra, nem mesmo se soubesse fazê-lo. E ele não tinha a menor ideia de como abater um porco.

Ainda assim, se os animais estúpidos morressem de fome, ele teria mais trabalho.

Para evitar o esforço desnecessário, voltou para o galpão e pegou a ração da cabra. Tirou até água do poço para colocar no bebedouro.

— Virei um maldito peão de fazenda, então é melhor arranjar um rango.

Encontrou ovos, muitos deles, e, dentro de um freezer, carne de porco e de galinhas que já não botavam mais ovos. Também pães marcados com as datas de fabricação e validade.

A vadia preparava o próprio pão, pelo amor de Deus.

Ele não sabia como cozinhar aquelas carnes, mas para isso existia o Google. Por ora, se contentaria com ovos.

Vasculhando os suprimentos, encontrou muitos alimentos enlatados e algumas garrafas de um uísque dos bons.

Preparou ovos mexidos — um pouco chamuscados, mas davam para o gasto —, acompanhados do que restava do saco de batatas chips e dois dedos de um bom uísque.

Enquanto comia, fez uma lista no celular com tudo o que precisava comprar em Two Springs. Lençóis, toalhas, sabonete, algum vinho bom, queijo, biscoitos, mais chips. Talvez um molho para acompanhar.

Depois do jantar, ele se sentou na varanda e percebeu que, apesar da dor intensa no braço, estava se sentindo relaxado pela primeira vez em semanas. Várias semanas.

Aquilo se devia em parte à matança. Sentira uma pontinha de adrenalina, embora a tenha matado rápido demais, com força demais. Assim como os ovos, deu para o gasto.

Quanto ao restante... Saber que ele tinha um lugar para ficar, que tinha tempo suficiente. E que eles nunca o encontrariam ali. Por que o procurariam? Ele era o sol, eles eram a chuva.

Ainda estariam correndo em círculos quando ele estivesse pronto para acabar com Morgan e suas pernas compridas.

E aquela hora chegaria.

Mas agora? Pensou em se servir de mais uma dose de uísque e brincar com os brinquedos que a Defunta Jane deixara para ele.

Afinal, aquele agora era seu lar, doce lar.

Capítulo Vinte e Sete

⌘ ⌘ ⌘

Como Miles tinha uma reunião familiar no domingo, Morgan dormiu até mais tarde e depois passou um tempo no jardim com sua avó.

Achou graça quando percebeu que tanto ela quanto Olivia estavam usando chapéus de palha com abas largas, óculos de sol, shorts com bolsos grandes e tênis surrados.

— Estamos parecendo duas fazendeiras hippies, vó.

— Meu estilo é autêntico. Você é só uma imitadora.

Morgan jogou os galhos podados na bacia roxa brilhante.

— A minha mãe sempre parece uma modelo que poderia posar para uma revista chamada Jardinando com Estilo. Eu não herdei esse dom. Não sabia que ela iria trabalhar hoje.

— Darlie acordou com dor no estômago, o que imagino ser um eufemismo para ressaca. Ela é uma boa menina, uma boa funcionária temporária de verão, e merece se divertir de vez em quando.

— Você e a mamãe são boas chefes. — Ela enxugou um pouco do suor de agosto enquanto olhava em volta. — Sabe, agora eu nunca mais vou conseguir ficar satisfeita com um quintal minúsculo. De tanto brincar aqui e na casa do Miles, fiquei mal-acostumada. Foi a Nina quem começou isso, e realmente deixamos o nosso quintalzinho muito bonito. Mas agora vou querer jardins de pedra, jardins de sombra, jardins de flores de corte.

— E chafarizes de sapo Zen.

— Com certeza. Os invernos de Vermont são longos, então quero todas as flores que possam florescer na primavera, no verão e até no outono.

— Isso quer dizer que você vai ficar aqui.

Surpresa, Morgan olhou para trás.

— Para onde eu iria?

— Para qualquer lugar que você quisesse, bebê do meu bebê. Eu gostaria que ficasse aqui, a sua mãe também, mas a decisão é unicamente sua. Você não teve muita escolha quando veio para cá, mas fez o melhor que pôde com a situação. Agora você teve quase meio ano para se estabelecer e se familiarizar com este lugar, então ficar é uma escolha.

— É, sim. — Agachando-se, Morgan arrancou algumas ervas daninhas. — Eu não sabia o que iria fazer quando cheguei aqui. Vocês fizeram aquele quarto para mim, você e a mamãe, e eu não sabia o que fazer quanto a isso. Então, consegui o emprego no resort. Não é o que passei tantos anos planejando conquistar. Não é um lugar só meu, mas é o meu lugar

Ela deu de ombros e olhou para cima.

— Passei tantos bons momentos com você, com a mamãe, no trabalho, sozinha nesta casa maravilhosa. Vi como você e a mamãe vivem juntas, não só como família, mas como amigas. E percebi que me fechei para isso porque tinha algo a provar.

— E conseguiu? Provar o que queria?

— Consegui. O que aconteceu com o Gavin Rozwell diz muito sobre ele, mas nada sobre mim. Trabalhei com afinco e construí a minha vida porque era o que eu queria fazer, e pude fazer. Mas me faltava isso, vó, este momento aqui, agora, porque eu estava tão determinada a fazer tudo sozinha, para mim. Estava perdendo a oportunidade de conhecer você e a mamãe de verdade, então estava perdendo a oportunidade de me conhecer de verdade, não é mesmo?

Sorrindo, Olivia se abaixou, segurou o queixo de Morgan e o sacudiu com delicadeza.

— Você herdou seu bom senso de mim.

— A mamãe é mais sensível, não é? Mais do que você e eu?

— Sempre foi. Para a Audrey, o copo sempre está meio cheio, e mais, esperando para ser preenchido até a borda. Mas isso não quer dizer que ela não é uma pessoa firme.

— Eu nunca havia notado isso nela até vir morar aqui.

— Ela não me deixou desmoronar quando o seu avô faleceu.

Olivia olhou para a oficina de marcenaria porque ainda podia, e sempre poderia, imaginá-lo ali.

— Ela foi o meu porto seguro quando o mundo desabou sob os meus pés. Cuidou da loja durante semanas. Eu estava pensando em vendê-la.

— Não sabia disso.

— Eu não conseguia pensar no que faria no próximo minuto, muito menos no dia seguinte. O amor da minha vida foi embora de uma hora para outra, como isso é possível? Mas ela não me deixou desistir. Continuou me amparando até que eu conseguisse ficar em pé sozinha de novo. Ela te deixou ir — disse Olivia carinhosamente — porque você precisava ir. E isso exigiu muita força e amor.

Olivia suspirou.

— Ele a arruinou. Vamos apenas dizer isso e seguir em frente. O Coronel a arruinou por completo. Mas ela conseguiu se reerguer. E você também. Somos mulheres Nash, afinal.

— Somos, sim. Por isso, vou te contar, de mulher para mulher, de Nash para Nash, que eu pensei em ir embora por causa do Rozwell. Porque se ele não for capturado e vier atrás de mim outra vez, vai vir para cá. Você e a mamãe estão aqui.

Antes que Olivia pudesse responder, Morgan levantou uma das mãos.

— Eu sei o que você vai dizer. As mulheres Nash podem dar conta disso, e dele.

— Exatamente.

Ela cutucou a barriga de Morgan para enfatizar seu ponto de vista.

— E eu acredito nisso. Quero ficar aqui, por muitos motivos, mas não poderia ficar se não acreditasse nisso.

— Ótimo. — Endireitando-se, Olivia esticou as costas. — Agora vou me intrometer e perguntar se um desses motivos se chama Miles Jameson.

— Ele com certeza está na lista. É um dia, ou um fim de semana, de cada vez, mas ele está lá.

— Isso é suficiente para você? Um fim de semana de cada vez?

— Eu não esperava isso. A culpa é minha também — acrescentou Morgan enquanto elas davam uma volta pelo jardim. — Nunca encontrei tempo para sair com outras pessoas, muito menos ter um relacionamento. Eu estava focada demais nos meus objetivos.

— Não há nada errado em ter foco ou objetivos.

— Não, mas é preciso saber se adaptar. Vir para cá me ensinou que eu não preciso fazer tudo sozinha, por conta própria. Posso ter uma carreira gratificante e ao mesmo tempo uma vida de verdade. Posso trabalhar com afinco e ainda ter tempo para a minha família, e para estar com alguém que me faz feliz.

— Você encontrou o seu equilíbrio. Não vive no mundo de faz de conta onde a sua mãe vive, ou costumava viver. Não está procurando um príncipe encantado para te salvar. Mas isso não significa que você não ame, e ame intensamente.

— Eu não planejava me apaixonar por ele. — Suspirando, Morgan empurrou a aba do chapéu para trás. — Gostar muito, sentir atração, gostar de estar junto. Era isso que eu esperava. Eu estive com um cara na faculdade.

— Ainda bem!

Rindo, Morgan revirou os olhos.

— Vó. Estou dizendo que, com ele, era assim: eu gostava dele, sentia atração, curtia a companhia. Conheci outros dois ao longo do caminho que entraram para essa lista. Depois, parei de encontrar tempo, de encontrar espaço na minha vida para isso. E aí veio o Miles.

— E desta vez é diferente.

— Sim, para mim. Para mim — repetiu. — A atração? Foi instantânea, logo de cara. Quer dizer, olhe para ele. O "gostar" não demorou muito. Para alguém que afirma não gostar muito de pessoas, ele com certeza sabe cuidar delas. O "gostar de estar junto"? Só digo uma coisa: uau.

Desta vez, Olivia riu.

— O amor simplesmente apareceu sem que eu percebesse, sorrateiro.

— É o melhor tipo que existe.

— É mesmo?

— Eu planejava apenas levar o seu avô para a cama — lembrou ela, e riu do resmungo abafado de Morgan. — Mas ele me pegou desprevenida. O amor me pegou desprevenida.

Quando ela olhou para a oficina de marcenaria, quase pôde vê-lo parado na porta, sorrindo para ela.

— Então um dia ele disse: "Livvy Nash, ninguém nunca vai te amar do jeito que eu te amo. Vamos nos casar." Eu estava pronta para responder "Você ficou maluco?", mas o que saiu da minha boca foi "Sim, vamos". O Steve tinha um plano e me arrastou com ele. E agradeço todos os dias por ele ter feito isso.

Não era extraordinário, pensou Morgan, ter alguém que ama você do jeito que você é, sem parar?

— Eu gosto de planos. Devo ter herdado essa necessidade de planejamento do vovô. E isso não estava nos planos. Além do mais, Miles e eu fizemos uma espécie de acordo antes de começarmos. Então estou bem com um fim de semana de cada vez. É o suficiente. Ele não vai partir o meu coração. Ele não é cruel, não é frio. O que quer que aconteça, vou conseguir lidar com isso porque já tive esses momentos. E este é o meu lar agora, o Après é o meu lugar.

— Vou te dizer uma coisa, e depois disso nós vamos cortar vários buquês de hortênsias. Então, vamos espalhá-los pela casa e tomar um copo bem grande de limonada.

— Tá, me conta.

— Quando você ama um homem, quando o ama intensamente e está pronta para ele, deve ir atrás. Se ele não te amar de volta, se não te amar intensamente, se não estiver pronto para você, o azar é dele. O amor é corajoso, Morgan. O amor se posiciona.

— Isso parece ser verdade.

— Porque é. É a mais pura verdade.

— Ainda estou me acostumando a amá-lo, a saber que o amo. Acho que tenho que me empenhar para ficar pronta.

— Quando estiver, vai saber o que fazer. Você não é covarde. Agora vamos cortar aquelas flores.

Elas dispuseram aquelas hortênsias azuis mágicas em vasos e os espalharam pela casa. Mas, em vez de limonada, Morgan pegou ingredientes e utensílios de bar.

— Preciso de ajuda.

— Para preparar um coquetel? Eu não me oponho a um drinque antes das três da tarde de domingo, mas a especialista em coquetéis é você.

— Não quero ajuda para preparar, mas quero que você prove, avalie e escolha qual dos três merece se tornar o coquetel especial de outono. Apenas dois goles, porque vou usar bebidas alcoólicas diferentes nas três opções. Misturar bebidas alcoólicas é a melhor maneira de ficar com a dor de estômago da Darlie.

— Nem me fale.

— Eu pensei que tinha reduzido para dois, mas tive mais uma ideia, então você irá avaliar três coquetéis.

— Você já pediu para a Nell ou a Drea provarem?

— Todo mundo está muito ocupado. E, dessa forma, posso apresentar para a Nell o coquetel vencedor.

Esfregando as mãos, Olivia se sentou à bancada.

— Vamos lá.

— Ok, o primeiro começa com um bom Riesling seco, depois aguardente de pera.

Pera é a especialidade do outono no spa. A *eau-de-vie* de pera...

— Água da vida? O meu francês está meio enferrujado, mas ainda me lembro de alguma coisa.

— É aguardente de pera, serve para realçar o sabor do Riesling.

— Deve ficar uma delícia. — Divertindo-se, Olivia apoiou o queixo na mão para observar o preparo. — Já está ficando bonito.

— Vai ficar mais bonito ainda. Um pouco de Curaçau de laranja para dar sabor, xarope de mel para adoçar e cinco... não, quatro, não, seis doses de Bitter para dar um toque de alcaçuz.

— Soa tão bonito quanto parece.

— Se escolhermos esse, vou servir em uma taça de champanhe vintage, com uma fatia fina de pera para decorar.

Quando finalizou a preparação, Morgan entregou o copo à avó.

— Um gole. Avalie, deixe um tempo na boca. Depois mais um gole para julgar. Ah, a mamãe chegou na hora certa. Duas juradas.

— Pensei que você só ia chegar depois das quatro — comentou Olivia.

— A Darlie se recuperou e pediu desculpas. O que estamos bebendo e por quê?

— Somos as juradas oficiais para escolher o coquetel especial de outono da Morgan.

Olivia tomou um gole e avaliou como ordenado.

— É muito, muito gostoso. — Ela tomou outro gole. — Excelente, e eu nem gosto muito de pera.

— Eu gosto, e uma bebida cairia muito bem agora. A loja e o café estavam lotados hoje de manhã, mãe. Uma excursão de vinte e três pessoas.

— Dois goles — Morgan disse à mãe. — Porque ainda temos mais dois para provar.

— Ah, é muito gostoso. Doce, mas com um toque picante. Tem certeza de que só posso tomar dois goles? Foi uma manhã daquelas. Duas irmãs do grupo começaram a brigar porque ambas queriam comprar o quadro *Jardim Secreto*, de Lacy Cardini, para o aniversário da mãe delas. Achei até que iam sair no tapa.

— Essa pintura estava à venda por oitocentos e setenta e cinco dólares. — Olivia ergueu os punhos no ar para comemorar. — Oba!

— Consegui convencê-las a dividir o valor, mas deu trabalho, e precisei usar toda a minha habilidade diplomática para fazê-las chegar a um acordo.

— Depois que provarem e julgarem os outros dois, vou preparar para vocês o que elegerem como o preferido.

— O que está preparando agora? Vou me sentar.

— Este aqui é à base de vodca. Vou macerar pera, xarope de açúcar e noz-moscada. Copo de Martini desta vez, gelado. Agora a vodca, um pouco de Tuaca e B&B, que é um coquetel de Bénédictine e conhaque. Vocês vão sentir o gosto de baunilha, frutas cítricas e as notas herbais, que remetem ao outono. Para a guarnição — disse ela enquanto dava o toque final —, três fatias finas de pera, com casca.

Olivia tomou um gole.

— Nossa menina sabe o que está fazendo. Já posso até ver as folhas mudando de cor.

— Minha vez. — Audrey pegou o copo. — Hum. Hora de acender a lareira. É delicioso, Morgan. Não sei qual é o meu preferido.

— Não decidam ainda. Temos mais um na disputa. Desta vez, vou macerar pera descascada, mel e suco de limão para criar uma calda espessa.

— Parece gostoso — apontou Olivia.

— O Bourbon vai deixá-lo ainda melhor. — Ela despejou a bebida na coqueteleira, acrescentou gelo, colocou a tampa e agitou.

— Todos esses drinques parecem muito trabalhosos.

Morgan sorriu para a mãe.

— Por isso são especiais.

Ela serviu a bebida em um copo baixo de boca larga.

— Completamos com um pouco de Ginger Ale para dar efervescência e enfeitamos com uma fatia de pera.

— Você primeiro desta vez, Audrey.

— Não costumo tomar Bourbon, mas vou experimentar. — Tomou um gole, fechou os olhos e disse: — Hum. Acho que já consigo ouvir as crianças batendo à porta e dizendo "doce ou travessuras".

— Minha vez.

O comentário de Olivia foi:

— Ora, ora, ora.

— Muito bem, agora avaliem os três e, se precisarem tomar mais um gole, vão em frente. Quero que coloquem uma mão sob a bancada e, quando eu der o sinal, usem os dedos para votar no preferido: um, dois ou três. Não há resposta errada. Um deles será eliminado, óbvio.

Achando graça, Morgan as observou tomar mais um gole de cada candidato.

— Mãos para baixo, dedos a postos. Hora da verdade! Vocês duas votaram no número três? Sério?

— Não foi uma escolha fácil — admitiu Audrey. — Mas aquele último gole foi decisivo. Todos têm sabor de outono, mas o último foi o que mais se sobressaiu.

— Eu também tenho uma leve preferência pelo número três, então é unânime. Bem, até que foi fácil.

— Deste lado da bancada, pelo menos. E, como a mais velha do júri, vou ficar com o vencedor.

— Vou preparar um para você, mãe.

— Não, não, os outros dois também são deliciosos. Só preciso decidir qual deles vou querer. Vou ficar com o do meio. Meio-termo, essa sou eu. E não posso acreditar que estou sentada aqui tomando um coquetel às duas e quarenta e cinco da tarde. Eu ia fazer pão. E ainda temos que preparar o jantar.

— Esqueça isso, vamos tomar coquetéis e pedir pizza.

Audrey riu para Morgan.

— Essa é uma... ótima ideia. O que você diz, mãe?

— Eu digo "tim-tim".

Enquanto as mulheres Nash tomavam coquetéis no pátio, os Jameson estavam ao redor da mesa de jantar fazendo a reunião familiar.

Nell estava usando seu tablet.

— Certo, o último item na minha pauta é o coquetel especial do Après, com opção não alcoólica, e o café para o outono, que vamos introduzir no início de setembro. A Morgan ainda não decidiu qual será o coquetel, mas me assegurou que ele estará pronto para aprovação no início da próxima semana. Para o café, ela vai fazer o que chamou de Café *Pera*lelo. Entenderam o trocadilho?

— Ha ha — disse Liam.

— É uma combinação de café, pera cozida, canela, cravo e assim por diante. Eu disse que parecia complicado, então ela me fez um. Estou convencida. Pensei em colocar a palavra "pera" em itálico em "peralelo". Podemos vendê-lo por quatro dólares.

— É uma ideia inteligente — comentou Drea. — Mas ela é uma mulher inteligente. Teremos o casamento dos Stevenson em outubro, e a noiva vai usar peras na decoração. Vou pedir a Morgan para criar um coquetel de pera exclusivo, algo diferente do que vamos servir no Après, e sugerir à noiva. Ela te contou o que vai preparar, Miles?

— Não.

Ela também não tinha contado a ele sobre o café, o que não parecia ser algo que o deixaria "convencido". Mas ele não tinha dúvida de que faria sucesso. Eles conversavam sobre o trabalho, um pouco, pensou ele enquanto sua mãe apresentava o relatório de Eventos. Mas, no fim das contas, o tempo deles juntos era... reduzido.

Era assim que ambos tinham decidido. Até agora.

Ele afastou aquele pensamento e se concentrou novamente, lembrando a si mesmo de que estava trabalhando, não era hora de pensar em Morgan.

Mas ela não estava bem ali, nas flores que colocara sobre a mesa no sábado de manhã?

A mãe dele passou a palavra para Liam, que falou sobre as atividades do outono. Trilhas na natureza, fotos em grupo, eventos para empresas, fins de semana infantis e pacotes de outono. E a partir daí, falaram sobre paisagismo e manutenção de outono, verificações de segurança, inventário sazonal.

Assim que os assuntos de negócios foram concluídos, a comida passou a ser o foco principal. Ele fizera o lombo desfiado conforme solicitado. Trabalhoso demais, na opinião dele, mas aquilo o poupou de fazer qualquer outra coisa para a refeição da família.

E Morgan estava ali também, pois ela tinha dito a ele que a previsão do tempo para domingo anunciava tarde e noite perfeitas. Então ele poderia usar os pratos coloridos novamente. E ela fez questão de se sentar à bancada e dobrar de forma sofisticada um monte de guardanapos, além de preparar outro jarro gigante de sangria.

— Está tão bonito. — Após dar uma olhada na mesa, sua mãe o olhou de canto de olho. — Detecto um toque feminino.

— Pelo visto, a Morgan é obcecada por guardanapos. E sangria.

— Vou provar. — O avô dele serviu um copo. — Vai querer um, Lydia?

— Pode ser. Acho que a última vez que tomei sangria foi quando estivemos na Espanha. Isso tem o quê, uns dez anos?

— Por aí. Não sei o que pensar sobre peras cozidas no café, mas está muito bom. Tem gosto de verão, e logo ele não estará mais aqui. Ah, veja só. O Rory ensinou o Lobo a buscar a bola.

Morgan ensinou, pensou Miles. E aquele maldito cão continuava se recusando a buscar a bola lançada pelo homem que o alimentava e dava abrigo.

Ela estava bem ali, no maldito cão, nos guardanapos estúpidos, nas flores sobre a mesa. Aquela mulher estava por toda parte.

Eles comeram o lombo desfiado, a salada de repolho do pai, a salada de batata da avó e o milho cozido que o avô colocou na grelha.

Depois, tendo se livrado da limpeza porque se encarregara do prato principal, Miles chamou a avó para um canto.

— Tem um minuto?

— Espero ter mais de um. Vamos caminhar. Os jardins estão muito bonitos neste verão. Você é o melhor jardineiro entre os meus netos.

— Acho que o treinamento em paisagismo surtiu efeito.

— É o que parece. — Ela cruzou o braço no dele enquanto caminhavam. — Almocei com a Olivia Nash na semana passada. Ela me disse que a Morgan também adicionou algumas coisas ao jardim delas. Um chafariz com um sapo Zen. Você a ajudou?

— Só fiz o trabalho pesado. Eu amo esta casa, vó. Não te digo isso com muita frequência.

— Dá para ver que você gosta, e isso me basta. Você quer o anel.

Ele parou e olhou para ela.

— Como você sabe?

— Meu amor, eu te conheço. Todos nós te conhecemos. — Ela se aproximou dele. — Prometi que te daria o meu anel de noivado quando você encontrasse a mulher certa. Talvez ela prefira um novo.

— Não. — Ele negou com a cabeça. — Vai ser importante para ela, que seja seu, da família. Vai ser importante. Mas só vou ficar com ele se você tiver certeza.

Lydia olhou para o conjunto de alianças que usava há mais de cinquenta anos. Tirou do dedo o anel com o diamante quadrado.

— O importante é que você tenha certeza, e vejo que tem. Estou usando o compromisso e a vida que vem com ele. Estou te dando a promessa desse compromisso. Você quer contar aos outros?

— Acho melhor esperar até saber o que ela vai responder.

— Para um homem inteligente, às vezes você pode ser bem tapado. Eles já sabem. Não posso te dizer o que ela vai responder, porque não conheço o coração dela, ao menos não por completo. Mas posso dizer que ela é uma mulher de sorte.

Lydia colocou o anel na mão dele e a fechou.

— Talvez não seja o que ela quer. Não o anel, mas o pacote todo.

— Você terá que descobrir, não é? A vida é uma série de riscos. Agora vamos contar aos outros o que eles já sabem.

Ele não precisou dizer nada, assim que entraram na casa o olhar de sua mãe foi direto para a mão esquerda de sua avó. Então, ele viu seus olhos se encherem de lágrimas.

— Ah, não faça isso.

— Eu tenho esse direito. Ah, Rory, o nosso bebê vai se casar.

— Ainda não tenho certeza. Vamos com calma.

— Ainda bem que eu não dei em cima dela.

O breve instante de pânico deu lugar ao deboche com o comentário do irmão.

— Pois é, teria dado muito certo para você.

— Bem, agora nunca saberemos. Bom trabalho, mano. Ela é perfeita para você.

Mick pegou a mão esquerda de Lydia e a levou até os lábios.

— Minha querida. Nós também fizemos um bom trabalho.

— Vamos com calma, pessoal. Se ela disser "não", nada vai mudar.

— Cale a boca. — Nell se aproximou para abraçar o irmão. — Primeiro, ela não vai dizer "não". Segundo, o que vamos fazer, demiti-la? Além de ser a melhor gerente de bar que já tivemos, agora ela é minha amiga.

O pai dele os abraçou e sussurrou em seu ouvido:

— Não se ajoelhe. Não é o estilo dela.

— Não estava planejando fazer isso. Ouçam, estou falando sério. Vocês têm que se acalmar. Eu ainda tenho que fazer o pedido. Até lá, ninguém abre a boca.

O toque da campainha o salvou.

— Vou ver quem é.

Devia ter esperado, decidiu. Feito o pedido primeiro e depois solicitado o anel de noivado da avó. Agora a família toda estava ansiosa.

Ao abrir a porta, se deparou com Jake, e todo o resto ficou em segundo plano.

— Sinto muito por interromper. Toquei a campainha porque sei que é dia de reunião familiar.

— Já terminamos.

Ele sabia. Lógico que sabia.

— Rozwell. Outra pessoa morreu.

— Ainda não sabemos. Estou a caminho da casa da Morgan. Pedi permissão ao FBI para atualizá-la pessoalmente, mas queria te contar antes.

— Então aproveite para contar a todo mundo. Quer uma cerveja?

— Vou considerar que estou de serviço.

O zumbido da conversa dissipou-se quando Jake entrou com Miles.

— Você tem notícias — disse Nell rapidamente.

— Está mais para uma atualização. Parei aqui a caminho da casa da Morgan.

— Vamos todos nos sentar.

Rory indicou a sala de jantar.

Quando se sentaram, Jake apoiou as mãos na mesa.

— Eles têm seguido o rastro do Rozwell ao norte, até o estado de Washington. Parecia que ele estava tentando entrar no Canadá. A ideia era que tentaria ir para o leste depois de cruzar a fronteira e, em seguida, cruzaria a fronteira para o sul novamente, na direção de Vermont.

— Você disse "era"? — perguntou o avô.

— Isso, vô.

Jake voltou-se para Mick.

— Beck e Morrison, os agentes à frente da força-tarefa do FBI, que parecem conhecê-lo melhor que ninguém, suspeitam que o Rozwell está tentando enganá-los. Ele está deixando um rastro bem óbvio para depois dar meia-volta e seguir para o sul. Tenho que admitir, eles me convenceram.

Ele continuou.

— Eles foram para o sul. O resto da força-tarefa está em campo, as autoridades locais ainda estão procurando ao norte, e eles estão de olho nas travessias da fronteira.

— Por que para o sul? — perguntou Miles. — Faça um resumo.

— Ele está fora de sua zona de conforto, se hospedando em hotéis baratos, usando veículos surrados, e não matou ninguém desde a Carolina do Sul. Sinto muito — disse imediatamente. — Isso foi meio insensível.

— Foi realista — discordou Lydia. — A Morgan faz parte da família do resort. E mais — acrescentou ela olhando para Miles. — Mick e eu andamos pesquisando sobre ele, e sobre o tipo dele também. Ele precisa dessa adrenalina que sente ao matar alguém. Raramente, ou nunca, estupra as vítimas. É matando que exerce o seu poder e recebe a sua recompensa.

— É exatamente isso, vó. É provável que ele saiba que eles estão chegando perto, perto demais para ele arriscar fazer mais uma vítima. Perto demais para arriscar o que de fato quer fazer.

— Morgan — murmurou Drea.

— Morgan. Mas se ele conseguir despistá-los, e isso também faz parte da adrenalina para ele, poderá se organizar. E eles acham que ele pretende fazer isso indo para o lado totalmente oposto, o sul. Ele gosta do sol, e eles pegaram muita chuva seguindo o rastro dele. Então vão procurar em Nevada, Arizona e Califórnia. Eles acreditam que ele ficará arrogante se pensar que os enganou. E, o mais importante para nós que estamos aqui sentados, eles não acreditam que ele está vindo nesta direção. Ainda.

— Vamos deixar a equipe de segurança do resort em alerta.

— Sim. E você pode confiar em mim, Miles, a polícia de Westridge já está em alerta.

— É uma área bem grande para cobrir — apontou Liam. — Nevada, Arizona, Califórnia. Dá para adicionar Novo México, Utah.

— É verdade, e eu gostaria de poder dar a vocês algo mais definitivo. Mas, se eles tiverem razão, ou mesmo se estiverem errados e ele tentar ir para o Canadá, pelo menos ele não está aqui.

— Ele vai mudar de aparência outra vez — disse Nell.

— Já deve ter mudado. Mas ele engordou. Cerca de dez quilos, e foi flagrado pela câmera de uma loja de conveniência. Eles me enviaram a gravação, e posso dizer que a situação está pesando sobre ele. Uma prova disso é a loja de conveniência. Ele não precisava entrar lá. Comprou apenas algumas besteiras, e eles o rastrearam de volta para o hotel de onde saiu. Havia máquinas de venda automática bem ali. Ele certamente sabia que havia câmeras e entrou mesmo assim, não tentou evitá-las.

— Ele queria ser visto — concluiu Miles.

— É o que eles acham, e é o que eu acho também.

— Obrigado por ter vindo até aqui nos contar, Jake. Você vai conversar com a Morgan e a família dela agora?

— Sim, senhor — respondeu ele a Mick.

— Vá com ele. — Drea colocou a mão no ombro de Miles. — Vá. Você deveria estar lá. Vamos terminar aqui e dar comida para o Lobo.

— Vou, sim. Obrigado. Vou com você, Jake.

— Passa lá em casa depois, Jake? — Nell perguntou a ele.

— Pode deixar.

Miles não disse nada até eles entrarem no carro de Jake.

— Você deixou alguma informação de fora?

— Nada, exceto o que pude ler nas entrelinhas. Eles acham que ele vai matar alguém assim que sentir que se livrou deles. E já tem uma vantagem.

Quando ninguém abriu a porta, Miles começou a ficar nervoso. Os carros delas, todos os três, estavam estacionados na calçada, mas ninguém abriu a porta.

— Vamos dar a volta por trás — sugeriu Jake. — A noite está bonita. Talvez estejam no quintal e não tenham ouvido a campainha.

— Elas teriam recebido um alerta no telefone.

No meio do caminho, ouviu as risadas. Risadas alegres, femininas. E o peso em seu estômago desapareceu tão rápido que quase perdeu o equilíbrio.

E lá estavam elas, todas as três, com uma caixa de pizza sobre a mesa e coquetéis nas mãos. E, aparentemente, estavam um pouco bêbadas.

— Senhoritas — começou Jake.

Audrey deixou escapar um grito agudo que se transformou em mais risadas

— Ai, meu Deus, vocês quase me mataram de susto.

— Tocamos a campainha, vocês não devem ter ouvido. E não estavam com os telefones à mão.

— Não, nós... — Ela parou de rir imediatamente e segurou o braço de Morgan. — Meu amor.

— Diga tudo de uma vez — disse Morgan. — Por favor.

— Eles ainda não o pegaram, ele não matou mais ninguém até onde sabemos. Mas eu tenho uma atualização.

— Ok. Está bem. — Morgan esfregou as mãos no rosto. — Desculpe. Acho que todas nós esquecemos o telefone dentro de casa. Estávamos bebendo. Coquetéis especiais de outono. Muitos deles, na verdade.

— Sentem-se — convidou Olivia. — Nós andamos bebendo, mas somos perfeitamente capazes de lidar com o que for preciso agora. Informação é poder, Morgan. Nós temos o poder aqui.

Elas ouviram. Miles não disse nada enquanto Jake as atualizava, apenas observou o rosto de Morgan enquanto ela absorvia tudo.

— Nevada, Arizona em agosto. — Ela manteve as mãos dobradas sobre a mesa. — É um sol de rachar e um calor brutal, não é?

— Nunca estive lá, mas sim. A esperança é que ele acredite que se livrou deles e se dê ao luxo de ficar em um hotel chique. Ele não está bem, Morgan. Posso te mostrar, se quiser. Eles me autorizaram.

— Quero, sim. Eu quero ver.

Jake pegou o telefone, abriu o vídeo e o entregou na mão dela.

— Ah. Eu não o teria reconhecido, pelo menos não de primeira. Ele parece mais velho, e não é só por causa do cabelo e da barba. Simplesmente parece mais velho. E o peso. Ele parece inchado.

— Ele parece louco — disse Audrey enquanto olhava por cima do ombro de Morgan.

— Agora dá para notar, mas antes não dava. Não dava mesmo.

— Eu gostaria de ver. — Olivia estendeu a mão. — Então este é o Rozwell. Ele sabe que está sendo filmado.

Ela olhou para Jake.

— Temos câmeras de segurança na loja. Já vi algumas pessoas pensando em furtar, olhando para as câmeras, fingindo que não estão olhando, que não estão verificando.

— Concordo.

— Ele perdeu muito do estilo dele, e, mais uma vez, não me refiro apenas ao cabelo, ao peso. Ele tinha estilo, confiança, charme. E agora eu sei que essas eram as armas dele, mas parece que ele não as tem mais.

— Beck e Morrison concordam com isso. E, como qualquer viciado, ele está desesperado por uma dose. Ele não virá atrás de você enquanto estiver desse jeito. Isso é o que eles acham, e eu concordo. Mas vamos ficar de olho. Prometo. — Ele se levantou. — Se tiver perguntas, se quiser conversar comigo sobre qualquer coisa, pode me ligar. A qualquer hora do dia ou da noite.

— Obrigada. — Morgan olhou para Miles. — Você vai ficar ou precisa voltar para casa?

— Vou ficar um pouco. Obrigado pela carona, Jake.

— Quando quiser.

Quando Jake foi embora, Audrey se virou para Miles.

— Fizemos um concurso para escolher o coquetel especial de outono. — Ela continuou sorrindo, seus olhos focados. — Não foi uma escolha fácil, e levamos a nossa tarefa muito a sério. Morgan, que tal você preparar um copo do coquetel vencedor para o Miles? É do interesse dele, afinal.

— É verdade.

Compreendendo o que a mãe estava tentando fazer, ele olhou para Morgan.

— Ótima ideia. Ouvi falar sobre o seu plano de profanar o café, então esse eu dispenso, mas aceito o coquetel. E não esqueça o seu telefone.

— Com certeza. Só um minuto.

Ele pensou que ela parecia um pouco aérea, entre o álcool e a atualização. Mas ela se levantou e entrou na casa.

— O que você quer me dizer?

Miles perguntou quando Morgan já estava longe o suficiente para não ouvir.

— Dizer não, pedir. Leve-a para casa com você, Miles. Ela precisa tirar isso da cabeça. Se ficar aqui, vai acabar se trancando no quarto com tudo pesando na mente dela. Mãe?

— Leve-a para passear com o cachorro, leve-a para a cama. Você precisa distraí-la.

Embora não planejasse fazer aquilo, Miles tirou o anel do bolso.

— Tenho uma distração em mente.

Enquanto Audrey tapava a boca, os olhos de Olivia examinavam atentamente o anel.

— É o anel de noivado da Lydia.

— Olho afiado. Agora será da Morgan, se ela quiser.

— Ai, não. Não faça isso. — Ela apontou para Audrey. — Não comece, e não me faça começar também. Ela vai ver e vai interpretar mal, e ele não vai fazer isso aqui e agora, de jeito nenhum. Engula o choro, Audrey Nash. Vamos deixar para chorar tudo o que temos para chorar quando ela sair.

— Ok. Está bem. Estou tão feliz. Miles, não poderia estar mais feliz.

— Vamos ver o que ela vai responder.

— Audrey, coloque os óculos escuros de novo. Tínhamos três candidatos — começou Olivia. — Lá vem ela, você poderá julgar por conta própria.

Ele pegou o copo que Morgan ofereceu e o examinou.

— Tem apelo visual. O que tem dentro?

Ela conseguiu sorrir.

— Prove e tente adivinhar.

Porque ele achava que ela precisava daquilo, entrou no jogo.

— Bourbon — disse depois de tomar um gole. — Dá para sentir bem o gosto de Bourbon, gengibre e pera. Mel?

— Muito bem, e um pouco de limão. O que achou?

— Não estava aqui para provar os outros dois, mas é gostoso. Tem sabor de outono ou inverno. Como vai chamá-lo?

— É basicamente um coquetel Prickly Pear, mas não leva cacto. Fiz alguns ajustes aqui e ali e estou pensando em chamá-lo de Pera Aí.

— Vai dar certo. A Nell vai gostar.

— Espero que sim.

— Ela disse que gostou do seu café profanado. É gostoso aqui fora. Aquele sapo não para nunca. Me pergunto onde eu colocaria algo assim.

— Tenho que vasculhar o seu sótão.

Ele tomou um gole do coquetel e a observou.

— Tem?

— Aposto que tem todo tipo de coisa lá em cima. Você poderia ter um espelho, uma peça antiga com um formato interessante, atrás das hemerocallis.

Conversa significava distração. Não era seu ponto forte, mas ele podia se virar.

— Por que eu colocaria um espelho no jardim?

— Luz, reflexo, interesse visual. Você deve ter mais de um lá em cima.

— Talvez. Vamos dar uma olhada.

— Agora? Não quis dizer agora. Eu tenho que...

— Vá — disse Audrey. — Depois da pizza e dos coquetéis, acho que vamos dormir cedo. Vá com o Miles.

— Ele ainda não terminou de beber.

— Ainda bem. — Depois de colocar o copo em cima da mesa, ele se levantou. — Já que você bebeu mais de um, vou dirigir. Eu vim com o Jake, então isso resolve como eu volto para casa.

Pegando a mão dela, ele a puxou para ajudá-la a se levantar.

— Eu não tenho...

— Você tem algumas coisas na minha casa. Pegou o seu telefone?

— Sim, mas...

— Aproveitem o resto da noite.

— Com certeza. — Audrey deu um sorriso radiante. — Até amanhã, meu amor.

Ela conseguiu se segurar, com muito esforço, enquanto Miles levava Morgan pela mão. Até que não pôde mais.

— Ah, mãe. A minha menina. A nossa menina.

Capítulo Vinte e Oito

⌘ ⌘ ⌘

— Eu não limpei o bar — reclamou Morgan. — Normalmente fico encarregada da limpeza.

— Você ganhou a noite de folga. Qual é o tamanho do espelho?

Ele pegou as chaves dela e a empurrou com delicadeza para dentro do carro.

— O quê? Ah, tenho que ver para saber. Caramba, nós bebemos muito.

— Percebi. É a primeira vez que te vejo bêbada.

— Não estou bêbada, mas com certeza não estou apta a dirigir. Não planejávamos sair.

Ela apoiou a cabeça no encosto do banco.

— Elas estavam se divertindo tanto. Todas nós estávamos. Nossa, a minha vó seria capaz de beber mais do que eu e a minha mãe juntas. E era exatamente isso que ela estava fazendo. Ela era uma jovem rebelde — continuou Morgan. — Você sabia disso? Eu tinha uma vaga ideia, mas, caramba, não tinha uma noção real. Eles pareciam apenas, sei lá, avós. Ela foi para Woodstock. Arrastou o meu avô para lá. O *Woodstock*. Disse que fumou maconha com a Janis Joplin. Talvez tenha inventado essa parte, mas quem sabe? E agora ela mora naquela casa enorme e linda, administra dois negócios, e faz frango assado e bolo inglês. Às vezes fico pensando...

— Em quê?

— Nas reviravoltas da vida que levam uma mulher como a vovó de Woodstock e Janis Joplin para isso. — Ela fez um gesto para mostrar a cidade enquanto passavam por ela. — Para Westridge, Vermont. Para abrir um negócio, fazer aula de ioga e participar de um clube do livro. Para ser não apenas contente, mas feliz, satisfeita. De qualquer forma, estávamos nos divertindo muito.

— Eu reparei.

Ele a repreenderia mais tarde por não estar com o celular por perto.

— Você não precisava ter vindo com o Jake, mas fico feliz que tenha vindo. E eu espero que as mulheres da minha vida realmente tenham uma noite tranquila e não se preocupem muito com tudo isso.

— Você viu o vídeo. E estava certa. Ele perdeu o rumo.

— Minha mãe também estava certa. Ele é louco. Dava para ver a loucura nele. Ele escondeu completamente essa loucura em Maryland, Miles. Eu nunca a percebi. Ninguém percebeu. Ele jogou dardos, participou de um quiz, pagou rodadas no bar, conversou sobre jogos de videogame com o Sam. Ninguém notou a loucura.

— Agora ele não consegue mais escondê-la. — Depois de estacionar na entrada da garagem, Miles se virou para ela. — Assim será mais fácil encontrá-lo.

— Espero que sim. Estou alcoolizada o suficiente para me queixar e dizer que quero que isso acabe logo. Só quero que acabe.

— Não estou alcoolizado, mas também quero que isso acabe. E essa é uma queixa válida. Pode deixar que eu te aviso quando estiver se queixando sem motivo.

Isso a fez sorrir.

— Aposto que sim.

Ele saiu do carro e deu a volta até o lado do passageiro enquanto ela saía. E, de dentro da casa, Lobo uivou.

Do lado de dentro, ele recebeu Miles com um breve abano de cauda, mal olhando para ele. Depois, fez festa para Morgan como se não a visse há anos.

— Talvez seja o seu perfume — ponderou Miles. — É bem envolvente.

— Ah, obrigada. Quem é o garoto mais bonzinho do mundo? Você se divertiu hoje? Aposto que sim. O seu irmão mais velho deixou você comer lombo desfiado?

— Eu não sou irmão dele. Sou o senhorio.

— Não dê ouvidos a ele. Vamos lá para o sótão. Não vai ser divertido?

— Vamos deixar isso para mais tarde. Quero conversar com você.

Morgan se endireitou, e ele notou que ela ficou inexpressiva.

— Está bem.

— Vamos nos sentar.

Com o cachorro praticamente colado em sua perna, ela acompanhou Miles e puxou uma cadeira.

— Eu não pretendia fazer isso assim. Ainda não sabia como ia fazer, mas não seria assim. Porém, acho que o fato de você estar embriagada me dá uma boa vantagem. Por que você está sentada aí como se estivesse esperando para ser chamada pelo diretor da escola?

— Não estou. Fale logo. Eu vou aguentar.

— Está bem. Eu estou apaixonado por você.

Ela permaneceu inexpressiva mesmo quando piscou, confusa.

— O quê? O quê?

— Você me ouviu, mas vou repetir para não restar dúvida. Eu estou apaixonado por você.

— Preciso me sentar.

— Você está sentada.

— Preciso me levantar. — Ela se levantou e se sentou novamente. — Estou tonta. E não é por causa da bebida. Miles...

— Fique quieta — disse ele com um tom impaciente. — Você falou o caminho todo, agora fique quieta. Ainda não terminei.

Como ela não sabia o que responder, não disse nada.

— Não estava nos meus planos. E eu não esperava que fosse acontecer. Devia ter desconfiado, mas não desconfiei. Não posso alegar que foi de repente, porque foi ficando óbvio em várias situações. A maneira como as suas mãos se movem enquanto você trabalha. É ridículo, mas é isso. A maneira como o seu cérebro funciona, como o seu coração funciona, como o seu corpo funciona. Tudo.

Como estava concentrado nela, Miles não percebeu quando Lobo caminhou até ele e se apoiou em seu joelho.

— Mas o golpe final veio na cachoeira e continuou no mirante. E me derrubou no fim do maldito percurso de arvorismo do Liam. Então, estou apaixonado por você, Morgan. Não estava nos planos nem no acordo que fizemos. Mas não era exatamente um acordo, apenas diretrizes. Estou desviando do acordo, e você vai ter que lidar com isso.

— Eu...

— Ainda não terminei.

Ele tirou o anel do bolso.

— Vamos nos casar.

Ele disse de forma casual, como se estivesse dizendo "Vamos ver um filme".

Ela olhou fixamente para o anel, e então sua boca se mexeu, mas ela demorou um pouco para conseguir formular palavras.

— Esse... esse é o anel de noivado da sua avó.

— Todas as mulheres são capazes de reconhecer um diamante a dois metros de distância? Já que eu estou apaixonado por você, e já desviamos do acordo inicial, nós vamos nos casar.

Ela o encarou e depois colocou a cabeça entre os joelhos.

— Caramba, você vai passar mal justo agora?

— Não vou passar mal. Preciso respirar. Fique aí e me deixe respirar.

Ela agitou a mão no ar como se tentasse afastá-lo, embora ele não tivesse se movido.

— Se você quiser poesia, provavelmente ainda consigo recitar a maior parte de "O Corvo". E ainda me lembro um pouco de Yeats.

— Cale a boca. Você pegou o anel com a sua avó por causa do Jake? Por conta do que ele te disse antes de você ir lá em casa?

— Eu pedi antes de o Jake chegar. Nas bodas de ouro dos meus avós, ela me disse para pedir o anel quando eu encontrasse a pessoa certa. Quando tivesse certeza. Quando estivesse pronto. Você é a pessoa certa. Tenho certeza. Estou pronto. Aceite de uma vez, Morgan.

— Antes — murmurou ela levantando a cabeça. — Não por causa disso.

Ele franziu a testa, e isso acalmou as batidas do coração dela.

— Não é um campo de força contra psicopatas. É um anel de noivado. É um símbolo. É uma maldita pergunta que eu gostaria que você respondesse.

Ela passou a mão no rosto.

— Você não fez uma pergunta. Fez afirmações. Espere.

Ela levantou a mão antes que ele pudesse falar.

— É engraçado. Hoje de manhã, a minha vó e eu estávamos jardinando e acabei contando a ela que estava apaixonada por você. E fui pega de surpresa. Não estava esperando por isso, não estava procurando. Eu nunca senti isso antes, mas logo soube o que era. Pensei que você ia me dizer que a gente deveria ir mais devagar.

— Que ideia estúpida.

— É mesmo? Talvez. Culpa da vodca do segundo candidato a drinque sazonal. Foi o que eu tomei. Nunca gostei muito de Bourbon.

Ele continuou olhando para ela, e sorriu.

— Rei da selva.

— O quê?

— Seus olhos. Acho que foram eles que me conquistaram, ou então foi o seu jeito sociável, que gosta de agradar às pessoas. É, devem ter sido os olhos — decidiu ela quando ele riu. — Olhos de tigre, foi a primeira coisa que pensei. O leão é o rei da selva, mas não importa. Esse anel. Não tenho nem palavras... Você me oferece *esse* anel porque eu entendo o poder e o significado desse símbolo. Esse símbolo em especial.

— Me disseram que eu não deveria ajoelhar.

— Por favor, não faça isso. Você ficaria ridículo. E fique aí por enquanto, para que eu possa tentar ser coerente. Casamento... Miles, eu vi com os próprios olhos quão frio e errado foi o casamento da minha mãe. E eu fui uma das razões para isso. Uma criança — corrigiu antes que ele pudesse protestar. — Qualquer menina, na verdade. Por isso, é importante sabermos se...

— Eu quero ter filhos, se é isso que você está querendo perguntar. No plural. Não importa o tipo. Quero filhos. Quero uma família. Com você. Esta casa é grande. Nós poderíamos enchê-la.

Agora as lágrimas começaram a rolar.

— Eu quero isso, muito. Com você.

— Vamos tirar logo o resto do caminho. Se você quiser abrir um bar próprio, vai deixar um buraco imenso no resort. Mas a escolha é sua, e você terá o meu apoio. Terá o apoio da família também, se estiver preocupada com isso. Mas deve saber que o Après é seu, no fim das contas.

Ela fizera planos, por muito tempo. Então, tudo mudou.

E agora?

— Quero ficar no Après.

— Ok, ótimo. Você vai ter que começar a participar das reuniões familiares.

— Sério?

— Faz parte do pacote.

Ele hesitou, tão brevemente que ela poderia não ter notado. Mas ela notou.

— O pacote é grande, Morgan.

— Eu gosto de pacotes grandes. Sua família deve estar sabendo, já que você está com o anel da sua avó.

— Eles sabem. E a sua família também.

— Você contou para as mulheres da minha vida? Lógico que contou. — Emocionada, ela enxugou mais lágrimas. — Por favor, continue sentado aí, está bem? Até eu me acalmar. Não quero que coloque esse anel no meu dedo enquanto estou neste estado. Não esse anel.

— Então se apresse.

— Rozwell.

— Não. — Seu tom de voz ficou afiado como uma espada. — Não o traga para esta conversa. Ele não faz parte disso. Isso é entre você e eu.

— Você tem razão. É sério que você resolveu fazer isso agora porque andei bebendo?

— Sim.

— Você não faz ideia de como amei isso. Embora você não tenha realmente perguntado, a resposta é sim, embriagada ou sóbria. Pode se levantar agora.

Ela se levantou junto com ele e estendeu a mão esquerda. Quando colocou o anel no dedo dela, ele o mexeu de um lado para o outro.

— Ficou um pouco grande. Vamos levar para ajustar.

— Ou então eu posso fazer isso — disse ela fechando a mão. — Para sempre.

— É, vai dar certo. Vou chegar mais tarde no trabalho amanhã. Vamos passar na joalheria assim que ela abrir.

Ele segurou a mão dela, ainda fechada, e a beijou.

— Tem que ficar perfeito em você, porque você é perfeita para mim. — Ele tirou o anel do dedo anelar e o colocou no indicador. — Pronto, problema resolvido. Use assim até amanhã.

— Você tem uma solução para tudo — murmurou ela, puxando o rosto dele.

O beijo aqueceu tudo dentro dela, iluminou tudo em seu interior.

Ela tinha amor e a promessa de construir uma vida com amor.

Não, ela não levaria Rozwell para aquela conversa, mas agora sabia, sem sombra de dúvida, que faria tudo o que estivesse ao seu alcance para proteger a vida que eles prometeram um ao outro.

— Você poderia me dizer outra vez.

— Dizer o quê?

Ela segurou o rosto dele.

— Miles.

— Eu estou apaixonado por você. Saiba que nunca disse isso para outra mulher antes. Você é a primeira.

— Farei de tudo para ser a última. Eu te amo, Miles. Você também é o meu primeiro.

Ele encostou a testa na dela.

— Então eu também farei de tudo para ser o último. — Ele pegou Morgan no colo. — Agora vamos selar o acordo.

— Sim, por favor.

— Acho que deveríamos ir para onde tudo começou.

Ela riu enquanto ele a carregava para o sofá.

— Essa é outra coisa que amo em você. Tão sentimental.

— Prático. O sofá está mais perto.

— Prático e sentimental.

Ele caiu com ela no sofá.

— Agora fique quieta — disse ele enquanto tirava a blusa dela. — Estou ocupado selando um acordo.

Na manhã seguinte, com a emoção ainda nas alturas, ela esperou enquanto a joalheira media o dedo dela e o anel.

Quando Miles ofereceu-se para comprar um anel provisório, ela quase se emocionou novamente.

— Não, eu posso esperar. Ele vale a espera.

— Vocês gostariam de escolher as alianças? — sugeriu a vendedora, com um sorriso radiante. — Podemos ajustar os tamanhos também.

— Não tinha pensado nisso. O que você acha? Vai querer uma aliança?

— Eu deveria ganhar algo com isso — decidiu Miles. — Algo simples, quero que a minha seja simples. Uma aliança lisa, sem pedras. Como esta aqui.

— Nós dois podemos usar uma assim.

— Sim, é uma opção.

A joalheira continuou sorrindo.

— Mas posso dar uma sugestão? Com um belo anel de noivado vintage como o seu, uma joia de família, talvez seja melhor uma aliança vintage também. Temos algumas nesta vitrine aqui.

Assim, ela atraiu Morgan para o mostruário fechado à chave.

— Ai, nossa, são maravilhosas.

Mas Miles viu exatamente qual delas atraiu o olhar de Morgan.

— Aquela ali.

— Miles...

— Excelente escolha. — Sem perder tempo, a mulher destrancou a vitrine. — É da mesma época que o solitário, em platina, com duas fileiras de diamantes e dois quilates de peso total, para que o solitário não a ofusque. Eles vão se complementar.

— Experimente.

— Você deveria fazer as honras.

Muito esperta, a mulher entregou a aliança a Miles.

— É bom para praticar. É o tamanho certo. Você tem a mão perfeita para ela. Dedos compridos e finos.

— Ficou bem em você.

— Ela ficaria linda em qualquer um. Mas...

— Você não gostou?

— É maravilhosa. É óbvio que gostei, qualquer um gostaria. Mas você não precisa...

— Vamos levá-la. E a outra também, a masculina.

— Ai, meu Deus. — Tão rápido, pensou ela extasiada. Rápido como um raio, mas tão certo. — Acho que vou ter que me sentar de novo.

— Você vai ficar bem. Agora pode devolver. Só poderá usá-la quando o acordo for finalizado.

— Vou colocar na caixa para vocês. Excelente escolha. Agora vamos ver se temos a aliança masculina no seu tamanho. Vocês podem gravar algo na parte interna da aliança, sem custo adicional.

— Não, vamos só...

— Veja qual é o tamanho dele, e ele vai comprar a minha aliança. Depois você vai embora, Miles. Vá trabalhar — Morgan disse a ele. — Eu vou comprar a sua aliança, é assim que funciona. E eu decido se quero gravar alguma coisa ou não.

— Mas sou eu quem vai usá-la.

— Sim. — Ela puxou-o para baixo e o beijou. — E você vai ficar preso a mim.

Ela sabia exatamente qual mensagem gravaria.

Um acordo é um acordo.

Ao sair da joalheria, ela foi direto para o Arte Criativa. Viu a mãe primeiro, conversando com duas clientes. Então, Audrey a viu. Ela parou e, ao analisar o rosto de sua filha, começou a pular na ponta dos pés antes de correr para abraçá-la.

— Aconteceu. Aconteceu. Ai, quero ver! Onde está o anel?

— Levamos para ajustar, ficou um pouco grande. Deve levar alguns dias para ficar pronto. Mas tenho foto.

— Ela tem foto! Posso contar? Posso falar? Eu preciso. Você precisa deixar — exclamou ela quando Morgan começou a rir. — Esta é a minha menina, e ela acabou de ficar noiva.

Todas as mulheres na loja aplaudiram, e muitas delas se aproximaram para ver o anel de noivado.

— Só tenho uma foto. Ele está sendo ajustado.

Ela mostrou a tela do celular.

— Que confusão é essa? — perguntou Olivia ao descer a escada. Ela foi direto até Morgan e beijou as bochechas dela. — Ele é um bom homem e quase te merece. Mimosas por conta da casa, para a equipe e os clientes. Vamos brindar a um novo começo.

Rozwell odiava o maldito estado de Nevada. Odiava o maldito deserto e odiava o barraco sujo e feio em que se viu obrigado a morar.

Odiava a cicatriz enrugada e escamosa em seu braço.

Mas, acima de tudo, odiava a solidão, o isolamento, o constante vazio.

Tinha ovos, e muitos, mas já estava farto deles.

Ele era obrigado a cozinhar e limpar a própria bagunça, e estava extremamente cansado daquilo também. Abriu latas — muitas latas — e até tentou fritar algumas partes de frango que encontrou no congelador.

Elas ficaram queimadas por fora e rosa demais por dentro, e ele odiou isso também. Ele se saía melhor com o arroz, seguindo com cuidado as instruções encontradas na internet.

Fez alguns hambúrgueres com o que pensava — esperava — ser carne moída, mas não tinha pão.

Comeu todas as frutas frescas que a falecida anfitriã trouxera para casa e vivia à base de ovos, enlatados e conservas. Sabia que teria que fazer outra viagem para comprar comida que pudesse simplesmente esquentar no micro--ondas. E alguns petiscos. E daí se ele não perdeu o restante do peso? Talvez tenha até ganhado alguns quilos de volta. Que se dane. Quando recuperasse sua vida, voltaria a se exercitar.

Não tinha nada para *fazer* além de comer, pesquisar, brincar com os aparelhos tecnológicos, ver TV no notebook e comer mais um pouco.

Ele se esqueceu de colocar água para a cabra, então teve que arrastar o cadáver inútil para junto da dona, ou o que sobrara dela. E o que sobrara fedia tanto que ele quase botou o café da manhã para fora.

Comprara lençóis e toalhas, mas, sem uma secadora, as toalhas ficaram duras quando secaram. Então ele faria uma lista, faria uma viagem.

Primeiro de tudo, comida. E as bebidas alcoólicas já estavam quase acabando. Talvez pudesse ter uma refeição decente — uma que não exigisse cozinhar ou lavar a louça depois — em Two Springs. Ninguém procurou por ele naquele deserto abandonado por Deus, mas ele tomaria cuidado, seria discreto, embora ansiasse por vozes, movimento.

Sentia falta de conversar, sabendo que a maioria das coisas que dizia eram mentiras muito bem elaboradas.

Ele se pegou falando sozinho, tentou parar. Mas, assim como as batatas chips, não conseguiu.

Ele faria a lista, dirigiria até a cidade, compraria mantimentos e voltaria para casa.

Murmurava consigo mesmo enquanto caminhava de um lado para o outro na casa, que se tornara uma jaula. Exceto pelo quarto lateral. Então entrou nele, pois sempre ficava mais calmo ali.

Retirara os quadros de Jesus porque não gostava da forma como aquele cara que se deixou pregar em uma cruz o encarava com o que parecia ser pena.

Ele se sentou, um homem que agora carregava peso extra no rosto e na barriga, que cheirava a suor, poeira e roupas mal lavadas. As raízes de seu cabelo tingido estavam aparentes. As unhas precisavam ser cortadas.

— Vamos dar uma olhadinha na nossa velha amiga Morgan. Vamos ver o que aquela vadia magrela anda aprontando.

Rastreou as cobranças e pagamentos habituais dela. Mercado, seguro, combustível, o pagamento mensal para a avó gananciosa. E franziu a testa ao ver um débito de setecentos dólares e alguns trocados em uma joalheria em Westridge.

— O que é isso, Morgan? Está ficando extravagante? Você não pode fazer isso, não, não pode. Não enquanto estou aqui preso neste buraco infernal. Está na hora de um lembrete. Está na hora de voltar à realidade.

Recostou-se, batucando suas unhas malcuidadas na mesa de madeira áspera.

— Vamos ver, vamos ver.

Fechando os olhos, quase pegou no sono sentado. Então, se sacudiu para acordar e coçou a barriga.

Usou a conta dela para comprar algumas roupas indecentes — ela era uma puta, afinal. Depois, entrou em outro site, e mais outro, comprando qualquer coisa que chamasse sua atenção. Sacos de lixo, porque ela era um lixo, perfumes de ambiente, porque lixo fede, mas sempre mantendo a compra abaixo de quinhentos dólares.

Ele se divertiu tanto que decidiu entrar no site de uma floricultura para encomendar uma coroa de flores para velório. Escreveu no cartão:

Morgan, nunca se esqueça.

— Isso deve dar conta do recado. É, isso deve dar conta do recado direitinho.

Toda aquela diversão o deixou com fome, então foi à cozinha e abriu uma lata de chili. Não se deu ao trabalho de esquentar e comeu direto da lata.

— Algumas semanas a mais, só isso. Só para ter certeza, certeza absoluta. Tenho que ir para o leste em breve. Talvez consiga aproveitar a folhagem de Vermont. É isso aí. Tenho que aproveitar aquelas cores, não é? Aproveitar as cores e matá-la. Matá-la e fechar o negócio, cobrar a dívida.

Ele jogou a lata vazia no lixo e lambeu o garfo.

— Vou pegar o que ela me deve, e depois voltarei a viver a minha vida tranquilamente. Ela dá azar, isso sim. Ela me deu azar.

De barriga cheia, decidiu tirar uma soneca. Faria a lista e iria à cidade amanhã. Não estava com vontade de se limpar agora. Amanhã daria na mesma. Amanhã estaria um dia mais perto de seu objetivo.

Enquanto ele estava deitado nos lençóis que encharcara de suor na noite anterior, Beck e Morrison passaram por Gabbs, depois se dirigiram para Two Springs.

Eles verificaram os dois hotéis na beira da estrada, o único hotel de doze quartos da cidade, as lojas e lanchonetes. Conversaram com a polícia local.

Levaram quase o dia todo e não encontraram nenhuma pista.

No fim do dia, eles se sentaram em um pequeno restaurante onde o ar estava uma delícia de gelado e comeram enchiladas surpreendentemente gostosas.

— Não estamos errados, Quentin, juro que não estamos errados. Não houve nenhum sinal dele em Washington desde que começamos a vir para o sul.

— Também não estamos vendo nada por aqui.

— Ainda não. Mas estou com um bom pressentimento.

— Talvez ele tenha se escondido de verdade desta vez. Resolveu tirar um maldito ano sabático. Ou não estamos totalmente errados, mas ele seguiu para o leste. Montana, Colorado. Arizona.

— Vamos fazer o seguinte. Vamos esperar mais um dia, reservar dois quartos no hotel, revisar as informações outra vez e dormir um pouco. Amanhã de manhã, recomeçamos e vamos para a floresta nacional informar os guardas-florestais. Se não encontrarmos nada, vamos fazer uma pausa. Quero dormir na minha cama com o meu marido.

— Mais um dia — concordou ele. — Uma pausa seria bem-vinda para desanuviar a mente, talvez encontrar um novo ângulo. Estou começando a sentir que estamos andando em círculos, Tee. Acho que estávamos certos sobre ele estar nos atraindo para o norte, acho que tínhamos razão. Mas não sei se esta parte está certa. Não há nenhum sinal dele.

— Mais um dia, depois uma pausa, e aí começamos de novo. Já que vamos ficar por aqui, vamos tomar uma cerveja.

— Gostei da ideia.

No resort, bem antes do início de seu turno, Morgan bateu à porta de Lydia. Ela sabia que a matriarca estava lá, assim como sabia que a notícia já havia se espalhado. Queria esperar até pegar o anel de volta, mas, como a notícia havia se espalhado, achou melhor falar agora.

— Entre!

Ela abriu a porta.

— Posso falar com você um minuto? Tenho uma reunião com a Nell daqui a pouco, mas gostaria de falar com você primeiro, se tiver tempo.

— Está bem, pode entrar. Sente-se. Assim, posso aproveitar para te dizer que o Mick e eu estamos muito contentes.

— Obrigada, muito obrigada por isso. Mas, acima de tudo, eu gostaria de agradecer... Tinha preparado um discurso muito coerente e sincero. Até ensaiei, mas agora esqueci tudo. Não tenho nem palavras para expressar quanto me sinto honrada por você confiar em mim com o anel que o Mick lhe deu. O anel que você usou por tanto tempo. Prometo que vou cuidar muito bem dele, e farei tudo o que estiver ao meu alcance para ser uma boa esposa para o Miles.

— Ele não teria me pedido o anel se eu não pudesse confiar em você. Eu não o teria dado de tanta prontidão se não soubesse que você zelaria por ele.

— Vou, sim. De verdade. Aquele anel é mágico. Eu sei que parece besteira, mas...

— Não parece. — Os lábios de Lydia, com o batom vermelho que era sua marca registrada, se curvaram em um sorriso caloroso. — Não para mim. E fico muito feliz de saber que você vai usá-lo, já que sente a mesma coisa. Os Nash e os Jameson. Devo dizer que não estou surpresa. A sua avó e eu vamos nos divertir muito perturbando você e o Miles sobre os planos do casamento. Eu perguntei e ele me disse que você pretende continuar como gerente do Après.

— Sim.

— Então deverá comparecer à reunião familiar de setembro, com um relatório. A Nell poderá te ajudar com os procedimentos básicos.

— Estarei lá. — Ela se levantou. — Obrigada por tudo.

— Venha me ver novamente quando o anel estiver pronto. Gostaria de vê-lo em você.

— Pode deixar.

— Ah, e, Morgan, gostei muito que você tenha usado os pratos coloridos e feito dobraduras tão criativas nos guardanapos. São os pequenos detalhes que fazem um lar. Você já começou.

Capítulo Vinte e Nove

⌘ ⌘ ⌘

Quando Morgan entrou no Après, Nick a cumprimentou com um abraço de urso.

— Parabéns, tudo de melhor, ou sei lá o que se costuma dizer nessa situação. Estou muito feliz por você!

— Obrigada. Também estou muito feliz por mim.

— Quero ver. Quero... Ei, cadê o anel? — Seus olhos castanhos refletiam perplexidade e ofensa. — Que absurdo! Ele não te deu um anel de noivado?

— Está sendo ajustado.

— Ah... — Seu rosto expressou uma gama de emoções, passando por alívio e aprovação até chegar à decepção. — Acho que vou morrer de curiosidade até lá.

— Tenho uma foto no meu celular.

— Quero ver! Só um minuto.

Ele deu um sorriso de orelha a orelha para o cliente que acabara de pigarrear a fim de chamar sua atenção.

— Desculpe. O que posso servir para vocês?

— Vamos querer dois coquetéis especiais.

— É para já! A minha amiga, que também é a minha chefe, acabou de noivar. Estamos muito empolgados.

— Nós também noivamos! — A mulher no banco ao lado mostrou a mão esquerda e o anel que a adornava. — Ele fez a surpresa ontem, no jantar.

— Parabéns. É lindo. As bebidas são por minha conta, Nick — disse Morgan enquanto ele as preparava.

— É muito gentil da sua parte.

— Solidariedade.

— O anel dela está sendo ajustado — explicou Nick. — Mas ela tem uma foto dele.

— Ah, adoraríamos ver. Não é, Trent?

— Com certeza.

Ele parecia estar muito mais interessado na bebida, mas fez sua parte e olhou para o telefone de Morgan. Já a noiva deu um suspiro de admiração.

— Ele é magnífico! Parece joia de família.

— Era da avó dele.

— Caramba! É um diamante ou o iceberg que afundou o Titanic?

Nick colocou as bebidas sobre o balcão.

— Vamos conversar mais tarde. A Nell reservou uma mesa lá fora para a sua reunião.

— É melhor eu ir. Parabéns, mais uma vez. Aproveitem os coquetéis.

Ao sair, ela foi interceptada por garçons que queriam parabenizá-la e abraçá-la. Isso a fez sentir como se realmente fizesse parte de uma família. Tinha acabado de se sentar quando Nell se aproximou apressadamente.

— Estou atrasada. Odeio chegar atrasada, mas acontece.

— São só dois minutos.

— Atraso é atraso. Preciso de cafeína. O Nick sabe fazer um cappuccino gelado tão bom quanto o seu?

— Lógico que sabe.

— Ótimo. Ei, Barry, um cappuccino gelado. Dois? — perguntou ela a Morgan.

— Por que não?

— E eu não tive tempo para almoçar. Vamos dividir uma tábua de queijos? Preciso comer alguma coisa, já que vou provar o seu potencial coquetel especial de outono.

— Eu gosto de queijo.

— Ótimo. Obrigada, Barry. Bem — começou ela no mesmo instante —, vamos falar de negócios depois, mas antes quero saber tudo.

— Sobre o quê?

Nell deu a Morgan um olhar longo e misterioso.

— Por favor. Tudo o que eu consegui tirar do Miles foi "É, é, eu dei o anel a ela, ele está sendo ajustado". Quero detalhes. Como ele fez o pedido?

— Ele não fez, na verdade. Ele meio que me informou.

Nell se recostou na cadeira com uma expressão de desprezo, mas sem surpresa O tipo de sentimento que só um irmão ou irmã poderia expressar.

— Óbvio que informou, aquele romântico incorrigível.

— Mas isso foi depois de dizer que me amava. Ele se saiu muito bem nessa parte.

— Está bem.

Disposta a evitar o julgamento, Nell pegou o copo de água com gás que Barry já havia servido.

— Comece do começo.

— Bem, começou quando as mulheres da minha vida e eu estávamos experimentando os três finalistas para o coquetel de outono. Com muito afinco.

— Já vi que vou gostar dessa história.

E gostou, rindo enquanto saboreava o cappuccino gelado e atacava metade da tábua de queijos.

— Está bem, ele ganhou alguns pontos. E você está feliz. Estamos todos felizes. Espero que saiba disso.

— Estou, e eu sei.

— E então, quando e onde? Já decidiram?

— Por alto. Eu pedi para ser na primavera, e ele concordou, desde que eu vá morar com ele antes do Ano-Novo. Ele quer terminar e começar o ano comigo.

— Ok. — Segurando um biscoito, Nell levantou a mão livre. — Ele ganhou muitos pontos aí. Na escala do Miles, isso poderia ser considerado piegas. Ok, primavera. Onde?

— Eu sei que poderíamos nos casar aqui, e seria maravilhoso, mas…

— Não se trata de negócios, mas ficaria parecendo que sim.

— Um pouco, mas, principalmente, eu gostaria que nos casássemos na casa dele.

— Na casa de vocês — lembrou Nell. — Será a sua casa também. E eu acho perfeito, se a minha opinião vale de alguma coisa. Um casamento primaveril no jardim. O que o Miles disse?

— Ele disse "Qualquer coisa que você quiser está bom".

— E você acreditou nisso? Digamos que você queira que ele use um fraque lilás para combinar com os lilases do seu buquê.

— Vou anotar e usar isso só para ver a reação dele. O Miles não quer saber de todos os detalhes. Eu diria que, contanto que eu não queira esse fraque ou carruagens puxadas por cavalos, e não quero, está tudo bem.

— É bom que você sabe com quem vai se casar. Mas também deve saber que a minha mãe vai querer estar envolvida nos preparativos. E eu também.

— Eu seria louca se recusasse a ajuda de duas especialistas, ainda mais sabendo que vou querer e precisar de ajuda.

— Repita o que você disse. — Nell tocou a tela do telefone. — Para que eu possa gravar para o futuro.

— Eu quero e preciso de ajuda para planejar o casamento — obedeceu Morgan. — Assinado, Morgan Nash.

— Pronto, está gravado.

— Conhecendo o Miles, sei que ele vai querer o Jake e o Liam como padrinhos. Na verdade, essa foi a única resposta objetiva que ele me deu sobre tudo isso. Nell, você quer ser a minha madrinha?

Nell segurou a mão de Morgan.

— Estava esperando você me pedir. Eu adoraria.

— Que bom, fico feliz. O que você acha de marrom-arroxeado? Estou brincando — disse ela quando viu a expressão incrédula de Nell. — Espero conseguir uma reação igual à sua quando eu provocar o Miles com o fraque lilás. Sei que tenho que escolher cores, mas o mais importante para mim é que sejam harmoniosas. Você acharia estranho se eu convidasse a Jen para ser madrinha também, para ficar equilibrado?

— Acho que é uma ótima ideia. Vou aproveitar para fazer uma pergunta delicada. O seu pai?

— Não. — A resposta veio com facilidade, sem remorso. — Por muitos motivos, não. Vou mandar um cartão para ele, mas não um convite.

— Você quer que alguém te acompanhe até o altar?

— Sim. A minha mãe e a minha avó.

Com os olhos se enchendo de lágrimas, Nell levantou uma das mãos novamente.

— Ok, eu não sou sentimental, mas isso me pegou. Está ainda mais perfeito, e muito adorável, Morgan. Você já contou a elas?

— Elas choraram. Todas nós choramos. E foi perfeito.

— Nós vamos nos divertir tanto com os preparativos, e vai ser perfeito. Nada vai estragar esse momento. — Depois de afastar a xícara, Nell respirou fundo. — Não vamos dizer o nome dele, não aqui e agora. Mas imagino que o Jake tenha atualizado você.

— Atualizou, sim.

— Morgan, você entrou para a nossa família quando começou a trabalhar no Après. Com os Jameson é assim. E, agora, você faz ainda mais parte da família. Estamos ao seu lado para o que der e vier. Tudo o que pudermos fazer por você, tudo o que você quiser, nós faremos.

— Eu não sabia quanto queria uma família até me permitir ter uma. Sempre penso nisso. E já que estamos falando de família, vou perguntar... Você e o Jake. Alguma ideia?

— Muitas, na verdade.

Nell olhou para as mesas ao redor, para as pessoas que tomavam um drinque, comiam alguma coisa, relaxavam enquanto o dia de verão se transformava em noite.

— Ele esperou, e isso foi muito inteligente da parte dele, esperar até que eu estivesse pronta. Ou quase pronta, mesmo que eu não soubesse. Ainda não estou pronta para dar o passo que você e o Miles deram. Quero fazer um teste antes, porque eu sou assim. Temos que morar juntos primeiro. A casa dele é boa, mas eu prefiro a minha.

Ela deu de ombros e pegou o copo de água novamente.

— A minha fica mais perto do meu trabalho, a dele fica mais perto do trabalho dele. O meu lado prático sabe que ele é chefe de polícia, então estar perto da cidade é importante.

— Então procurem uma casa que vocês dois gostem entre esses dois pontos. Assim não vai ser a casa do Jake ou da Nell, e sim a casa do Jake e da Nell.

— Comprar uma casa juntos? É uma... ótima ideia. Uma concessão e um compromisso ao mesmo tempo. Ele vai gostar disso. Eu vou gostar disso. Talvez. É, talvez. Vou gostar de ter uma irmã.

— Eu também.

— Muito bem, irmã, vá me preparar aquele coquetel para tratarmos de negócios.

Do outro lado do continente, Rozwell dirigia para Two Springs bem cedo a fim de evitar o calor do dia. Que piada, pensou com amargura. O calor nunca ia embora. Mas ele queria riscar logo aquela viagem da lista, comprar toalhas novas, comida e alguma bebida decente.

Queria ouvir vozes, mesmo se fossem daqueles malditos ratos do deserto. A cidade não era lá grande coisa, mas tinha lojas, inclusive um mercado quase decente, alguns restaurantes patéticos e dois bares — um deles, com uma loja de bebidas anexa. Havia uma versão caipira do departamento do xerife — não o preocupava nem um pouco — e um agrupamento de casas nos arredores que alguém com senso de humor poderia chamar de "subúrbio".

Ela estava localizada a alguns quilômetros da borda oeste da Floresta Nacional Humboldt-Toiyabe, que não despertava interesse nele, mas oferecia vistas das montanhas.

Era perto o suficiente para que visitantes entediados ou trilheiros e campistas insanos fossem fazer uma visita, então algumas das lojas vendiam souvenirs, equipamentos de acampar e trilhas. Também havia muitas armas à venda.

Embora não fosse um fã de armas, ele já tinha avistado cobras mais de uma vez. Tentou atirar nelas com a pistola da Defunta Jane, experimentou também a espingarda e o fuzil que encontrou na cabana.

Testou o AR-15, que aniquilou a cobra e quase o matou de susto.

Pendurou o fuzil de novo na parede e ficou com a pistola.

Tinha uma quantidade enorme de munição, mas ele desperdiçou parte dela tentando matar as malditas cobras e atirando repetidas vezes em um cacto só para ouvir o barulho.

Ele anotou o tipo de munição necessária para a pistola. Não seria má ideia comprar mais.

Como acordara com fome, comeu meia dúzia de ovos e o restante do bacon que encontrou no congelador. Jane havia marcado a validade — muito útil —, mas ele mesmo teve que fatiá-lo, então as fatias ficaram em sua maioria muito finas ou muito grossas.

Compraria bacon pronto na próxima viagem. E linguiça. E qualquer outra coisa que chamasse sua atenção e abrisse seu apetite.

Comprou as toalhas primeiro. Já sabia que não tinha algodão egípcio naquela cidade estúpida de Two Springs, mas ele se conformou. Comprou uma frigideira nova, já que queimara a que tinha na cabana e a arremessara para longe.

Ele foi à loja de bebidas. Cerveja, vinho, uísque, vodca, água tônica e, por que não?, tequila.

— Vai dar uma festa? — perguntou o caixa da loja, acrescentando um "hohoho" como se fosse um maldito Papai Noel.

Rozwell o encarou com uma expressão de desdém.

— É. Sou muito festeiro.

— Aposto que sim.

Evitando olhar novamente naqueles olhos, o funcionário ensacou as bebidas e entregou o troco.

Depois de colocar as compras na caminhonete, ele foi atrás da munição. Comprou três caixas de bala de ponta oca para a Colt 1911 que herdou.

E pensou: "Irrá, virei um maldito pistoleiro." De lá, foi ao mercado.

Batatas chips, biscoitos, doces, batatas fritas congeladas — por que ele não tinha pensado naquilo antes? Bacon, linguiça, pizza congelada. A pizza o fez pensar em Morgan.

— Aquela vadia vai ter o que merece — murmurou, e a mulher que estava a um metro dele se afastou na direção oposta.

Refeições congeladas — basta esquentar e comer! Queijo! Leite! Cereal, pão, manteiga. Limões — para um bom shot de tequila. Bananas. Batatas, porque qualquer um pode aprender a assar uma maldita batata.

Encheu duas cestas de compras.

Quando chegou ao caixa, a atendente começou a escanear os produtos. O rosto dela era redondo como uma torta, com óculos que não paravam de deslizar pelo nariz.

A cena o irritou tanto que ele se imaginou dando um soco naqueles óculos idiotas, enfiando-os nos olhos dela até eles sangrarem.

— Está fazendo estoque? — perguntou ela alegremente.

Ele esticou os lábios, exibindo o que acreditava ser um sorriso amigável.

— Isso mesmo. Estoque. Um homem tem que comer, não é?

— Sim, senhor. — Ela manteve os olhos nos produtos. — Com certeza.

Ele saiu carregando as sacolas e colocou a comida congelada na cabine da picape, onde o ar-condicionado, embora fraco, impediria que ela descongelasse no caminho de volta.

Colocou o restante na caçamba e, ao terminar, já estava sem fôlego devido ao esforço e ao calor. Abriu a tampa da garrafa de Coca-Cola que comprara no mercado e a carregou com ele para dentro da picape.

Deu outro bom gole e quase se engasgou quando recuperou o fôlego. Depois de ligar o motor, olhou pelo retrovisor.

Perdeu o fôlego de novo e, apesar do calor sufocante da cabine, sentiu seu sangue gelar.

Ele os viu saindo de uma lanchonete, o lugar onde teria tomado o café da manhã se não estivesse com fome demais para esperar. Mas não podia ser. Uma miragem, um truque de luz. Esfregou os olhos sob os óculos escuros, mas eles continuavam lá — e caminhando na direção dele. Os malditos agentes do FBI. Aqueles imbecis, Beck e Morrison. Bem ali, caminhando na calçada.

O pânico fez seus ouvidos zumbirem e seus olhos lacrimejarem na medida em que pisava no acelerador. Enquanto dirigia, ele socava o volante. Como? Como? Como?

A picape sacudia e tremia enquanto ele acelerava o máximo possível.

Porque eles estavam logo atrás dele. Logo atrás dele.

Precisava voltar o mais rápido que pudesse para a casa da Defunta Jane. Ele havia quebrado sua nova regra, deixando roupas, equipamentos, dinheiro — não podia perder tudo de novo. Havia quebrado a regra porque eles não deveriam estar ali.

Por que foram para lá?

Quando ele chegou ao portão e saltou do carro, suas pernas quase cederam. O medo o deixou encharcado de suor, tremendo tanto que seus dedos se atrapalharam com as chaves do cadeado.

Mas ele conseguiu abrir o portão, e entrou com a picape e se recompôs para fechar o cadeado novamente. Por via das dúvidas.

Disparou pela entrada, lutando para acalmar sua mente o suficiente para pensar, apenas pensar. Ele usaria a caminhonete da defunta. Era uma lata velha, mas uma lata velha melhor que a sua. E talvez, de alguma forma, eles já tivessem rastreado a que ele estava usando.

Ele trancara a cabana antes de sair — segurança em primeiro lugar —, então precisou lidar com aquelas fechaduras também. Do lado de dentro, arrumou seus pertences às pressas, colocando a roupa suja junto com a que acabara de lavar. Sua respiração soava como um vendaval enquanto juntava seus equipamentos e desconectava alguns dos dela para levar.

O dinheiro, o dinheiro, o dinheiro, os documentos de identidade que ele forjara.

As armas, as munições, as facas — inclusive a que a vadia usara para esfaqueá-lo.

As galinhas cacarejavam enquanto ele corria para o galpão e arrastava a porta para abri-lo. Jogou algumas ferramentas na caçamba da caminhonete, o som metálico ecoando enquanto ele lançava seus alicates de corte, uma picareta, um machado e um martelo. A poeira subia enquanto ele dirigia até a cabana e, chegando lá, lançou sacolas, malas e pastas na caçamba. Ele se obrigou a ter mais cuidado com os equipamentos e colocou a pistola embaixo do banco do motorista. O fuzil e a espingarda foram para o suporte de armas na traseira da caminhonete.

Eles podiam vir, se quisessem. Atiraria neles sem dó nem piedade. Precisava de água, de comida.

Quando se lembrou de toda a comida que comprara, a raiva tomou o lugar do medo.

Ele abriu com força a porta da outra caminhonete, tirou as refeições e pizzas congeladas, os galões de leite, e jogou tudo no chão. Um desperdício de tempo e dinheiro.

Tomado pela raiva, gritou. E, enquanto gritava, algo que já estava rachado se quebrou dentro dele.

Ficou em pé, olhando ao redor para o leite derramando no chão, para as caixas amassadas de empadão, frango frito e molho, as barras de sorvete Dove e o cheddar extraforte.

Depois começou a rir, rir e rir com tanta força que lágrimas começaram a escorrer pelo seu rosto. Riu enquanto transferia as outras compras, as bebidas alcoólicas e as toalhas de uma caminhonete para a outra.

Foda-se, foda-se essa merda, ele já estava de *saco cheio*. Estava na hora de pôr um fim àquela história.

Hora do acerto de contas. Hora de a vadia pagar pelo que fez.

— "É chegada a hora", disse a morsa — murmurou ele enquanto amarrava uma das lonas de Jane sobre a caçamba da caminhonete.

Estava prestes a entrar no veículo, mas pensou "por que não?". Caminhando até as compras espalhadas pelo chão, rasgou a caixa de barras de sorvete Dove, puxou uma delas, arrancou a embalagem e comeu enquanto dirigia até o portão.

— Adiós, Jane! — gritou enquanto enchia a boca de sorvete e chocolate. — Obrigado por nada, vadia!

Destrancou o portão e passou com a caminhonete. E, jogando as chaves do cadeado pela janela, deu início à viagem rumo ao leste.

⌘ ⌘ ⌘

Enquanto Beck e Morrison atravessavam a rua para entrar no carro, a atendente de caixa do mercado fumava um Marlboro do lado de fora para acalmar os nervos.

— Ei! Vocês são os agentes federais, não são?

— Sim, senhora. — Morrison parou ao lado da porta do passageiro, pois perdera a aposta para dirigir. — Agentes especiais Morrison e Beck.

— Deb me disse que havia uns agentes federais investigando um maluco aqui ontem. Foi o meu dia de folga. — Ela deu uma longa tragada. — Atendi um maluco agora há pouco. Olhos insanos. Comprou comida suficiente para um batalhão do exército. Deu um sorriso e me lançou um olhar tão esquisitos que fizeram o meu sangue gelar.

— É mesmo?

Interessada, Beck se aproximou.

— Nós deixamos um retrato falado do homem que estamos procurando com a sua gerente. Você o viu?

— Não. Eu só chego, faço o meu trabalho e vou embora. Não me meto na vida dos outros, como todo mundo deveria fazer.

— Você poderia dar uma olhada agora?

Beck abriu a pasta e tirou um dos retratos falados.

— Acho que sim. Estou fazendo uma pausa porque o cara dos olhos insanos me deixou abalada.

Ela pegou o retrato falado e empurrou os óculos que deslizavam pelo nariz. Balançou a cabeça em negativa.

— Não. O cabelo dele era mais curto, meio loiro-escuro, pelo que deu para ver. E ele…

Ela parou e franziu a testa.

— Espere um minuto. Talvez sim. São os olhos, esses olhos insanos. Mas o cara que esteve aqui não tinha uma barba cheia, só uma barba por fazer, e acho que o rosto dele era mais redondo. Mas aqueles olhos…

— E quanto à altura? — perguntou Morrison. — Quanto você acha que ele mede?

— Um metro e oitenta, mais ou menos. Talvez um pouco menos.

— Ele disse alguma coisa?

— Sim, disse que um homem precisa comer. Eu perguntei se ele estava fazendo estoque, porque comprou duas cestas cheias de comida, e ele respondeu que um homem precisa comer.

— Ele tinha sotaque?

— Não parecia ser da região. — Ela deu de ombros e continuou fumando. — Provavelmente do Leste, acho. Talvez fosse ele, mas não posso dizer com certeza. Mas tinha alguma coisa errada com aquele cara. Disso eu tenho certeza.

— Você viu que tipo de veículo ele estava dirigindo?

— Não, sinto muito. Normalmente, eu chamaria o Tiny, o encarregado de colocar os produtos nas prateleiras, para ajudá-lo a carregar as compras, mas não chamei. Só queria que ele fosse embora logo. Nunca o vi por aqui antes. Pelo menos nunca o atendi na loja. Acho que ele não deve morar muito longe, já que comprou uma montanha de comida congelada.

Embora ela estivesse relutante, eles conseguiram o nome dela e suas informações de contato.

— Quais são as chances? — indagou Morrison.

— Boas o suficiente para dar mais uma olhada rápida. Se você fosse o Rozwell e, de alguma forma, estivesse morando perto o suficiente da cidade para vir fazer compras aqui, o que mais compraria?

— Se eu estivesse entocado lá em cima, compraria um monte de bebidas alcoólicas. — Exatamente. Vamos seguir essa intuição, Quentin, e mostrar a foto dele mais uma vez na loja de bebidas.

Quando entraram na loja de bebidas, o atendente tirou os olhos do livro que estava lendo e olhou para eles. Não era o mesmo funcionário de ontem. Irmão mais novo, talvez.

— Posso ajudar?

— FBI. Agentes especiais Beck e Morrison.

Beck mostrou o distintivo.

O funcionário se levantou do banco.

— Ah, oi!

— Estamos procurando uma pessoa.

— Desde que não seja eu.

Beck deu seu melhor sorriso.

— Não, não é você. Este homem.

O funcionário pegou o retrato falado, transferiu o peso do corpo de uma perna para a outra.

— Que engraçado. Mais ou menos.

— O que é engraçado?

— Ele meio que se parece com o cara que esteve aqui há uma hora. A região dos olhos. E a boca também, eu acho. Não gostei dele.

— Não? — Beck se inclinou de leve para ele. — Por quê?

— Bem, ele comprou tanta coisa que eu poderia ter fechado a loja pelo resto do dia, e o meu irmão, que é o dono, nunca saberia, porque o faturamento ainda seria maior que o de costume. Mas ele não me pareceu ser uma boa pessoa. Tinha uma *vibe* ruim, sabe? E levou tanta bebida que eu comentei que parecia que ele ia dar uma festa. Ele me olhou de um jeito que eu até me arrependi de ter aberto a boca. Acho que é ele, com o cabelo mais curto. O que ele fez?

— Você viu que carro ele estava dirigindo?

— Eu olhei lá para fora e o vi colocar as caixas de bebida em uma picape. Uma Chevrolet antiga, vermelho-ferrugem. Ei, o que ele fez?

Mas eles já tinham saído.

— É ele, Quentin. Sinto isso no meu âmago.

— Vamos informar o xerife. Ele está morando em algum lugar por aqui. Ninguém compra tanta comida e bebida durante uma viagem de carro ou quando está hospedado em um hotel.

— Ele pode ter reféns, o que não é o estilo dele, mas há algumas casas e pequenos ranchos a meia hora de Two Springs. Ou talvez esteja em um lugar abandonado. Se ele comprou comida congelada, é porque tem um congelador e um forno ou micro-ondas. Ele veio à cidade e fez pelos menos duas paradas, quer dizer que ele se sente seguro.

Enquanto se dirigiam rapidamente para o gabinete do xerife, escanearam as ruas.

— Ele ainda poderia estar aqui — disse Morrison. — Mas é pouco provável. Comida congelada.

— Vai derreter bem depressa neste calor. Ele deve estar por perto.

O gabinete do xerife tinha uma sala externa com uma mesa de despacho e mais duas salas para os dois delegados que trabalhavam meio período. Nos fundos, havia duas celas, um banheiro unissex e um balcão improvisado com um fogão elétrico e uma cafeteira.

O ar-condicionado trabalhava a todo vapor, espalhando o cheiro de café ruim por todos os lados.

O xerife Neederman, um homem magro e curtido pelo sol, com cerca de quarenta e cinco anos, tinha o próprio escritório, e a porta estava aberta.

— Ah, FBI. — Ele se levantou da cadeira. — Não esperava vê-los de novo.

— Lucy Wigg, do Mercado de Two Springs, e Kyle Givens, da loja de bebidas Givens, acabaram de identificar Gavin Rozwell a partir do nosso retrato falado. Ele visitou esses dois lugares hoje de manhã.

— Caramba. Eles têm certeza disso?

— O suficiente. Ele comprou muita coisa, inclusive produtos congelados e bebida alcoólica, o que indica que ele encontrou um esconderijo por perto. Perto o suficiente. Temos que iniciar uma busca.

— Pode contar com a nossa ajuda. Um dos delegados está atendendo a uma chamada, mas vou chamar o outro para vir. Vou notificar a polícia estadual para que eles fiquem alertas.

— Ele está dirigindo uma picape Chevrolet. Modelo antigo, pelo que disseram. Você conhece a área, xerife. Vamos fazer algumas suposições.

— Primeiro, deixe-me fazer as ligações e pensar.

Quando terminou, ele abriu um mapa.

— Estão vendo essas casas bem aqui? São poucas e distantes umas das outras, mas as pessoas notariam um forasteiro. A história muda quando você vem para essa região ou para as montanhas. Lá, há fazendas modestas e pessoas modestas que escolhem viver assim porque não querem ninguém por perto. E há os preparadores, os sobrevivencialistas, o tipo de gente que é contra absolutamente tudo. Eles não o receberiam de braços abertos, e nem a nós, aliás.

— Vamos seguir essa hipótese. Quem mora sozinho nessa região? Sem família, porque daria muito trabalho — disse Beck ao parceiro. — É mais fácil neutralizar uma única pessoa. Ele precisaria de privacidade se quisesse cavar uma cova.

— Temos o Riley, ex-fuzileiro naval, um sujeito muito estressado.

Neederman bateu com o dedo no mapa.

— A casa dele é uma maldita fortaleza. E temos Jane Boot, cujo marido faleceu há algum tempo, mas ela continuou lá. Ela vem à cidade, vende ovos e leite de cabra uma vez por mês, mais ou menos. Firme como uma rocha, parece estar se preparando para uma guerra ou para o Arrebatamento, o que vier primeiro.

— A mulher — disse Morrison. — Ele escolheria a mulher antes de enfrentar um militar.

— Vamos lá descobrir.

— Vou mostrar o caminho. Ela não tem celular, é contra, e a casa tem portão e arame farpado. Tenho um alicate corta-vergalhão no porta-malas. Se ela estiver lá ordenhando a maldita cabra, vai ficar uma arara.

Trinta minutos depois, eles chegaram ao portão.

Neederman estacionou a caminhonete na diagonal para bloquear a saída e desceu do carro. Pegou um molho de chaves do chão e balançou a cabeça quando Beck abriu a janela.

— Jane nunca deixaria este portão aberto. As chaves estavam no chão. Filho da puta.

— Você tem coletes à prova de balas, xerife?

Ele levantou o chapéu.

— Sim, sim. Filho da puta — disse novamente. — Ela nunca deixaria o portão aberto.

— Vamos nos equipar. Chame reforços. Minha parceira e eu nos encarregaremos do resto. Ele é o nosso alvo.

Ele lançou um olhar sério para Morrison.

— Se ele machucou a Jane, agora também é o meu alvo.

Depois de colocarem os coletes, atravessaram o portão.

— Ele não está mais aqui, Tess. Ele sentiu que estávamos chegando, por isso não está mais aqui.

Com o rosto sério, ela continuou dirigindo.

— Lá está a caminhonete vermelha, e as compras espalhadas pelo chão. A porta da frente está aberta, a porta daquele galpão também.

— Alguém teve um ataque de raiva — murmurou Morrison.

— É o que parece, mas não vamos arriscar levar um tiro.

Ela passou entre o galpão e a cabana e, usando o carro como escudo, eles desceram.

— Gavin Rozwell! É o FBI. Saia com as mãos para o alto.

Não se ouvia nada além do cacarejo das galinhas e dos grunhidos dos porcos.

Ela pegou uma pedra e arremessou-a para tentar fazê-lo atirar. Mas não houve qualquer movimento. Jogou outra, acertando a parede da casa.

— Ok, Quentin, vamos averiguar.

Eles saíram de trás da caminhonete e correram abaixados até a porta. Ele fez a varredura primeiro, em pé, enquanto ela fazia a varredura perto do chão.

A casa cheirava a suor e poeira, e parecia ter sido palco de uma briga de bar. Tanto a casa quanto o galpão estavam vazios.

— Ela tem uma picape Ford Ranger, ano... 2015 ou 2016, acho. Vou pedir a confirmação — disse Neederman. — A cor é azul, um azul médio, e vou verificar as placas. Será que ele a levou junto com ele?

— É pouco provável.

Ele esfregou a nuca.

— Vou dar uma olhada para ver se a encontro — disse ele a Beck. — E a cabra.

— Ele deve ter visto a gente hoje de manhã. Só pode ter sido isso. Por que outro motivo ele fugiria assim depois de comprar toda essa comida?

Beck precisou se controlar para não chutar as embalagens que descongelavam no chão.

— Ele saiu do mercado e nos viu. Ou já tinha carregado a caminhonete. É mais provável. Ele entrou na caminhonete, veio até aqui, fez isso, pegou o que queria e foi embora.

— Fugindo novamente, Tee. — Ele colocou a mão no ombro dela, porque os dois precisavam de apoio. — Ele está fugindo outra vez, assustado e com raiva da situação. Vamos emitir um alerta sobre a caminhonete dela.

— Ela está aqui atrás! — Neederman gritou. — E a cabra. Meu Deus, o que sobrou delas está aqui atrás. Ele simplesmente a largou no chão — disse quando os outros se aproximaram. — Simplesmente a jogou no chão para os abutres.

Capítulo Trinta

⌘ ⌘ ⌘

Morgan abriu a porta para Jake em uma manhã abafada que implorava por uma tempestade.

— Entre. Devo fazer café? Vamos precisar de café?

Ele entrou e fechou a porta.

— Que tal uma bebida gelada? As mulheres da sua vida estão em casa?

— Não, estão no trabalho.

Seja lá o que ele tinha ido contar, não podia ser coisa boa. Ela podia sentir o mal se infiltrando sob sua pele.

— Acho que o chá gelado ainda não está pronto, mas temos Coca-Cola.

— Seria ótimo. Morgan, você se importa de ouvir algumas coisas sobre o Rozwell de mim? Pode entrar em contato com o FBI, se quiser a informação direto da fonte.

— Eu agradeço por você ter tirado um tempo para vir me contar pessoalmente.

Enquanto enchia os copos com gelo, ela não pôde deixar de notar como suas mãos estavam firmes. Os dias de pânico tinham ficado para trás.

— Ele matou mais alguém, não foi? Estou com um nó no estômago.

— Sim. Vamos nos sentar aqui para que eu te conte tudo o que eles me disseram. Vou te contar o que aconteceu ontem em Nevada.

— Nevada. Então eles estavam certos, ele foi para o sul. Que bom que acertaram. Já é alguma coisa.

Enquanto Jake contava o que sabia, Morgan se recostou na cadeira, chocada.

— Não consigo imaginar, sério, não consigo imaginá-lo na cabana de uma sobrevivencialista no meio do nada. Não me surpreende que ele a tenha matado, e sinto muito por isso, mas o resto? Inacreditável.

— Você o destruiu. Essa é a minha opinião. Você destruiu a sequência de sucesso dele, e isso o destruiu. O FBI merece crédito, assim como o instinto da Beck, mas ela e o parceiro seriam os primeiros a admitir que ter chegado àquela cidade na mesma manhã em que o Rozwell apareceu para fazer compras foi pura sorte.

— E eles acham que ele passou duas semanas lá?

— Provavelmente três. Eles rastrearam a última visita da vítima à cidade. Não é incomum que ela desapareça durante um mês inteiro, talvez até mais. Ela vai à cidade vender ovos, leite, alguns produtos de couro. Ela comprou mantimentos e abasteceu a caminhonete quase três semanas atrás. E eles descobriram que o Rozwell estava hospedado em um hotel a cerca de cinquenta quilômetros de distância dali até o dia em que ela foi a Two Springs.

— Entendi. Entendi.

— Ela participava de forma ativa de grupos on-line de sobrevivencialistas, extremistas religiosos. Segundo eles, ele deu continuidade à atividade de forma intermitente, mas dá para perceber diferenças sutis nas postagens e respostas desde a última vez que ela foi à cidade comprar mantimentos, dezenove dias atrás.

Jake hesitou por um instante, mas depois continuou.

— Eles farão uma autópsia do corpo para tentar determinar a data da morte. Morgan, todas as pessoas que tiveram contato com ele ontem e prestaram depoimento aos agentes disseram que havia algo errado com ele. Ou ele não conseguiu esconder ou não se incomodou em tentar. Ela tinha armas, Morgan. Um fuzil, uma espingarda... Eles encontraram estojos deflagrados espalhados pelo local. E ela costumava carregar uma pistola na cintura.

— Não adiantou de nada, no fim das contas.

— A questão é que ele levou essas armas com ele. Deixou o fuzil AR-15, felizmente, mas ficou com o resto. E comprou munição para a Colt 1911 quando foi à cidade. Ele nunca usou armas antes.

— Ele não é mais o mesmo.

— Os analistas de perfil psicológico concordam com isso. Tudo o que eles encontraram na cabana indica que ele perdeu o controle.

Como ele a considerava sua amiga e, de certa forma, eles se tornariam irmãos em breve, Jake segurou a mão de Morgan.

— Eles acham que o Rozwell não terá outra opção além de vir para cá.

— Em parte isso é um alívio, porque vivo esperando ouvir a porta de casa se abrir, o monstro aparecer. Isso nunca sai da minha cabeça, Jake, não importa o que eu faça. É como um roedor cavando túneis sob um jardim. Parece arrumado e bonito por fora, mas está prestes a desabar.

Ela olhou para o copo, depois para os olhos dele.

— Você tem medo de que ele simplesmente atire em mim, já que pegou as armas. Quando eu estiver entrando no carro ou caminhando na rua. Ele não vai fazer isso. Ele não vai conseguir. É rápido demais, extremo demais.

— Ele não é mais o mesmo — repetiu Jake.

— Não, mas não dá para mudar completamente quem você é por dentro, lá no fundo. Ele precisa me machucar, precisa ver o medo nos meus olhos. Ele tem que me fazer pagar por tudo que deu errado desde... desde a Nina.

Depois de se recompor, ela estendeu a mão para pegar o copo.

— Não consigo acreditar que o conheci apenas por algumas semanas e consigo vê-lo de forma tão cristalina. A ideia de ele ter vivido da maneira que você descreveu por semanas... Não, ele vai querer me fazer pagar. Me matar não será suficiente se eu não sofrer primeiro.

— Concordo com você, mas, ainda assim, tenho medo de estar errado.

— Ele tomou tudo o que eu tinha, Jake, tudo menos a minha vida. Mas, veja. — Ela abriu as mãos. — Não se passaram nem dois anos e estou bem. Mais que bem. Tenho um lar, uma família, um homem que me ama. Tenho um emprego bom, uma vida boa. Tenho amigos. Quem perdeu foi ele. É ele quem está fugindo e está desesperado. Me matar de forma rápida não vai compensar tudo isso. É pessoal.

Ao ouvir o som da campainha, ela pegou o celular no mesmo instante para verificar.

— É... a entregadora de flores. É uma...

Ela passou o telefone para Jake.

Seu olhar ficou sério, e ele se levantou.

— Eu cuido disso.

Ela precisou de um momento para se recompor antes de ir atrás dele. Sabia identificar uma coroa de flores para velório quando via uma. Na porta, enquanto Jake questionava a entregadora atordoada, Morgan examinou o arranjo e a mensagem.

Morgan, nunca se esqueça.

Ela não esqueceria, pensou. Nunca esqueceria.

⌘ ⌘ ⌘

Rozwell sabia que trocar as placas do carro não bastaria, então comprou um pulverizador de tinta, uma lata de tinta do tom verde-ervilha e, em uma estrada deserta, cobriu o azul da caminhonete de Jane.

O resultado ficou uma merda, e ele teve que limpar a tinta dos faróis e lanternas, mas o veículo não batia mais com a descrição.

Ele imaginou que quebraria o galho por um tempo, principalmente considerando a incompetência dos policiais caipiras da região.

Não podia arriscar se hospedar em hotéis, por mais decadentes que fossem, então dirigiu direto para Utah, dirigiu dia e noite, alimentado por raiva, medo, cafeína e carboidratos.

Decidiu que era hora de retomar os bons hábitos, então dirigiu até o aeroporto de Salt Lake para tirar uma soneca muito necessária no estacionamento de longa duração.

Acordou antes do amanhecer com um calor insuportável, mas achou que sua sorte tinha virado quando avistou uma minivan, com um adesivo de bebê a bordo e tudo, que devia ter estacionado enquanto ele tirava sua sesta.

Tinha pelo menos uns quinze anos, estimou ele, mas estava impecável.

Levou mais de meia hora, mas conseguiu entrar, desativar o alarme e ligar o carro — não tinha perdido o jeito! —, e transferiu tudo da caminhonete para a van.

O carro tinha mais de três mil quilômetros rodados, mas daria para o gasto. Certamente poderia levá-lo para o Colorado, até encontrar um hotel de beira de estrada razoável — nada de bons hotéis por enquanto, ainda não.

Um banho quente, tempo para cuidar da aparência, comer, dormir e traçar a melhor rota até Morgan.

Ao lado de Miles, Morgan fechou o bar na noite de sexta-feira.

— A Beck me ligou há algumas horas.

Ele parou o que estava fazendo.

— E você só está me contando isso agora?

— Estávamos ocupados. Você estava ocupado. Não faz diferença. Um segurança avistou a caminhonete que ele estava dirigindo no estacionamento de longa duração do aeroporto de Salt Lake City. Ele tentou pintar o veículo, mas ainda dava para ver o azul. Levaram algum tempo para descobrir qual carro ele roubou ali. Uma minivan vermelha. Kia, acho. Ele percorreu uma longa distância, mas eles conseguiram rastrear o hotel onde ele se hospedou no Colorado.

— Acho melhor a gente se sentar.

— Não, estou bem. Estou bem. Ele largou a minivan no estacionamento de um Walmart na Dakota do Sul. Roubou um SUV à mão armada, amarrou a proprietária, uma mulher de sessenta anos, com cordas elásticas, amordaçou-a e a empurrou para dentro da van. Ele a golpeou, o que a deixou inconsciente e com uma concussão, mas não a matou. Já é alguma coisa. Eles estão investigando o que a agente Beck considera ser um avistamento muito plausível em Minnesota, e ela não acredita que ele vá ficar com o SUV por muito tempo, nem acha que ele arriscaria tentar ligar para um de seus contatos para trocá-lo. O aeroporto de Mineápolis já está em alerta.

— Isso é tudo?

— Por enquanto, sim.

— Morgan.

Ele pegou a mão dela, aquela que levava o anel que ele lhe dera.

— Isso quer dizer alguma coisa.

— Isso quer dizer tudo.

— E estar ocupado não quer dizer nada — acrescentou ele. — Quando eles te contarem qualquer coisa sobre esse filho da puta, eu quero que você fale comigo. Não depois, quando eu não estiver mais ocupado. Eu quero saber na hora. Não quero que você espere para me contar. Assim como você me manda mensagem toda noite quando chega em casa. Isso também não é negociável.

— Você tem razão. Desculpa.

— Não quero desculpas.

— Eu sei que não. — Sorrindo, ela acariciou a bochecha dele. — Mas peço desculpa do mesmo jeito.

— Você poderia vir morar comigo agora.

— Eu não me sentiria bem nem tranquila em deixar as mulheres da minha vida sozinhas, principalmente agora, que ele parece estar mesmo vindo para cá.

— Eu posso ir morar com você.

Ele poderia, pensou ela. Ele odiaria ter que fazer aquilo, mas faria mesmo assim.

— A casa está bem protegida. E amanhã vou pedir para a Jen me dar mais algumas aulas de defesa pessoal para relembrar as técnicas. Ouça bem o que vou te dizer, está bem? Porque eu pensei muito sobre isso. Talvez ele pudesse ter me matado antes. Eu não estava preparada, mas, ainda assim, talvez não teria conseguido. Ele matou a Nina, mas a pegou de surpresa, e ela estava doente, e era pequena, Miles. Mas agora eu estou preparada, e ele não vai me pegar de surpresa. E estou mais forte do que era antes. E sabe o que mais? Estou com raiva.

— Tudo isso é ótimo, Morgan. Mas ainda assim.

— Os policiais estão patrulhando a rua. Um deles me acompanha do trabalho até em casa todas as noites. Imagino que, se ele se aproximar da fronteira de Vermont, teremos um policial ou um agente federal acampado na minha sala.

— Se ele chegar tão perto, eu estarei acampado lá com eles.

— Fechado. E não fique bravo, mas eu preciso que ele venha. Preciso que isso acabe logo. Quero olhar vestidos de noivas e buquês, decidir a música da nossa primeira dança, escolher o tom perfeito de lilás para o seu fraque.

— Você vai fazer tudo... O quê? Não.

— Eu estava guardando o lilás para te pegar de surpresa. Pareceu ser a hora certa. Agora vamos deixar o Rozwell de lado e ir para casa.

— Está bem, mas nada de lilás.

— Bem, se eu escolher um buquê de peônias com lilases, talvez apenas um raminho para colocar na lapela. Mas aí eu começo a pensar em delfinos e ervilhas-de-cheiro ou tulipas e buquês-de-noiva. Não me faça falar disso agora.

— Das coisas que quero fazer, te ouvir falar sobre buquês é provavelmente a última.

Do lado de fora, ele tomou a mão dela novamente e teve a impressão de sentir o primeiro sinal de outono no ar.

— Que tal "Stand by me"?

— Você quer ver filme hoje?

— Não o filme. A música. Primeira dança. Porque eu sempre ficarei ao seu lado e espero que você faça o mesmo.

O estresse dela diminuiu para dar lugar a um sentimento de carinho.

— Você tem pensado em assuntos de casamento.

— De vez em quando esse tipo de coisa passa pela minha cabeça.

— Aceito a sua indicação de música, é realmente boa. Mas só se você aceitar o raminho de lilás, se essa acabar sendo a minha escolha.

— Só um raminho?

Ela levantou o polegar e o dedo indicador para mostrar que era realmente pequeno.

— Então tudo bem.

Ela deu um abraço apertado nele.

— Eu te amo, Miles.

— Acho bom mesmo.

Mais tarde, enquanto eles dormiam, Rozwell cruzou a fronteira de Wisconsin dirigindo a picape Dodge que ele comprara em dinheiro em uma concessionária de carros usados em St. Paul.

Ele traçara alguns planos.

Morgan lidou com as encomendas e as cobranças que surgiam em sua conta, e as reportou. E mantinha o próprio registro delas.

Quando o mês de setembro chegou, ela se sentou com as mulheres de sua vida.

— Eu sei que vocês estão preocupadas, mas esse é justamente o objetivo dele. Nos deixar preocupadas, me deixar com os nervos à flor da pele. Mas, para mim, tudo isso prova que ele está desesperado.

— O desespero é um perigo — apontou Olivia.

— Sim, e não serei imprudente ou descuidada. Ele está dirigindo há dias, descansando muito pouco. Eles sabem qual carro ele está usando agora porque ele comprou uma picape em dinheiro em St. Paul. O FBI está em contato com a empresa do cartão de crédito. Não estou usando o cartão para nada. E eles relataram uma nova cobrança ontem.

— De quê? — perguntou Audrey. — O que foi agora?

— Ele deve ter ficado sabendo do casamento. Encomendou duas dúzias de rosas pretas.

— Com um cartão? Não tente amenizar as coisas, Morgan.

— Não estou amenizando, vó. Não estou. O cartão dizia apenas "Nenhum casamento, um funeral". É uma estupidez — disse ela com pressa, pois sua mãe ficara pálida. — É simplesmente uma estupidez. Todas essas provocações. Cada uma delas é um aviso, e ele deveria ficar quieto. E tem mais.

— Conte-nos. Tudo de uma vez — disse Olivia.

— Eles conseguiram imagens dele na barca que vai para Michigan. Ele deve ter mandado pintar a caminhonete e trocado as placas, mas foi filmado pelas câmeras de segurança. Está loiro outra vez, sem barba. Ainda acima do peso.

— Parece que ele está deixando um rastro para o FBI novamente — murmurou Audrey. — Como fez antes.

— Sim, eles estão considerando essa hipótese porque o rastrearam seguindo para o sul e em direção a Indiana.

— Por que ele faria isso? — Olivia se levantou e começou a andar de um lado para o outro na cozinha. — Por que não seguir para Ohio, contornar os lagos e continuar em direção a Vermont?

— Não sei, vó. Eu conversei com a agente Beck por um bom tempo. Eles têm algumas teorias. Ele está tentando despistá-los de novo. Está procurando um lugar onde possa se esconder por alguns dias, colocar o sono em dia e esperar que o FBI e a polícia baixem a guarda. Esperar que eu baixe a guarda. Dar um jeito na aparência, porque, pelo que me disseram, ele está acabado. O que é de conhecimento é que ele percorreu pelo menos trezentos e vinte quilômetros a mais que o necessário, se estiver mesmo vindo para cá. E eu sei que eles estão praticamente na cola dele.

— Não é suficiente.

— Eles concordam. Dava para ouvir a frustração na voz da agente Beck. Eu não queria ir para o trabalho antes de contar a vocês. No momento, ele está a mais de mil e quinhentos quilômetros de distância e muito provável que fazendo uma pausa outra vez. Mas agora preciso mudar de assunto, pois tenho que sair para o trabalho em alguns minutos. Quero mostrar o vestido que encontrei.

Ela pegou o celular e abriu o site.

— Ai, Morgan, é lindo! Simples, elegante.

Morgan sentiu seus músculos relaxarem com a aprovação da mãe. Audrey sabia o que era bom ou não.

— Eu queria algo simples. Deslumbrante, mas simples.

— E você encontrou um simplesmente deslumbrante. Amei as linhas retas e a saia rodada de leve. Mas você não vai comprar um vestido de noiva pela internet.

— Mas você disse…

— O vestido é a sua cara, e é perfeito para um casamento primaveril no jardim, mas você não vai procurar o seu vestido de noiva na internet. Vamos marcar uma visita à loja de noivas de Westridge na semana que vem. O lugar é adorável. Você precisa convidar a mãe, a avó e a irmã do Miles. E a Jen.

— Ah, mas…

— É muita gente, são muitas opiniões, sim. — Audrey deu um tapinha afetuoso na mão dela. — Mas é um ritual importante. E você precisa tocar no vestido, experimentá-lo, para ter certeza.

— Eu posso enviá-lo de volta se não…

— Vamos fazer o seguinte. — Quando ela queria se impor, Audrey não deixava barato. — Se você não encontrar um vestido que ame, que realmente queira, que te deixe deslumbrante, você pode encomendar esse da internet e eu não darei um pio. E eu vou pagar pelo vestido.

— Mãe.

— Por favor, me deixe fazer isso. — Seus olhos se encheram de lágrimas. — Eu quero muito fazer isso por você. Quero te dar o vestido.

— Não discuta, Morgan. É falta de educação recusar um presente dado com amor. Este casamento é o nosso presente, meu e da sua mãe. Não se trata de quem está pagando, bebê do meu bebê. Trata-se de fazer parte desse amor. Imagino que a família do noivo vá protestar, e estaremos preparadas para fazer concessões. Isso faz parte do amor.

— Já comecei a fazer uma planilha e um orçamento.

— Lógico que já. Ah, ela se parece tanto com você, mãe. Com certeza não herdou esse lado prático de mim. Agora você pode jogar isso fora e pensar nas coisas divertidas. As cores, as flores, a música, a lista de convidados. Vamos tentar marcar um horário para segunda que vem na loja de noivas. Assim, você não vai precisar se preocupar com o trabalho, e todas nós poderemos nos divertir.

— Vamos conversar sobre isso mais tarde, agora tenho que ir trabalhar. Tenho que contar ao Miles tudo o que eu disse a vocês antes de mudarmos de assunto. Fizemos um acordo.

⌘ ⌘ ⌘

Ele os levou para o sul em direção a Indianápolis, onde alugara uma garagem com um novo cartão de crédito. Estacionou a picape lá dentro e depois pegou um Uber para o terminal privado do aeroporto.

Usava uma peruca escura com um coque masculino e dedicara tempo e cuidado para cultivar um cavanhaque muito bem aparado. Levou consigo o notebook e uma bagagem de mão, e despachou uma única mala. Não estava preocupado com o controle dos documentos, pois também dedicara tempo e cuidado à fabricação da nova identidade.

Tomou uma taça de vinho no voo para Middlebury, Vermont, e comeu dois pacotes de batatas chips da cesta de lanches.

Por mais que tentasse, não conseguia largar aquele novo vício.

Como o voo era particular, sua bagagem não passaria por um controle de segurança. A pistola Colt 1911 estava segura em sua mala, assim como a faca.

Quando eles o rastreassem a partir de Indianápolis — se é que o fariam —, ele já teria terminado o que começou. A sorte dele retornaria.

Da próxima vez que viajasse de avião, ele iria para um hotel cinco estrelas em uma praia tropical paradisíaca. E aqueles últimos meses horríveis ficariam para trás como um pesadelo.

— Algo está errado.

Beck estava em pé, em mais um quarto de hotel, estudando mais um mapa.

— Está errado, Quentin.

— Ele está nos enrolando outra vez.

— Você também está sentindo. Não há outro motivo para ele desviar tanto do caminho. Ele tem algo em mente. Está se reorganizando. Ainda não está completamente organizado, mas está chegando lá. Ele tem um plano agora. É o que estou sentindo.

— Talvez seja melhor irmos para o nordeste. Deixar esta área sob o comando dos agentes locais e ir direto para Vermont.

— É o que eu acho, mas tenho uma ideia melhor. — Ela se virou para ele. — Vamos de avião. Eu quero vê-la, quero ver a Morgan. Quero ver a configuração da casa, visitar o resort novamente, conversar cara a cara com o chefe de polícia. Revisar a segurança do resort ponto por ponto. Estou com um mau pressentimento de novo.

— Teremos que pedir autorização.

— Vamos pedir, então. Quero estar lá.

— E poderemos fazer o caminho de volta de lá. Acho que ele abandonou a picape, Tee. Ele a comprou e a abandonou.

— Também acho. Então vamos logo para lá e avaliar a situação. Se estivermos errados, arcaremos com as consequências.

— Não estávamos errados antes.

Rozwell pousou em Middlebury após um voo tranquilo. O carro que alugara estava esperando por ele. Quando se acomodou no banco de couro do sedã Mercedes, sentiu uma onda de prazer quase eufórica.

— Estou de volta!

Rindo, ele acariciou o volante e sorriu ao ver o painel cheio de recursos.

— Agora sim, agora sim, *agora sim*, porra!

Cantarolou uma melodia enquanto inseria o endereço de Morgan no GPS. Trinta e dois minutos não era muita coisa.

Quando Miles entrou no Après, Morgan estava com uma coqueteleira em cada mão enquanto conversava com duas mulheres no balcão. Um toque de exibicionismo, pensou ele enquanto ela servia as bebidas e colocava um palito com três azeitonas em cada uma.

Ela levava jeito para a coisa. As duas mulheres brindaram a ela após o primeiro gole, e ela fez uma reverência.

— O segredo está no punho — afirmou ela, e então avistou Miles.

Ele se aproximou do balcão, mas falou com Bailey.

— Última noite com a gente.

— Sim. Vou sentir falta de todo mundo. A Morgan me ajudou a conseguir uma entrevista em um clube perto do campus.

— Mantenha contato, e, se quiser trabalhar aqui no próximo verão, sempre haverá um lugar para você. Preciso da Morgan por alguns minutos. Você pode assumir aqui?

— Com certeza. Tive um ótimo treinamento.

A cabeça de Morgan estava a mil enquanto caminhava ao lado dele.

— Pensei que você já tinha ido embora. É sobre…

— Não há nada com o que se preocupar, e já estou indo para casa. Os agentes do FBI estão vindo para cá, ou estarão em breve.

— Para cá. Por quê?

Ele a conduziu pelos caminhos que serpenteavam pelos jardins. As noites tinham esfriado, e os primeiros toques de cor tingiam as colinas.

— Pelo visto, querem avaliar a sua segurança. Eles entraram em contato com o Jake, e o Jake me contou tudo. Ele acha que eles querem avaliar tanto você quanto ele.

— Ok, isso é bom. Isso é realmente bom. Eu gostaria de vê-los pessoalmente. Assim poderei tirar minhas conclusões.

— O Jake quer que eles mantenham um agente em Westridge, e vou apoiar essa sugestão.

— Miles, ele poderia decidir vir para cá amanhã. Ou daqui a seis meses. Por quanto tempo eu vou ser vigiada e protegida?

— Pelo tempo que for necessário. Continue vivendo a sua vida, Morgan. É o que você tem feito, é o que está fazendo, e isso não vai mudar. Ele não vai mudar isso. Mas quando e se ele vier para cá, teremos todos os recursos disponíveis. E eu vou conversar com as mulheres da sua vida amanhã.

— Sobre o quê?

— Sobre eu dormir na sua casa algumas noites por semana. Você dorme na minha casa três noites, eu durmo na sua duas ou três noites. É um bom equilíbrio. Poderemos conversar sobre isso mais tarde, porque você está no trabalho, mas vai ser assim.

— Essa é a segunda vez hoje que alguém passa por cima de mim. Não é nada agradável.

— Não te culpo, mas você não tem escolha. Dá para ver os primeiros sinais de cor nas árvores. — Ele olhou para o horizonte, para as colinas e picos ao longe. — O tempo passa, as estações mudam. Mas sabe o que não muda nem nunca vai mudar? Você me pertence agora.

— Ei, espere aí…

— Nós pertencemos um ao outro. Somos pessoas que cuidam do que é nosso, não somos?

— Melhorou, mas não tanto quanto você pensa.

— Talvez não, mas… ainda é verdade. Tenho que ir dar comida para o cão. Não se esqueça de me mandar uma mensagem quando chegar em casa

Assim que eu acenar para o delegado Howe e fechar a porta da frente.

— E trancá-la.

— Sim, sim, sim. Daqui a pouco você vai querer adotar uma espécie de código ou palavra de segurança.

— Mais tarde podemos conversar sobre o que pensei quando você disse "palavra de segurança", mas não é uma má ideia.

Franzindo a testa, ele pensou sobre o assunto.

— O oposto de uma palavra de segurança não seria má ideia.

— Ótimo. Se eu estiver lutando com o Rozwell, que teria conseguido passar pelo delegado Howe, pelo sistema de alarme e entrar na casa, vou simplesmente pedir para ele esperar enquanto envio uma mensagem para o Miles com a nossa palavra de insegurança. Abacaxi.

— Abacaxi é estúpido.

Ele deu um beijo distraído na testa dela enquanto pensava no assunto.

— Ah, *abacaxi* é estúpido?

— Neste contexto, sim. Insira o Lobo na mensagem.

— Está falando sério?

— Precisamos usar todos os recursos disponíveis. Ou então posso ficar aqui até o bar fechar e te levar eu mesmo para casa.

— E depois olhar embaixo da cama e dentro de todos os armários?

Antes mesmo de terminar a frase, ela entendeu. Ele estava preocupado. É óbvio que ficava preocupado quando não estava com ela. Não podia controlar a situação.

— Vamos tentar de outra forma. Vá para casa, sente-se em sua torre, responda a todas as mensagens de texto, e-mails e qualquer outra coisa que você não tenha conseguido fazer durante um dia normal de trabalho. E se eu te mandar algo como "Dê boa noite ao Lobo", venha correndo.

— Pode deixar.

Na cozinha, Olivia e Audrey lavavam as últimas louças do jantar e conversavam sobre o que não saía da cabeça delas.

Os planos para o casamento.

— Podemos procurar os nossos vestidos na loja de noivas.

Audrey lavava as taças de vinho que usaram no jantar.

— Temos que estar impecáveis quando acompanharmos a Morgan até o altar. Ou o que quer que eles usem no lugar do altar. Eu ainda choro só de pensar que ela nos quer ao lado dela.

— Sem firulas, Audrey. A menina quer algo simples.

— Simples, sem firulas, mas perfeito.

Olivia pegou um pano para secar os talheres.

— Acho bom eles escolherem uma banda boa, pois pretendo dançar até o sol raiar. Quem diria, meu amor, que, quando ela chegou aqui no inverno passado, estaríamos planejando um casamento para a próxima primavera?

— Além de sabermos que ela está feliz, mãe, seremos testemunhas da felicidade dela. Faremos parte da vida que ela está construindo. Nunca vou subestimar isso. Nunca.

— Você está prestes a ficar emotiva e sentimental de novo, e vai me deixar emotiva e sentimental também. Então, sugiro que a gente pare por aqui e vá assistir a um filme.

— É uma boa ideia.

— Vou fazer pipoca.

— Vou só tirar o lixo antes. E vamos escolher algo alegre — acrescentou enquanto amarrava o saco de lixo da cozinha e pegava os recicláveis.

Audrey levou ambos para o lado da casa, jogou o saco amarrado na lata de lixo doméstico e despejou os recicláveis na lixeira de reciclagem.

Ela não o ouviu, não até sentir o braço dele ao redor de seu pescoço e a arma contra sua têmpora.

— Se fizer qualquer barulho, vai levar um tiro na cabeça. Você deve ser a mãe. Vamos entrar na casa, Mãe.

— A Morgan não está aqui. Ela não está aqui.

— Eu *sei* disso.

Em vez de apertar o gatilho, ele virou a arma e lhe deu um golpe no rosto com a coronha.

— Você acha que eu sou idiota? Ela te disse que eu era idiota? Anda!

A visão dela ficou embaçada — lágrimas, dor, medo — enquanto ele a arrastava até a porta da cozinha.

— Já está pronta — disse Olivia. — Fiz duas tigelas, já que você é exigente com o sal.

Então ela se virou e congelou.

— E você deve ser a avó. No chão, Vovó, com a cara para baixo, senão eu vou explodir os miolos da Mãe.

Seu sorriso de escárnio ficou ainda mais largo.

— Opa! Isso é pipoca?

Capítulo Trinta e Um

⌘ ⌘ ⌘

ELE PENSOU em simplesmente matar as duas. Não com a arma, porque faria muito barulho. Mas estava com a faca da Defunta Jane, e tinha outros métodos.

Não seria divertido ver a cara dela quando chegasse em casa e visse os corpos ensanguentados no chão?

Mas foi o que aconteceu com... Como era mesmo o nome daquela vadiazinha?

Não importa. Não fora suficiente, não fora doloroso o bastante.

Desta vez, ele a obrigaria a vê-las morrer. Assim, quando a matasse, ela ainda estaria com aquelas imagens na cabeça.

Ela sofreria, e precisava sofrer. Ela pagaria, e precisava pagar.

Ele agora tinha uma cicatriz horrível no braço — culpa dela. Ganhara peso — culpa dela. E, algumas horas antes, um de seus molares começara a doer. Culpa dela.

Cada hora que ele passara em um quarto bolorento de um hotel de beira de estrada, cada quilômetro que viajara em uma picape ou van caindo aos pedaços, tudo culpa dela.

Ele merecia o melhor, tinha conquistado o melhor. E, quando finalmente a matasse, teria tudo de volta. Todo o azar dele vivia dentro dela.

Obrigou as vadias a empurrarem as belas e robustas cadeiras da sala de jantar para a sala, depois obrigou a mais velha a amarrar a outra a uma cadeira. Precisou dar uns tapas para que ela lhe obedecesse, mas aquilo não o incomodava.

Ele mesmo amarrou a avó, bem apertado, depois usou um rolo de fita adesiva para garantir. Elas tentaram falar com ele, com um tom de voz manso ou com súplicas chorosas, então ele usou mais fita adesiva, agora para calar ambas.

Andou de um lado para o outro por um tempo, observando a casa, enchendo a boca de pipoca.

Quando ouviu o barulho de cadeiras arrastando no chão, ele voltou.

— Continuem assim e vão levar um tiro no joelho, ou talvez no estômago.

Ele se sentou no sofá diante delas, com a tigela de pipoca no colo.

— Quando ela entrar, vai ver vocês. Essa é a primeira fase. Vai saber que a culpa é dela. Tudo culpa dela. Vocês têm ideia do que ela me custou? Do que ela tirou de mim?

Conforme a raiva se acumulava, a fúria transparecia em suas palavras.

— Tenho vivido como um delinquente, um *fracassado*, e ela está morando aqui? Aposto que ela tem uma cama bem grande e macia lá em cima. Vou dar uma olhada mais tarde. Uma casa grande e antiga, com alguns móveis de valor, alguns malditos objetos de família. Como ela pode ter tudo isso depois de arruinar a minha vida? Eu estou aqui para tomar o que mereço de volta, estão entendendo? Vou tomar tudo de volta.

Ele estendeu a mão em busca de mais pipoca, encontrou a tigela vazia e a arremessou para o outro lado da sala. Vidros se quebraram, cacos voaram por toda a parte.

Num instante, o estado de fúria deu lugar à calma.

— Agora estou com sede. Vou ver o que vocês têm a me oferecer. Se fizerem algum ruído, Morgan encontrará vocês duas mortas em uma poça de sangue.

Quando elas o ouviram andando na cozinha, Olivia se mexeu outra vez — silenciosamente — para que Audrey tentasse usar sua mão, seus dedos, para tirar o celular do bolso da mãe.

A abraçadeira de um plástico duro cortava o pulso dela, fazendo-o sangrar, mas ela continuou tentando, sentindo seu coração batendo forte quando seus dedos tocaram a borda superior do aparelho.

Então ouviram ele voltando.

— Vocês são cheias de grana, têm um bom estoque de bebidas. — Ele tomou um gole generoso da garrafa de Coca-Cola. — Vi alguns vinhos bons lá dentro, mas vou guardá-los para mais tarde. Preciso estar sóbrio para fazer o meu trabalho. E falando em cheias de grana.

Ele se aproximou e removeu a fita adesiva da boca de Olivia, sorrindo ao ver a expressão de dor que dominou o rosto dela.

— Esta casa vale uma fortuna, e você tem muito mais dinheiro escondido em contas de investimento, contas comerciais. Não há nada no mundo que justifique uma mulher como você ter tudo isso. Dinheiro é um privilégio dos homens, Vovozinha.

— Eu posso passar tudo para o seu nome. Você pode levar cada centavo e desaparecer. Viver a vida que merece.

— Isso é o que todas dizem, ou diriam, se tivessem a oportunidade. Não quero que você me *dê* nada. Eu tomo o que eu quero. Entendeu?

Ele apertou a mão em volta do pescoço dela.

— Entendeu?

Quando ela assentiu, ele a soltou.

— Aposto que tem um bom notebook. Você vai me dizer onde ele está e vai me informar a senha, senão vou pegar uma daquelas sacolas plásticas que vocês têm na cozinha e colocar na cabeça desta aqui. E você poderá assistir enquanto eu a sufoco até a morte.

Ela falou tudo para ele.

Quando ele foi buscar o computador, Audrey tentou alcançar o telefone novamente.

Bailey ficou para fechar o bar com Morgan.

— Dê notícias — disse Morgan. — Quero saber como vão os estudos e o trabalho, porque sei que vai conseguir a vaga. Quero saber como você está.

— Vou, sim. Prometo. Estou animada para voltar, mas vou sentir a sua falta, e de todo mundo aqui. Talvez você possa reservar um lugar para mim no bar durante as férias de inverno.

— Se você quiser, o seu lugar estará garantido.

Bailey olhou ao redor pela última vez.

— O verão acabou mesmo.

— Ainda não foi embora completamente, mas sim, dá para sentir que ele está começando a se despedir. Esse vai ser o meu primeiro outono em Vermont.

— Não sabia disso.

— Exército, faculdade... Então só vinha no Natal, e algumas visitas durante o verão. Mal posso esperar.

E por todos os outonos que viriam depois.

— Pronta?

— Sim. Até as férias de inverno.

Elas saíram juntas. Morgan viu o delegado Howe apoiado em sua viatura, conversando com um dos membros da equipe de segurança noturna.

Já fazia parte da rotina, pensou. Policiais e guardas, tudo parte da rotina. Bailey se virou e deu um abraço nela.

— Por favor, fique bem.

— Esse é o plano. E, você, arrase no mestrado.

— Esse também é o plano.

Ela seguiu até o carro.

— Jerry, delegado.

— Boa noite, Morgan. Dirija com cuidado.

— Com uma viatura atrás de mim, não tenho escolha.

Enquanto dirigia, ela deixou o trabalho para trás e começou a pensar no que faria depois. Algumas roupas para lavar, um horário no salão onde ela pretendia mostrar à cabeleireira o tipo de vestido que tinha em mente para que pudessem planejar o penteado do casamento.

Nell recomendara um fotógrafo — aprovado pelas mulheres da vida dela também. Precisava marcar um horário com ele. Ela sabia que muitos casais faziam fotos de noivado, mas não achava que fazia o tipo dela e de Miles.

E ela tinha as selfies que eles tiraram naquela trilha.

A irritação que ele a fizera sentir mais cedo desapareceu por completo. Ele se preocupava, lembrou-se, porque a amava. Se ela aceitava o amor, tinha que aceitar tudo o que vinha no pacote.

Ela pode até ter achado a palavra *in*segura boba, mas eles certamente ririam daquilo dali a alguns anos. Enquanto Rozwell apodreceria em uma prisão de segurança máxima.

Ele ficava acordado esperando a mensagem dela. Não admitia, mas devia ser o caso, pois sempre respondia em questão de segundos. Apenas: *Vá descansar*. Ou: *Nos falamos amanhã*. Nunca apenas: *Boa noite*.

Mas, toda noite que eles não passavam juntos, ele esperava até saber que ela tinha chegado em casa em segurança. Deveria ser grata.

— Eu sou grata.

Estacionou na entrada da garagem e trancou o carro. O delegado Howe parou a viatura na calçada enquanto ela caminhava até a porta. Depois de destrancar e abri-la, ela se virou e acenou. Em seguida fechou a porta e ativou o alarme.

Pretendia subir as escadas e ir direto para o quarto, mas um som vindo da sala a fez olhar para o lado.

E tudo dentro dela congelou.

Viu os ferimentos no rosto da mãe, da avó, o medo e a dor nos olhos delas.

Rindo como um lunático, Rozwell pulou de seu esconderijo atrás do sofá.

— Surpresa! — gritou ele, balançando a arma em uma mão e a faca na outra. — Vai, pode gritar e correr se quiser, mas se fizer isso vou cortar o pescoço delas, dar um tiro em você e ir embora antes mesmo de você cair no chão.

Qual fosse o custo, ela faria todo o necessário para que ele não machucasse as mulheres de sua vida.

— Não vou gritar, Gavin. De que adiantaria? E você não vai atirar em mim. Não é o seu estilo. Seria preguiçoso da sua parte. — Ela olhou nos olhos dele. Se olhasse nos da mãe, desmoronaria. — Você não é preguiçoso, e não percorreu essa distância toda até aqui para atirar em mim e acabar logo com isso.

— Você se acha tão esperta.

— Sou esperta o suficiente, mas não tanto quanto você. Você sabe que não há nada que eu possa fazer enquanto está com a minha família. Enquanto elas estiverem vivas, não há nada que eu possa fazer.

Vivas, mantenha elas vivas. Era tudo o que ela pensava.

— Exatamente, sua vadia. Você não pode fazer nada. Eu estou no comando. Estou sempre no comando. Ah, você gostou das flores?

— Não.

O cabelo dele estava loiro novamente, mas tinha perdido o brilho, e o corte estava desigual, irregular. Ela notou que ele estava usando maquiagem e, quando esfregava o rosto, dava para ver a pele vermelha por baixo, castigada pelo sol do deserto. Ele não parecia mais em forma e elegante, e sim rechonchudo e desleixado.

Ele tinha uma cicatriz feia no braço, enrugada e inchada.

Tentou se lembrar de tudo o que Jen lhe ensinara. Não podia correr. Ninguém ouviria seus gritos. Não podia se esconder.

Prometeu a si mesma que lutaria se tivesse a oportunidade. Ele a enganara uma vez, pensou. Agora ela o enganaria.

— Você quis me assustar. E conseguiu. Você quer me assustar agora. E está conseguindo Eu não posso valer o risco que você está correndo, Gavin. Eu não sou ninguém.

— Você destruiu a minha vida.

— Eu não…

Ela parou de falar quando seu celular tocou no bolso, indicando uma nova mensagem. E a arma que ele segurava foi direcionada — com firmeza — para o rosto dela.

Lentamente, ela levantou as mãos.

— É o meu telefone. No meu bolso. Não vou encostar nele.

— Quem está ligando para você a essa hora? São duas da manhã.

— É uma mensagem, só uma mensagem. Não é nada. Não vou encostar nele.

Ele deu um passo para trás, enfiou a pistola embaixo do queixo da mãe dela.

— Quem te mandaria mensagem às duas da manhã? Se tentar foder com a minha cara, vou explodir a cabeça dela.

— Está bem. Por favor. É o meu noivo. Eu sempre mando mensagem para ele quando chego em casa, para ele saber que cheguei bem. Não a machuque, Gavin. Estou te dizendo, se eu não responder dizendo que estou bem, ele vai chamar a polícia. Você não quer isso. Vou te mostrar. Deixe-me mostrar.

— Traz a porra do celular aqui.

— Estou tirando ele do bolso. Vou entregar para você.

Mas as mãos dele estavam ocupadas com a arma e a faca. Ela estava contando com isso, então segurou o celular para que ele pudesse ler a mensagem de Miles.

Onde diabos você está?

— Babaca. Responda. Fique bem aí para que eu veja o que você vai escrever.

Tente me enrolar para ver o que acontece, Morgan.

— Não vou. Ela é a minha mãe. Não vou te enrolar.

— Ah, é? Eu matei a minha mãe. Se tentar alguma coisa, você vai matar a sua.

desculpa. Ela manteve o telefone inclinado para que ele pudesse ver a tela. *demorei mais que o de costume pra fechar mas to em casa dê boa noite ao lobo e va dormir te amo.*

— Quem diabos é Lobo?

— O cachorro dele.

Deixando as lágrimas rolarem, Morgan tentou explicar quando ele puxou a cabeça de sua mãe para trás.

— É só o cachorro dele. É só uma coisa boba que a gente costuma dizer. Ele ia achar estranho se eu não dissesse isso. Por favor. Eu fiz o que você pediu.

O telefone tocou outra vez. Rezando, com a mão tremendo, Morgan mostrou a tela para Rozwell ler.

Pode deixar. Boa noite.

Ele entendeu, pensou ela. Ele entendeu.

— Largue o telefone.

Quando ela obedeceu, ele pisou com força no aparelho.

— Agora, a menos que queira que o meu dedo se mexa, dê um passo para trás.

Em menos de trinta segundos, Miles já estava dentro do carro.

Quando Morgan enviou a mensagem, Beck e Morrison estavam descendo do avião em Middlebury.

O chefe da equipe de solo os cumprimentou.

— FBI. Estão atrasados.

— O mau tempo em Indianápolis atrasou a decolagem.

— É, fomos informados. Eles mandaram um carro para buscá-los. — Ele apontou para o veículo e entregou a chave. — Vamos pegar as suas malas.

— O resort fica a uns vinte, vinte e cinco minutos daqui, certo? — perguntou Morrison.

— A esta hora da noite, vinte minutos bastam. Que engraçado. Vocês são o segundo voo particular vindo de Indianápolis esta noite. O primeiro saiu antes do mau tempo.

— Espere. — Beck segurou o braço dele. — Vocês tiveram outro voo particular vindo de Indianápolis? Quantos passageiros?

— Apenas um. Um cara. Rico. Tinha um Mercedes Classe C esperando por ele. Ei! Suas bagagens! — gritou ele enquanto os agentes corriam para o carro.

— Ligue para o chefe Dooley.

Beck pulou atrás do volante.

— Vou ligar.

Enquanto ele acelerava pela cidade, Miles ligou para Jake.

— Ele está com ela.

— O quê? O Nathan acabou de dar notícia. Ele a viu entrar em casa há apenas alguns minutos.

— Ele está com ela. Ele está lá dentro. Vá para lá.

— Espere por mim.

— Não.

— Mas que droga!

Jake se vestiu apressadamente. E Nell também.

— Eu vou com você.

— Não vai, não.

— Estou com o meu carro, então, se não for com você, vou sozinha. Mas eu vou. É a minha família.

Morgan deu um passo para trás e manteve as mãos erguidas no alto como um gesto de submissão.

— Eu sei que você passou por muita coisa neste último ano. Um ano e meio.

— Você não sabe de nada.

— Sei que você não queria a Nina. Você queria a mim.

— Então *esse* era o nome dela! Caramba, isso estava me deixando louco.

— Eu quebrei a sua sequência, e, desde então, você não tem conseguido viver a sua vida do jeito que quer.

— Do jeito que eu mereço.

— Sim, isso também. E eu tenho vivido a minha. Realmente não é justo. Óbvio, eu perdi a minha casa, as minhas economias, tudo isso, mas aqui estou.

Ela abriu os braços e deu mais um passo para trás. Traga-o até você, pensou, para longe delas.

— Vivendo a minha vida nesta casa maravilhosa. Comprei um carro novo. Mas você já sabia disso. Você sabe tudo sobre mim. Sabe que eu tenho um noivo muito gato. E rico.

— Flertando com o chefe, Morgan? — Ele fez uma expressão de desdém. — Que clichê.

— Não é clichê quando dá certo.

Ela levantou os ombros e deixou-os cair novamente.

— E ele tem uma casa incrível. Eu gosto muito de casas, você sabe. E veja isto. — Ela levantou a mão e agitou os dedos para que o diamante refletisse a luz. — Sendo bem sincera, Gavin, no fim das contas, tenho que te agradecer por tudo. Eu estava lá, me matando de trabalhar em dois empregos, contando cada centavo, morando naquela casa minúscula. Até que você apareceu. — Ela deu mais um passo para trás. — E aí eu quebrei a sua sequência. Acabei com a sua sorte. Fiz o FBI te perseguir. Você me deixou mensagens com o medalhão, com a pulseira. Eu recebi todas elas.

— Era para ser você no lugar delas.

— Mas não era eu. Você usou as suas mãos para matá-las porque é disso que você precisa. Não de uma arma, não de uma faca. Só funciona para você se usar as mãos. Tem que ser pessoal, principalmente comigo. Tem que ser íntimo. Essa arma está abaixo de você, ela não te dará o que você precisa. Nós dois sabemos disso.

— Não preciso de uma maldita arma. — Ele a colocou na prateleira atrás dele. — Não preciso de uma maldita faca. — E a enfiou na bainha.

— Eu sei, Gavin. Eu sonhava com as suas mãos em volta do meu pescoço. Sonhava em implorar para que você me deixasse viver essa vida que eu comecei, a vida que você me deu. Mas você nunca vinha.

Agora sorrindo, ele caminhou a passos lentos até ela.

— Implore agora. Quero ouvir você implorar.

— Por favor, não me machuque. Pode levar o que quiser, mas, por favor, não me machuque.

— Eu vou levar o que eu quero. Finalmente.

Ela aspirou o ar como se estivesse se preparando para gritar ao sentir as mãos dele ao redor do seu pescoço.

Então, fez exatamente o que havia aprendido.

Levantou o joelho com força enquanto cravava os polegares em seus olhos. E quem gritou foi ele.

Quando ele a soltou um pouco, só um pouco, ela acertou o nariz dele com a palma da mão, vendo o sangue jorrar e sentindo-o em seu rosto.

Em seguida, recuou com toda a força que tinha e socou a garganta dele. Quando ele caiu, ela correu em direção à arma, mas ele agarrou seu pé, fazendo-a tropeçar. O instinto, assim como as lições que recebera, a fez chutar para trás. Eles gritaram juntos quando seu pé acertou o nariz quebrado dele.

Quando a porta foi arrombada, ela pensou que tinha sido ele e se levantou de uma vez e pegou a arma.

Ela nunca tinha segurado uma arma, nunca esperava ter que fazer aquilo, mas não pensou duas vezes. Quando se virou, viu Miles parado sobre Rozwell, os punhos cerrados e prontos.

— Miles. Miles, por favor, pegue isto. Por favor.

— Aponte para baixo, Morgan. Você está bem. Está tudo bem agora.

Assim que ele pegou a arma, ela se abaixou para tirar a fita adesiva da boca da mãe.

— Sinto muito, sinto muito. Vai doer.

Ela arrancou a fita e fez o mesmo com a avó.

— Sinto muito, sinto muito. Sinto muito.

— Pare com isso — ordenou Olivia.

— Você nos salvou. Meu amor, meu amor. Você nos salvou.

Segundos depois, Jake entrou com a arma em punho, e a abaixou ao avaliar a situação.

— Pela madrugada. Nell, chame uma ambulância.

— Ele pode esperar — disse ela ao entrar atrás de Jake.

— Nell, pelo amor de Deus.

— Cale a boca, Miles. Vou buscar algo para cortar as amarras. Vou procurar alguma coisa.

— Primeira gaveta, ao lado da porta da cozinha — disse Olivia com firmeza, embora seus olhos estivessem cheios de lágrimas. — E traga um pouco de água para nós, por favor.

— Pode deixar. Ele está com uma faca na cintura, Jake.

— É, estou vendo. Vou pegá-la. O FBI está chegando — disse quando Miles entregou a arma a ele e foi buscar água para as mulheres. — Eles entraram em contato comigo logo depois do Miles. Morgan, você fez tudo isso?

Ela olhou para Rozwell no chão e assentiu.

— Bom trabalho Está ferida?

— Não.

— As senhoras estão feridas?

— Ele nos deu umas pancadas. Ele machucou mais a Audrey do que a mim.

— Os pulsos e tornozelos delas estão em carne viva, Jake.

Com o alicate na mão, Nell se abaixou para cortar as abraçadeiras usadas para atá-las.

— Kit de primeiros socorros.

Aliviada, Audrey fechou os olhos e passou os braços doloridos em volta da mãe e da filha.

— Armário da área de serviço, acima da secadora. Estamos bem. Estamos todas bem.

Rozwell resmungou quando Jake o algemou.

— Ele não está.

A mão de Olivia tremia um pouco quando pegou o copo de água que Miles lhe ofereceu.

— Ele enfrentou uma Nash. Você o enganou direitinho, Morgan. Ela o enganou direitinho. Ela fez com que ele soltasse a arma e a faca. Esperta, corajosa e forte — conseguiu dizer antes de finalmente começar a chorar.

Morgan olhou para Miles.

— Você me entendeu.

— Eu te entendi.

— Eu também te entendi. Sabia que você viria. — Ela se levantou e vacilou um pouco. — Minhas pernas estão falhando.

— Eu te seguro. — Ele a puxou para si, abraçou-a e pressionou o rosto contra os cabelos dela. — Eu te seguro.

Beck e Morrison chegaram antes da ambulância e atravessaram a porta quebrada.

Rozwell estava deitado no chão, em posição fetal, com olhos roxos, nariz inchado e sangue escorrendo. Audrey e Olivia estavam sentadas lado a lado no sofá enquanto Nell cuidava dos pulsos delas.

— Miles, poderia pegar duas bolsas de gelo?

— Eu pego. Sei onde estão.

Ao ouvir a voz de Morgan, Rozwell tentou focar nela.

— Eu vou te matar.

— Não. — Miles entrou no campo de visão dele. — Não vai, não. Ela te derrotou. Você vai ter que conviver com isso. Morgan Nash derrotou você.

— Está ferida? — perguntou Beck.

— Não. Estou bem — insistiu Morgan. — Estamos todas bem — disse aos agentes. — Tenho que pegar gelo.

— Estamos vendo — disse Morrison. — Bom trabalho, chefe.

— Não fui eu. Morgan. Ela tem um pouco de sangue nela, e é todo dele. A ambulância já está chegando. Ah, lá está ela — acrescentou Jake ao ouvir a sirene. — Ele precisa de atendimento médico. Nariz quebrado com certeza, a garganta está machucada e os olhos sangraram um pouco. A mandíbula pode estar quebrada.

— Eu vou com ele.

Morrison concordou com Beck.

— Você se encarrega da cena?

— Deixa comigo. Primeiro, vou me desculpar por estar sempre dois passos atrás.

— Não — disse Morgan ao retornar. — Isso não é verdade. Vocês ficaram ao meu lado o tempo todo. Se não tivessem ficado, se não tivessem compartilhado tantas informações comigo, eu não teria sido capaz de fazer o que fiz. De manipulá-lo. Se vocês não tivessem ficado atrás dele, obrigando-o a fugir, ele teria vindo para cá muito antes, quando eu ainda não estava pronta.

— Teria gostado mais se o tivéssemos capturado antes de você ter que estar pronta. Podemos esperar até amanhã de manhã se preferirem, mas precisarei de depoimentos.

— Aqui, mãe. — Morgan colocou uma bolsa de gelo na têmpora da mãe com delicadeza. — Não sei como ele entrou, mas, quando cheguei em casa pouco antes das duas, elas já estavam amarradas nas cadeiras. Abraçadeiras de plástico e fita adesiva. Vó. — Ela colocou a segunda bolsa na bochecha machucada de Olivia. — Vou fazer chá.

— Dane-se o chá. Quero um uísque. Duplo. — Ela agarrou a mão da filha. — Traga dois.

Ao amanhecer, quando a luz começava a se espalhar pelo Leste, Morgan estava sentada do lado de fora, tomando vinho com Miles. Lobo, trazido por Nell, dormia sob a mesa, com uma das patas em seus pés.

— Elas finalmente pegaram no sono. Preferia que tivessem ido para o hospital.

— Elas nunca deixariam você nem esta casa. E os paramédicos as liberaram.

— Eu sei. Eu sei. Eu só... — Ela tentou afastar o pensamento. — É a primeira vez que tomo vinho ao amanhecer — disse ela mudando de assunto.

— A noite foi longa.

— Aquela palavra insegura não foi tão idiota, afinal.

— Eu teria percebido de qualquer maneira. Você não usou pontuação nem letras maiúsculas. Você não escreve assim.

— Não tinha certeza se você ia perceber. Que bom que notou. Eu sabia que você estava a caminho quando disse boa noite. Você nunca escreve boa noite.

— Não é uma boa noite quando você está longe de mim.

Estendendo a mão, ela segurou a dele e sua voz ficou embargada.

— Isso explica tudo.

— Tente não chorar, ok? Também estou bastante abalado. Vou enviar para a Jen o maior buquê de flores da face da Terra. — Ele beijou a mão que segurava a dele. — Você deu uma surra nele, campeã.

— Eu estava com tanta raiva, Miles. Vê-las daquele jeito, indefesas, machucadas, sangrando. Não podia deixá-lo fazer com elas o que ele fez com a Nina. E dava para ver que ele estava fraco e nervoso, e com muita, muita raiva. Só precisei ouvir, conversar e avaliar a situação. Só tive que ser uma ótima barwoman.

Ela ergueu a taça de vinho e tomou um gole.

— Então, fiz o que a Jen me ensinou e dei uma surra nele.

— Eu queria ter dado uma surra nele. Não é justo.

— Você arrombou a porta.

— É. Vou consertá-la. Eu achava que sabia quanto te amava antes de receber aquela mensagem. Mas não sabia. O meu mundo desabou por um minuto. Eu perdi o chão. Não faça isso comigo outra vez.

— Definitivamente não está nos planos. Ele vai apodrecer na cadeia. Mais tarde, vou ligar para o Sam e contar a ele. Ele merece saber. E a família da Nina. É melhor o Sam contar a eles cara a cara. Assim, não precisaremos pensar nele nunca mais.

— Vou tirar o dia de folga. E você vai tirar a noite de folga.

— Não tenho ninguém para cobrir o bar.

— A Nell vai encontrar alguém. Esse é o trabalho dela. O seu trabalho no momento é descansar, cuidar das mulheres da sua vida, deixar que elas cuidem de você. O meu é fazer tudo isso e consertar aquela porta.

Ela sentia como se estivesse flutuando, como se estivesse fora de seu corpo.

— Você está passando por cima de mim de novo.

— Porque é o que você precisa agora. Você pode passar por cima de mim quando eu precisar.

— Me parece um acordo razoável. Mas vamos ver o sol nascer antes de entrar. Vamos ficar aqui e ver o dia clarear. É o primeiro dia.

E foi o que fizeram.

Epílogo

⌘ ⌘ ⌘

As flores explodiam em cores como se compartilhassem da mesma alegria que ela. Em toda a sua vida, Morgan nunca esperou sentir o que estava sentindo agora. Extasiada, tranquila, firme, animada e absolutamente segura de si, tudo ao mesmo tempo.

Sua mãe fechou o zíper escondido sob os botões de cristal que paravam logo acima da cintura. Seu vestido de casamento, pensou enquanto observava a si mesma e à mãe no espelho do quarto que Drea designara "Área Exclusiva da Noiva". Perfeito, simplesmente deslumbrante, com aquelas linhas longas e retas que ela queria, e comprou — com aprovação total — na loja de noivas local.

A mãe dela estava certíssima.

Usava os brincos de diamante em forma de gota que Miles lhe dera no Dia dos Namorados e uma única pulseira de diamantes — emprestada por Nell.

Ela se sentia linda e percebeu que essa era outra novidade em sua vida.

Não bonita, atraente nem boa o suficiente, apenas linda.

Ela se virou para Nell, que supervisionava tudo em seu belo vestido lilás com alças de cristal. Jen usava um rosa bem claro.

Ela fechou os olhos por um momento e pensou em Nina, que teria amado cada segundo de tudo aquilo. Sabia que a família de Nina estava sentada no jardim, em uma das fileiras de cadeiras de saias brancas. E seria eternamente grata por eles estarem ali, junto de Sam e sua noiva.

O pesadelo acabou, Nina. Ele foi embora, saiu da nossa vida, está preso, e o pesadelo acabou. Eu te amo. Nunca vou te esquecer.

Drea entrou apressada, a mãe do noivo belíssima em um tom de ameixa suave.

— Tudo está correndo conforme o planejado. Olivia, tenho que dizer outra vez, as flores estão espetaculares. Que tal uma taça de champanhe, meninas? Primeiro o champanhe, e depois todas vamos respirar fundo. O meu filho vai se casar e, meu Deus, Morgan, você é uma noiva deslumbrante.

— Nossos filhos, Drea. — Audrey segurou as mãos dela. — Nossos filhos. Nell, sirva o champanhe. Vamos brindar aos nossos filhos.

— Só mais uma coisa antes.

Olivia levantou a coroa de flores, com peônias rosa-claras entrelaçadas com lilases, e colocou-a na cabeça de Morgan antes de beijar suas duas bochechas.

— Você vai se casar com um Jameson, e eu não poderia estar mais feliz. Mas você sempre será uma mulher Nash.

— Não somos sortudas? — Lydia pôs a mão no ombro de Olivia. — Por fazer parte de um novo começo. Agora vamos beber — ordenou ela. — Depois, Drea, vamos lá para que aqueles homens bonitos nos acompanhem até os nossos lugares.

Quando elas saíram, Morgan pegou o buquê. Simples e delicado — peônias e lilases, pequenas mudas de mosquitinho, algumas folhas pendentes e graciosas.

Desceu as escadas da casa que se tornara seu lar.

Ouviu a música que escolhera para aquele momento.

Jen piscou para ela e atravessou as portas. Nell se virou.

— Você vai deixar o Miles de queixo caído.

Então Morgan deu os braços à mãe e à avó.

— Lá vamos nós.

Elas foram para o jardim, onde Lobo estava sentado como um bom garoto com sua coleira de flores, e caminharam pelo corredor formado pelas cadeiras com saias brancas até onde Miles estava, com um ramo de lilás no botão da lapela de seu terno preto.

Atrás dele, o chafariz que haviam feito juntos — um sapo fazendo ioga, é óbvio, na postura da árvore — lançava água cintilante no ar.

Ela viu a família de Nina, Sam, Nick, os Greenwald, os agentes Beck e Morrison. Tantas pessoas que tocaram sua vida e ajudaram a moldá-la.

Então, ela só teve olhos para Miles. E ele olhou para ela como se ela fosse tudo para ele.

Quando o alcançou, ela se virou e beijou a avó e a mãe.

— Eu amo vocês duas.

Elas deram um passo para trás e entrelaçaram as mãos. Morgan deu um passo à frente e segurou a mão de Miles.

— Eu estava esperando por você — disse ele.

— A espera acabou. Vamos começar.

As raízes já foram plantadas, pensou ela enquanto eles se viravam para fazer promessas um ao outro. E, daquele dia em diante, cuidariam delas juntos e as veriam crescer.

Este livro foi composto na tipografia Minion Pro,
em corpo 11/15,1, e impresso em
papel off-white no Sistema Cameron da
Divisão Gráfica da Distribuidora Record.